太阳照常升起

The Sun Also Rises

[美] 海明威◎著　　刘旭亮◎译

煤炭工业出版社

·北　京·

图书在版编目（CIP）数据

太阳照常升起 ／（美）海明威著；刘旭亮译 . － － 北京：煤炭工业出版社，2016（2022. 3 重印）
ISBN 978 － 7 － 5020 － 5335 － 2

Ⅰ.①太… Ⅱ.①海… ②刘… Ⅲ.①长篇小说—美国—现代 Ⅳ.①I712. 45

中国版本图书馆 CIP 数据核字（2016）第 153757 号

太阳照常升起

著　　者	（美）海明威
译　　者	刘旭亮
责任编辑	刘少辉
封面设计	新吉乐夫
封面插画	严文胜

出版发行　煤炭工业出版社（北京市朝阳区芍药居 35 号　100029）
电　　话　010 － 84657898（总编室）
　　　　　　010 － 64018321（发行部）　010 － 84657880（读者服务部）
电子信箱　cciph612@126. com
网　　址　www. cciph. com. cn
印　　刷　唐山楠萍印务有限公司
经　　销　全国新华书店

开　　本　710mm×1000mm$\frac{1}{16}$　**印张**　18　**字数**　320 千字
版　　次　2016 年 9 月第 1 版　2022 年 3 月第 3 次印刷
社内编号　8192　　　　　　　　**定价**　58. 00 元

目　录

太阳照常升起

第一章

罗伯特·科恩曾在普林斯顿就读，是一名中量级拳击手。不要以为我很在意这个拳击手的头衔，但是这对科恩来说却很重要。他一点儿也不喜欢拳击，更确切地说，他讨厌拳击，但他却还是痛苦却又毫不马虎地学习拳击，借此来减轻他自卑、羞怯的心情，因为作为一个犹太人，在普林斯顿好像总是低人一等似的。知道自己能打倒所有对他傲慢无礼的人，让他内心有种得意的感觉，虽然因为害羞和为人厚道，他从没在任何体育馆外的地方揍过任何人。他是斯拜德·凯利的明星学员。斯拜德·凯利让所有人都按次轻量级①选手的模式来训练，不管他的体重是一百多磅还是两百多磅。但是这种方法似乎很适合科恩，因为他的动作很快。他表现太好了，于是斯拜德给他安排了很强的对手，但却最终导致他永远地变成了扁鼻子。这件事让科恩更加讨厌拳击了，但从某种意义上来说，拳击又给了科恩一种满足感。因为这也的的确确让他的鼻子好看些。在普林斯顿的最后一年，他读了很多书，结果读得太多就戴上了眼镜。我从没见过他的哪个同学记得他，他们甚至不知道他曾经是中量级拳击冠军。

我不相信所有坦率、朴实的人，即使他们讲的故事毫无漏洞，但我却总是怀疑或许罗伯特·科恩从来就不是什么拳击冠军，说不定他的鼻子不过是被马踩到了，又或许他妈妈怀胎时看见了什么不干净的东西或者是他跟谁打了一架，又或许他只是撞在了什么东西上。但是，我最后从斯拜德·凯利那里确认了他的拳击手故事的真实性。斯拜德·凯利不仅仅记得罗伯特·科恩，他还想知道科恩后来发展成什么样子。

罗伯特·科恩的父亲的家族是纽约一个很富有的家族，而他的母亲又来自一个古老世家。为了能够去普林斯顿，他先去了军事学校补习。他是那个学校橄榄球队很出色的一名球员，但也没人意识到他有什么种族上的不同。没有人曾让他觉得自己是犹太人，跟别人不一样，直到他去了普林斯顿。他是个很和善、厚道的男孩，容易害羞，这就更让他感觉心里很难受。他靠拳击来发泄这种情绪，最后他是带着一种自卑的心情和一个扁鼻子离开普林斯顿的，和第一个对他好的女孩结了婚。结婚五年后，他们有了三个孩子，这时候他基本上花完了父亲留给自己的五万美元，

---

① 次轻量级拳击手的体重在 118 磅与 126 磅之间，科恩的体重应在 147 磅与 160 磅之间，属于中量级。

但遗产的其余部分归他母亲所有，这就导致了他富有的妻子和他之间的关系很不好，没有幸福可言。就在他刚要下决心结束这段婚姻的时候，她却先抛弃了他，跟一个袖珍人像画家跑了。因为他已经为要离开妻子思考了好几个月了，怕这样做对妻子而言太残酷而一直没有实施，所以她的离开虽然让他意外却又觉得宽慰。

离婚后，罗伯特·科恩去了西海岸。在加利福尼亚，他进入了文艺界，那五万美元还剩下一点，他就把这些钱拿出来赞助一本文艺评论杂志。这本杂志在加利福尼亚的卡默尔首次发行，最终在马萨诸塞的普罗文斯敦停刊。科恩最初仅仅被视作赞助人，他的名字也只会出现在版权页的顾问栏内，但到后来，他成了这本杂志唯一的编辑。而他发现，他喜欢那种做编辑时权威的感觉。后来办杂志的开销越来越大，他也就不得不放弃了，并觉得十分遗憾。

然而那个时候，其他的烦心事也来了。有一个女人想要重新发行这本杂志，科恩无法摆脱她的掌控，因为她的强势，科恩也没办法离开杂志社。而且，他很确定自己是爱她的。当这个女人发现杂志没办法起死回生的时候，她就厌倦了科恩，但是看还有油水可捞，就决定再捞些什么。于是她撺掇科恩一起去欧洲，这样科恩可以从事写作。之后他们就到了欧洲，这个女人曾经在欧洲念过书，他们在那里待了三年。在这三年里，第一年他们到处旅行，后面两年他们就在巴黎安定了下来。罗伯特·科恩有两个朋友——布拉多克斯和我。布拉多克斯是他在文学上的朋友，我跟他是打网球时认识的。

第二年，弗朗西斯——那个掌控科恩的女人，发现自己逐渐年老色衰，所以对科恩的态度发生了转变，科恩由一件可有可无的私有财产和利用品变成了一个必须和她结婚的对象。在这时，科恩的妈妈决定给科恩一笔生活费，大概有三百美元。这两年半的时间里，科恩从来没有关注过别的女人，他过得很幸福。但他还是希望自己能在美国，就像很多居住在欧洲的美国人一样，同时他发现自己能写点什么。他写了一部小说，这部小说虽然不至于像后来的批判者们说的那么烂，但仍稍显苍白。他读了很多书，还会打桥牌，玩网球，偶尔也会在当地的健身房打拳击。

在一次我们三个一起用餐之后，我才第一次注意到弗朗西斯待他的态度。在大马路饭店吃过饭，我们去了凡尔赛咖啡馆。喝完咖啡后又喝了几杯白兰地，我说我必须要走了。科恩刚刚提议我们两个人应该在周末找个地方来个旅行，他想出城好好玩一下。我建议我们先坐飞机到斯特拉斯堡，从那里到圣奥代尔，或者我们可以去阿尔萨斯的其他地方。我跟他说："我认识一个斯特拉斯堡的姑娘，她能带我们参观一下那座城市。"

这时，桌子底下有人踢了我一脚。一开始我以为他只是无意间碰到的，就继续说下去："她在那儿住了有两年了，对那个城市可以说是了如指掌，是个很好的姑娘。"

我又被踢了一脚，然后我发现，罗伯特的那位情人弗朗西斯正绷着脸，下巴抬得老高。

"该死，"我说，"干吗要去什么斯特拉斯堡呢？我们可以北上布鲁日，要么去阿登森林也行啊。"

科恩明显松了一口气，我也没再被踢。道了声晚安我就准备离开了，科恩说他想买份报纸，可以陪我一起走到街道拐角。"苍天啊，"他说，"兄弟，你干吗要提斯特拉斯堡的那位姑娘？你没看见弗朗西斯是什么脸色吗？"

"我为什么要看她的脸色？我认识一个住在斯特拉斯堡的美国姑娘，这和弗朗西斯有什么关系？"

"随你怎么说，反正只要有姑娘我就不能去，就这么回事。"

"这也太傻了吧！"

"你刚认识弗朗西斯，不了解她。只要有姑娘就不行，你难道没看见她刚才的脸色？"

"好吧，好吧，"我说，"那就去森利①算了。"

"你别生气。"

"我没生气。森利也是个不错的地方，我们可以住在麋鹿大饭店，还能到森林里远足，之后就能回来了。"

"嗯，听上去很不错。"

"好了，那明天在球场见。"我说。

"晚安，杰克。"他说，然后转身朝咖啡馆走去。

"你还没买报纸呢。"我对他说。

"确实。"他跟我一起走到拐角的报亭，"你没生气吧，杰克？"他拿着报纸转身问我。

"没有，我为什么要生气？"

"那网球场见。"他说。我看着他拿着报纸走回咖啡馆。我很喜欢他，但这个女人明显让他的日子不太好过。

第二章

就在那年冬天，罗伯特·科恩带着自己的小说回了趟美国。小说被当地一家相当不错的出版社采纳了。我听说，回国前他和女朋友大吵了一架，我觉得弗朗西斯就是因此而失去他的；纽约有好几个女人都待他很好，而且他从美国回到巴黎以后也改变了很多。他更热爱美国了，比过去任何时候都爱，他也不再那么单纯厚道了。有几位出版商对他的小说做出了很高的评价，这也确实让他头脑发昏。然后好几个女人开始处心积虑地讨好他，这么一来，他可大大长了见识，眼界完全变了。开始的四年里，他的眼界仅仅局限在他妻子身上；几乎三年以来，他的眼里就只有弗朗西斯。我敢肯定，他至今为止都从来没有真正意义上地恋爱过。

大学生活对他而言实在太痛苦，他的妻子正是在他经历大学的磨难后出现的一丝曙光；而当他发现对第一任妻子而言自己并不是一切的时候，弗朗西斯又出现了。虽然现在他还没有真正跟哪个女人相爱过，但是他发现原来自己对女人而言是有吸

① 在巴黎东北约 25 英里处，是巴黎人喜欢去的旅游城市。

引力的。有女人喜欢他，想跟他生活在一起，这不是一个白日梦，而是事实。这件事让他发生了一些改变，他变得不再那么容易相处。而且，他在纽约的时候曾经跟几个朋友玩过几次大赌注的桥牌，赌注远超他所能负担的范围，这几次游戏中他赢了好几百美元，这让他觉得自己的牌技很了不起。他还说了好几次，如果不得已，自己能够考虑靠打桥牌养家糊口。

这里还有一件事要提。他之前一直在读威·亨·赫德森的书。这看起来好像无可指责，但是，科恩反复地读那本《紫红色的国度》，这是非常有害的。这本书讲的是一个完美的英国绅士在一个非常浪漫的地方经历的各种虚构的风流韵事，作者对这个地方的描述极其精彩。但是，对于一个 34 岁的男人来说，把这本书作为人生指南就好像是一个 34 岁一直在法国修道院生活的人直接拿着阿尔杰的著作到了美国的华尔街一样，而阿尔杰的书还稍微实际点。这种行为很不靠谱儿，是很危险的。科恩逐字逐句地研究《紫红色的国度》，就好像阅读罗·格·邓恩的报告一样认真。你要明白我的意思，他确实有所保留，并没有全部相信书上所说，但是他认为这本书很有道理。最初我还没意识到问题的严重性，直到有一天他跑到了我的办公室。

"嗨，罗伯特！"我说，"你是来让我开心一下的吗？"

他问我说："杰克，你想去南美洲吗？"

"不想。"

"为什么不去？"

"不知道，我没想过要去，太贵了。而且你若是想看南美洲人，在巴黎也能看够啊。"

"那些人不是真正的南美洲人。"

"可在我看来他们是地道的南美洲人。"

我这周的通讯稿就要装船发出去了，可是我只完成了一半。

"你知道什么小道消息了？"我问。

"没有。"

"你那些尊贵的朋友们有没有谁离婚？"

"没有。听着，杰克，如果由我来负责我们两个的费用，你愿不愿意和我一起去南美洲？"

"为什么是我？"

"你会说西班牙语，而且如果是我们俩一起去会更有意思。"

"不去。"我说，"我很喜欢巴黎，而且夏天我要去西班牙。"

"我这辈子老想有一次这样的旅行，"科恩说着坐下来，"就怕还没去我就老了。"

"不要说傻话，"我说道，"你想去哪儿就去哪儿啊，你不是发财了吗？"

"这我知道，可是我一直不知道该怎么开始。"

"开心点，"我说，"所有的国家都跟电影里差不多。"

但是我还是挺替他难过的，他看起来很沮丧。

"我没办法让自己的生活就这么迅速地过去了，而我却觉得自己还没有真正地活过。"

"没有人的生活一直丰富多彩，除了斗牛士。"

"我对斗牛士没兴趣，那种生活不正常。我想去南美的国家，我们可以来一次非常不错的旅行。"

"你想过去英国管辖的东非打猎吗?"

"没有，我不喜欢。"

"你要是去那儿我就跟你去。"

"不，我对那里没兴趣。"

"那是因为你从来没读过关于那里的书。去读一本满是美丽又耀眼的黑色公主的风流韵事的书吧。"

"我想去南美洲。"

他现在有很明显的犹太人的那种固执倾向。

"到楼下喝一杯吧。"

"你不是在工作吗?"

"没事。"我说。我们下楼到了底层的一个咖啡厅。我早就发现了这是摆脱朋友的好的办法。你喝完一杯以后就可以说："我得回去了，我还有篇电讯稿要打。"然后就可以走了。干新闻这一行，当你看起来无所事事的时候，给自己找一个优雅的脱身之计是非常重要的。于是，我们下楼去了酒吧，点了一杯威士忌和一杯苏打水。科恩盯着墙边成捆的酒瓶说："这个地方还不错。"

"酒水不少。"我同意他的说法。

"听着，杰克，"他向前倚在吧台上说，"你难道就没想过你的一辈子就快这么过去了，你却还没好好享受过它? 你难道没发现你的生命差不多已经过去一半了吗?"

"没错，我有时候也这样想。"

"你知不知道，再过35年，我们可能就已经死了。"

"你胡扯什么呢。"

"我是认真的。"

"这事我才不担心。"

"你应该考虑考虑。"

"我还有很多别的事要想，我要担心的事情太多了，我不想再想这么多了。"

"好吧，不管怎样，我都要去南美洲。"

"听着，罗伯特，去别的国家也没有什么意义，我都试过了。不管去什么地方，你也没有办法自我解脱，你还是你。"

"可你没去过南美洲。"

"去他妈的南美洲! 你要是去了南美洲，你会发现那里也是个很好的小镇，就跟这里一模一样。你怎么就不能在巴黎好好过日子呢?"

"我受够了巴黎了，我讨厌这个拉丁区①!"

---

① 位于巴黎城中心塞纳河南，那里大学很多，是学生、文人以及艺术家居住活动的地方。

"那就离开这里，自己到城里各处转转，看看会遇上什么有趣的事。"

"什么都不会发生。我曾经一个人走了一整晚，什么事都没遇到，只有一个骑自行车的警察让我停下来检查证件。"

"巴黎的夜景不是很美?"

"我不喜欢这儿。"

这就是问题的根源了。我为他感到难过，却又帮不了他。因为你说什么都改变不了他的固执：一是南美洲能改变一切，二是他不喜欢巴黎。我猜他产生前面的想法是因为看了一本书，他的第二个想法的萌生肯定也是因为看了那本书!

"好吧，"我说，"我得上楼发几份电讯稿了。"

"你真的得走吗?"

"没错，我必须要发那几份电讯稿。"

"你介意我跟你上楼到你的办公室随便坐坐吗?"

"不介意，来吧。"

他坐在外屋里看报纸，我和编辑还有出版商辛苦工作了两个小时。然后我把正副件分拣好，打上我的名字，把那些东西都放进两个马尼拉纸的大信封里，打了电话给一个听差，让他把东西拿到圣拉扎尔火车站。之后我走到外屋，发现罗伯特·科恩在一个大椅子上睡着了，他的脑袋枕着胳臂。我不想叫醒他，但是我得锁门离开了。我把手放在他的肩膀上，他摇头说："我做不到。"然后，把头埋得更深了，继续说"我不能干这事，什么也不能让我这样做。"

"罗伯特。"我说，用手摇他的肩膀。他抬起头，笑了下，眨了眨眼睛。

"我刚刚大声说话了吗?"

"说了，但是不清楚。"

"天哪，这个梦太恶心了!"

"是打字机的声音让你睡着了吗?"

"可能吧，我昨晚一整夜没睡。"

"怎么了?"

"谈话。"他说。

我能想象出来。我有个很不好的习惯，我喜欢在脑子里想象我的朋友们在卧室的情景。我们去了波利咖啡馆，一边喝着开胃酒，一边看着林荫大道上散步的人群。

第三章

这是一个春日的夜晚，很温暖。罗伯特离开以后，我独自坐在波利咖啡馆露台的一张桌子边上，看着夜色慢慢袭来，霓虹灯都亮起来，红绿灯变换着，行人络绎不绝，出租车流旁边的马车踢踢踏踏地行过。我看着一个长相娇美的女孩从桌子边走过去，看着她走到了街上，然后逐渐失去踪迹。我又接着看另外一个人，然后看到最开始的那个女孩又回来了。她又一次走过去，看到了我，走了过来坐在桌边，之后服务员过来了。

"你要喝什么?"我问她。

"珀诺。"

"这可不适合小女孩喝。"

"你才是小女孩!Dites garcon, un pernod. ①"

"我也要一杯珀诺。"

"现在是什么情况,想找点乐子?"她问我。

"没错,你呢?"

"不知道,在这个城市谁也说不准。"

"你不喜欢巴黎?"

"不喜欢。"

"那你怎么不去别的地方?"

"不都一样吗?"

"好吧,你兴致真好。"

"真好?胡扯!"

珀诺是一种仿苦艾酒,绿色的。你要是给它兑一点儿水,它就变成乳白色了。它尝起来像是甘草,很提神,但能很快把人灌醉。我们坐下来喝着,那个女孩看起来心情不太好。

"好吧,"我说,"你要请我吃晚餐吗?"

她咧嘴笑了一下,于是我明白了她有意绷着脸不笑的原因——她嘴巴闭着的时候很好看。我结了账,我们一起出门到了街上。我叫来一辆马车,马夫在人行道旁停下了。我们在这个慢悠悠又很平稳的出租马车里坐下,去往歌剧院大街。我们路过一家家已经打烊的商店,灯光从窗子里透出来,使得大街显得很宽敞,路面很空旷,连一个人影都没有。马车从纽约《先驱报》分社前经过,很多钟表摆在橱窗里,满满当当的。

"他们要这些表都干什么用?"她问。

"看美国各地区的时间。"

"别骗我了。"

我们离开歌剧院大街到了金字塔路。穿过沃利路的车流,经过一个阴暗的大门以后,我们进了特威勒公园。她亲昵地依偎着我,我也搂住她,她抬起头等着我吻她。然后她用一只手抚摸我,但我把她的手拿开了。

"不要这样。"

"为什么不行,难道你有病?"

"嗯。"

"每个人都有病,我也是。"

我们从特威勒公园到了明亮的地方,穿过塞纳河,然后到了教皇路上。

"你有病怎么能喝珀诺呢?"

---

① 法语,意为"服务员,来一杯珀诺。"

"那你也不该喝。"

"我喝不喝没什么区别,对女人来说无所谓。"

"你叫什么?"

"乔其艾特。你呢?"

"雅各布。"

"那是个弗兰德人的名字。"

"美国人也用。"

"你不是弗兰德人?"

"不,我是美国人。"

"太好了,我不喜欢弗兰德人。"

这时我们已经抵达餐厅了。我们让车夫停下来了。但乔其艾特不喜欢这家餐厅的外观。"这家餐厅不好。"她说。

"对。"我说,"或许你更喜欢福艾特的餐厅,我们不如接着坐马车去那里吧?"

之所以要带上她,只是因为一种朦胧的感觉,也许有人陪着一起吃饭的感觉会好点。我已经很长时间没同别人一起吃饭了,我简直已经记不起它的无聊程度了。我们进了餐厅,从账台后面的拉维涅夫人面前走过,进入一个小单间。乔其艾特吃了点东西以后心情好些了。

"这餐厅还不错,"她说,"虽然看上去一般,不过饭菜还行。"

"肯定比你在列日吃得好。"

"你说的是布鲁塞尔?"

我们又叫了瓶红酒,乔其艾特开了个玩笑。她又笑了,露出了一口烂牙。我们一起干杯。

"你人不错,"她说,"真遗憾你生病了。咱们很能聊得来,不过你究竟怎么了?"

"是在战场上受了伤。"我说。

"哦,那场战争真该死。"

我们原本可能就这么聊下去,谈着那场战争,可我实在很烦。正在这个时候,另一个单间里有人喊我:"巴恩斯!雅各布·巴恩斯!"

"有人在叫我。"我向她解释,然后走了出去。

原来是布拉多克斯,他正和科恩、弗朗西斯·克莱恩、布拉多克斯太太,还有几个我不认识的人围坐在一张大桌子边。

"你会参加舞会,是不是?"布拉多克斯问我。

"什么舞会?"

"哎呀,就是跳舞啊。你不会不知道我们的舞会已经恢复了吧?"布拉多克斯太太插话。

"杰克,我们都会去的,所以你必须来。"弗朗西斯在桌子的另一头跟我说。她个子很高,还面带微笑。

"他一定会来,"布拉多克斯说,"到这儿来,巴恩斯,我们一起喝杯咖啡吧。"

"好啊。"

"让你的朋友也过来吧。"布拉多克斯太太微笑着说。她来自加拿大，那里的人在社交时都会保持一种高贵大方的社交风度。

"多谢，我们一定来。"我说着，回到了小单间。

"你的朋友都是做什么的？"乔其艾特问。

"搞创作和搞艺术的。"

"塞纳河这边也都是这种人。"

"嗯，很多。"

"是这么回事。但是，他们当中有些人确实能挣很多钱。"

"是呀，说得对。"

酒足饭饱之后，我说，"走吧，咱们到他们那边去，跟他们喝咖啡。"

乔其艾特把手提包打开，对着小镜子补了补脸上的妆，又用唇彩重新涂了涂嘴唇，然后扶了扶帽子。

"可以了。"她说。

我们走进那间房间，里面坐满了人，布拉多克斯和另外几个男人都站了起来。

"下面，请允许我介绍我的未婚妻，乔其艾特·勒布朗小姐。"我说。乔其艾特摆出和刚才一样的完美笑容，跟大家一一握手。

"你跟那位女高音歌唱家乔其艾特·勒布朗是亲戚吗？"布拉多克斯太太问道。

"不是。"乔其艾特答道。

"可你们俩竟然同名同姓啊！"布拉多克斯很真诚地坚持着。

"不是的，"乔其艾特说，"我们一点儿关系都没有，我的姓是郝本。"

"可是刚刚巴恩斯先生确实说你是乔其艾特·勒布朗小姐。"布拉多克斯太太仍然坚持着，激动地说着法语。

"他傻。"乔其艾特说。

"哦，这么说来他是开玩笑啊。"布拉多克斯太太道。

"没错，"乔其艾特说，"逗大家开心。"

"亨利，你听到了吗？"布拉多克斯太太朝桌子那头的布拉多克斯喊道："巴恩斯介绍说他的未婚妻时，说她叫乔其艾特·勒布朗，事实上她姓郝本。"

"你说得对，亲爱的。她是郝本小姐，我早就认识她了。"

"哦，郝本小姐。"弗朗西斯·克莱恩叫道。她的法语说得很流利，但她不像布拉多克斯太太讲法语时凭着自己一口地道的法语就故意表现，扬扬自得。"你在巴黎待很长时间了吗？你喜欢这里吗？"

"她是谁？"乔其艾特回头问我。"我一定得跟她讲话吗？"

她又转向弗朗西斯，弗朗西斯正微笑着坐着，交叉着手指，伸长了脖子，嘬起嘴巴来正准备再度开口。

"不，我不喜欢巴黎，这里又奢侈又脏。"

"真的吗？我觉得巴黎非常干净！在欧洲可以算是最干净的城市之一了。"

"我觉得它很脏。"

"太奇怪了！也许你在巴黎待的时间还不长。"

"我很早就来巴黎了。

"可是这里的人都不错，这一点谁都无法否认。"

乔其艾特扭头对我说："你的朋友不错。"

弗朗西斯有点醉了，却还想继续说下去。不过咖啡端了上来，还有利久酒。我们一起喝完后走出餐厅，准备去布拉多克斯的跳舞俱乐部。

那家跳舞俱乐部是设在圣杰尼维耶弗山路上的一个大众舞厅。一周里有五个晚上，先贤祠区的劳动人民都会来这里跳舞，其中一天晚上他们会去跳舞俱乐部。周一晚上，俱乐部不开放。我们到的时候里面空荡荡的，只有一个警察坐在门口，老板娘和老板坐在白铁酒吧柜台后面。我们进门的时候，老板的女儿正好从楼上下来。屋子里摆了几条长凳，中间还有一整排桌子，屋子的对面才是舞池。

"真希望大家能早点来。"布拉多克斯说。老板的女儿向我们这边走来，问我们想喝点什么。老板坐在舞池边上的一个高脚凳上，开始拉手风琴。他一只脚踝上还系了串铃铛，一边演奏一边用脚打着拍子。大家都开始跳舞。屋里热得很，以至于我们走出舞池的时候都满头大汗。

"天哪，"乔其艾特说，"简直就是个蒸笼嘛！"

"是啊，太热了。"

"热死了，老天啊！"

"把帽子摘了吧。"

"好主意。"

有人邀请乔其艾特跳舞，我就走到了吧台旁。屋里的确很热，在这个炎热的夜晚，手风琴的音乐声让人听着很舒服。我站在门口，喝着啤酒，习习凉风向我吹来。

有两辆出租车从坡很陡的街上开了下来，在舞厅门口停了下来。车子上下来了一帮年轻人，他们有的穿运动服，有人穿着长袖衬衫。借着屋子里透出的光，我能看清楚他们的手和刚刚洗过的鬈发。门口站着的那个警察对着我笑了一下。他们走了进来。他们进来的时候，我在灯光的照射下看到他们雪白的手，卷曲的头发和雪白的脸。他们又扮鬼脸，又打手势，还不停地说话。布莱特跟他们在一起，她看起来很活泼，并且似乎和他们相处得很愉快。

其中一个人看到了乔其艾特，然后说："重大发现！这里有一个婊子！我一定要跟她跳个舞！莱特，你等着看好戏吧！"

那个叫莱特的褐色皮肤的高个子说："可别太冒失了！"

那个金色鬈发的人回答说："不要担心，亲爱的。"布莱特就是跟这种人混在一起。

我非常生气，不知道为什么，我就是看不惯他们这种人，他们总让我很不愉快。我知道他们可能只是在哗众取宠，该对他们宽容些，可我总忍不住想把他们中的一个揍一顿，彻底粉碎他们那种自我感觉良好、故作镇定的做派。但我没有，我沿着大街往下走，在隔壁一家舞厅的吧台上喝了杯啤酒。那里的啤酒不怎么样，我又灌了杯科涅克白兰地，想把嘴里的啤酒味冲掉，结果这杯酒更加糟糕。等我回到原来的酒吧的时候，舞池里已经人山人海。乔其艾特正跟那个高个子的金发年轻人跳舞，那个年轻人跳得很嬉皮士，扭来扭去，歪着脑袋，眼睛还往上翻着。音乐一停，另外一个年轻人又立刻请她跳舞。她被他给占有了，我知道他们会跟她跳一个遍的，他们就是这种人。

我坐在桌子旁，科恩也坐在那里。弗朗西斯正在跳舞，布拉多克斯带了一个人过来，介绍说是罗伯特·普伦蒂斯。他从纽约来，中途经过芝加哥，是个新出名的作家。他讲话带点英国口音，我问他要不要喝一杯？

"多谢，我刚喝了一杯了。"他说。

"那就再喝一杯啊。"

"那好吧，谢谢了。"

我们把老板的女儿叫了过来，每人点了一杯掺水的白兰地。

"他们跟我说你来自堪萨斯市。"他说。

"没错。"

"你觉得巴黎怎么样？"

"嗯，挺好玩的。"

"是真的吗？"

我有点醉了。并没有真醉，但是已经有点胡言乱语了。

"以上帝的名义，"我说，"好玩，你不觉得好玩吗？"

"天哪，你生气的样子太好看了！"他说，"真希望我也能像你这样。"

我站起来走向舞池，布拉多克斯夫人跟着我走过来。"不要生他的气，"她说，"他还只是个孩子，你得明白。"

"我没生气。"我说，"我只是觉得我快吐了。"

"你未婚妻今天晚上太显眼了，"布拉多克斯夫人朝外看着舞池，乔其艾特正在和那个褐色皮肤的高个子莱特跳舞呢。

"没错啊！"我说。

"非常了不起！"她说。

科恩站起来，"杰克，跟我来，"他说，"我们来喝一杯。"我们走到了吧台。"你怎么了？你好像有什么心事。"他说。

"没有，不过是那些人玩得那些把戏让我很不舒服而已。"

布莱特走到了吧台这儿。

"嗨，小伙子们！"

"你好，布莱特，"我说，"你怎么还没醉？"

"我再也不会醉了，给我一杯白兰地苏打水。"

她站在那里，手里拿着酒杯，我看见罗伯特·科恩正盯着她看。他看她的样子，就好像是亚伯拉罕看见了上帝赐予他土地时的神情。当然，科恩更年轻，他的目光也饱含着热情和期待。

布莱特非常好看，她穿了一件套头的紧身运动毛衣和一件花呢裙子，她的头发像男孩子那样梳到了后面，她的曲线就像赛艇的船身一样凹凸有致。而她穿着那件紧身毛衫，使她的好身材一览无余。

"你身边的那些人挺不错的，布莱特。"我说。

"他们很可爱，是不是？你也是啊，亲爱的。你又是怎么找到你的女伴的？"

"在波利咖啡馆认识的。"

"那你今晚过得很开心喽？"

"嗯。"

布莱特笑了，"杰克，你这样可不对，这可就冒犯了我们所有人。你看看那边的弗朗西斯，还有乔。"

这句话是对科恩说的。

"现在执行贸易管制啊。"布莱特又大笑。

"你现在还真是特别清醒！"我对她说。

"没错！难道不是吗？要是有人像我一样跟那群人在一起的话，那个人也一定会跟我一样能喝。"

音乐响起，罗伯特·科恩说："可以请你和我一起跳这支舞吗，布莱特小姐？"

布莱特朝科恩笑笑说："我已经说好跟雅各布跳这支舞了。"她大笑起来："杰克，你这名字还真是圣经味十足啊！"

"那和我跳下一支舞怎么样？"科恩问。

"下一支舞的时候我们就该走啦，"她说，"我们要去蒙马特①，那儿还有个约会。"

和布莱特跳舞的时候，我从她的肩膀上面望过去，发现科恩站在吧台旁边，他的眼睛始终不离布莱特。

"你又让一个男人迷上了你。"我对她说。

"别胡说，可怜的年轻人，我也刚知道。"

"好吧，"我说，"看来，你觉得喜欢你的人越多越好吧。"

"你说什么呢。"

"你本来就这样啊！"

"好啊，就算我这样又怎么了？"

"没什么。"我说。我们踩着手风琴的节奏跳着舞，有个人在弹班卓琴。屋子里热得很，但是我很开心。我们经过乔其艾特的时候，她换了一个人跳舞，但还是那群人里面的一个。

"你为什么带她来？"

"不知道，反正我带上她了。"

"你太过浪漫了。"

"没什么，无聊而已。"

"现在呢？"

"当然一点儿也不无聊啦！"

"我们出去吧，她现在被照顾得很好啊！"

"你想走了？"

"我要是不想走会问你吗？"

我们离开舞池，我把大衣从墙上的挂钩上取下来穿上。布莱特站在吧台旁边等

---

① 巴黎北部的一个城区。

我，科恩正在和她说话。我在吧台停下，向老板娘要了个信封。我放了50法郎在里面，然后封好，把它交给了老板娘。

"如果和我一起来的女孩找我的话，可以帮我把这个交给她吗？"我说，"如果她跟其中哪一位绅士一起离开，就请帮我在这儿存一下吧。"

"没问题，先生，"老板娘说，"你现在就要走了吗？天还这么早。"

"对。"我说。

我们出了门。科恩还在和布莱特说话，她和科恩告别，然后挽起了我的胳膊。"晚安，科恩。"我说。到了大街上我们就开始找出租车。

"你那50法郎算是白白扔掉了。"布莱特说。

"哦，是的。"

"没看见出租车啊。"

"我们可以先走到先贤祠，在那儿可以等到出租车。"

"算了吧，我们还是去隔壁酒吧喝一杯，让他们帮我们叫一辆。"

"这么几步路你都不想走？只是过个马路而已。"

"能不走就不走。"

于是我们进了隔壁的酒吧，找了个服务员去给我们叫出租车。

"太好了，"我说，"终于甩掉他们了。"

我们倚着高高的白铁酒吧柜，没有说话，只是看着彼此。服务员过来说出租车已经在外面等着了。布莱特用力握了下我的手，我给了服务员一个法郎，然后我们就一起出去了。

"让司机开往哪里？"我问。

"啊，告诉他开车四处转转。"

我上了车，关上车门，跟司机说去蒙特苏里公园。布莱特依偎在角落里，闭上双眼，我坐在她旁边，出租车颤了一下后就开始向前行进。

"哎，亲爱的，我是多么悲惨啊。"布莱特说。

第四章

出租车经过灯火通明的广场开到了山丘上，之后又开进了黑暗里，但依然在爬坡，然后开到了圣埃蒂内多蒙教堂后面的一个水平的漆黑大街上。它沿着沥青公路平稳前行，经过了很多树木，经过康特雷斯卡普广场上停泊着的公车，之后转到了穆孚塔路的鹅卵路上。那里有很多亮着灯的酒吧，还有在夜间营业的商店。原本我们分开坐在出租车里，但是车子在老路上一直颠簸，最后使得我们靠在了一起。布莱特把帽子摘了，头向上抬着。借着商店的光，我看了一下她的脸，然后就又是一片漆黑，后来我们到了高柏林大街，这时她的面容清楚地呈现在我的眼前。这条街的路面被挖开了，在电石灯的光芒下，工人们在电车轨道上施着工。布莱特的脸很白，电石灯的光使我能看到她脖颈优美的线条。大街又黑了下来，我吻了她。我们的唇紧紧贴在一起，后来她把脸转到另外一边，紧紧靠在角落里，尽可能地远离我。

她的头垂得很低。

"不要碰我，"她说，"求你不要碰我。"

"为什么?"

"我无法忍受。"

"啊，布莱特。"

"不要这样，你要知道，我无法忍受了，这就足够了。啊，亲爱的，求你一定要理解我。"

"你不爱我?"

"怎么会呢? 你碰我的时候，我整个人都软了。"

"难道就没有什么办法吗?"

现在她坐直了。我的手环绕着她，她依偎在我身上，我们都很冷静。她带着她一贯的神情看着我的眼睛，她的眼神让人禁不住怀疑，那是否真的是她的眼睛。它们会一直看，一直看，直到世界上所有的眼睛都停止凝视。好像她会用那样的眼神去看世界上所有的东西，可事实上，世界上很多东西都会让她觉得害怕。

"那现在我们什么都不能做了。"我说。

"谁知道呢，"她说，"我不想再经历一遍刚才那种感觉了。"

"我们最好分手。"

"但是，亲爱的，我必须要看着你，我的情况并不完全是你所知道的那样。"

"我的确不明白，不过在一起却不得不这样。"

"是我的错，但是我们正在为自己所做的事情付出代价啊!"

她一直在看我的眼睛。她的眼睛有不同的深度，有的时候真的很浅。比如现在，我就能一直望到她的内心深处。

"我已经把很多人都拖进我的痛苦里了，我觉得自己现在正在为之付出代价。"

"别这样说，跟个傻瓜似的。"我说，"再说了，对于我此刻的不幸，我只能一笑而过，不再去想它了。"

"你是可以做到的。"

"行了，我们就此打住吧。"

"我自己也嘲笑过自己一次。"她没再看我，"我弟弟的一个朋友从蒙斯①的战场回家，在他看来战争就是个玩笑。小孩子们什么都不懂，是吧?"

"不知道"我说，"大家什么也都不知道。"

我成功地结束了这个话题。我曾经从各个方面考虑过这个问题，也包括某些创伤或是残疾会被大家当作寻开心的对象，可是这对于那个承担创伤和残疾的人来说，仍然是开不得玩笑的。

"是好玩，"我说，"很好玩。还有，爱上某个人也是一件很有趣的事情。"

"你这样想?"她的眼睛又变浅了。

"我不是说那种好玩，而是一种很享受的感觉。"

---

① 比利时西南部一座古城，历来为兵家必争之地。

"不是那种感觉，我认为太痛苦了！"她说。

"能看见彼此就很好。"

"我不觉得。"

"你不想见到我吗？"

"可我不得不这样。"

我们就这么坐着，就像两个陌生人一样。右边是蒙特苏里公园。那里面有个餐厅，餐厅里有养鳟鱼的水池，坐在那里你能欣赏公园的景色。漆黑一片。司机歪着头四处看了看，因为饭店现在已经打烊了，四周漆黑一片。

"你想去哪儿？"我问她。布莱特转头朝外面看了看。

"啊，去雅士咖啡厅吧。"

"雅士咖啡厅，"我告诉司机，"去蒙帕纳斯大街。"我们沿着大街一直开，绕开了贝尔福狮子像，那狮子就像是一直守卫着蒙特劳奇区的电车。布莱特目光直直地看着前方。车子行驶在拉斯帕埃大街上，直到望得见蒙帕纳斯大街上的灯光了才停下。

布莱特说："我要是请你做些什么事的话，你会介意吗？"

"别傻了，当然不介意。"

"在到那里之前再吻我一次。"

出租车停下的时候，我走出来付了钱。布莱特出来后戴上了帽子。走下来以后，她把手递给了我。她的手抖得很厉害。我说："我看起来会不会有些狼狈？"她扯了扯她的男式毡帽，然后开始朝酒吧走去。里面的吧台边、桌子上满是跳舞的人群。

"嗨，小伙子们。"布莱特说，"给我一杯。"

"啊，布莱特！布莱特！"一个小个子的希腊人从人堆里向她挤过来，他是一位半身像画家。他管自己叫公爵，别人都称呼他齐齐。他挤到了布莱特身边说："我有好玩的事要跟你说！"

"嗨，齐齐。"布莱特说。

"我想向你介绍我的一个朋友。"齐齐说着，一个肥胖的男人走了过来。

"米皮波普洛斯伯爵，这是我的朋友，阿什利小姐。"

"您好。"布莱特说。

"哎，夫人，您在巴黎玩得开心吗？"米皮波普洛斯伯爵问布莱特，他的表链上拴了颗麋鹿的牙齿。

"挺不错。"布莱特回答。

"巴黎是个很好的地方，"伯爵说，"但是我觉得在伦敦的话你肯定过得更好。"

"没错，"布莱特说，"在伦敦有很多好玩的事。"

布拉多克斯从另一张桌子上叫我。"巴恩斯，"他说，"来喝一杯。你带来的女孩儿刚才在这儿大吵大闹！"

"怎么了？"

"老板娘的女儿说了一些话。吵得沸沸扬扬的，她还挺厉害的。你知道，她连自己的黄卡都拿出来了，还让老板娘女儿也拿出来，跟赶集一样热闹！"

"最后怎么了？"

"后来，有人带她回家了。很漂亮的一个女孩儿，行话说得也很漂亮！快来坐下喝一杯吧。"

"不了，"我说，"我必须走了，你看见科恩了吗？"

"他和弗朗西斯一起走了。"布拉多克斯夫人插进来。

"太可怜了，他看起来心情很不好。"布拉多克斯说。

"恐怕是的。"布拉多克斯夫人说。

"我必须走了，"我说，"晚安。"

我跟站在吧台边的布莱特告别。伯爵正在买香槟。"先生，你要不要跟我们一起喝杯酒？"她问我。

"不了。非常感谢，我必须要走了。"

"不走不行吗？"布莱特问我。

"嗯，"我说，"我有点头疼。"

"那明天见？"

"来我办公室吧。"

"可能不行。"

"那好吧，那你说在哪儿碰面？"

"五点钟左右，在哪儿见面都行。"

"那就在对岸吧。"

"没问题。五点钟在克里龙。"

"不要放我鸽子啊。"我说道。

"不要担心，"布莱特说，"我没欺骗过你，不是吗？"

"收到迈克尔的来信了？"

"今天收到的。"

"晚安，先生。"

我走到路边，沿着马路走到了圣米歇尔大街，经过"洛东达"咖啡馆门前的那些桌子，那里还是很多人。在马路对面，多姆咖啡馆的桌子一直摆到马路边的人行道旁。桌子上有个人朝我挥手，我也没看清是谁，也因为我想早点回家，就继续朝前走了。蒙帕纳斯大街上渺无人迹，很是冷清。拉维涅餐馆大门紧闭，"丁香园"咖啡馆外面的桌子都摞了起来。我经过刚吐出新叶的栗树丛，丛中耸立着奈伊的雕像，雕像笼罩在弧光灯的灯光里。一个已经枯萎的紫色花环放在基座旁边。我停下脚步，读着基座上的铭文"波拿巴主义者组织敬献，某年某月某日"——日期我已经记不太清楚了。这座雕像看起来威武神勇，霸气十足，这位元帅脚踏长筒靴，在七叶树绿油油的新叶当中挥舞着宝剑。我住的地方就在街道对面，沿着圣米歇尔大街走很快就到。

门房的灯还没关。我敲了敲门，女看门人把我的邮件递了出来。有两封信，还有几份报纸。我说了声"晚安"后上了楼。我在餐厅的煤气灯下浏览了一下。信是从美国寄过来的，一封是银行账目表，我的账户还有2432.6美元的结余。我拿出支票本，扣除这个月1日以来开出的四张支票的钱数，还剩1832.6美元。我把这个数额记在账目表背面。另一封是一个婚礼喜帖。阿洛伊修斯·柯比夫妻宣布他们的女儿凯瑟琳和一位先生即将喜结良缘。我既不认识这位新娘，也不认识新郎。他们肯定是把喜帖发给了小镇上的所有人。这名字很有趣。要是我认识一个叫阿洛伊修斯的人，我肯定不会忘记。这是个典型的天主教徒名字。喜帖上还印了个十字架的形状。就像齐齐一样，顶着一个希腊公爵的头衔，那位伯爵也是如此。那位伯爵真的很可笑。布莱特也有个名号，叫阿什利小姐。见鬼去吧！

我关掉餐厅里的煤气灯，打开床头灯，打开大窗户。床和窗户有一段距离。我开着窗，脱了衣服坐在床边。外面有辆夜行列车，正沿着有轨电车的轨道往市场运蔬菜。每当夜间失眠的时候，就会觉得这声音非常烦人。我看着床边大衣橱镜子里光溜溜的自己，我猜这个房间的装饰风格是典型的实用的法式风格。哪里受伤不好啊，偏偏伤到那里，想想可真好笑。我换上睡衣，就上床了。那两份《斗牛报》我都带过来了，我把包装全都扯掉了。两份报纸，一份是橙色的，另一份是黄色的。两份肯定都是一样的新闻，所以不管是先读哪一份，另一份都会显得没意思。《斗牛报》比另一份办得好一些，所以我就看它了。我把它从头到尾细致地看了个遍，连读者来信栏和谜语笑话都没落下。然后我把灯熄了，这样也许我就能睡得着了。

我的脑子开始想这想那，旧伤疤又开始勾起我的思绪。没错，在意大利那个可笑的前线上受伤并离开是挺窝囊的。我们这些在意大利医院里的人都可以形成一个小型社会了。在意大利语里有个很搞笑的名字。不知道当时那些人后来怎么样。那是在米兰总医院的庞蒂病房，它的隔壁那幢楼就是宗达病房。那里有一尊庞蒂的雕像，也许是宗达的。有一位上校联络官就是到这个地方来看我的。那可真是可笑，也算得上是最可笑的事儿了。当时我全身都绑着绷带，不过有人已经把我负伤的情况都告诉了他，然后他就做了那个美妙绝伦的演说："你，一个外国人，一个英国人（他们把所有外国人都叫作英国人），作出了巨大的贡献，比牺牲生命还要大的贡献。"讲得多煽情啊！我都想把那些话裱起来挂在我办公室的墙上。可他当时一点都没笑，他肯定是在为我着想呢。"Che mala fortuna! Che mala fortuna！"

我想，以前我从未想过这一点。现在我尽量不去想这件事，只求不要烦扰别人。如果我被他们运到英国后没有遇见布莱特，可能就一直那样下去，也没觉得有什么烦心的。我觉得，她得不到的东西才是她想要的东西。算了，大家都这样。让这些人都见鬼去吧！天主教倒是很会处理这种事。说得真好。算了，别再去想这个了。今后，就忍着点吧。

我躺在床上睡不着，满脑子胡思乱想。然后我就控制不住，开始只想着布莱特，其余的一切都不重要了。我开始想念布莱特后，满脑子的胡思乱想也都没了，思绪就像是平稳的波浪，缓缓飘向前方。突然，我开始哭泣。过了一会儿，觉得好了点，我就躺在床上，静静地听着外面街上电车驶过，它的声音很沉闷，顺着街道慢慢走远，然后我便沉入了梦境。

醒来的时候，门外有人在吵闹。我听了听，是个很耳熟的声音。我披上件晨衣，走到门口。门房太太在楼底下大喊，听起来她很生气。那喊声中似乎有我的名字，于是我就朝楼下应了一声。

"巴恩斯先生，是您吗？"门房太太喊道。

"是我。"

"这里有不知道什么来路的女人，把整条街道的人都吵醒了。大半夜的，太不像话了！她嚷嚷着一定要见你，我已经跟她说过你在睡觉了。"

然后，我听到了布莱特的声音。半梦半醒间，我还以为是乔其艾特呢。可是我一直纳闷，她不可能知道我的住址。

"请您让她上来好吗？"

布莱特走到楼上。看得出来，她醉得很厉害。

"真够蠢的，"她说，"居然和人大吵了一架。你还没睡，是不是？"

"我还能干什么？"

"那谁知道？现在几点了？"

我看了看表，四点半。"我都不知道是什么时候了。"布莱特说，"我说，你只让我站着啊？别赌气了，亲爱的。是伯爵把我送这儿来的，他刚走。"

"你觉得怎么样？"我拿出白兰地、苏打水和杯子。

"我只喝一丁点，"布莱特说，"别让我喝醉了。你说伯爵？哦，还不错。他跟我们是同类人。"

"他真的是伯爵？"

"干杯，我觉得他是。不管怎么说，他真不愧是位伯爵，真圆滑啊。也不知都是从哪儿学的。他在美国拥有很多家连锁糖果店。"

她啜了口酒。

"好像他是把它们叫连锁店，反正是类似的称呼。把一家家店串起来。他给我讲了一点儿，太有意思了。不过，他确实是我们这种人。哦，真的。不会错的，这个肯定没错。"

她又抿了一口酒。

"我为什么替他宣传这个呢？你不介意，对吧？他在资助齐齐呢，这你得知道。"

"齐齐？他也真是个公爵？"

"我认为是的。是希腊的，你知道。他是一个三流画家。说实话，那位伯爵更让我喜欢。"

"你跟他去了哪儿？"

"哦，到处走走。他刚刚才我把送到这里。他要我跟他到比亚里茨去，报酬是一万美元。这得多少英镑？"

"差不多两千。"

"真不少嘛。我跟他说我不能跟他去。他倒挺大度，没有生气。我对他说，我在比亚里茨的熟人太多了。"

布莱特笑出了声。

"我说，你这人反应可真慢。"她说。我喝了一大口白兰地苏打，刚才一直只是呷几小口白兰地苏打，这才喝了一大口。

"这才对嘛。真可笑，"布莱特说，"然后他就想让我跟他去戛纳，我又跟他说戛纳也一样，蒙特卡洛还是一样。我告诉他任何一个地方我都有很多熟人。这倒也是实话，所以我就叫他把我送到这儿来了。"

　　她看着我，手放在桌子上，把酒杯举起。"别这么看着我，"她说，"跟他说我爱的人是你，这也是实话。别这么看着我。他真的很大度。他还想明天晚上开车接咱们俩出去吃饭呢。想不想去？"

　　"为什么不去？"

　　"我得走了。"

　　"为什么？"

　　"本来想看看你，这个想法挺蠢的。要不要穿上衣服一起下去？他的车就停在底下。"

　　"是那位伯爵？"

　　"他，还有一位穿制服的司机。他还要带我四处兜兜风，然后到 Bois① 去吃早点。有很多柴利饭店的酒食，还有穆默酒②。动心了吧？"

　　"我上午得工作，"我说，"现如今我们差距太大，我跟不上你们了，已经没有共同语言了。"

　　"说什么傻话。"

　　"恕不奉陪。"

　　"那就算了。那也要给他捎句话吧？"

　　"随你怎么说，怎么都行。"

　　"拜拜，亲爱的。"

　　"别太伤心。"

　　"都是因为你。"

　　我们吻别，布莱特哆嗦了一下。

　　"我得走了，"她说，"晚安，亲爱的。"

　　"你不一定得走啊。"

　　"我必须走。"

　　我们在楼梯上又吻了一下，我叫门房太太开门，听到她在门后头嘟囔。我上楼回到房间，在窗口望着布莱特朝弧光灯下走去，马路边上停着一辆大轿车。她上了车，车子开动了。我转过身，看着桌子上放着的那两个杯子，一个是空的，另一个还有半杯白兰地苏打。我把它们都拿到厨房里，倒掉那半杯酒，关掉餐厅的煤气灯，把拖鞋踢掉坐上床，然后睡觉。这就是布莱特，让我想为之大哭一场的女人。我又想起她刚才的样子，最后一眼看到的情形，接下来的一小段时间里我又觉得难过极了。大白天里，对所有的一切我都很容易做到面无表情，但是到了晚上，就不一样了。

---

　　① 法语：森林。此处指巴黎西郊的布洛涅森林。
　　② 一种德国产的烈性啤酒。

第五章

次日清晨，天气很晴朗。我沿着圣米歇尔大街走到索弗洛路喝咖啡，吃奶油和小卷蛋糕。卢森堡公园里的七叶树正在开花，空气中有一种晴朗夏天清晨特有的香味。我喝着咖啡，看着报纸，接着抽了根烟。卖花女们从市场上购进了供一天出售的花束，现在正要在街边布置。学生来来去去，有的人是要去巴黎大学的法学院，有的去文理学院。大街上挤满了电车和上班的人流。我坐上一辆去玛德琳教堂的公共汽车，站在车后面的台子上。我再从玛德琳街沿着嘉布遣会修女大街走到歌剧院，然后就快到我的办公室了。我路过一个售卖跳蛙和拳击手玩具的小贩，他的女助手正在操纵控制拳击手的牵线。我特意绕开，免得碰到线上。那姑娘站在那里，两只手捏着线头，眼睛却盯着别的地方。小贩正在说服两个游客买他的玩具，还有三个游客也停下来观看。我跟在一个在人行道上拿着涂料棍正印 "CINZANO"① 字样人的后边。大街上都是急匆匆去上班的行人。上班真是令人心旷神怡！我穿过大街，进了我的办公室。

我走上楼，进了办公室，读了几份法语晨报，又抽了几根烟，然后坐在打字机前工作，这一工作就是一上午。十一点钟的时候我打车去了凯道赛②，进去后跟十来个记者坐在一块儿。这次的外交部发言人是个年轻的"新法兰西评论"派外交官，戴一副眼镜，连发言带回答问题大约用去半小时时间。参议院议长正在发表演讲，在里昂，或者说准确一点，他正在回巴黎的路上。有几个人的提问纯粹是想听到自己的声音，还有几位通讯社的记者也提问了，看上去他们倒是真想了解真相。没什么新闻。回来的时候，我跟伍尔西和克鲁姆同搭了一辆出租车。

"你晚上都干吗呢，杰克？"克鲁姆说，"我从没见过你出来玩。"

"哦，我一般就在拉丁区转悠。"

"哪天晚上我也去玩玩。听说丁戈咖啡馆是个很棒的地方，对吧？"

"没错。这家很好，新开张的雅士咖啡馆也不错。"

"我很早之前就想过来，"克鲁姆说，"可是还有妻子和孩子，这你也是知道的。"

"打网球吗？"伍尔西问。

"唉，不打，"克鲁姆说，"今年都还没打过呢。我是想溜出来玩玩，可星期天总是下雨，球场上又总是那么多人。"

"周六休息是英国人的惯例。"伍尔西说。

"这帮幸运的家伙。"克鲁姆说，"好吧有朝一日，我再也不给通讯社卖命了。到时候，我就有了大把的时间到乡间去好好逛逛。"

"是该这样。你应该住到乡下去，再买辆小汽车。"

---

① 一种意大利产的味美思酒的商标。

② 法国外交部所在地。

"我正算计着明年去买辆车呢。"

我敲了敲出租车窗让司机把车停下。"到我的办公室了，"我说，"你们一起上楼喝一杯吗？"

"不用了，谢谢，兄弟。"克鲁姆说。伍尔西也摇了摇头，"我得回去发个稿件，把上午讲的东西写进去。"

我把两法郎的硬币塞到克鲁姆手里。

"你这是干什么啊，杰克，"他说，"这次算我送你回来的。"

"反正报社会报销。"

"不，还是我来付。"

我摆手再见。克鲁姆伸出头说："星期三午饭时见。"

"就这么定了。"

我坐电梯回到办公室。罗伯特·科恩正在等我。"你好，杰克，"他说，"要不要一起出去吃个饭？"

"好呀，不过我要先看看收没收到新消息。"

"我们去哪儿吃？"

"随便。"

我检查了一下办公桌，"你想去哪儿吃？"

"你觉得'韦策尔'怎么样？他们的冷盘小吃很好吃。"

我们到餐厅要了冷盘小吃和啤酒。酒务总管拿来了啤酒，高高的啤酒杯外头结满了水珠，很凉。冷盘足有十几碟不同花色的小吃。

"昨晚尽兴吗？"我问。

"不觉得多高兴。"

"你的书写得怎么样了？"

"很烂，第二部都不知道该怎么写下去。"

"大家都会这样。"

"嗯，这我也知道。不过我还是很烦心。"

"还想着去南美吗？"

"想。"

"那干吗不动身？"

"因为弗朗西斯。"

"那就让她一起去啊。"我说。

"她不会去的，她才不喜欢这种事。她不喜欢人烟稀少、不热闹的地方。"

"那就跟她说，让她去死吧。"

"怎么能这样，我对她还是要尽些义务的。"

他推开一碟黄瓜片，拿了碟腌青鱼。

"你了解布莱特·阿什利小姐吗，杰克？"

"应该叫她阿什利小姐。布莱特是她的闺名。她很好，"我说，"她正在闹离婚，准备嫁给迈克尔·坎贝尔。迈克尔现在在苏格兰。你问这个干什么？"

"她太美了！"

"是吗?"

"她身上有种特别的气质和优雅的风度，她一定高贵又正直。"

"她是挺好的。"

"我不知道该怎么形容她那种气质，"科恩说，"是因为她受过良好的教育吧。"

"看样子，你很喜欢她嘛。"

"没错。我就是爱上她，那也是一点儿都不奇怪的。"

"她嗜酒如命，"我说，"她爱的是迈克尔·坎贝尔，而且她就要嫁给他了。这个迈克尔一定会很富有的。"

"我不信她会嫁给他。"

"为什么?"

"不知道，就是不信。你和她相识很长时间了?"

"嗯，很长时间了，"我说，"我在大战中受伤住院的时候，她是英国志愿救护队的成员，是一名护士。"

"她当时一定还是个孩子吧。"

"她现在三十四了。"

"她什么时候和阿什利结婚的?"

"大战期间。那时她的真爱刚刚因为痢疾死了。"

"你说话够损的。"

"抱歉，我不是故意的。我只不过想尽量告诉你事实。"

"我不信她会和一个不爱的人结婚，不管那人是谁。"

"瞧你说的，"我说，"她已经这么干过两回了。"

"我就是不信。"

"那好，"我说，"既然不喜欢这样的回答，就别问我这么一大堆很蠢的问题了。"

"我没问你这个。"

"你明明刚刚向我打听布莱特·阿什利的情况。"

"可我并没叫你侮辱她。"

"哼，你去死吧!"

他面孔煞白，一下子站了起来，站在摆满小碟开胃菜的桌子后头。

"坐下，"我说，"别跟个傻子似的。"

"你必须收回你刚刚说的话。"

"哦，别耍脾气了，在补习学校时候的你就这样。"

"收回你的话。"

"好好，我收回。我对布莱特·阿什利一无所知，行了吧?"

"不，不是这个。是叫我去死的那话。"

"哦，那就别去死了，"我说，"就在这儿待着。我们才刚要开始吃饭。"

科恩再次绽露笑容，坐了下来。看来他是很乐意坐下的，要不他又能怎么样呢。

"没想到你说话竟然这么无礼，杰克。"

"抱歉!我说的话很难听，但我心里可绝对不是那样想的。"

"我知道，"科恩说，"你真算得上是我的铁哥们儿了，杰克。"

上帝保佑你吧，我心里暗想。"就权当我没说，"我大声道，"对不起！"

"没关系，没什么。我生气也就一会儿。"

"这就好，我们再叫点别的吃吧。"

吃完午饭后，我们溜达到和平咖啡馆喝咖啡。我觉得科恩还想捡起布莱特的话头，可我故意把话岔开了。我们这个那个地闲扯一通后，我就告辞回办公室了。

第六章

下午五点，我到克里龙饭店等布莱特。在等她的时候我坐下来写了几封信。我希望克里龙饭店的专用信笺能让这写得不怎么样的信看起来好些。布莱特还是没有出现，等到大约五点四十五分的时候，我就下了楼到了吧台上，跟酒保乔治一起喝了杯鸡尾酒。布莱特也没来过酒吧间，所以走之前我又上楼找了一圈，然后就打了辆车去雅士咖啡馆。路过塞纳河时，我看见一艘空驳船被拖着顺流而下，场面十分壮观。等船到桥洞附近时，船夫们伸出长橹控制船的方向。塞纳河看起来很美。在巴黎，过桥的时候总让人感觉心情舒畅。

出租车绕过一座打着旗语的雕像，那人是旗语的发明者。随后，车子转到拉斯佩尔大街。我朝后一靠，等车子驶过这段路。在拉斯佩尔大街上行驶总让人感觉不舒服，就像是行驶在巴黎里昂公路上一样，总让我觉得乏味无聊，直到过去以后才得到解脱。我想，旅途中这些让人感觉呆滞无趣的地方应该是由某种观念的联想所致的。我丝毫不介意从这条街上溜达过去，可是乘车驶过就让我忍受不了。也许我在哪儿看到过对这条街的描述。罗伯特·科恩也是因为这个原因才会如此不喜欢巴黎。但具体不知道是哪本书让他产生了这样的看法。也许是受了门肯[①]的影响。门肯痛恨巴黎。门肯影响了许多年轻人的好恶。

出租车停在了"洛东达"咖啡馆前。在塞纳河右岸，不管你叫司机把你送到蒙帕纳斯的哪家咖啡馆，他们总是会把你送到这儿。十年之后，取而代之的可能就是"多姆"了。反正"雅士"离这儿也没几步路了。我走过"洛东达"那些让人不舒服的餐桌，来到"雅士"。里面的酒吧间里有几个人，外面就坐着哈维·斯通一个人，看上去孤零零的。他面前有一摞小碟子，他需要刮刮脸了。

"坐下，"哈维说，"我正找你呢。"

"怎么了？"

"没什么，就是找过你。"

"又去看赛马了？"

"没。自从周日以后就没去过。"

---

① 亨利·路易·门肯，是美国作家及评论家，文笔犀利。

"收到过美国的信了吗?"

"没有,音信全无。"

"出什么事了?"

"不知道。我联系不上他们了,索性和他们分道扬镳了。"

他往前探了探身子,直直地看着我的眼睛。

"想知道点情况吗,杰克?"

"想。"

"我已经五天没吃饭了。"

我迅速在脑子里回放了一下:那是三天前,哈维在"纽约"酒吧里掷扑克骰子,赢了我两百法郎。

"怎么搞的?"

"没钱,没钱进账,"他顿了顿,"跟你说,杰克,这也奇了怪了,我一没了钱就只想一个人待着。我就想待在自己的房间里不动弹,就跟只猫一样。"

我在自己的口袋搜寻了一番。

"一百法郎能有点帮助吧,哈维?"

"足够。"

"走,咱们吃点东西去。"

"不急,先喝一杯吧。"

"在喝酒之前,最好先吃点东西。"

"不用了。都这样了,吃不吃还有什么区别?"

我们一起喝了一杯。哈维又端起我面前的小碟子,摞到了他那一堆上头。一个小碟子表示服务生上的一杯酒。这么说来,他已经喝了很多了。骰子上刻有扑克牌中六张最大牌图形的一种赌具。

"你认识门肯吗,哈维?"

"认识。怎么了?"

"他人怎么样?"

"挺好的。他有时候说的话很好玩。我上次跟他一起吃饭时,我们谈起了霍芬海默。他说,'问题就在于,他是一个伪君子。'这话说得不错。"

"确实不错。"

"如今他也玩完了,"哈维继续道,"他几乎写完了他所有熟悉的一切,现如今他写的一切都是他不太了解的。"

"我想他这个人应该不错,"我说,"可他写的东西我就是看不下去。"

"哦,如今已经没人再看他的东西了,"哈维说,"只有那帮在亚历山大·汉密尔顿学院念过书的家伙还执着于他的书。"

"哦,"我说,"这也挺好。"

"那是当然,"哈维说。我们就一起坐在那儿,思考了一会儿。

"还要喝杯葡萄酒吗?"

"非常乐意。"哈维道。

"科恩来了。"我说。罗伯特·科恩正穿过大街。

"那个笨蛋。"哈维说。科恩走到我们桌前。

"嗨，你们这两个懒汉。"他说。

"你好，罗伯特，"哈维说，"我刚才还跟杰克说呢，你就是个白痴。"

"你什么意思？"

"脱口而出，不假思索。如果干什么都随你愿，你想干吗？"

科恩开始思考。

"不要想，马上说出来。"

"我没懂，"科恩说，"可这是要干吗呢？"

"我想知道你最愿意干吗。你脑子里的第一个念头是什么？且不管这念头有多傻。"

"不知道，"科恩说，"我想到的是，凭我如今的技术再去玩橄榄球。"

"我倒是错看了你嘛，"哈维说，"你还不是个白痴，你只是个发育不良的病例。"

"你说话太难听了，哈维，"科恩道，"总有一天别人会揍你一顿的。"

哈维·斯通笑了一声，"这样想的恐怕只有你吧，才不会呢。因为对我来说全都无所谓，我又不是什么好勇斗狠之辈。"

"如果你真的被揍了一顿，就不会这么想了。"

"不，才不会。这就是你为什么会铸成大错，因为你不够聪明。"

"别再往我身上扯了。"

"就是这样，"哈维道，"对我来说你说什么都一样，什么都不是。"

"别说了，哈维，"我说，"再喝杯葡萄酒。"

"不了，"他说，"我要到街那头去吃点东西了。回见，杰克。"

他迈步出去，沿着大街走了。我看看他穿过米仕的出租车到对面去，他拖着沉重的脚步，在车流中走得很慢，却又很自信。

"他总是让我气不打一处来，"科恩说，"我真受不了他。"

"我倒不这么想，"我说，"我真的很喜欢他，你用不着跟他一般见识。"

"这个我知道，"科恩说，"可他总让我心神不宁。"

"今天下午有没有写点什么？"

"什么也没写出来，我实在是写不下去了。我写第一本书时可比这轻松多了。这问题真让我头疼。"

他不再像今年初春刚从美国回来时那样，意气风发、扬扬得意了。当时他对自己的写作信心十足，只不过一心想跑到南美去历险。现在，这种自信已经踪影全无。但是，我总觉得我似乎没把罗伯特·科恩好好地描绘出来。原因在于在他爱上布莱特之前，我就从来没听他讲过任何一句与众不同的话，从没一句话让他显得突出。在网球场上看起来，他相当不赖，体格很棒，体型保持得不错；打桥牌的时候，他有很好的控牌技能，身上有那么一种大学生的幽默气质。但在公共场合，他从没说过一句与众不同的话。他穿的是过去在学校里叫作马球衫的那类衣服，现如今可能仍这么叫，可他已经不再那么年轻，不像当年还是职业运动员的时候了。我觉得他对穿着倒不是很介意。在普林斯顿大学的时候，他的外表已经注定不能改变了。他的内心则受到了两个有心培养他的女人的熏陶，不过他有一种孩子气的高兴劲头，这是与生俱来的，讨人喜欢的，是无法在后天培养的。也许我没把这一点描述出来。他打网球时好胜心很强，大概像朗格伦①一样渴望赢球。但是他就算输了球也不气恼。可自打他爱上布莱特，他在网球场上的表现可说是一塌糊涂。从前望其项背的人，现在都能击败他。他对此倒是颇有雅量，丝毫没往心里去。

话说回来，哈维·斯通穿过马路的时候，我们俩当时正坐在"雅士"咖啡馆的露台上。

"我们去'丁香园'咖啡馆吧。"我说。

"我已经约了人。"

"什么时候？"

"七点一刻，和弗朗西斯。"

"她到了。"

弗朗西斯·克莱恩正穿过马路，向我们走来。她是个个头儿很高的姑娘，走起路来声音很大。她挥挥手，微微朝我们一笑，我们的目光也跟随着她。

"嗨，"她说，"真高兴你也在，杰克。我一直想跟你谈谈。"

"嗨，弗朗西斯。"科恩微笑着说。

"嗨，怎么，罗伯特，原来你也在这儿？"她继续下去，讲得有些匆忙，"今天可真是倒霉透顶。这一位，"她朝科恩那边摆了摆头说，"没有回家吃午饭？"

"我又不是非回家吃饭不可。"

"哦，我明白了。但你并没有告诉厨娘啊。然后我自己还有一个约会，而保拉又不在她办公室里待着。我就去了里茨饭店那儿等她，她又一直没有出现，我又没有那么多钱在里茨吃午饭。"

"那你怎么办呢？"

"哦，我就出来了呗，"她以一种假装的愉快语气说道，"我一旦跟人家约好了，是不会失约的。可现如今谁还守信用呢？我真不该这么傻了。不过说起来，你现在情况怎么样，杰克？"

"挺好的。"

"上次舞会上，你带来的那个姑娘真的很不错，可后来你却又跟那个叫布莱特的走了。"

"你对她印象不好吗？"科恩问。

"我觉得她迷人极了，是不是？"

科恩没有说话。

"听我说，杰克。我想跟你谈谈。我们一起去'多姆'好不好？罗伯特，你就待在这儿，行吗？咱们走，杰克。"

我们穿过蒙帕纳斯大街，在一个咖啡座上坐下。一个报童拿着《巴黎时报》走

---

① 苏珊·朗格伦，法国著名女网球运动员。

上前，我买了一份，开始看起来。

"怎么了，弗朗西斯？"

"哦，没什么，"她说，"就是他想把我甩了。"

"你这话什么意思？"

"哦，之前的时候，他逢人便说我们要结婚了，所以我也就告诉了我母亲和亲戚朋友，可现如今他又不想结了。"

"出了什么事？"

"他突然觉得还没享乐够呢。当初他去纽约的时候，我就知道他迟早会改变主意的。"

她抬起头来看着我，两只眼睛异常明亮，继续语无伦次地说下去。

"他要是不想结婚，我当然不会嫁给他和他共度一生。现在无论如何我也不会嫁给他了。可磨蹭到现在，对我来说确实是晚了点儿。三年了，我们都等了三年了，而且我又刚刚离婚。"

我沉默不语。

"我们本来想庆祝一下的，结果却大吵了一架。这太幼稚了。我们吵得很厉害，他还哭哭啼啼地求我通情达理一些，说他就是不能跟我结婚了。"

"倒霉透了。"

"这话该由我来说。到现在为止，我已经在他身上白白地浪费了两年半的光阴。我觉得现在已经没有人愿意娶我了。两年前在戛纳的时候，我喜欢谁就能嫁给谁。那些想要和一个时尚女人好好共度一生的老家伙们，都拜倒在我的石榴裙下。可事到如今，我是一个都找不到了。"

"瞧你说的，就算是现在，你也能想嫁谁就嫁谁啊。"

"别哄我了，我才不信呢。话说回来，我还是很喜欢科恩的。我还想给他生几个孩子，我一直都确信我们会有孩子的。"

她目光灼灼地看着我，"虽然我从来都不是特别喜欢小孩儿，可我不愿意我们一辈子没有个孩子。我总想着我会有自己的孩子，然后我会好好疼爱他们。"

"他已经有孩子了。"

"哦，没错。他有孩子，有钱，还有个有钱的母亲，他还写了本书。可从来没有人愿意出版我写的东西，从来没有。我写得也不赖呀。我现在身无分文，本来能弄到一笔赡养费的，可我又用最快的方式把婚给离了。"

她再次目光灼灼地看着我。

"这不公平。这是我自己的错，可也不尽然，我早该学乖点。我跟他说起这些的时候，他就只知道哭鼻子，说他不能娶我。他怎么就不能结婚了？我会做个贤妻良母，我是很随和的。我绝不会去干涉他，可这一点儿用都没有。"

"丢死人了。"

"没错，真丢死人了。可说这些又能怎么样呢？走吧，我们还是回'雅士'吧。"

"我真是什么忙都帮不上。"

"这是自然。只是别让他知道我跟你说过这件事，我知道他想干吗。"直到现在，她才第一次露出了严肃的表情，不再那么开朗、那样异常欢乐了。"他想一个人回纽约，就待在那儿等他的书印出来，然后就会有一大帮小姐喜欢他的书，围着他转了。他就希望这样。"

"也许她们不喜欢他的书呢，我真的觉得他不是那种人。"

"你太不了解他了，在这方面你不如我，杰克。我知道那就是他梦寐以求的，我真真切切地知道。他想在今年秋天独享荣华富贵，这就是为什么他不肯娶我。"

"想回'雅士'吗？"

"嗯，我们回去吧。"

我们从咖啡座上站起来——他们连杯喝的都没给我们上——穿过街道，往"雅士"咖啡馆的方向走去，科恩正坐在大理石面的桌子旁边朝我们笑着。

"呵，笑什么笑？"弗朗西斯问他，"觉得愿望得到满足了，是吧？"

"我在笑你和杰克，原来你们之间还有小秘密呢。"

"哦，那可不是什么秘密。要不了多久，大家也就都知道了。我只不过不想让杰克误解罢了。"

"是什么？是说你要去英国吗？"

"是呀，是说我要去英国。哦，杰克！刚刚我忘了告诉你我要去英国的事情了。"

"那多好啊！"

"是呀，贵族公子们就这么处理问题。是罗伯特把我给打发去的。他让我去看看我的朋友们，还给了我两百英镑。这是份美差，不是吗？不过，我的朋友们对此还一无所知呢。"

她回过头，冲着科恩微微一笑。但此时，他已经没有笑意了。

"你本来只打算给我一百英镑的，对吧，罗伯特？是我死皮赖脸地要你给我两百。你可真是慷慨得很呢。对吧，罗伯特？"

我不知道她怎么能把话说得这么刻薄，而且还是当着罗伯特·科恩的面。有些人，你是不能对他当面无礼的。他们给你这么一种感觉：你要是口不择言，他们就会暴跳如雷，仿佛整个世界立刻就会在你眼皮子底下塌掉。可是科恩竟然就这么听着，毫无恼怒之意。真的，这都是我亲眼所见，而我竟然丝毫没有加以阻拦的想法。其实这些话跟后面的比起来，根本算不了什么，只不过是善意的玩笑罢了。

"你怎么能这么说呢，弗朗西斯？"科恩打断她的话头。

"听听，还有脸问我呢。我就要去英国会朋友了。你有过到朋友家里做客但他们并不待见你的经历吗？哦，他们倒是会勉为其难地接待我。'好久不见，你过得还好吗，亲爱的？令堂怎么样了？'是呀，我亲爱的母亲怎么样了？她把所有的钱都投到法国战争公债上了。没错，她正是这么干的。恐怕她是全世界唯一这么干的人了。'罗伯特呢，他怎么样了？'要么就小心翼翼、转弯抹角地说到罗伯特。'你可千万要小心，别提到他，我亲爱的。可怜的弗朗西斯这段经历可真是太不幸了。'这挺好玩的吧，罗伯特？你难道不觉得这很好玩吗，杰克？"

她又转向我，绽露出她那灿烂的微笑，但还是那样不同寻常。她非常满意这种时候旁边有我这么个听众。

"而你又会到什么地方去呢，罗伯特？这是我的错，都是我不好。我真是咎由自取啊。当初我叫你甩掉杂志社的那个小秘书时，就该知道我也将会有同样的遭遇。杰克还不知道这件事呢，我是不是该讲给他听听？"

"看着上帝的分儿上，别再说下去了，弗朗西斯。"

"不，我应该讲给他听听。罗伯特曾经和杂志社里一个小秘书勾搭上了。她真是世界上最甜蜜的小东西，他很喜欢她。可后来我出现了，他喜欢上了我。于是我就叫他和她断了关系。当初杂志社迁址的时候，他可是特地把她从卡梅尔一路给带到普罗文斯敦的，而他把小妞给打发回西海岸的时候连旅费都没给。这都是为了让我高兴。当时他认为我是绝代佳人。是不是，罗伯特？"

"你可千万不要误会，杰克，他跟那个小秘书倒是百分百的精神恋爱。更确切地说，连这也算不上。事实上根本就没什么，只不过就是她挺漂亮罢了。而他之所以这么做，纯粹是为了哄我开心。好了，老话是怎么说的来着，'凡动刀的，必死在刀下'。嘿，这还是文学典故呢，对吧？你好好记着，等你写第二本书的时候，兴许还能用得上呢，罗伯特。"

"罗伯特正在为他的新书搜集资料呢，这你也知道。是不是，罗伯特？这就是为什么他要离开我。他认定了我不上镜。你看，我们俩住在一起的时候，他一天到晚都为写他的书忙得不可开交，从没想过我们俩的事儿。所以现在他就得跑到外头去搜集什么新材料了。好呀，我希望他能搜集到什么有趣玩意儿，能让人眼前一亮。

"听我说，我亲爱的罗伯特。听我一句忠告，你不会介意的，对吧？千万别跟那些年轻的女士吵架。你一吵就忍不住哭鼻子，这已经成了惯例，然后就开始顾影自怜，至于别人说了什么是一概不记得。你在那种情况下从来都记不住别人讲话的内容。一定要努力，要保持冷静。我知道这很难。可是这都是为了文学啊。为了文学做出牺牲，对我们来说是值得的。瞧我，为了文学，我这就打算前往英国了，没有一句怨言。我们大家都该助年轻作家一臂之力，对不对，杰克？但你已经 34 岁了，还能算是年轻作家吗？是吧，罗伯特？不过，我觉得，34 岁对于一个伟大的作家来说还是很年轻的，哈代就是一个很好的例子。还有阿纳托尔·法朗士，他前不久才刚去世。虽说罗伯特认为他没有任何可取之处，他的几位法国朋友也曾经跟他这么说过。他还不习惯读法文。他这个作家还比不上你呢，对吧，罗伯特？你觉得他也非得跑到外头去找什么素材吗？你觉得他抛弃他的情妇时，该对她说些什么话？还是也哭哭啼啼的？对了，还有一件事，"她把戴着手套的手捂在嘴上，"我刚才想到了罗伯特不肯娶我的真正原因，杰克。我在雅士咖啡馆恍惚间看到了启示，神奇吧？有朝一日他们没准儿也会在那儿挂上一块铜牌，就像是在卢尔德一样。你想知道我说的是什么吗，罗伯特？让我来告诉你这件简单的事情吧。真奇怪，我原来怎么就没想到。你看，罗伯特总是想有个情妇，要是他不娶我，我就能成他的情妇了。我已经当了他两年多的情妇。看出是怎么回事了吧？而要是他娶了我，将他嘴边上整天挂着的诺言兑了现，那他所有的浪漫史也就终结了。我能想清楚这一点，还算聪明吧？事实也确实是这样，你看看他的脸色就能分辨真假了。你要去哪儿，杰克？"

"我得进去看看哈维·斯通怎么样了。"

我朝里走的时候科恩抬了一下头。他脸色煞白。但他为什么还一直待在那儿让她冷嘲热讽？

我透过吧台旁边的窗户还能看到他们俩。弗朗西斯仍旧带着她那异常的微笑在跟科恩讲话，一直紧盯住他的脸，问他："是不是这样，罗伯特。"不过也许她现在已经在说别的事情，不再这么问了。我打发走了服务生，然后从边门走出了酒吧。出去以后，透过两层厚厚的玻璃窗，仍能看到他们俩坐在那儿。她还没有结束她的嘲讽。我沿一条小巷来到拉斯帕埃大街，搭乘了一辆刚好开过来的出租车，然后把我的住址告诉了司机。

第七章

我正要上楼，看门人敲了敲她房间的门玻璃示意我停下，然后她走出来给了我几封信和一份电报。

"这是你的邮件，有位女士曾经来找过你。"

"她留下名片了吗？"

"没有，不过我认出就是昨天晚上来这里的那位女士。今天是一位先生陪她来的，我发现她人还是很好的。"

"那位先生是我的朋友吗？"

"不知道，他以前从没来过。他长得很高大。她很友善，非常非常友善。昨天晚上，她可能有一点儿失控，"她把手放在头上拍了几下，"我一定要实话实说，巴恩斯先生。她昨天晚上做的事让我感到她不是那么的文雅。但是你听我说，她应该是非常文雅的，能看得出来，她出身高贵。"

"他们一句话也没留下？"

"留了，他们说一个小时以后再回来。"

"他们回来的话就让他们上来。"

"好的，巴恩斯先生。那位女士看起来真的很不一般。或许有点古怪，但一定是一位高贵的人物。"

在成为看门人以前，这位女看门人在巴黎赛马场经营一家小酒店。她的顾客都是在马场中心的普通人，但是她的眼睛却总是在注视着草坪外的那些上流人士。她总是很骄傲地告诉我，我的哪些客人教养很好，哪些客人出身于名门望族，哪一个是运动员——"运动员"这是个法语词，重音放在最后一个音节上。麻烦的就是，如果我的来客没有这三类的人物，就很容易吃闭门羹，他们会被告知巴恩斯家里没有人。我有一个看起来营养不良长得面黄肌瘦的画家朋友，这样的人在杜兹尔女士看起来教养当然不好，家庭条件也不好，也不是个运动员。我的朋友写信问我，看能不能给他从看门人那里弄个通行证，这样如果他晚上偶尔来看看我，就会方便多了。

我上楼到公寓，想着布莱特到底对看门人做了什么，能这样收买她。我看了电报——比尔·戈顿乘的"法兰西"号就快到法国了。我把信放在桌子上，回到卧室洗了个澡。我正在擦身的时候听到门铃在响，急忙穿上浴袍和拖鞋，就去开门了。是布莱特和那位伯爵，那位伯爵站在布莱特身后，捧着一大束玫瑰花。

"你好，亲爱的，"布莱特说道，"你不请我们进去吗？"

"啊，快进，我刚刚在洗澡。"

"你还洗澡，也太幸福了吧。"

"就冲了一下。坐吧，伯爵。喝点什么？"

"不知道你喜不喜欢花，先生，"伯爵说，"我姑且冒昧地送你这些玫瑰。"

"来，给我吧，"布莱特把花拿了过去，"杰克，给我点水。"我往厨房里的一个陶罐里灌满水，布莱特把花放了进去，然后她把陶罐放在了客厅中间的桌子上。

"这一天我们都在玩啊。"她说。

"难道你不记得要和我在克里龙约会的事了？"

"完全忘了，我一定是醉得一塌糊涂，忘了我们的约会。"

"你醉得可真是不轻啊，亲爱的。"伯爵说。

"是的。伯爵真是个好人啊，绝对慷慨又能够依靠的好人。"

"你还真是让看门人有好感啊！"

"那是当然了，两百法郎换来的。"

"别做事像个傻子一样。"

"那是他的钱。"她说，朝伯爵点点头。

"我想给她点什么是应该的，毕竟昨夜那么晚还打扰她。"

"他太棒了，"布莱特说，"他真的是记得过去所有发生过的事情啊！"

"亲爱的，你也很了不起。"

"仔细想想，"布莱特说，"谁愿意闲来无事去记那些事情啊！我说，杰克，有没有什么喝的？"

"我进去穿衣服，你知道在哪儿，自己去拿吧。"

"好的。"

我坐在床上慢慢地穿着衣服，布莱特拿出了杯子，然后是苏打水，他们不停地说话。我觉得又累又烦躁。布莱特手里握着一个杯子进了屋子坐在了床上。

"出了什么事，亲爱的？你是头晕吗？"

她在我的额头上漫不经心地吻了一下。

"布莱特，我实在是太爱你了！"

"亲爱的，"布莱特说。过了一会儿，她说："你想要我现在就让他走吗？"

"不必，他很不错。"

"我去让他走吧。"

"不，不要。"

"要，我送他走。"

"你不能那样。"

"不行吗？你在这里待着，告诉你，他已经迷上我了。"

她从房间里出去了，我趴在床上。我心里很难受。我并没有留意他们的谈话。过了一会，布莱特又进来坐到了床上。

"我可怜的老朋友啊。"她拍着我的头说道。

"你和他说了些什么?"我把头挪到离她远些的地方,我不想看见她的样子。

"我让他去买香槟了,"布莱特说,"反正他喜欢喝香槟。"

一段时间以后,布莱特又说:"你还难受吗,亲爱的?你的头还晕吗?"

"没事了。"

"安静躺一会儿吧,他已经过河了。"

"我们就不能住到一起,一起生活吗,布莱特?"

"恐怕不行。我跟很多人都发生过关系,对你不忠诚,你会受不了的。"

"我现在就忍受得了。"

"不一样的,江山易改,本性难移。杰克,这都是我造成的。"

"我们能不能一起离开这里,到乡下去住一段时间?"

"那也无济于事。如果你愿意,我会跟你一起去,但是即使和我真正心爱的人在一起,我也适应不了乡下的安静。"

"我知道。"

"唉,真是太悲哀了,就算我告诉你我爱你,也没有任何用!"

"我爱你,这你是知道的。"

"我们不要说话了,这样说空话对我们来说实在是太无聊了。我要走了,离开你。而且迈克尔也快回来了。"

"为什么你要离开?"

"这样对我们都有好处。"

"什么时候?"

"尽早。"

"去哪儿?"

"圣赛瓦斯蒂安。"

"我可以和你一起去吗?"

"我们刚刚已经讨论过这种天真的想法是不可行的!"

"我们没有达成一致啊!"

"你跟我一样清楚这件事是不可能的!亲爱的,不要再纠缠于这件事了!"

"啊,当然!"我说,"你说得没错,我只是很消沉,我心情不好就满口胡诌。"

我起来坐着,哈腰在床边找鞋穿上。我站了起来。

"别这样看着我,亲爱的。"

"那你想让我怎么看?"

"啊,别傻了,我明天就要走了。"

"这么快?"

"是的,我不是说过我会尽快走吗?"

"趁着伯爵还没回来,我们喝一杯吧。"

"嗯,他应该快回来了。他特别爱买香槟,对他而言,任何事情都没有这件事重要。"

我们走进了客厅,拿起一个白兰地的瓶子给布莱特和我分别倒了一杯。门铃响了，我去开门，伯爵正站在那里，他的司机手里拿着一篮子香槟站在他身后。

"这些酒应该放在哪儿，先生？"伯爵问我。

"放在厨房里吧。"布莱特说。

"亨利，放进去吧。"伯爵用手指指厨房的位置，"现在下去取些冰进来。"他和司机一起进了厨房，司机把篮子放好。"这真的是很好的酒，你马上就会知道的。"他说，"我知道现在好酒在美国还是很稀罕的。我有一个做酿酒生意的朋友，这是从他那里弄来的。"

"啊，你总是有朋友在做各种生意。"布莱特说。

"这个家伙种葡萄，他有几千英亩的葡萄园呢。"

"他叫什么名字？"布莱特问，"弗夫·克里托？"

"不，"伯爵说，"木斯，是个男爵。"

"真有趣，"布莱特说，"杰克，你为什么不像我们一样，有个头衔呢？"

"我说实话，先生，"伯爵把手放在我的胳膊上说，"大多数时候，头衔给不了你任何好处，反而使你花更多的钱。"

"啊，我可不这样想，有时候这种头衔还是管用。"布莱特说。

"我从没发现它的有用之处。"

"那是你没用对，反正它让我沾了好大的光。"

"快坐吧，伯爵。"我说道，"把手杖给我，我帮你放好吧。"

伯爵在煤气灯的亮光下，注视着桌子对面的布莱特。她抽着烟，把烟灰直接弹到地毯上。她见我看见了，就说："我说杰克，拿个烟灰缸吧，我可不想毁了你的地毯。"

我在桌子上摆了几个烟灰缸。这时司机上来了，手里拿了一个加盐的冰桶。"把两瓶酒冰到里面，亨利。"伯爵吩咐他。

"还有什么吩咐吗，先生？"

"没什么了，到车里等我吧。"他转身对我和布莱特说，"咱们开车到布洛涅森林吃饭吧？"

"随便，我一点儿胃口都没有。"布莱特说。

"我一直都喜欢美食。"伯爵说。

"要把酒拿进来吗，先生？"司机问。

"好，亨利。"伯爵说。他递给我一个猪皮烟盒，挺厚实的。"真正的美国雪茄，想不想来一支？"他问。

"多谢，"我说，"我先把这支烟抽完吧。"

他用拴在表链上的金制小轧刀轧去雪茄头。

"我们抽的雪茄里有一半是不通气的，但我喜欢真正通气的雪茄。"伯爵说。

他把雪茄点着，一边吸着，一边看着桌子对面的布莱特。"阿什利夫人，等你离了婚，你可就没有头衔了。"

"是啊，真是可惜。"

"没事，"伯爵说，"你不需要头衔，你本身就有一种高贵的风度和气质。"

"谢谢，你可真是会说话。"

"我不是在跟你开玩笑，"伯爵吐出几个烟圈后说，"你比所有我见过的人都更有高贵的气质，你值得这样的称赞，真的。"

"你真好，"布莱特说，"你能不能把这些话写下来，我要寄给我妈妈，她听了会很高兴的。"

"我会亲自告诉她的，"伯爵说，"我从来不开玩笑，我常说开玩笑会给自己树敌。"

"你说得没错，"布莱特说，"这真是至理名言。我总是拿别人开玩笑，所以我只有杰克这一个朋友。"

"你这不是和他开玩笑吗？"

"这是事实。"

"那你现在是在开玩笑吗？"伯爵问，"你到底和他开过玩笑没有？"

布莱特看着我，眯着的眼角出现了皱纹。

"不是，"布莱特说，"我永远都不会跟他开玩笑。"

"是这样啊，"伯爵说，"你不跟他开玩笑。"

"这个谈话可真无聊啊！"布莱特说，"我们还是喝香槟吧！"

伯爵弯下腰在桶里转了转酒瓶。"亲爱的，你一直都在喝酒，不如我们聊会儿天吧。"

"我说了太多了，再说就烦人了。我跟杰克已经把所有的事情都深入地谈过了。"

"我想听你好好说话，亲爱的，你跟我说话老是不把话说完。"

"我是等你去补充完啊，大家可以把句子想象成所有他们想要的样子。"

"这种观念挺有趣，"伯爵弯下腰，转了一个瓶子，"但是我还是想听你说话。"

"他是不是很傻？"布莱特问。

"现在，"伯爵拿起了一个酒瓶，"我觉得这瓶够凉了。"

我拿来了毛巾，他把瓶子擦干拿起来。"我想喝香槟都想了很久了，尤其是这种大瓶的。这个酒是很好，就是不太好冰，可是想让它再凉一些似乎有点困难。"他端详着手里的瓶子，我摆出了一些杯子。

"你还是打开吧。"布莱特提醒他说。

"好的，亲爱的，马上打开。"

这是一瓶非常好的香槟。

"这才真叫酒呢。"

布莱特举起酒杯，说："我们应该举杯祝酒，'为王室干杯'。"

"这个酒适合用来干杯，亲爱的，我不想让你在这样的好酒里掺杂自己太多的情绪，不然你就品不出它的味道来了。"

布莱特已经喝完了。

"你真该写本书，伯爵，专门谈论酒。"我说。

"巴恩斯先生，"伯爵回答道，"品酒是我喝酒的唯一乐趣。"

"那我们就多品一点儿。"布莱特推了推面前的空杯子。

伯爵倒得非常小心，"来，亲爱的。现在慢慢地品味，过一会儿再一醉方休。"

"醉？要我喝醉？"

"哦，我的甜心，你醉了的时候非常迷人。"

"继续说。"

"巴恩斯先生，"伯爵把我的杯子斟满，"我认识的女士当中，她是唯一一个连醉态都无比迷人的。"

"你也太没见识了吧。"

"这话可不对，我见得多了，我见得真是不少。"

"快喝酒吧，"布莱特说，"我们都是见过世面的人。我敢说，杰克见过的世面也不逊于你。"

"亲爱的，我知道巴恩斯先生肯定见多识广。只不过我也一样见过些世面。"

"这还用说，亲爱的，"布莱特说，"我开玩笑呢。"

"我亲身经历过七次战争和四场革命。"伯爵说。

"你当过兵？"布莱特问。

"当过几回，亲爱的。我身上还有箭伤的疤痕呢，你们见过吗？"

"那让我们看看吧。"

伯爵站起身，把背心解开，敞开衬衣。黑黝黝的前胸在他掀起贴身内衣的时候显露出来，巨大的腹肌在灯光下向上凸起。

"怎么样？"

两处白色的疤痕在最末一根肋骨底下，比周围稍微高出一点儿。

"看看后面箭头是从哪儿穿出去的。"在背脊后近腰的位置，也有同样两个隆起的像手指头粗细的伤疤。

"这还真了不起。"

"完全打穿了。"

伯爵把衬衣塞回裤带。

"这是在哪儿受的伤？"我问。

"21 岁时在阿比西尼亚。"

"当时你去干什么？"布莱特说，"当兵？"

"我是去经商，亲爱的。"

"我就跟你说他跟我一类人吧，是不是？"布莱特转身对我说。"我爱你，伯爵。你太可爱了。"

"你这么说我真是开心死了，亲爱的。不过，这不是真心话。"

"别傻了。"

"你瞧，巴恩斯先生，我经历了所有的事情，这让我能尽情享受我周围的一切。我说的对不对？"

"没错，就是这样。"

"我知道，"伯爵说，"这就是真谛。你必须得形成自己的价值观。"

"你的价值观就没有改变过？"布莱特问。

"没有，永远不会。"

"你有没有爱过别人？"

"这是经常的事情，"伯爵说，"我经常谈情说爱。"

"这对你的价值观有什么影响吗？"

"爱情也是我的价值观的一个方面。"

"你根本就没有任何价值观，你已经是个死人了，就这么回事。"

"怎么能这样说呢，亲爱的。我活得好着呢。"

我们一共喝掉了三瓶香槟，剩下的就留在我厨房里了。我们去了布洛涅森林的一家餐馆，那里饭菜不错。在伯爵的价值观里，美食一定和美酒一样，占有十分重要的位置。伯爵在餐桌上举止优雅，布莱特仪态万方，真是场愉快的聚会。

"你们俩要去哪儿？"吃完饭后伯爵问。

餐馆里就剩我们三个了，两个服务生靠门站着，或许他们也急着回家。

"到蒙马特尔山上去怎么样？"布莱特说，"咱们这场聚会多棒啊。"

伯爵眉飞色舞，他开心极了。

"你们俩都非常好。"他说。他又点了支雪茄。

"你们俩干吗不结婚呢？"

"我们有不同的生活。"我说。

"经历也不一样。"布莱特说，"走吧，咱们出去吧。"

"再喝点白兰地。"伯爵说。

"到山上再喝吧。"

"不。在这儿喝，这儿安静。"

"少来了，你，还有你那个'安静'，"布莱特说，"男人到底怎么看待'安静'这件事？"

"就像你们喜欢喧闹一样，我们喜欢安静。"伯爵说。

"好吧好吧，"布莱特说，"那我们就喝吧。"

"酒保！"伯爵叫道。

"好的，先生。"

"你们这儿年代最久远白兰地是哪年的？"

"1811年，先生。"

"来一瓶。"

"别显摆了，叫他不要点了，杰克。"

"听我说，亲爱的。把钱花在陈年白兰地上，比拿来买别的什么古董都强。"

"你有很多古董？"

"一屋子，满满的。"

最后，蒙马特尔山就在我们脚下了。"柴利"咖啡馆里面人很多，烟雾弥漫，喧闹不已，一进门就听见震耳欲聋的音乐声。布莱特和我共舞，舞池实在太挤了，我们几乎都挪不动步子。黑人鼓手朝布莱特挥手致意。我们被挤在人群中动弹不得，只能在他面前原地挪动着步子。

"你好吗？"

"好极了。"

"那就好。"

黑暗中只见到他雪白的牙齿和厚厚的嘴唇。

"他是我的一个朋友，我们很要好。"布莱特说，"他是一位了不起的鼓手。"

音乐停了下来。我们正准备朝伯爵走过去的时候，音乐又响了起来。于是我们又上场继续跳舞。我看了一眼伯爵，他坐在桌边抽雪茄。音乐再次中断。

"咱们回到座位上去吧。"

布莱特朝桌子走去。刚才的情形再次重演，音乐又起，我们又回去接着跳，紧紧地挤在人流中。

"你舞跳得真够差的，杰克。迈克尔跳得好，是我见过跳得最好的。"

"是的。"

"他能踩在音乐节奏上。"

"我喜欢他，"我说，"我还真挺喜欢他。"

"我就要嫁给他了，可我整整一个礼拜都没想起过他。"布莱特说，"真可笑。"

"你不给他写信?"

"不。从不。"

"我猜他肯定给你写。"

"那是，而且写得相当不错。"

"你们打算什么时候举行婚礼?"

"还没定下来呢，我一办好离婚手续应该就结吧。迈克尔还在试着让他妈妈出点钱赞助。"

"我有什么能帮你的吗?"

"说什么傻话，迈克尔家很富有。"

音乐停了。我们回到桌子旁，伯爵站了起来。

"真好，"他说，"你们俩跳舞时看起来棒极了。"

"你怎么不跳一下呢，伯爵?"我问。

"不跳，我老了。"

"哦，别说傻话。"布莱特说。

"我亲爱的，要是我觉得有趣我会跳的。比起跳舞，我更喜欢看你们俩跳。"

"好极了，"布莱特说，"哪天我再跳给你看。说起来，你那位名叫齐齐的朋友现在怎么样了?"

"跟你这么说吧，我资助那个男孩，可我不想他老在我眼前转悠。"

"他真挺不容易的。"

"你也知道，我认定他是很有前途的，但我不想跟他有太多私人方面的交往。"

"杰克也是这么想的。"

"他总让我觉得精神紧张。"

"这么说吧，"伯爵耸了耸肩，"谁也说不准他的前途怎样。可不管怎么说，他的父亲跟家父是好友。"

"来，再去跳一会儿吧。"布莱特说。

我们又回到舞池，这里十分拥挤，也很闷。

"哦，亲爱的，"布莱特说，"我的心情很不好。"

我有种这一切都发生过一样的感觉，"你一分钟前心情不还是很好的吗？"

"你不能对爱人不忠……"鼓手大声唱着。

"现在没事了。"

"怎么了？"

"不知道，我就是觉得难过。"

"……"鼓手接着唱，然后抓起鼓槌。

"想离开吗？"

我有这种感觉：好像是置身不断重复的噩梦当中，梦境反复出现，我已经熬过来了，如今又得重新面对同样的炼狱。

"……"鼓手唱道，声音很柔和。

"要走就走吧，"布莱特说，"你别多想。"

"……"鼓手一边大声唱着，一边朝布莱特笑了笑。

"就这么办吧。"我说。

我们费力地挤出人群，布莱特去了卫生间。

"布莱特想离开了。"我跟伯爵说。

他点了点头，"是吗？那你们先开着我的车子走吧。我在这儿再待一会儿，巴恩斯先生。"

我们握了握手。

"真是愉快的晚上，"我说，"希望你允许我这么做。"我从口袋里掏出一张钞票。

"巴恩斯先生，这太见外了。"伯爵说。

布莱特回来了，她已经穿戴好了。她吻了吻伯爵，把手按在他肩膀上不让他起身。我们出门后，我回头看了一眼，但看见伯爵的桌子边已经坐了三个姑娘。我们进了伯爵的那辆大轿车，布莱特把她的住址告诉了司机。

她打了下门铃，门已经开了。"你回去吧。"她站在旅馆门口说。

"你真的想让我回去？"

"是。别上楼了，回去吧。"

"晚安，布莱特。"我说，"我很抱歉，你心情不好。"

"晚安，杰克。晚安，亲爱的，我再也不会见你了。"我们站在门口亲吻。她推开我。我们再一次亲吻。"哦，不要这样！"布莱特说。

她赶紧转身走进旅馆。我上了车，司机把我送回家。我给了他20法郎，他碰了碰下帽檐礼貌地说："晚安，先生。"然后，就把车开走了。我按了门铃，看门人把门打开，我就上楼去睡觉了。

第八章

我一直没再见到布莱特，直到她从圣塞瓦斯蒂安回来。她从那儿给我寄了一张印有康查海湾风景照的明信片，上面写着："亲爱的，这里很安静，有益于身心健康。向诸位问好。布莱特。"

这阵子罗伯特·科恩也没有出现在我的面前。我听说，弗朗西斯已经动身前往了英国，科恩也给我写了一封短笺，说他要到乡下去住上一两个礼拜，但具体要去哪儿还没有确定，不过他依然对去年冬天我们讨论过的那个计划耿耿于怀，希望我去践行——去西班牙钓鱼。他还写道，通过他的银行经纪人，我随时都可以联系到他。

布莱特走了，科恩也不再拿他的麻烦来打扰我，我相当享受这段时光。我不必一定要去打网球和做大量的工作，可以经常去看赛马，跟朋友们聚餐。而且我有时候还主动在办公室加班，预先把一些工作做好，好在我跟比尔·戈顿在 6 月底前往西班牙的时候转交给秘书。比尔·戈顿到了巴黎，在我那儿住了两天，然后就去了维也纳。他兴高采烈地称赞美国，说美国棒极了，纽约棒极了。纽约的戏剧演出季相当盛大，还有一大批前景无可限量的优秀青年轻量级拳击手。假以时日，他们得以成长，增加体重后，都有击败登姆普西的希望。比尔开心极了，因为最近他出版的一本书大赚了一笔，而且利润还没有终结。他在巴黎的那两天，我们过得很开心，然后他就去了维也纳。他三个礼拜后回来，然后我们就要一起去西班牙，钓钓鱼，然后去潘普洛纳①参加他们的狂欢节。他写信说维也纳棒极了，然后又从布达佩斯寄来一张明信片说："杰克，布达佩斯简直太棒了。"然后我就收到他一封电报："周一归。"

星期一傍晚，他回到了我住的地方。我听到出租车的声音，就跑到窗边喊他。他朝我挥挥手，提着几个旅行包走上来。我到楼梯上去接他，接过一个旅行袋。

"怎么，"我说，"我听说你这趟旅行挺不错。"

"棒极了，"他说，"布达佩斯绝对是一顶一的棒。"

"那维也纳怎么样？"

"不怎么样，杰克。真的不怎么样。不过看起来比过去要强些。"

"这话什么意思？"我拿来酒杯和苏打水瓶。

"醉了，杰克。我在那儿喝醉了。"

"这倒怪了，最好咱们能喝一杯。"

比尔擦了擦前额。"真奇怪，"他说，"不知道是怎么发生的，突然就醉了。"

"持续时间长吗？"

"四天，杰克。刚好持续了四天。"

"你都去过哪里？"

"记不得了，但给你寄了张明信片这件事儿我还记得很清楚。"

"还干了些什么？"

"不记得了，应该是干了些吧。"

"接着说，说说是怎么回事。"

"记不清了，我把能记得的全都告诉你。"

---

① 位于西班牙东北部，为古巴斯克王国（后名纳·瓦拉王国）的首都。

"嗯，继续说。喝了这杯，好好想想。"

"应该能想起一些事来吧，"比尔说，"记得有一场职业拳击赛，有个黑人拳手。那是维也纳一次规模很大的拳击赛，我对那黑人的印象很深。"

"继续。"

"一个很厉害的黑鬼，和'老虎'弗劳尔斯长得很像，只不过是弗劳尔斯体积的四倍那么大。那黑人刚把一个当地的小伙子给击倒，突然之间大家就都开始扔东西，我没扔。黑人举起一只戴手套的手，想说点什么。真是个举止大方的黑人。他开始说话，这时当地那个白人小伙子打了他一拳，他接着一拳就把那白人小伙子给打晕过去了。然后所有观众就都开始扔椅子。那黑人搭我们的车回的家，都没能把衣服拿回来，就穿了我的外套。现在我都想起来了，那晚上可真是热闹极了。"

"还有呢？"

"我借给那黑人几件衣服，跟他一起设法拿到拳击赛的奖金。可他们说场子都给砸了，那黑人还倒欠他们钱呢。猜猜谁是翻译呢？是我吗？

"也许不是你。"

"你说得没错。根本就不是我，是另一个家伙，好像是本地的哈佛大学毕业生，我们当时都这么叫他。现在我想起他来了，他是学音乐的。"

"结果呢？"

"不怎么样，杰克。到处都不讲理。拳击赛的组织者声称那黑人原来承诺要让当地那小伙子赢。黑人违反了合同，他不能在维也纳把维也纳的拳击手给击倒。'我的上帝啊，戈顿先生，'那个黑鬼说，'那四十分钟里我就一直在努力让着他，别的什么都没干。那个白人男孩就一直在我周围晃来晃去，准是向我挥拳时伤了自己，我根本就没打他。'"

"拿到钱了吗？"

"没钱，杰克。我们拿到的全部，就是那个黑鬼的衣服。有人把他的手表都拿走了。真是个了不起的黑人，真不应该去维也纳，这地方不好，杰克，不好啊！"

"那黑人后来呢？"

"回科隆去了。他住在那儿，已经结了婚，有了自己的家庭。他要给我写信，还要把我借给他的钱还给我。真是个不错的黑人，希望我没给错他地址。"

"应该不会。"

"管它呢，咱们吃饭去吧，"比尔说，"难道你还想听我的旅行中的故事吗？"

"继续讲吧。"

"先吃饭吧。"

我们下楼，走上圣米歇尔大街，真是个6月暖和的傍晚。

"去哪儿吃？"

"去岛上吃怎么样？"

"好呀。"

我们沿大街朝前走。在大街与当费尔·罗歇罗路交叉的路口立着尊塑像，雕像是两个衣带飘飘的人物。

"我知道他们是谁，"比尔看着那纪念碑说道，"是首创药剂学的两位先生。甫想拿巴黎的玩意儿来欺瞒我。"

我们继续朝前走。

"这儿居然有家动物标本店,"比尔说,"想买点什么吗?买只漂亮的狗狗标本怎么样?"

"行了,"我说,"你喝多了。"

"这些狗标本可真够漂亮的,"比尔说,"肯定会让你的公寓更漂亮。"

"快走吧。"

"就买一只,我是可买可不买。听着,杰克,就买一只狗标本。"

"快去吃饭吧。"

"你一买回去,世上别的什么东西你都不会要了。简单的等价交换嘛,金钱换一只狗标本。"

"等回来的时候再说吧。"

"好,不管你了。等你去地狱的时候,发现路上到处都是该买而没买的狗标本,那时你可别怨我。"

我们继续前行。

"你怎么了?怎么突然对狗这么感兴趣?"

"我本来就喜欢狗,也非常喜欢动物标本。"

我们停下喝了一杯酒。

"我的确喜欢喝酒,"比尔说,"你也可以偶尔试试啊,杰克。"

"你赢了我144点。"

"别因为这个而气馁,永远不能气馁。从不气馁是我成功的秘诀。在别人面前,我从未表现出气馁。"

"你在哪里喝的酒?"

"在'克里荣'喝了一下,乔奇给我调了几杯鸡尾酒。他真是个了不起的人物。知道他成功的秘诀吗?和我的一样,从不气馁。"

"再喝三杯珀诺酒,你就会气馁了。"

"我从不当着别人的面气馁,感到自己快不行了,我就自己一个人偷偷溜走。在这方面,我就像猫一样。"

"你什么时候碰到哈维·斯通的?"

"在'克里荣',整整三天什么东西都没吃,他有点坚持不住了。什么也不肯吃,像猫一样开溜了,他很伤心。"

"他没事。"

"好极了,希望他不要老是像猫那样开溜,弄得我很不安。"

"晚上我们干什么?"

"干什么都行,我们只要能坚持住。你看看,如果这里有煮鸡蛋,我们就用不着到那么老远的岛上去吃了。"

"不行,"我说,"我们要认认真真地吃顿饭。"

"只不过是个提议而已嘛,"比尔说,"走吗?"

"走。"

我们又沿着大街继续往前走。一辆马车从我们身边经过，比尔朝它看了一眼。

"看见那辆马车了吗？我要把那辆马车做成标本，然后送给你做圣诞礼物。我还打算给所有的朋友都送动物标本呢，我可是博物学作家。"

一辆出租汽车开了过来，有人在里面招手，然后敲敲车窗，叫司机把车停下。司机把车停到人行道边，布莱特在坐在里面。

"真是个美女啊！"比尔说，"她是想把我们拐走吧！"

"喂！"布莱特说，"你好啊！"

"这位是比尔·戈顿，这位是阿什利夫人。"

布莱特冲比尔笑了笑说，"啊，我刚刚回来，还没来得及洗澡。迈克尔今天晚上会到。"

"好，来吧，我们一起去吃饭，等会儿一起去接他。"

"我得先洗个澡。"

"别说傻话了，走吧。"

"我一定得洗个澡，九点之前他肯定还没到。"

"那么洗澡之前先来喝一杯吧。"

"不错的主意，你这话说得不错。"

我们坐上车，让司机把车掉头。

"去最近的酒店。"我说。

"还是去'丁香园'吧，"布莱特说，"我不喜欢喝那些劣质的白兰地。"

"那就去'丁香园'。"

布莱特转身面向比尔。

"你在这个令人厌恶的城市待多久了？"

"今天刚刚从布达佩斯来到这儿。"

"布达佩斯还行吧？"

"特别好，布达佩斯非常好。"

"问问他维也纳，对维也纳的印象怎么样。"

"维也纳，"比尔说，"是一座有些奇怪的城市。"

"很像巴黎，"布莱特笑着对他说，眯着的眼角显露出了皱纹。

"说得不错，"比尔说。"眼前这季节的确很像巴黎。"

"我们赶不上你了。"

我们坐在"丁香园"外面的露台上，布莱特和我各自叫了一杯威士忌苏打水，比尔又要了一杯珀诺酒。

"你过得还好吗，杰克？"

"非常不错，"我说，"我过得非常愉快。"

布莱特盯着我。"我们选择离开真傻，"她说，"谁离开巴黎，谁就是个笨蛋。"

"你过得开心吗？"

"哎，还行。挺有趣的，不过不怎么好玩。"

"有没有碰见熟人？"

"没有，基本上没碰见，我从不出屋。"

"你也没去游泳?"

"什么也没有干。"

"听上去和维也纳很像,"比尔说。

布莱特看着他,眯着眼睛,眼角出现皱纹。

"原来维也纳是和这儿一样啊。"

"一切都跟维也纳没有差别。"

布莱特又对他笑了笑。

"你这位朋友挺不错的,杰克。"

"没错,"我说,"他是制作动物标本的。"

"那还是在另一个国家里的事,"比尔说,"何况都是些死动物。"

"再喝一杯,"布莱特说,"我得赶紧离开了,请麻烦叫服务员去叫辆出租车。"

"外边有很多出租车等着,就在对面。"

"好。"

我们喝完酒,把布莱特送上车。

"别忘了,十点左右到'雅士'。叫比尔也去,迈克尔会在那里的。"

"没问题,"比尔说。出租汽车开动了,布莱特朝我们挥手告别。

"多优秀的女人啊,"比尔说,"挺有教养的,迈克尔是谁?"

"就是她的未婚夫。"

"哎呀,"比尔说,"我总是在这种时候认识女人。我送他们什么作为结婚礼物呢?你觉得一对赛马标本怎么样?他们会喜欢吗?"

"我们还是继续吃饭吧。"

"她真是一位什么夫人吗?"去圣路易岛的路上,比尔问我。

"是啊,在马种系谱里面记载着。"

"我的天哪!"

我们去小岛北部勒孔特太太的饭店里吃饭,里面坐满了美国人,我们只能站着等座位。不知道是谁,在美国妇女俱乐部的导游小册子里写进了这家餐厅,说这是巴黎沿河码头边一家还没有被美国人光顾过的古雅饭店。所以四十五分钟之后,我们才终于等到一张空桌子。比尔在1918年大战刚停战时在这里吃过饭,勒孔特太太一见到他就大肆张罗,认真准备起来。

"但没有了空座,她就给我们弄了一张空桌子,"比尔说,"她是个不得了的女人。"

我们餐桌上的菜十分丰盛:烤子鸡、新鲜菜豆、土豆泥、色拉以及一些苹果馅饼加干酪。

"啊,我的上帝!你把全世界的人都吸引到这里来了,"比尔举起一只手对勒孔特太太说。

"你要赚大钱了!"

"但愿如此。"

喝完咖啡和白兰地,我们把账单拿过来。账单一如既往地用粉笔写在石板上,这无疑是本餐厅"古雅"的特点之一。付完账,我们和勒孔特太太握手告别,就离开了。

"你不想再来了吧，巴恩斯先生。"勒孔特太太说。

"这里的美国人太多了。"

"中午的时候人少，那时再来吧。"

"好，就这么定了。"

我们继续往前走，小岛北部奥尔良河滨街旁种着一行行的行道树，树枝从岸边伸出，笼罩在河面上。河对岸一些老房子正在被拆毁，留下一道道残壁。

"要打通一条大街。"

"是正在这样做。"比尔说。

我们绕着小岛走了一圈。一艘灯火通明的小客轮驶过河上，暂时照亮了漆黑的河面。它静静地向上游驶去，似乎有些匆忙，然后消失在桥洞底下。河下游，巴黎圣母院在夜空下静谧地蹲伏着。

我们从贝都恩河滨街经过小木桥向塞纳河左岸走去，经过小木桥时，在桥上停留了一会儿，眺望着河下游的圣母院。站在桥上，只见岛上黑黑的，一点儿亮光都没有，在房屋的映衬下天空高高耸起，树林呈现出一片阴影。

"太壮观了！"比尔说，"上帝啊，我真想往回走。"

我们倚着桥的木栏杆，望着那些大桥上的灯光。桥下的水漆黑一片，静静地流淌着。它无声地流过桥墩。有个男人和一个姑娘用胳膊搂抱着彼此，从我们身边走过。

我们穿过木桥，顺着勒穆瓦纳主教路开始爬坡。路面坡度很大，我们一直走着，到了康特雷斯卡普广场。广场上，灯光穿过树叶丛，洒在地面上。树下停着一辆公共汽车，正要发车。音乐声从"快乐的黑人"咖啡馆内飘出。透过"爱好者"咖啡馆的窗子，我看见里面那张很长的白铁酒吧柜台。有些工人在门外露台上喝酒。在"爱好者"的露天厨房里，有位姑娘在炸土豆片。一个老头儿手里拿着一瓶红酒站在那里，姑娘在旁边的铁锅里舀了一些炖肉，用盘子装上递给他。

"来一杯怎么样？"

"不了，"比尔说，"现在不想喝。"

我们在广场上右转，沿着平坦、狭窄的街道继续向前走，两侧古老而高大的房子一幢接着一幢。有些房子向街心凸起，有的则往后缩。我们来到铁锅路上，顺着它往前走，一直到南北笔直的圣·雅克路，然后我们转向南边，经过庭院围着铁栅栏的瓦尔德格拉斯教堂，到达皇家港大街。

"我们干点什么呢？"我问，"去咖啡馆看看布莱特和迈克尔好不好？"

"好啊。"

我们到了蒙帕纳斯大街，它和皇家港大街相衔接。然后我们继续向前，经过"丁香园""拉维涅""达穆伊"和其他的小咖啡馆，然后穿过马路，到了对面的"洛东达"，经过它门前灯光下的那些桌子，来到了"雅士"。

迈克尔站起来，向我们走过来。他的脸被晒黑了，可是气色很好。

"喂，喂，杰克，"他说，"嗨——嗨！你好啊，我的老朋友！"

"看来你的身体很不错，迈克尔。"

"没错，我很健康。整天溜达，什么也不干。再就是每天和我的母亲喝茶的时候喝一杯酒。"

比尔走进了酒吧，他站着和布莱特交谈。布莱特坐在一只高凳上，把腿架起来。她没有穿长筒袜。

"很高兴见到你，杰克，"迈克尔说，"你知道，我有点醉了。不可想象吧？看到我的鼻子有什么不一样了吗？"

他鼻梁上有血迹，已经干了。

"被一位老太太的手提包碰上了，"迈克尔说，"我本来抬手想帮她拿几个手提包，结果它们砸到了我的头上。"

布莱特坐在酒吧间里，拿着她的烟嘴向他打手势，使眼色。

"一位老太太，"迈克尔说，"她的手提包砸在我头上了。"

"我们进去吧，看看布莱特。哎，她真是让人神魂颠倒。你真是位可爱的夫人，布莱特。你这顶帽子是哪儿来的？"

"一个朋友送给我的，你不喜欢？"

"太丑了，快点去买顶好的吧。"

"啊，现在我们可不缺钱，"布莱特说，"喂，这是比尔，你还不认识吧？你真是位可爱的主人，杰克。"

她转身面向迈克尔说，"这位是比尔·戈顿。这个醉汉是迈克尔·坎贝尔。坎贝尔先生是位身负债务的破产者。"

"谁说不是呢？你知道，昨天我在伦敦遇见了我过去的合伙人。就是他，害我今天落到这种境地。"

"他说了些什么？"

"请我喝了一杯酒。我想着还是接受这番好意吧。喂，布莱特，你真是弄得人神魂颠倒。你看她很迷人，对不对？"

"迷人，长着这么个鼻子？"

"鼻子很可爱。来，把鼻子冲着我。她难道不迷人吗？"

"是不是该让他待在苏格兰？"

"喂，布莱特，我们还是早点回去吧，回去睡觉。"

"注意你的话，迈克尔。别忘了这酒吧间里还有其他女客人呢。"

"你看她是不是个迷人的东西，杰克？"

"今晚有场拳击赛，"比尔说，"去看看怎么样？"

"拳击赛，"迈克尔说，"谁的比赛？"

"莱杜和另外一个人。"

"莱杜拳技一流，"迈克尔说，"我倒挺想去瞧瞧，"——他努力打起精神来——"但是我去不了，我早就和这东西约定好了。喂，布莱特，我一定要去给你买顶新帽子。"

布莱特拉下毡帽，遮住一只眼睛，帽檐下，她露出了笑容。"你们两位快点去看拳击吧。我们就直接回家了。"

"我没喝醉，"迈克尔说，"也许稍微有点醉吧。喂，布莱特，你真是太让人神魂颠倒了。"

"你们走吧，去看拳击吧，"布莱特说，"坎贝尔先生让人越来越难伺候了。你怎么突然这么多情，迈克尔？"

"嗨，你真是太迷人了。"

我们互相告别。"我不能去真可惜，"迈克尔说。布莱特开心地笑了。我走到门口时回头看了看，迈克尔一只手扶在酒吧柜台上，伸长身体对着布莱特说话。布莱特没什么表情地看着他，但是眼角流露出一丝笑意。

走到外面人行道上，我说："你想去看拳击吗？"

"那是必然啊，"比尔说。"如果我们不用走路的话。"

"迈克尔真是为他这个女朋友骄傲。"我在汽车里说。

"哎呀，"比尔说，"你哪能说是他的错啊。"

第九章

莱杜与弗朗西斯的拳击比赛在 6 月 20 日晚间举行，那是一场非常好看的拳击赛。比赛结束后的第二天早晨，我收到罗伯特·科恩从昂代寄来的信。信中说，他的生活十分平静：游泳，有时打打高尔夫球，有时玩玩桥牌。昂代的海滨景色十分美丽，让他迫不及待地想去钓鱼，问我什么时候能到。要是我可以给他买到双丝钓线的话，我到的时候他会把钱还给我。

这天上午，我在办公室写信告诉科恩，我和比尔 25 日离开巴黎，万一行程有变，会另外发电报告诉他。我还约他在巴荣纳会面，然后从那里，我们就可以一起搭长途汽车翻山到潘普洛纳了。差不多当天晚上七点的时候，我路过"雅士"进去找迈克尔和布莱特。他们没来，我就跑到"丁戈"，看见他们在里面酒吧柜台前坐着。

"你好，亲爱的。"布莱特伸出手来。

"你好，杰克，"迈克尔说，"现在我知道我昨天晚上喝多了。"

"嘿，可不是吗，"布莱特说，"丢死人了。"

"喂，"迈克尔说，"你什么时候去西班牙？我们能跟你一起去吗？"

"那很好啊。"

"你真的欢迎我们？你知道的，我已经去过潘普洛纳了。布莱特特别想去，你们不会嫌弃我们吧？"

"别说傻话。"

"你知道，我已经有些醉意了。若是清醒的话，我也不会这样问你。你肯定愿意，对不对？"

"行了，迈克尔，"布莱特说，"现在他怎么能拒绝呢？以后我再问他。"

"你不反对是吧？"

"如果你不是故意惹我生气，就别再问了。我和比尔在二十五日早晨起程。"

"哟，比尔到哪儿去了？"布莱特问。

"他在香蒂利跟朋友聚餐。"

"他这人不错。"

"他是个大好人，"迈克尔说，"没错，你很清楚。"

"你肯定记不得他了。"布莱特说。

"记得，我一点都没忘。听我说，杰克，我们 25 日晚上动身。早上太早了，布莱特起不来。"

"真的是起不来！"

"如果我们收到了寄过来的钱，你又同意的话就行。"

"钱不可能汇不到，我去办。"

"跟我说，要寄什么钓鱼用具。"

"弄两三根带卷轴的钓竿，还有一些蝇形和钩形钓线。"

"我对钓鱼不怎么感兴趣。"布莱特插嘴说。

"那么两根钓竿就足够了，比尔不需要买了。"

"没问题，"迈克尔说，"我给管家发个电报通知他。"

"太好了，"布莱特说，"西班牙！这一定是一次愉快的经历。"

"25 日是星期几？"

"星期六。"

"我们需要开始准备了。"

"嗨，"迈克尔说，"我要去剪剪头发。"

"我一定得去洗个澡，"布莱特说，"陪我到旅馆去，杰克，听话啊。"

"我们住的这家旅馆真不错，"迈克尔说，"我看像是家妓院！"

"我们刚到就把旅行包寄存在'丁戈'了。旅馆人员问我们是不是只住半天就足够了，听说我们要在旅馆过夜，他们还笑得不行。"

"这旅馆肯定是家妓院，"迈克尔说，"这我很清楚。"

"哼，别说了，快去修理下头发。"

迈克尔走了，我和布莱特继续在酒吧柜边坐着。

"再来一杯？"

"好。"

"我需要酒精。"布莱特说。

我们在迪兰伯路上走着。

"这次回来，我一次都没见你，"布莱特说。

"没错。"

"你过得怎么样，杰克？"

"很好。"

布莱特看着我。"喂，"她说，"这次旅行罗伯特·科恩也一起去吗？"

"是这样，有问题吗？"

"你想这是不是会让他有些难堪？"

"为什么呢？"

"我和谁一起去的圣塞瓦斯蒂安？"

"真是祝贺你。"我说。

我们继续往前走。

"你说这话是什么意思？"

"不知道，那你想让我说什么？"

我们走着，拐了一个弯。

"他的表现很好，但他后来变得有点没意思了。"

"这样啊。"

"我最初觉得这样对他挺好。"

"你可以去搞社会公益事业了。"

"别说得这么难听。"

"不敢。"

"你难道真的不知道？"

"知道什么？"我说，"也许我没有想起过。"

"你想这是否让他太难堪了？"

"那是他说了算，"我说，"写信跟他说你也要去，他可以决定是否要去。"

"我就写信，让他还有机会退出这次旅行。

6月24日晚上之前，我再也没有见到布莱特。

"科恩回信了吗？"

"当然，他非常期待这次旅行。"

"我的天哪！"

"我自己也觉得这事挺不寻常。"

"他说他已经等不及要看看我了。"

"他会不会觉得你是一个人？"

"不会，我告诉他，迈克尔和我们大家一起去。"

"他可真不一样。"

"就是啊！"

他们预计的钱将在第二天到账。我们约好一起到潘普洛纳，他们准备直接在圣塞瓦斯蒂安搭火车前去，我们要在潘普洛纳的蒙托亚旅馆碰面。如果他们到星期一还没来到，我们就不管他们，乘直达布尔戈特的长途汽车，自行朝北到山区的布尔戈特，开始钓鱼。我写了一份行程计划，好让他们和我们一起。

我和比尔坐早班车离开道赛车站。天气十分晴朗，并不是太热，一出城就有令人赏心悦目的田园风光。我们走进后面的餐车就餐。离开餐车时，我跟乘务员要了一批就餐券。

"现在只有第五批了，前四批已经发完了。"

"这是怎么回事？"

在那次列车上，午饭一向最多只供应两批，而且每批都有很多座位。

"都已经预订完了，"餐车乘务员说，"下午三点半供应第五批。"

"这下麻烦了。"我对比尔说。

"给他10法郎。"

"给，"我说，"我们想在第一批用餐。"

乘务员把那10法郎放进口袋。

"非常感谢，"他说，"先生，我劝你们买点三明治。前四批的座位在铁路办事处就被人预订了。"

"你大有前途啊，老兄，"比尔用英语对他说，"要是给你5法郎，我想你大概会建议我们跳车了。"

"Comment?"（法语，您说什么？）

"见你的鬼！"比尔说，"那就给我们做几个三明治，再来一瓶葡萄酒。你跟他说吧，杰克。"

"还有请送到隔壁车厢里。"我向他描述了一下我们的座位在哪里。

我们的卧铺包房里还有一个家庭——一对夫妻和他们的小儿子。

"我想你们两位是美国人吧？"那男人问，"旅途还开心吗？"

"棒极了。"比尔说。

"你们算是心想事成了，就得趁年轻去旅行。我跟孩子的妈妈一直就想出来逛逛，可有事耽搁下来。"

"你要是真下了决心，十年前就能出来了，"妻子说，"你一直唠叨的是什么，'先看看美国再说！'要我说的话，这里那里的，咱们见过的地方也不算少了。"

"嗨，在这列车上美国人还真不少，"男人说，"他们从俄亥俄州的达顿来，占了七个车厢。他们到罗马朝了圣，现在去比亚里茨和卢尔德。"

"原来是因为他们，朝圣信徒。这些该死的清教徒。"比尔说。

"你们两位年轻人来自美国的什么地方？"

"我是堪萨斯城人，"我说，"他来自芝加哥。"

"你们俩都去比亚里茨？"

"不是，我们去西班牙钓鱼。"

"哦，我自己向来对这个不感兴趣。可在我的家乡，有很多人喜欢钓鱼。我们蒙大拿州有几个挺不错的钓鱼场所，我带孩子们去过，但是一直不太喜欢。"

"你去的那几次，可钓了不少鱼啊。"他妻子说。

他朝我们挤挤眼。

"你知道女人是这么回事，见到一罐酒或是一箱啤酒，她们就大惊小怪，觉得天要塌下来了。"

"那是男人们。"他妻子对我们说，她平静地捋捋齐膝裙子下摆。"为了讨好他，我投票反对禁酒，因为我喜欢在家里喝一点儿啤酒，可他竟然这样说。这种人竟能娶到老婆，真是匪夷所思。"

"我说，"比尔说，"你们知不知道，那帮清教徒已经把整个餐车给包了，我们至少得到下午三点半才能吃上饭？"

"此话当真？他们不能这么做啊。"

"你们去试试，看能不能找到座儿。"

"哎，孩子他妈，看样子咱们还是回去再吃顿早饭吧。"

她站起身，整整衣裙。

"两位年轻人，能请你们帮我们照看下东西吗？咱们走，休伯特。"

他们仨都去了餐车。他们刚走一会儿，一位乘务员一路走来，吆喝着第一批用餐的乘客前往餐车用餐。那些朝圣者跟在他们的几位教士后面，开始列队穿过走廊。我们的朋友——那一家三口没有回来。一个服务生拿着我们的三明治和一瓶夏布利白葡萄酒经过我们这个车厢的走廊，我们把他叫了进来。

"今天你们可有的忙了。"我说。

他点了点头，"他们已经开始了，才十点半。"

"我们什么时候才能吃饭？"

"哼！那我什么时候才能吃上饭啊？"

他把那瓶酒和两个玻璃杯放下，我们付了他三明治的钱，给了他小费。

"一会儿我来收拾盘子，"他说，"或者你们顺路捎给我。"

我们嚼着三明治，喝着夏布利，欣赏着车窗外的乡间风景。庄稼刚开始成熟，田里满是罂粟花。牧场一片青葱，树木优美挺拔，有时会有奔流的大河和林木掩映中的城堡从窗外闪过。

我们在图尔下车，买了瓶葡萄酒，等我们回到车上的包房，发现蒙大拿的那位绅士和他妻儿正舒舒服服地坐着。

"比亚里茨有好的游泳去处吗？"休伯特问。

"这孩子如果不泡在水里，就像着了魔一样，"他母亲说，"这么大的孩子出门旅行也真麻烦。"

"在那里游泳可好哩，"我说，"不过有风浪的时候不太安全。"

"你们吃过饭了吗？"比尔问。

"嗯。他们开始进去的时候，我们已经坐好了，他们肯定觉得我们和他们是一伙的。一个服务员跟我们说了几句法语，他们就让其中的三个人回去了。"

"他们以为我们是磕头虫呢，"那个男的说，"由此可见天主教会的权势。可惜你们两位不是天主教徒，不然你们就有饭可以吃了。"

"我是天主教徒，"我说，"就因为这样，我才会这么生气。"

等到四点十五，我们终于有午饭可吃了。比尔最后生气了，他把一位正领着一行吃完饭的清教徒往回走的神父拦住了。

"什么时候我们这些新教徒能吃上饭，神父？"

"我对这件事一无所知，你拿到就餐券了吗？"

"这种行径足以让一个人走投无路，只得去投奔三 K 党①。"比尔说，神父回头瞅了他一眼。

服务员们在餐车里供应着第五批公司的菜，给我们端菜的那名服务员的衣服被汗水湿透了，他白外套的腋窝处被汗水染成了紫红色。

"他一定是喝了很多葡萄酒。"

_____

① 一个反对天主教、犹太人及其他少数民族的美国组织。

"也许他里头穿着一件紫红色的衬衣。"

"让我们来问问他吧。"

"别问啦,他已经够辛苦了。"

火车在波尔多停半个小时,我们下了车,在车站上转悠了一下,进城已经来不及了。后来列车穿过兰兹省,我们欣赏日落。松林中有一道道宽阔的防火带,很像一条条大街,远方尽头处是一座山丘,上面树木郁郁葱葱。我们吃晚饭的时候是七点半左右。在餐车里,透过敞开的窗户瞭望原野。这是一片长着松树和满是石南的沙地,几座房屋坐落在几小块空地上。火车偶尔驶过一个锯木厂。天渐渐黑下了来,但我们仍能感觉到窗外那一片泛着热气、多沙而黑暗的土地。差不多九点的时候,火车开进了巴荣纳。那对夫妇和休伯特——同我们握手告别。他们要继续前行,到拉内格里斯镇,然后转车去比亚里茨。

"好,祝你们一路顺风。"男的说。

"在那里看斗牛的时候要小心一点儿啊。"

"也许我们还能在比亚里茨见面。"休伯特说。

我们背着我们的旅行包和钓竿袋下了车。穿过昏暗的车站,我们来到了明亮的广场上。那里排着一列列出租马车和旅馆接客的公共汽车。罗伯特·科恩站在旅馆接待员的人群里。一开始,他没有看见我们,后来他才朝我们走过来。

"你好,杰克。一路还顺利吗?"

"很好,"我说,"这是比尔·戈顿。"

"你好啊!"

"走吧,"罗伯特说,"我雇了一辆马车。"以前我没注意到他视力不太好。现在他紧盯着比尔,想看清楚。他也觉得很不好意思。

"一起到我住的旅馆去吧。旅馆还可以,挺不错的。"

我们上了马车,车夫把旅行包放在他身旁的座位上,然后爬上了驾驶座。接着,他抽了下鞭子,车子穿过黑洞洞的桥,往城里走去。

"我见到你真是开心,"罗伯特对比尔说,"杰克跟我讲过很多你的事情,我还读过你的那几本书。你带钓线了吗,杰克?"

马车停在了旅馆门前,我们下了车,走进旅馆。旅馆条件不错,柜台上接待员态度非常亲和。我们每人都有一间小房间,很舒适。

第十章

第二天早晨,天气很好,有人在城里的大街上洒水。我们一起在一家咖啡馆吃了早饭。巴莱纳是个小城,风景秀丽,就像是一座非常干净的西班牙小城,小城中间有一条河穿过。河上有一个桥,早晨的时候桥上已经很热了。我们走上大桥,然后横穿小城四处看看。

我也不能确定迈克尔要的钓竿能不能及时从苏格兰送过来,于是我们就想找家渔具店铺。最后,我们在一家成衣店楼上给比尔买到了一根钓竿。卖渔具的人当时不在，我们只好等他回来。最后他终于出现了，我们以很优惠的价格买到了一根相当不错的钓竿，外带两张抄网。

我们再次走上街头，去当地的大教堂观光。据科恩说，它是某某建筑式样的典范之作，我忘了到底是什么式样了。是座很漂亮的大教堂，既漂亮又阴森森的，就跟西班牙的教堂一样。然后我们又路经旧城堡，出城来到当地旅游事业联合会的办事处，公共汽车应该就是从这儿出发的。可办事处的人告诉我们，公共汽车要到7月1日才开始运营。我们在办事处打听了如果雇辆车前往潘普洛纳要花多少钱，然后在市立剧院拐角处的一个大型车库花四百法郎雇了一辆汽车。跟司机说好四十分钟后到旅馆去接我们，我们就又回到广场上吃早饭的那家咖啡馆，喝了杯啤酒。天气炎热，可是城里却仍像早晨一样清新、凉爽，在咖啡馆里坐坐实在是惬意极了。微风吹起，你能感觉得到海风的气息。广场上有鸽子起落，房屋都是一种黄黄的、被阳光炙烤出来的颜色，我真舍不得离开这家咖啡馆。不过我们必须得回旅馆收拾行李，把房费付清。我们付了酒账（我们抛掷硬币赌了一下，我记得最后是科恩付的钱），然后就走回旅馆。我跟比尔每人只付了16法郎的房钱，再加10%的服务费，我们叫人把我们的行囊送到楼下，等罗伯特·科恩过来。在我们等的间隙，我看见镶木地板上有只蟑螂，至少得有三英寸长。我把它指给比尔看，然后用脚踩住了它。我们一致同意，这蟑螂肯定是刚从花园里爬进来的，因为这家旅馆十分干净。

科恩终于下来了，我们一起出去准备上车。那是辆很大的、带顶棚的汽车，司机穿一件蓝领蓝袖的白色防尘外衣，我们吩咐他把后车篷放下来。他把我们的行李都堆到车里去，我们就正式出发了，沿大街出了城。我们沿途经过好几处可爱的花园，回头望着城里的风光，然后就进入了乡野，一片葱茏。总是在爬坡，一路上经过很多赶着牛群，推着大车的巴斯克人，还有很漂亮的农舍。农舍房顶很低，抹的全是一色的白灰泥。巴斯克地区的土地都特别肥沃，绿油油一片，房子和村庄也都很富裕、整洁。村子里有片回力球场，有些球场上，孩子们在太阳底下玩耍。教堂的墙上都有标志，上面写着严禁把回力球朝墙上打，村子里的房子都有红瓦的屋顶。接着，道路转了个弯，开始爬坡，我们沿着山坡的地势一路往山上走，底下是个山谷，几座小山朝后面一直延伸到海边，大海离这里还很远。放眼望去，只见重重叠叠的山峦，可是你却感觉到大海就在那里。

我们进入了西班牙境内。那里有条小溪，有座桥，边境线一边有西班牙的马枪骑兵驻防，他们头戴黑漆皮拿破仑式三角帽，背挎短枪；另一边则是戴平顶军帽、留着小胡子的肥胖的法国兵。他们只打开了我们的一个旅行包，把几本护照拿进哨所看了看。边境线的两边各有一家百货店和小客栈。司机必须到哨所里填写几份汽车登记表，我们就下车走到小溪边上，去看里面有没有鳟鱼。比尔想跟一位马枪骑兵操练几句西班牙语，可交流得并不顺畅。罗伯特·科恩指着溪流问里面有没有鳟鱼，那位马枪骑兵说有，不过很少。

我问他有没有钓过鱼，他说没钓过，他不喜欢钓鱼。

正在这时，有个老头儿迈着大步来到桥头，他头发胡子都很长，都被太阳晒得发黄，身上的衣服活像是用麻袋片缝的。他手拿一根长拐棍，背着一头小山羊，四条腿都捆着，脑袋朝下耷拉着。

马枪骑兵挥了挥刺刀示意他回去。老头儿二话没说，扭头沿白色的大路又退回西班牙那边了。

"这老头儿怎么回事？"我问。

"他没有护照。"

我递给卫兵一根烟，他接过去，道了声谢。

"那他会怎么办？"我问。

马枪骑兵朝尘土里吐了口唾沫。

"哦，他会直接从溪水里蹚过去。"

"这里走私的人多吗？"

"哦，"他说，"越境的人不少。"

司机一边往外走，一边把几份证件折起来，放进外衣里面的口袋。我们都上了车，车沿着尘土飞扬的大路驶进西班牙。一开始，周遭的景物还没什么变，然后我们就一路开始爬坡，我们从一个隘口上穿过，道路百折千回，这才到了真正的西班牙。

褐色峰峦绵延不绝，山坡上长了些松树，更远处则是山毛榉的森林。道路一直升到隘口的绝顶处，然后开始下降，司机为了不撞上两头在路中间睡觉的驴，不得不按响喇叭，放慢车速，从路边绕过去。我们从山上下来，经过一片橡树林，森林里有白色的牛群在吃草。再往下就是绿草茵茵的平原和清澈见底的溪流，然后我们穿越了一条溪流，经过一个阴森森的小村庄，又开始爬坡。我们爬呀爬呀，又翻过一个高高的隘口，然后顺着山势转向，道路朝右边下坡，我们由此得见南面另一道山脉的全景，全是棕褐色，像是被烤焦了，而且沟壑纵横，千姿百态，十分壮观。

不一会儿，我们驶出群山的怀抱。道路两旁都是树木，有条小溪流过，再就是一片熟透的庄稼地，道路笔直地朝前伸展，白得耀眼，然后是个缓坡，左侧有座小山凸起，有座古堡耸立在山上，周围有一圈建筑群围着它，一片庄稼地一直抵到城墙边上，随风摇曳。我坐前面司机旁边的座位，这时转身往后看了看。罗伯特·科恩在打瞌睡，不过比尔也在观赏车外的景色，并频频点头。然后，我们穿过一片开阔的平原，右边有条大河，辉映着太阳，波光粼粼地在树林间奔流，潘普洛纳高地在地平线上升起，可以看到老城墙和壮观的棕色大教堂，还有刺破了地平线的其他教堂的轮廓。高地背后又是群山环绕，白色的道路一直伸展开去，穿过平原直达潘普洛纳城。

我们驶入位于高地另一侧的城区，灰尘扑面的道路陡然向上爬升，路两旁是遮荫蔽日的行道树。然后路面下降，我们穿过古城墙外正在建设中的新城区，又途经斗牛场。这是幢高高的白色建筑，在阳光照射下它显得很坚固。然后我们经由一条小巷进入大广场，车子在蒙托亚旅馆前停下。

司机帮我们卸下行装。有一群孩子围着我们的汽车看新鲜，广场上暑气逼人，树木绿意盎然，旗杆上挂着各色旗帜。我们避开太阳的照射，躲到绕广场整整一周的拱廊底下享受阴凉，很是惬意。蒙托亚先生见到我们很高兴，跟我们一一握手，给我们安排的是朝向广场方向的好房间。我们洗漱更衣后下楼到餐厅吃午饭。司机也留下来用餐。用餐完毕，我们付了他钱，他就打道回巴莱纳而去了。

蒙托亚旅馆有两个餐厅。一个在二楼，俯瞰着广场；另一个在比广场的平面还要低一层的地方，那里有道门和后街通着，牛群一大早穿街过巷朝斗牛场奔去时就经过这条后街。楼下的餐厅里一直很阴凉，我们美美地饱餐了一顿。在西班牙的第一顿大餐往往会吓你一跳，有冷盘，有一道鸡蛋做的菜，两道肉菜，还有蔬菜、沙拉、甜点和水果。你得喝不少的葡萄酒，才能把这么多道菜统统咽下去。罗伯特·科恩本想说他不需要第二道肉菜了，不过我们都没给他翻译，结果女招待给他另换了一道菜，我想是一盘冷肉。自打我们在巴莱纳见面后，科恩就一直心神不宁。他弄不清我们是不是已经知道布莱特跟他去过一趟圣塞瓦斯蒂安的事，这搞得他相当难堪。

"喂，"我说，"布莱特和迈克尔应该会今晚到这儿。"

"我看他们也许不会来。"科恩说。

"怎么就不一定来？"比尔说，"他们绝对会来的。"

"他们迟到是家常便饭。"我说。

"我觉得他们很可能不来了。"罗伯特·科恩说。

他说这话的时候带了一种了解内情的优越感，这使我们俩很生气。

"我跟你赌 50 比塞塔，赌他们今天晚上肯定到。"比尔说。他一上火总喜欢跟人家打赌，所以经常都输得很惨。

"我跟你赌，"科恩说，"好，你来做个见证，杰克。50 比塞塔。"

"放心，我自己记着呢。"比尔说。我见他真的生气了，就想帮他消消气。

"他们一定会来，"我说，"不过，今晚未必来得了。"

"你想反悔吗？"科恩问。

"不，为什么要反悔？你如果愿意就把赌注提到，100 比塞塔。"

"没问题，我奉陪到底。"

"够了，"我说，"再这样下去你们就得立个委托书，我要从中抽头了。"

"我没意见。"科恩说，他微微一笑，"你反正可以在打桥牌的时候再赢回去。"

"你还不一定能赢呢。"比尔说。

我们出去，在拱廊底下绕着走，到了伊鲁涅咖啡馆，点了杯咖啡。科恩说他要去刮刮胡子。

"你说，"比尔对我说，"我打的那个赌有赢的希望吗？"

"希望渺茫，他们从没有准时到过哪儿。要是他们的钱没汇到，那今天晚上他们是笃定来不了了。"

"我一开口就已经后悔了，不过我必须得跟他比下去。我猜他人不坏，可他又是从哪儿了解的这么多的？迈克尔和布莱特跟我们有约定说要到这儿来的呀。"

我看见科恩穿过广场走了过来。

"他回来了。"

"我说，得让他改改他这种自高自大犹太人的臭脾气了。"

"理发店关了，"科恩说，"要到四点才开门。"

我们坐在"伊鲁涅"舒服的柳条椅上喝了咖啡，穿过阴凉的拱廊，望着面前的大广场。比尔要回去写几封信，科恩又去了那家理发店。理发店还没开门，他就决定回旅馆的房间洗个澡，我又在咖啡馆门前闲坐了一会儿，然后起身在城里转了一圈。天气很热，不过我一直都走在街道背阴的一边，穿过市场，再次欣赏了这座城市的风光。我来到市政厅，找到了那位每年都为我预订斗牛票的老先生。他已经收到了我从巴黎汇给他的钱，给我续订好了票，所以斗牛这方面都安排妥了。这位老先生是档案管理员，城里所有的档案都堆在他办公室里。这当然跟我们的故事没什么关系，不过说说也无妨。他的办公室有一道用绿色台面包裹的门，还有一扇很大很厚实的木头门。我出去以后，把两道门都给他关上，就剩他一个人坐在四墙都堆满档案柜的"孤城"里了。我走出市政厅来到街上的时候，门房叫住了我，要给我刷一下外衣上的尘土。

"您肯定是坐汽车来的。"他说。

我的领子后面和肩头部位都蒙了层灰蒙蒙的尘土。

"从巴莱纳来。"

他说："一见您身上落尘的部位，我就知道您是坐汽车来的。"我给了他两个铜币作为酬劳。

走到街尽头，我看到了那座大教堂，于是走上前去。我第一次见到它时，觉得它的外观不好看，不过现在我很喜欢。我进了教堂，里面阴森森的，很幽暗，立柱高高地耸立着，还有几扇美妙绝伦的巨型花玻璃窗。有人在做祷告，大堂里弥漫着香火味儿。我跪下来为我想到的所有人都祈祷了一遍：布莱特和迈克尔、比尔和罗伯特·科恩，还有我自己，还有所有的斗牛士，又单独为我喜欢的几个斗牛士一一祈祷，其余的就索性放到一起了。然后，我再次为自己祈祷，可在为自己祈祷的时候，我发现我都快睡着了，于是我就祈祷将要举行的斗牛比赛一定要精彩，狂欢节要搞得有声有色，还有就是钓鱼能有所收获。我想了想还有别的什么可以祈祷，于是想到希望自己能有点钱，然后就祈祷自己能赚到一大笔钱，接着我又想到赚钱的方式，想到该怎么赚钱的时候，我又联想到了伯爵，于是我又开始琢磨伯爵现在在哪里，想到自从那晚蒙马特尔一别就一直没有见过他，就觉得挺遗憾的，还想起布莱特跟我说的他干下的一些滑稽事儿。又因为我一直把头搁在前排的木椅子靠背上跪在这里，便为自己在这儿祈祷而感到有点惭愧，惭愧自己竟是这么糟糕的一个天主教徒。不过我也明白目前我对此也毫无办法，也许永远都没有办法改变。可不管怎么说，天主教还是一种伟大的信仰，我只能希望自己能拥有信仰的热忱，也许下次来这儿的时候我就有了；随后我就走出教堂，来到灼热的阳光下，站在台阶上。我右手的食指和大拇指还因为在圣水器中蘸了一下而湿漉漉的，我感觉到它们在太阳的照射下慢慢蒸发变干。阳光热辣，我借着旁边建筑物的荫蔽穿过广场，沿小巷走回旅馆。

那天吃晚饭的时候，我们发现罗伯特·科恩已经洗了澡，刮了脸，理了发，洗了头，而且为了使头发平顺有形还抹了点发油。他心神不宁，而我丝毫不想帮他宽解。从圣塞瓦斯蒂安开来的火车预计九点到，要是布莱特和迈克尔来的话，就该乘这班车。八点四十的时候，我们的饭还没吃到一半。罗伯特·科恩从桌边站起来，说他要到火车站去。我故意说我愿意跟他一起去，这纯粹是为了戏弄他。比尔说，他这时候死也不想离开饭桌。我说,我们不会离开很久。

我们步行前往火车站。科恩心神不宁,而我却因此幸灾乐祸。我希望布莱特就乘坐了这趟车。到了火车站才知道火车晚点了,我们就在车站外面的黑地里,坐在一辆行李车上等。在没有战争的时候,我还从没见过有人紧张到像罗伯特·科恩这种程度的。我就在一旁看热闹。我这么幸灾乐祸挺恶劣的,不过我也确实情绪挺恶劣。科恩就有这种了不起的天赋,他有本事把所有人身上最恶劣的一面都给招出来。

过了一会儿,从高地另一头的底下远远地传来了火车的汽笛声,然后我们看到火车头上的前灯逐渐爬上山坡。我们走进车站,跟一群人挤在出站口。火车进站,停稳,旅客开始从出站口走出来。

我们一直等到所有旅客都出了站都没有看到他们。旅客要么乘上公共汽车或是出租马车,要么跟他们的亲戚朋友一起穿过黑暗朝城里走去。

"我早就知道他们是不会来的。"我们正朝旅馆的方向走回去的时候罗伯特说。

"我倒觉得他们也许不会迟到的。"我说。

我们回到饭桌上的时候,比尔正在吃餐后水果,一瓶葡萄酒也快见底了。

"没来,是吗?"

"没错。"

"明天早上再把那 100 比塞塔给你,好吗,科恩?"比尔问, "我还没去换钱呢。"

"哦,算了吧,"罗伯特·科恩说,"我们换点什么别的赌吧,斗牛怎么样?"

"能赌,"比尔说,"可你根本不需要这么做。"

"这就跟拿战争来赌一样,"我说,"牵扯不到任何经济利益。"

"我迫不及待地想看斗牛。"罗伯特说。

蒙托亚朝我们桌旁走过来,拿着一份电报。"您的电报。"他把电报递给我。

电报上写着:"夜宿圣塞瓦斯蒂安。"

"是他们发来的,"我说,顺手把电报往口袋里一塞。要照平时,我都是要给大家传看一下的。

"他们在圣塞瓦斯蒂安耽搁了一下,"我说,"他们俩向你们问好。"

我不知道为什么会涌起一种戏弄他的冲动。当然,现在我明白其中的缘由了。我对他跟布莱特的关系生出一股盲目而又决绝的嫉妒。就算我把这事儿视作理所应当,也无法打消这样的念头。我从没想到我会真的恨他,直到吃午饭的时候,他摆出那副什么都知道的得意姿态——还有就是那套又理发又洗头,还把头发抹得油光水滑的小把戏的时候,我才知道我是真的很恨他。所以我就堂而皇之地把电报往口袋里一塞,反正那是发给我的。

"好了,"我说,"我们应该乘午间的公共汽车到布尔格特去了。他们要是明晚到的话,可以随时跟过去。"

从圣塞瓦斯蒂安开来的火车一天只有两班,第一班一大早到,再就是我们刚去接车的这班。

"听起来这主意不错。"科恩说。

"我们越早赶到河边越好。"

"什么时候动身我都无所谓,"比尔说,"但越快越好。"

我们在"伊鲁涅"坐了一会儿,喝了杯咖啡,然后出去散了会儿步,先去斗牛场看了看,然后穿过一片田地,来到悬崖边上的树丛下,朝下看了看在黑暗中流淌的河流。然后我早早就回去睡觉了。我想,比尔和科恩在咖啡馆一定很晚才回去,因为他们回旅馆的时候我已经睡着了。

第二天早上,我出去买了三张去布尔格特的公共汽车票。车子预计两点出发,这是最早的班次了。我在"伊鲁涅"闲坐看报,见罗伯特·科恩从广场对面走来。他来到我的桌边,坐在一把柳条椅上。

"真是家舒服的咖啡馆,"他说,"昨晚睡得好吗,杰克?"

"睡得就像死过去一样。"

"我睡得不怎么好,比尔和我在外头一直待到很晚才回去。"

"你们都去哪儿了?"

"就在这儿。这儿关了门以后,我们又去了另外一家咖啡馆。那边的店主是个会讲德语和英语的老头儿。"

"是那家瑞士咖啡馆。"

"没错,那老头儿看起来挺不错。与这家咖啡馆比起来,我觉得那家咖啡馆更好。"

"在大白天就不怎么样了,"我说,"太热。哦对了,我已经买好车票了。"

"我今天留在这儿,你跟比尔先去吧。"

"我已经给你买了票了。"

"把票给我,我去把它退掉。"

"5 比塞塔。"

罗伯特·科恩给我一枚 5 比塞塔的银币。

"我该留下,"他说,"你看,我怕是有什么差错。"

"什么意思?"我说,"如果他们在圣塞瓦斯蒂安玩起来,恐怕三四天时间都到不了这边。"

"正是如此,"罗伯特说,"我怕他们以为能在圣塞瓦斯蒂安见到我,正是为此他们才在那里耽搁下来。"

"你凭什么会这么想?"

"呃,我写信跟布莱特这么建议过。"

"那你干吗不留在那儿等他们呢?"我把这将要说出口的话又立刻咽了回去。我以为他自己也该想到这一点的,可据我看他根本就没脑子。

这下子他倒是可以一吐衷肠了,因为他知道我对他跟布莱特之间的关系是有所了解的,他倒是很高兴能跟我说说心里话。

"好,我跟比尔先吃午饭,然后立刻离开。"我说。

"我巴不得也能去,我们整个冬天都盼着这次钓鱼呢,"他又开始情感泛滥了,"可我得留下来。这真是我该做的。他们一到,我马上就带他们赶过去。"

"还是先找到比尔吧。"

"我想去一下理发店。"

"午饭时见。"

我发现比尔就在自己的房间刮脸。

"哦，没错，他昨晚把一切都告诉我了，"比尔说，"他说起心里话来真是滔滔不绝。他说他已经和布莱特约好了，要在圣塞瓦斯蒂安见面。"

"这个满嘴谎言的杂种！"

"哎，别这样，"比尔说，"别生气。旅行才刚刚开始，先别生气。不过说起来，你和这家伙是怎么认识的？"

"别提了。"

比尔回头看了我一眼，他胡子才刮了一半，然后他一边往脸上抹肥皂泡，一边对着镜子继续往下说。

"去年冬天你不是还写了封信让他来纽约找我吗？谢谢老天爷，幸亏我喜欢四处旅行，总在外头晃荡，才没有碰上。就没有别的犹太朋友可以做你的旅伴了？"他用大拇指摸了摸下巴，看了看，然后又继续刮。

"你自己不是有几位不错的犹太朋友吗？"

"哦，没错。我是有几个棒极了的朋友。不过跟这位罗伯特·科恩可不是一路货色。滑稽的是，这人还挺可爱的。我喜欢他，不过他真是让人难以忍受。"

"有时候他也能让人喜欢得不得了。"

"这个我知道，这点是让人觉得可怕。"

我哈哈大笑。

"是呀，"比尔说，"昨儿晚上一直跟他混到两点钟的不是你。"

"他的情绪不好？"

"那简直堪称可怕。话说回来，他跟布莱特到底算是怎么回事的呀？她真的跟他在一起过？"

他仰起下巴，左右转动了一下。

"当然了，她跟他一起去的圣塞瓦斯蒂安呢。"

"这真是一件蠢事，她干吗要这么做？"

"她想离开巴黎一段时间，可她一个人又哪儿都不能去。她说她本以为这对他会有好处。"

"一个人竟然干得出来这样蠢的事，她干吗不跟自己的家属或者和你老兄一起去呢？"他把"你老兄"这几个字含混带过——"或者跟我？为什么就不能跟我一起去呢？"他在镜子里仔细看着自己的脸，在两侧颧骨部位涂上了一大堆肥皂泡。

"这是张诚实的脸，这张脸任何女人都可以相信。"

"可她从没见过。"

"她真该见见，所有的女人都该见见。这个国家的每一块银幕上都应该出现这张脸。每位女性在离开婚礼圣坛的时候，都该发给她一张这个脸的照片。每位母亲都该让她们的女儿们认识这张脸。我的儿啊，"他拿剃刀指着我，"带着这张面孔到大西部去，跟祖国一起成长吧。"

他把脸埋进脸盆，用冷水冲洗干净，抹上点酒精，然后仔细地看着镜子里的自己，把他长长的上嘴唇往下一扯。

"我的天哪！"他说，"这张脸丑不丑？"

他对着镜子看个不停。

"而至于这位罗伯特·科恩，"比尔说，"他真让我反胃，让他见鬼去吧！他在这儿留下真让我开心，这样咱们钓鱼的时候就没有他在一边烦了。"

"你说得太对了。"

比尔套用了西部大开发时期一个著名的口号："到西部去，年轻人，跟祖国一起成长吧。"

"咱们这就去钓鳟鱼。咱们这就到伊拉蒂河①钓鳟鱼喽，咱们这就去吃饭，喝遍西班牙的美酒，然后就开开心心地上车开始美妙的旅程。"

"走，咱们先去'伊鲁涅'，然后就起程。"我说。

第十一章

吃完午饭以后，我们背着行囊和钓竿出来，准备动身前往布尔格特，广场上热得就跟个烤箱似的。公共汽车顶上都已经有人了，还有一些人正顺着梯子往上爬。比尔爬上顶层，罗伯特坐在比尔旁边帮我占了个地方，我又回旅馆拿了几瓶葡萄酒带着路上喝。我出来的时候，车上已经很挤了。顶层上所有的行李和箱子上都坐满了男男女女，而所有的女人都在太阳底下扇着扇子。天实在是太热了。罗伯特·科恩从车上爬下来，我正好坐在他刚才替我占的位置里，我们的座位就是一条横跨顶层的木头长椅。

罗伯特·科恩站在拱廊的阴凉下等我们出发。一个巴斯克人膝头上放着个很大的皮制酒袋，酒袋就横躺在我们座位面前，他的后背抵在我们腿上。他把皮制酒袋递给比尔和我，要请我们喝酒，我把酒袋倾斜过来正准备喝的时候，他突然地模仿汽车的高音喇叭嘟嘟叫了一声，学得十分逼真，我一惊之下把酒泼掉了一些，逗得大家哈哈大笑。他道了个歉，再次请我喝他的酒。可不一会儿他又模仿了一次喇叭叫，我又上当了。他模仿能力可真强。这些巴斯克人都喜欢这套东西。挨着比尔的那个人跟他讲起了西班牙语，比尔听不懂，所以他就拿了我们的一瓶酒，请那个西班牙人喝。那人摆了摆手，说天太热，而且他午饭的时候已经喝得太多了。可比尔又给了他一次，他也就接过来，喝了一大口，然后这瓶酒就在这部分人中间传了一圈。每个人都很有礼貌地喝了一小口，然后他们就叫我们把瓶塞塞好，收起来。大家都想请我们喝他们带的皮制酒袋里的酒。他们都是农民，要到山区去。

最后，那个巴斯克人又学了一两次喇叭叫以后，车子终于启动了，罗伯特·科恩朝我们挥手道别，车上所有的巴斯克人全都和他再见。我们的车一开出城，就凉

---

① 就在比利牛斯山脉南麓，布戈尔附近。

爽了许多。我们高高地坐在车顶，贴着树底下一路向前，感觉惬意极了。飞快地车速带来阵阵凉风。我们沿着大路往下开，扬起的尘土扑打在树上，飘下山去。透过树间的空隙往回看，景色真是美极了，潘普洛纳城从河岸的峭壁上拔地而起，巍然耸立。靠在我膝盖上的那个巴斯克人用酒瓶的瓶颈指着车外的美景，朝我们眨眨眼，点头赞叹不已。

"很漂亮，是不是？"

"这些巴斯克人还真和善。"比尔说。

靠着我大腿的那个巴斯克人皮肤的颜色和皮马鞍的颜色一样，被太阳晒得黝黑，黑黝黝的脖子上满是皱纹。他跟其他巴斯克人一样穿了件黑色的罩衫。他转过身，把皮制酒袋递给比尔请他喝。比尔则递给他一瓶我们带的酒。那巴斯克人伸出食指朝他摆了一摆，把酒瓶递还比尔，同时用手掌"啪"的一声拍上瓶塞。他把皮制酒袋举得老高。

"举起来！举起来！"他说，"把酒袋举起来。"

比尔把酒袋举起，把头向后仰着，让酒喷射进自己的嘴巴。喝完以后，他把皮制酒袋放直，有几滴酒液顺着下巴淌下来。

"不对！不对！"几个巴斯克人嚷嚷起来，"不是这样的。"酒袋的主人正想亲自做个示范，谁知一个年轻的小伙子一把将酒袋抢了过去。他拿着酒袋，伸直双臂，然后高高举起，用手挤压皮袋，酒像水流一样地乖乖地喷进了他嘴里。然后他伸手高擎着酒袋，酒就沿着一条平直的轨迹喷到他嘴里，这次比之前更加猛烈了。而他则镇定自若地像往常一样，把酒咽下去。

"嘿！"酒袋的主人叫道，"这到底是谁的酒啊？"

小伙子伸出小指来朝他摆了摆，眼睛则充满笑意，看看我们。然后他突然间将酒线刹住，倏地将酒袋竖直，放低之后交还主人。他朝我们眨眨眼，主人痛心地晃了晃酒袋。

我们路过一个小镇，车停在一家旅馆门前，司机搬上来几个包裹装上了车。然后继续赶路，开出小镇后道路开始爬升。前面是一片庄稼地，嶙峋的石头和小山的山脊一直延伸到田里。庄稼地沿山坡向上延伸。我们爬升到更高的位置后，只见一片风吹麦浪的胜景。白色的道路满布灰尘，车轮过后，灰尘扬起，散布在车后的空中。道路攀登上山，也把肥沃的庄稼地抛了后边。现在，光秃秃的山坡和河道两侧只有小块的庄稼地零星散布。我们的车猛然间闪到路边，给一长列运输队让路。这个运输队由六头骡子组成，骡子一头紧挨着一头，拉着一辆满载货物、车篷老高的货车。货车和骡子身上都积了层尘土。这辆车后面紧跟着另一个骡队和另一辆货车，这辆车装的是木材。骡夫往后一靠，把粗大的木闸扳上，刹住车，让我们的车先过。这一带的土地相当贫瘠，山上到处是石头，雨水在被太阳烤得硬邦邦的土地上冲刷出一道道沟壑。

我们顺着一个弯道驶入一个小镇，两侧突然开阔，出现一个青翠的山谷。一条小溪流过小镇的中心，房屋后面不远处是一片片葡萄园。

汽车在一家酒馆前停下，很多乘客都下了车，原来蒙在巨幅油布底下的行李，很多也被解开，从车顶上卸了下来。我和比尔下车，走进酒馆。酒馆又矮又暗，里面放着马鞍、马具和白木做的干草叉，房梁上还挂下来一串串帆布面绳子底的鞋子、火腿、腌猪肉、白色的大蒜头和长长的香肠。屋里面凉爽，昏暗，我们站在一个长条柜台前，柜台是用木头做成的，后面有两个女人招呼卖酒，她们俩背后是塞满杂货的货架。

我们每人要了一杯土酿的白兰地，总共需要付40分钱。我给了那个女人50分，多出来的算小费，可是她又把那个铜币还给了我，以为我把价钱听错了。

两位同车的巴斯克人也进来了，而且坚持要请我们喝酒。他们请我们每个人喝了一杯，然后我们就回请，然后他们拍了拍我们的后背，又买了一轮。然后我们再买，最后我们一起走出酒馆，回到外面的烈日和酷热中，重新爬到车顶上去。现在有了足够的空座，车上的人都可以坐到座位上了。原来躺在铁皮车顶上的那个巴斯克人，现在坐在了我们中间。刚才卖酒给我们喝的那个女人也走了出来，在围裙上擦着手，跟车上的什么人说着话。司机走出酒馆，晃荡着两个扁平的皮邮袋，爬上车来，发动车子，大家都一起挥手。

没多久，车子就开离了这个青翠的山谷，我们重新开始走山路。比尔跟抱着酒袋的那个巴斯克人聊了起来。有个人从椅子背后探身过来，用英语问："你们是美国人吗？"

"没错。"

"我去过那儿，"他说，"40年前。"

那是个老头儿，跟别的人一样皮肤黝黑，脸上有白白的胡茬儿。

"那里怎么样？"

"什么？"

"你感觉美国怎么样？"

"哦，我当时去的是加利福尼亚，那是一个好地方。"

"干吗要离开呢？"

"什么？"

"干吗要回到这里来？"

"噢！我是回来娶老婆的。我是打算再去美国的，可我老婆不乐意跑得那么远。你是美国什么地方的？"

"堪萨斯城。"

"我到过那里，"他说，"我还去过芝加哥、圣路易斯、丹佛、洛杉矶、盐湖城。"

他很仔细地一一念出这些地名。

"你在那儿待了多久？"

"15年，然后我就回来结婚了。"

"喝一口？"

"好吧，"他说，"在美国可喝不到这玩意儿，是不是？"

"只要有钱，那里有的是。"

"你们为什么来这儿？"

"我们到潘普洛纳过节。"

"你喜欢斗牛?"

"当然喜欢,你不喜欢?"

"我也喜欢,"他说,"我想我是喜欢的。"

过了一会儿,他又说:"你们这次准备去哪儿?"

"去布尔格特钓鱼。"

"噢,"他说,"希望你们能钓到大鱼。"

他跟我握了握手,然后掉头回去坐好。他同我们的谈话让别的巴斯克人对他可是刮目相看了。他舒舒服服地坐回去,每次我扭头观看乡野风光,他都朝我微微一笑。不过这一次费劲的美国英语的谈话看来使他累得不轻。因此他再没对我说什么话。

汽车一直往上爬。路边简直就是一片不毛之地,山地荒芜贫瘠,薄薄的泥土底下不断有山石露出头来。回头望去,底下是铺展开来的原野。原野后面远处的山坡上,翠绿与焦褐色相间的田地一块挨着一块。与天际相接的则是连绵不绝的褐色群山,山形突兀崎岖。随着我们越攀越高,天际的群山也不断变换形状。汽车缓缓沿公路再往上攀升之后,可以看到南面又一组群山突破地平线出现在我们眼前。随后道路就翻越了极顶,转而平坦下来,最后进入一片树林。这是片软木橛树林,透过枝叶照进来的阳光斑驳陆离,林子后面有牛群在吃草。走出林子以后,道路沿着一处高地的地形弯转,前头则是一片翠绿的平原,有些起伏不平,黛色的群山将它围拢起来。这山跟我们抛在身后的那些焦褐色的群山颇为不同。山上树木葱茏,云雾缭绕。绿色的平原朝远处铺展开去,被栅栏分割开来,两行笔直的行道树中间夹出一条白色的大道,朝北纵贯整个平原。我们来到高地的边缘时,看到布尔格特的红顶白屋就铺展在面前,远处第一重黛色山脉的山岗上,龙塞斯瓦列斯修道院那灰色的铁皮屋顶若隐若现。

"那就是龙塞沃①。"我说。

"在哪里?"

"那边远处第一座山上就是。"

"这儿挺冷的。"比尔说。

"因为这儿海拔很高,"我说,"该有一千两百米了。"

"冻死人了。"比尔说。

汽车驶下高地,进入通往布尔格特的那条笔直的大道。我们经过一个十字路口,越过一座架在小溪上的桥。道路两边就是布尔格特的房屋。这条路上一条支路都没有。我们经过教堂和学校的操场,车子停了下来。我们下车,司机把我们的行囊和钓竿递下来。一位马枪骑兵走过来,他头戴三角帽,胸前交叉勒着黄皮带。

"这里面是什么?"他指着钓竿的套子。

———————————

① 这是龙塞斯瓦利斯在法语中的名字,该地处于比利牛斯山脉南麓一山隘地,在潘普洛纳东北。

我打开来给他看。他要我们出示钓鱼许可证，我也掏出来给他看。他看了看上面的日期，就让我们过去了。

"这就行了？"我问。

"是呀，不然呢？"

我们沿街朝旅店走去，沿途都是刷得雪白的石头住宅，各户人家都坐在自家的门口，盯着我们看新鲜。

旅店的胖老板娘从厨房里出来，跟我们握手表示欢迎。她把眼镜摘下来，擦一擦，然后再戴上。旅店里很冷，外面也起了风。老板娘打发一个侍女陪我们上楼去看看房间。房间里有两张床，一个脸盆架，一个衣橱，还有一幅巨大的镶在镜框里的龙塞斯瓦列斯圣母的钢板画。这个房间在旅店的北面。我们洗漱了一下，穿上毛衣，下楼来到餐厅。餐厅的地面是石头铺的，天花板很低，墙上镶了橡木嵌板。百叶窗被风吹打着都关着，屋里非常冷，都能看到呼出的白气。

"我的天哪！"比尔说道，"希望明天可别像今天这么冷，我可不想在这种天气里下河蹚水。"

几张木头餐桌后面，有一架立式钢琴放在屋子尽头，比尔走过去弹了起来。

"我得去暖和暖和。"他说。

我出去找到老板娘，问她房费加膳食费每天要多少钱。她把手揣到围裙底下，连看都不看我一眼。

"12比塞塔。"

"天哪，在潘普洛纳也不过这么贵。"

她什么也没说，只是把眼镜摘下来，在围裙上擦了擦。

"太贵了，"我说，"住大旅馆也就是花这么多钱。"

"这个包含使用浴室的费用。"

"那你们有没有房间比这便宜点儿？"

"夏天没有，现在可是旅游旺季。"

我们是这家小旅店里仅有的两个旅客。算了，我想也就几天，将就着吧。

"也包括酒钱吗？"

"哦，包括在内。"

"好，"我说，"那就这样吧。"

我回去找比尔。他朝我哈了口气，以示天有多冷，然后继续弹他的琴。我在一张桌子边坐下，打量起墙上挂的画来。有一幅画的是野兔，死的；有一幅是野鸡，也是死的；还有一幅是死鸭子。这些画看起来统统都黑乎乎的，像是被烟熏过。食橱里摆满了一瓶瓶的酒，我挨个看了个遍。比尔还在弹。

"喝一杯热的朗姆甜酒怎么样？"他说，"弹琴可暖和不了多久。"

我出去告诉老板娘朗姆甜酒是什么，是怎么配的。过了几分钟，一个女服务生端着个热腾腾的粗陶罐子走进来。比尔撤下钢琴跑过来，我们一边喝热甜酒，一边听着外面的风呼啸而过。

"这里面朗姆酒很少啊。"

我走到食橱前，拿出一瓶朗姆酒，往陶罐里倒了半杯。

"真棒的行动，"比尔说，"行动胜过空想。"

女服务生走进来，收拾桌子准备摆饭。

"这风就跟从地狱里刮过来的似的。"比尔说。

侍女先端进来一大碗热菜汤，还有葡萄酒。喝完了汤，我们吃了香煎鳟鱼和一道特色炖菜，餐后的水果是满满一大碗野生草莓。在酒钱方面，我们可没吃亏，虽然说那服务生很害羞，给我们拿酒的时候却很痛快。老板娘进来检查了一次，数了数空酒瓶。

酒足饭饱后，我们就上楼了。外面实在太冷，我们就直接钻到被窝里抽烟，看报纸。夜里我醒过一次，听到外头呜呜地风响，更觉得躺在热被窝里舒服得很。

第十二章

早上我一觉醒来，就跑到窗子边看外面的景象。天已经放晴了，群山连绵，没有一点儿云雾。窗户底下有几辆大车和一辆老式驿车，驿车的顶棚已经因风雨侵蚀而有些破裂了。想必是汽车时代以前遗留下来的。一只山羊跳到大车上，然后又跃上驿车的车顶。它冲着地面其他的山羊探了探头，我向它挥挥手，它马上跳了下去。

比尔还没醒，于是我穿上衣服，到外面走廊上穿上鞋，下了楼。楼下一个人都没有，于是我拉开门闩，出了旅店。一大早，外面很凉，大风过后，外面有很多露水，太阳还没出来，也就还没把这些露水晒干。我在旅店屋后的棚子找到一把鹤嘴锄，然后来到小溪边，想挖些钓鱼用的虫饵。溪水又清又浅，不大像是有鳟鱼的样子。我在有很多草的岸边拣一处特别湿润的地方下锄，锄松了一大块草皮，草皮底下有些蚯蚓在爬来爬去。可是等我把草皮整个翻起来，蚯蚓却都已经逃走了，我细心地继续挖下去，逮到很多蚯蚓。在湿地上挖了一会儿后，我逮到的蚯蚓整整填满了两个空烟草罐，然后我又在蚯蚓上面撒了点土。那几头山羊就在那里待着，看着我挖蚯蚓。

回到旅店的时候，老板娘已经在厨房里了。我请她为我们煮点咖啡，并且帮我们准备好午饭。比尔正在床沿上坐着，他已经睡醒了。

"我透过窗子看到你了，"他说，"但我不想打扰你。你在干吗？把你的钱埋起来？"

"你真是懒啊！"

"难道你是在为我们共同的利益努力工作？真好，希望你每天早上都能这样。"

"别赖在床上了，"我说，"起来吧。"

"你说什么？让我起来？我永远也不想起来了。"

他又爬回床里，把被子盖得严严的，一直拉到下巴底下。

"你能说动我起来吗？试试看吧。"

我不管他，继续找出渔具，统统收拾到渔具包里。

"你没兴趣？"比尔问。

"我要下去吃饭了。"

"吃饭？你刚才为什么不说吃饭？我还以为你想让我起床只是开玩笑。吃饭？真不错。现在的你还挺讲道理。你再出去多挖点蚯蚓吧，我马上就下来。"

"呸，去死吧你！"

"你这是为大众服务嘛，"比尔穿上他的内衣和内裤，"你就不能表现出点可爱和怜悯来吗？"

我收拾好渔具包、渔网和钓竿袋，抬脚走出房间。

"嘿，回来！"

我把头伸进门里。

"表现出一点儿可爱和怜悯来吧。"

我拿大拇指抵住鼻子，朝他扇动四根手指表示轻蔑。

"这才不是可爱。"

我一边下楼，一边还能听见比尔在唱："可爱和怜悯。当你感到……哦，就可爱一下吧，就怜悯一下。哦，给他们说点可爱的话；当你感到……就一丁点儿俏皮，就一丁点儿怜悯……"他下楼的过程中一直在唱，曲调用的是《婚礼的钟声正为我和我的姑娘敲响》。我这时正拿着一份一星期前的西班牙报纸在看。

"这套可爱和怜悯的话到底怎么回事？"

"什么？你竟然不知道"可爱和怜悯"是怎么回事？"

"不知道，是谁兴起来的？"

"所有的人，整个纽约都为之而疯狂了。就跟曾经为弗拉泰利尼家族杂技团感到疯狂一样。"

那个侍女端来了咖啡和抹了黄油的吐司。更确切地说，那只是把面包烤了一下又抹了点黄油。

"问问她有没有果酱，"比尔说，"用俏皮点的语气。"

"有果酱吗？"

"这可不能算俏皮，真希望我也会讲西班牙语。"

咖啡不错，是盛在大碗里喝的。侍女拿来了一玻璃碟覆盆子果酱。

"谢谢。"

"嘿！不是这样的，"比尔说，"说点俏皮话。说句取笑德·里维拉的俏皮话。"

"我倒是可以问问她，他们觉得在里夫山陷入了什么样的果酱①当中。"

"真差劲！"比尔说，"这事儿你做不了。就这么回事，你根本不知道什么叫俏皮。你也没有怜悯心，举个叫人怜悯的例子吧。"

"罗伯特·科恩。"

"还不赖，比刚才强了。现在说说科恩为什么叫人怜悯？说得俏皮点。"

他往嘴里灌了一大口咖啡。

"噢，见鬼！"我说，"大清早的，就开始耍嘴皮子了。"

"就你这样，还号称要当个作家呢。你不过是个记者而已，而且是一个在海外

---

① 此处原文为"jam"，有"果酱"和"困境"双重含义。

流亡的新闻记者。你应该一起床就能耍嘴皮子，你应该一睁眼就能悲天悯人。"

"继续说，"我说，"你这套观点是从哪儿学来的呀？"

"所有的人。你就不看报纸吗？你就不跟别人交流吗？你是什么人啊？你就是个流亡的人。你为什么不在纽约住下来？要是你住下来了，就能知道这些事儿了。你期望我能怎么样？每年都跑到这里跟你汇报最新资讯？"

"再来点咖啡。"

"没问题，喝点咖啡还是有好处的。里面有咖啡因，我们就是因为咖啡因到了这里。咖啡因使一个男人骑上他的马，又把一个女人送进他的坟墓。你知道你哪里出现问题了吗？你是个侨民，一个流亡者，是一个典型的最不幸的人。你难道没听说过吗？一旦远离了祖国，一个人就再也写不出任何值得出版的东西来了，哪怕是报纸上的新闻报道。"

他在喝咖啡。

"你是个流亡者。你已经失去了跟土地的联系，变得矫揉造作。你已经深陷虚假的欧洲标准，无法自拔了。你嗜酒如命，你沉溺于淫乐。你把所有的时间都浪费在夸夸其谈上，却不肯脚踏实地地工作。你是个流亡者，懂了吗？你成天就在各家咖啡馆里虚度光阴。"

"你说的这种生活倒是很不错嘛，"我说，"那我的工作都是什么时候做的？"

"你不做事，有一帮人声称有女人在养着你。另一帮人又说你根本就是个不中用的男人。"

"不对，"我说，"我不过是出了场意外。"

"永远不要再提，"比尔说，"这种事压根儿就不该说起。你应该像亨利的自行车一样，故意把它搞成一个谜。"

他一直都口若悬河，滔滔不绝，可突然住了嘴。我认为，说我是个不中用的男人这句挖苦话刺伤我了。我想让他继续说下去。

"不是什么自行车，"我说，"他当时骑在马背上呢。"

"我听说那是辆三轮车。"

"那就算是三轮车吧，"我说，"飞机跟三轮车也有相似之处。飞机的操纵杆的操作原理和三轮车的驾驶盘是一样的吧。"

"可是不用踩脚踏板。"

"没错，"我说，"我想是不用脚踩。"

"咱们还是别提这事儿了。"比尔说。

"行，我不过是想为三轮车辩护一下。"

"我觉得亨利还是个不错的作家，"比尔说，"而你绝对是个大好人。有谁说过你是个大好人吗？"

"我不是什么好人。"

"听我说，你绝对是个大好人，我在这个世界上最喜欢的人就是你。在纽约我不能这么跟你说，否则别人可能怀疑我是同性恋。其实，这就是美国的南北战争爆发的原因。亚伯拉罕·林肯爱上了同为男性的格兰特将军，杰斐逊·戴维斯也是。林肯解放黑奴，仅仅是因为一次打赌。德雷德·斯科特一案就是反酒店同盟搞的圈套。性能解释所有这一切。上校太太和朱蒂·奥格雷蒂本质上原是一对同性恋。"

他突然停下来。

"还没听够?"

"继续!"我说。

"我就知道这么多,吃午饭的时候再继续吧。"

"你这个家伙。"我说。

"你这个流氓!"

我们在帆布包里放进了午饭的冷食和两瓶葡萄酒,比尔背上了背包。我扛着鱼竿袋,抄网挂在背后。我们正式上路,经过一片草地后发现了一条小路。这条小路从田野中穿过,一直延伸到第一座山坡上的树林。我们就顺着这条小沙子路穿过了田野。田野起伏不平,遍地青草,因为羊群在这里放牧的缘故,草都被啃秃了。牛群是在山上放牧的,我们听得见树林里传来的牛铃声。

小溪上架着一座独木桥,使得小路得以继续延伸下去。原木的表面被刨平了,有棵小树被压弯了,从对面伸过来刚好可以当作栏杆。小溪旁边有个浅浅的水塘,蝌蚪在水底的沙子上游来游去。我们走上陡峭的溪岸,穿过高低不平的田野。往回看,布尔格特的白房和红顶展现在我们眼前。白色的路上驶过一辆卡车,车轮扬起的尘土弥漫在空气中。

之后,我们又经过一条溪流,它的水流比之前的那条更加湍急。一条沙子路从浅滩开始,一直通到林中。我们走的小路在浅滩的下游与另一座独木桥相接,然后与沙子路汇合,我们也就走进了树林。

这是座山毛榉的林子,都是很老的树了。地上盘根错节,树上枝丫虬结。我们走在由老山毛榉粗大的树干夹成的小路上,阳光透过枝叶照进来,在青草上留下一块块光斑。树木高大,枝繁叶茂,可并不觉昏暗。大树下并不见矮树丛,只有平坦的草地,小草绿油油的,鲜嫩无比,参天的灰色树木间距井井有条,就像一个公园一样。

"这才叫乡野。"比尔说。

道路顺着一座山头逐渐升高,我们也顺着小路走进了密林。道路仍不断向上爬去。有时是下坡,不过很快又陡直上升。一路上都能听到牛群在林中放牧的牛铃声。最后,道路跃上了峰顶,穿出密林。我们站到了这片田野的顶端,这是我们从布尔格特看到的那片林木繁茂的群山的最高峰。山脊向阳面的树林间有一小块空地,上面长满了野草莓。

道路穿出密林后,继续沿山脊向前延伸。前面的山地没有了树木,但见大片大片黄色的金雀花。再往远处看去就是陡峭的绝壁,林木幽深,灰岩兀立,显示着底下就是伊拉蒂河的河道。

"我们得沿着山脊上的这条道儿越过这几座山,穿过远处山地上的几片树林,下到伊拉蒂河的河谷。"我指着前面的地势对比尔说。

"这次旅行一路上可真是够艰苦的。"

"跑到这儿来钓鱼路太远了,要想当天去了就回来可不是件容易的事。"

"容易,说起来好听。我们得拼了老命跑到那边,然后再急忙赶回来,还得钓鱼，怎么可能容易呢?"

这段路可真够长的，乡野的景色虽然美不胜收，但等我们从山林里跋涉出来，终于来到通向法布利卡河谷的陡路时，已经筋疲力尽了。

我们沿着道路走出密林的荫蔽，来到火热的阳光下。河谷就在前面，对岸又是陡峭的山坡。山上有一片荞麦地。可以看到有一幢白房子坐落在山坡上的几棵树下。天气很热，我们停在了拦河坝旁边的几棵树下。

比尔把背包靠在一棵树上，我们把钓竿一节节接起来，装上线轴，系好接钩绳，一切准备就绪，接下来就要钓鱼了。

"你肯定这里面有鳟鱼?"比尔问道。

"有的是。"

"我要用假蝇钓钩，你有没有麦金蒂钩蝇?"

"盒子里面应该放着几个。"

"需要蚯蚓吗?"

"嗯，我打算就在这水坝上钓了。"

"好吧，那我就把'蝇钩'给带走了。"他把一个蝇钩拴上，"我最好去哪里钓?上游还是下游?"

"最好是去下游，不过上游的鱼也很多。"

比尔顺着河岸朝下游走去。

"带一罐蚯蚓吧。"

"不了，我不想用蚯蚓。要是鱼不肯咬我的假蝇，我就多在几个地方试试。"

比尔在水坝下面望着流水。

"我说，"他喊道，声音压过水坝的水声，"咱们把带来的酒放到路那边的泉水里冰一下如何?"

"好呀。"我也喊。

比尔朝我挥挥手，继续沿着河朝下游走去。我从背包里掏出那两瓶葡萄酒，拿到路边那个泉眼边上，泉水从一根铁管子里汩汩地往外冒。泉眼上盖了块木板，我把木板掀起来，把酒瓶的软木塞敲紧，将酒瓶放到水里。泉水很凉，刺得我从手到手腕整个都麻了。我又把木板放回去，希望这两瓶酒不会被人发现。

我扛起靠在树上的钓竿，带上蚯蚓罐和抄网，回到坝上。建这个拦河坝原是为了抬高水流的落差，好让水上运输原木更加方便。现在闸门关着，于是我坐在一根刨得方方的原木上，望着坝内那潭平静的池水，它可能很快就会形成瀑布了。坝脚下水流很深，白沫四溅。我装鱼饵的时候，一条鳟鱼突然扑地从溅着白沫的水流中跳了起来，跃到瀑布之上，很快就被冲进水花中消失不见了。还没等我装好鱼饵，又一条鳟鱼朝瀑布跃起，画出一道同样美丽的弧线后，在轰隆隆飞流而下的水中消失不见了。我拴上一个个头挺大的铅坠子，把它沉进水坝底下木材旁边冒着白沫的水流中。

第一条鳟鱼咬钩时我都没有发觉。我开始往上拽钓丝的时候，才觉出已经有一条上钩了。我把它从翻腾的瀑布底下拽出水面的时候，它拼命挣扎摆动，差点儿把钓竿给弄折了。我摇摇晃晃地把它给拽上来，放在水坝上。这是条不错的鳟鱼，我拿它的脑袋朝木头上撞了撞，它抽动了两下就不动弹了，我把它放进了我的袋子。

当我钓到这条鱼的时候，又有好几条鳟鱼朝瀑布跃去。我再装上鱼饵，刚把钓丝放回去，马上又有一条上钩了。我如法炮制，也把它收进渔袋。一会儿，我就已经收获了六条鳟鱼，它们的个头儿都差不多。我把它们都摆出来，并排放好，头全朝一个方向，仔细观察它们。它们的颜色都很漂亮，由于生活在冷水中，身子紧绷结实。因为天很热，我把它们一一剖开，把内脏、鱼鳃等东西都剥掉，扔到河对岸去。我把这几条鳟鱼拿到河边，在水坝上面用平静而水速较缓的冷水洗净，然后捡了些蕨类植物，把鱼都放进渔袋里：我先铺一层蕨类植物，然后每放三条鱼进去，就再铺一层，最后在最上面再盖一层。它们裹在蕨类植物当中看起来相当不错。现在渔袋也鼓了起来，我把它放在树荫底下。

坝上面热得很，我就把蚯蚓罐和渔袋一起放在树荫底下，从背包里拿出本书，在树底下坐下来，一边看书，一边等着比尔回来吃午饭。

此时正午刚过，树荫很小，不过我背靠的是两棵长在一起的树，书还读得下去。这是艾·爱·伍·梅森的一本书，我读到的是个很精彩的故事，讲的是一个人在阿尔卑斯山上冻僵了，然后掉进了一个冰川里，从此就销声匿迹了，他刚刚结婚的妻子要整整等上24年，他的尸体才能在冰碛上显露出来，而真心爱着这位新娘的人也同样在等待着她，比尔回来的时候他们都还在等呢。

"有收获吗？"他问。他的钓竿、渔袋和渔网都在一只手里抓着，浑身都被汗湿透了。水坝上隆隆的水声盖住了他走过来的脚步声，所以我没听见。

"钓到六条，你怎么样？"

比尔坐下来，打开渔袋，把一条很大的鳟鱼拿出来，放在草地上。接着又拿出三条，一条比一条大，并把它们并排放在树荫下。他脸上大汗淋漓，不过心情很好。

"你的鱼大不大？"

"不如你的鱼大。"

"拿出来看看嘛。"

"我都收起来了。"

"到底有多大？"

"跟你最小的差不多大。"

"你不是在糊弄我吧？"

"我倒挺想这样。"

"这些都是用蚯蚓钓的？"

"没错。"

"你这个懒虫！"

比尔把鳟鱼收回袋里，朝河边走去，敞开的渔袋来回晃荡着。他腰部以下都是湿的，我知道他肯定是下河蹚过水。

我走到路边的泉眼旁，把冰着的两瓶酒拿出来。酒瓶已经冰透了。回到树下，瓶壁挂满了凝结而成的水珠。我铺了张报纸，把午饭摆出来，拔出一瓶酒的瓶塞，把另一瓶靠在一棵树上。比尔走回来，一边把手擦干，他的渔袋里也塞满了蕨类植物。

"让我们来品尝一下这瓶酒吧。"他说。他把瓶塞拔开，倒举着喝了起来。"我的天哪！这对眼睛不好。"

"让我喝点。"

酒液透心凉，稍微有点铁锈味儿。

"这酒没那么差劲。"比尔说。

"是冰过的关系。"我说。

我们把那几小包吃食打开。

"是鸡。"

"还有煮鸡蛋。"

"有没有盐？"

"先来个鸡蛋，"比尔说，"然后吃鸡。就连布赖恩也明白这个道理。"

"我昨天在报上看到了他去世的消息。"

"不会吧，是真的？"

"千真万确，布赖恩已经死了。"

比尔原本正在剥鸡蛋，现在停下了。

"先生们，"他剥开报纸取出一只鸡腿说，"为了布赖恩，我把次序颠倒一下。为了表示对这位伟大平民的纪念，我们先吃鸡，再吃蛋。"

"不知道这鸡是上帝在哪一天造的。"

"噢，"比尔吮着鸡腿说，"咱们怎么知道？咱们就不该这样猜想。咱们在这世界上停留的时间并不长，咱们还是开开心心的好，笃信上帝，诚心感恩。"

"吃个鸡蛋。"

比尔一手拿着鸡腿打手势，一手拿酒瓶。

"为了上帝的赐福，我们欢欣鼓舞吧。空中的飞禽，葡萄园出产的酒，让我们尽情地享用吧。你要来一点儿吗，兄弟？"

"你先喝吧，兄弟。"

比尔喝了一大口。

"喝一点，兄弟，"他把酒瓶递给我，"咱们可不能怀疑，兄弟。咱们可不能像类人猿一样，用爪子伸进鸡窝，去窥探神圣的奥秘。让咱们只凭信仰去接受，只说——我希望你跟我一起说——可咱们该怎么说，兄弟？"他用鸡腿指着我继续说，"让我来告诉你。我认为我们要骄傲地说——我想要你跟我一起说，跪下来，兄弟。让大家再也不会为在这辽阔的原野上下跪而羞愧。不要忘记，丛林本就是上帝最早的神庙。让咱们跪下来，说：'放过那只母鸡，女士——那是门肯。'"

"请吧，"我说，"享用一点儿美酒吧。"

我们又打开了一瓶。

"怎么回事？"我说，"你不喜欢布赖恩？"

"我热爱他，"比尔说，"我们就像是亲兄弟。"

"你们是在哪里相识的？"

"他，门肯，还有我，我们都曾在圣十字架大学上学。"

"还有弗兰基·弗里奇。"

"这不是真的，弗兰基·弗里奇上的是福德姆大学。"

"好吧，"我说，"我跟曼宁主教一起上的罗耀拉。"

"还是谎话，"比尔说，"是我跟曼宁主教一起在罗耀拉大学上学，不是你。"

"你喝多了。"我说。

"谁说的？"

"不然还是什么？"

"是湿度高的关系，"比尔说，"他们应该去掉让这该死的高潮湿。"

"再喝一口。"

"咱们就这点酒？"

"就带了两瓶。"

"你知道你是什么人吗？"比尔望着酒瓶子，满怀深情。

"不清楚。"我说。

"你就是反酒店同盟花钱雇的奸细。"

"我跟韦恩·比·惠勒一起上的圣母大学。"

"你又说谎了，"比尔说，"我跟韦恩·比·惠勒一起上的奥斯汀商业学院，他还是班长呢。"

"管它呢，"我说，"必须得取缔酒吧。"

"你这话说得不错，老同学，"比尔道，"必须得把酒店取缔，我要带它一起走。"

"你喝多了。"

"我喝醉了？"

"没错。"

"喔，没准是这样。"

"想稍微睡一觉吗？"

"行。"

我们把头枕在树荫下，抬头仔细观察这些树。

"睡着了？"

"没呢，"比尔说，"我在思考。"

我闭上眼睛，躺在地上感觉很棒。

"我说，"比尔说，"布莱特的事现在是什么情况？"

"你指的是什么？"

"你爱过她？"

"没错。"

"多长时间？"

"应该有很长时间吧，断断续续地。"

"哦，真见鬼！"比尔说，"抱歉，老兄。"

"没关系，"我说，"现在我已经不在乎了。"

"当真？"

"当真，只不过我很不喜欢谈起这事儿。"

"我已经和你谈起来了，你不生气？"

"我为什么要生气？"

"我要睡了。"比尔说着就把报纸盖在脸上。

"我问你，杰克，"他说，"你真是个天主教徒？"

"按规定来说，是。"

"这话什么意思？"

"我也不知道。"

"好吧，我真要睡了，"他说，"别再说个没完，让我没有办法睡觉了。"

我也睡着了。等我醒过来的时候，看见比尔正在收拾帆布背包。已经临近傍晚了，树荫被拖得一直盖过了水坝。在地上这么睡一觉，睡得浑身十分僵硬。

"你怎么了？醒了？"比尔问，"你何不直接在这睡上一晚？"我伸了个懒腰，揉了揉惺忪的睡眼。

"我做了个美梦，"比尔说，"梦里具体是什么，我已经不记得了，但那是个美梦。"

"我好像没做梦。"

"你应该做梦，"比尔说，"咱们所有的大实业家都是梦想家。看看福特、柯立芝总统、洛克菲勒，还有乔·戴维森。"

我把我的和比尔的钓竿拆开，放进钓竿包里。然后我把线轴放进渔具袋。比尔已经把帆布包收拾好了，我们把一个装鳟鱼的渔袋放进去，另一个我拎着。

"好了，"比尔说，"咱们的东西都没落下吧？"

"还有蚯蚓。"

"那是你的蚯蚓，把它们放到背包里去吧。"

他已经把包背上了肩，我就把两个蚯蚓罐塞到了背包外头一个带盖的小袋子里。

"现在你没落下什么东西吧？"

我又扫了一眼榆树底下的草地。

"没错。"

我们动身走进树林，还是沿着来时的大路。走回布尔格特实在是段很长的路，等我们穿过田野走上公路，再沿镇上两侧都是住户的道路走回旅店时，已经是夜晚时分，天色太黑，街上已经灯火通明了。

我们在布尔格特一共待了五天，钓鱼让我们过得开心。那里夜晚很冷，但白天很热，不过，就算是白天最热的时候也有凉风拂面。这么热的天里，我们蹚进冰冷的河里去钓鱼，感觉也挺好的。当你上岸坐一会儿，太阳就能把衣服给晒干了。我们发现了一条小溪，溪水中有个可以游泳的深潭。晚上我们跟一个叫哈里斯的英国人玩起了三人桥牌。他从圣让皮耶德波尔一路走来，在我们住的旅店停留几日，也是想过来钓鱼。他人很友善，跟我们一道去了两次伊拉蒂河。不论是罗伯特，还是布莱特和迈克尔，在这段时间里都毫无音信。

第十三章

一天早上，我下来吃早饭，那个叫哈里斯的英国人已经在餐桌旁就座了。他戴着眼镜看报纸，见到我抬起头来笑了笑。

"早上好，"他说，"我这儿有你一封信。我去了趟邮局，他们让我把你的信一起捎回来了。"

信在餐桌边我的位子上放着，斜靠在一个咖啡杯上。哈里斯接着读报纸。我把信打开，这是从潘普洛纳转过来的。上面写着星期天，发自圣塞瓦斯蒂安。

亲爱的杰克：

我们周五来到此地，布莱特在火车上醉得人事不省，所以我就带她来了我的老朋友这里。我们在这里休息了三天。我们将于周二出发去蒙托亚旅馆，也不知道具体几点钟到。希望你能写封短信，然后通过公共汽车捎给我，告诉我们周三要怎么跟你们会合。衷心问候，同时我对我们的迟到深感抱歉。但布莱特实在是累坏了，到周二应该就能恢复了，事实上现在已经有所好转了。我很了解她，会设法照顾好她，不过这可真不是件简单的事。替我向大伙儿问好。

迈克尔

"今天是周几?"我问哈里斯。

"我想是星期三了吧。是的，没错。就是星期三。在这深山老林里过得连日子都不记得了，真够神奇的。"

"是呀，我们到这儿来已经将近一个礼拜了。"

"希望你们还打算留几天。"

"我们准备离开了，恐怕今天下午我们就得坐汽车回去了。"

"太糟糕了，我还希望咱们能再一起去一趟伊拉蒂河呢。"

"我们必须得赶回潘普洛纳了，跟朋友约好了在那儿碰头。"

"我运气可真够差的，咱们在布尔格特这儿过得多开心啊。"

"来潘普洛纳吧，咱们可以在那儿继续打桥牌，而且那儿就要举行一场棒极了的狂欢节了。"

"十分感谢你的邀请，我很期待到那里去。不过我最好还是待在这儿，我可以钓鱼的时间已经所剩无几了。"

"你是想在伊拉蒂河钓到几条大鳟鱼吧。"

"说得没错，你知道，那里面真有巨型的鳟鱼呢。"

"我也很想再去钓一次。"

"那就去吧，再在这里待一天，就听我的吧。"

"我们真的得回城了。"我说。

"太遗憾了。"

吃完早饭，我跟比尔坐在旅店门前的一条凳子上晒太阳，然后就这件事做了些讨论。我见一个姑娘从通往镇中心的路上走过来。她在我们面前停了一下，从裙子上挂的皮袋里拿出一封电报。

"这是给你们的?"

我看了一眼,收件人一栏写的是"布尔格特,巴恩斯收"。

"是,是给我们的。"

她拿出一个本子让我签收,我给了她几个铜币。电文是用西班牙语写的:"我周四到,科恩。"

我把它递给比尔看。

"'Cohn'这个词什么意思?"他问。

"糟糕透顶的电报!"我说,"他本可以花同样的价钱多发几个词儿,说得详细些的。'我周四到',好像这里面真有不少内幕消息可瞧似的,是不是?"

"它把凡是科恩感兴趣的统统透露出来了。"

"反正我们是要回去了,"我说,"要想在狂欢节前把布莱特和迈克尔弄到这儿来再弄回去,还不够折腾的。咱们要不要回电?"

"最好还是回一个,"比尔说,"咱们没必要显得太目中无人。"

我们走到邮局,要了张空白电文纸。

"咱们怎么说?"比尔问。

"'今晚到。'就行了。"

我们为电报付了钱,又走回旅店。哈里斯还在,我们仨就一起溜达到龙塞斯瓦列斯,参观了一遍修道院。

"是个了不起的地方,"哈里斯说,"不过正如你们所知,我不怎么喜欢这类地方。"

"我也是。"比尔说。

"毕竟是个很不错的地方,"哈里斯说,"不来看看总觉得不甘心。我每天都寻思着要来看看。"

"可终归没有办法跟钓鱼相提并论,是不是?"比尔问道,他很喜欢哈里斯。

"那当然。"

我们这时正在修道院的礼拜堂前面站着,那座修道院已经很古老了。

"街对面是不是有家小酒馆?"哈里斯问,"还是我看错了?"

"看着像。"比尔说。

"我看着也像。"我说。

"我说,"哈里斯说,"咱们去那里享用一下吧。""享用"这个词儿他就是从比尔那儿学的。

我们每人点了一瓶酒,哈里斯不让我们付账。他说西班牙语说得很好,酒馆的老板不肯收我们的钱。

"我说,你们不知道在这儿能有幸碰上你们两位,对我来说有多么重大的意义。"

"咱们大家在一起开心极了,哈里斯。"

哈里斯有点儿醉了。

"你们真不知道对我的意义有多大,大战结束以来我就没过过几天开心日子。"

"下次我们约好了再一起去钓鱼。一言为定，哈里斯。"

"一言为定，咱们在一起过得可真是开心。"

"再来一瓶怎么样？"

"好主意。"哈里斯说。

"这次算我的，"比尔说，"要不然我就不喝。"

"我希望还是让我来付，你知道这是我的荣幸。"

"我也会因此很高兴。"比尔说。

酒馆老板给我们拿来第四瓶酒，我们没有换酒杯，哈里斯举起手里的酒杯。

"你知道这确实值得好好享用一番。"

比尔拍了拍他的背。

"哈里斯，老兄。"

"其实我并不是姓哈里斯，应该是威尔逊·哈里斯。我的姓是个双姓，中间有道连字符，这你们是知道的。"

"威尔逊·哈里斯，老兄，"比尔说，"就是因为我们太喜欢你了，所以我们才只叫你哈里斯。"

"巴恩斯，你不知道这对我意义有多大。"

"来，咱们再来享用一杯。"我说。

"巴恩斯。真的，巴恩斯，你不会明白的。"

"干，哈里斯。"

我们俩架着哈里斯，一路从龙塞斯瓦列斯走回旅店。在旅店，我们吃了午饭，然后哈里斯把我们送到汽车站。他把他的名片给了我们，上面有他在伦敦和他的俱乐部的地址，还有他的办公地址。我们上车以后，他又递给我们每人一个信封。我打开来一看，原来是假蝇钓钩。这些假蝇钓钩是哈里斯亲手扎的，他用的钓钩都是自己扎的。

"我说，哈里斯——"我开口道。

"别，别！"他说，他正从汽车上往下爬。"这根本算不上头等的假蝇钓钩。我只希望在将来的某一天你们拿它来钓鱼的时候，能想起咱们一起度过的这段快乐时光。"

汽车开动，哈里斯站在邮局门前朝我们挥手告别。等车子开上了公路，他才转身走回旅店。

"我说，这个哈里斯真的很忠厚吧？"比尔说。

"我看他这段时间确实过得很开心。"

"你说哈里斯吗？那是当然。"

"他要是能来潘普洛纳就好了。"

"他一心想钓鱼。"

"是呀，反正你很难明白英国人相互之间是怎么和睦相处的。"

"这话说得很对。"

我们在临近黄昏的时候进入潘普洛纳城，汽车停在蒙托亚旅馆门前。广场上有人在架设电灯线路，为的是在狂欢节期间照亮广场。汽车停下来的时候，有几个孩子围拢上来。本城的一位海关官员让大家都从汽车上下来，在人行道上把行李都打开。我们走进旅馆，上楼的时候碰到了蒙托亚。他带着他惯有的忸怩的微笑跟我们俩握了握手。

"你们的朋友来了。"他说。

"你是说坎贝尔先生？"

"没错。科恩先生和坎贝尔先生，还有阿什利夫人。"

他微微一笑，仿佛表示我自会听到些风声似的。

"他们何时来到这儿的？"

"昨天，你们两位的房间我还给你们留着。"

"那真是太棒了。你给坎贝尔的房间面向广场，是不是？"

"是，原来我们选定了哪些房间，就给的哪些。"

"他们现在去哪儿了？"

"我想他们应该是看回力球赛去了。"

"今年的公牛有什么消息吗？"

蒙托亚又是微微一笑。"今晚，"他说，"就在今晚七点，他们会把维拉尔公牛放进牛栏，明天来的是米乌拉的公牛。你们都去看吗？"

"哦，没错。他们都还没见识过公牛是怎么从牛栏里放出来的呢。"

蒙托亚用手在我肩膀上拍了拍。

"我们在那边再见吧！"

他再次微微一笑，他总是这么笑，仿佛这秘密当中有见不得人的丑事，对此我们却心照不宣。而对于那些不明就里的外人，实在是不方便告诉他们。

"你的这位朋友也是斗牛迷吗？"蒙托亚转向比尔笑了笑。

"没错。他是专程从纽约赶来，为的是见识圣费尔明节。"

"是这样吗？"蒙托亚非常客气，但语气中透露着怀疑。

"可他上去没有你那么着迷。"

他再次把手搭在我肩膀上，还是挺忸怩地。

"是真的，"我说，"他真是个斗牛迷。"

"可他还是比不上你。"

西班牙语"aficion"的意思是"热烈的爱好"。而所谓"aficionado"就是"狂热喜欢斗牛的斗牛迷"。蒙托亚的旅馆接待了所有优秀的斗牛士，也就是说，住这儿的都是所有真正热爱斗牛的人。那些为了赚钱的斗牛士或许会来这里一次，但绝对不会再来了。而优秀的斗牛士却每年都会光临。蒙托亚的房间里他们的照片并不少见，大都是题献给胡安尼托·蒙托亚或是他姐姐的。蒙托亚把真正信得过的斗牛士的照片都镶了框。而那些对斗牛并无真正激情的斗牛士的照片，他都收在了抽屉里。这些照片上的题词，倒经常有过分奉承的，但实际上并没有什么意义。有一天，蒙托亚把这些照片全都扔进了纸篓。他根本就不想再让别人看到它们了。

我们经常一起谈论公牛和斗牛士。我有好几年都在蒙托亚歇宿。我们每次的谈话都不会持续很长时间，不过这样交流各自的感受，我们感到很开心。有些人会从很远的城镇特意赶来过节，在离开潘普洛纳之前找到蒙托亚，跟他进行几分钟有关斗牛的谈话。这些人都热衷于斗牛。这些斗牛迷即便在他的旅馆客满的时候也总能弄到房间。我还通过蒙托亚认识了其中的几位。一开始，他们总是很客气，他们知道我竟然是个美国人后，总是觉得特别好玩。不知怎么的，一个美国人总是理所当然地被认为不可能热爱斗牛。他的热爱要么出于假装，要么就是错把刺激当作了热爱。当他们发现我当真是热爱斗牛以后——这种热爱没办法通过某种暗语或是一套问题就能测试出来，它不如说是通过一系列总是稍稍有些自我保护意味，又遮遮掩掩的口头提问进行的一种精神测验——他们就会像蒙托亚一样，忸怩地用手按着我肩，或者赞我一声"好汉"。不过基本上总会有这种实际的触摸，就仿佛他们想通过实际的触摸来确认一下对斗牛热爱的真假。

蒙托亚对真正怀有激情的斗牛士是没有什么不能原谅的。他可以原谅突然发作的紧张、恐慌、莫名其妙的恶劣举动，以及其他各种各样的失误。对一个真正怀有激情的人，没什么是他不能原谅的。他同时也就原谅了我，不去追究那些朋友的事儿。我的那些朋友也就成了我们俩之间羞于提及的事情，就像在斗牛场上马被牛角挑出了肠子这等不光彩的意外，还是不提为妙。

我们聊天的时候，比尔先上楼去了，我上楼后发现他正在自己的房间里梳洗更衣。

"好嘛，"他说，"又跟人用西班牙语聊了半天？"

"他是告诉我今儿晚上公牛进栏的情况。"

"咱们找到他们几个，一起去看吧。"

"好主意，或许他们在咖啡馆里。"

"你有票吗？"

"已经拿到了，我拿到了公牛出笼的所有票。"

"那到底是个什么情形？"他在镜子前扯着腮帮子，以确认下巴底下的胡子已经完全刮干净了。

"精彩极了，"我说，"他们一次从笼子里放出一头公牛，然后在牛栏里放进好几头犍牛来截住它，不让这些公牛相互顶撞，公牛就冲向这些犍牛，犍牛四散奔逃，让它们安静下来，就好比是老保姆一样。"

"有犍牛被公牛挑死过的情况吗？"

"当然有。有时候公牛紧追不放，就把犍牛给挑死了。"

"那犍牛就没有什么办法吗？"

"哪里有，它们只想跟公牛交朋友呢。"

"把它们放进去到底是为了什么？"

"目的是让公牛安静下来，别在石墙上撞断了角，或是相互挑伤了。"

"当头犍牛肯定很有意思。"

我们下楼，出了大门，穿过广场，走向"伊鲁涅"咖啡馆。广场上有两座孤零零的售票亭。几扇窗户上分别写着 SOL，SOL Y SOMBRA 和 SOMBRA① 的字样，不

①　西班牙语，意为"太阳，太阳及阴影，阴影"。此处指斗牛场座位的三个档次，向阳的、半向阳的及背阴的。

过都关着，要等到狂欢节前一天才开放。

广场对面，"伊鲁涅"的白色柳条桌椅都摆到了拱廊外面，一直摆到了马路边。我在咖啡座上每个桌子上寻找布莱特和迈克尔。他们果然在，布莱特、迈克尔和罗伯特·科恩都在这儿。布莱特戴了顶巴斯克人的贝雷帽，迈克尔尔也戴了一顶。罗伯特·科恩没戴帽子，不过戴着眼镜。布莱特看到我们向他们走过去，就向我们招手。我们走到桌边的时候，她眯起眼看我们，眼角又皱了起来。

"嗨，你们两个家伙！"她叫道。

布莱特很开心。迈克尔有个本事，能在握手时给人一种强烈的情感。罗伯特·科恩因为我们赶回来了，所以跟我们握手。

"你们到底去哪儿了？"我问。

"是我把他们带到这儿来的。"科恩说。

"胡说八道，"布莱特说，"你要是不来找我们的话，我们还能早些到这儿。"

"那你们一辈子都到不了这儿。"

"瞎说！瞧瞧比尔，你两个家伙都晒黑了。"

"鱼钓得爽吗？"迈克尔问，"我们本来是想跟你们一起去钓的。"

"不赖，我们还一直念叨你们呢。"

"我想来的，"科恩说，"不过我想还是应该带他们来这儿。"

"你带我们？真是荒唐。"

"钓鱼真的很过瘾吗？"迈克尔问，"钓到很多？"

"有几天，我们每人都钓到十来条。还在那儿认识了个英国人。"

"姓哈里斯，"比尔说，"你认识他吗，迈克尔？他也参加过大战。"

"他真是个幸运的家伙，"迈克尔说，"那段日子多么令人难忘啊。我多希望时光能倒流，再回到当初那些日子。"

"说什么傻话。"

"你参加过大战，迈克尔？"科恩问。

"当然。"

"他是个出类拔萃的战士，"布莱特说，"跟大家说说那次你的马在皮卡迪利大街脱缰狂奔的事儿。"

"我不说，我都说过四回了。"

"可我从没听你谈起过。"罗伯特·科恩说。

"我才不讲这一段呢，这事儿很丢人。"

"那就说说你的勋章的事儿。"

"我不说，那事儿更加丢脸。"

"到底是怎么回事呀？"

"布莱特会讲给你们听的，凡是让我丢脸的事儿她都乐意讲。"

"说吧，告诉我们，布莱特。"

"我该说吗？"

"还是我自己来吧。"

"你都得了些什么勋章，迈克尔？"

"我什么勋章都没得着。"

"你肯定得过几枚的。"

"我觉得通常的那几种勋章我还是能得着的，不过我从来就没有申请过。有一次举行一场非常盛大的、英国王子也要参加的晚宴，请柬上写着要佩戴勋章。我自然是没有勋章的，于是我就跑到我的裁缝那儿请他帮忙。他对这份请柬可是肃然起敬，于是我就想到了一个很好的交易，就对他说：'你得想办法给我弄几枚勋章来戴戴。'他说：'您想要什么样的勋章，先生？'我说：'哦，什么都行。给我弄几枚就成，我不挑剔。'于是他就说：'那你们都有什么勋章呢，先生？'我说：'这我哪里知道啊？'难道他认为我成天都在读那该死的政府公报吗？'你就多给我弄几枚好了，样子你自己挑。'于是他就给我弄了几枚缩样复制的勋章，连盒儿一起递给我。我往口袋里一揣，然后就把这事儿给忘了。到时候我就参加宴会去了，谁知那天晚上正赶上亨利·威尔逊被女人枪杀，所以王子和国王都没来，也就没人再戴什么勋章了，那帮家伙人都忙着把勋章往下摘，而我的勋章就一直在我口袋里揣着。"

他停下来等着我们发笑。

"这就完了？"

"完了，可能我不擅长讲故事。"

"是讲得不好，"布莱特说，"不过没关系。"

我们都笑了。

"啊，对了，"迈克尔说，"我刚刚想起来，那次晚宴无聊透顶，我待不下去，半路就溜了。当天晚上的晚些时候，我在口袋里发现了那个盒子。'这是什么？'我说，'难道是勋章？沾满鲜血的军功章？'我就把它们都从衬垫上扯了下来——勋章都是别在一条带子上的，这一点大家都很清楚——把勋章散发掉，每个姑娘送了一枚，留作纪念。她们肯定以为我是个非常了不起的勇士，在夜总会分发勋章，真牛逼。"

"继续讲。"布莱特说。

"不觉得这很滑稽吗？"迈克尔问，我们都大笑。"是很有趣，实在是太滑稽了，可是后来裁缝就写信要我把勋章还给他了。还派了个人四处找我，他接连不断地写了有好几个月的信催讨。看来那些勋章是有主人的，那个人把它们放在他那儿要他清洗干净。应该是个身经百战的老军人吧，把它们当作了命根子了。"迈克尔故意停顿了一下，"裁缝算是倒了大霉了。"他说。

"你这话不对，"比尔说，"我觉得裁缝是撞了大运呢。"

"那可是个顶呱呱的好裁缝，他肯定想不到我会落到这步田地。"迈克尔说，"当时我每年付给他一百镑安抚他一下，免得他给我送账单。紧跟在勋章事件之后，我破产的消息对他可是个沉重打击，这使他的来信变成非常沉痛的语调。"

"你为什么会破产呢？"比尔问。

"分两个阶段，"迈克尔说，"先是逐渐累积，然后就突然破产了。"

"是什么原因引起的呢？"

"朋友，"迈克尔说，"我交了很多狐朋狗友，后来又添了债主。或许我的债主比所有英国人的债主还要多。"

"跟大家说说法庭上的事儿。"布莱特说。

"记不得了，"迈克尔说，"当时有点喝多了。"

"有点喝多了？"布莱特叫道，"你都醉得人事不省了！"

"那是因为出了件很特别的事儿，"迈克尔说，"几天前碰上了我的前合伙人，他请我喝酒。"

"再说说你那位博学的辩护律师的事儿。"布莱特说。

"我不说，"迈克尔说，"我那位博学的辩护律师也喝得人事不省了。我说，这话题也太扫兴了，咱们到底还要不要去看公牛进栏的表演啦？"

"咱们去吧。"

我们叫来服务生，付了账，动身穿过市区。我一开始跟布莱特走在一起，可罗伯特·科恩又凑上来，走在她另一边。我们仨就这么并排走着，途经市政厅，市政厅的阳台上挂满了旗帜。然后我们经过市场，又经过通往阿尔加河大桥的陡街。有很多人徒步前去观看公牛，也有马车从山上下来，经过大桥，大街上出现了车夫、马匹和马鞭。过桥后，就拐上了通往牛栏的那条路。路上又经过一家酒店，窗户上有个招牌，上面写着："上好的葡萄酒，三十分钱一升。"

"等咱们手头紧了，咱们就来这儿喝。"布莱特说。

酒店门口站着的一个女人在我们经过时盯着我们看。她向酒店里的什么人喊了一声，于是窗前出现了三位姑娘，她们也一起瞪着眼观望，她们看的是布莱特。

在牛栏门口，有两个男人负责向入场人收门票。我们走进大门，里面有几棵树和一幢低矮的石头房屋。尽头是一圈开着些小孔的石墙围城的牛栏，小孔像枪眼一样遍布每个牛栏的墙面。墙头搭着一个梯子，大家都顺着梯子爬上去，分散站在分隔开两个牛栏的墙头。我们踩着树下的草地朝梯子走去的路上，路旁有几个巨大的灰漆笼子，公牛就关在里面。一个运牛笼子里装一头公牛。它们是被用火车从卡斯蒂利亚的一个公牛养殖场运过来的，在火车站从平板货车上卸下来，运到这里准备从笼子里往牛栏里放。每个笼子上都印着公牛饲养人的名字和商标。

我们顺着梯子爬上墙头，找了个俯视牛栏视野不错的地方安顿下来。石墙粉刷成白色，场地上铺了稻草，墙边还有木制的饲料槽、饮水槽。

"看上面那儿。"我说。

河对岸耸立着高岗，古城墙和城垒上全都站满了人。三道防御城墙也成了三道黑压压的人墙。高出城墙的各扇窗户后头也都人头攒动。高岗尽头的树上也都爬满了孩子。

"他们一定是等着看什么热闹呢。"布莱特说。

"他们想看的是公牛。"

迈克尔和比尔在牛栏对面的墙头上，朝我们挥手。来得晚的都站在我们后面，别人向前挤，他们就向前压在我们身上。

"他们怎么还不开始？"罗伯特·科恩问。

一头骡子拉着一个笼子来到牛栏的门前。有几个人用撬棍又推又抬地让笼子紧靠在大门上，顶住大门。站在墙上的人做好准备，先拉起牛栏的大门，然后再拉起笼子门。牛栏的另一头，有扇门开了，两头犍牛被放了进来，摇晃着脑袋一溜儿小跑，瘦瘦的侧腹来回晃荡。两头犍牛并肩站在最里面，脑袋冲着公牛进场的那扇大门。

"它们俩看起来可不怎么开心。"布莱特说。

墙上站着的人向后一仰，把牛栏的大门拉了起来。然后又把笼子的门拉开。

我朝墙底下微微探身，想看清楚笼子里的情形，可里面很暗。有人拿根铁棍敲打着笼子，里面像是有什么东西突然爆开了。里面的公牛用犄角左右猛撞两边的木板，声响震天。接着黑乎乎的牛头和犄角的影子在我眼前闪过，然后空笼子的木板咔嗒一声，公牛旋风般冲进牛栏，站下来的时候前蹄在稻草上滑了一下，昂起头，脖颈上巨大的肌肉隆起一大块，它看着石墙上拥挤的人群，身上的肌肉一颤一颤的。那两头犍牛一直退到墙根底下，头垂下来，眼睛望着公牛。

公牛看到它们后，朝它们猛冲过去。这时笼子后面有个人大喊一声，而且用帽子磕打着板壁，公牛还没等冲到犍牛面前，突然一个转身，攒足力气朝那人刚才所在的地方冲去，用右边的犄角刺了五六下，很迅速而且是接连刺的，它想刺中藏在板壁后面的人。

"我的天哪，它太漂亮了吧?"布莱特说。我们目不转睛地观察着，公牛正好在我们正下方。

"你看它在运用它的犄角时多么灵巧，"我说，"它左一攻右一刺，简直就像个拳击手。"

"不会吧?"

"你看哪。"

"它动作也太快了。"

"等一会儿第二头牛就要被放出来了。"

他们已经把另一个笼子往后拖回到入口处。在尽头的一角，有个人躲在板条后面的掩蔽处，想要吸引公牛的注意力，公牛的脑袋从大门口的方向一转开，门就被拉了起来，第二头公牛也进入场内。

这头公牛径直就朝犍牛冲去，两个人从藏身的板壁后面跑出来，大喊大叫想分散它的注意力。可它并不转身，那两个人大叫："嘿!嘿!公牛!"一边还挥舞着手臂；两头犍牛侧过身去承受这一击，结果公牛把犄角抵进了一头犍牛的体内。

"别看。"我对布莱特说，可她却眼珠也不转地看得入了迷。

"好吧，"我说，"只要你别看得恶心就好了。"

"我看到了，"她说，"它先是用左角，又换成右角抵了进去。"

"真是服了你了!"

那头犍牛倒了下来，它的脖子往外伸着，脑袋扭曲着，躺下时就是它向下倒的姿势。突然，那头公牛又朝另一头犍牛冲去，不理它了。那头犍牛原本远远地站在一边，摇晃着脑袋冷眼旁观。此时它挺笨拙地跑了起来，然后那头公牛就赶上了它，用犄角轻轻地划了一下它的侧腹，然后就把头扭开，抬头看着墙上的人群，脊背上的肌肉块块隆起。那头犍牛走上前来，作势要闻它，公牛则马马虎虎地用犄角抵了一下。随后它也闻了闻那头犍牛，接下去这两头牛就小跑着去找那第一头入场的公牛。

第三头公牛放进场的时候，前面那两头公牛和一头犍牛已经站在一个阵营里，犄角都朝向那新被放出来的公牛。不过不出几分钟，那犍牛就跟那新来的公牛套上了近乎，让它安静下来，四头牛都结成了一帮。等最后两头公牛也进栏后，整个牛群也就集结完毕。

先前被抵伤的那头犍牛已经站了起来，现在靠着石墙站着。再也没有公牛想要攻击它，它也并不想加入牛群。

我们随着人群从墙上爬下来。透过牛栏石墙上的窥孔，我们最后看了公牛一眼。它们现在已经变得安静了，脑袋低着。出来后我们搭乘了辆马车，回到咖啡馆。半小时后，我们才回来，他们在路上已经停下来喝了好几回酒了。

我们都在咖啡馆里坐着。

"这场表演可实在是不同寻常。"布莱特说。

"最后那几头能跟第一头一样，斗得那么好吗？"罗伯特·科恩问，"看上去它们安静得挺快。"

"它们都挺熟的，"我说，"它们只有在单独一头，或者两三头碰到一起的时候才会很危险。"

"你说的危险是什么意思？"比尔说，"在我看来它们都很危险。"

"它们只有在单独一头的时候才想伤人。当然了，你要是走到牛栏里面，你也许会把其中一头从牛群里引出来，那它肯定会很危险。"

"这也太复杂了，"比尔说，"我是大伙儿当中的一员，你可千万别把我赶出去啊，迈克尔。"

"要我说，"迈克尔说，"他们都是好样的，你说是不是？你没看见它们的犄角吗？"

"是，"布莱特说，"我原来都不知道牛犄角到底长什么样。"

"你没见抵伤犍牛的那头公牛吗？"迈克尔问，"那可真叫不同凡响呢。"

"当一头犍牛真没意思。"罗伯特·科恩说。

"你竟然这么想？"迈克尔说，"我原以为你会喜欢当头犍牛呢，罗伯特。"

"你这话什么意思，迈克尔？"

"它们过着这么闲适的生活。他们从来一句话都不说，还有，它们总是在你周围转悠。"

我们都很尴尬，只有比尔笑了笑。罗伯特·科恩大怒。而迈克尔不理会他，自顾自地往下说。

"我确实觉得你会有这种偏好呢，你从来都没必要吭一声。来呀，罗伯特。说句话呀，别只是在那儿坐着呀。"

"谁说我一声不吭，迈克尔。我说了呀，不记得了？我说过犍牛。"

"哦，再说点别的，说点好玩的。你没见我们全都开心得很吗？"

"到此为止，迈克尔，你喝多了。"布莱特说。

"我还清醒着呢，我没开玩笑。罗伯特·科恩真打算跟头犍牛似地整天围着布莱特转悠吗？"

"闭嘴，迈克尔。拜托你不要说这种没教养的话。"

"教养有什么用。说起来,除了那些公牛,谁又有任何一点儿教养了吗?那些公牛多可爱呀。你怎么能不喜欢它们呢,比尔?你干吗不说句话,罗伯特?别带着一张苦瓜脸坐在那儿。就算布莱特真跟你睡了又能怎么样?跟她睡过的男人多了去了,可是全都比你强。"

"闭嘴,"科恩说,他站了起来,"闭嘴,迈克尔。"

"哦,你别站起来摆出一副要揍我的架势,这对我一点用都没有。跟我说说,罗伯特。你干吗像头可怜的犍牛一样老围着布莱特转悠?你难道不知道你不受待见吗?人家要是不待见我,我会知道的。人家不待见你,你怎么就跟块木头一样不知不觉呢?你巴巴地跑到圣塞瓦斯蒂安去就不招人待见,还像头该死的犍牛一样围着布莱特转悠。你觉得这么做合适吗?"

"别说了,你喝多了。"

"也许我是喝多了,你为什么从来就不醉一次呢,罗伯特?你明知你在圣塞瓦斯蒂安不会有好日子过,因为我们的朋友没有一个肯邀请你参加他们的任何一次派对。你可不能苛责人家,难道不是吗?是我请他们这么做的。但是他们怎么会邀请你呢?现在你知道不能苛责人家了吧?好,回答我。你能苛责人家吗?"

"去死吧,迈克尔。"

"我不能苛责人家,你能吗?你干吗老跟在布莱特屁股后头转悠?你难道连最基本的礼貌都没有吗?你有没有想过你这么做我会有什么感受?"

"由你来谈论文明礼貌倒是妙得很嘛,"布莱特说,"你的举止可真叫彬彬有礼呢。"

"走吧,罗伯特。"比尔说。

"你跟在她屁股后头转悠什么?"

比尔站起来,拉住了科恩。

"站住,"迈克尔说,"罗伯特·科恩还要给咱们买酒喝呢。"

比尔拉着科恩走了,科恩的脸色很不好。迈克尔继续说个没完,我安静地坐着听了一会儿,布莱特表现出一脸厌恶的表情。

"我说,迈克尔,你何必要做这么蠢的事呢?"她打断他的话头,"我倒不是说他说得不对,你知道。"她转身对我说。

迈克尔的语调平稳下来,我们重新又做回了朋友。

"我其实听起来醉得没有像那么厉害。"他说。

"我知道你没那么醉。"布莱特说。

"咱们当中没有一个完全清醒的。"我说。

"不过我说的话倒是句句在理。"

"可你也表达得太恶劣了。"布莱特哈哈大笑。

"不过他很蠢。他巴巴地跑到圣塞瓦斯蒂安,可在那儿谁都不待见他。他整天跟在布莱特屁股后头,可又只满足于色迷迷地盯着她看,真让我恶心。"

"他的行径确实非常恶劣。"布莱特说。

"跟你这么说吧,布莱特过去确实跟不少男人干过不少风流事儿。她把一切都告诉我了。她还把科恩这位老兄写给她的信拿给我看,我看都不看。"

"干得不错嘛。"

"不，听我说，杰克。布莱特是跟不少男人有过不清楚的关系，可从来就没有一个是犹太人。再者说了，他们事后也绝对没有谁还跑来纠缠不清的。"

"他们都是好汉，"布莱特说，"说这些真是腻味透了。迈克尔跟我之间是互相知根知底的。"

"她给我看罗伯特·科恩的信，可我看都不看。"

"你看过谁的信啊，亲爱的？你甚至连我的信都不看。"

"我不懂得读信，"迈克尔说，"很滑稽，是不是？"

"你什么都看不明白。"

"你这话就说错了。我在家待着的时候就看书，我真是看了不少书。"

"你再往下还会写作呢，"布莱特说，"好了，迈克尔。振作一下，你必须得一直忍着，他在这儿，这是个事实。可别把狂欢节给糟蹋了。"

"好吧，可是得让他老实点儿。"

"这个没问题，我来跟他沟通。"

"你跟他说去，杰克。告诉他，要么就给我老实一点儿，要么滚蛋。"

"是呀，"我说，"由我来告诉他比较合适。"

"来，布莱特，跟杰克说说，罗伯特怎么称呼你？那可真是妙不可言，你知道。"

"哦，不，我不能说。"

"说吧，大家都是朋友嘛。咱们大家不都是朋友吗，杰克？"

"我不能跟他说，这实在是太可笑了。"

"那就由我来告诉他。"

"别这样，迈克尔，别干蠢事。"

"他叫她迷人精，"迈克尔说，"他说她能把所有男人都变成猪，说得真是妙极了。真希望我也是个酸腐文人呢。"

"他还真挺行，"布莱特说，"他很擅长写信。"

"这我知道，"我说，"我收到过他从圣塞瓦斯蒂安寄给我的信。"

"那不算什么，"布莱特说，"他能写出好玩极了的信来。"

"她还让我假定他生病了写那种信呢。"

"我是病得不轻嘛。"

"好了，好了，"我说，"咱们得回去吃饭了。"

"我再见科恩的时候怎么办呢？"迈克尔问。

"你就权当一切如故，什么事都没发生过。"

"这对我来说挺容易，"迈克尔说，"我脸皮厚着呢。"

"他要是说什么，就说你醉得不省人事了，满嘴胡言乱语了。"

"好，滑稽的是我真觉得我是醉了。"

"咱们走吧，"布莱特说，"这些毒得死人的东西都付过钱了吗？饭前我得洗个澡。"

我们穿过广场。天黑了下来，广场周围一圈的亮光都是拱廊底下各家咖啡馆的灯光。我们通过树下的砾石路，走回旅馆。

他们上楼去了，我则停下来跟蒙托亚聊了几句。

"你说，你觉得这几头公牛怎么样？"

"不错，都是很不错的牛。"

"它们还行，"蒙托亚摇了摇头，"但并不是特别好的公牛。"

"它们哪一点让你不满意？"

"这也说不上，就是觉得它们不太好。"

"我懂你的意思。"

"它们还行。"

"是呀，它们是还行。"

"你那几位朋友对此感觉如何？"

"他们都觉得很不错。"

"那就好。"蒙托亚说。

我上了楼，比尔正在他的房间里，站在阳台上眺望广场，我停在了他的身边。

"科恩呢？"

"楼上，在他自己的房间里。"

"他还好吗？"

"当然糟糕透了，迈克尔也太恐怖了。他醉了以后真是可怕。"

"他没那么醉。"

"这还没醉？我知道到咖啡馆前我们在路上喝了多少酒。"

"过后他就恢复意识了。"

"好吧，那个时候他确实可怕。我并不喜欢科恩，这老天爷是知道的，而且我认为他跑到圣塞瓦斯蒂安去真是丢人现眼的蠢行为，可只有边克尔能那么讲话呀。"

"你对那些公牛的感觉如何？"

"很棒，他们这样逐一把公牛放出来的方式太棒了。"

"明天放的是米乌拉的公牛。"

"狂欢节什么时候开始？"

"后天。"

"咱们得盯住迈克尔别让他喝得太醉。他醉了，太可怕了。"

"咱们还是梳洗一下，然后我们就去吃饭吧。"

"对，这顿饭可有得好吃了。"

"是。"

事实上，那顿饭确实吃得还不错。布莱特穿了件黑色无袖的晚礼服，看起来非常漂亮。迈克尔表现得就跟什么事都没发生过一样。我不得不跑上楼去把罗伯特·科恩给拉下来。他表现得很矜持、拘礼，他仍然紧绷着脸，脸色仍然很不好，不过最终他还是高兴起来了。他还是情不自禁地盯着布莱特，没完没了地，仿佛这就能让他感到幸福。看到她这么可爱，而且大家都知道了他竟然跟这么可爱的布莱特一起出游过的这件事，他想必是很开心的。他跟布莱特的这种特殊关系是谁都没有办法否认的。比尔表现得很风趣，迈克尔也毫不逊色。

他们凑在一块儿正投脾气。

这情形跟我记忆中的几次战时的晚餐挺像的。有大量的酒，故意假装得毫不紧张，还有一种要发生的事终究会发生的预感。酒醉之余，我那种厌烦的情绪也终究烟消云散，终于也快活起来了。醉眼望去，大家也都显得可亲可爱了。

第十四章

我不知道自己是几点去睡的觉，我只记得把衣服脱了，穿上睡衣，然后站在阳台上。我知道我喝得很多，已经醉得很厉害了。我还记得自己开了床头灯然后在床上看了屠格涅夫的一本书。好像有两页我读了好几遍。那是《猎人笔记》里的一个故事。之前我就读过了，俄罗斯的乡村慢慢变得清晰，我脑袋上的压迫感慢慢松弛了下来。虽然说我已经很醉了，但是我不想闭眼，因为一闭眼就会觉得天旋地转。我要是一直坚持看书的话，这种感觉会慢慢消失的。

我听到了布莱特和罗伯特上楼的声音。科恩在门外说了句晚安，然后就径直去了自己的房间。我听到布莱特到了我旁边的一个屋子里。迈克尔一个小时以前跟我一起回来，现在已经睡了。布莱特进去的时候，他醒了，然后他俩开始说话。我听到他们大笑。我关了灯，觉得很累就睡了。我已经不用再看书了。我也不会在闭眼后觉得房间在转，但是我迟迟不能入睡。我们在黑暗之中看到的和在光明之中看见的东西是不一样的，但这根本没有道理，一点儿道理都没有！

我曾经想过这件事。曾经有六个月，关了灯我就睡不着。这是另一个亮着灯时的想法，去他妈的女人，去他妈的布莱特！

女人能成为很知心的朋友，超级好的朋友。最开始的时候，你得先和一个女人相爱，这是一段坚固友谊的基础。我曾经受到过布莱特的青睐。可我从来没有站在她的立场上考虑过，我曾经只知道得到而什么都不付出。但那无非是一笔迟来的债罢了，债主早晚会来。这也是你能有所指望的一件好事。

我以为我已经偿清了所有的债务，不像女人那样，一直还，但始终都还不完。我根本没想到过还会有报应和惩罚，以为只不过是等价交换罢了。你放弃点什么就能得到点别的什么，或者你为了得到什么而努力工作，为了得到任何有点好处的东西你都得以某种方式付出点代价。我以我的方式付出了代价，得到了不少我喜欢的东西，所以我很喜欢自己现在的日子。你付出的方式要么是通过好好学习，要么是靠你的经验积累，要么就是靠机缘，再或者就是靠金钱。享受生活就是要学会如何把钱花得值，而且花得值的时候要懂得享受。你是可以把钱花得很值的。这个世界是个不错的市场，有很多东西都可以供你挑选购买。这看似是一种不错的人生哲学。可是我想，再过五年，它也就跟我曾经秉持过的其他高明的人生哲学一样，显得同样的荒唐可笑。

不过，也许情况还不至于这么糟。也许你一路走来，确实学到了点东西。我不在乎学到的到底是什么，也不在乎世界是怎么回事，我只想知道我怎么才能在世界之中立足，在世界中生活。也许在你懂得了的时候，也就弄懂了世界。

　　但是，我希望迈克尔对科恩的态度不要这么恶劣。迈克尔喝醉了之后就开始惹麻烦。布莱特喝醉了倒还是挺安分的。比尔也是。而科恩从来不会喝醉。迈克尔喝过了一定量以后就让人讨厌了。他在伤害科恩的时候，我感觉幸灾乐祸。可我又希望他不要这么做，因为过后这会使我厌恶自己。这就是道德吧——有些事事后会让你自己受到内心的谴责。不，那该是不道德的行为。这可真是个笼统的概念。我在夜里可真会胡思乱想呢。胡说八道，我耳边响起了布莱特的这句口头禅。真是胡说八道！你跟英国人混在一起，你就会慢慢习惯了他们的措词方式，用他们的方式来思维。英国人的口语词汇——至少是上流社会的英国人——肯定还不如爱斯基摩语中的口语词汇多。当然了，我对爱斯基摩语一无所知。爱斯基摩语说不定还是门优美的语言呢。就拿我同样一无所知的切罗基语来说吧，在英国人嘴里，同一个成语，换个语调也就换了种意思。一个成语能表达无数意思。不过，我对此很有好感。我喜欢他们讲话的方式。

　　我再次把灯打开，继续看书，还看屠格涅夫的这本书。我现在是知道了，要是在喝了太多白兰地以后，我的意识会过于敏感，这种情况下看书，我就会过目不忘，而且过后我会觉得我似乎亲身经历过书中的描写，我会铭记于心。这又是一件你付出代价就能获得的好事。快到天快亮时，我才沉入梦乡。

　　又过了两天，我们在潘普洛纳平静无事，没有再发生口角。整个城市为狂欢节做的准备工作渐渐就绪。工人们在边街小巷前面竖起门柱把路挡住，为的是早上把牛从牛栏里放出来，它们通过街道朝斗牛场跑去的时候不会走失。工人们挖好坑，埋好木桩，每个桩上都标着号，以便将其插入规定的地点。斗牛场的雇工们在城外的高岗上训练斗牛士骑的马匹，他们骑着四条腿僵直的马匹在斗牛场后面被太阳晒得铁硬的土地上飞奔。斗牛场的大门也打开了，有人在里面打扫看台。斗牛场地重新碾压平整，洒了水，木匠们在更换斗牛场栅栏上的木板，有的已经不结实或者开裂了。站在碾压平整的沙地边上，抬头望去就是空荡荡的看台，那里还有几个老婆子在清理包厢。

　　斗牛场外，从城区最外围的那条街道直通至斗牛厂入口的栅栏已经安装到位，形成一道长长的通道。斗牛开始的第一天清晨，人群将在牛群的追赶下从这道围栏里奔过来。城区将要开设牛马集市的平地，吉普赛人已经在树下扎下帐篷。卖葡萄酒和土酿白兰地的小贩也正在搭他们的货摊。一个货摊上打出 ANIS DEL TORO① 的大字广告，布制的横幅在烈日下悬挂在板壁上。不过在城市中心的大广场上还没什么变化。我们在咖啡馆里，安坐在露台的白色柳条椅上，望着一辆辆公共汽车先后到站，下来一批批从乡下来城里赶集的农民，又望着一辆辆公共汽车开出站去，将一车车的农民载回乡下，他们满载而归，身边的马褡裢塞满了在城里买到的物品。除了鸽子和一个用软管用砾石铺就的广场洒水、冲洗街道的工人之外，广场上唯一可见的就是那一辆辆高大的灰色公共汽车了。

　　晚间活动是散步，吃完晚饭不到一个小时，所有人，长相甜美的姑娘们，驻防

---

　　① 西班牙语，意为"公牛茴香酒"。

军官，还有城里来的穿着时髦的人，都走到广场一边的街上，街上的咖啡厅里满满当当都是晚饭后来的人群。

早上的时候我一般都会坐在咖啡厅里读《马德里日报》，之后就走到城里，或者到城郊走走。有时候比尔会跟我一起，有时候他会留在自己的房间里，写点东西。罗伯特·科恩利用早晨的时间来学习西班牙语，或者去理发店修整下自己的脸蛋。布莱特和迈克尔一直到中午才会起床。我们都会在咖啡厅里点一杯味美思酒，过得很安静，不会有人喝得大醉。我去过几次教堂，有一次是和布莱特一起去的。她想要听我忏悔，但是我告诉她这种事根本不可能，因为忏悔不像听起来那么好笑，而且，忏悔是用一种她不知道的语言进行的。从教堂出来的时候我们遇到了科恩，尽管很明显他一直在跟着我们，不过他的表现，使人感觉他很友好，从而心情愉悦。我们三个人一起去散了会儿步，一直走到吉普赛人的帐篷那里，布莱特还叫人算了下命。

这个早晨很美好，山上能看见几朵雪白的云彩。晚上下了点雨，高岗上的空气变得很清新，也很凉爽，站在那里还能看到很美的景色。我们都感觉很舒服，很健康，我对科恩也相当友好。在这样的一天里，你没有任何理由觉得不开心。

这是节日前的最后一天。

第十五章

7月6日，星期天中午的时候，狂欢节庆祝活动迅速展开了，那种场面难以用其他字眼来形容。一整天，人们都络绎不绝地从乡下赶来，但之后他们就完全融入了城里人之间，你根本就无法区分出他们。跟其他任何一天一样，因为太热，广场上一个人都没有，十分安静。农民们都在周边的酒馆里喝着酒，为即将到来的狂欢做着准备。他们刚从平原和山区赶过来，需要慢慢改变一下有关钱的价值观念。他们现在还接受不了咖啡店里的价格，他们觉得把钱花在酒馆里才算值。对于他们而言，钱是用劳动的时间和卖的蒲式耳粮食的数量来衡量的。等到狂欢真正开始的时候，他们就不在乎自己到底花了多少钱，都花在哪里了！

现在，圣费尔明节开始的这一天，他们一早就到了坐落于窄陋的巷子的酒馆里。早上，去教堂做弥撒的路上，我听到商店门里传来的歌声。他们在预热了！11点弥撒上有很多人，因为圣费尔明节同时也是一个宗教节日。

我从大教堂返回，顺着大街回到广场上的咖啡馆。马上就到中午了。罗伯特·科恩和比尔正在一个桌子边坐着。大理石面的咖啡桌和白色的柳条椅都不见了，取而代之的是铸铁桌子和简陋的折叠椅。现在的咖啡馆活像是一艘轻装简行马上要上阵的战舰。今天的服务生也不会再听凭你看一上午的报纸而不来问你还有什么需要了。我一坐下来，就有一个服务生走上前来。

"你们需要什么吗？"我问比尔和罗伯特。

"雪利酒。"科恩说。

"Jerez①" 我跟服务生说。

在服务员端来雪利酒之前，广场上升起烟花，意味着节日正式开始了。烟花弹炸开来，广场另一边的贾亚瑞剧院上空升起一团灰色烟雾，烟雾就像是爆炸后的烟霰弹一样，这时，又有一枚烟花升空，在明亮的阳光下爆出一团烟雾。我看到了另一团亮光，紧接着又是一团烟雾。第二支烟花爆炸的时候，走廊里已经十分拥挤了，而一分钟之前那里还是空着的。服务员只得把酒瓶高高举过头顶，艰难地穿过人群朝我们的座位走来。人们从四方赶到广场上，还有吹着管弦打着个鼓的人从街上走来。他们在演奏 riau-riau② 舞曲，笛声细长，鼓声低沉，后面还有跳着舞的男人和男孩。当吹横笛的人停下的时候，他们就都蹲在了街上，当簧管和横笛再次响起，平淡、单调、低沉的鼓声就又响了起来，他们又都站起来开始跳舞。你就只能看到人群里舞者的脑袋和肩膀上下起伏不停。

广场上有一个人，正弯着腰在吹一支簧管，有一帮孩子跟在他后头不停地吵闹，还拉扯他的衣角。他走出广场，孩子们仍紧跟不舍，他就一路给他们吹着经过咖啡馆，走进了一条边街。在他边吹边走，路过我们身边，孩子们黏着他嚷嚷，拉扯他衣服的时候，我们看到了他那张毫无表情、长满痘疤的脸。

"他大概就是村里的傻子，"比尔说，"我的天哪！你们往那边看看！"

沿街过来了一大帮舞者，整条大街都给这些男性舞者挤得满满当当的。他们都在自己的笛手和鼓手后头跟着，和着音乐的节拍舞动。他们都是某个俱乐部的会员，身穿工人的蓝色罩衣，脖子上系红色手帕，而且用两根旗杆挑着一面大旗。在人群的簇拥下，他们一路舞过来，那面大旗也随着他们的舞步上下舞动。

大旗上写着几个大字："葡萄酒万岁！外宾万岁！"

"外宾在哪儿呢？"罗伯特·科恩问。

"咱们不就是外国人嘛。"比尔说。

烟花弹还在发射着，一直没有停下来。咖啡座上已经没有空余的位子了。广场上又空了下来，大家再次跑到各家咖啡馆里。

"布莱特跟迈克尔呢？"比尔问。

"我去找找他们。"科恩说。

"把他们带到这儿来。"

狂欢节真正开始了。它将整整持续七天，昼夜不息热舞、狂饮、喧嚣，将没有一刻安静闲暇的时间。这一切只能尽情地发生在狂欢节上的活动。最后，一切都会变得像做梦一般，仿佛你不论干出什么事来都不必承担后果。在狂欢节期间还去计较什么后果就显得太不搭调了。在狂欢节的全过程当中，你都有这种感觉，哪怕是在安静的间歇：你必须大声叫喊着说话，别人才能听清你说的是什么。而你的一举一动都会有同样的感觉。这就是传说中的狂欢节，整整七天，它要持续整整七天。

下午是盛大的宗教游行。圣费尔明的塑像被从一个教堂抬到另一个教堂。市政和宗教界的权贵名流全都参加了。我们看不到他们，因为人实在是太多了。正式的

---

① 西班牙语，意为"雪利酒"。
② 西班牙的一种民间舞蹈。

游行队伍前后是唱对台戏、大跳 riau·riau 舞的年轻人。有一帮穿黄衬衫的人在人群中前前后后地穿梭舞动。所有的边街和路牙子上都结结实实地挤满了人。大街上被挤得水泄不通,透过人群,我们唯一能看到的就是游行队伍里那些高大的巨人模拟像:几个雪茄店前的印第安人,有三十英尺高;还有几个摩尔人,一位国王和王后。这些模拟像和着 riau·riau 的音乐旋转,就好像是在跳着华尔兹。

权贵们陪侍圣费尔明塑像进入礼拜堂后,人群都站在门外等着,同样留在门外的还有一队担任保卫任务的士兵和那些巨人模拟像。原来在它们肚子里跳舞的舞者就站在停放在地上的架子边上,有几个侏儒,手里拿着特大气球,在人群里来回穿梭。我们走进礼拜堂,里面有股香火味道,人们一窝蜂地走进去,可布莱特因为没戴帽子,刚进了门又被拦下了。于是我们又得从里面再出来,顺着从礼拜堂通城里的大街往回走。街道两边的路牙子上还像之前一样,被人群给占领了,大家各自守住自己的老地方,等着看游行队伍返回。有几位舞者围着布莱特形成一个圆圈,开始跳起舞来。他们脖子上都围着"花环",是用大蒜编成的。他们拉起比尔和我的手,把我们也拉进跳舞的圆圈。比尔也跟着他们舞动起来。他们还齐声高唱。布莱特也想加入,可他们不让她跳。他们想围着她跳,就像围着一尊雕像一样。歌曲以刺耳的 riau·riau 声结束。然后我们被簇拥着进了一家酒店。

我们停在了柜台前,他们让布莱特坐在一个酒桶上。酒店里光线很暗,满是唱歌而且是直着嗓门儿唱歌的男人。他们自己跑到柜台后面从酒桶里汲酒。我把酒钱放下,可有个人拿起来,重新放进了我的口袋。

"我想要个皮酒袋,"比尔说。

"这条街上就有个地方卖,"我说,"我去买两个来。"

舞者们不想放我出去,他们当中有三个人坐在高高的葡萄酒桶上,靠着布莱特,正教她怎么从皮酒袋里喝酒,他们已经在她脖子上也挂了一串所谓的"花环"。有个人坚持要让她喝一杯酒。有人在冲着比尔的耳朵,教他唱一首歌,还在他的背上打拍子。

我跟他们解释说我去去就来。到了外头,我沿街寻找那家制作皮酒袋的店。人行道上挤满了人群,很多店铺的百叶窗都放了下来,我找不着那家店了。我一直走到教堂,街道两边都找遍了。无奈之下我问了个人,他拽着我的胳膊,一直把我领到那家店门前。百叶窗已经放下来了,不过店门还开着。

店里面一股子新鞣制的皮子和热焦油的气味,有个人正往做好的皮酒袋上印花呢。皮酒袋成捆地从房梁上挂下来。他取下一个,把皮酒袋吹得鼓鼓的,把喷嘴拧紧,然后就跳上酒袋。

"看!完全不会漏气。"

"我要两个,要一个大个儿的。"

他从房梁取下一个足可以装一加仑的大个儿酒袋,或者还不止一加仑。他往里吹气的时候,鼓着腮帮子,再次往里面吹足气,然后他扶着把椅子,又一次站在了上面。

"你干什么用?拿到巴莱纳卖掉?"

"不,就拿来盛酒喝。"

他拍了拍我的后背。

"是个男人。两个一共 8 比塞塔。这是最低价了。"

那个一边往新酒袋上印花一边把酒袋子摞成一堆的人停下手里的活儿。

"这话不假，"他说，"8 比塞塔，这是最便宜的了。"

我结了账，走出那家店，沿之前那条街回到先前那家酒店。里面比之前更黑了，挤得要命。我没看到布莱特和比尔，有人说他们在里屋呢。柜台上的姑娘给我把那两个酒袋都灌满了酒。小的装了两升，大的装了五升。酒钱总共合 3 比塞塔 60 分。柜台前有个人，我见都没见过的，一心想替我付酒钱，不过终于还是我自己付了。想替我付酒钱的这位朋友又买了杯酒请我。他坚决不肯让我回请他，不过说他愿意喝一口我的新酒袋里的酒，漱漱口。他把那个五升的大个儿酒袋倒过来，用手一挤，一条酒线就直喷进他的喉咙。

"挺不错。"他说，把酒袋递还我。

在里屋，布莱特和比尔坐在酒桶上头，被一群舞者团团围住。大家的手臂都相互搭在彼此的肩头，而且齐声高歌。迈克尔则跟几个只穿着衬衣的人围坐在一张桌子旁边，从一个碗里吃碎洋葱和醋浸的金枪鱼。他们一边喝酒，一边拿面包片蘸着碗里的油和醋汁，大快朵颐。

"喂，杰克，这边！"迈克尔叫道，"过来，我来介绍一下我这几位朋友。我们正在吃一些小吃，想在饭前开开胃。"

迈克尔把我介绍给桌边的几个人，他们都自报姓名，并叫人去给我拿把叉子。

"别光让人家请你吃了，迈克尔。"布莱特在酒桶坐着，朝这边喊道。

"我可不想把你们的东西都给吃光了。"有个人递给我叉子的时候，我说。

"没关系的，"他说，"东西摆在这儿，不吃干什么？"

我把那个大酒袋的喷嘴拧开，请大家依次喝一轮。每人都把胳膊伸直，把酒袋竖直倒过来，喝了一口。

在屋里的歌唱声中，我们能听到外面传来游行队伍经过的音乐声。

"游行队伍回来了吗？"迈克尔问。

"怎么可能啊，"有人说，"没啥。来，把酒瓶子举起来，我们干。"

"你在哪儿碰见他们的？"我问迈克尔。

"有人把我带这儿来的，"迈克尔说，"他们说你在这儿。"

"科恩呢？"

"他晕过去了，"布莱特喊道，"他们把他弄到什么地方去了。"

"弄到哪儿去了？"

"这我不清楚。"

"我们上哪儿知道这些，"比尔说，"他大概已经死了。"

"这不可能，"迈克尔说，"我知道他没死。他只是喝了茴香酒，喝醉了。"

他说到茴香酒的时候，在座的一个哥儿们抬头看了看，然后从他的罩衣里面掏出一瓶酒来，递给我。

"不，"我说，"不喝了，谢谢啦！"

"喝吧，喝！举起来，把酒瓶子举起来！"

我喝了一口，这酒有种甘草的味道，从嗓子眼顺着食道一直暖烘烘地往下走。我都能觉得出它在我胃里暖烘烘地烧着。

"他们到底把科恩带到哪儿去了？"

"这我真的不清楚，"迈克尔说，"我来问问。那个喝醉了的伙计哪儿去了？"他用西班牙语问道。

"你想去看看他？"

"没错。"我说。

"不是我，"迈克尔说，"是这位先生。"

请我喝茴香酒的哥儿们抹了抹嘴巴，站了起来。

"跟我来。"

在另一间里屋里，罗伯特·科恩很安稳地在几个酒桶上呼呼大睡。屋里太暗，他的脸也被埋在阴暗中，看不清楚。他们还拿一件外套盖在他身上，把另一件外套团起来给他枕在脑袋底下。他脖子上也套了一串大蒜头，在胸前窝着。

"让他睡吧，"那人悄声说，"他没事儿。"

两个小时以后，科恩又回来了。他走进前屋，脖子上还挂着那"花环"。那帮西班牙人看到他进屋都大喊大叫地表示欢迎。科恩揉了揉眼睛，咧嘴笑笑。

"我肯定是睡着了。"他说。

"哦，根本就没有。"布莱特说。

"你只是死过去了。"比尔说。

"咱们不去吃点晚饭吗？"科恩问。

"你饿了？"

"是呀，干吗不吃？我饿了。"

"把那些大蒜头吃了，罗伯特。"迈克尔说，"我说，一定得把那些大蒜头给吃了。"

科恩站在那儿没动弹，他这一觉睡得清醒了。

"咱们还是去吃饭吧。"布莱特说，"不过我得先去洗个澡。"

"走吧，"比尔说，"咱们把布莱特送回旅馆。"

我们跟这一大帮人一一握手告别，然后走出酒店。天色已经暗了。

"你们估摸着现在该有几点了？"科恩问。

"已经是第二天凌晨了，"迈克尔说，"你这一睡就是两天。"

"不可能，"科恩说，"到底几点了？"

"十点钟。"

"我们喝得可真不少。"

"你是说我们喝得可真不少，你早就睡觉去了。"

沿黑暗的街道往旅馆走的一路上，不断看到广场上升起的烟火。从广场的边街一眼望去，但见广场上挤得满当当，人山人海，中央部分的人都在跳舞。

宾馆的晚餐非常丰富，这是狂欢节里第一顿价钱翻倍的晚餐，里面还加了几道新菜。晚餐过后，我们出来了城里。我还记着我曾经决心一宿不睡觉，到早上六点看公牛穿过街道呢。但是实在是太困了，所以四点的时候我就去睡了，其他人就一直没睡，在那等。

我的房间是锁着的，我还找不到钥匙了，所以我就上楼进了科恩的房间，在他的一张床上睡下了。狂欢夜一直在继续着，可我还是困得睡着了，后来我被烟花的爆炸声惊醒，这说明公牛进城了。我睡得实在是太沉了，当我醒过来的时候，我想应该已经晚了。我套了一件科恩的外套，走到了阳台上。下面的窄巷子里已经空了，人们都转移到了阳台上，所有阳台上都挤满了人。突然有一群人到了街上，他们都在跑，慢慢都挤到了一起，他们从我下面跑过去，一直沿着街跑过去，他们身后留出了一点空隙，再往后就是公牛群了。公牛的头不停地上下摇摆着，他们统统跑过转角，然后消失不见。有一个男人跌倒了，滚到了水沟里，躺在那里，纹丝不动。但是公牛群就直接从他身边跑过去，根本没有注意到他。之后这些牛都跑到了一起。

它们跑出我们的视线以后，斗牛场就传来阵惊天动地的吼叫，而且叫声持续了很长一段时间。最后有一颗烟花弹升空炸开，说明牛群已经在斗牛场冲过人群，进入牛栏。我回到房内，再次在床上躺下。刚才我一直在阳台上，赤脚站着。我知道他们几个肯定都跑到斗牛场去了。上床后我又睡着了。

科恩进门后把我叫醒了。他开始脱衣服，然后走过去把窗户关上，因为有人正在街道对过的阳台上朝我们屋里看。

"看到表演了？"我问。

"是呀，我们都在呢。"

"有人受伤吗？"

"有一头公牛冲进人群，挑翻了七八个人。"

"布莱特感觉如何？"

"事情发生得太过突然，大家还没有骚动起来，一切就过去了。"

"我要是没睡就好了。"

"我们都不知道你哪儿去了。我们去过你的房间，可是门锁着。"

"这一天晚上，你们都在哪儿待着的？"

"在某个夜总会跳舞来着。"

"我真的是困得不行了。"我说。

"我的天哪！我现在才叫困呢，"科恩说，"这庆祝什么时候结束？"

"一星期以内，完不了。"

比尔把门打开，把头伸进来。

"你上哪儿去了，杰克？"

"我在阳台上看到公牛跑过去，觉得怎么样？"

"太棒了。"

"你要去哪儿？"

"继续睡觉。"

中午前谁都没起床，后来饭是摆在拱廊底下的餐桌上吃的。城里人山人海，我们得等座位。午饭后我们去了"伊鲁涅"，咖啡馆里也是人满为患，而且越接近斗牛开场的时间，人就越多，桌子之间的间距也被挤得越来越近。现如今，每天在斗牛开场之前都会出现这么一种切近、拥挤的嘈杂声。不管挤到什么程度，咖啡馆里在别的时间段可从来没有过同样的噪声。这种特别的嘈杂持续不断，我们也参加进去，是里面的一分子。

每场斗牛我都会订六张票，三张会是第一排座位，紧靠着斗牛场的围栏；另外三张是入口上方的座位，那里的椅子有木质的靠背，位于看台的中间位置。布莱特第一次看斗牛，迈克尔觉得她还是坐在高处的位置比较好，科恩也想和他们一起坐。比尔和我就坐在第一排，我们把剩下的一张票给服务员，让他帮我们卖掉。比尔告诉了科恩一些看斗牛的技巧，该怎么看斗牛，主要看些什么事情，怎样才不会把注意力都放在马身上。比尔曾看过一整季的系列斗牛赛。

"我只怕会觉得无聊，并不担心自己会接受不了斗牛的场面。"科恩说。

"你这么认为?"

"马被公牛抵伤后，不要去看马，"我对布莱特说，"注意看公牛如何发动攻击，看执矛手怎么避开攻击，但如果马匹被抵中就别再看了，只要它还活着，就别看它。"

"我有点紧张，"布莱特说，"我担心能不能好好地把它看完。"

"你不会有事的。只有马进入斗牛场的那一段会让你感到不舒服，别的就没什么了，而且每头牛跟马的交锋时间只有几分钟而已。如果觉得情况不妙时你别看就行了。"

"她不会有事的，"迈克尔说，"我会照看她的。"

"我不认为你会觉得无聊。"比尔说。

"我回趟旅馆把望远镜和皮酒袋拿来，"我说，"回头还在这儿碰头，别喝醉了。"

"我跟你一起去，"比尔说。布莱特冲我们微微一笑。

我们从拱廊底下绕道过去，免得被太阳晒到。

"我真受不了那个科恩，"比尔说，"他那种犹太人的自以为是简直太过分了，他竟然以为他从斗牛中唯一能感受到的情绪就是无聊。"

"到时候咱们拿望远镜观察观察他。"我说。

"哦，让他去死吧!"

"他在那儿可是黏了很久。"

"那他就待在那儿好了。"

回到旅馆，我们在楼梯上碰到了蒙托亚。

"跟我来，"蒙托亚说，"你们想见见佩德罗·罗梅罗吗?"

"好呀，"比尔说，"咱们去见见他。"

我们跟着蒙托亚上了楼梯，沿着走廊往前走。

"他在八号房，"蒙托亚解释道，"他们正在穿衣服，准备上场呢。"

蒙托亚敲了一下门，把门打开。房间里很暗，光只能穿过靠窄街的窗户透进来。有两张床，用修道院里的隔板隔开。电灯亮着，那男孩穿着斗牛服，站得笔挺，表情很严肃。他的上衣搭在一把椅子的椅背上，腰带就快要束好了。在电灯光的照射下，他黑色的头发闪闪发亮。他穿了件白色亚麻布衬衣，他的侍从为他束好腰带，然后起身退在一旁。佩德罗·罗梅罗朝我们点点头，握手时显得拒人千里，非常高贵。蒙托亚说了几句，表示我们是多么铁杆的斗牛迷，我们如何希望他好运。罗梅罗非常认真地听着，然后他转向我，他真是我平生所见过最帅的男孩。

"你去看斗牛。"他用英语说。

"你懂英语啊。"我说，觉得自己像个傻子。

"不懂。"他回说，微微一笑。

床上有三个人一直坐在那儿，这时有一个走上前来问我们会不会讲法语。"需要我来为你们翻译吗？你们有什么想问佩德罗·罗梅罗的吗？"

我们道了谢，能有什么问题呢？这男孩才 19 岁，除了他的持剑侍从和那三个食客以外，没有别人了，而且斗牛将要在二十分钟之后正式开始。我们说"Muchasuerte①"，对他表示祝愿，然后跟他握了握手就出来了。我们把门关上的时候，他仍站在那儿，身板挺直，英俊不可方物，茕茕孑立，独自跟那几个食客待在一起。

"真是个好样的男孩，你们说是不是？"蒙托亚问。

"确实太帅了。"我说。

"他一看就像个斗牛士，"蒙托亚道，"他有斗牛士的那种气派。"

"是个好样的男孩。"

"我们很快就会看到他在斗牛场上大放异彩了。"蒙托亚说。

我们发现那个大个儿的皮酒袋在我房间里放着，靠在墙上，就拿上它和望远镜，把门锁上，下了楼。

那是场很精彩的斗牛赛，比尔和我都震惊于佩德罗·罗梅罗的表现。蒙托亚跟我们隔了大约有十个座位的距离。当罗梅罗杀死他第一头公牛后，蒙托亚跟我对上了目光，颔首赞许。罗梅罗是个货真价实的斗牛士，已经有很长时间没有见识过货真价实的斗牛士了。至于另外两名斗牛士，一个相当不错，另一个差强人意。可他们真的没办法跟罗梅罗相提并论，尽管他对付的那两头牛都不怎么厉害。

斗牛进行期间，我有几次拿望远镜看上面的迈克尔、布莱特和科恩。他们看起来都不错，布莱特并没有不安的表现，三个人全都专注地在前面的水泥栏杆上趴着。

"把望远镜给我，我也看看。"比尔说。

"科恩看起来怎么样？无聊吗？"我问。

"这个犹太佬！"

斗牛结束后的斗牛场外人山人海，你连步子都挪不动。我们没办法挤出去，只能跟着大部队，像冰川移动一样缓慢地走回城里。我们的心情跟每次看完斗牛一样，无比忐忑，但同时我们又兴高采烈，这是只有在看完一场精彩的斗牛后才会有的感受。狂欢节的活动仍在进行中。鼓点低沉，笛声尖锐，人流随处都会被一队队舞者所阻断。舞者们也都挤作一堆，所以你根本看不到他们那让人眼花缭乱的复杂舞步，你只能看到他们的头和肩膀不断地一上一下。我们终于从人流中突围出来，到达了咖啡馆。服务生给另外那几位留了位子，我们每人点了一杯苦艾酒，看着广场上拥挤的人流和跃动的舞者。

---

① 西班牙语，意为"祝你好运"。

"你看那是种什么舞?"比尔问我。

"是一种霍塔舞①。"

"这种舞蹈有多种跳法,"比尔说,"曲调不同,跳法就会有区别。"

"这舞很棒。"

就在我们面前,有群男孩在街上的一块空地上跳着错综复杂的舞,脸上的神情全都严肃认真。他们跳的时候都朝下望着自己的舞步,他们的绳底鞋在路面上踢踏作响,他们脚尖相碰,脚跟相碰,再脚指肚儿相碰。然后音乐突然间结束,舞步也随着戛然而止,然后再次沿着街道继续跳下去。

"咱们的那帮朋友们回来了。"比尔说。

他们几个正穿过马路走过来。

"你们好啊,伙计们。"我说。

"嗨,绅士们!"布莱特说,"还给我们留了座儿,你们可真好。"

"我说,"迈克尔道,"那个叫罗梅罗的小伙子真是非同一般。我说得可对?"

"哦,他实在太可爱了,"布莱特说,"还有他那条绿裤子。"

"布莱特的眼睛就没离开过他那条裤子。"

"我说,明天我一定得借一下你们的望远镜。"

"感觉如何?"

"太奇妙了!完美无缺。我说,真是开了眼了!"

"马呢,感觉怎么样?"

"忍不住还是要看它们。"

"她看得目不转睛,"迈克尔说,"她这个女人可真是不同凡响。"

"这些马的遭遇确实是够惨的,"布莱特说,"可我就是忍不住要看。"

"你感觉还好吗?"

"我一点儿都没觉得不舒服。"

"罗伯特·科恩倒不太舒服,"迈克尔插嘴道,"你当时脸都绿了,罗伯特。"

"第一匹马确实挺让我难受的。"科恩说。

"你没觉得无聊吧,对不对?"比尔问道。

科恩笑了笑。

"没,我没觉得无聊。希望你能原谅我之前那么乱讲。"

"没关系啦,"比尔说,"只要你不觉得无聊就好。"

"他看上去倒并没觉得无聊,"迈克尔说,"不过我当时觉得他都快吐了。"

"没那么严重,只有一会儿。"

"我是觉得他快要吐了。你不会无聊的,我说得没错吧,罗伯特?"

"不说这个了吧,迈克尔。我已经道过歉了。"

"这话不假,你们知道,他小脸儿都绿了。"

"哦,闭嘴吧,迈克尔。"

---

① 霍塔舞,西班牙北部的一种传统的求爱舞蹈。

"第一次看斗牛你一定不会觉得无聊的，罗伯特，"迈克尔说，"要不然可真叫糟糕透顶了。"

"哦，你闭嘴吧，迈克尔。"布莱特说。

"布莱特是个虐待狂，之前他说过的，"迈克尔说，"不过，布莱特不是个虐待狂。她只是个可爱、健康的女人。"

"你是个虐待狂吗，布莱特？"我问。

"但愿不是。"

"他说布莱特是个虐待狂，不过是因为她有个健全、健康的胃。"

"胃口也不可能一直这么好。"

比尔跟迈克尔谈起了别的话题，不让他老跟科恩过不去。服务生上了苦艾酒。

"你当真喜欢吗？"比尔问科恩。

"不，还不能说是喜欢。但我想那场表演真的很精彩。"

"天哪，那还用说！真是开了眼界了！"布莱特说。

"要是把骑马上场那部分去掉就好了。"科恩说。

"马儿不重要，"比尔说，"过去那段之后，你就再也见不到任何让你觉得不舒服的地方了。"

"一开始是有点太刺激了，"布莱特说，"当公牛冲向马的时候，我是觉得特别可怕。"

"那些牛都不错。"科恩说。

"它们都棒极了。"迈克尔说。

"下次我想坐到第一排。"布莱特端起苦艾酒，喝了一点。

"她的目的是近距离地看那几位斗牛士。"迈克尔说。

"他们确实了不起，"布莱特说，"而且，那个罗梅罗还是个孩子呢。"

"是个帅呆了的男孩，"我说，"我到他房间里第一次见他，他可是我平生所见最帅的男孩了。"

"你看他有多大？"

"19 岁或是 20 岁。"

"真不可思议。"

第二天的斗牛比第一天更加精彩。布莱特坐到了第一排，坐在我跟迈克尔中间，比尔和科恩坐在上头。罗梅罗是整场表演的灵魂，我觉得布莱特的眼睛始终都在盯着他看。其他人也是如此，除非是那些顽固不化的技术专家。大家眼里全都是罗梅罗，另外还有两个斗牛士，可他们根本就不能吸引大家的眼球。我坐在布莱特身旁，为她解说斗牛。我跟她说，在公牛向执矛手发起攻击时，要注意看牛，而不要去管执矛手胯下的马，提醒她注意看执矛手如何调整他长矛的刺入点，这么一来她就能看明白了，斗牛也就更像是一种有始有终，并且有一定目的性的运动，而非仅仅是充满了不可名状的恐怖的奇观了。我让她注意看罗梅罗如何用他的斗篷将牛从已经倒地的马身边引开，他又是怎样用斗篷把牛吸引住，然后平稳而又温文尔雅地引牛转身，不让牛白白消耗体力。她能看出罗梅罗如何避免任何唐突的举动，将牛的体力保存至他认为是最佳时机的时候，然后给它最后一击，这样能够使它们不至于气喘吁吁，惶恐不安，而是慢慢将它们的体力耗尽。她看出罗梅罗做动作时跟牛的身体总是靠得很近，我给她说了更多关于别的斗牛士经常耍的一些花招，这些花招的作用是让观众看起来觉得他离公牛很近。于是，她也看明白了她为什么会喜欢罗梅罗耍斗篷的功夫，而不喜欢别的斗牛士的。

　　罗梅罗从来不故意做出扭摆的动作，他的动作总是直接、纯粹、自然地成一条直线。别的斗牛士却都像个螺丝起子一样扭个不停，把胳膊肘抬起来，等牛角冲过去以后故意把胳膊肘往牛的侧腹上靠，给人一种虚假的惊险感觉。到后来，这种虚假动作就会越来越糟，最终会给观众留下很不愉快的印象。罗梅罗的斗牛却能让你体验到什么是真正的激情，因为他从不拖泥带水，而是一直保持绝对的纯粹，每次总是从容而又镇定地让牛角紧贴着他的身体擦过去。他根本就没必要故意渲染他跟牛之间的贴近程度。布莱特看得出来，有些动作紧贴着牛表演出来是何等的优美，可只要稍微分开一点儿，马上就会显得很可笑。我告诉她，斗牛士们如何在何塞利托去世后，发展出一套技巧，使得斗牛的动作表面上看似很危险，其实纯是为了让人惊心动魄，一切都是虚假的，但这同时能够保证自身的安全。罗梅罗却秉持旧有的传统，通过最大限度地暴露在牛面前，来保持他动作的纯粹，同时又让牛意识到他是无可战胜的，以此完全将牛控制住，随时准备着给它致命一击。

　　"他的动作很娴熟！"布莱特。

　　"他不会有的，除非他觉得害怕了。"我回复她说。

　　"他才不会害怕，"迈克尔说，"他十分擅长斗牛，他了解这个！"

　　"当他开始的时候，他已经了解一切了！其他人也许一辈子都不能领会他的天赋！"

　　"还有，我的天哪，他长得可真是太帅了！"布莱特说道。

　　"我相信，你要明白，她爱上了一个斗牛小伙子。"迈克尔说。

　　"我对此毫不意外。"

　　"求求你了，不要让她再深入了解他了！给她说说那些斗牛的人是怎么虐待自己母亲的！"

　　"告诉我他们嗜酒如命！"

　　"天哪，太可怕了！"迈克尔说，"他们喝一整天酒，然后回家，不停地揍自己可怜的老母亲！"

　　"他看起来就是那样的人。"布莱特说。

　　"是的。"我说。

　　场内已经牵上骡子，把死牛套上，然后人们把鞭子甩得啪啪响，赶得骡子跑起来，那几头骡子先是向前鼓劲，四蹄蹬地，然后突然飞跑起来。那头死牛有一只牛角朝上，脑袋贴地，被拖着在沙地上留下了一道光滑的痕迹，最后被拖出了红色大门。

　　"下面出场的就是最后一头了。"

　　"不是吧，"布莱特说。她向前探了探身子，靠在栏杆上。罗梅罗挥手让他的几个执矛手回到自己的位置上，然后站直身体，将斗篷贴胸搭好，凝神朝对面公牛将要上场的方向观望。

散场以后，我们走出斗牛场，又紧紧地嵌在人群里动弹不得。

"观看这些斗牛表演可真够累人的，"布莱特说，"我浑身软得就像团棉花。"

"哦，你需要喝一杯了。"迈克尔说。

第二天，佩德罗·罗梅罗没有出现。斗牛表演中都是米乌拉公牛，而且表演得毫无趣味。第三天没有斗牛表演。不过狂欢节仍在继续，日夜不停。

第十六章

第二天上午一直下雨，海上升起的一团雾气，罩住了群山，山顶都隐没不见了。高岗在这种天气里显得沉闷阴郁，树林和房舍的轮廓也都和之前不一样了。我走出城外，想去看看外面的情况。海上来的乌云正滚滚涌往山间。

广场上的旗帜湿漉漉地在白色的旗杆顶上挂着，各种横幅都湿淋淋地紧贴在房屋正面。并不急促的牛毛细雨中间，不时有一阵骤雨兜头浇下来，赶得每个人都躲到拱廊下避雨，也在广场上积起一个个小水洼。街道上到处都湿淋淋、暗沉沉的，杳无人迹。不过狂欢节仍旧进行着，没有停止。只不过被驱赶到有遮蔽的地方罢了。

斗牛场里有顶棚的座位都挤满了人，巴斯克人和纳瓦拉的舞蹈家和歌手们正在进行会演，人们可以一边避雨，一边观看。迈克尔暗嘲布莱特的年龄可以当罗梅罗的妈妈了，布莱特反唇相讥，暗骂迈克尔的表现是酒鬼纳瓦拉舞者和歌手的大会演。后来，来自卡洛斯谷的舞者穿着他们的传统服饰，一路冒雨从街上舞了过来，鼓因为下雨被打湿了，鼓声听来空洞沉闷，歌舞队的领班们骑在步履沉重的高头大马上走在前头，他们的全套服饰还有马身上披挂的马衣都被淋得湿漉漉的。大家都挤在咖啡馆里，那些舞者挤了进来，他们把裹得紧紧的白色大腿伸在桌子底下，忙着把系着铃铛的帽子上的雨水甩干，把他们姹紫嫣红的上衣搭在椅背上晾着。外头的雨下大了。

我离开咖啡馆，回旅馆刮了刮胡子，准备吃晚饭。我正在自己房间里刮脸的时候，有人敲门。

"请进。"我叫道。

蒙托亚走了进来。

"你好吗?"他说。

"很好。"我说。

"今天没斗牛?"

"没错，"我说，"什么都没有，就只顾下雨了。"

"你那几位朋友哪儿去了?"

"在'伊鲁涅'咖啡馆。"

蒙托亚又挂上了他招牌式的忸怩微笑。

"我说，"他说，"你可认识美国大使?"

"认识，"我说，"谁都认识美国大使。"

"他现在就在城里。"

"是呀，"我说，"谁都看见他们了。"

"我也看见了。"蒙托亚说。他没再说什么，我继续刮胡子。

"坐下吧，"我说，"我叫人把酒拿来。"

"不用了，我现在马上要离开了。"

我刮完胡子，把脸埋进脸盆里用冷水冲洗。蒙托亚站在原地，似乎更加局促了。

"你瞧，"他说，"我刚收到他们从'大饭店'捎来的消息，说他们想请佩德罗·罗梅罗和马西亚尔·拉朗达吃完晚饭后过去喝咖啡。"

"好啊，"我说，"这对马西亚尔没有丝毫害处。"

"马西亚尔一整天都在圣塞瓦斯蒂安，今天一早他跟马尔克斯一起开车去的，我估摸着他们今晚回不来了。"

蒙托亚不尴不尬地站着，他想等我说点什么。

"那就别告诉罗梅罗这件事。"我说。

"你这么想？"

"就该这样。"

蒙托亚变得高兴起来。

"我就想问问你的意见，因为你也是个美国人。"他说。

"换做是我的话，就会这么做。"

"你瞧，"蒙托亚说，"大家就这么对待一个男孩子，他们根本就不知道他的价值所在。他们不知道他对我们这些真正的斗牛迷们意味着什么，随便哪个外国人都可以来称赞他。就从到'大饭店'喝杯咖啡开始，不出一年他们就把他给毁了。"

"当年阿尔加贝诺就是这样，"我说。

"是呀，就跟阿尔加贝诺一样。"

"这种人可有不少呢，"我说，"有个美国女人跑到这儿来，专门搜罗斗牛士，就现在。"

"我知道，她们只要年轻的。"

"是呀，"我说，"老的都发胖了。"

"或者像加罗一样疯疯癫癫的。"

"唉，"我说，"这好办，你别告诉他这件事就好了。"

"他真是个好孩子，"蒙托亚说，"他不该搅和到这些杂事里去，而应该跟他自己的人民在一起。"

"你不喝一杯了？"我问。

"不了，"蒙托亚说，"我得离开了。"他出去了。

我下楼，出了门，在拱廊底下绕着广场走了一圈，雨还是没停。我朝"伊鲁涅"咖啡馆里面望了望，没见到他们几个，于是我又绕了一圈，就回到了旅馆。他们都在楼下的餐厅里吃饭呢。

他们已经吃得差不多了，我想赶也赶不上，我也就消消停停地吃我自己的。比尔正在出钱找人给迈克尔擦鞋。但凡有擦鞋的小童打开大门招揽生意，比尔就把他们叫过来给迈克尔擦鞋。

"我的靴子已经被擦了十遍了，这是第十一遍，"迈克尔说，"我说，比尔可真是个笨蛋。"

擦鞋的小童已经把消息给传开了，这时又进来一个。

"Limpia botas?[①] 他对比尔说。

"我不要，"比尔说，"去给这位先生擦吧。"

擦鞋童二话没说，在正在擦着一只靴子的同行旁边跪下来，开始擦迈克尔还没有人擦的靴子，在电灯的照射下它早已经闪闪发亮了。

"比尔实在是太逗了。"迈克尔说。

我正喝着红葡萄酒，被他们远远地落在后头了，这套擦鞋的把戏让我感觉有点不太舒服。我朝四周看了看，旁边桌子上坐的就是佩德罗·罗梅罗。我朝他点头致意，他马上站起来，请我过去认识一下他的朋友。他的桌子就在我们旁边，挨得很近。他的那位朋友是马德里的斗牛评论家，小个子，绷着一张脸。我告诉罗梅罗我是多么喜欢他的表现，他听了高兴极了。我们讲的是西班牙语，那位评论家懂一点法语。我伸手到我们的桌子上拿酒瓶，但那位评论家却拉住了我的胳膊，罗梅罗呵呵一笑。

"和我们一起喝吧。"他用英语说。

他说起英语来非常害羞，不过他似乎由衷地喜欢用这门语言交谈，我们寒暄了几句后，他就提出几个他没把握的词儿向我讨教。他很想知道 Corrida de toros（斗牛）在英语里该怎么说，怎么翻译才是准确的。他对 bull-fight（斗牛）的译法有点疑问。我解释说，bull-fight 在西班牙语里的确切意思是一头 toro 的 lidia。而西班牙语的 Corrida 在英语里的意思是 running of bulls（奔牛，牛群奔跑）——评论家插了句嘴，说法语的说法是 Course de taureaux，西班牙语中没有词儿能跟 bull-fight 对应。

佩德罗·罗梅罗说他在直布罗陀学过一点儿英文。他在龙达出生，龙达在直布罗陀北边不远的地方。他在马拉加的斗牛学校开始学习斗牛，到现在为止，他还只学过三年。那位斗牛评论家取笑他话语间时不时冒出来的马拉加方言。他说他 19 岁了，他哥哥也跟他一起干，做一名投镖手，不过他跟其他几个为罗梅罗打下手的人一起住一家小客栈。他问我看过他几场斗牛。我跟他说，只看过三次。事实上，我只看过两次，不过话已出口，我也不想再多费口舌解释了。

"另外那次你是在哪儿看的？在马德里？"

"没错，"我撒谎道，我曾经在斗牛报上看到过他两次在马德里上场的报道，所以还不至于穿帮。

"是第一次出场还是第二次？"

"第一次。"

"那次我很糟，"他说，"第二次就好些了。你记得吧？"他转而求证于斗牛评论家。

他十分大方，毫不拘束。他谈起他的表演，就像是与自己毫无关系一样。他没有一点自以为是或自吹自擂的意思。

---

① 西班牙语，意为"要擦鞋吗?"

"我很高兴你能喜欢我的斗牛表演，"他说，"可你还没见过我的真功夫呢。明天，要是能碰上一头好牛，我就尽力给你露一手。"

他说这番话的时候微微笑着，希望斗牛评论家跟我都不会认为他在吹牛。

"我真等不及要看呢，"评论家说，"希望我会被明天的事实所说服。"

"他不太喜欢我的斗牛，"罗梅罗转而对我说，他是认真的。

评论家解释道，他非常喜欢罗梅罗的表演，只是他的斗牛技巧到现在为止还没有完全展示出来。

"等着看明天的，如果碰上一头好牛。"

"你看过明天要上场的牛了吗?"评论家问我。

"是的，我看过它们进栏了。"

佩德罗·罗梅罗往前探了探身子。

"你觉得它们怎么样?"

"非常棒，"我说，"大约有 26 阿罗瓦①，犄角很短。你没看见过吗?"

"哦，见着了。"罗梅罗说。

"它们到不了 26 阿罗瓦。"评论家说。

"没错。"罗梅罗说。

"他们头上长的不是犄角，是香蕉。"评论家道。

"你称那个为香蕉?"罗梅罗问。他转向我，微微一笑，"你不会管它们叫香蕉吧?"

"不会，"我说，"不管怎么说，它们仍然是犄角。"

"但它们很短，"佩德罗·罗梅罗说，"真是太短了，不过再怎么说它们也不是香蕉。"

"我说，杰克，"布莱特从邻桌叫我，"你不管我们啦。"

"只是暂时的，"我说，"我们谈一会儿公牛。"

"你可真够神气的。"

"告诉他，公牛都没有角。"迈克尔大喊，他又喝多了。

罗梅罗看着我，充满了疑问。

"他喝多了，"我说，"Borracho! Muy borracho!②"

"也让我们认识一下你的朋友嘛。"布莱特说。她一直目不转睛地盯着佩德罗·罗梅罗看。我问他们俩愿不愿意跟我们一起喝杯咖啡，他们马上都站了起来。罗梅罗的脸因为长期在太阳下而被晒得很黑，他举手投足都彬彬有礼。

我把他们一一给大家做了介绍，他们本想坐下，可是座位不够了，于是我们就都转移到靠墙的大桌子上，继续喝咖啡。迈克尔叫了一瓶芬达多酒，给每个人要了个杯子，然后就开始胡言乱语了。

"跟他说，我觉得书生最没用了，"比尔说，"快点告诉他。跟他说我真耻于当个作家。"

---

① 西班牙重量单位，约等于 11 公斤半。
② 西班牙语，意为"醉了! 酩酊大醉了!"

佩德罗·罗梅罗坐在布莱特身边，正听她说话呢。

"快点说呀，告诉他！"比尔说。

罗梅罗微笑着抬头看了看。

"他是位作家。"我说。

罗梅罗对他肃然起敬。

"另外那位也是。"我指着科恩说。

"他长得像比利亚尔塔，"罗梅罗看着比尔说，"拉斐尔，他是不是很像比利亚尔塔？"

"没觉得。"评论家道。

"真的，"罗梅罗用西班牙语说，"他真的很像比利亚尔塔。那位喝醉了的先生的职业是什么？"

"他没什么事可做。"

"这就是他喝酒的原因吗？"

"不是，他正等着要娶这位女士呢。"

"告诉他牛都没有角！"迈克尔从桌子那头大叫，醉得真够可以的了。

"他说什么？"

"他已经喝多了。"

"杰克，"迈克尔叫道，"快点跟他说，牛都没有角！"

"你听明白了吗？"我说。

"明白了。"

我明知他没明白，所以随他怎么说都没关系。

"告诉他布莱特想亲眼看他穿上那条绿裤子。"

"闭嘴，迈克尔。"

"告诉他布莱特一心就想知道那么紧的裤子到底是怎么穿上去的。"

"闭嘴吧。"

在此期间罗梅罗一直抚弄着手里的酒杯，跟布莱特说话。布莱特说法语，他说西班牙语，还夹带点英语，谈笑风生地边给大家斟满酒。

"告诉他，布莱特一心想钻到他——"

"哦，你给我闭嘴，迈克尔，看在耶稣的分儿上！"

罗梅罗笑吟吟地抬头看了看。"别再说下去了！这个我懂。"他说。

正在这时蒙托亚走进屋来，正想冲我笑笑，可是马上看到了佩德罗·罗梅罗手里拿着一大杯白兰地，笑呵呵地坐在我和一个肩膀袒露的女人中间，和他坐在一起的都是酩酊大醉的人。于是他连头都没点一下。

蒙托亚离开了，迈克尔站起来祝酒。"让我们干杯吧，为……"他开始说道。"为佩德罗·罗梅罗干杯。"我接口说，大家都站了起来。罗梅罗领受了，而且很认真。我们一一碰杯，把酒干了。我有意中间插嘴，是因为怕迈克尔就要明说他根本就不是为罗梅罗祝酒的。不过结果还算顺当，佩德罗·罗梅罗跟大家一一握手告别，然后就跟评论家一起告退了。

"我的天哪！多可爱的男孩，"布莱特说，"我多想看看他是怎么穿上那身衣服的，他得用上个鞋拔子才穿得上吧。"

"我正要跟他说呢，"迈克尔又开始了，"可杰克老是拦着我。你干吗总不让我把话说完呢？你以为你西班牙语讲得比我利索？"

"哦，够了，迈克尔。没人要横插你一杠子。"

"不行，今天我得把话说个清楚，"他又背过身去，"你以为你算老几啊，科恩？你以为你跟我们算是一伙的？你也算是跑出来花天酒地的那种人吗？看在上帝的分儿上，别在这儿聒噪个没完了，科恩！"

"哦，少来了，迈克尔。"科恩说。

"你认为布莱特希望你在这儿吗？你觉得你跟我们算是一路的吗？你干吗不敢张嘴了啊？"

"我在那天晚上就把该说的已经都说过了，迈克尔。"

"我不是你们这堆书生中的一分子。"迈克尔站起来，跟跟跄跄地，靠着桌子站住。"我的头脑并不是多么好使，不过人家不待见我的时候我还是知道的。你怎么就一点眼力见儿都没有呢，科恩？人家都不欢迎你。走吧，你走吧，看在上帝的分儿上，赶快带着你那张惨兮兮的犹太小脸离开我们。你不觉得我说到点子上了吗？"

他看着我们。

"好呀，"我说，"咱们都转移到'伊鲁涅'去吧。"

"不，你不觉得我正说到点子上了？我爱那个女人。"

"哦，别再提这个茬儿了。你消停会儿吧，迈克尔。"布莱特说。

"你不觉得我说到点子上了，杰克？"科恩仍在桌边坐着。当他受到辱骂的时候脸色就会变得很难看。可不知怎么地，他又像是挺享受这个过程的。这些酒后幼稚傻气、大呼小叫的醉话说的可是他跟一位有封号的夫人之间的风流韵事呢。

"杰克，"迈克尔说，他几乎都用喊的语气了，"你知道我说到点子上了。听着，你！"他转向科恩，"走！你给我马上滚开！"

"可我是不会走的，迈克尔。"科恩说。

"那我就来把你给弄走！"迈克尔开始绕着桌子朝他走过去。科恩站起来，把眼镜拿下来。他站在原地等着，脸色还是很难看。他双手低垂，骄傲而又坚决地等着即将到来的攻击，准备为了他心爱的女人和迈克尔进行决斗。

我拽住了迈克尔。"走吧，去咖啡馆，"我说，"你总不能在旅馆里揍他。"

"你说得对！"迈克尔说，"好主意！"

我们起身离开。迈克尔往楼上走，还跌跌撞撞地。这时我回头看见科恩，他正在把眼镜戴回去。比尔坐在桌边，又倒了一杯芬达多。布莱特还坐在原地，目光呆滞，直愣愣地看着前面。

外面的广场上，雨已经停了，月亮挣扎着想从云团里探出头来，有风吹过。有支军乐队正在演奏，人群集中在广场的另一头，烟火专家和他的儿子正在那儿试放烟火热气球。可气球总是猛地向上升去，线路也倾斜得厉害，不是被风扯破，就是被吹到了广场周边的房子上，有些还落在了人群里。随着镁光的一下闪亮，烟火炸开了，在人群中乱蹿。砾石地面太湿了，没人在广场上跳舞。

布莱特也跟比尔一起出来了，我们几个会齐。我们站在人群当中，只见焰火大王堂·曼纽埃尔·奥吉托站在一个小平台上，十分小心地用小棍儿将气球放出去，他站得比大伙儿的脑袋还高，刚好能趁着风向让气球飞起来。可是风把气球都刮了下来，他那些制作繁复的烟火就掉到人群里，在大家的大腿间窜来窜去，噼里啪啦地炸开。在烟火的亮光中堂·曼纽埃尔·奥吉托的脸上大汗淋漓。当又一个发光的纸球倾斜了，着了火，往下掉的时候，大家都一起不停地尖叫。

"他们在取笑堂·曼纽埃尔呢。"比尔说。

"你怎么知道那个人是堂·曼纽埃尔？"布莱说。

"他的名字印在节目单上呢。堂·曼纽埃尔·奥吉托，他是这个城里的烟火制作师。

"照明的气球，"迈克尔说，"照明气球盛大表演。节目单上就是这么说的。"

军队的乐声随着风飘到远方。

"我说，真希望他能放上一个去，"布莱特说，"那个堂·曼纽埃尔都快急死了。"

"我猜他要把这些气球放飞，还得让它们在空中拼出'圣费尔明万岁'，至少要忙活好几个礼拜。"比尔说。

"照明气球，"迈克尔说，"一堆没用的照明气球！"

"我们走吧，"布莱特说，"咱们不能在这儿待着。"

"尊贵的夫人想喝一杯了。"迈克尔说。

"你真是善解人意。"布莱特说。

咖啡馆里拥挤不堪，沸反盈天。没人注意到我们进来，我们也没有成功地找到一张空桌子，咖啡馆里一片闹嚷嚷的声音。

"走吧，咱们还是出去吧。"比尔说。

外面，大家都在拱廊下例行散步。几张桌子旁边散坐着几个从比亚里茨来的英国人和美国人，他们都身穿运动服。有几个女人正拿着长柄眼镜打量过往的人群。比尔有个朋友，来自比亚里茨，已经和我们这一帮混熟了。她跟另一位姑娘住"大饭店"，另外那位姑娘有些头疼，已经回去睡觉了。

"我们来到酒馆了。"迈克尔说。那是米兰酒吧，很小又很简陋吧，这里提供简单的吃食，客人可以在里屋跳舞。我们坐在一张桌子边，让服务员给我们上了一瓶芬达多酒。酒吧里挺冷清的，什么节目都没有。

"这个地方可真是糟糕啊。"比尔说。

"时候太早了。"

"咱们把酒拿上，晚些时候再过来吧。"比尔说，"我可不想在这么个晚上坐在这种鬼地方。"

"咱们去看看那些英国人吧，"迈克尔说，"看英国人让我感觉很有趣。"

"他们糟糕透顶，"比尔说，"他们都是从哪儿冒出来的？"

"他们是从比亚里茨冒出来的，"迈克尔说，"他们来观摩这古怪有趣的小西班牙狂欢节最后一天的活动和氛围。"

"我来狂欢给他们看看。"比尔说。

"你可真是个美貌绝伦的姑娘，"迈克尔转向比尔的朋友，"你是什么时候过来的?"

"正经点,迈克尔。"

"我说,她确实很可爱。我这都是在瞎忙活什么呢?我这都是在瞎看什么呢?你真是个可爱的小东西。咱们之前见过吗?跟比尔和我一起走吧。咱们带那帮英国人看热闹去。"

"我来带路,"比尔说,"他们大老远来到这个狂欢节上,到底想干吗呢?"

"我们走,"迈克尔说,"就咱们仨。咱们领那他们几个看热闹去,这些该死的英国人。你不是英国人吧?我是苏格兰人。我简直对英国人深恶痛绝,我要去给他们点热闹看看。快点走,比尔。"

透过窗户,我们看见他们仨手挽着手朝咖啡馆走去。广场上又放起了烟火弹。

"我就在这儿待着吧。"布莱特说。

"我陪你。"科恩说。

"哦,别!"布莱特说,"看在上帝的分儿上,你别在这儿了。你看不出我想跟杰克说几句话吗?"

"不好意思,"科恩说,"我想在这儿坐着是因为我觉得有点醉了。"

"你这是什么理由?你为什么非得跟人家坐一块儿啊,这算他妈的什么理由呀。你要是醉了,洗洗睡去,回去睡觉去吧。"

"我对他太粗暴了吧?"布莱特说,科恩已经离开了。"我的天哪!我真受不了他!"

"他的确不大能让人高兴起来。"

"他让我压抑得难受。"

"他的行为是够恶劣的。"

"恶劣透顶,他本来可以表现得更好的。"

"他没准儿现在就在门外头等着呢。"

"是,这种事他干得出来。你知道,我很清楚他是怎么想的,他就是对当初那点事儿信以为真了。"

"这我明白。"

"换了谁都不会表现得像他那样糟糕。哦,我对这一套真是烦透了。还有迈克尔,迈克尔也够让人受不了的。"

"这事也够迈克尔受的。"

"没错,可他也没必要跟头猪似的。"

"只要是在某些特定时候,"我说,"谁都会表现得很恶劣。"

"你就不会。"布莱特望着我。

"我会跟迈克尔一样干出蠢事来的。"我说。

"亲爱的,咱们别这样闲扯这些没有意义的东西了。"

"好呀,你喜欢什么咱们就说点什么。"

"别弄得这么难看,你是我唯一的知音,而且我今天晚上觉得烦心极了。"

"你还有迈克尔呢。"

"是呀,还有迈克尔。可他表现得很糟糕,不是吗?"

"好吧,"我说,"科恩整天就这么跟在你屁股后头转悠,看到他老黏着你,迈克尔难受的心情可以想见的。"

"我当然知道这个,亲爱的。求你别再让我觉得比现在还要闹心了。"

布莱特烦躁不安,我以前还从来没见她这样过。她一直躲闪着我的目光,只是朝前看着墙壁。

"我们一起出去散散步吧?"

"好,走吧。"

我把芬达多的酒瓶塞好,递给了酒保。

"咱们再喝一杯,"布莱特说,"我的状态糟透了。"

我们每人又喝了一杯这种柔和的西班牙产的白兰地。

"走吧。"布莱特说。

我们一出门,就看见科恩从拱廊下走了出来。

"他当真没离开。"布莱特说。

"他是真离不了你。"

"真是可悲啊!"

"我不可怜他,我恨他。"

"我也恨他,"她打了个寒战,"他恨他这种该死的逆来顺受。

我们手挽着手,沿着条边街走下去,远离热闹的人群和广场上的灯火。街上又暗又湿,我们一路朝城边的城垒走去,经过几家小酒店。灯光从店门里照出来,洒在黑暗、被雨淋湿的街上,突然间还有乐声响起。

"想进去坐坐吗?"

"不了。"

草地湿漉漉的,我们穿过它,攀上城垒的石墙。我在石头上铺了张报纸让布莱特坐下。穿过面前的平原,我们能看到远处的群山。风在高处吹着,驱赶着白云掠过月亮。我们底下是城垒漆黑的坑道。在我们身后,树木和大教堂的阴影洒在地面上,月光清晰地映衬出城市的剪影。

"别难过。"我说。

"我觉得就像在地狱里,"布莱特说,"咱们安静一会儿。"

我们望向平原。长长的树行在月光下黑黢黢的,盘山公路上有辆车闪烁着车灯,山顶上古堡里射出灯光,远远的,但我们还能够看得见。左下方是河,因为下雨水涨得很高。河面平静漆黑,两岸的树林也黑漆漆一片。我们就这么坐着,静静地观望。布莱特往前面看着,突然她打了个寒战。

"感觉有点冷。"

"我们回去吗?"

"我们走公园里那条路吧。"

我们从城垒上爬下来。天气又变阴了,公园里的树下非常暗。

"你还爱我吗,杰克?"

"爱。"我说。

"因为我无可救药。"布莱特说。

"这话是怎么说的?"

"我已经无可救药了,我疯狂地迷上了罗梅罗那个男孩,我想我是爱上他了。"

"如果换做是我,我绝不会这么做。"

"我控制不了,我无可救药,我心里面七上八下的。"

"别这么做。"

"我控制不了。不管是什么事,我从来就控制不了自己。"

"你应该结束掉你对他的迷恋。"

"我怎么能到此为止?我怎么能止得住?你能感觉出来吗?"

她的手哆嗦个没完。

"我浑身上下都是这样。"

"你不该这么做。"

"我控制不了,现在我反正是无可救药了。你看不出有什么不同吗?"

"看不出。"

"我一定得行动了,我一定得去做件我真正想做的事了。我已经无自尊可言了。"

"你其实没有任何理由这么做。"

"哦,亲爱的,别跟我别扭了。那个该死的犹太人整天缠着我,迈克尔又是那副德性,我怎么受得了?"

"这也的确是事实。"

"我也不能一天到晚都醉着呀。"

"是呀。"

"哦,亲爱的,求你留在我身边。求你留在我身边,帮我熬过这一关。"

"我一定会的。"

"我也知道这么做不对,可我只能这么做。上帝知道,我从都没觉得自己这么贱过。"

"你想要我怎么做?"

"走,"布莱特说,"咱们找罗梅罗去。"

我们一起在夜影中走过公园的砾石路,走在树下,然后走出树木的荫蔽,穿过大门,来到进城的街道上。

佩德罗·罗梅罗在咖啡馆里,他跟其他几个斗牛士和斗牛评论家坐在一张桌子上,他们都在抽雪茄。我们进来的时候,他们都抬头看了看。罗梅罗面带微笑,向我们鞠躬致意。我们坐在了屋子中间的一张桌子边上。

"我们邀请他和我们一起喝一杯吧。"

"别忙,他自己会过来的。"

"我总是盯着他。"

"他看起来可真帅。"我说。

"我一直都任性得很,想干什么就干什么。"

"我知道。"

"我觉得自己真贱。"

"得了吧。"我说。

"我的天哪!"布莱特说,"女人得经受多少考验呀。"

"真的吗?"

"哦,我觉得自己真是贱呀。"

我看着他们那张桌子,佩德罗·罗梅罗面带微笑,他跟同桌的几个人说了句什么,然后就朝我们这边走来。我站起来,我们俩握了握手。

"不来一杯?"

"你们一定得陪我喝一杯,"他说。他用眼神征得布莱特的允许后方才落座,他真是彬彬有礼。可他还在抽他的雪茄,这跟他的脸相很相称。

"你喜欢抽雪茄?"我问。

"哦,是的。我一直都喜欢抽雪茄。"

抽烟让他显得更老成和气派些。我留神看他的皮肤,干净、平滑,并且还是健康的黝黑色。他颧骨上有个三角形的疤痕。我发现他在注视布莱特。他觉得他跟布莱特之间有着某种默契。布莱特同他握手的时候,他想必就已经感觉到了这种气场。可是他非常谨慎小心,我想他其实已经胸有成竹,可他不想出任何差错。

"你明天会上场表演吧?"我说。

"没错,"他说,"你们听说阿尔加贝诺今天在马德里受伤了吗?"

"还没,"我说,"严重吗?"

他摇摇头。

"没什么,伤在这儿了。"他伸出手来。布莱特伸手将他的手指一一掰开。

"哦!"他用英语说,"你懂得算命吗?"

"有时候吧,你介意吗?"

"不,我喜欢,"他把手在桌上摊平,"告诉我我会永生,还能成为百万富翁。"

他仍旧很有礼貌,可他变得更加自信。"说说看,"他说,"你在我手上看出我命中与牛纠缠吗?"

他开心地大笑。他的手非常细巧,手腕很细。

"很多牛啊,成千上万头。"布莱特说。她现在一点都不紧张了,这时的她看起来很可爱。

"好,"罗梅罗呵呵一笑,"一头值一千杜罗①,"他跟我用西班牙语说。"再多说点。"

"这只手好漂亮,"布莱特说,"我想他会健康长寿的。"

"直接跟我说,别跟你朋友说。"

"我说你会健康长寿的。"

"我就知道,"罗梅罗说,"我会永远长生的。"

我用指尖轻扣了下桌面,罗梅罗看见了,他摇了摇头。

"不,没必要那么做,牛是我最好的朋友。"

---

① 西班牙银币,等于5比塞塔。

我把这话翻译给布莱特听。

"你杀自己的朋友?"她问。

"一贯如此,"他笑着用英语说,"不然它们就会杀死我了。"他望着对面的布莱特。

"你英语说的挺不错的嘛。"

"是的,"他说,"有时候说得还行。不过我不能让任何人知道,要不然会很不像话,一个斗牛士竟然讲英语。"

"为什么不能让别人知道?"布莱特问。

"会很不像话,大家会很不喜欢,现在还没到时机。"

"为什么?"

"他们会很不喜欢,说英语的话就不像斗牛士了。"

"那斗牛士应该是个什么样子?"

他哈哈一笑,把帽子往下一拉,盖住了眼睛。他把嘴里叼着的雪茄和脸上的表情都调整了一下。

"你看那边坐着的那个人,"他说,我朝他说的那边瞥了一下。他模仿纳西翁那尔的表情简直太像了。他微微一笑,又恢复了之前的表情。"不行,我必须得把英语忘掉。"

"现在先别忘。"布莱特说。

"不能忘?"

"别忘。"

"那就听你的吧。"

他又呵呵一笑。

"我想要一顶那样的帽子。"布莱特说。

"没问题,我给你弄一顶去。"

"好,你可别食言。"

"一定,今晚就给你弄到。"

我起身,罗梅罗也站了起来。

"你先待在这里吧,"我说,"我得去把我那几个朋友带过来。"

他朝我使了个眼色,这是最后的一眼,这是在试探我是否明白这其中的含义,我完全明白。

"你坐着,"布莱特对他说,"你得教教我说西班牙语。"

他坐下,望着桌子对面的她。我出去了,斗牛士那桌上的几个人目送我出门,但是目光冷冷的,这让我感到很不舒服。等我二十分钟后再次回来,四处看看时,布莱特和佩德罗·罗梅罗已经不在了,咖啡杯和我们喝白兰地用过的三个空杯子还在桌上放着。一个服务生拿着块抹布走过来,收拾起杯子,把桌子擦干净。

第十七章

我在米兰酒吧外头找到了比尔、迈克尔和埃德娜，那姑娘叫埃德娜。

"我们被轰出来了。"埃德娜说。

"是警察干的，"迈克尔说，"里面有些人不喜欢我们。"

"他们有四次差点跟人家打起来，都是我阻止的，"埃德娜说，"你可一定要帮帮我。"

比尔的脸色通红。

"你进去，埃德娜，"他说，"到酒吧里去，跟迈克尔跳舞。"

"别说傻话了，"埃德娜说，"那只会再闹出场事故来。"

"那帮该死的比亚里茨猪猡。"比尔说。

"走啊，"迈克尔说，"这里只是众多酒馆中的一家。他们也不能把整个酒馆都给霸占了吧。"

"好样的老迈克尔，"比尔说，"那帮该死的英国猪猡跑到这儿来侮辱迈克尔，还想把狂欢节都给毁了。"

"他们真是无赖，"迈克尔说，"我对英国人从来都是厌恶的。"

"他们可不能侮辱迈克尔，"比尔说，"迈克尔是个好伙计。他们就是不能侮辱迈克尔，我受不了这个，他就算是破了产又怎么了？"他的声音有些哽咽。

"这又怎么了？"迈克尔说，"我不在乎，杰克不在乎，你在乎吗？"

"不，"埃德娜说，"你破产了？"

"当然，这对你来说没什么，是吧，比尔？"

比尔伸出胳膊搂住迈克尔的肩膀。

"如果我也破产了就好了，好好给这帮杂种点颜色看看。"

"他们不过是些英国人，"迈克尔说，"没有人会傻得在乎英国人的胡言乱语。"

"这些肮脏的猪猡，"比尔说，"我这就去把他们都清理出去。"

"比尔，"埃德娜看着我，"拜托你别去捣乱了，比尔。他们实在是蠢极了。"

"就是，"迈克尔说，"他们蠢透了，我知道他们是些什么货色。"

"他们怎么能说那样的话来侮辱迈克尔呢？"比尔说。

"难道你认识他们吗？"我问迈克尔。

"不，我们从来就没见过面，但他们居然说认识我。"

"我可受不了了。"比尔说。

"算了，咱们还是去'瑞士'咖啡馆吧。"我说。

"他们是埃德娜的一帮朋友，来自比亚里茨。"比尔说。

"他们就是一群笨蛋。"埃德娜说。

"其中一个是查利·布莱克曼，来自芝加哥。"比尔说。

"我从没去过芝加哥。"迈克尔说。

埃德娜忍不住笑意，乐得笑个不停。

"把我从这儿带走，"她说，"你们这帮破落户。"

"事情是怎么引起来的？"我问埃德娜，我们穿过广场朝"瑞士"咖啡馆走去，但是比尔消失了。

"我也不知道事情的起因到底是什么，只是有个人把警察叫了来，然后把迈克尔从里屋给轰出来了。有几个人好像在戛纳就认识迈克尔吧，迈克尔到底怎么了？"

"他也许是欠了他们钱吧，"我说，"只要一与钱有关，就容易结梁子。"

广场上的售票亭前面有两队人在等着买票。有坐在椅子上的，也有蜷缩在地上的，身上裹着毛毯和报纸。他们是连夜在售票窗口等着，好在早上开放能够买到斗牛的票子。夜色正在放晴，月亮显出了她的面容。等票的人有的已经睡着了。

来到瑞士咖啡馆，我们刚坐下，叫了芬达多酒，罗伯特·科恩就冒出来了。

"布莱特呢？"他问。

"那谁知道啊。"

"她不是跟你在一起吗？"

"也许她回去休息了。"

"她没有。"

"我真的不知道她在哪儿。"

他的脸色在灯光下又成了蜡黄色，他站起身来。

"快点告诉我她去了哪里。"

"给我坐下，"我说，"我不知道她在哪儿。"

"你不知道才怪！"

"你给我闭嘴。"

"告诉我布莱特在哪儿。"

"无可奉告。"

"她现在所在的位置你是知道的。"

"就算知道我也不告诉你。"

"哦，去你娘的吧，科恩，"迈克尔从桌子那头叫道，"布莱特跟那个斗牛的小子正在度蜜月呢。"

"你胡说。"

"哦，去你妈的！"迈克尔说，看上去没什么精神。

"她真跟那个小子跑了？"科恩转而问我。

"去你娘的！"

"她刚刚是跟你在一起的，她真跟那个小子跑了？"

"你滚开！"

"我这就让你乖乖告诉我，"他向前一步，"你个该死的龟孙子。"

我一拳打去，他避开了，我眼看着他的脸在灯光下闪到一边。他给了我一拳，我一屁股坐在了人行道上。我正要站起来的时候，他又给了我两拳，我仰面倒在一张桌子底下。我努力想站起来，可是我的腿好像已经没有知觉了。我觉得我必须站起来还他一拳。迈克尔想扶我起来，这时有人往我头上浇了一瓶水。迈克尔用一只胳膊搂住我，然后我发现自己坐在了一把椅子上，迈克尔正拽着我的耳朵。

"我说，你刚才昏过去了。"迈克尔说。

"你他妈刚才在干吗呢?"

"哦，就在边上呀。"

"你就不想掺和?"

"他把迈克尔也给揍倒了。"埃德娜说。

"他没把我揍晕，"迈克尔说，"我不过在地上躺着，一时无法动弹罢了。"

"你们在狂欢节里每晚都来这么一出吗?"埃德娜问，"刚才那个不是科恩先生吗?"

"我不要紧了，"我说，"就是脑袋还有点晕。"

旁边围了几个服务生和一帮闲人在看热闹。

"Vaya①!"迈克尔说，"走开，离这儿远点。"

几个服务生把人给驱散了。

"这阵势还真值得观赏，"埃德娜说，"他肯定是个拳击手吧?"

"说得没错。"

"要是比尔也在场就好了，"埃德娜说，"我真想看看他把比尔打倒在地上的样子呢。我一直都想看看那到底是什么样子，他那么大块头。"

"我还希望他能把那个服务生也打翻在地，"迈克尔说，"然后把他给抓起来。我真想看着罗伯特·科恩先生给关进大牢呢。"

"别这么说。"我说。

"哦，不会吧，"埃德娜说，"你开玩笑的吧。"

"我是认真的，"迈克尔说，"我可不是那种心甘情愿挨揍的家伙，我甚至从不跟人这样玩。"

迈克尔喝了一口酒。

"你知道我从来就对打猎没有兴趣，但凡打猎就有被压在马肚子底下的危险。你觉得怎么样了，杰克?"

"没事了。"

"你人可真好，"埃德娜对迈克尔说，"你当真破产了?"

"我是个不折不扣的破落户，"迈克尔说，"我欠了每个人的债，已经不知道有多少了。你不欠人家债吗?"

"多了去了。"

"我欠了很多人的债，"迈克尔说，"今晚我还借了蒙托亚100比塞塔。"

"这事干得真糟糕。"我说。

"我会还的，"迈克尔说，"我不是欠债不还的人。"

"正因此你才成了个破落户，对不对?"埃德娜说。

我站起身。他们俩的交谈像是从老远的地方传来，我像在观赏一出糟糕的戏剧表演。

---

① 西班牙语，意为"走，走开!"

"我要回去了。"我说。然后我就听见他们谈论起了我。

"他没事吧?"埃德娜问。

"我们最好和他一起走吧。"

"我没事,"我说,"不用陪我,咱们回见。"

我走了出去,他俩还在桌边坐着。我回头看了看他们和其余的空桌子,有个服务员正双手托着脑袋坐在一张桌子边上。

穿过广场往宾馆走去的路上,一切看起来都很新鲜,像是变了样。我以前从没见过这些树,也从来没见过这些旗杆,还有剧院的门面,看起来全都变了样。我记得从前有一次到城外打过一次橄榄球,回家的时候有过这种感觉。我拎着一个手提箱,里面装着我的橄榄球装备,我从城里的火车站走上在回家的路上,觉得自打我一出生就居住的这个城市,一切都是我全然陌生的。有人拿耙子在耙草坪上的落叶,在道上把落叶给烧了,我停下来看了好长时间。一切都很新奇。然后我继续朝前走,感觉我的两只脚像是不听我使唤了,周围的一切都像是从大老远慢慢过来的,我能听到从远处传来的我的脚步声。比赛一开始,我的脑袋就给人踢了一脚。穿过广场这段路的感觉就跟当年一个样,到了旅馆爬楼梯的时候感觉还是那样。爬那段楼梯费了我好大的工夫,而且我觉得手里好像还拎着那个手提箱。房间里有灯光,比尔从房里出来,在走道上迎住我。

"我说,"他说,"上去看看科恩吧。他状态不太好,嚷嚷着要找你呢。"

"去他妈的。"

"去吧,上去看看他。"

我可不想再爬一段楼梯了。

"你怎么这么看着我?"

"我没看你,你上去看看科恩去吧。他情况糟透了。"

"你刚刚喝醉了。"我说。

"我现在还没清醒呢,"比尔说,"不过你还是上去看看科恩吧,他想见你呢。"

"那好吧。"我说。不过就是多爬几级楼梯罢了,我拎着子虚乌有的手提箱上楼来,沿着走道来到科恩的房间。房门关着,我敲了敲门。

"谁?"

"巴恩斯。"

"请进,杰克。"

我开门进了屋,把我的手提箱搁下。房间里一片漆黑,科恩就趴在床上。

"你好啊,杰克。"

"别叫我杰克。"

我站在门边,我那次回家也是今天这样。眼下我最需要的就是洗个热水澡,满满一缸的热水,我躺进去。

"你们屋的浴室呢?"我问。

科恩在哭。他就这副德性,脸朝下趴在床上哭。

他穿了件之前在普林斯顿穿过的那种白色马球衫。

"我很抱歉,杰克。求你原谅我。"

"原谅你？去你娘的。"

"求你原谅我，杰克。"

我没说话，就靠门站在那里。

"我疯了，你应该明白当时的状况。"

"哦，没关系了。"

"布莱特的事我实在是受不了。"

"你骂我是龟孙子。"

其实我并不在乎，我当时唯一在乎的就只是洗个热水澡而已，只想在满满一缸热水里洗个热水澡。

"我知道，求你大人不记小人过。当时我真的是疯了。"

"别放在心上。"

他还在哭，哭声很有意思。他就这么在黑暗中，穿着他的白短衫，在床上趴着。那是他的马球衫。

"我决定了，明天一早就走。"

他在无声地哭泣。

"布莱特的事我实在是受不了，我这一阵就像是在地狱里，杰克，活生生就在地狱里。我在这儿跟她见面以后，布莱特待我就像是十足的陌路人，我实在是无法忍受。在圣塞瓦斯蒂安的时候，我们同居过呀。我想这事儿你也知道，我再也无法忍受了。"

他就这样在床上趴着。

"好了，"我说，"我要去洗个澡了。"

"你本来是我唯一的朋友，我原本是那么爱布莱特。"

"好了，"我说，"明天见。"

"我看一切都结束了，"他说，"我什么都没有了。"

"你说什么？"

"所有的一切，请你说一声你宽恕我了，杰克。"

"当然，"我说，"没关系了。"

"我感觉很闹心，我最近就像在地狱里一样饱受折磨，杰克。现在一切都完了，所有的一切。"

"好了，"我说，"再见。我得走了。"

他翻了个身，在床沿上坐起来，然后站起身。

"晚安，杰克，"他说，"你愿意跟我握握手吗？"

"当然，为什么不呢？"

我们握了握手。在黑地里，他的脸有些模糊。

"就这样吧，"我说，"明儿见。"

"我明天早上就离开了。"

"哦，我忘了。"我说。

我从他房间里出来。比尔在门口站着。

"你没事吧，杰克？"他问。

"哦，没事，"我说，"我挺好的。"

过了一会儿我才找到浴室，里面有个很深的石头浴缸。我把水龙头打开，可是没有水。我在浴缸沿上坐下，等我站起来准备走时，我发现我已经把鞋子给脱了。我又开始到处找我的鞋子，找到后我也没穿，就拎着鞋子下了楼。我摸索着找到自己的房间，开门进去，脱了衣服倒头就睡。

我醒来时头很痛，街上正有乐队经过。我记起曾许诺要带埃德娜去看奔牛过街和进场的。我穿上衣服，下楼，来到清晨冷冽的街头。大家正穿过广场，急匆匆地奔向斗牛场。广场对面，售票亭前头那两队人还在，他们还在等着七点钟开窗售票。我匆匆来到对街的咖啡馆。服务生告诉我，我的几个朋友来过这儿，不过已经走了。

"他们有几个人来这儿了？"

"两位先生和一位小姐。"

这就没问题了，比尔和迈克尔跟埃德娜在一块儿呢。昨晚是担心他们俩会醉得不省人事，早上起不来床，所以我才保证要带她去的。我把咖啡喝掉，然后就跟其他人一起，匆忙朝斗牛场奔去。我现在脑袋不晕了，只是头痛得厉害。周围的一切看起来既鲜明又清晰，清晨的气息充满整个城市。

从城边到斗牛场的那段路由于下雨变得很泥泞。通往斗牛场的栅栏外头一路都是人，人都挤满了斗牛场外部的看台和屋顶。我听到了信号弹发射升空，然后爆炸了，于是知道我已经看不上奔牛入场的场景了。于是我就挤过人群来到栅栏边，我被紧紧地挤压在栅栏的板条上。警察正在两道栅栏拦起来的跑道上沿路清理人群，让他们离远一点。他们进入斗牛场，有的慢走着，有的则一路小跑。然后就出现了奔跑的人群。一个醉汉摔倒在地上，两个警察赶紧抱住他，把他拖出跑道，一直拖到栅栏边上。现在人群跑得飞快了。人群中突然一声大叫，我把脑袋从板条的间隙伸进去，看到牛群刚刚跑出街道，进入这条长长的跑道。它们跑得飞快，眼看就要赶上人群了。正在这时，又一个醉汉从栅栏边跑进跑道，手里抓了件衬衫，他是想跟公牛玩玩红斗篷的把戏呢。那两个警察冲上前去，扭住他的脖领子，其中一位还把他打了一棍子，然后拽到栅栏边紧贴着栅栏站好，一直到最后几个人奔过去，后面紧跟着的奔牛也过去才算完。奔牛前面的那帮人实在是太多，在通过入口进入斗牛场的当口人群都拥在了一起，速度也慢了下来，可后面的奔牛已经赶到，笨重的公牛腰际溅满泥点，摇晃着犄角轰隆隆地一起向前跑，一头公牛往前一顶，犄角挑中了人群中一个人的背部，把他整个人给挑到了空中。牛角扎入的时候，那个人的两条胳膊耷拉着，头向后仰去，那头牛把他给挑起来，然后又摔到地下。那头牛正要去挑跑在前头的另一个人时，那人混入了人群，人群在牛群的追赶之下穿过大门，拥进了斗牛场。红色的大门应声关闭，斗牛场外部看台上的人都朝里挤去，发出一阵又一阵呼喊声。

被牛抵伤的那个人趴在被踩得稀烂的泥泞中，脸朝下。大家从栅栏顶上翻过去，纷纷围在他周围，太多人围着，我都看不到他了。斗牛场内又传来阵阵喊叫声，每一声喊叫都意味着又有牛冲入了人群。从喊叫声的高低强弱，你就可以判断出情况糟糕到了什么程度。然后又一个烟花弹升空，这就说明犍牛已经将公牛引出斗牛场，进入了牛栏。我离开栅栏，准备回去了。

回到城里，我又去了咖啡馆，喝了第二杯咖啡，吃了一点抹黄油的吐司。服务生正在扫地，擦着桌子。一个服务员走过来，看我还要点什么。

"圈牛的时候有没有出什么意外?"他向我打听。

"我没看完，有个人被抵伤了，好像伤得很严重。"

"伤到哪儿了?"

"这儿。"我把一只手放在后腰，另一只手摆在前胸，表示牛角想必是整个穿透了。服务生点了点头，拿抹布把桌上的面包屑擦干净。

"这么严重的伤啊，"他说，"全都是为了消遣，全都是为了取乐。"

他去把长柄的咖啡壶和牛奶壶给我拿来，然后开始给我倒牛奶和咖啡。他拿了两个长嘴壶，分别装着牛奶和咖啡，然后两种饮品从壶中流出，分成两股，倒在了大咖啡杯里。服务生点了点头。

"把后背都扎透了，伤得这么重。"他说。他把两个壶都放在桌子上，坐在桌边的椅子上。"这么重的抵伤，只不过为了好玩。您是怎么看待这件事情的?"

"我不知道。"

"就这么回事，全都是为了好玩。"

"听你这么说，你不是什么斗牛迷吧?"

"您说我吗? 牛是什么? 是畜生，而且是残暴的畜生。"他站起来，把一只手按在后腰上。"整个扎透了，被牛犄角扎透脊背。只是为了好玩——您得明白。"

他摇着头，拿着咖啡壶走开了。有两个人正走过咖啡店门口，那位服务生喊他们。两人都面色阴沉，其中一个摇了摇头。"死了!"他叫道。

服务生点了点头。那两个人继续朝前走了，他们还有其他的事情要做。服务生又回到我的桌子旁边。

"您听见了? 死了，给牛角扎穿而死，都是为了一早晨的开心。可真是太荒谬了!"

"是很糟糕。"

"我可看不出来，"服务生说，"我不明白这有什么好玩的。"

那一天晚些时候，我们知道了那个被牛抵死的人叫维森特·吉罗内斯，来自塔法利亚①。我们又从第二天的报纸上获悉，他今年才28岁，有一个农场，并且有了自己的家庭。自打结婚以后，他每年都来参加狂欢节，一年都不落。第二天他妻子从塔法利亚赶来守灵，第三天在圣费尔明礼拜堂举行了超度仪式，棺材就由塔法利亚舞蹈和饮酒协会的会员抬往火车站。鼓手在前面开路，横笛吹奏着哀乐，孤儿寡母就跟在棺材的后面……再后面，潘普洛纳、埃斯特里亚、塔法利亚和桑圭萨哆所有能赶来过夜，参加葬礼的舞蹈和饮酒协会会员，都自觉地列队跟随着。棺材被装到了列车的行李车厢，而寡妇和两个孩子三人则坐在一节敞篷的三等车厢里面。列车猛一哆嗦，然后就平稳地开出，绕着高岗边缘逐级下坡，驶入风吹麦浪的平原地

---

① 在潘普洛纳南。

带，朝塔法利亚开去。

那抵死维森特·吉罗内斯的罪魁祸首名叫"黑嘴"，是桑切斯·塔韦尔诺养牛场公牛，编号为118，当天下午作为第三头公牛被佩德罗·罗梅罗杀死。在观众的欢呼声中，牛耳被割下来献给佩德罗·罗梅罗，他又转而献给了布莱特，布莱特用我的一条手帕把牛耳包起来，与几截穆拉蒂牌的香烟蒂一起，塞进了潘普洛纳蒙托亚宾馆——她床头柜抽屉的最里边。

我回到旅馆，见夜班看守坐在大门里面的凳子上。他整夜都守在门口，已经困得睁不开眼了。我进门的时候他站了起来。和我一起进去的还有三个女服务员。她们是一大早跑到斗牛场去看早场的，现在一路嘻嘻哈哈地朝楼上走去。我随后上了楼，来到自己的房间，脱掉鞋子在床上躺下。窗户是开向阳台的，阳光已经把房间照得很亮了。我并无睡意，我上床的时候应该有三点半了，六点的时候我被乐队的声音吵醒了。我下巴两边都很疼，我用手指摸了摸。那个科恩，真是该死啊。他第一次遭人侮辱就该奋起把侮辱他的人揍一顿，然后离开。他竟然那么坚定地认为自己是布莱特的真爱。他就打算一直待下去，以为真爱会战胜一切。这时有人敲门。

"请进。"

敲门的是比尔和迈克尔，他们两人在床上坐下。

"圈牛啊，"比尔说，"真是够棒的。"

"我说，你没在现场?"迈克尔问，"打铃叫点啤酒上来，比尔。"

"这个早上真刺激!"比尔抹了抹脸说，"我的天哪!真是一个刺激的早上啊!而老杰克却在这儿躺着，老杰克，成了人体沙袋。"

"里面出了什么事没有?"

"上帝!"比尔说，"你说发生了什么，迈克尔?"

"牛群奔进来，"迈克尔说，"大家就在牛群前面跑，有位老兄绊了一跤，带倒了一大片。"

"牛群就径直踩了过去。"比尔说。

"我听到他们的叫喊声了。"

"那是埃德娜。"比尔说。

"不断有人从人群里跑出来，挥舞着衬衫当斗篷耍。"

"有头公牛沿着围栏一路跑过去，见人就用牛角攻击。"

"有二十几个人都被送医院了，"迈克尔说。

"多带劲儿的早上!"比尔说，"多管闲事的警察不断逮捕那帮想投身牛犄角底下自杀的哥儿们。"

"犍牛最终还是把公牛引进了牛栏里。"迈克尔说。

"用了大约一个钟头。"比尔说。

"其实只用了大约一刻钟时间。"迈克尔纠正比尔的说法。

"哦，去你娘的，"比尔说，"你是上过战场的，我倒觉得足有两个半钟头呢。"

"怎么还没把啤酒送上来?"迈克尔问。

"那位可爱的埃德娜呢，你们把她怎么样了?"

"我们刚把她送回家，她睡下了。"

"她有兴趣吗？"

"那是一定的。我们告诉她，每天早上都这样。"

"她惊叹不已。"迈克尔说。

"她想把我们也拉到场子底下去呢，"比尔说，"她可喜欢刺激了。"

"我说，这对我的债主们可不公道。"迈克尔说。

"多带劲儿的早上，"比尔说，"晚上也会同样如此！"

"你的下巴怎么样了，杰克？"迈克尔问。

"还疼呢。"我说。

比尔哈哈大笑。

"你干吗不把椅子搬起来砸他？"

"你说得倒轻巧，"迈克尔说，"你当时若在场，他也早把你给打晕过去了。我都没看清楚当时是什么情况，不知道他是怎么打我的。我只觉得他刚刚还在我眼前呢，一转眼工夫，我已经一屁股坐在大街上了，杰克更是躺到桌子底下去了。"

"可是后来他去哪儿了？"我问。

"她可来了，"迈克尔说，"这位美丽的女士终于把啤酒给我们拿来了。"

女服务员把放啤酒瓶和玻璃杯的托盘放在桌子上。

"再去给我们拿三瓶上来。"迈克尔说。

"科恩和我动手以后去哪了？"我问比尔。

"你竟然不知道？"迈克尔忙着开啤酒瓶。他拿起一个玻璃杯，凑近瓶口把酒倒出来。

"真的假的？"比尔问。

"唉，他回到旅馆，在斗牛小子的房间里把他跟布莱特逮了个正着，然后就把那个可怜又该死的斗牛士残忍地杀害了。"

"不。"

"千真万确。"

"多带劲儿的晚上！"比尔说。

"他差一点就杀了他。然后科恩就想带布莱特走，我猜他想跟她确定关系吧。多他妈感人的场景啊。"

迈克尔这是在自嘲："他一死，就不用还钱了。"

他咕咚一声灌了一大口啤酒。

"他就是个十足的大笨蛋。"

"后来呢？"

"布莱特教训了他，把他大骂了一通。我觉得她可真是好样的。"

"那当然。"比尔说。

"然后科恩人就崩溃了，开始痛哭流涕，一心想跟斗牛的小子握手言和。他还想跟布莱特握握手。"

"我知道，他跟我已经握过手了。"

"真的？可他们俩才不吃他这套呢。斗牛的小子真是有种。他没啰唆，可他被打倒后每次都爬起来，接着再被打倒。科恩就是没办法把他给打晕过去，那场景肯定特别有趣。"

"这些你都是从哪儿得知的?"

"布莱特告诉我的,我今天早上见到她了。"

"最后怎么收场的?"

"那斗牛的小子像是坐在床上。他已经被打倒了大约十五回了,可他还不肯认输。布莱特按着他,不让他起来。他已经没什么力气了,可布莱特还是按不住他,他又爬了起来。然后科恩说他不愿再打他了,说他下不了手了,说再这么打下去未免就太不近人情了。于是那斗牛的小子挣扎着摇摇晃晃朝他走过去,科恩给一直逼到背靠墙面。"

"这么说你不想揍我了?"

"对,科恩说,我耻于再这么干了。"

"于是斗牛的小子攒足全身的力气朝他脸上狠狠地揍了一拳,然后就跌坐在地板上,再也爬不起来了。科恩想扶着他到床上去。他却说,要是科恩扶着他,他就把他给宰了,而且要是科恩今天上午不离开这儿,他无论如何也还是要宰了他。科恩就哭了,布莱特早就骂过他一顿了,他还想跟他们握手言和呢。这个我之前提到过。"

"把下面的也都说完。"比尔说。

"斗牛的小子像是一直在地板上坐着积攒力气,想站起来再揍科恩一次。布莱特压根不肯跟他握什么手,科恩就哭天抹泪地跟她说他是多么爱她,她就让他住嘴。然后科恩就弯下腰想跟斗牛的小子握手。绝无冒犯之意,你知道。完全是为了求他宽恕。可斗牛的小子又一拳打在他脸上。"

"真是好样的。"比尔说。

"这次科恩可真的是被他打垮了,"迈克尔说,"你知道,在我看来,科恩以后可能再也不想揍人了。"

"你什么时候见的布莱特?"

"今天早上,她来拿点东西,她正在照顾罗梅罗这小子呢。"

他又倒了一杯啤酒。

"布莱特很难过,不过她喜欢照顾人,当初我们也是这么结识的。她当时就是在照顾我。"

"这个我知道。"我说。

"我真是有点醉过头了,"迈克尔说,"我想我会一直这么醉着。这事真是滑稽啊,可是不大让人开心,不大让我开心。"

他把啤酒给干了。

"我把布莱特给教训了一顿,你知道。我说,她要是老喜欢跟犹太人和斗牛士这类人厮混,她肯定会倒霉的,"他弯下腰,"我说,杰克,你那瓶也归我了,行不行?她会再给你拿一瓶的。"

"自己拿吧,"我说,"反正我也不太想喝。"

迈克尔正起着酒瓶。"你帮我开一下行不行?"我压一下铁丝钩扣,把瓶盖打开,给他倒了一杯。

"你知道,"迈克尔继续说,"布莱特原来可是个好样的,以前一直是这样。我因为她跟犹太人和斗牛士,还有所有这些下三滥乱来关系,痛骂了她一顿。你知道她是怎么说的吗?她说:'是呀,我跟那位英国贵族的日子过得可真叫幸福啊!'"

他又喝了一口。

"这话说得够劲儿。阿什利,就是给了她一个贵族头衔的那个家伙,是个航海家,第九代从男爵①。他出海回到家的时候不肯睡在床上,总是叫布莱特睡在地板上。最后他变得实在是坏透了,经常说要宰了她。她睡觉的时候总是带着把子弹上膛的左轮手枪,等他睡着了以后布莱特才敢偷偷把子弹给取出来。她从来就没过过幸福的生活,布莱特。这也真他妈的是种耻辱。她是多么喜欢享受生活啊。"

他站起身,手颤抖着。

"我要回房间去了,尽量争取能睡一会儿。"

他冲我们笑了笑。

"被这场狂欢节给闹的,我们有太长时间没有睡觉了。我打算从现在开始,好好睡个够。不能睡好觉真是一件糟糕透顶的事,弄得人神经紧张。"

迈克尔显然醉得太厉害,连酒瓶都打不开了。

"咱们中午在'伊鲁涅'咖啡馆见。"比尔说。

迈克尔出了门。我们听得到他在隔壁的动静。

他打了铃,女服务员上来,敲了敲门。

"给我拿半打啤酒和一瓶芬达多酒来。"迈克尔对她说。

"好的,少爷。"

"我得回去休息了,"比尔说,"老迈克尔真是可怜啊,昨晚我还为了他跟别人大闹了一场呢。"

"在哪儿?在那个米兰酒吧?"

"是呀,有个家伙好像曾在戛纳给布莱特和迈克尔还债,那家伙可真是太卑鄙了。"

"这事我知道。"

"当时我可不知道,谁都没权利那样侮辱迈克尔。"

"事情坏就坏在这上头。"

"他们没有任何权利,我毫不希望他们有任何相关的权利。我回屋了,睡觉去。"

"斗牛场里有人被牛角抵死吗?"

"应该没有吧,就是受了重伤。"

"外头的跑道上有个人被抵死了。"

"是吗?"比尔说。

---

① 低于男爵的爵位,通常授予平民。这是英国世袭爵位的最低级。

第十八章

中午的时候，我们在咖啡馆里见了面。咖啡馆里人头攒动，我们吃着小虾，喝着啤酒。城里也人山人海，每条街道都挤得水泄不通。大汽车不断地开到，停在广场周围，他们都是从比亚里茨和圣塞瓦斯蒂安来的。汽车送来前来观看斗牛的观众。旅游车也到了，有一辆车里坐着二十五名英籍妇女。她们坐在这辆白色的大汽车里，用望远镜观赏这里的节日风光。跳舞的人大都喝得烂醉如泥。这是这次狂欢节的最后一天了。

参加节日活动的人们把整个小城挤得水泄不通，但汽车和旅游车的车边却围着一圈圈观光者。等汽车上的人都下来了，他们便被整个人群所吞没了。你要想再见到他们，便只能在咖啡馆的桌子边，或者是在拥挤不堪的穿着黑色外衣的农民中间，他们的运动服显得特别与众不同。节日洪流甚至淹没了从比亚里茨来的英国人，以至于你如果不紧靠一张桌子边走过，就根本看不到他们。街上不停地有乐声响起，鼓声和笛声，这两种不同音色的乐器声交织在空气中。在咖啡馆，人们双手紧抓住桌子，或者互相紧挨着，扯着嗓子唱歌。

"布莱特来了。"比尔说。

我一看，只见她正高高地昂着头，穿过广场上的人群走来，似乎这次节日狂欢是为了对她表示敬意才举行的，她感到又自得，却又显得好笑。

"喂，朋友们！"她说，"嗨，我口渴得厉害。"

"再来一大杯啤酒。"比尔对服务员说。

"要吃点小虾吗？"

"科恩离开了？"布莱特问。

"是的，"比尔说，"他雇了一辆汽车。"

啤酒送来了，布莱特伸手去端玻璃杯，她的手在发抖。她自己也对此有所察觉，微微一笑，便俯身喝了一大口。

"好酒。"

"这酒非常好，"我说。我正为迈克尔而感到惴惴不安，我想他根本没有休息。他大概一直在喝酒，但是现状表明他似乎仍有一些自控力。

"我听说科恩把你打伤了，是吗，杰克？"布莱特说。

"没有，只是把我打昏过去了。别的没啥。"

"我说，他把佩德罗·罗梅罗打伤了，"布莱特说，"伤得很重。"

"他现在怎么样？"

"他就会好的，但他不愿意离开房间。"

"他伤得很严重吗？"

"非常糟糕，他实在伤得不轻。我跟他说，我想出来溜达一下，看看你们。"

"他还要继续表演吗？"

"当然。如果你愿意的话，我想同你一起去。"

"你男朋友怎么样啦？"迈克尔问。布莱特刚才说的话他什么都没听见。"布莱特与一个斗牛士勾搭上了，"他说，"她还有个姓科恩的犹太人，可他结果表现得糟透了。"

布莱特站起身来。

"我不想再听你这样胡言乱语了，迈克尔。"

"你男朋友怎么样啦？"

"好得很哩，"布莱特说，"等着看他下午精彩的表现吧。"

"布莱特和一个斗牛士搞上了，"迈克尔说，"一个长得还挺帅气的该死的斗牛士。"

"你能陪我走回去吗？我想和你谈谈，杰克。"

"把你那斗牛士的事儿都对他说吧，"迈克尔说，"哼，让你那斗牛士见鬼去吧！"他把桌子一掀，于是桌上所有的啤酒杯和虾碟都被掀翻在地上，全都摔了个粉碎。

"走吧，"布莱特说，"我们离开这里。"

我们挤在人群中间穿过广场的时候，我说："情况怎么样？"

"吃完午饭，一直到他上场之前，我不准备见他，他的随从们要来给他上装。他说，他们非常生我的气。"布莱特满面春风，她很开心。太阳出来了，把整个世界照得亮堂堂的。"我觉得自己已经完全不是原来的自己了，"布莱特说，"这你肯定无法想象，杰克。"

"你需要我干什么？"

"没什么要紧事，我就是想叫你陪我看斗牛去。"

"来这吃午饭吗？"

"不，我跟他一块儿吃。"

我们停在了旅馆门口的拱廊下，他们正往拱廊下面摆桌子。

"去公园逛逛？"布莱特问，"我还不想回房间，我看他在睡觉。"

我们路过剧院，出了广场，一直穿过市集上临时搭的棚子，随着人流在两行售货亭中间走着。我们走上一条通向萨拉萨特步行街的横街，我们能看见一群在步行街桑拿部的人，全是些穿着时髦的人，他们绕着公园那一头散步。

"我们别去那边，"布莱特说，"现在我不愿意别人盯着我。"

我们在阳光下站着。海上刮来乌云，刚刚下过雨，天气很热，可是很舒服。

"我希望风停下来，"布莱特说，"刮风对他很不利。"

"我也希望这样。"

"他说牛都不错。"

"是都很棒。"

"那是圣福明礼拜堂吧？"

布莱特望着礼拜堂的黄墙。

"是的，周末的游行就是从这里出发的。"

"我们进去看看吧。可以吗？我想为他祈祷。"

我们走进一扇包着皮革的门，它虽然很厚实，但却很容易推开。礼拜堂里很暗，许多人在做祷告。等眼睛适应了幽暗的光线，你就能够看清他们。我们跪在一条木制长凳前。过了一会儿，我发觉布莱特在我旁边挺直了腰板，看见她的眼睛眨也不眨地望着前面。

"走吧，"她悄悄说，声音有些嘶哑，"我们离开这里吧。这里让我的神经好紧张。"

到了外面，在灼热阳光照耀下的大街上，布莱特抬头凝视随风摇曳的树梢。祈祷似乎没什么用。

"我不明白，教堂里的气氛为什么总这么紧张，"布莱特说，"祈祷对我来说毫无意义。"

我们一路往前走。

"我与宗教气氛是格格不入的，"布莱特说，"我的脸形似乎不太对劲。"

"你知道，"布莱特又说，"我根本不替他担心，我只是为他感到幸福。"

"这挺好。"

"但是我盼望别再刮风了。"

"五点钟左右风势往往会减弱。"

"但愿如此。"

"你可以祈祷嘛。"我笑着说。

"这对我没有意义，祈祷从未给我带来好处。你从中受益过吗？"

"哦，有过。"

"瞎说，"布莱特说，"不过对某些人来说可能还是有作用的。你看来也不怎么虔诚嘛，杰克。"

"我很虔诚。"

"胡说，"布莱特说，"你现在不要来鼓捣别人信教了。今天看来有可能是一个倒霉的日子。"

自从她和科恩出走之日起，我还是头一次看到她恢复到之前那么自由自在、无忧无虑的样子。我们回到旅馆门前。这时，所有的桌子都摆好了，已经有人坐在几张桌子旁开始吃饭了。

"你留意一下迈克尔，"布莱特说，"别让他做太过火的事。"

"你的朋友们已经上楼了。"德国籍的服务员总管用英语说，他总是喜欢偷听别人说话。布莱特朝他说："太谢谢了，还有什么要说的吗？"

"没有了，夫人。"

"好的，"布莱特说。

"给我们留一张三个人坐的桌子。"我对那个德国人说。他长得贼眉鼠眼的，内里透红的脸上出现了笑容。"夫人在这儿用餐？"

"不。"布莱特说。

"这样的话双人桌就行了。"

"别跟他闲扯了，"布莱特上楼的时候说，"迈克尔的情绪似乎很不好。"在楼梯上，我们遇见了蒙托亚。他鞠躬致意，但脸上一点笑意也没有。

"我们在咖啡馆里再见吧，"布莱特说，"太感谢你了，杰克。"

我们走上房间所在那一层楼。她顺着走廊，直接就去了罗梅罗的房间。她没有敲门，直接推开门进去，随手把门关上了。

我站在迈克尔的房门前，敲了敲门，没人应答。我拧拧门把手，门开了。房间里乱七八糟的，所有的手提包都被打开，衣服也被扔得到处都是。床边有几个空酒瓶，迈克尔躺在床上，脸庞就像是他死后翻制的石膏模型，他睁开眼睛看着我。

"你好，杰克，"他慢条斯理地说，"我想稍微睡一觉，好长时间了，我总……想……睡一小……会儿觉。"

"我给你把被子盖上吧。"

"不用，我不冷。"

"你别走，我还没……没……睡……着过呢。"他又说。

"你会睡着的，迈克尔。放宽心，老弟。"

"布莱特与一个斗牛士勾搭上了，"迈克尔说，"可是她那个犹太人倒是不缠她了。"

他转过头来看着我。

"天大的好事，对吧？"

"你说得没错。现在你快睡吧，迈克尔。你该休息了。"

"我这……就睡。我要……睡一小……会儿觉。"

他闭上眼睛，我出去了，并且把门轻轻地带上。比尔在我房间里看报。

"看见迈克尔啦？"

"嗯。"

"那我们去吃饭吧。"

"这里有个德国服务员总管，我不愿意在楼下吃。我领迈克尔上楼的时候，他的表现让我很反感。"

"我们也是受到他的这种待遇。"

"我们出去到大街上吃去。"

我们下楼，在楼梯上我们遇见了一名上楼的女服务员，她端了一个蒙着餐巾的托盘。

"那是给布莱特吃的饭。"比尔说。

"还有那位斗牛的小伙子的。"我说。

门外拱廊下的露台上，德国服务员总管走过来。他那红扑扑的两颊闪着亮光，这次他很客气。

"我给你们两位先生留了一张双人桌。"他说。

"你自己去坐吧，"比尔说。我们一直走出去，穿过马路。

我们走进广场边一条小巷里，到一家餐厅吃饭。这餐厅里都是男性客人，屋里烟雾弥漫，人们都在喝酒唱歌。这里的饭菜很好，酒也好。我们基本没说话，后来我们到咖啡馆去观看狂欢活动的高潮时刻。布莱特吃完饭马上就来了，她说她曾到迈克尔的房间里看了一下，他已经睡着了。

当狂欢活动达到高潮并转移到斗牛场的时候，我们和人群一起到了那里。布莱特坐在第一排，隔开了我和比尔。看台和场子四周那道红色栅栏之间，有一条狭窄的通道，就在我们的下面。我们背后的混凝土看台已经坐满了观众。前边，红色栅栏外面铺着黄澄澄的沙子，场地被碾得平展展的。雨后的场地看来有点泞，但是太阳一出来就将它晒干了，变得又坚实、又平整。随从和斗牛场的工役扛着装有斗牛用的斗篷和红巾的柳条篮走下通道。沾有血迹的斗篷和红巾被叠得整整齐齐地，安放在柳条篮里。随从们打开笨重的皮剑鞘，把剑鞘靠在栅栏上，露出一束裹着红布的剑柄。他们抖开一块块有紫黑血迹的红色法兰绒，套上短棍，把它张开，以方便斗牛士握住挥舞。布莱特仔细看着这一切，这一行玩意儿的细枝末节吸引了她的注意力。

"他的每件斗篷和每块红巾上都印着他的名字，"她说，"为什么称这些红色法兰绒为 muleta① 呢？"

"这我不清楚。"

"不知道这些东西有没有被清洗过。"

"我觉得是没洗过的，因为一洗可能要掉色。"

"染上血迹后，法兰绒会发硬，"比尔说。

"真奇怪，"布莱特说，"人们竟毫不在意上面的血迹。"

随从们正在下面狭窄的通道上安排着上场前的一切准备工作。看台上座无虚席，看台上方，所有的包厢也满了，只有主席的包厢还有空座。等主席一入场，斗牛表演便会开始。在场子里平整的沙地对面，斗牛士们站在通向牛栏的高大的门洞子里说着话，他们胳臂裹在斗篷里，等待着信号，信号一发，他们就列队入场。布莱特拿着望远镜观看他们。

"给，你想看看吗？"

我从望远镜里看出去，看到那三位斗牛士，罗梅罗站在中间，左右两边分别是贝尔蒙蒂和马西亚尔。背后是他们的助手，短枪手的后面，我看到长矛手站在通道和牛栏空地上。罗梅罗身穿一套黑色斗牛服，他的三角帽往下拉得很低扣在眼睛上。我看不清他帽子下面的脸，但是看来有很多伤痕。他的两眼直愣愣地望着前方。马西亚尔把香烟藏在手心里，小心翼翼地抽着。贝尔蒙蒂朝前望着，面孔蜡黄，没有一丝血色，长长的狼下巴向外撅着。他目光茫然，仿佛什么都没看见。他们看起来和别人都完全不同。他们茕茕孑立。主席入场了，我们上面的大看台上传来鼓掌声，我就把望远镜递给布莱特。一阵鼓掌，乐队奏起音乐。布莱特拿着望远镜看。

"给，你拿去看吧。"她说。

在望远镜里，我看见贝尔蒙蒂在跟罗梅罗说话。马西亚尔挺了挺腰杆，扔掉香烟，于是这三位斗牛士双目直视着前方，雄赳赳气昂昂，空手入场了。整个队列跟在他们后面，进了场向两边展开，全体正步走，每个人都一只手拿着卷起的斗篷，另一只空手也同样摆动着。接着出场的是举着长矛，像带枪骑兵般的长矛手。最后，

---

① 西班牙语，意为"拐杖"。

两行骡子和斗牛场的工役压轴出场。斗牛士们一手按住头上的帽子，在主席的包厢前弯腰鞠躬，然后向我们下面的栅栏走来。佩德罗·罗梅罗脱下他那件沉甸甸的金线织锦斗篷，递给他的随从。他对随从说了几句话。这时罗梅罗就在离我们不远。我们看见他嘴唇肿起，两眼充血，脸庞青肿。随从接过斗篷，抬头看看布莱特，便走到这里，递上斗篷。

"把它摊开，放在你的前面，"我说。

布莱特向前倾了倾身子。斗篷用金线绣制，沉重而挺括。随从回头看看，摇摇头，好像有话要说。坐在我旁边的一个男人向布莱特侧过身子。

"他让你别摊开斗篷，"他说，"你把它折好，放在膝上。"

布莱特又把沉重的斗篷折了起来。

罗梅罗朝我们这边看，他正和贝尔蒙蒂说话。贝尔蒙蒂已经把他的礼服斗篷给他的朋友们送去了。他朝他们望去，笑笑。他的笑容很像是狼，只是张张嘴，但是脸上毫无笑意。罗梅罗趴在栅栏上要水罐。随从拿来水罐，罗梅罗往斗牛用的斗篷的细布里子上倒水，然后用穿平跟鞋的脚在沙地上蹭斗篷的下摆。

"为什么这么做？"布莱特问。

"这样能让斗篷重一点儿，不让风吹得飘起来。"

"他脸色很不好。"比尔说。

"他自己也感觉不太舒服，"布莱特说，"他应该在床上休息的。"

第一头牛由贝尔蒙蒂来对付。贝尔蒙蒂技艺高超，但是因为他一场有 3 万比塞塔收入，加上人们排了整整一夜队来买票看他表演，所以观众对他的期望特别高。贝尔蒙蒂表演的魅力在于他和牛的近距离。在斗牛中，有所谓"公牛地带"和"斗牛士地带"之说。斗牛士只要处在"斗牛士地带"，就比较安全。每当他进入"公牛地带"，他就面临着极大的危险。在贝尔蒙蒂的黄金时期，他总是在"公牛地带"表演。这样，他就给人一种感觉，似乎即将发生悲剧。人们去看斗牛是为了去看贝尔蒙蒂，为了去感受悲剧性的激情，或许是为了去看贝尔蒙蒂之死。十五年前有一个说法，如果你想看贝尔蒙蒂，那你得趁他还活着的时候去。那个时候以来，他已经杀死了一千多头牛。他退隐之后，传奇性的流言开始扩散，说他的斗牛如何奇妙，他后来重返斗牛场，公众大失所望，因为没有一个凡人能像传说中的贝尔蒙蒂一样，能够那样靠近公牛，当然啦，即使贝尔蒙蒂本人也做不到。

此外，贝尔蒙蒂提出了种种条件，坚决要求牛的个头不能太大，牛角不能太尖让人觉得太危险。正因为这样，即将发生悲剧的感觉不在了，因为它所必需的因素消失了。而观众呢，却要求长了瘘管的贝尔蒙蒂去完成比他过去难三倍的任务，现在不免觉得失望，于是贝尔蒙蒂的下巴由于屈辱而撅得更出，脸色变得更黄。由于越来越严重的疼痛，他的行动越发地艰难，最后观众干脆以行动来反对他。他呢，完全对此视而不见。他原以为今天是他的好日子，但迎接他的，却是整个下午的嘲笑和高声地辱骂，最后，坐垫、面包片和瓜菜一齐飞向当年他曾取得莫大胜利的场地，落在他的身上。他只是更加高抬他的下巴。有时候，观众的叫骂不堪入耳，他会拉长下巴，龇牙咧嘴地一笑，而每个动作都会带给他越发剧烈的痛苦，到最后，他那发黄的脸变成了羊皮纸的颜色。等他杀死了第二头牛，面包和坐垫也扔完了，他撅出狼下巴，带着他那一贯的笑容和鄙视的目光向主席致礼，把他的剑递到栅栏后面，让人擦干净后放回剑鞘。他这才走进通道，倚在我们座位下面的栅栏上，趴在胳臂上，对所有的一切视而不见，充耳不闻，只顾忍受痛苦的折磨。最后他抬头要了点水，他咽了几口，漱漱嘴，吐掉，拿起斗篷，又走回斗牛场。

观众因反对贝尔蒙蒂，所以就偏向罗梅罗。他一离开看台前的栅栏向牛走去，观众就为他鼓掌欢呼起来。贝尔蒙蒂也在看他，虽然他表面上一直装作不看。他没有把马西亚尔放在心上，他对马西亚尔的了解很透彻。他是为了和马西亚尔一比高低，才重返斗牛场的，并对这场比赛早已胜券在握。他想要同马西亚尔以及其他衰落时期的斗牛明星比一比，他知道只要他一出现在斗牛场上，衰落时期的斗牛士那套虚张声势的技艺，就会在他扎实的斗牛功底面前黯然失色。他这次退隐后重返斗牛场的美好计划被罗梅罗破坏了。罗梅罗的动作总是那么自如、稳健，并且优美。而贝尔蒙蒂，如今只偶尔才能使自己做到这一点。观众感觉到了，甚至从比亚里茨来的人也感觉到了，最后连美国大使都看出来了。贝尔蒙蒂真不愿参加这场竞赛，因为他的结果只能是让牛抵成重伤或者死去。贝尔蒙蒂没有体力支撑他坚持下去，他在斗牛场的黄金时期已经过去，他觉得这种高潮大概不会再有了。时过境迁，现在生命只能闪现出星星点点的火花了。他还有几分旧时斗牛的风采，但是还有什么用呢，因为当他走下汽车，倚在他一位养牛朋友的牧场的围栏上审视牛群，挑选几头温顺的公牛时，这就已经提前使他的风采打了个折扣。他挑的两头牛个头和牛角都很小，容易驯服，但当他感到风采重现的时候——在经常缠身的病痛中闪现出一丁点儿，而就这么一丁点儿，也是事先打了折扣而提供的——他并不感到痛快。的确，这是当年的那种风采，但是再也不能使他在斗牛中得到乐趣了。

佩德罗·罗梅罗具有这种了不起的风采。他热爱斗牛，在我看来，他真的很喜欢牛；在我看来，也真的爱布莱特。那天整个下午，他把他表演斗牛的地点，他的一招一式，全都控制在布莱特座位的前面。他在整个表演过程中没有抬头看过她。这样他表演得就更出色了，不仅是为了她表演，也是为了他自己。因为他没有抬头用目光探询对方是否满意，所以只是全神贯注地为自己而表演，这让他充满了力量，然而，他这样做也是为了她。但是，并没有为了她而让自己的风采有所减退。那天整个下午，他因此而显得非常突出。

他第一次出场把公牛引开的表演就在我们座位的下面。公牛每向骑马长矛手发动一次冲击，三位斗牛士就轮番上去对付公牛。贝尔蒙蒂是第一个，马西亚尔排在第二位，最后轮到罗梅罗。他们三人都站在马的左侧。长矛手把帽子压在眼眉上，把长矛直指着公牛，用靴刺夹住了马腹，左手握着僵绳，骑着马向公牛赶去。公牛朝他那边看，表面上它在看那匹白马，但实际上它看的是长矛的三角形钢尖。罗梅罗注视着，发现公牛有掉头的趋势。它看起来似乎并不想冲击。罗梅罗就轻轻抖抖斗篷，斗篷的红色吸引了牛的视线。公牛出于条件反射，就冲过来，结果发现它面前并不是红色的斗篷在抖动，只不过是一匹白马，还有一个人从马背上向前弯着腰，把山胡桃木长矛的钢尖扎进公牛肩部的肉峰，然后以长矛为枢轴，把马朝一旁赶，在牛身上划出一处伤口，把钢尖深深扎入牛的肩部，使它流血，为贝尔蒙蒂再上场做准备。

受伤的公牛没有坚持，它并没有攻击那匹马的欲望。它转过身去，和骑马的长矛手分开了，罗梅罗就用斗篷把它引开，轻柔而稳健，然后站住了，和牛面对面站着，向牛伸出斗篷。公牛竖起尾巴直冲向他，罗梅罗在牛面前摆动双臂，一动不动地旋转斗篷。湿润的，因蘸着泥沙而加重了分量的斗篷张开，犹如鼓满了风的风帆，罗梅罗就当着牛的面张着斗篷就地转动身子。一个回合结束，他们又面对面看着对方。罗梅罗面带笑容，公牛又要来较量一番。于是罗梅罗的斗篷又朝不同的方向迎风张开。每次他和牛极近距离地擦身而过，以至于人、牛和在牛面前鼓着风旋转着的斗篷，共同构成为一组轮廓鲜明的群像。罗梅罗的动作是那么缓慢，那么有节制，似乎他只是轻轻摇动公牛，慢慢哄它入睡。他把这套动作做了四遍半，他便转身向鼓掌的方向走去，一只手按在臀部，胳臂上挎着斗篷，公牛瞅着他的背影，渐行渐远。

他和自己的那两头牛较量时，表演得十分完美。他的第一头牛视力不佳，用斗篷玩弄它两个回合之后，罗梅罗确切知道它的视力受损到什么程度，他就据此行动起来。这场斗牛不够精彩，只不过是完美的表演罢了。观众要求换一头牛，他们大闹起来。和一头看不清作诱导的斗篷的牛是斗不出什么名堂来的，但是主席不同意。

"为什么不换呢？"布莱特问。

"他们已经为它付了钱，他们不愿意承受这白白的损失。"

"这样对罗梅罗未免不公平吧。"

"你仔细看看他怎样对付一头看不清颜色的牛。"

"这样的事儿我没兴趣。"

如果为斗牛的人一直操心的话，看斗牛就不再那么有趣了。碰上这头既看不清斗篷的颜色，也看不清猩红法兰绒巾的公牛，罗梅罗只好以自己的身体同它保持协调。他不得不靠得那么近，让牛能够看清他，向他冲过来，他然后把牛的攻击目标引向那块法兰绒巾，以传统的方式结束这一回合。从比亚里茨来的观众并不不喜欢这种方式的表演。他们以为罗梅罗胆怯了，所以每当他把牛的攻击从他的身躯引向法兰绒巾的时候，他朝旁边跨一小步。他们宁可看贝尔蒙蒂模仿他自己从前的架势，或者马西亚尔模仿贝尔蒙蒂的架势。在我们后面就坐着这么三个从比亚里茨来的人。

"他干吗怕这头牛呢？这头牛笨得只能乖乖地跟在红巾后面走。"

"他只不过是个毛头小子，本领还不够纯熟。"

"过去他要斗篷倒是很不错的。"

"或许是因为他现在感到紧张了。"

在斗牛场正中，只有罗梅罗一个人，他还在继续着他的表演。他靠得那么近，让牛可以看得很清楚，他把身子凑上去，再凑近一点儿，牛还是没有反应。等到近得让牛觉得能攻击到他了，再把身子迎上去，最后逗引牛扑过来，接着，等牛角快触及他的时候，他轻轻地，几乎不被人察觉地一抖红巾，牛就随着过去了，这动作激起了比亚里茨斗牛行家们的一阵刻薄的责备。

"他就要下手了，"我对布莱特说，"牛的力气还没耗尽，它不想把力气全都用完。"

在斗牛场中央，罗梅罗半面朝着我们，面对着公牛，从红巾褶缝里抽出短剑，踮起脚，目光顺着剑刃朝下瞄准。随着罗梅罗准备前刺，牛也同时扑了过来。罗梅罗左手的红巾蒙住公牛的眼睛，随着短剑刺进牛身，他的左肩插进两只牛角之间。刹那间，人和牛的形象成为一体了，罗梅罗耸立在公牛的上方，右臂高高伸起，伸到插在牛两肩之间的剑的柄上。接着人和牛分开了。罗梅罗身子微微一晃，闪了开去，他随即在牛的对面稳住身体，举起一只手，他的衬衣袖子从腋下撕裂了，白布片随风摇摆。红色剑柄死死地插在公牛的双肩之间，牛的脑袋往下沉，四腿瘫软。

"它马上就不行了。"比尔说。

罗梅罗离牛很近，所以牛看得见他。他仍然高举着一只手，对牛说着话儿。牛挣扎了一下，然后头朝前一冲，身子慢慢地倒下去，突然四脚朝天，倒在了地上。

有人把那把剑递给罗梅罗，他把剑刃朝下拿着，另一只手拿着法兰绒红巾，走到主席包厢的前面，鞠了一躬，然后直起身子，走到栅栏边，把剑和红巾递给别人。

"这头牛真差劲。"随从说。

"它弄得我出了一身汗。"罗梅罗说，他擦掉脸上的汗水。随从递给他一个水罐，罗梅罗抹了下嘴唇，用水罐喝水使他感到嘴唇疼痛。他还是不抬头看我们。

马西亚尔这天的表演很成功。一直到罗梅罗的最后一头牛上场，观众还在对他鼓掌。这头就是在早晨跑牛的时候冲出来抵死了一个人的那个罪魁祸首。

罗梅罗同第一头牛较量的时候，他那受伤的脸庞非常显眼。他每个动作都让脸上的伤痕显露出来。同这头视力不佳的公牛费力而又细心地周旋时，精神的高度集中使他的伤痕完全暴露在观众面前。和科恩这一仗并没有挫伤他的锐气，但是让他的面容有些损伤，伤了他的身体。现在他正在消除这一切影响。和这第二头牛交锋的每一个动作都能消除这种影响。这是一头好牛，身躯庞大，犄角锐利，不论转身还是袭击都很灵活精准。它正是罗梅罗向往的那种牛。

当他做完了耍红巾的动作，准备要把牛杀死的时候，观众要他继续表演一番，他们不愿意这头牛就被这样杀死，他们并不想这场斗牛就此结束。罗梅罗接着表演，好像是一场斗牛的示范教程。他展示了全部的动作，一气呵成，完整、缓慢、精练，不要花招，不故弄玄虚，不拖泥带水。每到一个回合的高潮，你的心会突然紧张得难以呼吸，观众希望这场斗牛永远不要结束。

公牛叉开四条腿等待被杀，罗梅罗就在我们座位的下面场内把牛杀死。他用自己喜欢的方式刺死这头牛，不像杀死上一头牛时那样，当时实在是因为无可奈何。他侧着脸，站在公牛正对面，从红巾的褶缝里抽出宝剑，目光顺着剑锋瞄准。公牛紧盯着他。罗梅罗对牛说着话，把一只脚在地上轻轻一叩。牛扑上来了，罗梅罗等它扑来，放低红巾，双脚站定，目光继续标准着。接着他一动不动，他就和牛成为一个整体了，宝剑刺进牛耸起的两肩之间，公牛刚才紧跟着在下面舞动的法兰绒红巾，随着罗梅罗朝左边一让，收起红巾，这就结束了。公牛还想往前迈步，但它已经开始站不稳了，身子左右摇晃，愣了一下，然后双膝跪倒在地上，于是罗梅罗的哥哥从牛身后俯身向前，朝牛角根的脖颈处插入一把短刀。第一次他没有刺准。他再次把刀插进去，牛随即倒下，抽搐了一下，随后就僵住不动了。罗梅罗的哥哥一只手握住牛角，另一只手拿着刀，抬头望着主席的包厢。全场的观众挥动手帕，主席从包厢往下看着，也挥舞他的手帕。那哥哥从死牛身上割下带豁口的黑色耳朵，快步走到罗梅罗身边。笨重的黑公牛躺在沙地上，吐出舌头。孩子们一窝蜂地从场子的四面八方向牛跑去，在牛的身边围成一个小圈子，他们开始围着公牛跳起舞来。

罗梅罗从他哥哥手里接过牛耳朵，高高举起，向主席示意。主席弯腰致意，罗梅罗赶在人群的前头向我们跑来。他靠在围栏上，探身向上把牛耳朵递给布莱特，他笑着点点头。大伙儿把他团团围住。布莱特把斗篷向下递给他。

"你喜欢吗？"罗梅罗喊道。

布莱特没有回答，他们相视而笑，布莱特拿着牛耳朵。

"别沾上血，"罗梅罗咧嘴笑着说。观众需要他，有几个孩子向布莱特欢呼。人群中有孩子、舞者，还有醉汉。罗梅罗转身使劲挤过人群。他们把他团团围住，想把他举起来，扛在他们的肩上。他抵挡着挣出身来，穿过人群，向出口处跑去。他不愿意让人扛在肩上。但是他们抓住了他，把他举起来。能看出他可够难受的，他两腿叉开，身上钻心地痛。大家扛着他，都向大门跑去。他一只手搭在一个人的肩上。他回头看了我们一眼，表示歉意。人群跑着扛他走出大门。

我们三人一起步行回旅馆。布莱特上楼去了，比尔和我坐在楼下餐厅里，吃了几个煮鸡蛋，喝了几瓶啤酒。贝尔蒙蒂已经换上平时的装束，从楼上下来，他的经理和两个男人也和他在一起，他们在邻桌坐下吃饭。贝尔蒙蒂吃得很少，他们要乘七点钟的火车到巴塞罗那去。贝尔蒙蒂身穿蓝条衬衫和深色套装，吃着溏心鸡蛋。其他人吃了好几道菜。贝尔蒙蒂并不主动插话，他只回答别人的问题。

看完斗牛后，比尔感觉很累了，我也是。我们俩都在全神贯注地看斗牛。我们坐着吃鸡蛋，我注视着贝尔蒙蒂和跟他同桌的人。那几个人长得很粗犷，但是一本正经的。

"到咖啡馆去吧，"比尔说，"我想喝杯苦艾酒。"

这是狂欢节的最后一天。外面又开始阴下来了，广场上全是拥挤的人群，烟火技师正在安装夜里用的烟火装置，并用山毛榉树枝把它们全部盖上，孩子们在看热闹。我们经过带有长竹竿的烟火的发射架。咖啡馆外面聚着一大群人，乐队吹打出美妙的音乐，人们仍在跳舞。巨人模型和侏儒从门前经过。

"埃德娜在哪里啊？"我问比尔。

"不清楚。"

我们关注着节日狂欢的最后一晚。喝了点苦艾酒，一切都显得更加美好了。我没有加糖，直接用滴杯喝酒，味道苦得很可口。

"我为科恩感到难受，"比尔说，"他过的日子可真糟糕。"

"哼，让科恩见鬼去吧，"我说，"你觉得他去那里干什么？"

"应该回巴黎了吧。"

"你觉得他干什么去了？"

"哼，让他去死吧。"

"你认为他干什么去了？"

"可能又去找过去的情人了吧。"

"那是谁？"

"一个名叫弗朗西斯的女人。"

我们又要了一杯苦艾酒。

"你打算什么时候回去？"我问。

"明天。"

过了一会儿，比尔说："呃，这次节日很不错。"

"说得没错"我说，"没有一天停下来。"

"你不会相信，真像是做了一场噩梦。"

"真的，"我说，"我毫不怀疑，连噩梦我都相信。"

"怎么啦？不高兴了？"

"我心情很糟糕。"

"再喝一杯苦艾酒吧。过来，服务员！给这位先生再来一杯苦艾酒。"

"我很难受。"我说。

"喝点酒，"比尔说，"慢慢喝。"

天色渐渐暗了下来，节日活动还在继续。我觉得有点醉了，但是我的心情并没有任何好转。

"你觉得怎么样？"

"很糟糕。"

"再来一杯？"

"没用的。"

"试试看吧，你也许想不到，也许这一杯就奏效呢。喂，服务员！给这位先生再来一杯！"

我并不把酒滴进水里，而是直接在酒里掺进了水，然后搅拌起来。比尔在里面放进一块冰，我用一把小勺在这浅褐色混浊的混合物里搅动冰块。

"味道怎么样？"

"很好。"

"慢点喝，不然你会吐的。"

我放下杯子，我本来就没打算喝那么快。

"我喝多了。"

"也许该醉了。"

"你就是想叫我醉吧，是不是？"

"当然，喝醉吧，这样就不闷了。"

"得了，我已经喝醉了。你的目的不是达到了吗？"

"坐下。"

"我不想坐了，"我说，"我要到旅馆去了。"

我醉得很厉害，我以前从没这样醉过。我回到旅馆走上楼去。布莱特的房门开着，我往里面探了探头。迈克尔坐在床上，他摇晃着一个酒瓶子。

"杰克,"他说,"进来,杰克。"

我进屋坐下。我要是不盯着一个固定的地方看,就感到房间在旋转。

"布莱特,你知道的。她跟着那个斗牛的小子跑了。"

"不可能吧。"

"他们离开了,她想和你告别。他们乘七点钟的火车走的。"

"他们真离开了?"

"这么做很不好,"迈克尔说,"她不该这么做。"

"你说得没错。"

"喝一杯吗?我打铃找人拿些啤酒来。"

"我已经醉了,"我说,"我要进屋去躺下了。"

"你醉得不行了?我也不行了。"

"是的,"我说,"我醉得不行了。"

"那么回见吧,"迈克尔说,"去休息一会儿,好杰克。"

我出了迈克尔的房门,走进自己的房间,躺在床上。我感觉床在往前飘,我在床上坐起来,盯住墙壁,好让自己感觉舒服点。外面广场上狂欢活动还在继续,我觉得没有什么意思了。后来比尔和迈克尔进来叫我下楼和他们一起吃饭,我假装睡着了。

"他睡着了,还是让他睡吧。"

"他已经醉得不省人事了。"迈克尔说。他们走了出去。

我起床,走到阳台上,眺望在广场上跳舞的人们。我已经不再觉得眩晕了,一切都非常清晰和明亮,只是边缘有点模糊不清。我洗了脸,梳了头发,我都不认识镜子里的自己了。然后我下楼到餐厅去。

"他来了!"比尔说,"杰克,好小子!我知道你还不至于醉得起不来。"

"嗨,你这个老酒鬼。"迈克尔说。

"我饿得醒过来了。"

"喝点汤吧,"比尔说。我们三个人坐在桌子边,但感觉好像少了五六个人似的。

第十九章

到了早晨,一切都结束了。我在九点左右的时候醒了,洗了个澡,穿上衣服,下楼。广场上重新变得空荡荡的,街道上也没有人。几个小孩在捡烟花爆炸后落在广场上的火杆。咖啡厅刚刚开始营业,服务员们正在把舒适的柳编椅子搬出来,放在大理石桌面的桌子旁边。他们正在打扫街道,还用水龙头洗刷。

我在一张柳条椅里舒舒服服地坐着,向后靠着。服务员悠闲地走过来。牛群放出笼的告示和大张的加班火车时刻表还在拱廊的柱子上贴着。一名扎蓝色围裙的服务员拎着一桶水,拿着一块抹布走出来,开始动手撕告示,把纸一条条地扯下来,把粘在石柱上的残纸擦掉。这次狂欢节结束了。

我坐在那里喝了一杯咖啡，过了没多久比尔来了，我看着他一路穿过广场走到这里，在桌子边坐下，也点了一杯咖啡。

"现在好了，"他说"一切都结束啦！"

"没错，"我说"你打算去哪里？"

"不知道，我们要是能弄到一辆车就再好不过了。你不打算回巴黎吗？"

"不回，我还能再待一周，我想去圣塞瓦斯蒂安。"

"我想回去了。"

"迈克尔的计划是什么？"

"他打算去圣让德吕兹。"

"我们雇辆车，一起开到巴荣纳再各走各的路吧。今儿晚上你可以从那儿上火车。"

"好，我们吃完饭就走。"

"就这么定了，我这就去雇车。"

我们吃完午饭，付了钱。蒙托亚没有到我们这里来，账单是一个女服务员拿过来的。车子已经在外面等我们了。司机把旅行包放在车顶上，用皮带拴好，其余的被他放在座位前面，就在他的脚下，然后我们都进去了。汽车出了广场，走出小巷，穿过小树林，驶下小山坡，然后从潘普洛纳离开。看起来行程并不是很长。迈克尔带了一瓶芬达多酒，我只喝了一点。我们从几道山梁上过去，驶出了西班牙，在白色的大道上行进着，穿过巴斯克地区，那里浓荫如盖，然后汽车终于开进了巴荣纳。我们把比尔的行李寄放在车站，他已经买了去巴黎的车票，列车当晚七点十分开。我们走出车站，车子停在车站正门外。

"这车我们怎么处理？"比尔问。

"哦，这车子真是个包袱啊，"迈克尔说，"那我们就搭车走吧。"

"也是个办法，"比尔说，"我们上哪儿？"

"到比亚里茨去喝一杯吧。"

"迈克尔真是奢侈啊。"比尔说。

我们开进比亚里茨，在一家非常豪华的饭店门口停车下来。我们走进酒吧间，坐在高凳上喝威士忌苏打水。

"这次我请客。"迈克尔说。

"还是掷骰子来决定吧。"于是我们用一个很高的皮制骰子筒来掷骰子，第一轮比尔赢了，迈克尔输给了我，于是就付了一张100法郎。威士忌每杯12法郎。我们又各要了一杯酒，还是迈克尔付钱。每次他都给服务员优厚的小费。隔壁的一个房间里有一支爵士乐队在演奏，演奏得还不错。这个酒吧间让人感到很愉快。我们又分别要了一杯酒。第一局我以四个老K取胜，剩下比尔和迈克尔继续比赛，迈克尔以四个J终于赢了一局。但是比尔赢了第二局。最后一局定胜负时，迈克尔掷出三个老K就算数了。他把骰子筒递给比尔。比尔摇着，掷出三个老K，一个A和一个O。

"又是你付钱，迈克尔，"比尔说，"迈克尔，你这个赌徒。"

"真抱歉，"迈克尔说，"我受不了了。"

"怎么了？"

"我没钱了，"迈克尔说，"我现在身无分文了，只有20法郎。给你，把这最后的20法郎拿去吧。"

比尔的脸色有点变了。

"我的钱刚好只够付给蒙托亚当作小费。还算运气好，当时身上有这笔钱。"

"你给我写张支票，我兑给你现钱。"比尔说。

"你能这样说真是太好了，可你知道，我不能开支票了。"

"那你上哪儿去弄钱啊？"

"呃，有一小笔款就要到了。这笔钱能解决我两星期的生活费。我要去的那家圣让德吕兹的旅店，我可以赊账。"

"你说，我们雇的这辆车怎么办呢？"比尔问我，"还继续使吗？"

"随便吧，看来似乎有点不太好使了。"

"来吧，我们再喝它一杯，"迈克尔说。

"好，这次算我的，"比尔说，"布莱特带钱了吗？"他对迈克尔说。

"不一定有，我之前付给蒙托亚的小费几乎都是她给的。"

"她手头难道一点儿钱也没有？"我问。

"大概是这样吧，她从来都没有钱的。她每年能拿到500镑，还要给犹太人支付350镑的利息。"

"我看他们是直接扣除的吧，"比尔说。

"不错，实际上他们不是犹太人。这只是我给他们的称呼，我知道他们是苏格兰人。"

"她真一点儿钱都没有了？"我问。

"可以说没有，她走的时候把所有的钱统统都给我了。"

"得了，"比尔说，"我们不如再喝一杯吧。"

"真是个好主意，"迈克尔说，"空谈钱财解决不了任何问题。"

"这话说得在理。"比尔说。我们接着要了两次酒，比尔和我掷骰子看谁请客。比尔输了，付了钱。我们出来走向车子。

"你到哪儿去啊，迈克尔？"比尔问。

"我们去兜兜风吧，也许这能让我的名声好点。"

"很好，我想到海边去看看。我们一直朝着昂代的方向开吧。"

"在海岸一带我没什么赊账的信誉可言。"

"那可不一定，"比尔说。

我们沿着滨海公路继续前行，绿色的空地，红色屋顶的别墅，一片片的树林，还有湛蓝的海水托着的白色海浪冲刷着沙滩，这些景色相继在我们眼前闪过。我们驶过圣让德吕兹，一直朝南穿过一座座海边的村庄。走过起伏不平的乡村小路后，回头看，潘普洛纳的群山就在我们的身后，路依然向前延伸。比尔看了看手表，我们应该回去了。他敲了敲车窗，告诉司机掉头。司机把车子在草地上掉了个头。我们身后是一个小树林，接着是一片草地，最后面是大海。

在圣让德吕兹，我们在迈克尔留宿的宾馆停了车，然后他下去了。司机把他的手提包拿下来，迈克尔站在车子旁边。

"再见啦，朋友们，"迈克尔说，"这次节日真是一次难忘的回忆。"

"再见，迈克尔。"比尔说。

"我们很快会再相见的，"我说。

"别惦记着钱，"迈克尔说，"你把车钱付了，杰克，我那份以后会寄给你的。"

"再见，迈克尔。"

"再见，朋友们。你们真够朋友。"

我们一一同他握手告别。我们在车子里向迈克尔挥手，他站在大道上目送我们离开。我们赶到巴荣纳，火车马上就要开了。一名脚夫把比尔的旅行包从存包处拿来。我把他送到通铁轨的矮门前。

"再见啦，朋友们，"比尔说。

"再见，老弟！"

"真痛快，我玩得真尽兴啊。"

"你要留在巴黎？"

"不，16 日我就得上船。再见，我的朋友！"

"再见，老弟！"

他进门朝火车走去，脚夫在前面打头，手里拿着旅行包。我看着火车开出站去。比尔在一个车窗口旁边坐着。窗子闪过去了，整列火车开走了，只留下空荡荡的铁轨。我出来向汽车走去。

"我们该付给你多少钱？"我问司机，车钱当初说好从西班牙到巴荣纳是 150 比塞塔。

"200 比塞塔。"

"你回去的路上捎我到圣塞瓦斯蒂安要加多少钱？"

"50 比塞塔。"

"别想占我便宜。"

"35 比塞塔。"

"太贵了，"我说，"送我到帕尼厄·弗洛里旅馆吧。"

到了旅馆，我付给司机车钱和一笔小费。车身上积了一层灰，我擦掉了钓竿袋上的尘土。这或许是联结我和西班牙及其节日活动的最后一样东西了。司机启动车子沿大街开去。我目送车子拐弯，驶上通向西班牙的大道。我走进旅馆，开了一个房间。我和比尔、科恩在巴荣纳的时候，我就是睡在这个房间里的，这似乎已经过去很久了。我梳洗一番，换了一件衬衣，就出去逛大街了。

我在书报亭买了一份纽约的《先驱报》，在一家咖啡馆里坐下来阅读。重返法国使人感到有点陌生感。这里有一种处身在郊区的安全感。真希望我能和比尔一起回巴黎，可惜巴黎意味着更多的寻欢作乐。眼下，我已经一点找乐子的心情都没有了。圣塞瓦斯蒂安很清静，旅游季节要到八月份才开始。我可以在旅馆租一个好房间，看看书，游游泳。那边有一处海滩胜地，有许多出色的树木沿着海滩上面的海滨大道长着。在旅游季节开始之前，有许多孩子在保姆的陪同下来这里消暑。晚上，马里纳斯咖啡馆对面的树林里经常有乐队举行音乐会，我可以坐在咖啡馆里听音乐。

"这里的吃食怎么样?"我问服务员。餐厅就在咖啡馆后面。"很好,非常好,饭菜非常好。"

"好吧。"

我走进餐厅。若是照着法国的标准来看,这顿饭菜是很丰盛的,但是吃过西班牙的饭菜以后,就觉得这里菜肴的搭配非常精致。我喝了一瓶葡萄酒,权当消除无聊之感。那是瓶马尔戈庄园牌的好酒。不慌不忙地仔细品味着这瓶好酒,真是其乐无穷,可算是酒赛好友。喝完酒我要了咖啡。服务员给我推荐一种巴斯克利久酒,名叫"伊扎拉"。他拿来一瓶,斟了满满一杯。他说伊扎拉酒是由比利牛斯山上的鲜花酿成,是真正的比利牛斯山上的鲜花。这种酒看起来好像是生发油,闻起来更像是意大利的斯特雷加甜酒。我吩咐他把这酒拿走,给我换一杯陈年白兰地。这酒很好,喝完咖啡我又喝了一杯。

比利牛斯山的鲜花这回看来是有点把这服务员惹恼了,所以我就多给了他一点小费,这使他又变得高兴。在这个国度里,就这么个简单的办法就能哄人开心,这倒是很不错。在西班牙,你事先无法猜测一个服务员是否会感谢你。在法国,一切都以这种赤裸裸的金钱为基础。在这样的国家里生活,真的是一件很简单的事情。谁也不会为了某种暧昧的原因而跟你交朋友,以至于最后形成了一种复杂的关系。你想让别人喜欢你,只要略微破费点就行。我只是花了一点点钱,这服务员的态度就变好了。他对我这种可贵的品德表示赞赏,他会欢迎我再来。有朝一日我要再到那里吃饭,他会欢迎我,要我坐到归他侍候的桌子边去。这种喜欢是真诚的,因为有坚实的物质基础。我确信我已经回到法国了。

次日清晨,为了能够让更多人喜欢我,旅馆每个服务员我都多给了一点儿小费,然后搭上午的火车前往圣塞瓦斯蒂安。在车站,我并没有多给脚夫小费,因为我并不想再见到他。我只希望在巴荣纳有几个法国好朋友,等我再去的时候有人欢迎我就够了。我知道,只要他们记得我,他们的友谊会是忠诚的。

我在伊伦换乘另一辆火车,我拿出自己的护照。我并不想离开法国,在法国的生活非常简单。要回西班牙了,我觉得自己像个傻子似的。在西班牙你什么都不能说,我觉得再回到那儿,实在算不上是一个明智的选择,但是我带着自己的护照排着队,向海关人员打开我的包,买了一张票,直接进了门,上了一辆火车,过了四十分钟,穿过八条隧道后,我到了圣塞瓦斯蒂安。

哪怕是在炎热的天气里,圣塞瓦斯蒂安也始终有一种清晨的味道。树上的绿叶似乎永远有一种朝露未晞的感觉。街道就像是刚洒过水一样。在最热的日子里,有几条街道也总是很阴凉。我找到城里曾经住过的一家旅馆,他们给我安排了一间带阳台的房间,阳台高过城里的屋顶。眺望远方,能看到绿色的山坡。

我打开手提包,把我的书堆在靠床头的桌子上,然后拿出我的剃须用具。我把几件衣服挂在大衣柜里,把要洗的衣服收拾出来,然后在浴室里洗了个澡,就下楼吃饭了。西班牙还没有改用夏令时间,因此这个时间对于吃饭还有些早。我把表拨回了一小时,来到圣塞瓦斯蒂安,我似乎又多了一个小时。

走进餐厅的时候,门卫拿来一张警察局发的表格要我填。我签了名,跟他要了两张电报表,然后给蒙托亚旅馆拍了一封电报,把我现在所在的地址告诉他们,然后让他们把我所有的信件和电报都发到这儿来。我算了一下自己能在圣塞瓦斯蒂安待多长时间,然后给编辑部发了份电报,叫他们给我保存好邮件,但是六天之内的电报都要给我转到圣塞瓦斯蒂安来,然后我走进餐厅开始吃饭。

吃完饭,我回到自己的房间里,看了一会书,然后就睡觉了。我四点半左右才醒过来。我找出我的游泳衣,把它和一把梳子一起裹在一条毛巾里,下楼上街走到康查湾。潮水已经差不多退掉了一半。海滩平坦而坚实,沙粒黄澄澄的。我走进更衣室,换上了游泳衣,走过平坦的沙滩到了海边。赤脚踩在沙滩上,能感到从脚底传来的热气。这里的人还是挺多的。康查湾两边的海岬几乎相连,形成一个港湾,海岬外是一排白花花的浪头和开阔的海面。虽然现在是退潮时刻,但还是会不时地出现一些巨浪。它们起初好像只是海面上的滚滚细浪,然后势头越来越大,掀起浪头,最后平稳地冲刷在温暖的沙滩上。我蹚着水走进海里,海水很凉。当一个浪头朝我打过来,我潜入水中,然后再上来,浮在海面上,这时我已经不会感到什么寒气了。我向木排游去,撑起身子爬上去,躺在上面。木板被阳光晒得滚烫。另一头有一对青年男女。姑娘解开了游泳衣的背带,想要晒晒她的背。小伙子趴在木排上和她说话。她听着,咯咯地笑了,她转过身去,于是她的背就暴露在太阳底下了。我在阳光下躺在木排上,直到全身的水分蒸发。然后我又在海水里游了几次。有一次我深深地潜入水中,向海底游去。我游泳的时候睁着眼睛,周围是绿莹莹、黑黝黝的一片。我能从水中看到木排投下的阴影。我在木排旁边钻出水面,上了木排,然后憋气又跳入水中,潜泳了一段路程,然后向岸边游去。我躺在海滩上,直到全身干了,才起来走进浴场更衣室,脱下游泳衣,用淡水冲身,擦干。

我沿着树荫绕着港湾一直走到了俱乐部,拐到一条阴凉的街道上,然后朝马里纳斯咖啡馆走去。那里有一个乐队在演奏,我坐在外面的露台上,享受着炎热夏天里难得的新鲜凉爽的空气,喝了一杯加刨冰的柠檬汁和一大杯威士忌苏打水。我在"马里纳斯"门前坐了很久,读报,看着往来的行人,并欣赏着音乐。

后来天一点点变黑,我在港湾边漫步,顺着海滨大道,最后走回旅馆吃晚饭。那里正好有一个"绕巴斯克地区"自行车比赛,参赛者这晚正在圣塞瓦斯蒂安过夜。餐厅里面,骑车人一起坐在一个很长的桌子周围,他们正在和自己的教练以及经纪人一起吃晚餐。这些人不是法国人就是比利时人,吃饭都非常专注,但是他们过得很愉快。长桌上端坐着两位年轻的法国女孩,她们长得都很漂亮,很有巴黎蒙马特郊区街特有的特点。我不知道她们究竟是和谁一起来的。他们都在说俚语,许多笑话只有她们自己才能心领神会。长桌另一头的人说了些笑话,两个女孩问他们在说什么的时候,他们却闭口不言。车赛要在第二天早上五点继续,圣塞瓦斯蒂安到毕尔巴鄂跑是最后一段路程。这些骑自行车的人喝了很多葡萄酒,皮肤因为太阳的暴晒变得黑黝黝的。他们只有全在一起时才认真对待这比赛。他们之间经常举行比赛,所以也不那么在乎谁赢得这场比赛。特别是在外国,钱是他们整个团队的,可以商量着分。

领先两分钟的那个人生了疖,很痛苦。他踮着屁股坐在椅子上,他的脖子通红,金黄色的头发晒枯了。其他骑车人拿他长的热疖开玩笑,他用叉子敲了敲桌子。

"听着，"他说，"明天我把鼻子紧贴在车把上，这样一来，就只有怡人的微风能碰到我的热疖了。"

一个女孩从桌子的对面看着他，他咧嘴一笑，脸涨得通红。他们说西班牙人压根儿不会骑自行车。

我在露台上和一家大型自行车工厂的赛车经纪人喝着咖啡，他说这次比赛还是很好的，如果不是博泰奇阿一到潘普洛纳就弃权了的话，这场比赛还会更加精彩的。路上的灰尘让人觉得厌烦，但是西班牙的公路比法国的要好一些。"自行车比赛才算得上是一项体育比赛，"他说，"我以前曾经追过"周游法国"自行车比赛吗？我只在报纸上看见过。这是世界上最大的一项体育比赛。跟随并组织长途车赛，使比赛选手了解法国，很少有人了解法国。要同长途赛车的骑手们在途中度过了除了冬天之外的整整三个季节。你瞧瞧，现在有多少小汽车在长途比赛中跟着车队走过了一个又一个城市。法国是个富有的国家，体育运动一年比一年兴旺，它会成为世界上最厉害的体育强国。这就要靠长途自行车赛和足球。"他对法国了解很透彻，体育之国法兰西，他也很了解长途车赛。我们喝了一杯白兰地。不过，还需要强调一点，回巴黎也不是一个很糟糕的决定。只有一个巴拿姆。这是说，全世界就只有一个。巴黎是全世界体育运动最兴旺的城市。你问我知道黑人酒家在哪儿吗？我当然知道。有朝一日我会在那里见到他，一定会的。我们会再次聚在一起，喝白兰地。我们当然会的。他们在早上五点四十五动身。我要不要早起为他们送行？我一定努力做到。要他来叫醒我吗？这倒是个有意思的想法。我会吩咐茶房来叫我的。他并不在乎这个，却很乐意来叫我。我哪能麻烦他自己来叫呢？我会吩咐茶房来叫我的。我们说了声明天早晨见。

次日清晨我醒过来的时候，自行车队和跟着他们的那些汽车已经离开了三个小时。我没下床，喝了杯咖啡，看了几张报，然后穿好衣服，拿着游泳衣到海滨去。一大早，一切都很凉爽，空气很清新，也很湿润。保姆们要么穿着统一样式的服装，要么打扮成农妇，带着孩子们在树下散步。西班牙的孩子们长得很漂亮。有几个擦皮鞋的一起坐在树下，在和一名士兵说着些什么。涨潮了，吹来了阵阵凉风，海滩上出现一道道浪花。

我在一座海滨更衣室里换上了游泳衣，跨过狭长的海滩，进入了海水中。我游了出去，想要穿过浪头，但是有几次不得不潜进水里。后来海水逐渐平静下来，我翻过身来，浮在水面上。在漂浮的时候，我目力所及就只有天空。我能够感到滔滔波浪的起伏。我转身游向浪头，脸朝下，任凭一个巨浪把我带向岸边，然后又转身向外游，尽量保持在两浪之间的波谷中，免得浪头打在我的身上。在波谷中我游累了，转身向木排游去。海水浮力很大，而且也很冰冷。你似乎感觉你永远也不会下沉。我慢慢地游着，似乎是伴随着涨潮做了一次长游，然后撑起身子爬上木排，湿漉漉地坐在正被阳光烤热的木板上。我往周围看了看，周围有海湾、古城、俱乐部、海滨大道边的树行以及那些有白色门廊和金字招牌的大旅馆。右边远方有一座青山，山几乎封住了港口。木排随着海水的起伏摇晃。外通大海的狭窄港口的另一边是另一个高岬，我想过要横渡海湾，但是怕万一腿会抽筋。

我晒着太阳，注视着海滩上洗海水浴的人们，他们显得很小。过了一会儿，我站起来，用脚趾挟住木排的边缘，用我自身的重量压住木排，让它向一边倾斜，然后干净利落地跳进海水深处，然后在愈来愈亮的海水中向上浮，钻出海面，抖掉头上咸咸的海水，然后向岸边游去，缓慢地，并且很冷静。

我穿好衣服，付了更衣室的保管费，然后就往旅馆走。赛车运动员们扔下了几期《汽车》杂志，我在阅览室里把它们叠在一起，拿出来坐在阳光下的安乐椅里阅读起来，想快点掌握些有关法国体育生活的情况。我坐在那里的时候，门卫走出来，手里拿着一个蓝色的信封。

"有你的一封电报，先生。"

我把手指插进信封上稍微粘住的封口，拆开看电文。这是从巴黎转来的。

"能否来马德里蒙大拿旅馆，我处境不佳——布莱特"

我给了看门人一点儿小费，然后又把电报读了一遍。有个邮差顺着人行道走过来，拐进了旅馆。他留着大胡子，有一股军人的气质。他走出旅馆。看门人紧跟着他出来了。

"这里又是一封你的电报，先生。"

"非常感谢，"我说。

我拆开电报。这封是从潘普洛纳转来的。

"能否来马德里蒙大拿旅馆，我处境不佳——布莱特"

看门人站在一旁不走，我觉得他是在等第二笔小费。

"到马德里去的火车有几点的？"

"有一班今儿早上九点钟已经走了。十一点还有班慢车，再就是今晚十点有班'南方快车'。"

"给我买一张'南方快车'的卧铺票，要现在就给你钱吗？"

"看您的方便，"他说，"我记在账上吧。"

"就这么办吧。"

哦，看来我不能继续待在圣塞瓦斯蒂安啦，我隐约地预料到会有这种事发生。我看见看门人在门口站着。

"请给我拿张电报纸来。"

他拿来了，我拿出钢笔，用印刷体写着：

"马德里蒙大拿旅馆阿什利夫人，乘南方快车明天抵达，爱你的杰克"

这样处理看来是挺合适的了。就是这么回事，帮助一个女人和一个男人私奔。把她介绍给另一个男人，让她陪他出走。现在又要去把她接回来，而且在电报上写上"爱你的"，事情就是这样。我走进屋里，准备吃午饭。

那天晚上在"南方快车"上我没怎么睡觉。次日清晨，我在餐车里吃早饭，在那里能够看到阿维拉和埃斯科里亚尔之间那一带多山和松林的地带。窗外埃斯科里亚尔古建筑群在阳光照耀下，仍然显得灰暗，狭长，萧瑟，但我并不怎么太注意它。我看见马德里城就在大平原上方，我们很快就到了，只见隔着原野，在远方一个不高的峭壁的上方，地平线上有一道白色密集的房屋。

这铁路线的终点是马德里的北站。各列火车都停在这儿，不再继续开往别的地方开了。站外停着出租的马车和汽车，还站着一排旅馆接待人。这里真像是一座郊外的小城。我雇了一辆出租汽车一路上坡，驶过几座花园和冷落的王宫，以及位于峭壁边缘的教堂，那教堂还没有竣工。汽车往上一直开到耸立在高岗上的现代化城区，这里就有些炎热了。汽车顺着一条平坦的街道下坡，一直开到太阳门广场，然后穿过行人车辆，来到了圣那罗尼莫大街。每一家商店都拉下了布篷，免得太热。街道上向阳的窗户都关着百叶窗。汽车靠人行道边停下。我看见"蒙大拿旅馆"的招牌在二楼挂着。汽车司机把旅行包搬进去，放在电梯前。我摆弄了一会儿电梯开关，还是无法使用，就只得走上楼去。二楼挂着一块雕花铜招牌"蒙大拿旅馆"。我按了一下门铃，没人应。我又按了一下，一名女服务员紧绷着脸把门开了。

"阿什利夫人在吗？"我问。

她望着我，目光呆滞。

"这里是不是住着一位英国妇女？"

她转身朝里面喊了几声，然后一个非常胖的女人走到门口来。她头发花白，抹着发蜡，头发梳成一个个小波浪，垂挂在脸庞两旁。她的个子不高，但是很有威慑力。

"您好，"我说，"请问这里有位英国妇女吗？我见见她。"

"您好，这里的确有一个英国女人。如果她愿意接见您，您便可以去看她。"

"她愿意见我。"

"我叫这丫头去问问她。"

"这里真热啊。"

"马德里的夏天一向如此。"

"可在冬天却那么冷。"

"说得对，这里冬天非常冷。"我自己是否也想在蒙大拿旅馆住下呢？

这事儿我还没决定呢，但是如果有人把我的旅行包从底层拎到楼上来，我是会很高兴的，这样可以避免被人偷走。蒙大拿旅馆还从没发生过偷盗事件。在其他客栈里，倒是发生过这些事。这里没有，从没有过。这家旅馆的从业人员都经过严格挑选，我听了很满意。不过，我还是很乐意有人把我的旅行包拿上来。

女服务员进来说，英国女人想见见英国男人，马上就见。

"好，"我说，"您瞧，我说得没错吧。"

"这很清楚。"

女服务员带着我走过幽暗的长廊。走到尽头，她在一扇门上敲了敲。

"你好，"布莱特说，"是你吗，杰克？"

"就是我。"

"快点进来吧。"

我打开门，女服务员在我身后把门关上。布莱特在床上躺着。她刚才正在梳头，手里还拿着一把刷子呢。房间里乱七八糟，只有那些习惯别人侍候的人才会弄成这样。

"亲爱的！"布莱特说。

　　我走到床边，用双臂搂住她。她吻我，在她吻我的同时，我能感觉到她心不在焉。她在我的怀里颤抖着，能感觉出她瘦了好多。

　　"亲爱的！我最近的日子太难过了。"

　　"把所有的事情都告诉我吧。"

　　"没什么可说的。他昨天才走，我把他赶走的。"

　　"你为什么不留住他？"

　　"我不知道，我不应该这么干。我想我总算还没有对不起他。"

　　"你大概对他来说是再好不过的了。"

　　"他是无法和别人一起生活的，我突然想通了这一点。"

　　"不会是这样的。"

　　"唉，真见鬼！"她说，"我们不说这个了，再也别提他了。"

　　"好吧。"

　　"他竟因为我而觉得丢脸，这让我感到震惊。你知道，他有一阵子曾因我感到丢脸。"

　　"这不可能。"

　　"哦，可事实就是这样。我猜想，他在咖啡馆里受到别人的耻笑了，而起因在于我。他要我把头发留长，我，留个长发。那会是个什么怪模样啊。"

　　"真可笑。"

　　"他说，那样我就能更像女人了。那样我可真要像个怪物了。"

　　"后来呢？"

　　"哦，他想通了。他不再因我感到丢脸了。"

　　"那你所说的'处境不佳'又是怎么回事？"

　　"我当时没有把握，能不能把他打发走，可我身无分文，没法撇下他，然后自己走。你知道，他要给我很多钱。我跟他说我有的是钱，他知道我是在撒谎。我不能拿他的钱，你知道。"

　　"没错。"

　　"哦，别谈这些了。还有一些开心事儿呢，给我一支烟。"

　　我给她点上了。

　　"他在直布罗陀当服务员的时候学了一点儿英语。"

　　"这我知道。"

　　"最后，他竟然想娶我。"

　　"此话当真？"

　　"当然啦，可我连迈克尔都不想嫁。"

　　"他也许觉得要是同你结婚，那样他就成了阿什利爵爷了。"

　　"不，不是那么回事。他是真心想同我结婚。他说，这一来我就不能抛弃他了。他要确保我永远陪在他身边。当然，首先我得变得更像女人。"

　　"那你现在应该放心了。"

　　"是的，我重新振作起来了。他把那个讨厌的科恩赶走了。"

　　"好嘛。"

"你知道，我本来是会和他一起生活下去的，可是我发现这样对他不利。我们相处得很融洽。"

"除了你自身的打扮。"

"哦，他迟早会对此习以为常的。"

她把烟灭了。

"你知道，我已经 34 岁了。我不愿当个糟蹋年轻人的坏女人。"

"对。"

"我不能那样做。你知道，我现在感到很好，我感到很坦然。"

"那就好。"

她把脸转过去。我本来以为她想再找一支烟呢，但是我发现她哭了。我能够感觉到。她浑身颤抖着，发出抽泣声。她不肯抬起头来，我用双手搂着她。

"我们别再提这件事了。求求你，我们忘了它吧。"

"亲爱的布莱特。"

"我要回到迈克尔那里去，"我紧紧抱着她，能感觉到她在哭，"他是那么可亲可畏。他正是我需要的那种人。"

她不肯抬头，我抚摸着她的头发，我能感到她在颤抖。

"我不愿做一个坏女人，"她说，"但是，哦，杰克，我们忘了这件事吧。"

我们离开蒙大拿旅馆，旅馆女老板没有要求我结账，账已经付清了。

"那好，就这样吧，"布莱特说，"现在没什么事了。"

我们雇了一辆车，前往王宫旅馆。放下行李，预订了"南方快车"夜班的卧铺票，然后我们走进旅馆的酒吧间去喝鸡尾酒。我们坐在酒吧柜前的高脚凳上，看酒吧服务员用一个镀镍大调酒器调制马丁尼鸡尾酒。

"真奇怪，你一到大旅馆的酒吧间里，就能感受到一种不同寻常的高雅。"我说。

"当今，讲究礼节的就只有酒吧服务员和赛马骑师了。"

"不管怎样粗俗的旅馆，酒吧间总是很高雅的。"

"这很奇怪。"

"酒吧服务员总是风度翩翩。"

"你知道，"布莱特说，"他真的只有 19 岁，不可想象吧？"

我们碰了碰并排摆在酒吧柜上的两个酒杯。酒杯冰凉，杯壁上凝结着水珠。挂着窗帘的窗户外面却是马德里炎热的夏季，酷暑难耐。

"我喜欢在马丁尼酒里加支橄榄。"我对酒吧服务员说。

"好的，先生，来了。"

"谢谢。"

"您知道，我早该问您是否有此需要。"

服务员走到酒吧柜的另一头，这样就听不到我们的谈话了。马丁尼酒杯搁在木制柜台上，布莱特凑上去喝了一口，然后端起酒杯。喝了一口以后，她的手已经不发抖了，能稳稳地端着酒杯。

"真是好酒，这酒吧间不错吧？"

"所有的酒吧间都不错。"

"你知道,起初我都不信。他在 1905 年出生。那时候,我已经在巴黎上学了。你想想看。"

"你为什么要求我想这事呢?"

"别故意装作不知道了。请位夫人喝酒好吗?"

"给我们再来两杯马丁尼。"

"还要刚才的那种吗,先生?"

"那两杯酒感觉很不错。"布莱特对他微微一笑。

"谢谢您的夸奖,夫人。"

"好,祝你健康,"布莱特说。

"也同样祝福你!"

"你知道,"布莱特说,"在我之前,他只和两个女人交往过。过去除了斗牛,他对别的一点兴趣也没有。"

"他以后还有很长的路要走。"

"我弄不懂,他眼里只有我,不在意节日活动什么的。"

"哦,只有你。"

"没错,只有我。"

"我还以为你永远不会再提这件事了呢。"

"那有什么办法吗?"

"打住了,把它锁在你的心底里吧!"

"我只不过转弯抹角地提一下罢了。你知道,这让我觉得舒坦,杰克。"

"就应该这样。"

"你知道,一旦下定决心不做坏女人,我就会感到很舒坦。"

"没错。"

"这种做人的准则多少可以取代上帝。"

"有些人信上帝,"我说,"人还挺多。"

"上帝和我从来没有什么缘分。"

"我们要不要再喝两杯马丁尼酒?"

服务员又调制了两杯马丁尼酒,倒进两个干净杯子。

"我们到哪儿吃饭去?"我问布莱特。酒吧间里很凉爽,透过窗子,可以感到外面的热量。

"不然就在这儿吃吧。"布莱特说。

"在旅馆里吃饭太无趣了,你知道一家叫"博廷"的饭店吗?"我问服务员。

"知道,先生。要不要我给您抄张地址?"

"那就太感谢了。"

我们在博廷饭店楼上吃饭,这是世界上最佳餐厅之一。我们吃烤乳猪,喝里奥哈酒。布莱特吃得不多,她向来胃口不大。我饱餐了一顿,喝了三瓶里奥哈酒。

"你觉得怎么样,杰克?"布莱特问,"我的天啊!你这顿饭吃得真不少啊!"

"我感觉很好,你要不要来道甜点心?"

"哟，不要。"布莱特抽着烟。

"你不是喜欢吃甜点吗？"她说。

"是的，"我说，"很多事情我都喜欢。"

"那你呢？"

"哦，"我说，"我喜欢做很多事情，你要来道甜点心吗？"

"你之前问过我一次了，"布莱特说。

"是的，"我说，"我问过了。我们再来一瓶里奥哈酒吧！"

"这酒很好。"

"可你喝得很少。"我说。

"我喝了不少，只不过你没怎么留意。"

"我们再要两瓶吧，"我说。酒送来了，我在自己和布莱特的杯子里各倒了一些，最后把我自己的杯子倒满，我们碰杯。

"祝你健康！"布莱特说。我干了一杯，又倒了一杯。布莱特伸手按在我胳臂上。

"别喝醉了，杰克，"她说，"你没有喝酒的理由。"

"你怎么知道？"

"别这样，"她说，"一切都会没问题的。"

"我不想喝醉，"我说，"我不过是喝一点儿葡萄酒，我只是喜欢这样。"

"别喝醉了，"她说。"杰克，别喝醉酒。"

"想坐车去兜风吗？"我说，"想不想在城里遛一圈？"

"好，"布莱特说，"我还没有好好看过马德里。我应该看看去。"

"我喝完这一些。"我说。

下楼之后，我们穿过一层的餐厅来到街上。一个服务员去雇出租车了。天气很热，也很晴朗。街头那边有一片小广场，上面种着树木和草地。出租车就停在那里。一辆出租车过来了，服务员在车门边上等着，我给了他些小费，然后告诉司机要去哪里，之后进车坐在布莱特身边。司机发动汽车，我靠后面坐稳。布莱特朝我移动了一下，我们紧紧地靠在一起。我用手臂搂着她，她依偎在我身上，好像很舒服。天气很热，却又很明朗。房屋白得刺眼，我们拐上大马路。

"哎，杰克，我们要是能在一起该多好！"

前面，一个穿着卡其色制服的交警在指挥交通。他将警棍举起，司机来了个急刹车，布莱特紧紧依偎在我身上。

"是啊，"我说，"就这样想象一下就很美好。"

死在午后

第一章

我第一次去看斗牛时，心里想着可能会感到害怕，也许还会难受。因为我曾经听说过在斗牛过程中一些马的遭遇，还有就是我以前在读物中读到的关于斗牛场的资料，所有资料都强调性地谈及过这一点。大多数写斗牛的人都直截了当地谴责斗牛是一件既愚蠢又野蛮的事情，而即使是那些赞美斗牛是技艺的展示、是一场表演的人，也承认总的来说斗牛确有不妥之处，也对在斗牛时使用马加以谴责。马在斗牛场中会毙命这是无可辩解的。我认为，从现代的道德观点，不妨就直接从基督教观点来看，斗牛毫无疑问的确特别残酷。我们可以来稍加分析，首先斗牛自始至终都存在着危险，既有自我的危险，也有意外出现的危险；其次斗牛时总是有人死亡。情况就是这样，我想我现在也不应该试图为之再做什么辩解，我唯一想做的就是老老实实讲述我所了解的与斗牛有关的一些真情实况。如果要这样做，我就必须完完全全做到诚实坦率，或者说努力做到诚实坦率，如果有人看了这些真情以后认为这是某个缺乏他们即读者的敏锐感觉的人写出来的，或者是感觉到讨厌，甚至是恶心，那么我也只能无奈地说，这些是的的确确的真情。但是，不管是谁读了这本书，只要他，或者她，见到了书中所写到的内容，并且确切地知道他们自己有什么样的反应，就只能诚实地做出这样的判断。

曾经有一次我记得葛特鲁德·斯泰因在谈到斗牛时说过，她很佩服何塞利托。她还拿出了几张在看斗牛时的照片给我看。那些照片上有何塞利托在斗牛场上的情景，还有艾丽丝·托克拉斯与她本人等人的合影。她说那张照片是她们在巴伦西亚的斗牛场上，当时她们坐在第一排，就在斗牛场木围栏后面，下面的人是他的弟弟加利奥，他和何塞利托坐在一起。当时我刚从远东那边过来，在那边我见到了这样一件事，一些希腊人在撤离士麦那城的时候，将它们统统赶到了码头边的浅水里，把驮运辎重的牲口们的腿都打断了。记得那时我就说过，我不喜欢看斗牛，因为被打断腿的那些马太惨了。那个时候我正尝试着写作，但我发现写作很难，不仅很难真正体会自己的真实感受，不是那种别人教的感受，也不是别人认为你会有的、你应该有的那种感觉，而是那种要将现实生活中真真实实看到的事情通过自己的真情实感写下来的那种，也就是写出激起你体验到的那种感情的实际情形，应该就是这么一回事。为报纸写新闻稿你写的是正在发生或者已经发生的事，你仅仅借助及时性这个要素，采用某一种简单的手法，就能传达出想要表达的感情，因为及时性这个要素本身它就能使当天发生的事的任何报道带上感情的色彩。可是，事情所能被一个作家感受到的真谛，即激发感情并将这种感情保存在文字里一年或者十年，如果运气好，如果你写得完美无缺甚至可以依赖这种感情永远站得住脚。这些连续的行为与动作，我想我没有掌握，所以在当时我就非常努力，要找到这个无上的"真谛"。在现代，战争早已销声匿迹，我们能看到的生与死——即是说通过暴力造成的死的唯一的地方，就是那些斗牛场了，所以当时的我非常想到西班牙去见识一下真正的斗牛场，因为我想我只有到了那里才能对暴力造成的死有一个深层的研究。我想先从最简单的问题着手写。而且那时我正处在尝试学习写作的阶段，而最简单的问题之一也是最根本的问题即是那种暴力造成的死。与疾病、自然、朋友或你所爱过、你所恨过的人的那些所谓的死相比较，而造成死亡的暴力虽然情况绝没有那么复杂。但是它终究也是死，当然也是可以被用来作为一种关于死亡题材的。在我曾经读过的许多本书里面，当作者试图表达死亡的内容的时候，他写出的东西却只是一团模糊，我认为这种情况是因为作者从来没有真真切切地看到过死亡的场面，要么是因为正好在即将看到死到来的那一刹那，他紧紧闭起了两只眼睛或者在内心里已经闭起了眼睛，就好像他看到火车就要把一个小孩碾死，而他可能因为距离太远而无法去伸手拉他或者是用别的办法救他，就索性把两只眼睛紧紧地闭着。在这样的情况下，我想他闭起两只眼睛恐怕只能用情有可原来解释了，因为他所能传达的全部内容仅仅是那个小孩转眼间就要被火车碾死了这一简单的事实，而火车即将把人撞倒的那一刹那的情景会使精彩的描写一下子显得苍白无力，因此在孩子被撞倒之前的那一刻是他能够所做额外描述的最大极限。但是，如果作者面对的是行刑队执行死刑，或者把人绞死的场面，那情形就大"不"一样了。如果写作者仅仅局限于那种简单的描写，又想把那些简单的文字永远保留下来，举个例子来说，就像在《战争的灾难》一书中戈雅曾经试图做到的那些事情。那么，把眼睛闭起来的做法是不可行的。在记忆里，我曾见过这样一些事情，一些我所记得的关于这一部分的简单的事情。但是，因为我是事情的间接参与者，或者说是非参与者，但由于我事后马上要写那件事情报道，因此当时我只是浅显注意了那些我要写的事情，所以事情发生时，我从来没有像别人那样仔细观察过它们。比如说，像有人会仔细观察人怎样被绞死，或者去仔细观察他们自己父亲的死，而前边那个被绞死的人，我们假设说，两人之间互相并不认识，晚报没有要求立即写成报道抢时间发表的话。

于是，我就专门到西班牙去看真正的斗牛了，并想着自己去亲自动手写一写斗牛。我原先以为斗牛就是一件简单的、野蛮的、残酷的事情，我是不会喜欢上它的。我所想到的就是我会单纯为了寻找那种关于生与死的感觉而去着重观察某些斗牛场上的确切的动作。所以我看到了这种确切的动作；可是斗牛远并非想象中的那么简单。而且出乎意料，我竟然爱上了斗牛。因此，就我当时的写作能力来说，要写关于斗牛的文章实在是太难了，因为那种场面很复杂，我根本无法理清思绪，所以在看了斗牛后我除了写了四篇关于斗牛的很短的速写之外，在接下来五年的时间里面——实际上我但愿等待了十年——没有能写出哪怕一丁点的东西。不过，要是我有耐心等的时间足够长，那么我相信我反而是真的什么东西也写不出来，我们都知道有那么一种倾向，当你真正有兴趣开始去了解某一件事情但却又不想去写它而是想要永远处于不断地观察了解它的状态时，那么，除非你是一个非常以自我为中心的人（当然，就因为喜欢以自我为中心，许多书写出来了），当然你绝对不会说：到现在为止所有一切我全懂了，我马上就要开始写了。毫无疑问，我现在当然不会这样说；我明白每年都有很多的东西需要我去了解，但有些东西我确实知道，现在把它们写出来会让人很有兴趣看。而且我也许今后很长时间里也不会再去接触斗牛了，所以，就我所了解的还是现在就写出来一些吧。此外，我想有一本用英语写的斗牛专著也是大有裨益的，一本论述这样一个非道德性的题目的严肃著作也是很有价值的。

关于道德问题，到目前，我只知道所谓讲道德的就是你事后感觉好的，所谓不道德的就是你事后感觉坏的那些事。我说这些并不是为道德标准做辩护，但如果拿道德标准来评价斗牛这件事，那么，对我来说，我认为——斗牛是很道德的，因为在看斗牛的过程中，我感觉到了死与生还有必死与永存。斗牛结束了，虽然我很伤心，但感觉真的很好。此外，我觉得我并不关心马。不是说在原则上，而实际上我并不在乎那些。对此我觉得很奇怪，我有好多回替马铺过麻布袋，卸过马具，也有好多回逃开了险些让钉了铁掌的马蹄踩着，因为如果我在路上看见一匹马倒下就一定会去帮助它。可是在斗牛场里，看到马的遭遇，不知道怎么的，我一点儿也不感到愤慨，一点儿也不感到恐怖。曾经我带过很多人去观看斗牛，有男的也有女的，当看见马在斗牛场里被牛角捅伤、捅死的时候，他们做出的反应是很难提前预知的。有些看斗牛的女人，我觉得她们，肯定是很爱看斗牛的，只不过是不愿见到马被牛角捅伤、捅死的情景。但她们对于疯狂的牛用角残酷地捅马的行为却无动于衷；这里我所说的是真的无动于衷，就是说，有些事虽然她们不赞成，她们料想那些事会使她们恐惧和愤慨，但她们却一点儿也不感到恐怖或者愤慨。还有另外一些人，有男人也有女人，也许那情景对他们的触动实在是太大了，以致他们的身体也感到不舒服起来。这些人的表现，下文我还要详细讨论一下，我现在只想根据经验或一种文明标准，把这些人分成受触动的和不受触动的两种，这样的差异或者以这样的界线加以区分，实际上是不存在的。

根据观察，我得出这样一个结论，观看斗牛的人可以大致分成两大类：（借用心理学的专门术语来说）一类人很认同动物，即把自己放在动物的位置上，另一类人则很认同人。根据我的观察和经验，认同于动物的那些人，也就是说，比起那些不轻易认同于动物的人，那些近乎职业性地喜爱狗以及其他动物的人，也许会对人类做出更加残酷的事情。在这一点上，我觉得好像人们之间有一个根本的区别，虽然，不认同于动物的人，从根本上说不喜欢动物的同时，对其他个别的动物如一只狗、一只猫，或一匹马，也许依然会有宠爱之情。但是，在这种基础上的宠爱，爱的可能是这个别动物的某一特性，或者是与这个别的动物相关联的某些因素，而并非因为它是动物，所以值得喜爱这样一个事实。至于要说我本人嘛，我曾经很深情地宠爱过三只不同的猫，四只狗。我印象深刻的只有两匹马，那就是我拥有过、骑过或者是赶过的马。我也曾非常欣赏，也差不多宠爱过好多马。至于那些我追赶过、看过它们比赛和在它们身上下过赌注的马，在我对其中几匹下过赌注以后，我甚至对它们怀有一种慈爱的感情；我记得最清楚的有"菠菜""沙皇""希洛斯十二世""兵舰""鲍勃少爷""歼灭者"（其中后两匹马是障碍赛马中的），还有一匹杂交马，它的名字叫"乌恩卡斯"，同上述最后两匹一样是障碍赛马。这几匹马我都非常非常欣赏，我认为我的确对它们是很宠爱的。但是我的喜爱中大多部分是因为所下赌注，那我可说不出。杂交马乌恩卡斯在奥特伊尔举行的一场古典障碍赛中以大于十比一的比率跑赢了头马，当时我的赌注就是押在它上面的，当时我拿着我所赢得钱的时候，我简直对它喜爱极了。这匹马我当真喜欢得不得了，我和伊文·希普曼在谈到这匹良驹的时候差不多都激动得要掉眼泪了。但是，如果你要问我这匹马的结局的话，那我只好说，我不知道。我所知道的是，我喜欢狗并非因为它们是狗，我喜欢马并非因为它们是马，我喜欢猫并非因为它们是猫，就这样简单而已。

至于在斗牛场上马的毙命，以及人们为什么会无动于衷。换个说法就是，有一些人无动于衷，这个问题是复杂的。但是根本的原因可能是，马的死往往会被认为是可笑的，而牛的死才是悲剧性的。在斗牛这场悲剧中，马是个就像小丑一样可笑的角色。这样说让人听了也许会惊讶，但这的确是真的。因此，在斗牛场上，只要它们有相当的身高，也有相当的体力，这样长矛手才能用他的长矛或者叫 vara，去执行他的使命。而马越是糟糕，就越可笑。对马的遭遇以及它们这种貌似悲壮的结局，你该会感到恐怖和愤慨，除非你不管有什么样的感情，硬要感到恐怖和愤慨。这些马太不像马；在某种程度上倒像那种动作笨拙的鸟，如秃鹳或阔嘴鹳。当牛的肩部肌肉和颈部向前一使劲，马被挑起时，马开膛破肚的躯体戳在牛角上，腿悬在空中，脑袋耷拉着，四蹄晃荡，这时候的它们绝对是不可笑的；但我可以肯定它们也不是悲剧性的。一般斗牛场上的悲剧都只是集中在牛和人身上。马的悲剧性的功能高潮出现的时间比较早，就是作为斗牛用马在成交签约被买下的时候，是在斗牛场外的。等到帆布盖到了马身上，只看见马的变了形的脑袋、长腿、脖子的时候，马在斗牛场上的结局，从某种角度来看对这动物的躯架似乎并没有什么不合适。那盖在它身上的帆布看上去好像翅膀，这个时候的马就更像一只鸟了，看上去有那么一点像一只死的鹈鹕。活的鹈鹕是一种很讨人喜欢的鸟儿，它很有趣，给人一种很好玩的感觉。尽管当你去碰它的时候会有虱子爬到你手上。但是一只死了的鹈鹕样子是很蠢的。

我写这些话并不是要替斗牛辩护，而是试图把斗牛真实完整地表述出来。要做到这一点，我想不得不承认几件事情；而往往一个辩护人在辩护的时候就会把它们忽略，或者避而不谈。死并不可笑，死亡会有一种短暂的庄严，即使是那些极可笑的角色，虽然死一旦发生，这庄严也就随之消失。因此，发生在马身上的可笑事情并不是它们的死。可笑的是马的内脏被奇怪而滑稽地翻出体外。按照我们的标准，看到一头牲畜内脏被统统翻出体外，毋庸置疑这不是什么值得笑的事情，可是，要是这头牲畜并不是在干什么庄严的即悲剧性的事，而是以僵硬的惊慌的步态绕着圈子奔跑，倘若它身后拖着的真的是自己的内脏，那么，笼罩着它的是耻辱的乌云而不是光荣的彩云，它的样子就像弗拉特里尼马戏团的表演一样滑稽可笑。如果一个场面是可笑的，那么另一个也是。尽管他们用一卷卷的香肠、绷带等物充当马的内脏。那是来自同一种原则的幽默。我见过这场面。马在跑，人在逃，马的内脏翻出体外，在一场完全是悲剧的滑稽表演中，场面鲜血四溅，被掏出来的内脏拖了一地，那些庄严的因素在这样的过程中就被一一毁灭了。这些我都亲眼见过，这种情况叫作开膛剖肚，就是因为发生在那种时刻，所以这场面显得非常可笑，当然它也就变成了一个坏词儿了。这是你不会想去确认的一种事情。但是，正因为这类事情从来没有被人们确认过，所以对斗牛至今没有明确的解释。

我上面所写的关于马内脏外翻的情况，现在西班牙斗牛中已不再出现了，因为普里·德里维拉政府做出了一项决定，就是要用一种内有衬料的垫子保护马的腹部，这种垫子是根据法令中的："以避免出现让外国人和旅游者感到极反感的可怕情景"的条款而设计的。而这些保护用具也有负面影响，虽然这样避免了那些惨烈情景的出现并且大大减少了斗牛场上马的死亡数目。但是，这样的保护措施使牛的锐气大大受挫。而且保护装置一点也没有减轻马所经受的痛苦，这一点会在本书的其他章节里讨论。这应该是不可否定地采用这些保护用具是朝抑制斗牛迈出了第一步。斗牛并非因外国人和旅游者而存在，不管旅游者和外国人怎么看，斗牛是一直都有的，它是西班牙的一大习俗。采取任何改进措施以求确保旅游者和外国人的赞同那是永远办不到的事，因为这种改变传统斗牛方式的动作都是向完全抑制斗牛迈出的一大步。

上面写的是一个人关于马在斗牛场上的一些看法，把这看法记在这里并不是因为笔者要表达自己的看法，要写自己，以为这些是本人的看法就觉得津津有味，就很重要，笔者的意图是要确立这些看法是突然间产生的这一点。我们知道，一件事情见过多次就会变得麻木不仁，我想说我并不是因为这种情况而在感情上不再为之所动，以至于对马的命运漠不关心的。这不是一个因见得多了而感情麻木的问题。我在第一次看斗牛时就已经如此，不管我现在对马的感情如何。也许有人会说我是因为经历过战争，所以对一些事情变得无动于衷，或者说是因为我当过记者的缘故。但是这样说解释不通为什么其他人从未见过战争却也有完全相同的反应，有些人也从来没有在报馆如晨报工作过，确确实实没有见过任何一类恐怖景象。

我认为，斗牛这一悲剧规则制订得极为严格，程序安排得也极其合理，一个感受到整个惨剧的人，甚至要情绪激动地去感受马，从而想把马的那种次要地位的滑稽悲剧从中分离出来，那是无法办到的。即使他们对此事一点也不了解，如果他们感到这件他们不理解的事正在进行中，如果他们领会了整件事的意义和目的，那么，发生在马身上的一切只不过是附带的一桩小事而已。相反他们一定会被最滑稽可笑的附带小事所打动，如果他们感觉不到整个悲剧的话。同样的道理，如果他们是站在兽道主义者（这个术语太妙了），或者人道主义者的立场上，那么，这场悲剧他们自然感觉不到，只不过是在兽道主义或人道主义立场上的一种反应而已，很浅显，这样说结果倒霉的还是马。他们一定会很痛苦，如果他们心里头真把自己认同于那些动物的话，也许他们比马还要痛苦。伤口的疼痛感是在受伤大约半个钟头以后才会出现的，只要是受过伤的人都知道。而且疼痛也往往并不与伤口的可怕外表成正比。腹部创伤是开始感染腹膜炎，导致腹内胀痛的时候才出现疼痛，而不是受伤的时候就感到疼痛的。话说回来，韧带骨折或者拉伤，那是马上就会感觉到疼痛而且是剧痛的。但是，就对认同于动物的那些人来说，这些情况他是不注意或者是不懂的。他们如果只看到斗牛的这一单方面，就真的会感到很厉害的痛苦。但是如果他们是看见马在障碍赛中跑折了腿，只不过觉得可惜罢了，那样一点也不会感到痛苦。

　　因此，有这样的一类人，aficionado，即斗牛迷，他们有上面刚才所说的对斗牛的认识和悲剧观，因此那些细节对他们来说就显得无足轻重，除非这些细节是与时间的整体有联系的。这就跟你有没有音乐欣赏能力一样，你要么有这样的认识，要么没有。但是这里我们并没有比较两者好坏的意思。想象一下，如果一名听众没有音乐欣赏能力，那么，他在交响音乐会上可能会对低音提琴手的演奏动作印象深刻，就好像在斗牛场上一名观众可能只记得长矛手的一下子就能看出来的怪样子。我们知道低音提琴手拉出来的音，如果单独听，常常是毫无意义的，他的动作是怪异的。如果交响音乐会上的听众就像他在斗牛场内也是个人道主义者一样，那么，他就很可能会觉得可以找到很多机会做出有益之举如同他觉得有很多机会可以为可怜的马做点好事一样，让交响乐团的低音提琴手改善生活条件、增加薪金。但是，鉴于他是一个有文化有教养的人，我们作一个假设，他知道交响乐团的乐器全部都是各有各的用处的，应该把它们作为一个整体来看待，那么，他除了欣赏和愉快之外，可能一点也不会对低音提琴手的动作有什么反应。他不会把低音提琴从整个交响乐团割裂开来，也不会想到低音提琴是由人在演奏。

　　对艺术的欣赏是随着对艺术认识的逐步加深而提高的，所有的艺术都是一样的道理。但是，如果人们去看斗牛只感受他们实际上感受到的而不是他们认为应该感受到的东西，即并不带有先入之见，那么，他们第一次去观看就会知道自己究竟是不是喜欢斗牛。无论这场斗牛是糟糕还是精彩，他们可能会一点儿也不喜欢，任何解释都没有意义，因为他们认为斗牛在道德上来讲不正当是显而易见，这跟人们拒绝饮酒很像。尽管他们本来也许会觉得饮酒是一种很享受的事情，但他们却拒绝了，因为在内心他们认为饮酒是不正确的行为。

　　拿饮酒作比较听起来好像联系不大甚至很牵强。但是实际上并不是这样的。酒是世上合乎人性的东西当中制作得最完美的东西之一，也是世界上最文明的东西之一。也许，与能够买到的任何纯属感觉的东西比较来说，酒提供了最大的享受和品尝的范围。你可以怀着极大的乐趣下功夫培养自己的品酒能力，一辈子学习有关酒类的知识，到时候你的味觉更加灵敏，品尝能力更加提高，你具备了持续不断提高的享受和品尝酒的能力，即使肾脏功能会衰竭，指关节不灵活，大脚趾作痛，到最后，情况就演变成了就在你最喜欢喝酒的时候，你却不得不戒酒。这跟眼睛的情况很相似，眼睛起初只是有用而健康的工具，现在情况变了，即使视力因用眼过度而减退，两眼已经疲劳，视力不如从前。但是，因为有了观赏能力或者说懂得了看事物，所以眼睛能持续不断地将更大的快乐因素传递给大脑。我们的身体都会以某种方式变得衰弱，最后我们慢慢死去；我宁愿拥有能让我尽情享受玛尔戈红葡萄酒或上勃里昂酒所带来的快乐的能力，即使因为要练就那样的品酒能力会饮酒过量，导致肝脏受损，不能再喝里希堡酒、科尔通酒或尚贝坦酒，我宁愿这样也不愿要少年时代那种像瓦楞铁板制成的内脏器官，那时候喝酒仅仅是一个过程——灌下足够量的任何一种酒使我莽撞起来的一个过程罢了。而且所有的红葡萄酒，除了波尔图酒以外，都是苦的。当然，问题的关键跟要避免把眼睛弄瞎了一样，是要避免非得完完全全把酒戒掉。但这些事情好像许多是靠碰运气的，谁也说不上他身体哪一个部位可以承受到什么样的程度，谁也没法靠规规矩矩就躲避得了死。

我们好像把斗牛的话题扯远了，不过中心意思是一样的，就是一个人随着知识的增长，随着味觉的训练，可以从喝酒中感受到极大的乐趣，就像一个人从斗牛中获得的乐趣一样会不断增长，最后欣赏斗牛变成了某个人最大的业余爱好之一。但是，一个人第一次去喝酒，仅仅是喝，不是去辨味道，不是品尝，他就会知道喝酒对他是不是有益处，就会知道自己是喜欢还是不喜欢，虽然他也许并不在乎能否辨别得出来酒是什么味道。起初，对于酒，因为一些酒别致的特质，大多数人都喜欢甜佳酿酒，像巴尔萨克酒、格拉夫酒、索泰尔纳酒，以及一些汽酒，如起泡的勃艮第和微甜的香槟等，而到了后来，这些酒他们都不喝了，他们开始追求那些酒力不大、味儿倒醇厚的上乘梅多克大苑酒。尽管有的酒只是在你舌头上有纯正、柔和以及微微的醇厚感、在嘴里有凉爽感以及喝完以后的温暖感，以及装那种酒的是没有商标，酒的品质也并没有什么奇特，更没有灰尘或蜘蛛网的光瓶子。同样，观看斗牛的人起初喜欢的是斗牛场的五光十色，喜欢的是入场式的别致，仅仅是喜欢那个场面，喜欢看藏于身后的动作和摇动穆莱塔让红布缠身的姿势，喜欢看挥动红披风过头顶的样子，那样子十分奇特，还喜欢看斗牛士伸手去抚摩牛角、摸牛鼻子，他们喜欢的都是这些没什么实质性用处、奇奇怪怪的花招。要是他们见马受到了保护，没有出现尴尬的情况就会很高兴，他们赞许这类方式。最后，到了他们由于经验的积累学会欣赏这一方式价值的时候，他们所寻求的就是直率了，是古典风格和所有斗牛技巧淋漓尽致地发挥，是那种真正的而非假装的感情。就像喝酒的口味发生变化那样，就像他们拒绝添加甜味，而在斗牛场上这种情况就是要看到不用保护垫的马，这样他们就能看见全部创伤直至马的死亡，于是不愿意观看预先计划好使马能经受得住而观众却觉察不到的痛苦。但是，你是喜欢还是不喜欢这么一件事情，从你第一次尝试它对你产生的影响得知，这情形也与喝葡萄酒相似。斗牛迎合人们的各种口味，它形式多种多样，如果你不喜欢斗牛，所有形式的斗牛都不喜欢，对它的细节也不感兴趣，甚至作为一个整体你也不喜欢，那么斗牛对你就不适合。当然，如果那些不喜欢的人不觉得要千方百计地花钱去禁止它或者因反感或讨厌而要发动斗争来抵制它，那么，对于喜欢斗牛的人来说恐怕就是一件好事了，不过，任何会引起强烈爱好的东西，也必定会引起同样强烈地反对，所以那样期望可能有点过分。

可能存在的情况是，某个人他去看的第一场斗牛在技艺上也许不是精彩的；想要有精彩的斗牛，就必须要有优秀的斗牛士和好的公牛在场。如果差的公牛和斗牛能手搭配，那么这场斗牛赛是不会有引人入胜的感觉的，因为能在观众心中激起极其强烈的情绪，跟公牛玩出不平常的招式的斗牛士，不会试图与一头他不能指望会做冲击的公牛一起做真正的表演。因为如果是差的公牛，如果只见它样子凶狠但其实一点儿也不强悍，人们不能指望它会向前冲击，这种牛进攻不主动，所以无法预料它会何时攻击，这样的公牛最好让有多年丰富经验的既懂行又诚实的斗牛士而不是讲究招式的斗牛士去对付。因为这样的斗牛士即使碰上一头难对付的牲畜也能表演得好，由于对付这样的公牛的危险又增加了一分，斗牛士要做好克服这危险，将牛刺杀并且杀得有气派的准备，既要有技巧又要有勇气。即使过去从来也没有看过斗牛的人，也会觉得很有趣。因此，这就使斗牛变得十分有看头。但是，如果一名斗牛士，他虽精明、勇敢、能干、熟练，但没有那种非凡的灵感或天分。在斗牛场上碰巧却面对的是一头真正勇猛的牛，当它响应了斗牛士一次次的挑战，它朝前直线冲击，它遭了痛击反而更加勇猛，具有西班牙人称之为"崇高"的那种品质，而斗牛士没有手腕上的魔法和美学的想象，不会与一头朝前直线冲击的牛一起创造出现代斗牛雕塑艺术，只有胆量和诚实的能力，准备见了牛就是杀。那么，这名斗牛士就会完全失败，他的表演就是毫无新意的、平平常常的表演，他就会在商业性斗牛的名次方面越来越落后，这时候人群中那些也许年收入还不到一千比塞塔的人就会说，而且说的绝对是心里话："我宁可来看卡冈乔跟这头牛斗，哪怕让我花费100比塞塔！"卡冈乔是个吉普赛人，他是个很不诚实的人。而且常见他突然间胆怯起来，斗牛士行为规范不论是成文的还是不成文的规定他一概不遵守。但是就是这样的一个人，他有本事以从来没有人尝试过的方法去做每个斗牛士都做的动作，只要遇上一头他对它有信心的公牛（另外估计他是很难对牛有信心的）。有时候，他坚强地站在那儿，仿佛是生了根的一棵树似的，两脚一动不动，带着吉普赛人特有的那种骄傲与风度，所有别的风度与骄傲相比之下似乎成了假冒的一般，他把红披风全部展开像帆船上的三角帆般，在牛鼻子前以极慢的速度移动，在他的诱牛动作中透出骄傲的缓慢之中，在人们感觉只有那么几分钟的时间里，变成了永恒，以至于只是因其短暂性而没有被列为主要艺术之一的斗牛这门艺术。上面用的是一种最蹩脚的花样文体，但如果非要给人一种感觉的话，就非这样写不可。对于一个从来没有观看过卡冈乔斗牛的人来说，用那些粗浅的语句去描述他的方法是不能传达这种感觉的。当然，已经观看过斗牛的人可以跳过这些花里胡哨的文字，只看那些有真实性代表的语句，不过要将这些真情实况分别叙述就会艰难得多。实际上，吉普赛人卡冈乔有时候能够非常缓慢地释放通常的斗牛动作，他那非凡手段的运用，会让人觉得这样的动作就好像电影慢镜头对正常镜头一样。这就好像跳水运动员能够在空中控制燕式跳水（燕式跳水实际上只是一个非常急速的动作。但是照片上看来像是长距离的下滑）的速度，延长在空中停留的时间，就像有时候我们在梦中的俯冲和跳跃一样，使燕式跳水变成了一种长距离的下滑的形式。其他有这种本领或者曾经有这种本领的斗牛士是恩利克·托雷斯、胡安·贝尔蒙特和弗里克斯·罗德里克斯，其中后两位有时候很会运用红披风。

看斗牛的观众第一次去不要指望能同时看到与这头牛相配的理想的斗牛士，在西班牙全国一个赛季里，这种情况最多可能出现不过二十次。而且，对他来说是没有好处的如果第一次就看到这样的斗牛。这时候在这个观众面前的这许多东西会弄得他眼花缭乱，两只眼睛都不知道该往哪里看。而且，这一生也许再也见不着其他什么了不起的东西了，对他来说那些东西反倒不过是最平常不过的表演罢了。要是一个人有可能会喜欢上观看斗牛的话，那么最适合他去观看的应该是一场中等水平的斗牛，即在那六头公牛只有两头比较勇猛好斗，而剩下的四头公牛只不过是那两头勇猛的公牛的陪衬，三名斗牛士应是报酬并不太高的那一类，这样一来他们所做的表演会很精彩，能赢得观众们的好评；观众座位也不要太靠近场子，这样他就能看到整个表演的场面。相反，如果离场子没有足够的距离，他所看到的往往会是局部，即仅仅局限于场上的牛和马，人和牛，或牛和人；最后，还得是在一个太阳火热的大晴天。太阳是非常要紧的。斗牛的场面、实践和理论都是建立在天空上有太阳的基础上，倘若没有太阳，那么斗牛就等于缺少了三分之一的乐趣。西班牙人有一句话俗语，"El solese1 meiortorero."这话的意思是说，太阳就像一个没有影子的人了，他是最好的斗牛士，而没有太阳，最好的斗牛士就不存在了。

第二章

"斗牛"一词，在盎格鲁——撒克逊语中是这样说的，斗牛不是一项运动。换句话说就是，在斗牛竞赛中，让公牛与人斗的做法是不平等的，当然，也没有人愿意做到那种平等竞赛。准确地说，斗牛就是杀死公牛，这样做是很残忍的，可以说这是一种悲剧。

这场悲剧是由公牛和那些斗牛者一同酿成的，无论双方演得好不好。在这场悲剧中，人是有危险，但动物才是那必死无疑的一方。因为斗牛士与牛角的远近距离完全掌握在斗牛士的手中，当然斗牛士的安全度也会降低。在封闭的斗牛场内，徒步斗牛的相关规定是多年经验总结的结果，一旦人学习并掌握了这些规定，那在斗牛时，斗牛士一定会采取某些措施，减少被牛角钩住的危险。只要斗牛士知道了这些规定，他就能够在与牛角缩短距离的同时，凭借经验和凭借自身的应变能力以及对这段距离的准确预测，躲避牛角尖带来的危险。如果人鲁莽愚蠢、粗心大意、肢体僵硬、手脚迟缓，或者无视那些基本准则里的任何规定，为施展不同招式而一时不小心的话，情况都会有很大变化，人就会被牛角牛头紧紧夹住，以致死亡。斗牛士在斗牛场里每完成一个动作都被称为一个"suerte"，这个术语言简意赅，因此运用广泛。它的意思就是 act，但用 act 这个词语一般会产生歧义，因为在英语里 act，又有喜剧这种解释。

一般在第一次观看斗牛时都会说："那个公牛不去撞人，只是冲向红披风也太蠢了。"公牛只会冲向朱红色的哔叽做成的穆莱塔或者密织棉布织成的红披风，如果人去挑逗它，就要同时注意手中挥舞的红布，让公牛只能看到红布，而看不到人。因此，去看 novilladas，才是刚开始观看斗牛的人的真正首选，即见习斗牛士与三岁公牛表演，见习斗牛士是在那些斗牛表演中在观众注视下不断实战学习斗牛的相关规定的。他们不能清楚或牢记住自己最理想的活动范围，还有不知怎样让公牛把人丢到一边而总是跟着挑逗的红布，却致使公牛总是心无旁骛似的不朝红布去。面对着想捅死你的牲畜时，熟悉一条条规定是一回事；而另外一回事就是还记得起来这些必需的规定。如果观众只是想要看人怎么被摔死、捅死，而对操控公牛手段的好坏并不想做任何关心，那他应该先去看见习斗牛士的表演，再去看那个真正意义上的斗牛，这里我们说的斗牛即西班牙语的 Carne de toro。无论如何，如果想要了解一些关于技巧的知识，我认为先去看一些新手的表演是一件有帮助的事。因为对于我们运用那些奇特的词所称呼的知识，在不熟练的前提下总是会瞧得最真切。斗牛士犯的错误，以及犯错后导致的后果，在新手表演中，观众们都可以看到。观众还可以知道一些关于斗牛人员的训练情况，训练不足的人一定还会因此影响自己的勇气。

我还记得有一次，在马德里的夏天，那是某个酷热的周日，很多条件好的人都出城去山里避暑或者去北部海边了。晚上六点左右的时候，我们听通知说有一个斗牛竞技赛，只见三名斗牛士意气风发地在那里，据说他们已经杀了六头托巴尔公牛。但是到最后这三个英雄都没能成功。我们能够清晰地看到第一头牛出场时的情景，因为我们在木栅栏后的第一排坐着。一位脸色苍白、个子矮小、模样土气、神情紧绷、脚踝粗壮，像没填饱肚子一样的巴斯克人，他穿着租来的廉价斗牛服，他叫多明戈·埃尔南多雷纳，他要是想着刺杀这头公牛的话，不是瞎说，他一定会被公牛捅死。埃尔南多雷纳慢慢挥动双手抓着的红披风去挑逗那头公牛，虽然他也想平静地站着。但是他根本支配不了他那两条因不听使唤而紧张的腿。但是当那头公牛不顾一切地冲过来时，他根本没法坚定地站在那，只见他两只脚紧张、慌忙地迅速跳开。很明显，他的那两只脚已经不是自己的了。只见他硬要装出镇定的样子来，完全顾不得那两只紧张得想逃避危险的脚了。观众们看到这种场面，都觉得很滑稽，他们很多人心里都知道，要是他们自己也面临这种情况的话，他们自己的双脚也会被吓成这样的。在斗牛场里谋生的人，即使那些与他们有相同缺点的人，他们依然会感到不满，而搞笑的是，观众们正是因为这种认为自己与被认为是高收入的谋生方式无缘的缺点。轮到另外两个斗牛士上场时，埃尔南多雷纳与他们的表演这么一比，他那两只紧张的脚的样子就更显得惨不忍睹了，因为他们驾驭红披风得心应手。他最后一次到斗牛场时紧张的情绪他自己仍旧无法控制，但距离上次斗牛已经是一年多之前的事了。等到完成短标枪投刺阶段，该轮到他带着红布和剑这些武器出场去斗牛的时候，在他准备刺杀公牛，并最终决定刺死它的时候，那些看到他战战兢兢的举动就喝倒彩的观众心想着：又有笑话可以看了。我们能看到他就在我们下面的场地里拿起那把剑和穆莱塔，他漱口时，我都能看到他脸上因为紧张而不断抽动的肌肉。公牛紧贴栅栏站着，双眼盯着他。埃尔南多雷纳知道现在慢慢靠近公牛是不现实了，他知道自己的双腿已经不可信了。他心里很清楚，现在只有一个办法，能让自己继续保持住在这斗牛场里的一个位置。他朝那头公牛奔过去，并用双膝跪在了相距10米的沙地上。为了这种姿势不被观众们嘲笑，他用剑拨开红布，并双腿跪着一下一下地朝牛移动。牛双眼目不转睛地盯着人，双耳竖立着，它就那样一动不动地盯着那块三角形红布。埃尔南多雷纳一边用双膝跪行靠近了1米，一边不停地挥舞着红布。这个时候公牛竖起了尾巴，不顾一切地低着脑袋冲了过来，刚一碰到人，埃尔南多雷纳就从地上被结结实实地给顶飞了，他在空中翻转了一下像一个包裹那样，同时两条腿还在空中不停地乱踹，随后他就被重重地扔在了地上。就在公牛疯狂地寻找他时，却又看见另一个斗牛士挥舞着拿在手中的红披风。公牛便义无反顾地朝那人冲了过去。许多沙土沾在埃尔南多雷纳苍白的脸上，他从地上爬起来寻找他的剑和红布。就在他站起身来的时候，我发现他租的那条很脏的灰色厚绸裤上有一条很长的几乎从屁股露到了膝盖再露到了大腿骨上的大口子。他自己也发觉了，并试图伸手去遮盖。此时人们翻过栅栏跑过来要送他去医院，都带着一副十分惊异的神情。在公牛直冲到面前时，他犯了一些技术性错误，他没有把穆莱塔举在自己与公牛中间。当到了被称为判定时刻，即公牛低着脑袋撞到红布时，他也没有做到一边尽量把棒和剑挑开的红布往前举起来，一边迅速弓身后撤，以防朝红布冲过来的时候公牛顶到人体。其实这只是个很简单的技术性失误。那天夜里，我在小餐馆中没有听到人们说到任何怜悯他的话。他愚昧、缺乏训练、动作迟缓，为什么他非要去做斗牛士呢？为什么还要跪下呢？他们说他只是一个胆小鬼，胆小鬼才会用膝盖解决问题。但如果他真是个胆小鬼，那又为何非去当斗牛士呢？因为他的这种公开表演是建立在支付报酬的基础上的，在他的那种抑制不住的紧张状态下，他是博取不了人们的同情的。在公牛面前那样仓皇逃走，还不如被公牛直接用角挑死好呢！直接被挑死不管怎么说那还算是一种荣耀！若他不是双膝跪在地上时被公牛捅死，而是抑制不住紧张的情绪趔趄着后退，那样不管怎么说也会博得人们的同情，而不是嘲笑，因为人们都明白那是缺乏训练的缘故。被公牛吓破胆时最难的事，就是他要稳住双腿继续挑逗公牛。即使稳住双腿的各种努力可能都会招致人们无情地嘲讽，但不管怎么说即使以那种方式跪着也是一种荣耀，但埃尔南多雷纳并没有掌握那种用双膝跪在地上的斗牛技巧，这才是最关键的。现在恐怕只有最讲究技巧的斗牛士马西亚尔·拉兰达才能够熟练地运用这个技巧，也正是因为这样一个原因，跪姿斗牛才被视为是很荣耀的一件事。而埃尔南多雷纳那紧张的毫无头绪的表现把自己的紧张情绪都原原本本地暴露在了观众们的面前，表现出紧张情绪并不是一件令人感到羞耻的事，可耻的是那个紧张的人从自己内心承认了这件事。与人们不同情那些自杀的人是同样的道理，当斗牛士因为技巧的失误或者不扎实而使自己控制不住那双脚，而导致自己在牛扑过来时跪倒在它的面前，对于人们来说，他的做法当然是不值得同情和可怜的。

对于不是斗牛士，而且还对自杀很有兴趣的我来说，我宁愿以自己的方式描述我看到的一切。我总是会在半夜的时候醒过来，一到那时我就会试图回想我是否忘记了什么，即我真实经历过的情景，最终我记起了一切有关的东西，我还是回忆起来了。只见他从地上爬起来，绸马裤的大口子从腰间被撕到了膝盖，苍白的脸上沾了泥沙，那个时候最关键的是我看到了他那很脏的马裤，他裂开了口子的脏内衣，还有那洁白的不忍多看的大腿骨。

对初来乍到的新斗牛手来说，除了研究斗牛技术和因技术不精而导致的后果之外，你还有机会学习对付某些方面有缺陷的公牛的技巧。在见习斗牛时，会安排一些不能用于正式斗牛的公牛，因为它们有某些明显的缺陷，它们总会被用各种技巧杀死。几乎所有公牛都会显露出缺陷来，不管是在何种形式的斗牛中，这些缺陷都在斗牛士的纠结之中。有些见习斗牛在一开始就把一些缺陷表现得特别明显，比如视觉缺陷。因此，如果纠正缺陷的方法不正确，或者因没有纠正而导致的一些结果，都是很容易被发现的。

正式斗牛时公牛一定会被杀死，这是一场悲剧，而不是一种运动。在规定准备刺杀和进行刺杀的十五分钟后，如果斗牛士依然没有把公牛杀死，公牛就会被引导者活着带领到外边，对于斗牛士这是一种羞辱。根据法律，这头活着出来的公牛必须在外面的牛栏中被杀死。除非一个斗牛士经验尚浅、大意、很久没有接受训练或者年纪太大、双脚迟缓，正式获得认可的斗牛士的丧生概率只有百分之一。但是，倘若这个斗牛士技术娴熟，他可能会随意增添他本人所处的死亡危险的程度。不过，他必须首先遵守为保护他而制定的规定才可以增添技巧难度。换一种说法就是，在极度危险的状况下，如果他还可以做一个动作并仍然能保证身体不失衡，对他来说，那就是光荣。如果他因身体或头脑迟缓或者因莽撞而涉险，因为不在乎、忽视基本规定，那他就会被大家认为很可耻。

斗牛者必须用胆量和手段来制伏公牛。只有用好看的动作来压制住对方，斗牛才会被作为一件赏心乐事存在着。力量对于斗牛士没有任何的用处，除了刺杀的一瞬间。绰号叫"小公鸡"的何塞·戈梅斯的哥哥，也就是绰号"公鸡"的吉普赛人拉菲尔·戈梅斯，现在已经快50岁了，当然，他也是活在世上的吉普赛斗牛士世家戈梅斯这个姓氏中的最后一员。有一次，有人问他在斗牛时是依靠什么体育运动来增强体力。

"是力气吗?""公鸡"说，"力气对我来说毫无用处，兄弟? 跟半吨重的牛相比，让我去锻炼身体增强力量，还不如让牛去有力气得了。"

在斗牛场，如果一头牛在规定的十五分钟内没有被刺死，事后也不在牛栏里被杀掉，而是允许它第二次上场并允许它也像斗牛士一样增加经验的话，那恐怕所有的斗牛士都不是它的对手了。没骑马的人和野生动物之间的首次相遇是建立在斗牛运动的基础上的。现代斗牛的基本前提是公牛从来没进过斗牛场参加比赛。原先的斗牛导致太多的人被牛捅死了，原因就是可以让先前进过斗牛场的公牛第二次进场，所以在1567年11月20日教皇庇护五世颁布敕令规定，要把所有允许在自己国土上进行斗牛的天主教君主驱赶出教会。而且天主教式葬礼用在那些在斗牛场里被捅死的人身上。在教皇敕令颁布后，西班牙依然没有放弃举办斗牛运动。在大家都同意公牛只能参加一场表演的前提下，教会才不再禁止斗牛运动了。

因此，如果想让斗牛不仅只是一个悲惨的场景，而变成一种真正的运动，你可能会说应该准许公牛第二次出场。我曾在外省城镇见到过这样不遵守法律规定而上场表演的公牛。那是用大车串在一起临时围成的在城中的广场上的场地，就这样堵住广场的出入口，这是一种非法的capea，也就是把上过场的公牛第二次带进去表演。那些第一次在广场斗牛的是没有后台老板资助的斗牛士，他们是来体验斗牛的，都怀有很高的志气。可以说那也算是一项运动，一项非常原始粗糙的、残暴粗鲁的运动，大体上来看也可以作为一项真正的业余运动。可是因为斗牛风险太大，所以参加这项运动的美英业余运动员是不会受到人们很多的欢迎的。不管是逃离死亡，还是接近死亡，死亡都不会是吸引我们投入这项运动的主要因素。吸引我们的是那种成功的感觉，我们用避免失败来作为避免死亡的替代品。但是如果要做个运动员，这是一个很好的象征，那运动与死亡联系越是密切，越得需要更多的睾丸。在这种场合下斗牛时，公牛是很难被杀死的，那些真爱动物的运动员一定会被吸引。外省那些城镇人普遍很贫穷，他们承担不起每场比赛都要杀牛的费用。而有志向的斗牛士也都没有钱买剑，不然他也不会选择到广场来学习斗牛的技术了。那些富有的运动员也会因此得到机会，因为有钱他就付得起买公牛的钱，当然，剑他也可以自己买到。

但是因为公牛的智力发育原理，被第二次带入斗牛场的公牛已经没有什么可看之处了。冲击了一两次之后，公牛就只会一动不动地站在原地，他只会在有机会捅到拿红披风挑逗自己的孩子或大人的时候才会向前冲击。如果公牛面对着一群人并冲向人群，它就会瞄准一个人一追到底，无论那个人如何绕弯甩它、左右躲避、使劲奔跑，它都会一直不停地追，直到把他捅倒。那还是很有观赏性的，如果那头穷追不舍的牛把牛角的尖磨平了，看着公牛追来捅去的。如果一个人不情愿，任何人都不需要去把公牛激怒，当然那些想要去尝试斗牛的人，也不一定真能把自己的勇气展露出来。那些人心情十分激动进入广场中，由此只要观众觉得有趣程度足够吸引他们了，也就可以收取入场费赚取利润了，它是一次对某项业余运动的极大的考验，这可以看出是不是让斗牛者比观众更觉得有意思。这项运动最微小的淡定或镇静的表现，都会立刻获得热烈喝彩，它也就出现了职业化的迹象。但是，如果牛角没有被磨平，那就会是一个人心慌乱的场景了。这时拿着衬衣、旧披风、麻袋片代替斗牛红披风的孩子或大人，会在好像牛角已经被磨平的情况下去挑逗公牛。唯一的不同就是，他们很可能会受到连当地医生都无法治愈的伤害，一旦人被公牛捅到，撞翻在地。在巴伦西亚省曾经有一头最骄狂的牛，它在广场斗牛五年职业生涯中杀死了十六个孩子和大人，而它把六十多个人严重撞伤。虽然有时进入广场斗牛的人为了免费获得斗牛经验，也会通过像当职业斗牛手那样表演，但大多数人仅仅只是为了获得巨大的刺激，或为了尝试一下。也许是在自己家乡的斗牛广场参与过蔑视死亡的运动，为了能把这种在午后酷热时当作将来回忆起来的乐趣。许多人发现自己并不是很有勇气，但他们仍然希望自己有勇气，很多人就抱着他们至少是进过斗牛场的这样的虚荣心进场的。除了进场子与牛竞技过和满足自己内心的需要之外，这只不过是一件令做的人会永远铭记于心的事而已，他们其实没有得到什么其他东西。那是一种奇特的感觉，一头牲畜睁大双眼朝着你冲过来，一心要置你于死地，而此时，你还看着它低下脑袋亮出要刺死你的角冲你步步紧逼。但总有人愿意进入广场斗牛场内，因为这种感觉把人所期望的激动都引发了出来，为了满足曾经斗过一头真正公牛的快感，为了满足曾经经历过这样的事情的自豪感——尽管当时并不能真正感受到想要的乐趣。如果这个城镇的人们群情激愤、失去控制，或者能负担得起杀牛的话，那他们也会把那头公牛杀掉的，到时大家就会蜂拥而至，每人手里都拿着屠刀、刀子、匕首和石块。肯定会有几个人牢牢把牛尾巴抓住，但也会有人被夹在公牛的两角之间，被它上下甩动着，没准会把一些人甩到空中，一群手持刀子、匕首的人一下子冲到那里，对着牛又捅又砍，直到它跌跌撞撞躺倒在地为止。虽然很刺激，整个业余斗牛，也可以称作群斗，却是非常混乱、粗暴的，与正式的斗牛相比差远了。

人们用很奇特的方式杀死了那头弄伤六十人、杀死十六人的公牛。它杀死的人当中有一个差不多14岁的男孩。那男孩的哥哥和姐姐一直跟着这头把他杀死的公牛，可能他俩想在公牛被关进木笼子时暗中找个机会杀掉它。杀掉它是很难的，因为这头公牛身价很高，看守也十分严密。他们两人就这样，只要这头公牛去哪里，他们两人也就跟到哪里，尾随了两年都没机会下手。虽然政府接二连三地颁布法令想废除广场斗牛。而且政府当时确实又这样规定了一次。它的主人决定把它送到巴伦西亚屠宰场去，因为这头牛的年龄已经不小了。因为这头公牛杀死了他弟弟，两个吉普赛青年就穷追不舍地跟到了屠宰场，他希望这头牛是被他杀死的。那里的人同意了他的请求，随后就准备杀牛。他先是把笼子里那头公牛的眼睛挖掉了，然后他拿着匕首很吃力地把公牛颈椎骨之间的骨髓切断，还冲着它眼窝吐唾沫。杀死公牛后，他希望能再把公牛的睾丸割下来的请求也被允许了。他和妹妹在屠宰场外面满是灰尘的马路边生了一堆火，把被割下来的两个睾丸放在火上烤，烤熟后就全吃了它们。然后，他们头也不回地沿着大路离开了屠宰场和城镇。

第三章

现代斗牛通常是六头牛，由三个不同的人来刺杀，这是正式斗牛，即 corrida de toros，即平均每个人要杀两头牛。按法律规定公牛不可以有身体缺陷，长一副好牛角，而且锋利，年龄必须是四至六岁。斗牛开始之前，公牛都要经过市级兽医站的体检。牛角有什么毛病，眼睛或是牛角不健全，或有瘸腿，或者有明显的疾病等明显残疾，以及不到年龄的公牛，兽医一律拒绝。

刺杀牛的人叫作剑杀手，每一个剑杀手即刺杀牛的人，都有一个 cuadrilla 即一个小组，由五六个人组成。他们要刺杀哪几头牛是由抽签决定的，这几个人都听他的命令行事，都由他出钱雇用。其中三个人徒步，手拿红披风在前边帮助他，并按照剑杀手的命令，插入三英尺长，有鱼叉似的短标枪。这三个人就叫 peones 也叫 banderilleros。另外两个人骑马进场，他们叫 picadors。

在西班牙叫 toreador 的斗牛士的说法已经过时不用了。这个字在过去还没有职业斗牛的时候是指一些贵族，他们把骑在马上刺牛作为一种运动。为挣钱斗牛的人，不管是短标枪手、长矛手，还是剑杀手，都叫 torero。斗牛，西班牙语叫 corrida de toros，即赛牛。斗牛场叫 plaza de toros。骑一匹经过严格训练过的马，在马背上拿长矛斗牛的叫作 rejoneador，也叫 caballero en plaza。

早上，在斗牛还没有正式开始之前，每位剑杀手的代理人（通常是最受信赖的、年龄最长的短标枪手）在斗牛场牛栏旁会面。这些代理人察看牛栏里的公牛，看看个头大小，估量体重、身高及牛角长度、宽度、锋利程度，还有公牛的皮毛光泽。因为下午要参加斗牛的公牛都被关在那里面。这最后一条，是勇猛的象征，跟其他的一样，也都是很能反映公牛身体状况的象征。虽然能表明胆小的可能性有许多的象征，可以确定勇猛的靠得住的标志却是没有的。那些从牧场押送公牛的牧人即 vaquero 那里打听情况的心腹短标枪手，了解每头牛可能有的脾气、特性。这位牧人到了斗牛场负责照看这些公牛，从牧场跟到斗牛场的时候，他就被称为 mayoral。牛栏里的牛要被分成三组。而且分组要碰头协商的代理人一致同意，每组两头，这样做是要在每组牛里都有一头差牛和一头好牛，好与差是以斗牛士为出发点定的。好牛是不很壮，不很大，牛角一般，肩部一般，但尤其重要的是对颜色及动作反应快，视力好，并且冲击勇猛而干脆的牛。差牛是年龄太大、力气太大、牛角太粗大、个儿太大的牛。但尤其是，差的牛胆子不很大，缺乏持久的凶狠，或者对颜色或动作无反应，因为这些缺陷使斗牛士说不准公牛会不会冲击、什么时候冲击、怎样冲击。代理人通常都是些头戴帽子的矮个子，说话带着各种各样的口音，早上起来到现在还没来得及收拾自己的脸。但是眼光一律都很敏锐的那些人，他们不停地争论。

他们说四十二号比十六号重 2 阿罗瓦（50 磅），不过二十号角比四十二号粗大。十八号红棕色，说不定像犍牛那么胆小。四十六号大得像座大教堂，有人朝它吆喝一声，它正在吃草料，听见吆喝声抬起头来。经过一番你争我吵才编好了组，两头一组编上号，公牛大腿上烫了火印，同时将号码分别写在三张香烟纸上，然后揉成一团放在帽子里。红棕色、可能胆小的这头牛跟那头体重中等的黑色牛搭配，它毛色富有光泽，角不太长。那头像座大教堂的四十六号，跟十六号搭配在一起。这头牛不大，也没有什么突出的特点，兽医那一关差一点儿没通过。看上去像样，但是肌肉没发育完全，是一头标准的没有完全发育的牛，也不大懂得如何使用它的角，那些代理人都想为自己人要这头牛，牛角宽大但是尖得像针的二十号搭配那头四十二号，因为除了十六号，它是最小的了。拿着帽子的那个人把托在手中的帽子摇了摇。代理人都伸出手摸了卷得紧紧的香烟纸小纸丸，他们的手是黝黑的。他们看了写在纸丸上的号，抬头最后看了一眼那两头公牛，也许就回旅馆告诉剑杀手要杀的是什么样的公牛。

斗牛的先后次序由剑杀手自己决定。万一斗第一头牛结果很糟糕的话，他可能先拿最差的那头，希望第二次的牛的情况会好转。要是他被派第三个出场的话，那他就先斗最好的那头牛，他心里明白要是那时候天已暗下来了，大家都想散场，他要刺杀的是第六头牛，那么大家都会原谅他草草地收场，也会原谅他想匆匆结束，要是那头牛是头很难对付的牛。

一般按剑杀手资历从高到低来定刺杀的先后次序的编排：这是从他们在马德里第一次出场开始算的。在过去，被牛捅伤、待在医院里回不来的剑杀手留下的牛全由斗牛场内资历最深的剑杀手包揽。但现在不一样，这些牛是被剩下的人平分的。

斗牛一般是下午五点半或五点钟举行。当天中午十二点半，则把牛栏里的牛一头头实行隔离，即举行 apartado，这要犍牛帮忙，利用单向活动门、通道和旋转门，把牛都关到单间牛栏即 chiquero 里分隔开来。牛被关在单间牛栏里，按照已经定下的出场次序，等到轮到他们的时候才被放进场内。斗牛之前牛不会在黑洞洞的牛栏里被关上好几天，也不会像你在各种西班牙导游手册里都可看到的那样不让喝水、吃料。在斗牛开始之前，公牛在光线暗淡的牛栏里不会被关超过四个小时。跟拳击手比赛前那一刻不吃东西是一样的道理，公牛离开之前不会在单间牛栏里得到东西吃。不过把它们关在光线暗淡的单间小牛栏里的理由是为了可以让牛在开斗之前休息一下、静一静，也让牛可以一下子冲进场内。

在分隔公牛的时候，到场的人通常只有斗牛场的老板、当局派来的人，还有很少几名观众，以及代理人、剑杀手和他们的朋友。通常这时候是剑杀手第一次见到当天下午他要刺杀的牛。为了控制观众的人数，大多数地方把入场券价格定在五个比塞塔。为了不让牛的注意力被观众吸引，斗牛场的老板希望把牛隔离的时候只有少数人在场，这样是因为这些观众为了想看牛的动作会朝牛吆喝，可能会把牛惹起来，它们会不受控制地互相顶撞、冲门、冲墙。如果牛在牛栏里冲撞，它们就会有相互捅伤或损坏牛角的危险，那么斗牛场的老板就要再花上几百美元去换一头牛入场。许多看斗牛的群众和那些跟班的人总认为，斗牛士会跟牛说话，但他们比斗牛士更能跟牛说话。因为有墙或牛栏高围栏的防护，所以他们就想方设法地吸引牛的注意力，学着职业斗牛士和牧人吆喝的声音，粗声粗气地叫"嗬！嗬！嗬！"。如果底下牛圈里的牛抬起头，让人看到它的脖子和肩胛上隆起的肌肉，放松的时候是厚实的一大堆，一抬起脑袋，就高高地耸起，裹着黑黝黝、毛茸茸、富有光泽的皮毛，两个鼻孔张得大大的，还有它粗大牛角像木质一样坚硬，顶端光滑，一面朝观众瞪着双眼，一面还要不停晃动着抬起牛角，那么，那个会跟牛说话的人就获得成功了。如果牛将牛角刺进木头，真的冲击，或者朝说话的人仰起脑袋，那就是一个更大的成功了。为了避免巨大的成功，控制成功的次数，斗牛场的老板把入场券的价格定成了五比塞塔，他们的依据是，只要能付得起五个比塞塔来看公牛隔离的人，个个都是非常有尊严绝不会在斗牛之前跟牛去说话的人。

但是，这事也不能说就是一定的，在乡下你看到一些人付了五个比塞塔观看牛的隔离，他们也许就是为了找个好机会施展自己跟牛说话的才能，因为这些地方的斗牛一年只有一回。但一般来说，五个比塞塔的票价的确使那些脑子清醒的人减少了与牛说话的次数。公牛一般不会搭理酒鬼们说的话。我曾好多次看见喝醉了酒的人朝牛大喊大叫，而牛从来没有瞧他一眼。在潘普洛纳那个地方，5 比塞塔就可以让一个人在马市场喝醉两回还可以吃上一顿饱餐。5 比塞塔的庄严气氛，在那样的一个城里，给牛的隔离增添了几乎是宗教的静穆。除非一个人他是个大款，否则谁也不会花 5 比塞塔到那里看公牛的隔离，而且很有尊严。但是隔离的气氛在别的地方有可能完全不同。我从来没有见过两个不同城镇的气氛是完全一样的。看完隔离后人人都上小餐馆吃饭去了。

正式的斗牛场周围是漆成红色的木板围栏，那是在一个铺沙土的场子里，这个木板围栏叫作 barrera，围栏高四英尺稍多一点。木板围栏后面有一个环形通道，这条狭窄通道叫作 callejon，这个通道将圆形斗牛场与木板围栏的第一排座位隔开。通道上站着看管剑的人，他们旁边放着一叠叠折好的穆莱塔和沉重的皮剑套、揩布和一排排的水罐，通道上还有斗牛场的服务员，卖汽水、卖冰啤酒的，卖冰水果的把那些水果用网袋装了起来，还有卖花生、卖腌杏仁的。通道上还有暂时不上场的斗牛士、几个随时准备抓那些可能跳进场内的业余斗牛爱好者的便衣警察，还有坐在有挡板保护的固定座位上的医生、修复损坏的木板围栏的木匠、摄影师，以及政府派的人。有些斗牛场摄影师必须坐在座位上拍照，有些斗牛场允许摄影师在通道上走动。

除了楼座即 grada 和包厢即 palco 之外，斗牛场都是露天座位。从场子边座位到楼座由低到高，环形排列。这些对号入座的一排排的座位叫作 tendido，两排座位靠近斗牛场的最前面，即前排所有的座位，叫作 corttra – barrera 和 barrera。tendido 前排座位是第三排叫作 delanteras de tendidos。为编座次起见，就跟你切馅饼一样，斗牛场分成几个区，这些区就编上号：视场子大小而定，号码可以由一、二、三一直编到十二。

如果之前你没有看过斗牛，你要根据你的性格来确定最合适自己的座位。坐在楼座第一排或包厢里，混杂的气味、各种声响以及随时会发生的一个个危险情景，大大减少或者全都丧失了，但如果是一场精彩的斗牛的话，你把斗牛看得更清楚。而且，作为一个大场面，你也可能看得更有感觉。如果这场斗牛看起来很蹩脚，就是说那不是一场值得看的比赛，那么你的座位还是越靠前越好，那样由于整个场面你不能全部看到，因此可以了解到所有细节以及比赛的一切。楼座与包厢适合于不想坐得太靠前观看的人，因为坐得太近看了心里会感觉不好受；那个地方适合于看斗牛盛典的人或整个场面；也适合于那些能看点出门道的人，因为那些懂行的人即使坐得很远那些细小的动作他们也能看到，他们想坐得高一点，这样他们就能对斗牛表演从整体上做出评判，就能看到斗牛场各个角落发生的一切。

如果你想听一听、看一看发生的一切，想离公牛很近以便从斗牛士的角度观察，那么你做好做前排的座位的准备。因为坐在前排观看，过程非常具体，斗牛动作离你很近，就连对原本坐在楼座上或包厢里看斗牛看得发困的人来说，这也是一件很有趣的事。只有坐在那一排，你眼前的斗牛场才会一览无余、毫无遮挡。也只有坐在前排你才看得到危险并且学会察觉危险。除了包厢和楼座的第一排，你坐在那些别人挡不住你的视线的地方就是 sobrepuerte 了。那是门廊上方进入斗牛场各区的座位。坐在那些座位上可以清楚看到斗牛场，视野开阔，又不像坐在楼座或包厢里那样离得那么远，它们大致处于斗牛场梯形观众席的中间。这些很好的座位，是包厢或楼座的一半，也就是座位票价是前排的一半。

斗牛开始时处在阴影里的座位叫作 sombra，即阴凉，那是斗牛场建筑西墙投下的阴影。另外的那些座位，斗牛开始时它们处在太阳底下。但是随着午后时间推移它们就处在阴影里了，这些座位就叫作 sol y sombra（阴凉和太阳）座位。座位的票价就根据座位是否遮了阳光，以及座位的好坏来定。最便宜的座位是贴近屋顶、顶端晒着太阳而且从头至尾都处在太阳照射下的地方。这些座位叫作 an - danadas del sol；如果天气晴朗，这些座位又紧贴屋顶，因此，即使在树荫下温度都达到华氏104度的巴伦西亚那些地区，这些座位气温之高，是很难想象的，假如有合适一点的，那么在阴天或大冷天，这些所谓太阳下的座位，倒是很不错的位子。

如果你是第一次自己一个人去看斗牛，也没有人给你指点，应该买门廊上方或楼座第一排座位。要是这些座位你买得到，包厢总是买得到的。这些座位离斗牛场也最远，票价最贵，但坐在那里整场斗牛就尽收眼底。如果与你同去的人是一个观看斗牛的老手，同时你也想学着懂一些而且那些细节并且看了也不会害怕，那么，最好的座位是前排的，第二排的第二位，门廊上方座位排第三位。

如果你是一个女人，想要自己去看斗牛。而且又害怕看了心里会难受，那你第一次去看就不能坐前面介绍的那些好位子了。如果你坐得靠前，看到的一个个细节就会破坏整体的效果，你就不觉得有什么看头了；而坐在那个位子如果你看到的是一个精彩场面，就可以尽情欣赏。如果你很有钱，并不是真的想来看斗牛，而只是为了事后知道自己看过斗牛，你不管喜不喜欢看，准备看完第一场比赛就走，那你应该买前排座位的票，这样，那些以前花不起钱买前排座位的人，在你往外走的时候就从上面狂奔下来，坐到你那个昂贵的票价座上。

过去在圣塞瓦斯蒂安这种情形常常发生。由于斗牛场的老板依赖比亚里茨和巴斯克海岸的富有的古董商人，由于通过种办法转手倒卖入场券从中非法牟利，等你买到前排座位的票子，已经是100比塞塔一张甚至更贵。一个人花100比塞塔可以去四趟普拉多艺术馆，买两场斗牛场露天座位的好票子，看完斗牛再买报纸，可以在马德里斗牛士寄宿住上一个星期，到维多利亚大街的横马路阿尔巴雷斯巷去吃虾、喝啤酒。尽管这样，口袋里还有几个钱可以拿去用来擦皮鞋。可是，在圣塞瓦斯蒂安买下任何一个离前排不远、跑几步就能到达的座位，肯定可以坐上100比塞塔的好位子，因为那些知道自己在一场比赛被斗完之后，由于心理原因一定要离开斗牛场的人已经站起来准备退场了，这些人有白白的，有精瘦的，有肥胖的，有晒得红红的，有戴巴拿马大草帽的，有穿法兰绒衣裤的，有穿运动鞋的。我好多回看到他们退场，跟着一起来的女人倒想继续待着看。他们可以去斗牛场，但是看到那刺死的一头牛之后他们必定会去赌场碰头。要是他们不退场，要继续看下去，那他们就出毛病了。也许他们很奇怪。他们并没有什么毛病。到最后他们总会走。那是斗牛还没有让人尊重的年代。现在好像圣塞瓦斯蒂安不花钱坐前排座位的好日子已经一去不复返了，到了1931年，我没见周围有人退场。

第四章

第一次看斗牛的最佳选择是看见习斗牛，而马德里是看见习斗牛的最佳地点。一般在3月中旬前后会举行见习斗牛的表演，一般每周四也会有一次，每周日一次，一直表演到复活节。因为复活节一到，几大正式斗牛表演就要拉开帷幕了。复活节一结束，在马德里第一阶段的七大斗牛的座票就能开始预订了。七大斗牛的入场券一摞摞地都被售出去了，坐好的座位一般都会包年预订。最佳座位就是阴凉中间的前排，在那座位前的红漆木板围栏上就挂着斗牛士的红披风。斗牛士在没上场前他们就站在这里，他们准备手持穆莱塔出场时，牛也是在这个地方被引出来的，这里还是他们表演完毕后来休息的地方。这里的座位，就跟足球赛或棒球赛的替补运动员休息区内一样，就像你听说的和看到的拳击手在拳击台上的角落里一样。

在第一个和第二个订票期内即abono，在马德里你买不到这种票。但是关于见习斗牛表演的票，无论是在固定的正式斗牛之前、两次斗牛表演之间还是斗牛之后，无论是星期天的还是平时都会表演的周四，都是能够买到的。你要想买前排座位的票，可以问清楚红披风放在哪里，用"Adonde se pone los capotes?"这句话，问好后你可以要求买那个靠近放红披风的座位。在外地，卖票的人会连哄带骗地卖给你他手中最坏的票。但是，如果你是真的懂得哪种票是好的，也很想买一张绝佳票位的外国人，那他手中最好的票说不定真会卖给你。在一个叫加利西亚的地方想办件正经事，是很难搞明白实际情况的，我经常在那里被人坑蒙拐骗。马德里的卖票者的态度是最好的，尤其是巴伦西亚。你得找到订票机构又称abono和re-venta，在西班牙大部分的地区。这里提到的re-venta指的是入场券经纪人，这些经纪人把大部分没订出去的或还没被全部预订的斗牛赛入场券拿到手，再向外以票面价加价的20%出售。通常斗牛场还是会经常亏本尽管他们千方百计地卖票，所以有时候斗牛场对他们的这种做法也很赞同。因为他们能确保全部卖光这些票，虽然他们把这些票卖得很廉价。要是票无法卖出去，有亏损的就不是斗牛场，而是经纪人了。在几场或一场斗牛开始订票，即abono时，你恰巧在城里的概率是很小的，除非你当时就住在这座城里。还有，座位的老客户有权续订，在新客户还没订座位之前。此外，下午四五点钟才开始订票也是有可能的，也可能在斗牛之前的两三个星期就开始订票了，到最后你还是很难订到想要的票。鉴于以上理由，你去 re - venta 那里买票是很有必要的。

要是你已经到了一个地方，并且已拿定主意要看斗牛表演，那你应该马上去买票。因为有可能马德里的报纸只会在演出那一栏中写在马德里斗牛场的一行字下，登出一个小得可怜的分类广告，而对即将开始的斗牛表演消息只字不提。除了外省以外，西班牙的报纸是不登斗牛的相关信息的。但是西班牙各地都会张贴宣传斗牛的大幅彩报，列明斗牛士的名字，要斗几头牛，斗牛小组构成，送牛来的牧人，还有斗牛的地点、时间。通常各种座次的几个也会在上面提及。如果你到入场券经纪人那儿去买票，你还需要在票价的基础上多付 20% 的酬金。

如果在西班牙想看斗牛，那从 3 月中旬至 11 月中旬都可以，每个周日马德里都会有斗牛，如果天气好的话。西班牙在冬天举办的斗牛不多，只是在马拉加、巴伦西亚或巴塞罗那会偶尔举办几次。每年在 2 月末或 3 月初的卡斯特利翁举办第一场正式斗牛，当时是玛格德林节；每一年的末场通常是 11 月上旬时在翁达拉赫罗纳，或巴伦西亚举办，但如果天气不佳，11 月的斗牛比赛就会被取消。在墨西哥城，从当年 10 月一直到第二年 4 月，说不定这整整四个月的每周日都有斗牛。一般在春、夏两季进行斗牛训练，墨西哥其他各个地方的斗牛日期不尽相同。在西班牙，其他地方的斗牛日期也不尽相同，马德里除外。但是通常来说，斗牛日与全国的宗教节日和当地集市又称 feria 的日期是吻合的，除了与马德里一样定期举办斗牛的巴塞罗那之外，因为通常当地圣徒纪念日与 feria 的日期是同时进行的。这些墨西哥、中南美洲还有西班牙的集市日期一般也都是举办斗牛的日期，在本书后面作者会把这些固定的大集市日期在附录里一一列出。如果你只在西班牙待个两三周，那观看斗牛的机会是很容易错过的（比你想象中的容易错过）。但是有了这个附录，无论哪一天到，无论想去哪些地区，不必管天晴或降雨，也不必注意是哪天，所有人都能看到斗牛。当第一场斗牛结束后，你就很清楚你是不是还要再看斗牛了。

开春时，除了能看到马德里的两个订票时期订到的斗牛和见习斗牛，塞维利亚集市那天是看好的斗牛的最佳地点。那里最少有四场斗牛连续举行，这个集市在复活节过完后就开张。如果你当时正好在塞维利亚过复活节，随便一个人就能告诉你集市在何时开始。不然从大张斗牛海报上你也能看到日期。如果过复活节时你正待在马德里，那最好到太阳门周围任意找家咖啡馆，或者沿圣赫罗尼莫大街从太阳门起朝普拉多艺术馆方向走，直到卡纳雷哈斯广场右手旁边的一家咖啡馆那里，塞维利亚集市墙上的海报就贴在那里。夏天时，你也总能在这家咖啡馆看到许多其他的海报，又称 cartels，很多集市被宣传在上面，有萨拉曼卡、巴利阿多里德、昆卡、马拉加、木尔西亚、潘普洛纳、巴伦西亚、毕尔巴鄂及很多其他的地方。

在巴塞罗那、木尔西亚、萨拉戈萨、马德里、塞维利亚，正式斗牛总是在复活节的周日时举办，而在巴利阿多里德、格拉纳达、毕尔巴鄂，新手斗牛表演还会在其他地区举行。在马德里，还会有一场斗牛在复活节第一周的周一举行。每年 4 月 29 日，赫雷斯都会举办一场斗牛和集市。即使没有斗牛，但那里也是许多葡萄酒和雪利酒的原产地，那个地方很值得一去。你因酒香走进一个个赫雷斯的酒窖，可以把各种等级的白兰地和葡萄酒统统尝一遍。但是一定不要在斗牛赛的当天品尝白兰地、葡萄酒，最好选在另一天。在毕尔巴鄂，会有两场斗牛，就在 5 月 1 日、2 日、3 日，这几天哪天是周日就是斗牛日了。假如过复活节时，你在圣约翰城或比亚里茨，那里的精彩斗牛千万不要错过。巴斯克沿海任何一条公路都能到达毕尔巴鄂，毕尔巴鄂是座矿业城市，很富有但是很难看。天气就跟圣路易城一样酷热，不管是塞内加尔的圣路易，还是密苏里州的圣路易斯，人们都是不喜欢斗牛士，热爱公牛。如果某个斗牛士被毕尔巴鄂的人们喜欢，人们就会给他买一些越来越大的公牛让他斗，直到最终他葬送了名声或者丢了性命为止。到时那些唯恐天下不乱的毕尔巴鄂人就会发难："看吧，都是一路货色，一个个都是徒有虚名的胆小鬼。真让他们跟几个大点的公牛斗，就暴露无遗了。"如果你想探看大公牛头上的牛角到底多粗，个头究竟多大，牛是把头伸过围栏使你感觉牛像是要冲出围栏冲进你怀里，看那些牛如何被斗牛士吓死，看那些台上粗鲁的观众，总之一句话，毕尔巴鄂就是你的最佳选择，如果你想全方位地看。5 月的牛比 8 月的牛小，8 月中旬开始集市时，也会举行七场大公牛参加的斗牛。但是 8 月时，毕尔巴鄂的天气比 5 月时的天气更酷热了。如果你不怕闷热、潮热，不怕酷热，还有锌矿和铅矿上那种真实绝对的热，最好在 8 月去毕尔巴鄂集市，那令人惊叹不已的大斗牛你就可以看见了。在科尔多瓦另一个仅举行两场斗牛的 5 月集市，这个集市的时间是不固定的。但在龙达 20 日肯定有一场，在阿兰胡埃斯 30 日会有一场，在塔拉韦腊 16 日肯定也会有一场。

去塞维利亚的线路有两条坐车从马德里出发的公路。一条叫厄斯特列马杜拉公路，途经塔拉韦腊、特鲁希利奥和梅里达；另一条叫安达卢西亚公路，途经阿兰胡埃斯、巴耳德佩尼亚斯和科尔多瓦。假如你正值 5 月来马德里，16 日就能到塔拉韦腊看斗牛了，如果你坐车走厄斯特列马杜拉路往南。那条公路路面光滑，向前延伸，路况不错。到时如果塔拉韦腊是晴天的话，那可是个不错的去处。为那里提供公牛的大部分是当地的寡妇牧人奥尔特加，她的牛大小合适、不易斗杀、危险、勇猛。何塞·戈梅斯·依·奥尔特加，斗牛时取名叫何塞利托，又叫利托，应该是当时世界上最受欢迎的斗牛士了，他是在 1920 年 5 月 16 日在斗牛场上丧命的。寡妇奥尔特加养的牛就是因为这件事而远近闻名的。同时，因为她的牛块头大，危险高。而且表现并不优秀，所以现在通常把它们宰杀了，是让被夺去应该享有这个职业权利的人。

到阿兰胡埃斯，从马德里出发全程仅 47 公里，途经一条平整得跟台球桌一样的公路。这座城由一片山丘绿洲和红棕色平原构成，此处土壤肥沃，溪水湍急，绿树高擎。城中有一排就好像贝拉斯克斯油画中的背景那样的树木。你可以在 5 月 30 日当天开车前去此城，如果你有钱的话；如果你没钱，还能在阿尔瓦雷斯巷对面的维多利亚大街坐专线班车或买一张往返的特价三等火车票。你会从由炽热阳光的荒凉的地方，经历被一片覆盖着绿树浓荫的地方，一路上能看到那些姑娘手臂被晒得黑黑的，还看到摆放在她们跟前裸露、凉爽、亮滑的一篮篮新鲜的草莓放在泥土地上。你只看到绿叶衬托着的湿润、冰凉的草莓，不能伸出两个手指去摘那些草莓，都叠放在柳条编成的篮子里。那些草莓都是老太太和小姑娘在叫卖，还有像大拇指那么粗的芦笋一捆捆地放在那儿，这些都是卖给一拨拨从托莱多和马德里自己开车和坐临客列车或搭班车来的人的。路边有摊主用炭火烤鸡和牛排，你能在那里吃点什么，你也能敞开肚子畅饮巴耳德佩尼亚斯葡萄酒只需花 5 比塞塔。在斗牛开始之前，你可以边走边看，也可以躺在树荫下乘凉，欣赏当地的自然人文风景。你能在旅游指南小册子上找到这里的一些景点。离开城中阴凉的林荫道，有一条阳光下酷热、宽敞、尘土飞扬、干燥的街道，街的尽头就是斗牛场。但凡有西班牙集市，就会看到让人看着觉得可怕和可怜的人和乞讨的瘸子。他们就分别在路旁的两边，摇晃着瘸腿，把脓疮展示出来，把手里拿的帽子伸出来，残疾的双手摇晃着，如果拿不稳就用嘴叼着帽子。如果是这样，你就必须受这两列可怕队伍的夹攻才能沿着这条干燥的尘土飞扬的路走到斗牛场。从刚进这座好似贝拉斯克斯画中的景色的城到城中心，但沿着这条路向斗牛场走的时候，见到的就像是可怕的戈雅版画一样骇人。实际上，这座斗牛场早在戈雅时代之前就已经存在了。这个场地模仿了龙达老斗牛场的风格，那座建筑是很美丽的。你可以背对着沙地斗牛场喝葡萄酒吃草莓，选一个围栏后的头排座位坐下，打量一个个坐满了的包厢，看那些寻找包厢的从卡斯蒂利亚附近乡村和托莱多来的姑娘们。她们坐下来把披肩挂在包厢栏杆上，一边有说有笑，一边一直扇扇子，在被人打量时，她们显示出如美人那样的涉世未深的既害羞又高兴的模样。仔细地把每一个姑娘都打量一遍也是观众来欣赏斗牛的一个重要原因。你可以拿一个专门在剧场用的双孔小望远镜或双筒望远镜，如果是近视眼的话。用望远镜看姑娘也是另一种赞美她们的表现，最好把所有包厢都看上一遍。一个质量好的望远镜作用很大，如果你举着望远镜打量，在最吸引人的、最有名的美人中，有几个人就立刻失去了魅力。她们走入包厢，头上别着很高的长梳子，披着到肩部的半透明的白纱巾，面色红润，披肩各种各样。通过望远镜看去，她们却现出了涂脂抹粉的靓丽，还露出了金牙，说不定是你昨晚在别的什么地方看到的某位姑娘，她出现在斗牛场是为了宣传自己。但没准你会发现一位美丽的姑娘，而她却在某个不用望远镜就会忽视掉的包厢里。去西班牙旅行的人看到的那些妓院里壮实的女人和浓妆艳抹、身体胖且强壮的舞女，在西班牙卖淫这职业赚钱并不多，并且西班牙的妓女干活儿太累，脸蛋也不漂亮了，所以你很容易就能得出结论：在西班牙谈论什么漂亮本地女人都是胡扯。绝对不能去妓院里、歌舞厅或舞台上找美女，而寻找的时间应在晚上外出散步时，到时你完全可以搬把椅子坐在街边或糕点摊边，坐上它一个小时，打量各种从你身旁走过的城里的姑娘。她们一般三五个结伴而行，走过街道，又转一个弯，折返回来，不止一次地经过身边，确实经过很多很多次。否则的话，就只有在斗牛场的包厢里举着望远镜耐心仔细地去寻找好看的姑娘了，但那是没礼貌的，如果用望远镜瞄准那些不在包厢里的女人的话。有一些可以让那些倾慕姑娘的人绕着场内行走，在斗牛场在开始斗牛之前，可以聚集在那些漂亮的女人跟前，可是不能举着望远镜在这些斗牛场内望女人，如果那样就会被认为无理。`站在场内举着望远镜偷看就是偷窥狂的一大特征，只有最无耻的偷窥者才会干这样的事，这不是指淫邪者，指的是偷窥者。但是，用望远镜在头排座位上望向包厢却是合适的，这是一种交流方法，是种赞美，也几乎能称作是引见。最美妙的第一次引见是可以让人接受真诚的倾慕，而想获得回报或传递的赞美之情，却被一段距离限制着，举着一个漂亮的赛马望远镜是再好不过的方法。它也是非常有用的，就算你从没用望远镜去寻找过姑娘。如果夜幕降临，斗牛场内的斗牛依然没有结束，你就可以用它来看完最后一段斗牛。

阿兰胡埃斯是首次看斗牛的好地方。那也是一个适合你仅仅看一场斗牛的好地方，比马德里好多了。因为你还处于观赏场景的初级阶段，那里逼真活泼、色彩缤纷的场景正是你所需要的，要比去马德里强多了。在后来的比赛中，如果高超的剑杀手和出色的公牛都有了，你就开始想要出色的观众了，那不是指潘普洛纳那些被公牛追赶着的、喝得大醉、手舞足蹈的人群，也并非指巴伦西亚本地爱国的斗牛士仰慕者们。也绝非指只举行一场斗牛的节日上的观众，这些人那时都玩命灌酒、纵情享乐，女人们都身穿盛装出入斗牛场。我指的是在马德里见到的那些出色的观众，并不是说出现在场景宏大、票价奇高、场地华丽的斗牛义演场地上的观众；我指的是那些严肃认真地观看斗牛并预订座票的观众，他们对公牛、斗牛士和斗牛都很在行，他们能分辨真伪、分清优劣，斗牛士也肯定愿意为他们表演最出色的技巧。以下几种情况是喜欢看逼真活泼的斗牛的：你在年轻时看斗牛会感到逼真活泼；或是你身旁有一个从未看过斗牛的姑娘；或是一个赛季你只看一次斗牛；或者当时你可能是有点喝多了，因为人喝醉酒后好像看任何东西都觉得更真实；或是如果你永远不成长时；或者是那些仅仅想开开眼界的人去看斗牛。但是你对斗牛的看法很确定了，或者假如你真的想学习一些斗牛知识，那你去马德里是早晚的事。

有个叫龙达的地方是你跟朋友一起旅行或去西班牙度蜜月的理想目的地，除此之外，这里是第一次看斗牛时，并且还是你只看一场斗牛时的首选，比阿兰胡埃斯好的地方龙达是唯一的一个。整座城市处处都能发现富含浪漫因素的背景，还有你能看到的任何方向。城中有一家十分舒适的酒店，食物很美味，管理很得当，不仅有浪漫的色调做背景，还能享用现代设施，晚上还有阵阵凉风。要是你与人私奔到此或者到这里来度蜜月，却依然不满意这里优越的条件，那还是趁早返回巴黎，各自重寻自己的意中人吧。因以上目的到龙达去，那里会有所有你想要的，你足不出户就能欣赏到美丽的小路、品尝醇美的葡萄酒和海鲜，还有想看的浪漫景色，一家好酒店，其实这一切已经足够了，住在酒店的两名画家会卖油彩画给你，那就可以算是很不错的纪念品了。即便以上所述的都没有，龙达依然是个好去处。这个城市四面环山。它位于高原上，一个峡谷把高原上的城市一分为二，峡谷的最远端是悬崖峭壁，崖底是平原与河流，你能够望到平原的大路上带起了一阵沙尘的正行进着一队队的骡子。把当地的摩尔人赶走后，来自安达卢西亚和科尔多瓦北部的人定居在了这里，5月20日开办斗牛活动和集市就是为了庆祝伊莎贝拉与费迪南德征服这座城市的。龙达诞生了最早、最有名的职业斗牛士之一佩德罗·罗梅罗和现今的帕尔玛，是现代斗牛的发源地之一。帕尔玛在开始出名时受伤很严重，就有害怕的表现了，由于他在斗牛场上把避险能力早已掌握了，最终抵御了自己的胆怯。龙达的斗牛场是木质结构的建筑，建于18世纪末，就位于悬崖边上。斗牛结束以后牛全被剥了皮，掏出内脏，牛肉被车拉走卖了，死马都被直接扔下了悬崖。每到此时，那些整天盘旋在城中斗牛场上空的秃鹫就会冲下来在城下的岩石上美餐一顿。此外还有一个集市叫科尔多瓦，但集市的时间却不固定，有时5月开始集市，有时到6月才会开始。到了夏天科尔多瓦就太酷热了，5 月是到那里观光游玩的最佳季节，那里有一个很好的乡村集市。在酷热真正来临时，科尔多瓦、塞维利亚和毕尔巴鄂是西班牙最热的三个城市。这里关于最酷热的说法还有夜里闷热得喘不过气来，让你没法睡觉，不只是指温度而已，真是这种闷热甚至比白天更让人难受。塞内加尔热浪袭来时，午饭过后你就热得什么都不想干了，只想放下阳台的窗帘，躺在阴暗的屋里的床上，在咖啡馆里也是热得坐不下去，只有清早还好些，你就连一个凉快的地方都找不到，等待斗牛开始。

　　仅从温度上来说，有些时候巴伦西亚要更热。不过当黑夜降临的时候，你就可以坐巴伦西亚的电车或公共汽车到达格劳港的公共海滩游泳。又或是热得不想游，你还能够轻轻地漂浮在毫无凉意的水面上，眺望小船的黑影和灯火，还能看到一行行的游泳帐篷和小吃亭子。在巴伦西亚最热的时期，你可以花一个比塞塔或两个比塞塔去海边找个小吃亭子坐下品尝些小吃，有大虾、啤酒，还有海鲜、蜗牛、蛴蛄、小鱼、小鳗鲡、肉菜拌饭、番茄、甜胡椒、藏花。把这些食材放在橙黄的沙石堆上一起煮。这些肉菜拌饭，还有一瓶本地葡萄酒，只需用两个比塞塔就能吃到。小吃亭顶上面是用茅草铺的，所以脚下的沙地是凉快的，因此有许多赤脚的小孩子走在沙滩上。在凉快的黄昏中，能看到一些渔民坐在海面上的黑色小帆船中，要是你次日早晨去游泳，就能看到沙滩上的六对同轭牛正拽着小船走。像这样的海滩小吃亭中有三个是用格拉内罗的名字来命名的。他是巴伦西亚最出色的斗牛士。曼努埃尔·格拉内罗临死前一年参加了九十四场斗牛，他是 1922 年在马德里的斗牛场内丧生的，死后除了一堆债什么东西也没留下，寄生于他的食客家中，公关摄影和资助新闻人员耗光了他赚的全部 50 万比塞塔。那时他才刚刚 20 岁，他是被一头贝拉瓜公牛杀死的，那头公牛首先把他高高挑起，再把他狠狠摔到围栏底部的木档子上，那头公牛直到像摔碎一个花盆那样用牛角把他的头颅刺破才离开。他 14 岁前学拉小提琴，17 岁前学习斗牛，是个俊美的少年，之后直到 20 岁死去，一直以斗牛表演为职业。他早早丧命，巴伦西亚人都没有机会说他的坏话，他们对他的确佩服得五体投地。现在用他的名字命名的除了海滩上三座叫格拉内罗的不同地方互相竞争的小吃亭子，还有一种点心。查维斯是第二位受巴伦西亚人崇拜的斗牛士。他脸很大，双下巴，有个大肚子，头发梳得油光锃亮，那肚子刚躲开牛角随即又挺了出来，给人一种十分危险的感觉。巴伦西亚人敬慕斗牛士，尤其是诞生那些斗牛士的巴伦西亚的民族。有一段时间，他们甚至疯狂地崇拜着查维斯，他们并不是为了取乐而看斗牛。他除了傲慢的面貌和有个大肚子以外，还有个胖屁股，他收起大肚子胖屁股就要被撅出，但他每一个动作都做得很有风度。集市日里，我们一直都在注意他。要是说不上对他有什么关注的话，我们一共看了他五场斗牛，如果我没记错的话，看一次也就够了。但就在我们看的最后一场，他正想冲大公牛脖子处的某个不知哪里的部位刺去时，那头大公牛脖子向前一伸，恰好用牛角顶在他胳肢窝下，那是一头凶猛的公牛。那头牛把他挂在牛角上甩了好一阵，随后他在牛角上打了个转，大肚子像纸风车一样。那之后，他胳膊肌肉的创伤治了很久才痊愈。现在的他不敢马虎，变得十分小心谨慎，也不敢冲公牛挺肚子了，甚至已经躲开牛角。巴伦西亚人现在也开始说他的坏话了，因为他们又有了两个新的斗牛士明星。一年前我再次看见他时，他的样子看上去跟缺乏营养似的，一看到公牛出来，他站在阴影里就开始冒汗，早已不见了昔日的英姿。巴伦西亚港口格劳是他的家乡，虽然那里的人们也早在说他的坏话了，但那里还是把一座有纪念意义的公共建筑以他的名字命名了，这也算是他的一个安慰吧！那座建筑就位于去海滨的电车拐弯的街角，是用铁铸成的。在略带弧形的铁墙上用白漆写着 El Urinario Chaves，在美国这样的公共建筑名字叫公厕。

第五章

　　春天里到西班牙去看斗牛如果碰见下雨是很倒霉的。尤其是在 5 月、6 月间，你随便走到哪里都会下雨，那也是我喜欢夏天那几个月的理由。甚至夏天的那几个月里也会下雨，虽然在 1929 年的 8 月，在阿拉贡一些山区避暑胜地下了雪。但是我至今还没有见过在西班牙 7 月、8 月里下雪的，有一年的 5 月 15 日马德里天很冷，下了雪，只得取消斗牛。我记得那一年去了西班牙，我以为春天早该到来了，可是，我们穿行在乡间，整天乘坐火车，很冷，到处是光秃秃的，仿佛 11 月的崎岖山地。到了晚上我在马德里跳下火车时，雪在车站外飞舞，我几乎认不出这片乡村是我夏天来过的地方。我没带大衣，就坐在床上写作，待在房间里，不然就到附近咖啡馆里喝多梅克白兰地和咖啡。天太冷，连续三天我都足不出户，接着出现了和煦的春天天气。马德里有山区气候，是一座山城。马德里是典型的西班牙的天空，天高气爽、万里无云，比较之下，意大利的天空就显得多愁善感了。这里空气清新，令人神清气爽。在马德里，冷也好，热也好，都是来得快，去得也快。在 7 月的一个夜晚，我因为睡不着觉，起来看着街上的乞丐围着点燃的报纸取暖。又过了两个天气很热的夜晚，我总是在清晨天气凉快的时候才开始睡着。

　　马德里人把这种冷热变化引以为傲，他们喜欢这样的气候。你到哪个大城市里才找得到这样的变化？在咖啡馆里他们问你睡得怎么样，你回答说到天快亮才睡着，因为天热得要死，他们会说那不正是睡觉的时候吗？就在天亮之前人们要睡觉的时候，天就凉爽了。到时候天总是会凉快的，不管夜间有多么热。要是这冷热的变化你不在乎，这气候绝对称得上是好气候。在炎热的夜晚，你可以去"灯泡河"畔小坐一会，跳跳舞、喝苹果酒，因为那里有一排排的树木，枝叶茂盛，笼罩着小河里升起的雾气，所以等到你跳够了舞停下来，天总是凉爽的。你可以在寒冷的夜晚睡觉之前喝一点雪利白兰地。在马德里晚上睡觉说明你有点儿怪异。在马德里，人们不到夜尽是不会睡觉的。如果被你的朋友知道了他们一定会替你感到不安的。与朋友的约会一般都是半夜在咖啡馆里约定的。我生活过的城市里，再也没有一个城市像马德里那样，上床睡觉睡得这么少，除了协约国占领时的君士坦丁堡之外。你要等到拂晓前天气凉快时才去睡觉，这个理由在君士坦丁堡就行不通了，它的理论依据也许是这样的，因为在那里我们总是趁着凉爽，乘车去观日出沿着博斯普鲁斯海峡。看日出绝对是一件很享受的事。小时候你去打猎、去钓鱼，常常看到日出，战争年代也有这样的习惯。我记得后来打完仗到君士坦丁堡之后才有日出可看。看日出是那里的传统习惯。如果你在到博斯普鲁斯海峡边看到了日出，尤其是做完任何一件事情之后，那似乎总可以验证些什么。看了日出，什么事都被带上了健康的户外色彩。不过，应该眼不见心不烦嘛。1928 年共和党大会期间我在堪萨斯城，当时我感觉是晚上很晚的时候，开车到乡下我堂兄家去，就在此时，我发现大火的红光。当时我心里觉得救火我也无能为力，那情景跟牲畜围栏着火那个晚上一模一样，但是心里觉得还是应该去看看。于是我就把车一直朝大火方向开。等到把车开到前面一座山的山顶时，我终于知道那是怎么一回事了。那是日出。

　　来西班牙看斗牛、游览，斗牛可以看到最多的时节，以及最理想的天气，是在 9 月。但是斗牛水平不怎么好是这个月里唯一的美中不足。公牛在 5 月、6 月里状态最佳，7 月和 8 月初，也很好。但是到了 9 月，公牛都很瘦，身体虚弱，要不就拿粮食来喂，牛都吃得肥胖，毛皮光滑、油亮，上场几分钟非常地凶猛。但是不适合参加斗牛，就好像拳击手光靠吃土豆和喝麦芽酒训练出来的那样，因为牧场被酷暑炙烤。此外，在 9 月，斗牛士签的合同很多，几乎是天天有斗牛表演，在短时期内渴望挣到那么多的钱，即使是不受伤，他们也是极少去冒险的。情况也并不总是这样，如果两名斗牛士想要比较一番，那他们就会使出自己的看家本领。但是许多时候往往是公牛很瘦弱，状态不好，或者斗牛士一个时期来斗牛场数太多已经疲惫不堪，或者斗牛士不是受了伤就是因为怕丢了合同，在身体还很糟的情况下就匆匆回到斗牛场，那样一来，斗牛也就没什么看头了。不过，如果有斗牛新手上场，9 月也应该是一个很不错的月份，因为这些新手刚获准正式登场，他们在第一个赛季为自己争名，并为明年争取合同，所以他们会全力以赴。要是你想看，又有一辆很好用的汽车，9 月里你可以每天换一个地方去看斗牛。我敢担保，你即使是一个地方一个地方地赶去看斗牛，而不是一个地方一个地方地赶去斗牛，那个时候，你也会累垮的，对于斗牛士在全国各地从一个地方赶到另一个地方，到了斗牛淡季的时候，身体的承受，你就会知道了。

　　当然，也没有硬逼他们如此频繁地参加斗牛的法律规定。他们是为了钱来的，如果他们斗得垮了、累了，并且为了完成签订的那么多合同，因此无法使出拿手技艺去表演，这时花了钱来看斗牛士表演的观众是不会原谅他的。可是，如果你也跟着他们一起来回奔波，也住在同一家旅馆，不是以花大价钱一年也许才看一回斗牛的观众的眼光，而是以斗牛士的眼光去看斗牛，那么，你是很难不持相同的观点来看待斗牛士签的约。说真的，斗牛士确实无权签订迫使他匆匆赶场子斗牛的合同，随便以什么观点来看，一场斗牛刚完他就得乘上汽车赶路，剑盒和手提箱堆放在前面，穆莱塔和红披风折起来，放在筐子里，用绳子捆在行李箱上，斗牛士整队人马全部用一辆车来载，车前亮一盏大灯，就匆匆上路了，也许要开通宵车，赶 500 英里的路，第二天上午冒着炎热，满身的尘土，到了一个小城，下午还要急急地表演，简直没有工夫洗个澡，刮个脸，掸去一身的灰，就穿上了斗牛服。在斗牛场上斗牛士也许会不在状态，觉得疲劳，你也很了解，因为你自己也经历过，因为你知道他刚赶过路，你知道，要是夜里他有一个好觉就大不一样了，可是花了钱在那一天里要看他表演的观众是无法体会到他的心情的，不管他不理解也好，理解也好。而要是一名斗牛士不能利用一头出色的牛，让它充分发挥潜力，观众就会觉得他很贪财，他们也会觉得自己受了骗——他的确受骗了。

在马德里还有另外一个理由看第一场和最后一场斗牛，因为那个时候春季举行的斗牛斗牛士处于最佳状态，而不在集市日季节里；他们会有各次集市上的合同，如果他们需要取胜；除非他们冬天里去了墨西哥，在这个时候他们的状态应该是最佳的，回来后往往会觉得乏味，还会感觉到双季的疲乏，因为打交道的小种墨西哥公牛是不难对付的，所以会粗心造成失误。不管怎样，马德里是个奇怪的地方。我不相信那些首次去马德里的人会对那个地方感兴趣。你期望的西班牙风光在马德里没有一点体现。马德里不是风格别致的，而是现代的，看不到民族服装，也有假装内行的人戴的，几乎看不到科尔多瓦礼帽，看不到响板，更没有像格拉纳达吉普赛地下咖啡馆那种令人讨厌的假货。城中没有一处有地方色彩的旅游景点。不过，等你了解以后，你会发现西班牙最典型的城市就是马德里，人也是最好的人，居住地也是最好的，虽然其他大城市很有各自省份的代表性。而且，每个月都是最好的气候，但它们都是加泰罗尼亚、巴斯克、阿拉贡、安达卢西亚，或其他含有地方性色彩的城市。只有在马德里你能找到本质的东西。本质，如果真是本质，你不需要花花绿绿的商标，在马德里也不需要什么民族服装，可以体现在一只光玻璃瓶上；虽然他们造的房屋外表看或许像布宜诺斯艾利斯。但是你一眼就可看出，那是马德里，如果有那一片天空映衬。如果马德里只有普拉多艺术馆，其他什么也不谈，要是你有钱在任何一个欧洲国家的首都花上一个月时日，每年春天里到马德里来待上一个月也是很值得的。可是，要是有斗牛旺季可让你快活同时又可以享有普拉多艺术馆，因为马德里北面埃斯科里亚尔的行程不到两个小时，南有托莱多，一条平坦的路通塞尔维亚，另一条平坦的路通阿维拉，从"农场"酒店出发的话没有多少路程也可以到达——要是在这样的环境中，你一想到自己总有一天非死不可，更别说什么永生不永生，从此再也看不到这个地方了，心里就会非常难受。

马德里的典型总的来说是普拉多艺术馆。从外表来看，它一点儿也没有什么别致的地方，跟美国中学校舍一样。由于那些画的布置很简单，光线很明亮，一目了然，除了那幅贝拉斯克斯的小女候相之外，他们突出绘画名作或无意夸耀，因此，旅游者拿着蓝的或红的手册查找哪些是名画，会有茫然的失落感。在山区干燥的空气里画的色彩保存得极好，看着一目了然，布置极简单，旅游者感到上了当。那些游客们疑惑的表情我曾经看到过。这些不可能是名画，太简单明白了，色彩太鲜艳了。这些画就像是挂在现代卖画人的店堂里一样，为的是让人买走——极引人注目，十分显眼。旅游者心里嘀咕，绝对不会是真的东西。这里边一定有蹊跷。那里画廊里他们找不到哪一幅说得出名的画，即使找到了画，也看不清楚，他们在意大利美术馆里买到过货真价实的画。只有这个样子他们才觉得是欣赏到了伟大的艺术。伟大的艺术就要有红色长毛绒做陪衬，应该有巨大的画框，要不就需要用暗淡的光线来烘托。这情形仿佛是一名旅游者有些事情原先只是通过阅读色情文学才知道，现在一丝不挂的漂亮女人竟然摆在他的面前，没有遮掩，没有交谈，没有帘幕，只有最最简单的一张床。他可能要有几样道具、一些提示，或者至少需要一本书来给他指导。也正因为这个缘故，才有许多书是写西班牙的。有一个喜欢西班牙的人，就一定会有十二个爱读写西班牙的书的人。

　　写得最长的关于西班牙的书往往都是从此一去不回的德国人去西班牙做了一次细致地考察而写的。我倒要说，如果一个人非得写一本关于西班牙的书，最好的办法就是第一次参观之后就尽快写出来，因为几次访问反而会搅乱最初的印象，到那个时候什么结论都不容易下了。而且，一次访问之后写的书一定会更加通俗，叙事更加真实。理查·福特所写的那一类书绝没有通俗性，就像为了睡前阅读的《初到西班牙》那样的书中所具有的神秘色彩那样。这本书的作者曾经发表过一篇文章《S4N》，是在一本小杂志上，现在已经停刊了，上面谈的是他是如何写作的。任何一个凡是想理解我们写作中的某些现象的文学史家，都可以通过那本杂志找到那篇文章。我自己就有那本杂志，现在留在巴黎，否则我可以引述全文，但文章的主旨是说，作者晚上赤条条躺在床上，他因上帝的恩赐而"无处不在，无时不在"，还说上帝给了他写作的内容，还说他"心醉神迷，与冲动的和静止的事物同时有着联系"。仿宋体可能是上帝的，也是他标出的。这一点文章中没有解释。他写下来的是上帝给他的材料。结果，一个连意思都表达不清楚，语言运用太差，又因为用了当时流行的伪科学时髦话，是意思更加晦涩的人的那种神秘主义，也就无法避免了。他做的短暂的西班牙之行是为论述西班牙之灵魂而做的，上帝给了他关于这个国家的一些奇特的东西，可是这些东西往往是毫无意义的。如果让我做一回一名姗姗来迟的伪科学领域的人，这一篇东西我称之为是用勃起文体写的东西而已。众所周知，也许根本没有人知道，随便你怎么考虑都可以，因为某种程度的密集，举个例子来说，树木，对处于那种不处于自命不凡状态的人和处于自命不凡状态的人，看上去是不同的。所有的物体看上去都是不一样的。它们比较神秘一些，稍微大一些，并且模糊不清。你不妨自己尝试一下。于是，在美国，曾经出现过，或者出现了一派作家，他们——这推断是著名精神病科医生老海明斯坦因医生所做——对单调的浮华风格造成的幻象略加歪曲，似乎要用保存这种密集现象的手法，从而使任何物体变得神秘化。这个派别现在似乎正趋向消失，或者说已经消失，而在这个派别存在期间，它充满了美丽的阳物形象，是一个有意思的机械论的实验，那是仿照浪漫的情人节礼物描绘的。不过，倘若这些作家的幻象在不很密集的时候稍微显露，也再有趣一点，那么，这个派别也许会有更大的存在意义。

　　如果一本书是在出了几篇关于那个国家的好文章之后就像《初到西班牙》那样，为了让人们看法清晰才写下来的，不知道这会是一本什么样子的书。也许就是这个样子。咱们这些伪科学家们也许就错得很离谱了。但是，在老海明斯坦因医生这位推理大师毛茸茸的大眉下那双维也纳人的深邃的眼睛来看，如果已经有几篇好文章将脑子大清洗一番了，似乎也不存在什么书了。

　　不能忘记的还有下面这一点：如果一个人写得清清楚楚，他想要作假的话，谁都会发现。如果一个作者避免直截了当的写法，故弄玄虚（这一点跟打破所谓语法规则或句法来取得，不这么做就取得不了效果的做法是不同的），人们要花较长的时间才能认出他是个骗子。而且其他作家为了自己的利益替他捧场，会因为有同样的需要之苦。写作的无能不应与真正的神秘主义相混淆；写作的无能是试图加以神秘化而没有神秘可言的，而真正需要的只是没有能力明白晓畅地表达或作假以掩盖知识的缺乏。神秘主义暗含奥秘，而奥秘则有很多很多。但是奥秘并不包含无能。

同样，因为掺入了假的史诗特性的矫揉造作的报刊文章也无法变成文学。另外还有一点：史诗是所有的拙劣作家都喜爱的。

第六章

如果你在马德里看斗牛是第一次，在斗牛开赛前，你可以走下看台到斗牛场里面转转。通常马厩和牛栏的门没有关闭，你在那儿的院子里能看到骑着马的长矛手正从城里赶过来，一列马被靠墙拴着。骑着它们的是斗牛场仆役 mono，是到城里斗牛士的住处的。这样一来，系一个黑色活扣窄边领带，穿白衬衣，束宽腰带，穿织锦缎短上衣，穿厚麂皮马裤，戴碗状翻边帽，帽檐上别着毛球，右裤腿里捆着金属片护腿的长矛手就可以骑着马跟随阿拉贡大街上的车马行人，穿过大街小巷。出城去斗牛场。那个斗牛场杂役有时会骑着来时带着的一匹马，有时会坐在长矛手身后的马鞍上。这些骑马的人穿行于出租车、汽车、马车、货车的车流中，为使骑着的马感到疲劳，也是在宣传斗牛表演，还避免了让剑杀手在汽车或马车车厢里给长矛手腾出空位来坐的麻烦。如果你去斗牛场是坐车去的，你从阳光门坐由此出发的马拉大客车是最佳方法。你还能坐在车子顶上，看看别的也要去看斗牛的人，看的同时，要是你仔细观察这些车来车往，你会看到其中会行驶过一辆在车里挤满了穿好斗牛服饰的人。你能瞧见他们头戴扁帽子那是黑颜色的，银丝或金丝的织锦缎搭盖在脸上或肩上。如果在一辆汽车里，身穿黑色或银色短上衣的有不止一个人。而且可能都谈笑风生、抽着烟。只有一个穿着金色短上衣的人，那他就是剑杀手，因为只有他面色肃静，其他人都是斗牛小组的成员都听命于他。剑杀手一天里最煎熬的时刻就是去斗牛场的路上。吃中饭也还早着呢，离斗牛还早呢。随后，在马车或汽车来迎接之前，还得忙着穿衣戴帽。然而一坐上马车或汽车，斗牛马上就要开始了，剑杀手坐在拥挤的、一路向斗牛场驶去的车内就只剩等待了。因为剑杀手和他的短标枪手，都穿好斗牛服钻进了汽车。而且斗牛士穿的短上衣的肩部又厚又重，车里显得很拥挤。几乎每个人都是一脸冷漠和面无表情的面孔，但偶尔在路上也会有几个人对着外面的朋友打个招呼，笑笑。剑杀手变得十分冷漠，是因为他每天都与死神为伍，那肯定都是他想象出来的冷漠。通常在斗牛当日斗牛赛季最终接近尾声的那段时间，他们心中的那种冷漠已经植根于心底了，这种冷漠你差不多都能看得出来。那种东西就是死亡，你每天与死神相伴，你身上就肯定会被死神留下显著的标记，如果你明白每天死神都有可能降临的话。死神在每一个人身上都会留下一种标记，但长矛手和短标枪手却有区别，他们的危险是相对的。他们不用去杀牛，责任有限，只是依照命令行动。因此在一场斗牛之前他们没有必要紧张。不过一般来说，要是你想看那种忧虑时沉思着的样子，那就去观察平时无忧无虑、心情开朗的长矛手在斗牛场选择公牛，见到那些公牛又壮又大后的表情吧。如果我擅长画画的话，我就把在集市时，小餐馆的午饭之前的情景画下来，餐馆内有一张正在看报的短标枪手围坐着的圆桌，还有一个正在忙着跑堂的人，一个正在干活儿的擦皮鞋的人。还有两个刚从斗牛场回来的长矛手，一个有一头白发，鹰钩鼻，个子矮但灵活、麻利；另一个有一张黝黑的大脸，眉毛浓重，平时很开朗，喜欢说笑。这俩人简直就是颓丧、阴郁的标志。

"Oue tal？（怎么样？）"有一个短标枪手问道。

"Son grandes。（都是大块头。）"长矛手说。

"Grandes？（有多大？）"

"Muv grandes！（相当的大！）"

长矛手心里想什么，无须再赘述，短标枪手都是明明白白的。假如剑杀手忘记自己的声名，抛弃自尊心，那要杀一头大公牛可能就和杀一头小公牛一样容易。牛脖子上血管的位置都相同，因此剑尖刺到那儿都同样的简单。牛刺到短标枪手的可能性也不会就此增大，即便是大公牛。但是那是不可能的如果长矛手想自救的话。如果是那种超过一定体重和年龄的公牛顶到了马，那就表示马会被他顶到空中。他掉下来时说不定就压到人了，也可能是在与公牛相对时，如果长矛手大胆向前俯身，用身体压低长枪，想痛刺公牛，只要马脚步一动，那就意味着他们会摔倒在牛和马之间，无法动弹。又或是长矛手先被摔到木围栏上，接着才会被马压到。除非剑杀手能引开公牛，否则公牛一定会伸过双角来找摔倒在地的长矛手。如果真是一头大公牛，除非那剑杀手是个懦夫这一点他心里清楚，它一顶马，长矛手就会摔下来，如果牛真的很大，那剑杀手感觉到的恐怖程度就会小于他。如果剑杀手鼓足了勇气，总会想到办法的。也许他会心里害怕，但无论牛有多么难斗，总会有招的，但长矛手是没有人能救得了的。长矛手仅有的出路就是在送马人用往常得办法收买他让他收下一匹小矮马时不上当。而且坚持要一匹非常强壮的马。这样他一开场就可以以高姿态面对公牛，还能拿长枪狠狠地刺它一下，并祈祷不要发生最糟糕的事情。

当你看见剑杀手站在马厩入口处时，最煎熬的恐惧折磨他们的时刻都已过去了。现在，最懂他们的人和斗牛士在路上时，共同的寂寞感被身边的观众们感染了，斗牛士的特性又被人们唤醒了。任何斗牛士的胆子都一样大，也有些胆子不大的。听着好像不太可能，因为进斗牛场挑逗公牛玩的人不应该是个胆小鬼。但是在某些特定环境下，早期的训练和先天的本领是与没有危险的小牛犊练就的，可能不是天生胆大的人锻炼成为斗牛士的只有三个。接下来我再说说他们的情况，他们可算得上是斗牛场最有趣的人了。不过，斗牛士一般都是很有胆识的人，而瞬间能够不在乎可能酿成的后果就是有胆识最通常的表现。胆识表现得更明显的是生出激昂情绪的时候，那是对会面对的酿成的后果毫不关心的能力，不单是不在乎也许酿成的后果，甚至还无视他们。也许所有斗牛士在斗牛开始前的某一段时间内几乎都会感到恐惧，可是所有斗牛士的胆量都很大。

原先挤在马厩门口的人群慢慢变少，斗牛士们排好队，剑杀手三人一行，长矛手和短标枪手跟在后面。拥挤的群众离开场地，场地里就安静了。要是你的座位在前排，你到自己座位上坐下，你跟下面的商贩买个垫子放在座位上，望向你离开后斗牛场那边只剩下三个剑杀手站在马厩门口双膝顶着木板。阳光洒在站在门口的剑杀手的身上，他们的斗牛服金闪闪的，而其他斗牛小组成员有的骑马，有的走着，就在他们后边跟着。随后你看到身旁的人都抬头，望向上面的一个包厢，那是总裁判入场了。他挥了挥手绢，坐下来。当他迟到时，就会有一片口哨声和取笑声。但当他准时坐下时，人们就会爆发一阵掌声。吹响号角后，就会从马厩里出来两个身穿腓力二世时期服装的骑马人，横穿整个铺着沙土的斗牛场。

这两人西班牙语叫 alguacil，是骑马执行官。总裁判是合法管理机构的代表者，骑马执行官转达他发布的所有指令。他们朝总裁判脱帽躬身致敬，骑马飞奔穿过斗牛场，接到总裁判授权后又飞奔回了原来的地方。随后音乐响起，从拴马的院子入口处走出来一队斗牛士，这时西班牙语叫作 paseo，就是在接受检阅，列队入场。剑杀手排成一列走出来，如果有八头牛，就有四个剑杀手；如果有六头牛，就有三个剑杀手。他们的右臂都平衡成一条线，迈着大步，挥舞着手臂，扬着下巴，礼服披风把左手盖住，一边上翻，双眼注视着坐着总裁判的那个包厢。每一个剑杀手身后是听命于他的按资历深浅排成一列的长矛手和短标枪手。所以，他们都是一列纵队排成一组三四人进入沙地斗牛场的。到达总裁判包厢前的时候，剑杀手们一边摘下他们的黑帽子，一边深深地鞠一躬，西班牙语为 montera。他们是应付差事还是认真地鞠躬，取决于他们对人生的冷漠程度或参加斗牛时间的长短。在职业生涯之初，他们都是循规蹈矩、十分虔诚的，跟圣坛前忙着大弥撒事务的那些勤务人员一个样。而且一些人是永远改变不了的，其他的人却和夜总会老板一样愤世嫉俗。其实真诚的人死去的很密集，搭档最好的是愤世嫉俗的人。但是最最好的搭档是那些曾虔诚过的人，或是那些虽愤世嫉俗但依旧没有虔诚的人。假如后来才变得愤世嫉俗，原先是虔诚的，那他们就会再次因愤世嫉俗而变虔诚。胡安·贝尔蒙特是这种人的最后一例。

朝总裁判鞠完躬后，他们向木板围栏里退了进去，并认真戴上帽子。大家都敬完礼了，剑杀手把检阅时披着的挂着宝石的沉重的金丝织锦披风脱了下来，交给朋友或仰慕者，把它铺挂在挡板上，对最靠前的几排座位进行保护，接受检阅的队伍也都解散了。有时还会由看管剑的人把它送出去，通常是送给江湖医生、飞行员、电影演员、政治家、歌唱家、舞蹈家或是正好坐在包厢里的当天的当红人物。年纪大的十分愤世嫉俗的剑杀手或者非常小的剑杀手，会把自己的披风直接给斗牛评论家，或者送给外地来的可能就是马德里的斗牛主办者。最优秀的斗牛士会把披风送给他的朋友，你最好别把保管披风的事揽在自己身上。如果斗牛士这天走运发挥出色，那是最美好的贺礼；但如果他出了事，那么这就变成一件很大的责任了。身体受伤后仍没痊愈就回到斗牛场，内心紧张导致自己丢人了；或是一个运气差的斗牛士，遇到一头很糟的公牛，发生了一件令他信心顿失的事等，最终使群情激愤，人们纷纷向他丢皮垫，他也只能由警察保护着，低垂着头退场了。要是你还向这种斗牛士表现出明显的效忠，当看管剑的人一边向你跑来要走披风，一边躲避丢来的皮坐垫时，你自己就显得太烦人了。看管剑的人预感要出乱子，也没准看到势头不妙，在最后一头还没到的时候，就会跑来要回披风。你会看到那个很丢脸的人，你满怀自豪收下的披风被他紧紧地裹在肩上，冒着飞来的皮坐垫攻击，跑出斗牛场。几个更凶猛的观众还会被警察截住并追打你的剑杀手。这些披风只是远看上去才显得豪华，一般都很薄，都被汗渍浸透了，衬里看上去也只是用做背心衬里的条纹布料做的，这时短标枪手也会炫耀着把自己的披风交给朋友。并且短标枪手也没有把向观众送披风当成一回事，所以即便这种荣誉也仅仅是名义上存在而已。人们把扔来的披风展开并抓住，斗牛用的红披风也被从围栏上拿了下来。此时斗牛场勤务人员就开始对场内沙土进行平整，因为长矛手的队伍，执行官骑马时的蹄印，还有用于把死牛、死马拖走的套着马具的骡子，都会把沙土踩得坑坑洼洼的。此时，没轮到上场的两位剑杀手（由此可知这场斗牛表演有六头公牛）和他们的斗牛小组成员都退进有红色挡板的木板围栏里跟第一排座位间的狭长过道内，西班牙语把这个地方叫作 callejon。在参加斗牛表演的公牛即将放进场里之前，剑杀手会挑一块沉重的细布红披风来斗牛，这些斗牛用的红披风一般都是内衬金黄，外表瑰红，有个宽大的硬领圈，如果剑杀手把这又长又大的红披风披到身上，披风底端能刚刚比膝盖长些或干脆至膝盖，用它能包住自己的全部身体。即将要出场的剑杀手就在紧靠围栏外挡板的、又小又窄的木板掩体后站着。要说它宽，也只够人在里面躲躲罢了；如果说它窄，它可以装下两个人。骑着马的执行官走到总裁判的包厢下面，请他给予能打开有公牛正在里面等待的牛栏的红大门的钥匙。执行官要拿插着羽毛的帽子接住总裁判扔下来的钥匙。如果钥匙没接到，观众就会吹口哨起哄；如果接到了钥匙，观众会鼓掌。但钥匙接不住还是接得住，都不是观众关心的事情。如果钥匙没被接住，斗牛场勤务人员会跑过去并捡起来，把它交给飞奔而来的执行官，他再交给立在牛栏门口等待着开锁的人。随后执行官再次飞奔回来向总裁判敬礼，然后策马跑出场外去。勤务人员此时会再次平整好留在沙土上的蹄印，平整过后的场地内，此刻只剩下分别在场内两边紧靠围栏站立的两个短标枪手和站在掩体即 burladero 后面的剑杀手。此时场内异常安静，每一双眼睛都盯着那红色木板门。喇叭随之吹响，总裁判挥动手绢发出了信号，那个开启牛栏大门锁的人满头白发、神情是十分严肃，他是机敏的名叫加百牙的老头子。他穿着那套看着很有趣的斗牛服（那衣服是大家凑钱给他买的），朝后退着用力拉着大门，打开大门后低矮的木栏通道就能被看到了。

第七章

　　你在这以后去看一场斗牛就十分必要了。如果让我来说的话，这场斗牛跟你看到的那一场斗牛就不是一回事了，因为公牛也好，斗牛士也好，都是不同的，如果我要是把各种各样的情况都写出来那么，这一章就没个完了。指南性质的书有两类：一类是事后阅读的，一类是事前阅读的。如果书中所涉及的问题本身相当重要的话，本来是供事后阅读的书放到事前去阅读，在一定程度上必定是难以理解的。因此，性交、飞鸟射击、山地滑雪或者至少在纸上要想一次介绍不止一种说法，或者任何一种在纸上都无法说真切的事都是不可能的事，由于这种事始终不是一个人就能完成的；在指南书籍里的一些地方，作者就必须说，你要继续阅读就先去打鹌鹑、打松鸡，先得去滑雪、先去看斗牛或者先有性交，这样你就能理解我们在讨论什么了。因此，从当下起，我们假设斗牛你已经去看过了。

　　"怎么样啊？这次你去看的斗牛？"

　　"别提了，我实在是要难受死了。"

　　"行，我们不能退票，不过会让你体体面面地退场"。

"你觉得感兴趣吗？"

"真可怕。"

"真可怕是什么意思？"

"可怕还能是什么。真吓人，真可怕。"

"好吧。你也可以体体面面地出去了。"

"你觉得怎么样？"

"简直无聊得要死。"

"那好，你就走吧。"

就没有哪一个人喜欢斗牛吗？有谁是喜欢斗牛的？没有人回答。你喜欢吗，先生？不喜欢。你喜欢吗，太太？绝对不喜欢。

坐在最里面的那个老太太："他在问什么呢？那个小伙子在问什么事？"

坐在她旁边的人："他问的是有谁喜欢斗牛。"

老太太："噢，我还想着他在问我们这边有谁想当斗牛士呢。"

"斗牛你喜欢吗，太太？"

老太太："特别喜欢。"

"你具体喜欢的是什么呢？"

老太太："我喜欢看那些马被公牛捅伤或者捅死。"

"怎么会呢？"

老太太："总感觉有亲切感。"

"太太，你是一个神秘的人。在这里没有懂你的人。我们到福尔诺斯咖啡馆去，到那边我们可以慢慢地谈一下这个问题。"

老太太："先生，你要到哪里去都可以，只要是清洁、卫生的地方。"

"太太，在这个半岛上，没有更加卫生的地方了。"

老太太："那边能碰到斗牛士吗？"

"太太，那里到处都是斗牛士。"

老太太："好，那我就去那里吧。"

福尔诺斯是一家妓女常去的以及只有跟斗牛有关系的人的咖啡馆。那里侍者匆匆来去，烟雾弥漫，哗啦啦杯碟声响，有大咖啡馆的杂乱却不会被人打扰的气氛。老太太可以坐在那里看她的斗牛士，我们可以谈论斗牛。斗牛士在每一张桌子上都有。而且适合各种人的趣味，咖啡馆里待着的别的人都是通过各种手段考斗牛士为生的。很少见到一条鲨鱼有四条以上鲫鱼即 romora 跟着游或者吸在身上。但是，一名斗牛士一旦发财了，会有十几个人跟着他转。那个老太太就喜欢看斗牛。她不喜欢谈论斗牛；她跟这些她最知心的朋友也不谈论她欣赏过的斗牛，此刻只是望着斗牛士。我们会谈论斗牛是因为你有很多问题，你说你想不明白。

你有没有注意到，公牛跑出来的时候，其中有一名短标枪手身后拖着一块红披风，他按照自己的路线跑动，那头公牛就跟在后面，想要用一只角去捅那块披风。他们总要用这个方法逗引公牛，就在斗牛开始的时候，看看它喜欢用哪一只角出击。那剑杀手注视公牛追那块拖着的红披风，他站在挡板的后面，留心那头牛是否从左右两边都跟着那块弯弯绕绕移动的红披风，这样就看得出它喜欢用哪一只牛角去挑刺，以及公牛是否使用两只眼睛。他还可以注意到公牛是否在进攻的时候有向人冲击的习惯或者是否直冲过来。这样叫公牛来回跑一阵之后，那个人从公牛的正前方双手提着红披风出场引逗，公牛冲过来他却站在原地一动不动，借助红披风地缓慢移动，用双臂将红披风在紧靠牛角的前方慢慢移动，身体贴近牛角躲开了，就好像将公牛控制在红披风里，他将每一次公牛的冲击都从他的身边引走。这样重复五次，然后背对公牛刹住，转身将红披风一卷，突然遏止了公牛的冲击，公牛也会在原地站着。他慢慢移动红披风的动作叫作 veronica，这个人就是剑杀手。结束时半开红披风的那个动作即 media – veronica。这些动作的设计是要表现剑杀手控制公牛的能力，运用红披风的技艺，同时也是让公牛在某一个位置站定，为了让马进场。这些动作有一个取下头巾让我主耶稣擦脸的圣女维罗妮卡的名字叫作 veronica，这些动作这么叫的原因，是由于圣女维罗妮卡的形象被描绘时她两手总是提着头巾的两个角，斗牛士准备做那个动作两手提着红披风的位置正是头巾的位置。在一系列动作结束时阻止公牛的红披风半开的动作叫作 recorte（剪除）。运用红披风时的一个动作是一个 recorte，这个动作是截住公牛的路线，让它转过半个身体，以此遏止它的冲击，或者使公牛设法转过半个身体，叫它突然站住。

短标枪手绝不可以在公牛刚进场的时候两手提红披风。如果他们拿着的时候只用了一只手，那么红披风就据在手里那样拖着。这样，在一段路跑完转身的时候，公牛也不是突然间急剧转身了，而是相对容易转。因为长长的红披风的转弯给了它要做转弯的暗示，招呼它跟上来，所以公牛能做到这一点。短标枪手如果是两手提着红披风，他可以啪地一挥把红披风藏起来，把披风突然从公牛面前拿走，叫公牛猛地转身，扭伤脊椎骨，扭伤四肢，减慢它跑动的速度，也可以叫公牛站住不动。这样公牛是弄得折了腿，而不是被逗得精疲力竭，接下来就斗不成牛了。斗牛刚开始的时候，短标枪手也叫作帮手，严格地说起来，只有在公牛站定一个位置、一动也不动，要引逗它过来的时候，才可以拿两只手去提红披风。只有剑杀手才可以双手提着红披风。但是，随着斗牛的衰落，或者发展，人们越来越看重的不是它的效果而各种动作的方式，在这种情况下，引逗公牛使它劳累以便刺杀，在过去，这些任务都是剑杀手的事，而现在这些任务好多是由短标枪手来做的。而没有技巧或智谋唯一的能力即是艺术或造型上的才能的剑杀手，假如碰上公牛有那么一个地方不配合，就还要借助经验丰富的短标枪手手中毁灭性的而娴熟的红披风来引逗公牛，要它听从指挥，让它疲劳，做好一切要杀死它的准备。

用一件红披风差不多就能够把参赛的公牛那样的牲畜杀死，这话听起来可能有点不可思议。当然，你会把公牛的脊椎骨扭伤，把它的四肢扭伤，把它的腿折断，一般它死是死不了的。同时，利用公牛的凶猛，强迫它一次又一次作毫无作用的冲击，每一次又都叫它猛然停住，这样，你会使它失去全部冲力和大部分体力，叫它疲劳、瘸腿。我们常说一根钓竿结束了鳟鱼的命。一条鳟鱼是自己费尽全部力气游到船边来的。是鳟鱼自己送了自己的命。只要你耐心地稳住钓线、鱼竿，鳟鱼、鲑鱼还是鲢鱼，任它拼命挣扎，最后还是自己送上性命。

在以前，刺杀公牛的准备工作及刺杀都应由剑杀手自己来做的。正是因为上面的这个缘故，短标枪手是不许用两只手提着红披风去逗引公牛的。短标枪手的责任是斗牛开始时引公牛跑动，迅速插上短标枪，插的位置要便于纠正公牛牛角挑刺的缺点，如果有这方面缺点的话，而绝不可出现有损公牛力量的失误。长矛手的责任是放慢它的步伐，杀它的锐气，拖住公牛。因为斗牛士的责任是借助穆莱塔纠正公牛牛角老朝某一边挑刺的倾向，这样规定的目的是要把公牛完好无损地交到剑杀手的手中，使公牛处于便于被刺杀位置，并用穆莱塔的红布叫公牛低下头去，从正前方刺杀，然后用剑刺，把剑插入公牛两块肩胛骨耸起的夹角顶上。

随着斗牛的衰落与发展，人们已经不很看中刺杀的形式了，现在比较强调运用红披风的动作、短标枪的插入，以及穆莱塔的运用技巧。而在过去刺杀的形式曾经就是斗牛的全部经过。穆莱塔、红披风以及短标枪这三件本身已不再是达到目的的手段，而是成为目的，斗牛因此也是既有所得，也有所失。

现在，公牛通常比过去的小。过去的公牛比现在的更加难以把握，更加凶猛，年龄也大，身体也重。参加比赛的公牛年龄在 4 岁半到 5 岁之间。那时，剑杀手在成为正式的剑杀手之前，往往都有非正式斗牛士的学艺和六年到十二年当短标枪手的经历。他们都是成熟的人，对公牛有清楚地了解，对于一般困难与危险的认识和那些在体力、力量、如何发挥牛角的作用等方面都已经达到了最顶点。斗牛过程中的每一招都是为剑的刺杀做准备，斗牛的全部目的即是人与畜的实际冲突，最后剑的刺杀，即西班牙人说的真相大白时刻。面对这样的公牛，就没有必要去鼓动人提着红披风做出逗引的动作，还要不慌不忙尽量接近牲畜。红披风是用来保护长矛手的，是用来逗引公牛奔跑的，用我们现代的标准来看，因为那牲畜的庞大、力量、重量和凶猛，以及剑杀手在做这些动作时的危险性，所以运用红披风的挥动做出的各种动作之所以激动人心，而并不是做这些动作时慢条斯理和形式的样子。人竟然会到斗牛场里面去与这样一头使人情绪激奋的公牛打交道，人竟然会逗引这样的一头公牛将它制服，这才是激动人心的，并不是因为人竟然会像现在这样两条腿站在那里一动也不动，身体尽可能非常靠近公牛，拿红披风从牛角尖端徐徐拂过，不慌不忙的样子。正是因为现代公牛一代不如一代了，才有了现代的斗牛。斗牛不管怎么看都是以一种衰落的技艺，在它最腐朽的时候，进入了它的最盛行的时期，它与大多数衰落的事物一样，那就是现在。

不可能每天都在斗牛场上使用从胡安·贝尔蒙特开始发展起来的现代斗牛技巧与真真正正的公牛相遇。名副其实的公牛力气大，又凶猛又敏捷，体形大，到了充分发育的年龄，又很会使用牛角。那样太危险了。贝尔蒙特是一个天才。他发明了这种技巧，可以不遵守斗牛规则，可以 torear（人与公牛表演的所有动作的一个词），因为众所周知，一旦他这么办了，所有的斗牛士也只能照办了，或者试图照此办理。要 torear 是不可能的，因为在已经引起轰动的问题上，那是无法后退的。何塞利托是健康的（贝尔蒙特是病态的）、强壮的（贝尔蒙特是虚弱的），他有一个吉普赛人那样的魅力，运动员的体魄，对于公牛他有通过学习而获得的知识和直觉，虽然对何塞利托来说一切都是易事，他为斗牛而活着。那是任何一名斗牛士未能超越的，他似乎差不多是按照一个杰出的斗牛士应有的标准培育、造就而成的。但是，他却不得不学习贝尔蒙特那样的斗牛方式。作为迄今最伟大的斗牛士，还作为所有杰出的斗牛士的继承人，何塞利托学习像贝尔蒙特那样斗牛。贝尔蒙特要用那种方式的原因是因为他没有强大的力量，没有强壮的身躯，而且他两腿无力。他是不会接受这些规则的，除非让他检验一下制定的规则能否破除。而且他是一名杰出的行家里手，是一个天才。贝尔蒙特运用的方式不是发展，也不是继承，而是变革。在他们两人相互竞争的岁月里，各自一年都有大约一百场斗牛，何塞利托学习这种方式，他曾说，"人们都说他，贝尔蒙特，比别人更靠近公牛，看起来好像是这样。其实那不是真的。我的更加自然，所以看上去不怎么样靠近。实际上我与公牛靠得更近。"

不管怎么说，被移植过来的荒唐、衰弱、几乎颓败的贝尔蒙特风格，尽管斗牛当时正处于毁灭的过程，但是在何塞利托健康、直觉的伟大天才之中成长了，因为他与胡安·贝尔蒙特的竞争，只有七年的黄金时间。

他们把牛角的长度培育得短一些；他们把公牛培育成在冲击时既凶猛又温和；他们把公牛的个头培育得小一点儿，因为可以让何塞利托和贝尔蒙特做出更加优美的动作，如果他与这些小种、温顺的公牛配合的话。随便是什么公牛，他们都不会束手无策的；他们跟斗牛场牛栏里放出来的任何公牛都可以做出称得上优美的动作。但是，脾性温顺一点，要是公牛个头小一点，他们是肯定可以做出观众都想观看的精彩动作的。个头大的公牛对贝尔蒙特就困难，但何塞利托是好办一点。所有的公牛对何塞利托来说都是简单易办的，所以他得自己制造一点困难。1920 年 5 月 26 日，这场竞争也从此结束了，因为何塞利托死在了斗牛场。贝尔蒙特又接着风光了一年，随后也退出了斗牛场。斗牛从此也用上了几乎是不可能做到的技巧，那是一种新的堕落方法，斗牛是个头儿小的牛，斗牛士也鲁莽、粗暴，他们也没学会新的技巧，因此也不愉快；同时，也出现了一批新斗牛士，可以说是阴郁、病态、颓败的了，他们不了解公牛，没有受过训练，既没有何塞利托的男子气概、能力或天才，也没有贝尔蒙特漂亮而带有病容的技艺，虽然看上去他们很有方法。

老太太："我们今天看的那场表演，有没有看到什么颓败或者衰弱的手法。"

"太太，因为上场的剑杀手是尼卡诺尔·比利亚尔塔，我今天没看到，他是路易斯·富恩特斯·贝哈拉诺，勇敢而可靠的工友、工会的骄傲；阿拉贡勇敢的"电线杆"；还有毕尔巴鄂英勇的屠夫，迭戈·玛斯基阿兰，幸运之神。

老太太："我觉得他们都是很有大丈夫气概、很勇敢的人。你说，人们为什么说一代不如一代的话呢？"

"太太，虽然比利亚尔塔说话的声音有时候大了一点，但他们是非常有大丈夫气概的人。我说的一代不如一代是整个技艺由于夸大了某些方面而造成的一代不如一代，我说的不是他们。"

老太太："先生，你这人可真难被猜透。"

"我以后会解释的，太太，一代不如一代的确是一个很难被运用的词，因为这个词语不过是批评家笔下的贬义词，用来指与他们自己的道德观念不同的东西，或者用来指他们不理解的东西。"

老太太："我一直认为这个词语的意思就是说东西破败了，就跟法庭上所见的一样。"

"太太，我们常用的词语已经失去了原有的生气，原因是因为使用不确切，不过你的固有观念是很确切的。"

老太太："对不起，先生，咬文嚼字我可不喜欢。我们到这儿不是来听人说斗公牛的人和侃公牛的吗？"

"你想听，当然没问题，不过，一旦你的作家咬文嚼字开了头，他就会没完没了到你厌倦为止，并且不要没完没了地解释它们的意思，而希望他使用词语熟练一些。"

老太太："先生，你能不要再说了吗？"

"已故的莱蒙·腊迪盖你听说过吗？"

老太太："不知道。"

" 当时他是个年轻的法国作家，不但知道如何用铅笔，而且还懂得如何用钢笔去开辟自己的职业生涯，不知道你明不明白这个意思，太太。"

老太太："你说的是谁？"

" 也差不多，但不完全是。"

老太太："你说的是他——"

"是的。就在腊迪盖在世的时候，老讨厌跟他的爱发牢骚、又瘦小又常发狂的文学保护人让·科克托在一块儿，经常到卢森堡公园不远一家旅馆跟在那里当模特的姐妹俩当中的一个女人过夜。他的文学保护人骂他这是一代不如一代，心里很不自在，话里既很得意，又有怨恨，说："Bebe est vicieuse_ il aime les femmes." 清楚了吧，太太，这个词语并非对每个人都是一个意思哟，用一代不如一代这个词语可得仔细。"

老太太："打一开头这个词就让人反感。"

"那好，咱们言归正传，还是说公牛吧。"

老太太："那好啊，先生。可是，腊迪盖最后是怎么死的？"

"他得了伤寒病，因为在塞纳河里游泳。"

老太太："真可怜。"

"是的呀，真是很可怜。"

第八章

何塞利托死亡、贝尔蒙特从斗牛场退出后是斗牛表演最糟糕的一段时间。之前的斗牛场一直被这两个著名的人控制着。他们当然知道斗牛是不值一提的、非永久的技艺，但他们在自己的圈子里过去的成就，可以与文学领域的塞万提斯和洛普·德·维加，或者绘画领域的贝拉斯克斯和戈雅相比，他是具备这种对比所需的名气的。尽管我从未喜欢过洛普。斗牛场失去他们两个人，就像文坛的马洛退了，就好比英国文坛的莎士比亚突然过世。这个圈子里就只有罗纳尔德·弗班，他写的那些东西的确很不错，但用我们的话来说，他仅仅是一个专家而已。当时有人给三个男孩子运用最佳的机械方式和最好的指导，给他们提供庇护、提供费用，还找来小牛犊在萨拉曼卡附近的公牛牧场上训练他们斗牛，培养他们成为斗牛士，他就是其中之一。当时巴伦西亚的曼努埃尔·格拉尼罗是深得斗牛迷信任的一个斗牛士。格拉尼罗父母想让他成为一名小提琴手，他的血液中并不是天生就有斗牛基因。但是他野心勃勃，胆量也大，很有斗牛天赋，所以他被认为是三个男孩中最可能会成功的。另外两个是胡安·路易斯，还有曼努埃尔·希米尼斯，即奇奎洛。在少年时，他们三个人做的每个动作都非常美妙，都带有纯正的贝尔蒙特风格，就是经过完美训练的小斗牛士，所以这三个孩子都被视为奇迹。在当年的五月何塞利托死亡时，其中最健康、最勇猛、最壮实的格拉尼罗也在马德里死了。

奇奎洛患肺结核的父亲已过世好几年了，他与他做剑杀手的父亲同名。叔叔把他抚养成人，当了他的经纪人，并训练他成了一名剑杀手。他的叔叔曾做过传统斗牛的短标枪手，之后成了一个精明的商人，酒量很好，叫索卡托。奇奎洛有点不健康的肿胖，都看不见自己的下巴，脸色很差，手臂瘦小，长长的睫毛跟个姑娘似的，个子矮小。他是一个经过细心培训的优秀的矮个子斗牛士，他先去塞维利亚学习斗牛，之后又到萨拉曼卡附近的公牛牧场。确实他是个名副其实的斗牛士，也能被看作小瓷塑像的真品。贝尔蒙特的退役、还有何塞利托·格拉尼罗的死亡，之后的斗牛也就他和胡安·路易斯了。胡安路易斯不像奇奎洛有那么棒的体格，也没有那样有个好叔叔，但除此之外，奇奎洛和他一样优秀。有个不是他的亲戚的人，让他上学读书，给他资助，他成为又一名经过精心培训的很棒的斗牛士。还有一个马西亚尔·拉兰达，他是伴随着一群公牛成长起来的，所以非常了解它们，他是贝拉瓜公爵公牛饲养场的监工之子。他被广告捧成了何塞利托的继承人。作为一名继承人，了解公牛就是他当时的优势，还有他走路的模样在他作为短标枪手挑逗公牛时。那段时期，我常常看见他，他体格不健壮，一副无精打采的样子，然而他是个有自己一套技艺系统的斗牛士。他好像对斗牛没有兴奋的感觉，不能提起他的精神，表现得对斗牛并没什么兴趣，他好像很害怕。尽管他压抑着恐惧感，但也很令人看着难受。尽管他机敏异常、技艺熟练，但他还是个毫无情感的、忧郁的斗牛士。如果他在斗牛场上的表演又一次很精彩，那他就至少有十二场表演都很烂。登上斗牛场斗牛的他、胡安·路易斯和奇奎洛，就像不是心甘情愿去的，而是被判刑一样。我相信没人会把格拉尼罗和何塞利托的死全都忘了的。牛把格拉尼罗杀死时，马西亚尔也在斗牛场里，有人没有根据地指责他没有及时想办法把公牛从格拉尼罗的旁边引开，面对这样的说法他内心十分难受。斗牛界当时还有两兄弟，他们是来自阿拉贡的安利奥兄弟，弟弟叫胡安，自称"国民二世"，他高个子，嘴唇薄，斜视，他模样不好看，也可以说是丑，但非常勇猛，斗牛的风格比你曾见过的最难看的还要难看。哥哥叫里卡多，中等个头，身体健壮，他身上集聚着正直、勇敢的风格，普通却古典，还有坏运气。兄弟俩的绰号都叫"国民"。

有个短标枪手，他有一个被称作"巴伦西亚二世"的儿子，叫维多里亚诺·罗杰。他生于马德里，他还有一个当剑杀手但失败了的哥哥，父亲亲自训练他。还在少年时代，他就能把红披风挥舞得非常优雅，他和奇奎洛等几个人都是同一时期的人。在马德里时，他争强好胜，骄傲自大，就像头公牛一样勇敢，可是要到了其他的地方，他就会异常冷静。他只要能在马德里获胜还能保住名声，即便他在外地栽了个大跟头。在马德里，那些以斗牛为生的斗牛士，把他们的个人名誉押在马德里就是他们的标志，即使他们从未掌握斗牛技艺。

还有一个地道的斗牛士就是被称作"风雅二世"的胡利安·赛斯，他曾经和何塞利托在一个赛季内竞争过，是个杰出的短标枪手，可之后他变成了安全为首、小心翼翼的化身。既愚蠢又勇猛，绰号"命运之神"的迭戈·马斯基阿兰，也是个传统的斗牛士，但是个很棒的杀手。还有墨西哥人路易斯·弗雷格，他年近40岁了，双腿迟缓，个子矮小，两条腿上的肌肉粗糙得跟老栎树似的，皮肤呈褐色，有印第安人样式的头发。因为他挥剑时只有勇气没有变化，动作迟缓、蠢笨，所以腿上留下了公牛教训他的伤疤。大体上这些就是两位伟大的斗牛士离开斗牛场后，头些年里的所有斗牛士了。另外还有太多失败的人，再加上几位老斗牛士。

人们已经对"国民"里卡多和"命运之神"马斯基阿兰不再那么热衷了，因为新斗牛方式和他们的风格相比，已经过时了。并且再也没有一旦在斗牛场上和一个勇猛、有能力的人表演就能完全合乎斗牛要求的、大块头的公牛了。奇奎洛表现一直很出色，直到公牛第一次把他撞了一下。从此之后，一旦遇到即使只有那么一点难斗的公牛，他就表现得特别害怕，因此他一年里大约仅仅有两次还不错的表现。只有觉得面前的公牛从他身边冲击时不会偏离方向，就像跑在铁轨上似的，也不会使坏，他才会展现出他的全部技艺。经过整个赛季的等待，在最后碰到一头非常死板的公牛时，他演出得十分出色。如果碰到一头很难斗的公牛，他也会不时做出富有技巧和力量的漂亮动作。但观众们有时也会观赏到介于最讨厌看到的可耻和胆怯这两者之间的表演。他是个能力很棒的斗牛士，但他另一个方面的才能更加杰出。自从被牛角挑刺、受伤之后，胡安·路易斯就吓坏了，不久就从斗牛界消失了，现在他依旧在南美从事斗牛这一行，他把两种才能结合在一起的生活过得十分惬意。

每个赛季开始之前，每次在马德里出场，"巴伦西亚二世"就像只好斗的公鸡一样勇猛，他都比之前更靠近公牛。结果公牛把牛角稍稍一刺就挑了起来，刮住了他，刺伤了他。随后人们把他送进了医院，在他出院之后他的胆量就消失了，直到下个赛季才会复原。

此外还有几个斗牛士。有一个名字叫作希塔尼利奥的人他在年轻时帮一个吉普赛人家庭看管过马，但他不是吉普赛人。他态度自大，个子矮小，并且确实非常有魄力，至少在马德里是这样。他去外地时，靠的也都是在马德里的名声，跟那些平庸的斗牛士一样。他是这样的人：除了生吃公牛之外，他什么事都做。他做任何事都不娴熟，他老在公牛一时站立不动或跑累了时，转身背向公牛，随后在离牛角大概一英尺的前方跪在地上冲观众笑。他几乎每个赛季都会受很严重的伤，有一回牛角刺进了他的前胸，被伤得很严重，很大一片胸膜和肺都被刺坏了，痊愈后他就成了终身残疾。在观赏一场斗牛表演时，胡安·安利奥即"国民二世"同索里亚的一位医生吵了起来，胡安的头部被医生拿起的一个酒瓶子打中了。当时替场内斗牛士碰到一头难斗的公牛时所做的行为辩解，"国民二世"也是个观众。警察抓不到肇事者，就把这位斗牛士给抓住了。"国民二世"的头发和衣服都沾了不少索里亚红土，一整晚都躺在牢房里，脑袋积了淤血，头被打开了个口子，生命垂危。但牢里其他人还以为他只是一个酒鬼，用尽各种办法让他酒醒。但是在那之后他再也没有醒过来。就这样，斗牛技艺在这衰退的趋势下又少了一位剑杀手，也少了一名真正有胆量的人。

一年前，眼看着一个马艾拉的斗牛士，名叫曼努埃尔·加西亚，就要成为最出色的斗牛士了，但他还是死了。马艾拉在仍是个孩子时，胡安·贝尔蒙特住在塞维利亚特里亚的街区了。因为当时没人做他的保护人，没人资助他去斗牛学校练习，用小牛犊练斗牛，贝尔蒙特只是在打散工。所以他想练挥舞红披风时，就叫上马艾拉还有另一个叫巴雷利托的当地孩子，带着一盏提灯和放在木头上的红披风游到河对岸，他们钻过围栏，走到牛栏里，这里关着所有参加塔勒拉达斗牛赛的公牛，他们都光着湿漉漉的身子。一到牛栏里，他们立即弄醒其中一头大公牛。贝尔蒙特就开始用那件红披风挑逗公牛，马艾拉在一边拎着提灯。贝尔蒙特成为剑杀手以后，马艾拉已经长成：身材瘦削，双眼无神，胡子剃得光光的，依旧是青黑的面色，态度自大，个高肤黑，没什么话，从不正眼瞧你的小伙子。贝尔蒙特用他做自己的短标枪手。在以短标枪手追随贝尔蒙特的几年中，他表现得十分优秀，每个赛季都能斗上几十到上百次，他对公牛特别了解，因为和形形色色的公牛都交过手，与何塞利托相比甚至都不逊色。何塞利托差不多每次斗牛都会投短标枪对付自己刺杀的公牛，因此在两人的竞争中，为对抗何塞托利，贝尔蒙特就让马艾拉来帮忙。因为贝尔蒙特跑动能力差，他从不投短标枪。马艾拉运用短标枪的技术能和何塞利托相对抗。他身穿一套很丑、很不合适的斗牛装，这样贝尔蒙特借此压低他的身份，把他打扮得更像个助手了。贝尔蒙特的一个身为短标枪手的助手也可以和闻名遐迩的剑杀手何塞利托一较高低，让别人知道他有个短标枪手。原来每场斗牛，马艾拉能得到 250 比塞塔的报酬，他想把报酬提高到 300 比塞塔，因此在贝尔蒙特斗牛生涯的最后一年表示要提高报酬。但是马艾拉的要求依然得不到同意，尽管当时贝尔蒙特的收入高达一万比塞塔一场。"看着吧，我做了剑杀手就给你点颜色看看！"马艾拉说："你一定会失败的。"贝尔蒙特回答说："绝对不会！"马艾拉说："我会用我的成功让你出丑。"

作为一名剑杀手，马艾拉刚开始还要克服做助手时留下的很多行为和毛病，一名剑杀手是不能乱跑的。但是他跑动得太多，同时他挥动红披风也没有魄力。他有技术有才能，他刺杀时会耍手段，也刺得不错，但穆莱塔挥动的动作不娴熟。他对公牛非常了解，勇气非常巨大是无疑的，他的勇气都成了他身上能摸到、能看到的一部分了。马艾拉带着只要是他了解的事，他就能做得有易如反掌的勇气，并且所有这些情况他都知道。至今我都未见过自尊心像他这么强的人，他自尊心真的很强。

他花了两年时间能优雅地操控穆莱塔了，也把运用红披风时的全部毛病改了过来。要是比投掷两把短标枪的动作，在感情最丰富、技术最娴熟和最优雅的短标枪手之中，他也是数一数二的。他变成了最令观众认可、最棒的剑杀手中的一员。那些动作浮夸但勇气不足的人，与十分英勇的他相比就颜面全无了。斗牛对他来说实在是太美妙、太重要了，当时斗牛界衰败到了发财很快、用力最少、等待机械呆板的牲畜冲过来的水平。最后几年直到他出现，才使斗牛场上这庸俗的境况得到改变，斗牛因他在场上而又显出了情感和尊严。要是马艾拉上场，至少会有两头精彩的斗牛，刺杀剩余的四头公牛他也经常参与。那些不向他冲过来的公牛，他也不朝观众讲出来，以博取观众的同情和原谅，反而是带着豪气万千、不畏危险、高傲的模样走向公牛。由于他不断完善斗牛风格，他最终变成了一名技艺高超的斗牛者。他总是斗志昂扬。可是肺结核使他的健康状况迅速变差，他也明白自己是撑不到新年了。在他最后一年的斗牛生涯里，你在整整一赛季中都能看出来，他即将死去。但是他一点都不在乎自己曾两次受过重伤。他在此赛季却特别忙。我也在某个周日斗牛时看到过他，当时他胳肢窝下还有一条五英寸长的伤口，那是在周四弄出来的。我看见他这场斗牛完毕后和在上场之前都在包扎伤口，可他却一点儿也不在意，丝毫也不把它当回事，但仅仅两天前被牛角戳破的伤口该有多疼痛啊，可是他在场上的表现就像他从来没受伤一样。胳膊没有夹着抬不起来，伤口他也不捂着。我从未碰到过一个像他那样在一个赛季里让时间显得如此紧张的人。他毫不在意伤痛，估计伤痛早被他抛得没影儿了。

之后我再次看到他时，巴塞罗那某头斗牛的牛角已经把他的颈部刺伤了。包扎好脖子后，第二天他又去斗牛了，那伤口缝了八针。他非常生气自己的脖子不好用。他气的是脖子包扎着，领子上还露出一截纱布，并且拿不听使唤的脖子毫无办法。

一名如此年轻的剑杀手，不能让别人时时刻刻都尊重他，因为各种规矩他都得遵守，所以剑杀手一直是独自一人，从来不跟手下的成员一起吃饭。助手与主人间留下一道坎儿，要是他和手下人交往太密，那领导的地位就无法保持了。但马艾拉不是这样的，他和大家坐同一张桌子，一起出门，还和手下的成员一起吃饭，所有人都挤在一间屋里，有时在拥挤的集市上，也是一块儿走，大家对他也都十分敬重。我还从未见过剑杀手受到手下成员如此尊敬的情况。对于一名出色的斗牛士来说，手腕不仅是身体的一部分，它还起到至关重要的作用。但是他的手腕不好使了。这和一名步兵类似，手指头经过训练后只需稍稍加力，就能打出子弹，因为他扣扳机的那个手指头有灵敏的感觉。同样的道理，斗牛士的手腕也有类似的作用，靠手腕他才能挥动穆莱塔和操控红披风，也得靠手腕完成各种精细的技术动作。他都是手腕用力把短标枪刺进去的，也是靠手腕（这回不听使唤了）把一个手柄包裹铅块和着麋鹿皮的利剑攥在掌中，杀死公牛的，都是靠手腕去完成所有挥动穆莱塔的精细动作。在一次斗牛时，马艾拉举着剑刺向朝他冲过来的公牛，他的一侧肩膀随利剑向前伸出去，剑头撞上了一块脊椎骨，从公牛的肩胛骨之间把剑刺了进去。公牛在使劲冲，他也在使劲，剑弯得差不多快要对折起来，最后被撞飞了。他的手腕就在剑弯曲时被整脱臼了。他用左手拾起那被撞飞的剑，拿到围栏边，又把看管剑的人递来的皮剑套里的新剑用左手抽出。

"你的手腕怎么样？"管剑的人问。

"去他妈的手腕！"他回应道。

他再次向公牛走去，又挥动穆莱塔做了两个动作，做完后站在公牛湿乎乎的鼻子正前方，为校正四肢的位置和公牛头部，当公牛抬起前蹄朝红布冲过去时，他立即把红布撤走。此刻他进入了刺杀位置，他把红披风和剑都拿在左手上。他把剑送到右手并举起来朝公牛肩胛插过去。人和牛都较着劲，这一次又插进了脊椎骨，剑又变弯弹向了空中，掉在地上。这一次，他并没有再换新剑，用右手把地上的剑捡了起来。我看见他在弯腰拾剑时，疼得脸上冷汗直流。他看准公牛肩胛，挥动红布把公牛的位置校正后，举剑直刺进去。他把所有的体重、身高，全身的力量都用在这把剑上，那把磕到脊椎骨的剑又弯了，像刺到一堵石墙上似的。但这一次剑并不是特别弯，因为他手腕迅速松了下来，但又弹飞在地。他想把地上的剑用右手捡起来，但剑又掉了下去，因手腕用不上力。他用力捶打举着的右手手腕，紧紧攥着的左拳，之后他捡起来剑从左手交到右手上。他右手握剑时，疼得脸上直流汗。第二位剑杀手要拽他到医院去治疗，他一边不停地骂街一边挣扎。"你们这帮浑蛋。"他说，"别管我，"他又继续了两次，但两次都碰到了脊椎骨。不过话说回来，不管何时他都能在既轻松又安全的情况下，砍断公牛的颈静脉，或把剑插进牛脖子，刺进它的肺里，轻而易举杀死它。但声誉逼得他只能把剑刺进牛角上部，并把剑插进牛背的肩胛骨之间。他在第六次刺杀时，剑也刺进去了，他就是这样干的。牛角当时将要刮到他的肚皮，他从公牛身旁闪过，他露出蔑视的目光，随后站定，这次对决也随之结束了。他双眼深陷，个头高大，头发贴到了额角，满脸汗水还在流着。公牛在他的注视下转过身来，狠狠地跌倒在地，不再动弹。他把剑拔出来，用的是右手，我猜那是对牛的惩罚，但他随后就用左手拿剑，拿着剑尖朝下的剑，走向模板围栏。他心里在想其他事情，怒火全没了。他还是不愿意去医院包扎右手，而右手手腕已经肿得比原来粗了一倍。

有人问他手腕感觉如何，他带着一点也不在乎的表情把手举了起来。

"喂，快去医院吧！"其中一个短标枪手说，"去检查一下。"马艾拉瞅了那个人一眼。他压根没想手腕变什么样了，心里还在想那头公牛。

"那头公牛就像水泥筑的。"他说道，"去他妈的水泥公牛。"

然而在当年冬天，他得了支气管肺炎，两个肺全染上了病，那是肺结核末期了，在塞维利亚他死了。他发高烧跌落下床胡言乱语时，在床下还在痛苦地挣扎，跟死神战斗。我猜想他那年是想死在斗牛场上，但他又不想让观众以为他是故意想寻死。

"夫人，我想你一定会喜欢他的如果你看到他的话。"

老太太："为什么贝尔蒙特不愿意给手下人加报酬？"

"夫人，那是一件西班牙的奇怪事。在所有我经历的跟金钱相关的事情中，斗牛有着最肮脏的金钱关系。参加斗牛的人所得报酬的多少是由他地位的高低来决定的。但在西班牙，越是把帮手们搞得像奴隶似的，越会感觉自己是个男子汉。换句话说，人们认为他们付给助手报酬越少，越能体现他是个男子汉。这种事最适合在最低贱的剑杀手身上干。他们面对比自己地位高的人，阔绰、讨好、令人喜欢、温和，可面对那些地位低贱的给自己干活的人，他们就变成了刻薄、小气的老板。"老太太："全都是这样吗？""不全是。当然，斗牛士难免会显得刻薄或小气，如果他被只会动嘴骗吃骗喝的马屁精团团围住。但通常来说，在金钱方面，我认为剑杀手面对地位低下的人就会刻薄起来。"老太太："那么你的好友马艾拉吝啬吗？""他十分大方、幽默、自尊心强、严苛、满嘴脏话，喜欢喝酒。他一点都不吝啬。他既不贪金钱，又不装斯文。他热爱斗牛，生活因此过得非常有趣味。尽管在最后六个月的生命中他十分痛苦。他得知自己患了肺结核后，还是一点儿都不疼惜自己。因为他宁可在斗牛场上结束生命，他不怕死，这个行为不是虚张声势的勇敢，而是他的愿望。他的弟弟也患了肺病，他还把他弟弟训练出来，觉得弟弟能变成一名出色的剑杀手，让我们都很失望的是，他竟然是个胆小鬼。"

第九章

当然，如果你没有发现过一个一代不如一代的剑杀手而又正巧去看斗牛的话，那么关于斗牛的一代不如一代的许多说法也就没什么必要了。不过，你第一次去看斗牛的时候，不管你心目中的剑杀手该是个什么模样的人，如果你实际上看见的剑杀手是苍白的脸、长长的睫毛、矮矮的个子、胖乎乎的身体，对付公牛技巧娴熟，手腕动作极细腻但又极厌恶公牛，那做些解释就很有必要了。那就是奇奎洛作为神童斗牛士第一次出场，那是他十年之后今天的样子。人们总是抱有希望，所以他今天仍然签有合同，他的公牛，即他等待的完美的公牛，会跑出牛栏，他会展示娴熟、优美甚至比贝尔蒙特还优秀的所有一连串的动作。如果他心情好，表演是很出色的。你也许会在一个赛季里见到他二十次，但一次也没有他的完整的表演。说到别的剑杀手，他们是借人们的期望制胜，以名气制胜，但他们的胜利从来没有一次技术稳定，也就是说紧接贝尔蒙特和何塞利托后来的那些斗牛士，马尔西亚尔·拉兰达已经成为娴熟、能干、真诚、老练和可靠的斗牛士。任何一种公牛他都能对付，在任何公牛面前都可以做出真诚、熟练的动作。他有把握，有信心。九年的斗牛生涯并没有把他吓退，而使他有了信心，得到了乐趣，也使他成熟了。他是一名西班牙最优秀的地地道道讲究技巧的职业斗牛士。

巴伦西亚第二无论是不足之处还是技能，除了现在他胖了，也谨慎了，还有一个眼角伤疤，因当初缝针缝得很糟，脸歪了，使他失却了昔日的神气，其他的仍然与当初一样。他拿着穆莱塔也能耍几个花招，不过只是几个花招而已，主要还是仅仅用来保护自己的红披风运用得优美自如。在马德里，要是能够振作精神、鼓起勇气，他还是会使出拿手本领，全力以赴的。作为一名剑杀手，他的生涯也差不多到头了。到了外地，他是敷衍罢了。

到现在还有两名剑杀手我没有说起过，因为他们应该个别对待，是不能算在一代不如一代的斗牛士之内的。不论放在哪一个年代里，他们也都会是同样的。这两名剑杀手就是尼诺和尼卡诺尔·比利亚尔塔。不过，为什么对个别斗牛士要说这么多话，首先我得解释一下。太太，个别的情况是很搞笑的。但是个别与全体不同。因为随着斗牛的衰落，它已经完完全全变成了个人的事情了，那是现在要谈这两个人的原因。某些人去看了斗牛。你就问剑杀手是谁。只要他说得出斗牛士的名字，那么，他们看到的斗牛怎么样你心里就知道得清清楚楚了。那是因为现在，某些斗牛士也成了像医生一样的专家，只会某些本领。在过去你去看医生，你得了什么病，医生就想办法治好你的病，或者说给你治什么病。同样，在过去你去看斗牛，剑杀手是真正受过训练的，他们就是剑杀手。他们懂斗牛，他们挥动穆莱塔，投放短标枪，运用红披风，那真是技艺精湛，英勇善战，公牛都是剑杀手刺杀的。因为我们大家迟早与医生总有一些接触，我们不去讨论那些非常令人反感、非常荒唐的具体例子，把医生现在所达到的专门化的水平加以叙述是没有什么价值的。但是一个去看斗牛的人却不了解，这种专门化的毛病已经传染到斗牛场里，结果是出现了别的什么都不在行，只会操作红披风的剑杀手。观众也许不会认真注意红披风的使用，因为在他们眼里这些动作都是新颖的，他们会根据这些表演来评判斗牛的优劣，从而觉得那位斗牛士的其他表演都是具有代表性的斗牛表演，殊不知，斗牛是绝不能这么个斗法，事实上这是最拙劣的表演。

今天的斗牛所需要的是一名实实在在的斗牛士，同时他还应该是一名不同于专家的艺术家；所谓专家，就是说只能做一件事，完成得也很杰出。但是（有时候）要能有什么技艺，或者要把他们的技艺提升到最高点的话，他则需要一头几乎是根据自己需要选定的、特殊的公牛。斗牛所需要的不是那些半神半人，而是神。但是希望一个救世主的出现需要很长的时间，而且会有很多冒牌的救世主被你遇上。过去十年的斗牛史记载的只有假救世主。但是《圣经》里并没有记载我主耶稣之前出现过多少个假的救世主。

正是因为你也许会看到一些假救世主登场，因此对他们有所了解是很重要的。只有在你懂得了斗牛士是真正的斗牛士，公牛是真正的公牛的时候，你是否真的见识到了公牛你才会真正地知道。

举例来说，要是在马德里看到尼卡诺尔·比利亚尔塔，看到非常精彩的东西，你会觉得他很杰出，因为在马德里，他运用穆莱塔和红披风的时候双脚合拢，从而避免出现不寻常的样子，并且在马德里他刺杀很勇敢。要说身高，他有 6 英尺，而这 6 英尺中主要是腿和脖子的长度。比利亚尔塔是一个特例。他的脖子是正常人脖子的三倍。

他的脖子虽长，但拿他与长颈鹿的脖子相比较也是不好的，因为长颈鹿的脖子看上去显得自然。比利亚尔塔的脖子看上去就像橡皮一样拉长。似乎就在你眼前拉长似的。但是它永远不会收回去。要是真能收回去那才奇妙呢。一个人要是有这么两腿，一个脖子并拢倒也相当正常；要是他上身后仰，两腿合并，脖子朝公牛前伸，这时就产生一种效果，虽算不俗，但也称不上美，可是，一旦他张开双臂，伸开两腿，再大的勇气对他也无济于事，样子总归是十分有趣。有一天夜里，比利亚尔塔说起了他自己的脖子，当时我们在圣塞瓦斯蒂安的教堂后殿散步，他说的是一口阿拉贡方言，还骂起娘来，听起来像小孩子说话。他对我们说，为了不显得土气，他在心里老想着这长脖子，记住，老是想着。他发明了一种表现他那种不自然的纳图拉尔招式，即回旋式穆莱塔操作法，而右手提着那块用剑挑起的宽大的穆莱塔（红布展开时大小跟上档次的酒店的床单差不多），两条腿紧紧合拢，他就这样随着公牛慢慢转动。谁都不如他这位老把式那样接近公牛做动作，那样靠近公牛使招式，谁都做不像他这位老把式那样慢慢转动。但运用红披风他却做不到，他的动作太不连贯，太快。用剑刺杀的时候他直接插入，同时身体随剑前倾。但是，他常常是将宽大的穆莱塔遮住公牛的脑袋，依靠自己的身体高度，使自己从牛角之上俯身，伸过剑去刺杀，而不是放下左手让公牛跟过来，从而暴露出公牛两肩之间的致命点。不过，有时候他的刺杀完全符合规则，绝对无误。近来他的斗牛几乎是非常和谐，古典式的。每做一个动作都是照自己独特的方式去做，每做一个动作都做得很勇敢，因此，假如你看了尼卡诺尔·比利亚尔塔，那也算不上斗牛。在马德里他是全力以赴的，所以你应该在马德里去看一次。如果一头允许他双腿并拢的公牛出现了。而且六头牛中只有一头办得到，那么你就将看到非常动人、非常奇怪的场景——感谢上帝，不仅仅是表现出了极大的勇气——很不寻常的场景。

如果你看尼诺的表演，也许你会看到样子最难看的因使用头发固定剂而过早秃顶、过早衰老的样子，以及臃肿、胆怯的屁股。在贝尔蒙特第一次退出斗牛场之后的十年里，那些出现的斗牛士里面，人们极大的空头希望被他激起了，而最后却让人们失望了。过去的斗牛士，要成为一个正式剑杀手得苦练八年到十年的时间，他在斗牛场内只斗了二十一回便成了一名正式的剑杀手，他是在马拉加开始他的斗牛生涯的。有两名早在 16 岁的时候就成了正式剑杀手的杰出的斗牛士，他们是何塞利托和科斯蒂利亚雷斯，而因为他们两人似乎找到了一条通向学习斗牛的平坦大道，跳过了整个学艺过程，所以许多孩子受到有害的、从而是过早提拔。尼诺就是一个很好的例子。唯一能说明这些早年的成才之路是有道理的，那是另一种情况，即他们出身于斗牛士世家，那些孩子已经做了几年儿童斗牛士，如此一来，他们自小就在兄长或父辈的训练指导下讨教经验上的不足之处，弥补欠缺。情况即使是这样，也只有那些超级天才才能获得成功。我说是超级天才，那是因为剑杀手全部都是天才。只依靠学习是无法当一名正式的斗牛士的，因为学是学不好的，这跟当一名歌剧演员、优秀的职业拳击手、一流的棒球手一样。你可以学会拳击，学会歌唱，学会打棒球，不过，如果你的天分程度不到，那你就无法依靠拳击、唱歌剧、棒球来生活。说到斗牛，天分也是必需的，而这种天分又向复杂化迈了一步，因为在斗牛中还必须通过实际去正视创伤的勇气，以及还可能要面临死的威胁尤其是在创伤首次变成了事实之后。尼诺即卡耶塔诺·奥尔多内斯，在马拉加和塞维利亚曾做了几次很不错的表演，以斗牛新手的身份，在马德里不完全是以新手身份作的表演也有过几次，那以后他成了剑杀手，是因为他在春季得到了提升，他作为剑杀手出场的首个赛季，要是有人来拯救过斗牛的话，他那神气仿佛是来拯救斗牛的救星。

我曾经在一本书里试图叙述他的几场斗牛，描绘他的模样。在马德里，他作为剑杀手首次出场亮相的那一天，我也在场。那年在巴伦西亚我也看了重返斗牛场的胡安·贝尔蒙特和他的竞赛，他做了两个动作，实在出色，实在漂亮，我至今还记得他的那些招式。他的刺杀技巧并不坏，在运用红披风时即是他纯真风格的体现。尽管他并非一个一流的杀手，当然除了碰上好运的情况之外。有几次他照老式斗牛的方法让公牛冲向剑头，真的是等公牛进攻时才刺杀。而且他的穆莱塔潇洒地运用自如。在马德里有一个斗牛士评论家葛利戈利奥·科罗查诺说他 "Es de Ronda y se llama Cayetano"，他来自一家有影响的报纸《A. B. C.》。大家都叫他卡耶塔诺，那是说他来自斗牛发祥地龙达（Ronda），那是最杰出的老把式、花样斗牛士卡耶塔诺·桑斯的教名，是一名杰出的斗牛士的名字。这句话传遍了西班牙。如果把字里行间的含义也翻译出来，不拘泥字面意思，好像就是说从现在的很多年以后，亚特兰大又会出一名名叫勃贝·琼斯的杰出的年轻高尔夫球手。卡耶塔诺·奥尔多内斯举动像斗牛士，样子像斗牛士，他做了一个赛季的正式的斗牛士。我看过他的全部出色的表演，观看过他的大多数斗牛表演。那个赛季临结束时，公牛在他的大腿上狠狠地捅伤了他，险些儿割破股动脉。

这么一来，他也就没什么前途了。第二年，拿所签的合同来说，在这一行的斗牛士当中，他的最多，那是因为他第一年表现杰出才签的，可是现在在斗牛场的表现中他变成了一连串的祸患。他简直连朝公牛看一眼也不敢。他要向公牛伸手刺杀时表现出来的害怕，让人见了心里不舒服。在整个赛季里，他都是跨过公牛的进攻路线，把剑朝牛脖子刺，往牛肺里捅，在用对自己最没有危险的方式暗杀公牛，总之，只要身子不进入牛角够得到的范围，他是哪里都刺。到那一年为止，那是最最可耻的一个赛季，在一个剑杀手的经历之中。事情的真相是，他的勇猛在第一次被牛角真的捅伤之后也被连带着捅掉了。他想得太多。因此打那以后他一直都没有恢复。后来那几年里有好几次他振作起来想在马德里有一个不错的表现，这样他还会签到合同，如果借助报纸上为他做的宣传的话。外省的一场胜利只有附近地方才知道，到了马德里会大打折扣，而马德里出版的报纸是全国发行的。一名斗牛士在首都取得的胜利，整个半岛都知道，因为无论斗牛士到了外地的任何地方，即使斗牛士已经被不满的外地观众整得差不多了，他们的经纪人依旧用电报和电话通报胜利的消息。不过，这种强作精神的表演不过是胆小鬼的英勇行为罢了。

所谓胆小鬼的英勇行为，对一个赛季接着一个赛季花钱来观看斗牛的广大观众来说，那是没有什么价值的。但是在注重心理描写的小说里是很宝贵的，对做出这种行为的人来说是极其宝贵的。它们无非是给那个斗牛士一种表面的其实他并不具备的价值。有时候他在斗牛之前，穿着斗牛服腋下汗涔涔的，到教堂祈祷，他希望公牛的冲击会很干脆，听从红布的调派，就是说祈望公牛会 embeste——啊，圣母玛利亚，赐我一头能进攻的规规矩矩的公牛吧，圣母玛利亚，让我今天在没风的一天在马德里去斗这样一头公牛吧，圣母玛利亚，给我这样一头公牛吧；有时候他去朝圣，祈求好运，祈求被吓之后昏过去或者保证给予有价值的东西，这么一来，也许斗牛士虽然并没有勇气，但脸上也要装出勇气十足的样子，而那天下午这样的一头公牛会出现；有时候他几乎很成功地装出完成杰出的斗牛动作的轻松样子；那胆小的斗牛士，就这样动作生硬、神经紧张地使出浑身解数，放弃了幻想，完成了优美杰出的表演。每年春天在马德里哪怕有一次这样的表演，就使他有可能获得保持知名度的合同。但是事实上，这些都是没有一点作用的。要是你能看到一回这样的表演，那你算是很幸运了，可是，就算一年里头那位斗牛士的表演你去看二十回，这样的表演却永远也不会第二次看到了。

对于所有这些问题，你应该站在观众的立场上去思考，而不是从斗牛士的观点出发去思考。死这个问题就是事情之所以复杂的关键所在。斗牛，是一门表演的出色程度完全有赖于斗牛士自尊的艺术，是一门绝无仅有的艺术家身处生命危险的艺术。在西班牙，他们称为 pundonor，自尊可是个非常实质性的东西。包含了勇气、自重、自尊心、自尊、正直等意思。不表现出怯懦就是涉及自尊的事，自尊心是这个民族最强的特点。一旦毫无疑问、千真万确地表现出怯懦，自尊就不复存在了，而这时，斗牛士也可能就会稍微出点儿力，只有在出于经济原因要改善自己的地位、获取合同的时候，做纯粹应付的表演，才会给自己创造一点风险。我们只能希望斗牛士尽全力，不能老指望斗牛士表现出色，要是斗牛士碰上了一头难弄的公牛，我们应该原谅他动作别扭，他也应该有发挥失常的时候，但他在应付特定的公牛的时候，是应该竭尽全力的。可是他一旦丢了面子，便决不会有什么出色的表演了，他只能在技术上完成任务罢了，你就不可能指望他一定能竭尽全力，而是尽量以欺骗、稳妥、乏味的手法把公牛杀死。面子丢了之后，讨厌看台上的那些观众，心里骂他们没有权利起哄，没有权利嘲笑斗牛士，因为观众舒舒服服坐着而斗牛士是面对着死神的，他按照合同一场一场斗下去，他自己心里清楚，如果想要的话，观众可以等到他使出高招的那个时候。后来有一年，他发觉即使遇上一头优秀的公牛自己也完不成杰出的动作，所以就竭力振作起来，而往往第二年时就到了他退出斗牛场的时候了。因为一个西班牙人必须留下一点自尊，到了他不再有窃贼的自尊那种观念——只要我想做好我是可以做好的——作为支撑之时，那么他就退出斗牛场了，有了这一决定，他也就为自己赢得了自尊。这种所谓的自尊，就像这个半岛的那些作家那样，硬要人们接受他们的理论，并不是我硬要你相信的什么幻觉。我发誓这是真的。对西班牙人来说，不管是怎样地不老实，自尊是真真实实的东西，跟酒、橄榄油、水一样，摸得着，看得见。不管是妓女还是小偷，他们都有自尊。只不过划分自尊的标准不一样而已。

合格的公牛，斗牛士的自尊，这两件都是斗牛不可或缺的。这是因为有一半的斗牛士，自尊却微乎其微，虽然其中有一些人极有才干。造成这种情况的原因是后来的愤世嫉俗以及斗牛士的早期发掘，有时候是由于创伤造成的长时期的害怕所致，这种害怕是必须与常常受刺伤之后会产生的短暂的丢失勇气加以区分的，所以，除了尚未训练成熟和有缺点的斗牛士之外，总的来说是你会看到很恶心的斗牛。

"呃，太太，你对什么事疑惑？你想要听我给你说些什么？"

老太太："我发现，公牛把一匹马捅伤了之后有一些木屑撒落。年轻人，这个你会怎么说。"

"太太，那是好心的兽医放在马身上的木屑，这样，可以用木屑来填塞马身上掉了的别的器官。"

老太太："多谢。你使我明白了一切。但是，毫无疑义，永远用木屑来替换马的器官是不可能的。"

"太太，那不过是权宜之计，谁都不会赞同那种做法的。"

老太太："可是我发觉木屑很干净，那就是说，木屑是有香气、纯净的。"

"太太，填塞马身用的木屑在马德里的斗牛场里，那是再芳香不过、再纯净不过的了。"

老太太："你这么说听了真叫人高兴。请告诉我抽雪茄的那人他吃的是什么？他是谁？"

"太太，那人是多明戈·奥尔特加的经纪人，前剑杀手名利双收的赞助人多明京。他在吃虾。"

老太太："如果不麻烦，那咱们也叫一些，自己尝尝。它看上去很好吃的样子。"

"这很好，这里的虾是最好的。不过，千万别借给他钱，虽然马路对面的比这儿的地方大，那边叫作对虾。来三份 gambas，服务员。"

老太太："先生，你叫他什么来着？"

" Gambas。"

老太太："这个词儿在意大利语里是翅膀的意思，要是我没记错的话。"

"你如果想去，距离这里很近就有一家意大利餐馆。"

老太太："斗牛士会经常去吗？"

"太太，那个地方他们是从来不去的。那里坐满了政客，有人在他们旁边的时候他们就转身一变，成政治家了。"

老太太："那我们就不去那里。斗牛士们一般去哪里？"

"他们吃饭都在普通的寄宿的地方。"

老太太："你有知道的吗？"

"必需的。"

老太太："我想去看看。"

"他们寄宿吃饭的地方？"

老太太："不是不是，是斗牛士。"

"太太，他们很多人都带着一身的毛病。"

老太太："你告诉我他们得的是什么病，我自己会衡量的。流行性腮腺炎吗？"

"那倒没有，太太，不打听说他们有得这个病死的。"

老太太："我不怕我就得过这种病。其他的那些毛病，是不是稀奇古怪的像他们穿的衣服一样呢？"

"也不是，咱们慢一些再说，那都是些很普通的病。"

老太太："先告诉我一个问题再走，这个马艾拉是你认识的最有勇气的人吗？

"是的，太太，因为在那些天生就勇敢的人当中，他是非常有智慧的。极聪明但是仍然很勇敢就难了，不过蠢而生来就勇敢却很容易。马西亚尔·拉兰达是勇敢的，这一点谁都不会否认。但是他的勇敢是学不会的，是来自于聪明的。伊格纳西奥·桑切斯·梅希亚斯又是一名十分出色的短标枪手，他娶了何塞利托的妹妹，他很勇敢，但他的勇敢是从外面硬贴上去的。这就好像他老在那里炫耀他那大片胸毛或者身体更加不可裸露处的特点。但他的风格呆板。在斗牛中那可不是勇敢的用途。有了勇敢这一品德，斗牛士想怎么样就怎么样，而不受恐惧心理的影响。勇敢不是拿来应付观众的东西。"

老太太："至今我还没有被嘲弄过。"

"太太，你如果见了桑切斯·梅希亚斯，就会被弄得晕头转向的。"

老太太："再见到他会是在什么时候？"

"他目前已经退出斗牛了，不过如果他亏钱了，会再看到他斗牛的。"

老太太："你似乎有点讨厌他。"

"虽然我佩服他的勇敢，佩服他的傲慢态度和他使用斗牛棒的技术，不过我不喜欢他这个短标枪手，也不喜欢他这个人，不喜欢他这个斗牛士。因此，在这本书里我几乎不怎么写他。"

老太太："你这不是明显的偏见吗？"

"太太，要说有偏见，那是再也碰不到一个自认为更加坦率的人，也找不到一个更有偏见的人了。但是，这是不是因为那是我们头脑的一部分——那一部分指挥我们的行动——抱有偏见是由于经验的积累而形成的，而依然可以使另一部分完全不受约束以利于判断和观察呢?"

老太太:"先生,我不确定。"

"太太,我也不确定,也许咱们说的都是屁话。"

老太太:"这个字眼儿很奇怪,这种讲法我做姑娘时可没有听过。"

"太太,我们现在把这个说法用来说明谈话中任何极度形而上学的倾向,或者,真的,还用来说明一个内容抽象的谈话中出现的错误。"

老太太:"这些词语我必须学会了。"

第十章

每一次斗牛都分成三部分动作,叫作三三制竞技法,他们用西班牙语称为 los tres tercios de lidia。第一部分是公牛向长矛手冲击的动作,这称为初试长矛,即 Suerte de varas 是一个重要的词在西班牙语中。这个词依照字典上的释义属于阴性词,表示种类、习惯、形式、方法、熟练策略;机会、风险、命运、机遇、好运、时机;技法、专长、把戏;状态、情况、命数、死亡、天意,还有从原地分离出来的意思。西班牙对尝试或招式的翻译也是非常自由的,因为他们的词语的翻译自由限度很大。斗牛的第一部分动作是剑杀手动作的协同和长矛手的斗法。协同合作是指当马把长矛手从其背上摔下来时,操控红披风来保护好他是剑杀手的责任。当第一部分动作结束的信号被总裁判发出时,号角就会吹响,开始第二部分动作,长矛手退场。第一部分动作完毕之后,马就不会上场了,除了用帆布把死了的马盖上外。斗牛表演的第一部分动作是长矛、马和红披风的表演。第二部分动作是表演短标枪。公牛在这一部分中,有充足的机会表现它的胆怯或是勇气。这是差不多有 1 米长的两根短棍的短标枪,准确点说,这种短棍的一头装有一个 4 厘米长、类似鱼叉的钢尖,棍长 70 厘米。完成减缓公牛冲击速度是设计这种短标枪的目的,每次拿两支短标枪,在公牛朝持枪者冲击时,他要朝着公牛脖子顶部突起的肌肉里刺进去,虽然校正公牛脑袋姿势这一项任务在开场时长矛手已经做过了,但到此时才算校正完毕。如此一来,公牛冲击时更加稳定,他的冲击速度减缓了,作为目标更能被明确了。通常需要使用四对短标枪。假如是由其他帮手或短标枪手来刺插短标枪的话,除却别的要求,还必须插得迅速,位置精准。如果是剑杀手亲自插短标枪,那他就能够不慢不紧地做些热身活动,往往这时候斗牛场就会放音乐。大部分第一次在现场观看斗牛的人也最爱看这一部分表演,是斗牛中最独特美妙的画面。短标枪手的任务不单单是用短标枪把公牛某一边的颈部钩住,使公牛无法总朝这一边冲击,还需要刺入短标枪,迫使公牛颈部的肌肉无力,让它把头部位置放低。短标枪手的所有动作应该不超过五分钟,一旦时间过长,公牛会在斗牛时失去应有的速度,它会变得狂躁。如果是一头有危险、不稳健的公牛的话,人要是不带着保护自己和吸引牛的东西,那它就有足够的时间观察人并冲向他。这样一来,等进行到最后一部分,剑杀手拿着穆莱塔和剑上场时,公牛就会向红布后的人直接冲过去,西班牙人说的红布后面的包裹指的就是他。

总裁判会示意改变动作，就在他发现场内用了三对、最多四对短标枪以后，最后一部分即第三部分是死亡。这一部分总共有三个步骤。第一总裁判会说话致意，然后剑杀手会向总裁判也有可能是另外某个人献祝酒礼，即为成功杀死公牛而庆祝。然后，剑杀手开始挥动穆莱塔。穆莱塔是由一根棍子对折做成的一块红布，棍子一头是一个横穿整块红布的把手，把手另一端用拇指大的螺丝把红布固定住，尾部是一个尖头，这样红布就能顺着棍子对折。拐杖是穆莱塔的字面意思，在斗牛时它指的是覆盖着红布的棍子，剑杀手舞动它来准备刺杀公牛，靠它来操控公牛。最后，剑杀手拿住它把公牛脑袋顺势朝下边带过去，不让它把头抬起来，与此同时，右手把剑刺入公牛两个肩胛骨中间。

以上所述的三个部分就是斗牛表演的悲剧。在第一部分动作中，在由马参与的那部分里，人们能够判断出接下来会有怎样的表演，事实上把这一部分结束后面的表演才能被引出。只有在这一部分中，在场上的公牛能显示信心十足，以及展现出英姿飒爽的模样，战无不胜的表情，速度迅猛凶狠。公牛的全部优势在这第一部分中被表露了出来，从表面上看，第一部分完毕时的获胜者是公牛。就连骑着马的人都被它赶出了斗牛场，就只有它自己站立在场内。在第二部分时，公牛完完全全被手无寸铁的人打败了，并且短标枪严重骚扰了它，最后它的自信、无计可施而盲目的怒火开始慢慢减少了，把他的所有愤恨全都集中到了一个目标上。接下来第三部分，面对着公牛的只有一个人，他必须要自己一个人站在公牛正前方，通过舞动一块在棍上固定着的红布来操控公牛，探身用剑刺入它两个肩胛骨之间在公牛的右角上方，最终把它杀死。我第一次看斗牛时，我唯一不喜欢的一幕就是投刺短标枪。短标枪把公牛钩住后，在它身上似乎发生了极大又残酷的变化。公牛的身体被短标枪钩住的时候，公牛入场时展现出的无畏和野性此时丝毫不在了，变成了另一头牲畜，我觉得很苦恼。当公牛面对长矛手时，这种野性与无畏表现到了极点。只要牛背被短标枪钩住了，公牛就什么本领也发挥不了了。这就如判决：审讯、判决、执行，分三个部分依次执行。不过到后来我才明白，处于防御姿态时的公牛是最危险的，标枪插在公牛身上之后，它的脚步就会放慢，每一次牛角的冲击都会变得目的明确，好比猎人不是瞄准着一群鸟射不中一只，而是瞄准一群鸟中的一只。到最后我才明白，公牛减缓冲击势头时，仍然会保持力量和勇气，此时它能够做出具有艺术性的动作和人互相配合着。我此后就好比欣赏一幅油画，一直对它充满敬意。还像是用雪板铲起的雪和一个大理石雕塑一样，对公牛我已经没有那么多同情心了。

我认为如果把现代斗牛与雕塑艺术相比较的话，哪件现代雕塑艺术都不能与它相提并论，除了勃朗库西的雕塑作品。可是与舞蹈、歌唱一样，这是莱昂纳多·达芬奇劝告人们不要涉足的艺术之一，不是一门永久性的艺术。一旦少了表演者，这门艺术就会只存在于观看过演出的人们的记忆里，并伴随着死亡而消失。经常性地回忆，看照片或读文章，反倒会促使它从人们的记忆中消失。它要是能够长久保持的话，说不定几大艺术之一里就有它了，可它不是长久的，所以创作者死亡后，这门艺术也就随之消失不见了。只要是几大艺术之一，即使直到创作者早已经去世，你都不能对它做出任何评判。斗牛是与死亡有关的艺术，同时它也被死亡抹杀。就艺术整体来说，你会说它也不可能真的消失，除了创作者自己死去外，什么都不会失去，因为所有符合逻辑的发现与改善都会被某个人传承下去。事实的确就是这样，一个画家死后，令人欣慰的是，他所有的绘画作品并没有因他的死亡而消失，还是能发挥作用。举个例子，塞尚的作品，还能被所有模仿他的人利用而发挥作用，那它就不算一种消失。这种艺术是百分之百不会因死亡而消失的。斗牛所遇到的情况就跟这种情况类似，就像是一名作家写的书，在他死后自动毁灭。而且只存在于读过这些书的人的记忆中，一名画家的作品与他同时消失。能够保留下来的有手段、办法、艺术的改变和被发现的作品，可是作为某个人，依靠他的工作而制作出艺术品的人，作为一个原创者，一个试金石，他会死去的，直到另一个伟大的人出现。在原来的艺术品不见了之后，原来艺术品的特点，模仿他们的那些东西很快就被扩大了、减小了、削弱了、完全不相关了，或者失真了。所有的艺术派别只有类别之分了，你懂得的仅仅是某个人，只能说明某些都是失败者的派别内的成员。某个个体作为杰出的艺术家而出现，他会运用以前的人们懂得的或发现的，以及他从事的那门艺术的有关的所有知识。因为他能在短暂的时间里消化或接受知识，人们不是把他理解成普通人花一生时间而他却很快就能掌握这样的原因，而是觉得他的知识好像是天生就有的一样。伟大的艺术家会自创出一些东西，他不会满足于已经获得了人们已经懂得的或完成的所有东西。不过，在两个伟大的艺术家之间，如果人们对之前的伟大艺术家已经非常熟悉了，那么他们就很难承认某位新出现的艺术家了，也许他们之间已经有很长时间的空当了。他们能熟记的是上一位的那套形式，他们就想着上一位艺术家。可是当代的另外一些人，他们会先认可那些新一代的伟大艺术家，因为他们掌握事物的能力非常快。因为他们伸着脖子期望的那段时间里，碰到了非常多的伪艺术家，导致他们变得不轻易相信自己的感觉，小心翼翼，只有相信记忆了，所以他们不会马上认可也是情理之中的事。当然，一直以来记忆是最靠不住的。

　　好不容易才出现了一名优秀的斗牛士，却又会很轻易地失去他，那通常是他染病了，而不是因为死亡。就在贝尔蒙特从斗牛场退役后，曾经有过两名真正杰出的斗牛士，可没有一个职业生涯是能圆满结束的。一个患了梅毒，一个患了肺结核，它们都是斗牛士的职业病。每次斗牛一般都是在毒辣的阳光下进行的，都是顶着炎炎烈日，没钱的人大多不愿花三倍价钱买一张可以坐到阴凉座位的门票，他们宁可被晒。在酷暑艳阳下，斗牛士汗流浃背，穿着一件很重的金丝织锦缎束身上衣，那汗如雨下的情形就如同拳击手做跳绳训练那样。天气这么热，汗水狂流，又没有机会擦擦酒精止住汗，或冲个澡。夕阳西下，斗牛场高处的阴影把场上的沙地全部都遮住时，剑杀手已经闲下来了，只是在一边待着，随时准备着，瞧着自己的同伴斗最后一头公牛，万一有什么状况就上去帮忙。斗牛开场的时候通常在夏末秋初，西班牙高原地区的城里会很酷热，如果出门不戴草帽就会被热得中暑。可是到最后斗牛结束，天又变得非常冷，你必须得有大衣穿才行。西班牙非常多的地区的气候跟非洲一样，夏末秋初时，在太阳落山后天气会马上变冷，因为它是一个多山地的国家。这么冷的情况下，对任何不能擦干汗水，甚至全身都是汗，还只能站着的人来说，都受不了。拳击手满身大汗时，可以采取任何的手段防止着凉，但斗牛士却没有这样做的可能。为什么会有这么多的斗牛士得肺结核单凭这点就能完全说明白，更不用说他们在8月和9月的集市里一路风尘、没完没了地比赛，以及赶夜路的疲惫了。

至于梅毒的情况则有点不一样。为什么士兵、拳击手和斗牛士容易感染梅毒，原因与他们怎么会选这个职业有关。就拳击来说，梅毒带来的坏处一般体现是情况的急剧逆转，一般情况下都被打得很惨，另一个名字又叫作"用脚后跟走路"。把一个人的真名写在一本书里那是不可能的，因为那有诽谤的嫌疑。但是同一职业内的人，这样的实例能举出十几个。梅毒是中世纪时期的十字军染上的病，人们怀疑梅毒就是他们带到欧洲的。这是属于所有只贪图享乐、不计后果的人的病，这种工伤事故是可以被预见的。能发生这种事故在自己身上的都是一些习惯宁愿冒险也不用避孕用品和私生活不检点的人，全部通奸者在情况抵达一定程度时，会出现一个人生阶段，或称为一个可以预期的结局。在几年前，对于某些人的堕落过程，我曾关注过。在上大学时，他们以前也是在道德规定上影响力很大的人。但是他们毕业后一进入社会，立即体味到了年轻时从来没有享受过的放荡生活的快乐之处。就像中国那些孜孜以求向往耶鲁大学的人那样，这种乐趣仅仅被听说过，从未亲眼目睹。他们纵欲乱情，还以为他们自己刚刚发现的是一种很伟大的新事物，到他们首次染上这种病，他们依然认为这种病也是他们创造和发现出来的。如果他们没有这样干过，人们之间原本不可能患上这样的病，也不会了解这种可怕的行为，也不会产生这种病。在某个时期，他们这群人又在实践和宣扬这种保持最干净的生活主张，至少这种行为被他们控制在不大的社交范围里。如今的社会道德风气很多已经被改变了，但从前很多要被培养成为主日学校的上层的教师的人，现如今他们成了这个社会上放纵这里最有名的。第一次被公牛刺伤而彻底消沉的斗牛士和他一样，他们都不是放纵的料，当他们把那种疾病纳入青春期疾病并发现莫泊桑死于那种疾病时，听他们或看着他们讲述都是让人很难过的。他们说："只有没受过伤的人才嘲笑别人的痛处。"但是，擅长取笑别人的反而是那些身上伤痕累累的人，至少以前是这种情况。现在嘲笑别人的人，嘲笑发生在其他人身上的不管是什么事情，都能嘲笑得相当幽默。可他们一旦被某些事感动了，他们立即就会说："你们不知道，这是一件相当严肃的事！"随后要不就用像自杀这样的老套办法，放弃讨论这件事，要不就又变成了伟大的说教者。为了使全部事物相互间有一个合适的关系，性病也许是必要的存在。就像牛角为公牛所必需的一样，不然剑杀手还有像卡萨诺瓦那样的人就太多了。我非常希望西班牙能杜绝性病，因为我清楚性病会如何影响到斗牛。但是在西班牙即使性病消失了，出征他国的男人们也会把性病从某地带回来，又或是在其他国家也可能染病。你不能期望斗牛士不在晚上再冒险一次，就在斗牛场冒险凯旋后，西班牙有句话："mas cornadas dan las mujeres."男人们不敢乱搞是因为三件事情：羞怯和惧怕性病、宗教信仰。其中最后一种往往也是别的机构和基督教青年会号召老老实实生活的根据。有很多原因会影响斗牛士遵守这些规则，比如有些风流事就是做职业斗牛士的传统习惯之一，事实上一直都有女人跟着他，有的为了他的钱，有的为了他这个人，大部分女人是两样都要，而斗牛士认为性病根本就不是一回事。

老太太问道："可是，有很多斗牛士患这种病吗？"

"夫人，那些对自己今后身体状况不关心的，在和任何女人厮混时，只想着身边这个女人的男人一定会跟这个病有关系。"

老太太："但是为什么他们不多多地为自己的健康着想一下呢？"

"那就太难了，夫人。说实话，如果一个男人得到真正愉快的时候，这些在他的脑子里是不会出现的。男人在当时，即便是碰到一个妓女，但只要她挺棒，有时候事情结束之后他依然认为她很棒。"

老太太："这些病都是卖淫的那些女人传染的吗？"

"不是，夫人，通常这种病是从朋友那里染上的，还有可能是朋友的朋友，跟你睡觉的任何一个人都有可能。不管是在哪儿，实际情况都是一样的。"

老太太："那做男人肯定是最不安全的。"

"的确是这样，夫人。但是大多数人都不能避免。埋进坟墓是它的最终结果，这是一种很难完成的交易。"

老太太："如果这些人都结婚和自己的妻子睡，情况会好些吗？"

"为了他们的身体好，是的；为了他们的灵魂好，也是如此。不过假如斗牛士结婚了，他们是真的爱老婆，那很多斗牛士的职业生涯也就玩完了。"

老太太："他们的妻子呢？她们怎么样？"

"谁又能说得明白呢，如果不是他们的老婆？假如丈夫没有合同，生活就会很困难。没一个人敢肯定地说他进了斗牛场还能活着出来。而且每一个合同就意味着要冒一次死亡的危险。跟长期在外的水手不一样，他还有条船保护他；跟拳击手也不一样，拳击手不会面对死亡。这跟士兵的妻子也不同，如果没有战争，你的士兵也能挣钱谋生。做斗牛士的妻子跟做其他任何人的妻子都不一样，我不会让我的女儿嫁给斗牛士，如果我有的话。"

老太太："先生，你有女儿吗？"

"夫人，没有。"

老太太："至少我们不用替她担心了。但我还是期望这种病不要被斗牛士们得上。"

"噢，夫人，身为男人而身上却没留下任何从前遭遇的痕迹的男人，你是找不到的。不是这里有病，就是那里有什么伤。但是一个男人会把很多的事都不放在心上。我知道的一个高尔夫球冠军得了淋病后反倒发挥得更加游刃有余了。"

老太太："这种病就治不好吗？"

"人生在世并不是所有病都能治好的，夫人，医治所有不幸的不折不扣的妙方是死。我们现在还是放下这些话题去吃饭吧。我们生活的时期里，我们能活着看到所有道德终结的那一天，科学家们也会想办法攻克这些古老的疾病的。但我现在不是想要坐在这儿回忆我的朋友的遭遇，而是想到博丁酒馆去吃乳猪肉。"

老太太："明天你可以告诉我更多关于斗牛的事，那我们就去吃饭。"

第十一章

　　家养公牛与斗牛场上的公牛的不同，就好像狗和狼不一样一样。一头家养的公牛也可能性格凶猛，脾气暴躁，这就跟狗也会危险、势利一样。但是家养公牛绝没有斗牛场的公牛那种特别的体形，以及速度、肌肉和腱的力量，就像狗不具有狡猾的性格、张大的嘴巴、狼的体力一样。被用来斗牛的公牛是野生动物。要送往斗牛场的公牛，与人的接触是极少极少的。培育公牛的牧场地域辽阔，有成千英亩，斗牛用的公牛的牛种是直接从遍布整个半岛的野公牛培育的，在牧场上生活的公牛就像到处漫游的动物一样。

　　斗牛用的公牛的身体特点是毛色富有光泽，皮厚而硬，头小，但脑门宽大；脖子短而粗壮，发怒时颈部肌肉高高隆起；宽肩、蹄很小、尾细长。斗牛用的公牛的雌性牛体格不如公牛强壮，头小，角细而短，脖子长。而且下颌底下垂皮不明显；胸部不大，无显著的乳房；角有力，形状特别，向前弯曲。在潘普洛纳的业余斗牛场内我常常看到这种母牛掀倒那些业余斗牛士，像公牛那样进攻，因为看不出有母牛的特征，所以来访的外国人都说是家养小公牛，就在这种雌性牛身上，你很难清楚地看出家养牲畜与野生动物的区别。

　　谈起斗牛，有一句话是常常听说的，公牛进攻时闭着眼睛，母牛进攻时睁着眼睛，因此母牛进攻的时候比公牛要危险得多。我知道这句话是不对的，但不知道是谁先说的。业余斗牛的时候母牛几乎全部都是专挑人进攻，而不朝着红披风，是突然袭击，而不是直冲，常常在几十人的人群中盯住一个小孩或大人，就一路追过去；不过，之所以有这个特点是因为母牛智力生来就比公牛高一点，弗吉妮娅·伍尔夫的这种说法也是不对的，是因为既然雌牛犊在正式斗牛中不可能上场，既然让这些牛全面熟悉斗牛各个阶段人们并没有什么异议，斗牛士也就专门用这种牛来练习红披风或穆莱塔，而不是这个缘故。不管是母牛犊还是公牛犊，只要见过几回穆莱塔或红披风，它全都记在心里，就熟悉了。因为正式斗牛的首要前提是公牛第一次与徒步的人遭遇，所以如果是一头公牛犊，那就不可以用于正式斗。如果公牛没见识过穆莱塔、红披风，进攻的时候是直接冲击的，人就可以完成多种多样的招式，可以在公牛进攻时尽量靠近公牛做出各种动作为自己设置危险情景，这些招式可以自己选用，不必被动地做出防御动作来，做出一系列有色彩的连贯动作。要是以前进过斗牛场的公牛，它就会用牛角直刺红布去找人，总是对人突然袭击，逼得人老是退却，老是被动，使人不能运用清晰的招式，也就不会有漂亮的表演，造成所有那些危险情景。

　　斗牛是如此组织和发展起来的，所以公牛在进场时对徒步的人完全没有见过，它在被刺杀的时刻到来时到达它自身危险的顶点，就正好来得及学会对人施展的种种手法产生怀疑。公牛在斗牛场内情况熟悉得非常快，如果斗牛表演不好，或者时间拖延一下，或者再延长十分钟，那么，牛几乎是刺不死的，按照表演规则确定的手法斗牛。斗牛士常常用母牛犊练习斗牛，就因为这个缘故，因为照斗牛士的说法，几个回合下来，这些牛已经非常狡猾了，甚至拉丁语和希腊语也会说了。经过这么一番训练之后，这些牛就让业余斗牛士放到斗牛场里去斗。这些牛有时候牛角尖用皮球包起来，有时候是光着牛角；它们动作灵活、迅速就像小鹿一样，朝着各式各样有志于斗牛的人挥动的红布，朝着手拿红披风的业余斗牛士进攻，捅、追、挑、撕，弄得这些业余斗牛士一个个害怕得不得了，等到这些母牛犊累了，才把它们赶回牛栏去休息，以便再次出场，放进小公牛。斗牛场上的这些参加比赛的母牛即Vaquilla，好像进进出出也是很快乐的样子。这些母牛肩上没有标记，没有人去惹它们冲击，也没有受到刺激，就像好斗的鸡那样，它们似乎觉得挑刺、冲击很好玩。尽管公牛是否勇敢是在它遭受痛击之后看它的表现来判断的，当然这些母牛犊没有受到痛击。

调遣斗牛用公牛才成为可能，由于公牛的群体本能的作用，有了这群体本能，人把六头或六头以上的公牛一起赶才有可能，而一头离了群、掉了队的公牛会一次又一次不停地朝任何一件物体冲击，不管是马、是车、是人，还是其他所有任何移动的物体，一直到他被杀死为止。正因为这个道理，人们可以利用领头牛即经过训练的犍牛来引诱和驱赶公牛，就像驯服的大象可以用来引诱和捕捉野生大象一样。观看驯服的犍牛帮助把斗牛用公牛隔离起来，关进笼子，把它们弄进通向装运笼子的通道，以及与运输、卸货、饲养等有关的工作中所起的作用，那可以说是在所有斗牛阶段中最搞笑的场面之一。

过去的年代里，公牛是在西班牙的大路上赶的。以前公牛是装在笼子里用火车车皮运送，现在西班牙修筑了很好的公路，所以有时也用卡车运输，这样既方便又省力。整个牛群又由养牛人护送他们骑在马上，握着长矛，很像长矛手的长矛，公牛前后左右都是驯养的犍牛。村民们见了一个个都飞奔回屋，关门上闩，站在窗口张望，公牛一路行走，一路的尘土，他们望着从街上走过的公牛，巨大的牛角，机敏的双眼，湿漉漉的牛鼻，宽大、积满尘土的背，领头牛脖子上挂着铃铛，赶牛人头戴灰色宽边高帽，身穿短外衣，一个个都是黝黑的脸。因为为数众多使它们放下了心，而群体的本能又使它们紧紧跟着领头的牛，所以公牛集结在一起，成了群，都是安静的。现在也有地方还用这个办法赶牛，他们是在离铁道线较远的省份，偶尔也有一头牛会离群乱跑即 desmandar。有一年在西班牙巴伦西亚郊外一个村子最旁边的一所房子跟前，就发生过这样的事。那头公牛被什么绊了一下，跪倒在地上，等它好不容易站起来的时候，别的牛都已经走了老远。它第一眼看到的就是那间打开房门的房子，门口站着一个人。牛立马就冲过去，把那个站在门口的人顶起来，朝背后摔去。在屋子里牛一个人也没看到，就直接冲了进去。这时在卧室里一把摇椅上坐着一个妇人，她年纪大了，外面发生的事她一点也没有听见。公牛把椅子顶翻了，把那位老妇人也捅死了。在门口被公牛摔出去的那个人拿着一支猎枪跑到屋里来想保护他的妻子，公牛其实早已把他的妻子摔倒在屋角的地上。那人朝公牛狠狠地开了一枪，不幸的是那一枪只打烂了牛的肩膀。公牛就在这个时候反过来把他也捅死了。公牛朝一个老式高大的衣橱顶过去，捣了一个粉碎还看到一面镜子，顶上去，然后出了屋子到街上。在大街上走了几步之后看到了一辆马车，又冲上去，掀翻了马车，捅死了马。赶车的人还在车里面。这个时候赶牛的人才到来，他们赶了两头驯养的犍牛来找那头牛。飞奔的马把尘土扬了一大街。那头公牛各有一头牛一左一右跟着,耷拉着脑袋,这时也老实了。在两头牛的护送下,从新回到了牛群。

真正勇敢的参赛公牛天底下什么都不怕。据说西班牙的公牛还会朝着飞奔的汽车攻击,更令人费解的是它们还跑上铁道顶住火车,火车站住了也不退却、不让道,火车鸣了一阵子汽笛最后开动时,公牛还朝着火车头乱撞。在西班牙的各地城镇的野生动物特别展览会上,公牛就捅死过狮子、老虎,就跟对付长矛手那样顺利。也有公牛一回又一回攻击大象的。真正的参赛公牛是天不怕地不怕的,在我看来,这样的公牛不管是静的时候还是动的时候,看上去都是一切牲畜里最漂亮的。公牛转身几乎跟猫一样快,比小马驹转身还要灵活。公牛长到 4 岁,它脖子和肩部肌肉力量就相当大,足以顶起一匹马和马背上的人,把他们掀到背后去。虽然一匹马可以赶上相距 50 米的公牛。但是从立正姿势出发,公牛可以比马跑快 25 米。我不止一次看到公牛用牛角顶围栏的厚木板,公牛用角顶的时候总是使用两只角中的一只角,把 1 英寸厚的木板顶得粉碎,所以它其实是用一只牛角。在巴伦西亚的斗牛场博物馆里,有一个沉重的铁打的马镫。这个马镫之所以保存下来,不是因为牛角顶穿马镫而变得非常了不起,而是因为当时那位长矛手没有被牛角捅伤是一个奇迹。那四英寸深的一个窟窿是堂·埃斯特万·埃尔南得斯牧场上的一头公牛,用牛角顶的。

有一本书,书名叫 *Toros Celebres*,在西班牙现已绝版,记载了这些著名公牛的死亡方式及其事迹,全书约 322 页,以公牛饲养人所起的公牛名字字母先后为序。我们可以随便说几个例子,如堂·何塞·布埃诺牧场一头名叫蝰蛇的黑公牛,1908年 8 月 9 日在维斯塔阿莱格拉参加比赛,进场后跨过木板围栏,捅了斗牛场木匠路易斯·冈萨雷斯一下,导致他的右腿严重受伤。负责蝰蛇的剑杀手最后无法把它杀死,只好将它赶回牛栏去。蝰蛇之所以被载入《名牛传》可能是因为它动作及时,以及近来给可能来买这本书的人留下的印象,倒不是出于什么永久性的动机。也许,除了那个木匠之外,这种实例人们是不会长久地记在心头的。雅克塔是这个剑杀手的名字,在宣布他已没法把蝰蛇杀死之前,没有什么记载说他以前有什么样的经历,这一回的表现就是他在历史上唯一的一次亮相。恐怕更加应该让人记着的是那头公牛才对,这理由也不仅仅是因为它把木匠捅伤这件不能算是稀罕的事故。我本人见过被牛捅的木匠就有两个,也从来没有报道过一行字。还有一个叫巫师,是山居牧场的,一头灰色公牛,1844 年在加的斯参赛时把所有上场的剑杀手手下的所有长矛手,最少也有七人,全部送进了医院,马则捅死了七匹。

有一头叫萨拉戈萨的公牛,它被饲养在西利亚斯牧场。1898 年 10 月 2 日在被送往葡萄牙穆埃西亚斗牛场的半道上,把笼子冲破,追赶人群,把许多人都弄伤了。它追一个逃进市政厅的男孩子,它爬上一楼的楼梯一路追赶,按照书上的记载,一路上造成了很大的破坏。是很有可能的。

1895 年 4 月 14 日在巴塞罗那出场参赛的第三头牛叫"委员",是堂·维克多里亚诺·里帕米兰牧场的一头红色的公牛,宽大的牛角,松鸡那样的眼睛。这头牛登上大看台,蹿过围栏。书中写道,这头牛冲向人群,造成了很容易就能想到的混乱和损坏。伊西德罗·席尔瓦是一名保安队员,他举起卡宾枪朝公牛射击,子弹把公牛脖子上的肌肉打穿了,最后"委员"终于被套住了,用匕首捅死。那一枪同时也击中了斗牛场胡安·雷卡索斯这个倒霉的勤杂工的左胸，致使他当场死亡。

排除上面举的第一个例子之外，剩下的没有一个例子可以列为是纯粹斗牛的范畴，"雪貂"的事例也不能算数。它也是一头公牛，由堂·安东尼奥·洛佩斯普拉塔牧场饲养的。1904年7月24日在圣塞瓦斯蒂安斗牛场跟一只孟加拉虎厮杀。公牛打败了老虎，那时在一只铁笼子里斗，不过，又一次公牛在进攻时把笼子冲破了，两只动物同时跑到了斗牛场的观众席上。为了结束生机勃勃的公牛和奄奄一息的老虎的性命，警察连着开了好几枪，最后"使许多观众严重受伤"。我倒要说，纵观公牛与其他动物的这种各式各样的搏斗历史，这种场面应该尽量不要参与，只想看的话也应该站到高处包厢上去。

阿里瓦斯兄弟牧场饲养的名叫"官员"的公牛。在加的斯参赛时顶住了一名短标枪手，那是在1884年10月5日，公牛还把他给捅了，接着又从围栏上蹿过去，捅了一名保安队员，顶折了一名市府卫士的一条腿和三根肋骨，顶折了一名巡夜更夫的胳臂，朝长矛手查托连捅了三下。在市政厅门前警察用警棍敲打示威者的时候，这头牛应该被当成是理想的牲畜放出来。要是它真可以传宗接代，没被宰了的话，可以培育出专门厌烦警察的公牛来，如果有了这样的公牛，人们在街头混战的时候，即使铺路石都被挖尽了，也会处在上风。短距离之内，石块、铺路石子比短剑或棍棒更能发挥效力。石块、铺路石子的消失，比催泪弹、自动手枪、机关枪更能使反政府的颠覆活动被有效地制止。因为当冲突发生的时候，政府并不想杀人，只不过是用骑警、用军刀的扁头、用警棍去镇压的，而正是这样的简陋的冲突，政府就被推翻了。任何政府都会自动倒台，只要他多用一次机枪来镇压百姓。统治者都是爱用包了皮的铁棍和棍棒的，并不喜欢用刺刀和机枪的，只要街上还存在可挖的铺路石，警棍能挥舞的对象就绝不是手无寸铁的人群。

现在我们要说的不是斗警察的业余爱好者而是斗牛的业余爱好者，他们心里记得那种公牛是"巫师"，它的身手是在还要遭到刺杀的情况下，而且是在斗牛场与受过正规训练的斗牛士比赛时表现出来的。斗牛是介乎争夺拳击冠军与街头混战之间的比赛，可以肯定的是，街头混战一般说来更加奇特，更加有用，更加振奋。但是，在这里是不能相容的。不管公牛是哪一头，逃跑的时候都会捣毁许多财物，还会踩死许多的人，并且不会受到惩罚。但是，刺杀公牛时斗牛士的危险则要比在一片混乱之中一头公牛闯入大看台，一路上被撞见的人大得多，因为，公牛在人群面前、在混乱之中，它的牛角也不是对准哪一个人的，是没有任何目的的冲击的。除非公牛是追一个人的时候蹿过围栏的，那么它绝对不是一头凶猛的公牛。其实蹿过围栏的公牛是一头胆小的公牛，它蹿过围栏只不过是想从斗牛场逃跑。真正勇敢的公牛接受每一个邀请与人斗，甚至欢迎人来斗。它与人斗是因为它要斗，而并不是因为自己被逼得走投无路。衡量公牛的这种勇敢精神的根据是，也只能是观察它和长矛手挑战的次数，是自愿地、无拘束地接受挑战，没有威胁，没有恐吓也没有踢蹄蹬腿。还要看它在开始真正受到痛击的时候，是否继续进攻，直至顶得人仰马翻，在长矛的尖铁已经刺进肩胛的肌肉或者脖子深处的时候，是否顶住尖铁。真正勇敢的公牛是这样的一头牛，它大致是在斗牛场内的同一地点，向长矛手进攻四次，毫不在乎自身遭到的痛击，每一次冲击的时候，连续四次，身上都刺了长矛，直至把马与人顶翻为止。

公牛顶住长矛攻击的表现是评价和判断公牛的勇敢精神的根据，而公牛的这种勇敢精神正是整个西班牙斗牛的主要根基。一头真正勇敢的公牛的这种勇敢精神是一种难以相信、不可思议的东西。所谓勇敢精神，不只是一头被逼得走投无路的野兽因惊恐而表现出来的勇气，暴躁，以及凶猛。公牛是一头好斗的牲畜，要是它的胆小已在饲养过程中消除，要是它的好斗气质是纯真的，那么，不在斗牛场上的时候，在它休息的时候，它往往就变成了最安静、最温和的牲畜。在斗牛中表现最出色的公牛并不一定是最难对付的公牛。整个斗牛中最特别的一个方面，是所有参赛公牛中最出色的都有一种西班牙人称之为崇高的品质。公牛最大的乐趣就是格斗，它是一种野生动物，它会接受它觉得是挑战的任何行为，或者接受任何方式挑起的格斗；不过，就是那些最出色的参赛公牛，常常都能认出去斗牛场的途中和在牧场上看管它们的牧人即 mayoral，甚至肯让他在身上拍一拍、摸一摸。我曾经就有幸在斗牛场牛栏里看见过这样一头公牛，肯让牧人像一匹马一样拍打，让他抚摩它的鼻子，甚至还让牧人骑在背上。就是这样一头公牛，我看它用不着赛前的刺激或什么热身就进了斗牛场，捅死了五匹马，一次又一次地向长矛手进攻，拼尽全力要把剑杀手和短标枪手捅死，在斗牛场上勇敢得就像进攻时的一头母狮那样，就像眼镜蛇那样凶狠。

当然，并不是任何一头公牛都是崇高的，有一头牧人可以与之交朋友的公牛，就会有即使给它们喂食时也会向人进攻的五十头公牛，如果公牛观察到即使那么一点点的它们认为是挑战性的动作。此外，勇敢也不是所有公牛都具备的。公牛养到两岁时，饲养人就要它对付长矛手，即要测试一下它的勇敢程度，可以在宽阔的牧场上，也可以在关闭的牛栏里。牛养到一岁就由骑在马上的人拿一根没有尖头的长杆，把牛捅翻在地，然后加印，那就是火印。长到两岁长矛手拿尖头长矛来试验的时候，公牛都已经起了名字、编了号了。要是饲养员办事一丝不苟，那些表现不勇敢的公牛就做上记号送屠宰场。饲养员把每头牛的勇敢品质的种种表现记录在案。除了这些牛之外，剩下的公牛就根据它们的表现情况一一做下记录，这样到了要把牛赶到斗牛场，做六头牛一组的斗牛编组的时候，饲养员就能够根据每个的情况对公牛的特征做些介绍。

现在在美国西部的养牛场，给公牛烫火印是在牧场里进行的，只不过事先须实施必要的措施将母牛与牛犊隔离，做到不损伤眼睛和牛角，以及避免烫火印时发生事故。要在熊熊的火中把火印的印铁烧红，它包括两个部分，一是十块印铁，即从零到九，十个数字，一是公牛饲养人的印记，通常即一组字母或徽记。火印印铁端部放在火里烧红，装有木柄。火及印铁在一间牛栏里，牛犊关在另一间牛栏里。两间牛栏之间有一扇转门。转门打开时，牧牛人把牛赶过去，到了另一间牛栏，就把牛推倒在地捉住它，一次一头牛。得有四五个人才能把牛犊捉住让它动弹不得。不能损伤刚露头的牛角，所以捉的时候还得小心。牛角损伤的公牛，饲养公牛的人只能把它作斗牛新手表演或有缺陷公牛的斗牛赛之用，本来可能卖得出的价格至少要损失三分之一，今后在正式的斗牛中也不能用了。因为一根草刺入眼睛就会影响视力，所以捉牛的人还必须特别注意牛的眼睛，那样一来也不能送入斗牛场。烫火印的时候，一个人按住牛头，其他的人捉住身体、尾巴、四条腿。牛犊的头捉住以后要尽量保护好，下面要垫草包。尾巴要朝后拉住，四条腿要捆起来。号码烫在身体一侧，主要的火印烫在右后腿上部。不管母牛犊还是公牛犊，都要编上号。烫完火印之后，耳朵就要照牧场标记剪开或割开。要用剪刀剪去公牛犊的尾毛，这样往后就会长得又浓密又长。然后把牛放了，牛站起来后就会立即发起狂来，看见什么都会冲击，最后从烫火印牛栏开着的门里冲出去。在打火印的那一天即 herradero，那是整个斗牛过程一切工作中最脏、最乱、最嘈杂的一天。西班牙人要形容一场蹩脚斗牛的一团糟的情形就把它比作烫火印。

在封闭的牛栏里进行的那一部分，也就是实地测试公牛犊勇敢程度的时候，是最平平静静的。牛犊一岁的时候太小，体力不够大。长到两岁就要测试，一岁的时候它们是受不了的。到了三岁，太危险，因为体力太大。而且以后这件事会被它记得很牢固。如果测试是在封闭的牛栏里开展的，那么这个牛栏就应该是圆形的，或者方形的，里面要放上栏板即 burladero，因为答应让一些斗牛士在母牛犊身上做些练习，他们就轮流与牛犊进行训练。他们拿着红披风站在后面，这些都是职业斗牛士，也有的是业余斗牛士被请来搞测试的。

整个牛栏从这一头到那一头牛的距离通常大约 30 米，也就是大斗牛场的一半大小，一次放一头到测试牛栏里，两岁的公牛就在隔壁的牛栏里。公牛进来的时候，一个穿着牧人短上衣和皮护腿的长矛手已经等候在那里了，手持约 12 英尺的长矛，比实际斗牛中使用的短一些，长矛尖端有三角形尖铁。长矛手静静地等待背对着小牛犊进来的那个门。牛栏里没有一个人说话，测试的最重要部分即在没有受到骚扰或挑衅的情况下公牛冲击的灵敏反应，所以长矛手也没有一点儿挑逗公牛的动作。

所有都留心牛犊冲击的时候的风格；它从远处冲击过来的时候是否先发出叫声，或是先踢蹄；它向马冲过来的时候是否身体全力向前冲击，四腿站定，遭长矛刺之后依然向前冲顶着人与马，腰部及后腿使出全部力量；看它是否受到痛击就迅速转身，放弃进攻；是否腿部向前，掉转脖子要甩掉刺在身上的长矛。如果牛主人细心，要是它从来不出击，就记下来将它阉了，卖到牛肉市场去。这时主人就不叫 "toro"（公牛）而叫一声 "buey"（阉牛），叫了 "toro" 就可以送到斗牛场了。

如果公牛捅翻了（即使是两岁的牛有时也能把马顶翻的）人与马，这样的话，斗牛士就要用红披风将它引开了。但是，一般情况下，是绝对不会让公牛见到红披风的。一旦公牛朝长矛手进攻了一次（最多是两次，要是公牛的可能的勇敢和风格在首次进攻时无法判断的话），就打开通向宽阔牧场的门，使公牛肆意奔跑。公牛对待获得自由的态度，匆匆奔走，还是在门口回头观望，想再一次进攻，对于这个自由是急切还是迟疑，这些都是在斗牛场公牛会怎样表现的宝贵迹象。

让公牛冲击一次以上，大多数公牛饲养人都是不很愿意的。因为他们觉得在测试的时候要刺两三次，那么在斗牛场上就要少三次，一头公牛只有那么多的矛刺可以接受；只有那些留作种牛的公牛以及母牛才做真正的测试，因此他们宁愿相信公牛的血统。他们认为，一头真正勇敢的母牛和出众的公牛生下的牛犊，都是好种，并不需要做实际的勇敢品质测试，凡是身体与牛角都很棒的两岁牛犊，它们全部被称作 tom。

有时候允许用作繁殖的母牛向前来测试的长矛手作长达十五次或者十二次的冲击。而且斗牛士还要拿穆莱塔和红披风做出各种招式在它们身上，以此来测试它们冲击的追踪红布的能力与本领。母牛很能领会红布的招式、勇气十足，这是极其重要的，因为这一切都是它们遗传给后代的优势。母牛必须体魄好，身体结实，强壮。另一方面，牛角的毛病一般并不会遗传，所以母牛如果角长得不好那也并不要紧。但是牛角变短的倾向会遗传下去，这些公牛饲养人常常通过精心挑选，设法将牛角培育得短一些，使牛角长度培育到政府代表允许的最低程度。公牛饲养人设法自己饲养的牛让人很乐意接受，这样，斗牛士有机会在合同中明确自己所需的公牛具体要求时，会挑选这位饲养人的公牛。他们还培育出下斜的牛角，在斗牛士俯身刺杀的时候会抬高，具有更大的危险性，在公牛低头冲击的时候，牛角就低于膝盖，而不是那种上翘的牛角。

被拿来配种的公牛要经过极其严格的测试。如果送到斗牛场去，你常常可以认出来这些配过好几年种的公牛。他们似乎把长矛手的手段都摸清楚了。它们能够用牛角将长矛手手中的长矛打掉，还常常会勇于进攻。我还见过一头公牛，它并不把马和长矛放在眼里，硬是将人挑下马来，步步逼近。不过这些公牛还用穆莱塔和红披风测试过，那么，它们往往就根本没办法被刺死。斗牛士完全有权拒绝斗这样的公牛，如果签过杀两头"新牛"合同的话，或者采用不管什么方式，将这些老的牲畜杀死，只要他办得到。依据法律规定，上过场的公牛在斗牛场里事后必须被马上宰掉，以防止第二次上场。不过外省常常不遵守这一条法律规定，而早已被废除的法律规定业余斗牛即 capea 中，总是不遵守这条法律的。经过测试种牛并不具备这些违法分子的技能，但任何一名聪明的观众一下子就能看出它以前显然参赛过。有一点在测试公牛的时候很重要，即不可将牛犊的勇气与力量混在一起。就一次冲击而言，一头公牛的力量会非常大，要是长矛扎住了，公牛可能在长矛刺中之后不敢出击，顶不住了，最后掉过头去，而要是刺过来的长矛打滑，公牛力气之大可以把马连同骑在马背上的人一起掀翻，显出耀武扬威的样子来。在卡斯蒂利亚，即厄斯特列马杜拉、纳瓦拉与萨拉曼卡周围乡村，公牛的测试都在牛栏里开展，不过在安达卢西亚，公牛一般是在露天的牧场上开展的。

一头公牛的真正勇敢只有这样才能表现出来，主张公牛露天测试的人说，因为在牛栏里公牛会有被逼入困境的感觉，而困兽是会尽全力的。不过在露天测试的时候，公牛被骑马的人拿长杆将它们掀倒，被骑在马上的斗牛士紧紧追逼到掉过头来，或者被刺激到一定程度而向长矛手攻击；而在牛栏里，人们是绝对不去理睬公牛的，没有一点骚扰。因此，这两种办法都各有优点，不相上下。如果在露天牧场测试，又有很多客人骑在马上观看，场面就更加不一样了；在牛栏里测试，则更近似于斗牛场实况的模拟。

对一个热爱斗牛的人来说公牛饲养的每一个环节都是有巨大魅力的，在测试的时候，在场的人有喝、有吃，可以认识很多人，可以取笑和打闹，来看热闹的想当斗牛士的人红披风动作倒往往很漂亮，贵族斗牛爱好者的红披风动作笨拙。漫长的天气，到处弥漫着寒冷秋日的气息，还有皮革、尘土、冒汗的马匹的气味。有着庞大身躯的公牛，在不远处的田野上去看十分庞大，它们沉闷、平静，凭着它们的自信，凌驾整个场面。

参赛公牛是在布尔戈斯、帕伦西亚、洛格罗尼奥、萨拉戈萨、瓦利阿多里德、萨莫拉、塞哥维亚、萨拉曼卡、马德里、托莱多、阿尔瓦塞特、厄斯特列马杜拉、安达卢西亚以及纳瓦拉等省饲养的，但主要饲养公牛的地区是萨拉曼卡、安达卢西亚和卡斯蒂利亚。饲养得最好的公牛和最大的公牛都来自卡斯蒂利亚和安达卢西亚，纳瓦拉现在仍旧培育许多公牛，不过那里的公牛近二十年来无论是品种、体形还是勇猛都大不如前。最符合斗牛士要求的公牛是萨拉曼卡养育的公牛。

勇猛的公牛大致可以分成两类：一类是培育起来讨公牛饲养人喜欢的公牛，一类是专为斗牛士开发、培育和提供的公牛。这两个极端一头是安达卢西亚，另一头是萨拉曼卡。

你说为什么不多一点对话呢？本书对话太少了。这个人写的书里面我们要看的就是人们交谈；他不是个贤哲之士，不是个饱学之士，是个不内行的动物学家，酒喝得太多，不知道停顿，现在连对话也不写了。他就这方面在行，可现在他不干了。得有人出来叫他收一收了。喂，你兴许是对的。他是个公牛狂。我们来一段对话吧。

"你问什么来着，太太？你是不是想知道一点关于公牛的情况？"

"你说对了，先生。"

"你想了解的情况都是什么呢？你想知道什么我就能告诉你什么。""先生，这事不好说。""不必为难，你有什么话就说吧，好比你跟另一个女人说话，或者跟医生说话。不必怕问你真想知道的事。"

"先生，公牛的爱情生活我想了解一点儿。"

"你问对人了，太太。"

"是吗？那就说说吧，先生。"

"好的，太太。这个话题把普遍的兴趣、一点儿性、许多有用的知识都结合在一起了，适合于用对话来进行。也是个好话题。太太，公牛的爱情生活是很精彩的。"

"我也这么想，先生，你能不能说得详细一点儿呢？"

"很乐意。小牛犊一般在冬季出生。"

"但小牛犊的情况可不是我最想听的。"

"你应该有点耐心，太太。事实上，要说这些事情就得从小牛犊开始，因此所有这些事情最后都跟小牛犊有关。小牛犊一般都是在冬季的三个月里降生的。结婚之后谁没有遇到过一次次的朝前数九个月的情况的？一样的，往前头数九个月，你就会清楚地知道，如果小牛犊在1月、2月、12月里降生，那么公牛往往就是在4月、5月、6月三个月里跟母牛交配的，实际上就是让公牛在那个时期与母牛交配的。一般的养牛场有200头母牛，四头配种公牛。一个大的养牛场都有200至400头母牛，每50头母牛就有一头公牛。这些公牛都是3至5岁，也有稍微大点的。一旦公牛放到了母牛之中，公牛有什么样的举动谁也说不好，要是赛马赌注登记经纪人在场他肯定会跟你说，也许公牛会对其他母牛表现出热情。但有时候母牛和公牛毫不往来，公牛也会与母牛毫不往来，它们还会凶狠地用牛角展开斗争，你可以在田野上听见牛角碰撞发出噼啪声。有时候公牛也会静悄悄地与母牛一起漫游，然后又离开母牛回到公牛群里去。有时候公牛也会对其中的一头母牛产生兴趣，但也很难得发生。这些公牛不让它们与母牛交配，是因为以后要送斗牛场。但一般说来，赛马赌注登记经纪人也许会真的发生。一头公牛可以与50多头母牛交配。但是交配的次数太多的话，公牛最后会因虚弱而丧失能力。是不是我说得太赤裸裸了，这些是不是你想听到的？"

"先生，谁都会说你是文明而坦率地列举了事实，我们觉得这些都是很使人长见识的。"

"那我也轻松多了，我再来跟你说一件怪异的事。公牛作为一种畜生是一夫多妻的，但偶尔也会碰上一夫一妻的。有时候一头公牛会对牧场上的50头母牛中的一头特别在意，对其他母牛一点也不理会，只跟这一头母牛待在一起，而牧场上那头母牛也不肯从那头公牛的身边离开。这种情况出现的时候，那头公牛就会被从牛群里赶出去，要是此后那头公牛还不回到一夫多妻的正常轨道上来，那它会被跟其他牛一样被送到斗牛场。"

"先生，我感觉这个故事很伤心。"

"太太，所有的故事，必须要有一定程度的深入。而且是以死为结局，如果那个人没有把这一点向你说明，他便不属于一个讲真实故事的人。尤其是关于一夫一妻制的任何故事都以死告终。过着一夫一妻生活的男人常常是很幸福的，但他死的时候是相当孤独的。要说死得孤独的话——除自杀方式之外——都比不过与一位好妻子生活了许多年而最终又死在她后面了。如果两人我爱你、你爱我，那么他们是不会有非常幸福的结局的。"

"先生，你说的爱是什么意思我不太明白。按照你说的，这种爱听起来好像不很好。"

"太太，爱，每一个人都有新的解释，它是一个陈旧的词，也许是自己把这个词用得陈旧了。它可以迅速消失，它的含义又同样可以就像球胆充气一样可以注入含义的一个词。它也像球胆一样可以被刺破，也能够补上，重又会爆破，如果你不拥有它，那它对你来说就是空气。所有拥有它的人都留有它的痕迹，都谈论它，我也不愿再多说它了，只有傻瓜才会一遍遍地说个没完，因为谈论它是世上最可笑的。既然我爱我现在的女人，再要我去爱另外一个女人，还不如叫我生瘟病的好。"

"先生，这跟公牛的关系是什么呢？"

"一点关系也没有，太太。这不过是一段谈话，不让你的钱白花了而已。"

"我觉得这个话题很有趣。有这一样东西的人，该怎么样去留下它的痕迹呢？还是这不过是一种说话的方式？"

"一切真正有爱的经验的人，在他过去之后，都留着一种没有一点儿生气的痕迹。我并不想显得浪漫，我是作为一个自然主义者来说这个话的。"

"这话我听了并不觉得有意思。"

"太太，我说它也并不是叫你感觉有意思，只是不让你的钱白花了而已。"

"可是你常常叫我感觉很有兴致。"

"太太，要是事情顺当，我会叫你更乐的。"

第十二章

一般来说，越是脾气温驯的公牛，好像越是沉稳，越是勇敢，越会有成为一头勇猛的公牛的可能。可是我们在牛栏里看到的那些参赛的公牛，说这头公牛登上斗牛场就一定勇猛谁也不能肯定。不能确定的原因是，越是勇猛的公牛，越不会装腔作势，信心就越足。人们觉察到的一头公牛带来的外部全部的危险势头，事实上全是装腔作势的行为罢了，看上去都使人非常相信，比如大声吼叫、前蹄刨地或牛角恐吓。这些全都只是警告行为，只是为了尽量避免搏斗才发出这些警告。真正勇猛的公牛攻击之前是不发出警告的，它把颈部肌肉凸起来，抖动着双耳，并且在进攻时把尾巴竖起来，只用双眼盯住敌人。一头真正勇猛的公牛在状态极好时，是绝对不张嘴的，甚至不会把舌头伸出来。在全部比赛过程中，到最后时，即使它身上插着剑，只要它还能站住，就会向人冲过去，嘴巴使劲闭着不把血吐出来。

决定公牛勇猛的第一要素是好斗，这种纯粹的血统首先要由公牛先天的体质决定，其次用农场上严谨认真地检测来保持。状态与体质是细致地培养代替不了的，可是没有经过精细的培养，就算勇猛特质被它承袭了也会很不一样，它的勇猛特质就像一堆燃烧着的干草，蹿出的火焰就变成灰烬了，这会使它的身体没法胜任这一品质。我们想象一下农场上没有传染病，这样说的话，决定体质的因素就是水和牧草了。

由于西班牙各地气候状况有差异，牛群从农场到水源的距离有差距，导致了土壤成分不同，以及水质与牧草的不同，各种不同类型的公牛也就在这些不同因素下被培育出来了。从气候角度来说，西班牙倒像是一个大陆，不像是一个国家，比如以北部地区纳瓦拉的植被和气候为例，跟安达卢西亚和巴伦西来比较，它截然不同，而其他地区和卡斯蒂利亚高原比较也是全然不同，以上三地除了纳瓦拉部分地区以外。所以安达卢西亚、萨拉曼卡和纳瓦拉几个地方会培养出区别很大的公牛，而导致这些差异的主要原因并不是公牛的血统差异。纳瓦拉公牛是一种奇怪的品种，一般是红色的，体格较小。纳瓦拉的公牛饲养人把安达卢西亚一个农场中的母牛和种牛移了过来，但到了纳瓦拉以后，北方公牛中普遍的劣习都被这些公牛染上了：害怕。它们进攻时没有真正的勇猛，丢掉了原有的特性，裹足犹豫，丝毫没有继承原来纳瓦拉公牛血统中那种如鹿一样敏捷的速度、勇猛和灵敏。虽然为了培育出一种勇猛的、新的纳瓦拉牛种，做了很多试验也花了不少钱。但是原来纳瓦拉牛种是近亲繁殖，最好的母牛许多年前又卖给了法国，用于法国公牛节（Course Landaise），并且在北部农场上的卡斯蒂利亚和安达卢西亚牛种也没法把原先的勇猛和品质延续下来，差点造成了纳瓦拉公牛血统的灭绝。斗牛时用的最杰出的公牛都产自科尔梅纳尔、萨拉曼卡和安达卢西亚，还有很少一部分产自葡萄牙。安达卢西亚的公牛是最具有代表性的了。安达卢西亚的牛种被萨拉曼卡引入后，在培育时，改良了这些牛，就是为了适应斗牛士，牛角变短了，牛的体格变小了。萨拉曼卡是一个很适宜培育公牛的地方，那里的水源和草质非常不错，通常卖掉的公牛被卖掉时还没到4

岁。为了使公牛年龄和体格看着大一些，在很长一段时间经常用粮食喂它们，结果脂肪长在了本该长肌肉的部位，导致虚假的健康体格，牛都胖得发虚了，所以它们稍微一用力就喘不过气来。要是让多数 4 岁半至 5 岁的萨拉曼卡公牛参赛，让它们自然长成，不用粮食催生，不用为了拼命达到政府的规定，借此让它们长得更成熟，再在农场里培育一年那会有很多成为适合斗牛用的公牛。不过也可能等到 4 岁之后，它们就不再勇猛了，不再率直了。在马德里，因为这些饲养人借助这么出色的一批公牛赢得了声誉，还获得了斗牛士的配合与默认，所以你偶尔也会碰见这种精彩的斗牛。所以还是这些人，既能在一个赛季中把十五场、二十场所需的另一种质量的斗牛卖到其他省去，也能把这么优秀的斗牛送到首都去。在另一种质量的斗牛中，参赛公牛的年龄经常是在最低年龄之下，因为全喂了粮食，所以显得非常大，是由于使用牛角的经验不足，所以几乎没有危险，这样他们就失去了精彩斗牛表演的最具决定性的因素，也不算是真正勇猛的公牛，因此这么做极大程度造成了现代斗牛的衰落。

培养一头公牛，除了体质和品种条件之外，第三个要素是年龄。必须是三个条件同时具备，培育出一头真正的参赛公牛少了哪一个都不可以。公牛成熟一般在 4 岁以上的时候。事实上 3 岁以上的公牛还未成熟只不过是看着像成熟的。成熟会产生耐力，产生力量，更会产生意识。所谓一头公牛的意识，主要是其经历记忆使它对于牛角的使用和认识能力忘不掉。最适合的公牛应该尽量没有一点儿记忆是关于斗牛的，不然的话它想在斗牛场内学什么就能学会。斗牛士可以操控公牛，要是斗牛士动作适当；如果斗牛士动作胆怯或不得法，恐怕就是斗牛士被公牛控制了。想让一头公牛真正形成危险性，那公牛就必须懂得如何使用牛角，就需要让斗牛士在掌握怎样正确操控公牛方面得到必要的考验。公牛具备了这种认识大概在四岁的时候，因为它在牧场上搏击过，所以已经学到了这种认识，这是他学到这种认识的唯一途径。观赏两牛相搏是很令人新奇嗟叹的。牛角被公牛摆弄得就像击剑者手持的武器一样行云流水：回避、佯动、截击、顶撞。目标非常明确，令人叹为观止。如果两头牛都知道怎样使用牛角，搏斗的结果不使用危险的攻击，不会斗得你死我活，而只有彼此间的敬重，常常像两名真正技术纯熟的拳击手之间的对决。在它们拼命搏斗之后结局不会产生，常常失败的公牛会扭头跑掉，先认输，同意对手强于自己。我还曾见过因为某些小事而纠缠到底的公牛，只见它们迎头相冲，用主要发力的牛角虚晃对方，两头牛扭斗在一起，我也搞不明白是为什么，碰撞的牛角发出"嘭嘭"的声响，躲避、回击、顶撞，随后其中一头公牛突然就掉头转身快速地跑掉了。另外有一次我看到，两头牛在牛栏里打斗，其中一头穷追不舍，另一头公牛认输跑掉了，穷追不舍的那牛把牛角刺进那头逃跑的牛的肚子上，把它弄倒了。还没等那头倒地的公牛从地上站起来，获得胜利的那头牛已经跑到它面前，颈部和头部转动着，又用牛角顶它，一直狠刺，一直不放弃。倒在地上的那头牛，曾经也尝试着站起来转身迎头还击。但是刚一交上手，眼睛就被弄伤了，然后再次被顶撞后就倒在了地上。获胜的那头牛一直不停地狠刺，直到它再也不能站起来为止。两天后，还是这头公牛，在斗牛前，在牛栏里又把另外一头牛杀死了。它进入斗牛场后的表现是相当棒的，不管是对广大观众还是对斗牛士来说，它应该是我所见过的斗牛里面很棒的一头了。这头牛在使用牛角时毫无缺陷，它运用最自然的方法学到了对牛角的认识，它肯定知道使用牛角的技巧。但斗牛士弗里克斯·罗德里格斯以熟练地挥动穆莱塔和红披风控制住了它并很杰出地杀死了它。也许一头3岁的公牛因为它的经验并不充足，即使它也懂得怎样使用牛角，但那只是个别情况。5岁以上的公牛关于怎样使用武器的知识则知道得太多了。5岁以上的公牛精明老练，运用牛角的手段十分在行，这样一来，斗牛士想做什么优秀的动作就不可能了，只能时不时地小心应对。这种斗牛是非常有趣的，可是如果你想要领悟斗牛士的技巧，你需要具备深刻的斗牛知识才行。每一头公牛运用牛角时，几乎都只喜欢用一只角，这只牛角就被称为主力牛角。有主要使用左手的，也有主要使用右手的人。与此有共同点的是，通常公牛会有左角用力的，也会有右角用力的，不过也不能因此判定左角用力的比右角用力的多。无论右角用力还是左角用力，二者的概率是相同的。一般公牛用力的那只角一侧的耳朵会抽动，公牛预备冲击或恼怒时，左耳或右耳会抽动起来，也有两只耳朵一同抽动的，但你也可以采用另一种判断方法。即短标枪手在运用红披风挑逗公牛奔跑时，你就能够判断主力牛角是哪一个。

公牛会在不同的时机下使用牛角。比如那些准备朝长矛手攻击的公牛，不会做冲击，在没有把握能触到的时候。等靠近一点时，它才用就像拿匕首刺杀一样的把握，通常称这种公牛为刺客，在马身上最易被捅伤的位置使用牛角。这种公牛以前在农场时曾经把马捅死，或是攻击过牧人，所以怎样使用牛角都被它们记住了。这种牛不会撞得人仰马翻，不会从很远处冲过来，它们只会一步步贴近长矛手的脚下，经常用牛角敲击长矛木杆处，目的就是寻找用角出击时的目标部位。有了这一点认识，把多少马刺死就不是衡量一头牛有多么强壮，或有多么勇猛的标准了，因为一头有可怕的角的牛能杀死马。而可能一头更强壮、更勇猛的公牛只能把马与人掀翻在地。它是很少对准同一目标部位使用牛角的，尤其是在狂乱的时候。

伤过人的公牛，更有可能再把人伤到。在斗牛场里通常大部分斗牛士已经被它掀翻在地过，已经被一头公牛弄伤过，也许还是同一头公牛把他们刺死或刺伤了。当然，许多情况之下，正是因为被刺伤，人才会不再那么灵敏了；或者在第一次被掀翻之后，丢掉了判断距离的能力；或者吓得脚步变乱，所以在同一场斗牛中，出现牛角刺伤人的情况也许会有很多次。可是，一旦在人用了两支短标枪之后，它会再次使用这一手段，把人撞倒，或者公牛认为它的手段能欺骗到人，这种情况的确也会有。在追穆莱塔或红披风冲过人身旁的时候，它会正在冲击时戛然收腿，或者用角翻开红布冲人刺去，或者猛然间用头进攻，或者是用其他别的任何方法。只要这个方法在第一次时刺到过人，它就会第二次使用。还有一种公牛更厉害，它们在斗牛场中有快速记忆的高超本领。一旦上场应对的是这种公牛，就要尽可能杀得快、斗得快，因为它们学习的速度比一般斗牛快，要把它接触到人的情况降到最低点，斗牛士把招式做完再把它们刺死会变得非常困难。这种公牛是绰号"塞维利亚悍牛"的堂·爱德华多的儿子们培育的，是早期用于斗牛的牛种。尽管这位一板一眼的公牛饲养人的儿子们减少了他们自己的公牛对斗牛士的威胁，用比斯塔埃尔摩萨牛种与它们进行杂交，更符合他们的想法，因为在所有牛种里，比斯塔埃尔摩萨公牛是最勇猛、最直率、最优秀的公牛。他们成功培育出了一种杂交后的公牛，去掉了它们那种让所有斗牛士都厌恶的既残忍又有城府的智力，但它们保持了以前致命的悍牛的一些外表，牛角粗壮，体格硕大。堂·何塞·巴拉在葡萄牙培育出了一种公牛，这种牛继承了以前悍牛的血统、体格、基因、勇猛和力量。如果你在看这种牛参加的斗牛赛的话，那你就可以看到最强壮、最危险、最勇猛的公牛是怎样行动的。他们说有 12 公里路从巴拉牧区到水源地，被赶到那里放牧的都是成熟的公牛，还有，因为公牛跑到很远去饮水，才锻炼了自己的气息、耐力和力量。是不是真是 12 公里路我不知道，但我从未验证过，这是我从一位在巴拉的远亲处听说的。

有些牛种的参赛公牛显然是智勇双全，有些公牛则是有勇无谋，不同牛种公牛的特点也不尽相同。这些特点会牢牢植根于同种公牛身上。尽管只与个别牛的高度相关。从前贝拉瓜公爵培育和拥有的公牛，情况就是这样。从本世纪开始之后的一段时期，在这个半岛的所有公牛当中，这种公牛能算在最强壮、最迅速、最漂亮、最勇猛的公牛之列。20 年前只是特征初露，最后这些却变成了他们的最后特征。当它们几乎进化成完美的公牛时，攻击速度飞快就是它们的主要特征之一，结果在快结束时，变得动作迟钝、气喘吁吁。贝拉瓜公牛的另外一个特点就是，它抓住并捅伤了马或人后，会继续反复地攻击，好像要不把受害者给完全摧毁，它是不会掉头走掉的。但它们愿意攻击，很勇敢，能够很配合地跟随穆莱塔与红披风。二十年后，除了迅速冲击斗牛的第一部特质之外，随着斗牛比赛的进行，它们几乎没有遗传什么原来的优点，反而变得越来越缓慢、迟钝了。因此，贝拉瓜公牛与长矛手第一次过招之后，差不多就站在那里纹丝不动了。要是遇到的受害者很勇敢，它也会表现出不肯善罢甘休的不同寻常的品性，可是，勇猛、速度与力量都退化到了最不堪的程度。毕竟它们的价值还是下降了，虽然公牛饲养人会精心培养那些著名的牛种。作为仅有的补救措施，他们会千方百计地让其他牛种和它杂交，通常这么做会导致这个牛种更快地垮掉，甚至连它原有的优点都会失去，可有时能成功创造出新的优良牛种。

一个不知廉耻的公牛饲养者会买下良种公牛，并利用公牛脾性勇猛、体格优美的名声，把所有不是公牛的，所有长角的都当公牛卖掉，这样能靠毁坏良种公牛名声在几年中大赚一笔。不过，只要它们还能享用利于它们发育的牧草和水源，只要血统仍旧优秀，那牛种的价值就不会被摧毁。一个认真严谨地公牛饲养人通过细致的检测，只把表现勇猛的公牛卖出去供斗牛使用，饲养优质的公牛，还能在短时期内再度培育出良种公牛。但是要建立良种美名的血统却有点不可能，原来不明显的缺陷成了最主要的缺陷，那么，这种血统也就结束了，也就只能时不时地出现一些作为优良公牛的特例，只有采用危险的杂交方式或凭运气让它名声重振。我见到过好几头拥有优良品种的公牛，那就是贝拉瓜牛种的迅速终结和衰落，那是令人悲伤的。最后，原先的公爵把它们卖掉了，而新的主人正在试图第二次振兴这种牛。在西班牙语中把那些身上只有很少斗牛血统的公牛，或者杂交公牛称为 morucho。通常它们幼小时显示出斗牛最棒的特性，十分勇猛。但是等它们成熟之后，全部风格和勇猛全都没有了，根本不适合斗牛场表演。平凡血统和好斗血统杂交于一体的公牛的典型特点，就是在完全成熟的时候丢失了风格和勇猛，这也是萨拉曼卡公牛饲养人面对的最主要的难处。在萨拉曼卡那个地方，应该说这是饲养和放牧在那里的公牛自身原有的，不是公牛杂交培育导致的结果。这样说来，如果饲养人想让成熟后的公牛极度勇猛，在萨拉曼卡，在那些公牛年幼时就得卖掉它们。与其他影响斗牛的因素相比，这些年幼的公牛在各方面的破坏力都是极强的。

现今大部分运用杂交培育或直接培育的最优良公牛品种主要出现在卡勃雷拉、比斯塔埃尔摩萨、萨维德拉、莱萨卡、伊巴拉、巴斯克斯。

现在，提供最好的公牛的饲养人有马德里的圣科罗马伯爵、巴达霍斯宫廷伯爵、塞维利亚的著名的孔查－西拉遗孀的女儿孔塞普西翁夫人；马德里的穆露勃牛种现在的拥有者卡门·德·费德里科夫人；"塞维利亚悍牛"堂·爱德华多的儿子们，塞维利亚的比利亚马尔塔侯爵，萨拉曼卡的堂·阿希米罗·佩雷斯泰勃内罗，堂·格拉西亚拉诺·佩雷斯·泰勃内罗和堂·安东尼奥·佩雷斯·泰勃内罗；位于萨拉曼卡省的科奎利亚的堂·弗朗西斯科·桑切斯，科尔多巴的堂·弗洛伦蒂诺·索托马约尔，葡萄牙的堂·何塞·佩雷拉·巴拉，老科尔梅纳尔的堂·费利克斯·戈梅斯的遗孀，塞维利亚的恩里克塔·德拉科巴夫人和堂·弗里克斯·莫雷尼奥·阿尔达努伊，马德里的阿尔瓦伊达侯爵，还有老科尔梅纳尔的堂·文森特·马丁内斯老牛种的拥有者堂·胡里安·弗尔南德斯，当然还有塞维利亚帕勃罗·罗梅罗的儿子们。

"夫人，这一章中没有一句对话，但很可惜的是，我们已经说完了。"

"先生，我更得说可惜呢！"

"哪些是你想知道的呢？更多的关于死亡和结束的一些简洁观点？讽刺一下性病？关于人类激情的主要实情吗？或者你要不要听作者讲讲他童年曾在夏洛瓦县和密歇根州埃米特县生活时，跟一头豪猪的故事？"

"算了，先生，今天关于动物的话题就说到这儿吧。"

"你想听那些作者写的关于生和死的自得其乐的一种说教吗？"

"其实具体我想听什么我也不是很清楚。我今天心情不太好。你没些有趣又有启发性的，然后我也没读过的东西吗？"

"夫人，我这里的确有很适合你的东西。不是关于公牛，也不是关于野生动物的东西。大众类型的作品，作者结尾处全都是对话，是按照当代的威梯埃的《雪封》的类型创作的。"

"如果里面包含对话的话，我就想读读它。"

"那你就读吧，有关死者的一个博物学史籍这就是它的题目。"

老太太："不关注标题。"

"你大可以对其内容全都不喜欢。我也没说你会关注它。但是这个标题确实就是：有关死者的一个博物学史籍。"

我经常想，战争是一个没参与观察而被博物学家漏掉的范畴。吉尔伯特·怀特牧师曾对戴胜科鸟不时地且与众不同地到访塞尔博恩，有过非常吸引人的描写，威廉·亨利·哈德逊在生前也形象而翔实地介绍过巴塔哥尼亚高原，而斯坦莱也贡献给读者一部虽然通俗却很有意义的《通俗鸟类志》。为什么我们不能期着为读者奉献一些有关死者的既引人关注又适宜的事情呢？我希望可以。

有一次，不怕艰难的旅行家蒙戈·帕克独自一人，在非洲一个广袤无际的沙漠上，累得几乎昏过去，还光着身子。他心里想着自己离死亡不远了，好像彻底没有办法可用了，现在唯一能做的就是躺着等死。就在这个时候，一朵非常漂亮的很小的苔藓植物的花映入了他的眼帘。

"整棵草，"他说，"我注视它细小的根、叶、荚的结构，不由自主地赞叹起来。尽管它还没有我的一个手指头大。在这荒无人烟的地方，这样一棵渺小的东西都被上帝在这里种下了，让它成长，灌溉它。难道看见按照他自己的样子创造的东西遭受苦难、身处险境时会没有一点怜悯之心吗？肯定不会的。考虑过一番之后，我想我不应该绝望。我应该爬起来，丢掉疲惫与饥饿，继续向前走，相信不久我一定会获救。事实也的确没令我失望，如我所料。"

如果我们一生下来就可以用毕雪普·斯坦莱形容的方式表现出钦佩和诧异，那难道致力于博物学的某个分支，与增加我们每个人穿越人生困境的旅途中同样需要的爱、希望和信仰毫无益处吗？所以，看看我们从死者的身上都得到了哪些启发吧。

战争中的死者往往是男性。尽管我还经常看见母马的尸体也在死马里面，这话对牲畜来说有些不符合。还有一个有趣的情况，只有博物学家才有可能察看到那些死骡子。作为普通人我生活了二十几年，没有见到过一头死骡子，因此我就心生疑虑，是不是这些牲畜一定得死掉。我曾经想着自己看到了一头死骡子，不过每次走进认真一看，却都是些活物，不过它睡觉的样子的确跟死了一样。但是在战争中，我们经常看到的那些不是特别能吃苦的马的死就与这些动物的死非常像。

老太太："我还想着你说的这些和动物没有关系呢！"

"马上就是了。有点耐心，好吗？这种写法是相当难的。"

"我看见的死骡子很多都是掉下峭壁，或者是倒毙在山路上，死因是它们挡住路而被推了下去。可以在山中很普遍地见到它们，它与四周环境毫无别扭之处，山里人对骡子已经见怪不怪了，这与希腊人在士麦那打折了所有运货动物的腿，并把它们从码头上赶进浅水里淹死不一样。只有戈雅再出现一次，才能把淹死在浅水里的那些断腿的马和骡子的情景描述出来。但明显那是不可能的，因为戈雅早就去世了，而且世上只有一个。即使这是一些能讲话的骡子，想请求用绘画的方式把它们的遭遇表现出来也是很难的，可是它们更可能会乞求人们减少它们的痛苦，如果能说话。"

老太太："你从前写过这些骡子。"

"我知道，抱歉。不要打断我。我发誓我永远不会再写它们了。"

"实际上，涉及死者性别时，对死去的男性人们都已经见怪不怪了，但一旦死的那位是个女性就觉得很恐怖。在一家军工厂爆炸之后，那是我第一次注意到死者的男女性别，那是位于意大利米兰附近的乡村军工厂。在有密不透风白杨树的路上，大路两边的沟渠里生活着各种小生命，我们坐着卡车沿路赶到了出事地点，因为卡车卷起了一路的尘土，我无法仔细看清。到达军工厂遗址后，我们中的一部分被分派去看着因某些因素成堆的、还未爆炸的军火，另一些人被派去附近扑灭燃烧到草地田野的大火。大火被扑灭之后，又有派我们到附近的田野里搜寻尸体的命令。我们把那些数不清的找到的尸体都放到一个临时停尸的地方。我必须老实地说，我们发现死者都非男性而是女性。那个年代里剪短发在女人间还没有时髦起来，不像几年之后，欧美女人都爱剪短发。让人感到紧张的是看到女人的长发在尸体停放处，也许因为这情景是与平时最不一样的，而更使人心中害怕的是，偶尔还有看到长发消失了的女人。我记得我们十分完全地把完整尸身都搜索完之后，就开始搜索断脚断手，许多挂在工厂铁丝网上围墙上的都被取了下来，这也表现了烈性炸药的能量的巨大。我们还发现了很多残肢在很远的田地上里，被炸得远是因自身的重量。我还回忆起有几个人谈论这起事件在回米兰的路上，他们都觉得不像真实的事故特性和没有发现伤者的事实对此影响巨大，所以这场灾难不是极度的恐怖。除这两点之外，这场事故发生得太快了，在处理、搬运死者时依然会处在只引发很小的不愉快的状态，这样一来这件事跟战场上的经历区别就很大了。虽然经过漂亮的伦巴第乡村的路上漫天尘土，风景却是让人神清气爽，这对这次不愉快的任务也算是一种补偿。我们在返回的路上交流各自经历时都觉得事情还不算糟。在我们抵达之前刚刚引起的大火就被控制住了，没有造成对批量库存的未爆炸的军火的威胁。我们大伙儿也感觉，收集断手断脚可是一个很不一样的任务。大家都觉得很惊奇的是人体被炸成碎片时，是像装有烈性炸药的炮弹那样，而并未按解剖学原理飞散，爆炸时产生的碎片都毫无规律。"

老太太："这样就不好玩了。"

"那就别继续读了。"

"没有人非得让你读。"

"不过请别再中断我了。"

一名博物学家，会在一个有限的时段中，把自己的观察行为集中进行，为了得到精密的观测内容，比如把 1918 年 6 月奥地利进攻意大利作为一个时间来观察。在这个时间段内，阵地没有什么不同，首先是被迫撤退，然后又去进攻收复失地，只是大量人员都会死。在战斗终结后，横七竖八数不清的尸体躺在阵地上。每一天那些尸体的肤色都会有变化，在掩埋之前。高加索民族的人的肤色会从白色变成黄色，然后变成黄绿色，最后是黑色。尸体每天都会发胀，有时胀得太大，连军装也包不住了，持续地发胀使军装像要爆开似的。有些尸体的腰部会开始胀大，粗得无法想象，脸会像个气球一样涨得又圆又鼓的。在高温时，尸体要是暴晒太久，肌肉就跟煤焦油似的，尤其是割开或撕破皮肉的部位，还会有闪烁的颜色，令人难以置信的场景不仅仅是不断膨胀的尸体，另外就是尸体四周有很多碎纸片散落。要依据军装口袋的分布来确定纸片最后散落的地方，在尸体还没被掩埋之前。死者最终都是脸朝下的，而奥地利军队的军装口袋都是在裤子后面的，臀部的两个口袋都被翻在外面，散落在四周的草地上的就是装在口袋里的证件。有标志的地点的草地中的尸首、高温、苍蝇，还有很多四散的碎纸片，这些场景都会在人们脑海里挥之不去。你会记住战场高温时的味道。但是不管发生什么事情都不能让你联想到那种味道了。它可能会突然到你身边，这不同于一个兵团的气味，当你坐电车的时候，朝马路对面看，会让你想起那种气味来的也许是一个人。可是也会有另一种全部消失的味道，就好比你以前爱过某人，你还能回想起来以前发生的事，可那种感觉永远回味不到了。

老太太:"关于爱情的话,不管你写的是什么我都喜欢。"

"多谢,夫人。"

人们心中疑惑,那个不畏艰难的旅行家蒙戈·帕克在大热天的沙漠中看到了什么东西,让他恢复了自信。会在6月底和7月时出现在麦地中德尔是罂粟,烈日穿过树叶间的缝隙照射在枪杆上,人们都能看得见枪托上冒出的热浪,那是桑树的枝叶正茂盛之时。弹坑都是被毒气弹炸过的痕迹,四周泥土变成鲜黄色的,没被炸到的房屋,看着还比不上被炸塌的普通房屋好看。可是在那种初夏的早上能深深呼吸的旅行家太少了,对人类作像蒙戈·帕克那种思考的人也都没有了。人在受重伤后也会像动物那样死掉,有些人会因连兔子伤到都不会死的那种小伤而很快就死了,这就是你在死尸上面发觉的第一件事。跟有时兔子会因三四颗没穿破皮的弹丸而死掉一样,人也可能因几个小伤而死掉。有的人死时像猫一样,脑袋被打破,铁片留在了里面,躺上两天还没有死掉,就跟猫的脑袋中了弹但它却还能爬到煤箱里去一样,想让它死除非把它的脑袋割掉。俗话说猫有九条命,也许即使是那样猫依然不会死,果真像这样,我真的不确定。可是大部分人都像动物一样死去。因为我从未看见过自然的死亡,所以我会把死亡都算在战争头上。和那位不怕艰险的旅行家蒙戈·帕克一样,我知道还有别的东西,或许从前没有出现过,之后我还见过它。

我见过的唯一的自然死就是西班牙流感导致的死亡,除去轻微失血之外。你被这种病染上,鼻子里全部都是鼻涕,把你堵得没法呼吸,染上这种病的最终表现就是大小便失禁,你也能体会到病人死亡是什么感觉了。因此,现在我特别想看看所有自称人文主义者的人的死因。因为像蒙戈·帕克或我自己这种不怕困难的旅行家,在有生之年,没准能活到能看到他们创造的辉煌一生,并目睹这个文学派别的成员的真实死亡情景。我曾经站在一个博物学家的立场去考虑过。尽管遵守礼仪是一件很好的事。但是人类要想一代代继承下去,做一些有失礼仪的事也是在所难免的,因为传宗接代要使用的姿势就是非常不雅,有失礼仪的。我曾想过,那些人从前或现在的身份,就是可能与礼仪同居的后代。但是关注他们是怎样开始的倒没有什么必要,其中一些人的结局我希望能看到,并揣测蠕虫是怎样将不孕不育保持下去的。他们新奇怪异的小宣传册已经失去了销路,只有把他们的欲望放到文章的脚注里去。

老太太:"这句关于欲望的话说得的确很精彩。"

"我晓得。我是读完艾略特后才学到的。这是从安德鲁·马韦尔那里得来的。"

老太太:"我还记得艾略特一家,他们以前都是我们家的老朋友,之前做的是木材生意。"

"做木材生意的人的女儿嫁给了我舅舅。"

老太太:"太好玩了。"

"一方面,对于其他的人在酷热的日子里看见的死者,原来长着嘴巴的部位如今却爬满了无数的蛆虫,这样谈论死者是有失公允的。另一方面,在一篇有关死者的博物学史籍中谈到这些自封的人也可能是合理的,哪怕从他们自封的名头到本书出版时,可能一点意义都没有。因为在青年时代他们没有杂志,他们没有选择死亡,不用怀疑他们大部分人根本没读过一条评论。死者在下雨时死去的也非常多,并不都是在大热天死去的,雨水把躺在雨水里的死者冲刷干净,也泡软了埋葬时的泥土。

有时雨一直下个不停，那你就得再次掩埋他们，因为土地变得一片泥泞并被冲走。要是在冬季的山上，你们一定把他埋进雪里，等到来年积雪融化时其他人还必须来掩埋他们。山上是很漂亮的作为埋葬的地方，山地中的战斗也是很漂亮的。在一个叫波科尔的地方的一次战斗中，他们埋葬了一名被狙击而爆头的将军。这位将军在雪地的壕沟里，在高高的山地上死去，血洒得满地都是，这件事证明那些作家写出的《将军死在床上》是错误的。他头戴一顶登山帽，一支羽毛被别在上面，后脑有一个窟窿，额头还有一个小指头那么大的窟窿。如果你的拳头够小，你是能把拳头放进后脑的窟窿里的。在卡波莱托战役中，他指挥巴伐利亚阿尔卑斯军团的部队，在部队前头进军，当进入乌迪内时，被意大利后卫部队射杀，死在了参谋的车内，他是一名非常优秀的将军。要是要求在这种事上描述得精准一些的话，那这种书的全名应该被叫作《将军一般都死在床上》。"

老太太："故事什么时候开始说？"

"现在，夫人，马上就说。你立刻就能听到了。"

"同样还有在山里的时候，雪下在山腰一侧，因为由山岭保护着，炮火打不到急救站外的尸体。在那些尸体还未冻硬时，就被他们背进在山腰挖出的洞里。在这个洞里，有个头部只剩黏膜还连着的人，脑袋开裂得像花盆一样，认真包扎的绷带都冻硬了、湿透了。他就在里面躺了两天一夜，一块铁片打坏了这个人的整个头部。抬担架的人请医生进去给他检查。他们每次搬运尸体进出时都会看到他，即使是不看他也能听到他在喘气。医生眼皮浮肿，眼睛疼，因为催泪弹排放的毒气弄得他几乎不能睁眼。他看了他两次，晚上打着手电看了一次，白天看了一次。对戈雅来说，这一幕说不定是一幅好画，我指的是打手电来看的。在检查过第二遍之后，医生相信了那个士兵还没死的话，那是抬担架的人说的。"

"你们想让我怎么做呢？"他问。

他们其实没让医生做任何事，不过不久后，他们请求允许把他抬出去放到重伤员那里。

"不，不，不！"忙碌中的医生说，"怎么了？你们害怕吗？"

"我们不想听他在死人堆里面一直这样哼着。"

"不听就是了。如果你们从那儿把他抬出去，过不了多长时间还得把他抬进来。"

"我们不介意这个，医生上尉。"

"不行。"医生说道，"不行！难道你们没有听见我说的话吗？"

"多给他些吗啡不行吗？"等着包扎手臂伤口的一位炮兵军官在旁边问道。

"你感觉吗啡就是用来干这个的吗？你想让我不用吗啡就动手术吗？你有手枪，去再射他一枪。"

"他都已经这样了。"那位军官说，"如果中枪的是你们的医生你就不是这个态度了。"

"那就太感谢你了。"手里挥舞着镊子的医生说，"我谢你一千次。看看这双眼睛！"他用镊子指了指，"你感觉这双眼睛怎么样？"

"催泪毒气。要是真的是催泪毒气那我们就称之为幸运。"

"因为你从前线逃回来了。"医生说，"你是用洋葱擦眼睛。你跑回这里来想把你的催泪毒气排光。"

"你真是疯了。我不会理会你的侮辱的。疯子，疯子！"抬担架的人过来了。

"医生上尉。"其中一个说。

"别让我看见你们！"医生说。他们出去了。

"我想我应该帮那个可怜的哥们。"炮兵军官说，"我不会让他在那儿遭罪，我是个人道的人。"

"那你就去送他一程吧。"医生说，"朝他开枪。我会写个炮兵中尉在急救站枪杀伤员的报告，担负这个后果。去打他啊！打他啊！"

"你是个畜生。"

"我的任务不是枪杀伤员，是医治伤员。那是炮兵部队的先生们干的事。"

"给他治一治你会怎样？"

"所有我能做的事都做完了，我已经检查完了。"

"用缆车把他送下去不行吗？"

"你是谁啊？你问我这么多问题，这个急救站是你做主吗？你是我的上级吗？出于礼貌你回答我啊。"

炮兵中尉什么也没说。屋里站的全是士兵，没有其他军官在。

"你说话啊。"拿着镊子夹着一根针的医生说，"给我个答案啊。"

"去你妈的！"炮兵中尉说。

"嚯，"医生说，"嚯，行！行！你这么说话，咱们走着瞧。"

炮兵中尉站起身来，向他走过去。

"你妈的。"他说，"去你妹的！去你妈的！你他妈的！"

医生冲他脸上泼去一盘碘酒。中尉一边伸手掏手枪，一边闭上眼睛走过去。医生很快绊倒了他，跳到他身后。医生用戴橡胶手套的手捡起了手枪，还踹了倒在地上的中尉几脚。中尉坐起身来，用那只没有受伤的手捂着眼睛。

"我一旦能睁眼就要杀了你。"他说，"我要杀了你！"

"这儿的负责人是我。"医生说，"你杀不了我，我手里拿着你的枪。副官！中士！"

"副官在缆车那里！"中士说。

"端个脸盆来，我要洗洗手。我还得继续给这位军官包扎。这位军官的眼睛里进了碘酒。用水和酒精把他的眼睛冲洗一下。"

"你不要碰我。"

"他发疯了，摁住他。"

其中一名抬担架的人又进来了。

"医生上尉。"

"你还想怎么样？"

"停尸间的那个人——"

"从这里滚出去。"

"医生上尉，他已经死了。我知道你听了会很高兴的。""可怜的中尉，看到了吗？这儿正在打仗的时候我们还没事找事吵。"

"你他妈的。"炮兵中尉说。他依然看不到东西，"你把我的眼睛弄瞎了。"

"别担心。"医生说，"你的眼睛会没事的。"

"哎呀！哎呀！哎呀！"突然，中尉连连叫嚷，"你把我的眼睛弄瞎了！你把我的眼睛弄瞎了！"

"摁住他。"医生说，"死死摁住了他，他的眼睛开始更痛了。"

老太太："完了吗？我感觉你说的这个故事跟约翰·格林利夫·威梯埃的《雪封》很相似。"

"夫人，我们定了太高的目标了，以至于我们错失了目标。我又错了。"

老太太："你知道，我越是了解你就越讨厌你。"

"夫人，试图去了解一位作家一直都是不对的。"

第十三章

斗牛，总体来说是基于公牛的单纯、缺乏经验和勇猛。诚然，斗有经验的公牛，斗聪明的公牛，斗胆小的公牛，有的是办法。不过，斗牛，即理想的斗牛，必须得有一个先决条件，即公牛须勇猛，头脑里没有斗牛场先前表演的一点记忆。一头胆小的公牛难斗，因为一旦它受到了痛击，朝长矛手进攻一次以上是肯定不会，因此它没有因奋力进攻、因受打击而放慢节奏，也没法贯彻斗牛的正常计划，因为到了最后三分之一时间的时候公牛的进攻本来是应该放慢节奏的，而这时候公牛速度还是很快，仍然一点儿没有受伤。胆小的公牛什么时候会进攻，谁也说不准。它往往从人那里走开，不要说叫公牛朝人走过来，但你又不能要它老这么下去，斗牛士必须有勇气与技艺去接近公牛，从而使公牛克服它的好恶，激发它的本能，树立起信心，然后，等到惹它冲击了几次之后，叫它几乎像掉了魂似的，用红布制服它，只有这样，才有可能演出出色的表演。

胆小的公牛它不遵守公牛与人在对抗过程中必须经历的三个阶段的规则，即构成斗牛程序的三个阶段，因此它会打乱斗牛的秩序。每一幕斗牛既是该阶段的补救，同时又是公牛所处的一个阶段的结果，它越是接近常态，斗牛就越加出色，它的真实状况就越少夸大的成分。

在西班牙语里，公牛在斗牛三个阶段中的状态分别叫作 levantado（崇高），parado（迟钝）和 aplomado（沉着）。公牛刚出场，进攻不对准任何一个目标，头抬得高高的，总地说来，它要在场上扫除自己的敌人，因为对自己的能力充满自信，这个时候的公牛堪称崇高，即 levantado。就是在这个时候，对斗牛士来说公牛最没有危险性，在这个时候斗牛士也可以用红披风做出各种花招，例如，招引公牛，把双腿跪在地上，首先用左手展开红披风，接着等到公牛低下脑袋要用牛角挑刺跑到红披风前面的时候，转到左边，右手的位置却不变，但右手挥动红披风，这么一来公牛原本能够冲向跪着的人的左边，现在反而掉头到了右侧跟着红披风转动。这个招式称为换膝（cambio de rodillas），在公牛从崇高 levantado 转入迟钝（parado）的时候是做不到这个招式的，甚至是自杀行为，因为它的进攻由于它对自己的能力逐渐地感到失望而瞄得更加准确，因为它已经受到过痛击了。

等到公牛处于迟钝（parado）阶段时，它会觉得途穷技尽，放慢了进攻。在这个时候，它对自己的能力已经感到失望，它不再一见动静便猛冲猛撞，没法驱走或摧毁场内似乎向它挑战的一切，它认识自己的敌人，起初的那股热烈劲平静下来了，现在它认出的已是敌人展示的诱物，而不是敌人的身体，于是它聚精会神地发起攻击要摧毁，要捅死敌人。但是现在它寻找目标是非常小心的，进攻时也是快速启动。可以把这个情形比作骑兵的冲锋转到了步兵的防守；骑兵冲锋时一切都依靠推动和全面推行冲击，或者说依赖于冲击，要凭机遇说对个人会造成什么效果，而每个步兵防守的时候可能都是瞄准单个目标开火的。公牛处于放慢进攻的阶段即 parado 阶段，由斗牛士完成极出色的表演，斗牛只有在仍然还有力量并把握着意图的时候才有被调动起来的可能。一名斗牛士可以完成并尝试各种技巧，这里说的技巧并非他出于防御而迫不得已或偶然才做出的动作，是斗牛士有意尝试的任何动作，在放慢进攻的阶段面对的公牛，而对于一头仍处于崇高（levantado）阶段的公牛来说，是做不到这样的。因为一头没受到痛击因而没有挫了锐气的公牛仍然充满自信，充满力量，不会看重斗牛士的花招，对各种花招进行持续的攻击并给予必要的注意。这就好比打牌，一个人是掌握了规则，那是因为硬学，也因为以前输过。而且现在生命、财产都押上了，因此他非常重视这副牌，非常重视规则，觉得非掌握规则不可。他极为认真，可谓尽心竭力。另一个人是把打牌看得无所谓，也没有钱财可以冒风险，所以他就不注意规则，牌也打不赢。跟这样两个人打牌，情形是不一样的。要实施斗牛规则，要公牛充分表演，那得靠斗牛士。公牛只想着要摧毁，它并不想表演。

沉着（aplomado）是公牛经历的第三个阶段，也就是最后一个平常的阶段。在它处于 aplomado 的时候，就像铅一样的沉重，它已变得迟钝，虽然体力仍然保持不变。但是它的速度已经丧失，通常这时候它已经喘不过气来。要是挑逗一下它也会进攻，但它不再是脑袋高昂。但是要将它调动起来，不论是谁都得更加靠近。因为处于这种状态的公牛，它是在没有把握住目标之前不会出击的，那是因为到那个时候为止，无论是对它自己还是对观众来说，它显而易见是被打败了，它的所有企图都没有得逞；但这时候他依然是很危险的。

常常公牛就是在它处于 aplomado 的时候才被刺杀的，现代斗牛则更是这样。要知道公牛的迟钝疲乏的程度和它体力消耗的程度，那要看它追逐红披风的次数，要看它的精力被短标枪削弱到了什么程度，以及剑杀手用穆莱塔做出各种招式对它产生的效果，要看它攻击长矛手以及它因之而受到长矛手痛击的程度。

所有这些阶段，为了达到实际目的，都已经纠正了它可能朝某一侧挑刺的癖好，调整了公牛脑袋的姿势，减弱了公牛的速度。如果这些都做完了，一场斗牛的最后阶段就到了，它脑袋抬得既不很高，也不很低，速度比斗牛开始时的一半还弱，因为颈部粗壮的肌肉疲劳了。朝一侧挑刺的癖好，特别是它右角的挑刺，已经被纠正过来了，现在他的眼睛只注视展现在它面前的物体了。

公牛在斗牛中经历的三个主要状态就是这些了。要是公牛疲劳引导得法的话，这些是它的疲劳的自然进程。到了刺杀的时刻，要是斗牛不得法，公牛可能会脑袋乱捅，犹豫不定，它完全处于守势，斗牛士无法将它定位在一个地方；它那必不可少的进攻精神对于出色的斗牛来说，就会无谓地浪费了。这个时候，完全不适合于斗牛士跟它做好的表演，因为公牛不愿意出击。如果长矛手将长矛尖头刺进了牛的肩胛骨，或者将长矛深深地刺到了公牛脊柱骨的中央，而不是刺进颈部的肌肉里，在斗牛中公牛可能会成一头废牛。公牛可能被短标枪手运用红披风调动公牛时所完成的种种出色的技艺所废；也可能会废在短标枪手的手里，如果他把短标枪插到了长矛手刺的伤口里，短标枪扎得太深，结果是短标枪的柄竖起来，而不是照规矩挂在公牛脊背的一侧，倒钩只钩住皮下。如果他们使公牛一再转身，绷紧它腿部的筋与肌肉，扭伤脊椎骨，有时还抓住公牛后腿之间的阴囊，不是让公牛自己竭尽全力径直出击，以正当的手段使它疲劳，而是因扭头、急剧转身，从而致残。他们就会摧毁公牛的力量，大大挫伤公牛的勇敢精神。但是如果斗牛得法，这三个阶段公牛一定会经历（至于各个阶段的状况则因每头公牛各自气质与力量不一样而有所不同），从而达到斗牛的最后一刹那，它虽然迟钝但并没有受伤，这时候，剑杀手就可以亲自挥动穆莱塔调动公牛，使它疲劳到无力回击，将它刺死。

一定要让公牛变得迟钝的首个理由是，这样可以用剑按正确的手法将公牛刺死。第二个理由是这样就可以让它按规矩跟着穆莱塔跑动，人则调整、把握招式，按照自己的意愿加大危险，也就是说使自己居于进攻地位，而不光是被迫处于守势、对付公牛的袭击。以正规的手段叫公牛变得迟钝，而这时公牛又不因红披风不断地突然扯动而上当，从而损坏肌肉的结构，丧失勇猛精神。要达到这一点，让它朝马出击是唯一的办法，因为那是让它自己使出全部招数朝一个可以达到的目标冲击，从而使自己劳累，而自己的勇猛精神也没有白白浪费，并非不停地上当受骗。如果一头公牛成功向马取得了进攻，捅伤了或者捅死了一个或几个对手，那么在接下来的阶段里它会很有自信，感觉到进攻很有成效，要是它继续这样出击什么又会被他的角捅着的。面对这样的一头公牛，斗牛士就像风琴手在一架为他充了气的管风琴上演奏，他的表演可以达到艺术的高度。如果管风琴符号处理起来太难的话，有汽笛风琴我们也可以用，我认为这两样是音乐家演奏时可以利用的现成的武器，在他选择的方向用不着自己在不同程度上应用这个力来创造音乐，他只需释放这个力就可以了。所以，汽笛风琴和管风琴是演奏者可以跟斗牛士进行比较的唯一乐器。不主动出击的公牛就好比没有蒸汽的汽笛风琴、没有充气的管风琴。斗牛士跟这样一头公牛演出，如果说演技的明快和出色，那就只能跟自己在演奏的同时要为汽笛风琴烧蒸汽或者自己还要给管风琴充气的演奏者相比较了。

在斗牛场上每一头公牛在整个斗牛过程中除了要历经正常的精神及身体准备阶段之外，还要经历精神状态的变化。我最感兴趣、也是公牛脑子里出现的最常见的事是 querencia 的变化。斗牛场内公牛习惯地想去的地点即是 querencia，是个自然的地点，是公牛喜欢的地点，这样的地点是固定的、众所周知的；不过一个偶然的地点就不只是这一点定义了。那个地点是人在与牛搏斗的过程中产生的，这个地点被公牛当成自己的基本立足点。通常这个地点是随着斗牛表演的进行在公牛头脑里渐渐形成，而并不是立即显示出来的。站在这个地方，它就感觉自己后边是一堵墙。

在公牛的这个地点里，几乎是不可能去杀它的，因为它变得极其危险。要是斗牛士不是将公牛赶出来杀，而是进入公牛的这一营地去杀它，那么他会被公牛捅倒几乎是肯定的。这样说的原因是，如果公牛在它的地点里面待着，它的角的出击是回击而不是攻击，是反击而不是领先出击，它完全处于守势。在出击与眼光两者速度均等的境况之下，进攻总是会被回击打退的，由于它看到攻击过来了就挡开，或躲避。进攻方要暴露自己是必定的，而如果攻击与反击一样地快速，那反击肯定会有效，因为进攻者必须设法打开缺口1：3，而反击者面前已有缺口。基因·腾尼在拳坛上就是反击的榜样；所有那些遭痛击最少、坚持最久的拳击手，毫无疑问都是反击能手。公牛处于它的营地的时候，它看到斗牛士出剑即用牛角反击就像拳击手反击对手的出拳一样，许多人为此严重受伤，或者付出了生命，因为他们出剑刺杀时没有将公牛赶出它的地点。

所有公牛进入斗牛场内通道的门口，以及围栏的挡板是它们在斗牛场内的自然的地点。公牛找第一处是因为那是它们记得的最后一个地方，它们熟悉那里；公牛找第二处是因为在那里他们的后背有一个依靠，这样它们就觉得能减少来自背后的袭击。斗牛士在多方面利用这些地点，这些是大家都知道的地点。斗牛士心里明白，在一系列招式或一个招式煞尾的时候，公牛朝那自然的地点跑去是很可能的，所以，它不会注意或不大会注意挡着道的东西。所以，斗牛士可以摆出一个准备好的雕塑般似的非常优美的招式，就在公牛朝那地点跑去的半路上。这样的招式会相当优美：斗牛士并拢两腿，挺立在那里一动不动，看上去似乎一点不把公牛的冲击看在眼里，没有丝毫的退却，却硬是让公牛庞大的身躯从胸前冲过，有时候距离公牛的牛角从胸前擦过的时候只相差一丁点儿的；不过，对于精通斗牛的人来说，这样的招式没有一点儿价值，除了是个诡计之外。这样的情景，看着危险，实际不是这样，因为赶往它的地点是公牛的所有想法，人不过是站在他的路边的摆设罢了。控制着速度、目标和方向的是公牛，因此，对真正的热衷斗牛者来说，这没有一点实际意义，因为不是杂技场内的斗牛，而是真正的斗牛，人应该控制公牛的冲击方向，不应该利用公牛的冲击，应该叫公牛转弯，不是直来直去，应该迫使公牛按照自己的意愿冲击，在它过来时摆一个空架子。西班牙人说，"torear es parar，templar y mandar."这句话是说，真正的斗牛赛，斗牛士应站立不动，应该控制、指引公牛跑动的路线，应该一面手拿红布，一面用手腕、手臂的运动来调整公牛的速度。所有其他的斗法，例如朝公牛跑动的正常路线那个地方做出好看的招式，那并非真正的斗牛，无论做得多么优美，因为不是人在控制牲畜，而是牲畜在调遣人。

公牛脑子里出现的斗牛过程中的偶然地点可能是，并且经常就是，它曾经得手过，例如它把一匹马捅死过的地方。那是一头勇猛的公牛最经常的活动地点，不过也大热天还有一个的很习惯的地点。那是斗牛场内随便的一处沙地，只要是阴凉的、浇过水的地方。那经常是地下管道的出口，比赛期间在这里接上一根皮管，在斗牛场上洒点水，压一压尘土，公牛站在那里乘凉。在前一场比赛中公牛也会将捅死过马的地方作为自己的活动地点，由于它嗅到了血的味道。它捅倒过斗牛士的地方也有可能，也许是别的其他，至于理由，就因为它站在那个地方感到心里踏实，说不出有别的明显的理由。在斗牛过程中，看得出来，公牛脑子里已经有了找一个地点的念头。公牛先是试探性的，然后下定决心，最后，除非斗牛士有意不让它进入它已选中的地点，因为已经注意到了它的意图，否则公牛就会在那个地点就位，背对着或者侧身对着围栏，而且会不断地朝那儿跑，决不跑开这个位置。这是斗牛士要大汗淋漓的时刻。公牛完全处于防御状态，对红披风毫无反应，还会用牛角来挑刺红披风，决不肯出击，可是必须得把公牛赶出来。靠近公牛是将公牛赶出这个地点的唯一办法，直到让它感觉完全有把握捅着人。同时，将红披风扔到公牛鼻子底下的地上，然后一点一点地扯动，诱使它一步步离开它的地点，或者将红披风急剧地抖动。这样的表演一点都不好看，通常随着规定给斗牛士的十五分钟时间一点点过去，他每一分钟都会越来越上火，短标枪手的任务也越加危险，公牛则死都不肯移动。而且这样是很危险的。不过，如果斗牛士等得没有耐心的话，最后说："好吧，既然这样就让它死在那里吧。"然后出剑刺杀。这样，那也许就是他唯一能记得的，最终从空中摔下来，不管有没有捅伤。那是因为公牛见他过来会挑刺红披风，会密切注视，每次都会朝人捅去，会反击刺来的剑。要是穆莱塔、红披风都没法将公牛引出它的地点，这时候用带火的短标枪，从围栏后面刺进公牛的屁股，接着让火闷烧冒出黑火药与燃烧的纸板的气味，发出噼噼啪啪的爆炸声。可是，这样的情况在我看到过，一头公牛屁股上插着噼啪作响的短标枪，它立即就离开了它的地点，因为毕剥声惹了它，可能才20英尺，就立马又回到原地，它根本不予理睬，不管叫它离开的是什么办法。碰到这种状况，以对人危险最小的任何方法将公牛杀死是剑杀手的权利。他可以经过公牛头部绕个半圈，从公牛的一侧开始，就在他经过时，短标枪手用红披风去抓住牛的注意，剑杀手就用剑向公牛刺去。或者不管他的方式是什么只要牛死。但是，如果是一头很凶猛的公牛，剑杀手得冒被人群杀害的危险这样做。这样做的关键不是漂亮，而要杀得快，因为一头没法叫它离开它的地点、懂得如何使用牛角的公牛，人要接近它就跟接近响尾蛇的危险是一样的，跟它玩斗牛是不可能的。不过话说回来，人应该早在公牛稳固地最后站定在它选中的位置之前，就开始把它赶走，赶进场中，把它从背靠围栏那样的有安全感的状态下赶出来，将它引到斗牛场的其他地方。不能让公牛建立这么一个稳定的地点。大约在十年之前，有一次，我看过一次斗牛，在比赛中，六头公牛，一个接一个都建立了稳固的地点，怎么都赶不开，六头全死在了自己的地点。参加的斗牛是潘普洛纳凶猛公牛。这种牛皮毛红棕色，四肢挺立，既高又长，肩宽大，颈部肌肉粗壮，个头儿大，牛角令人看到害怕。我见过的公牛数它们最出众，它们一进斗牛场首先选择守势。说它们胆小是不应该的，因为它们这是竭尽全力地、极明智地、凶狠地、认认真真地保卫自己的生命，刚进场不久就站定了自己的地点，一步也决不走开。斗牛一直拖延到天黑，一个具有艺术性的或优美时刻也没有出现过。那是整整一个黄昏和午后，人在极端危险与困难的条件下试图宰杀公牛，公牛则保卫自己不受人的攻击。那场斗牛跟帕斯申德勒战役差不多一样精彩，只是将这盈利性的比赛拿来与一次战役相提并论实在不该。当时首次在场观看斗牛的有我以前向他们具体谈论过斗牛的艺术、它的美以及其他各方面的人。因为我在库兹咖啡馆喝了几杯苦艾酒，饶舌了好长一段时间，话怎么也说不完，临走之前他们都急不可待地要看一场斗牛。特别是这一场斗牛。不过斗牛之后有两个人看着很难受，他们没有一个跟我说话，其中包括我希望他对斗牛能有好印象的一个人。我自己看得有滋有味，由于我对虽不是害怕但依然不肯出击的公牛的心理情况了解得更多，因为这在斗牛里是很稀罕的，了解到的比我在一个赛季里得到的多得多。但是下一次去看这样的斗牛我希望去得只有我自己。我还希望上场的斗牛士中没有一个是我的朋友，也没有一个是我喜欢的。

短标枪投放失误，滥用红披风招式，由于长矛吃力位置错误而有意地或者笨拙地损伤了肩胛骨或脊椎骨，都会造成公牛疲劳自然进程中的创伤性变化。除了这些，一旦长矛手收到剑杀手的命令，刻意使用错误的方法运用长矛，也会造成公牛受伤，使它不适合继续再参加斗牛比赛。毁掉它的实力，损伤公牛，主要有三种方式：即长矛刺得过深而伤及脊柱，以及刺得太偏而伤及肩胛骨端部，或者红披风运用过分，用长矛挑开大口子使公牛出血不止。这些帮手听从剑杀手的吩咐，而一切的损伤公牛的方法全是剑杀手的帮手特意为之，因为他们都这样对付，只要是剑杀手害怕的公牛。他们害怕可能是由于公牛太大，体魄太强壮，或者跑动太快，一旦他们有这三怕，就吩咐长矛手和短标枪手对公牛实行攻击。而常常这种吩咐是多余的动作，长矛手当然会朝任何公牛袭击，除非剑杀手感觉心里非常有底，为了让自己与它斗个招式，而想叫公牛保存实力，增添脸上的光彩，显示自己的极大能耐，因此对手下人说，"别累着它啦！替我小心这头公牛。"不过常常在斗牛之前短标枪手和长矛手心中都有数，他们要尽其所能，损伤公牛，在场上剑杀手说的相反的命令都不予理睬，由于这些命令，即使通常都是边说边骂，并且言辞激烈。但是都是为了说给观众听的。

不过，除了蓄意的皮肉上的损伤之外，还有无法估计的心理上的创伤。蓄意的皮肉上的损伤唯一目的是把公牛交给剑杀手，使公牛不能配合斗牛士做出色的表演，让它死得尽量快些。心理上无法估计的创伤是短标枪手技法的拙劣而造成的。短标枪手手拿短标枪对着公牛，此时他们的职责是快速地将短标枪投出去，钩在公牛脊背上。由于短标枪手失误地投放短标枪（80%的失误都是因为胆小导致的），都有可能使时机延误，这种延误使公牛的心理被扰乱了，破坏了斗牛的节奏，使公牛变得紧张、急躁，并且，因为公牛有了追逐不骑马、不带武器的人的经验，把缺乏经验这么一个小心保存着的优点丢掉了。

一般，把短标枪误投这样的人，年龄差不多都在40岁至50岁中间。用作剑杀手的心腹短标枪手是剑杀手的一队人马里留这么一个人的作用。这么做是因为他正直老实，因为他成熟老到，因为他对公牛了如指掌。在抽签和筛选公牛的时候，他代表了剑杀手，同时在所有技术问题上还是剑杀手的心腹顾问。不过由于他已经年过四十，两条腿使唤起来一般都不怎么灵便了，不大相信这两条腿还能在公牛追他的时候派上用场，救下自己的老命。所以，要是轮到他来投放两把短标枪对付一头难对付的公牛，这位上年纪的短标枪手变得分不清是小心还是胆小，也极为谨小慎微了。短标枪投放出的失误，使他自己挥动红披风时的周到和娴熟的技艺造成的效果全都被破坏了。而如果这些年长、慈爱、谨慎但是两腿跌跌撞撞的老朽，只让他们留在队里，用一用他们挥动及时的红披风，不让投放短标枪，还有他们头脑里的素养，那么斗牛表演也会好看不少。

在斗牛比赛中需要人付出最大体力的部分是投放短标枪。要是一个人站在那里等公牛朝他跑过来，要是他有别的人替他与公牛较量过一番了，那么，他也可以投出一对或者两对短标枪，就算他是一个从斗牛场这一头跑到那一头都不行的人。不过，投放短标枪要做到技术娴熟，自己主动去找公牛，先跟它较量一番，那就要求有好的腿力与强壮的体魄，接着按规矩刺入短标枪。另一方面，一个人可以不投放短标枪而又是一个剑杀手，但他却能够用穆莱塔和红披风按规矩斗一头公牛，甚至两条腿因为被牛角捅伤而扭伤了，也瘸了，连跑到场子对面也做不到或者身体都已经是肺结核病的晚期，但依然能刺杀得相当不错。因为，一名剑杀手应该有能力叫公牛完成这一切动作，他绝不可跑动，只有在投放短标枪时是个例外，甚至将剑刺进去的动作也应该由公牛来完成。年过 40 之后有人问过加利奥，锻炼些什么，他回应说他抽哈瓦那雪茄。

"我要力气干什么？我锻炼身体干什么，老兄？公牛有的是力气，公牛锻炼得可多了！我都到 40 岁了，可每年都是 4 岁半到 5 岁之间的公牛。"

他是第一个承认恐惧感的斗牛士，是一名优秀的斗牛士。到加利奥为止，之前人们都认为害怕是相当可耻的，不过加利奥害怕的时候他就手忙脚乱地翻过围栏去，扔下手中的穆莱塔和剑。一名剑杀手是绝对不可以逃的。但是，如果一头公牛好像了解他底细似的，样子奇怪地盯着加利奥，那他也许就会逃跑。他会拒绝刺杀，如果公牛异样地盯着他，他是在这方面的第一人。他被他们锁在监牢里的时候，他说那样一来反而更好，"我现在有第一个舒服的日子。因为我们斗牛士都过着倒霉的日子，他们会谅解我的。"

现在是快 50 岁的人了，依然在举行告别表演，他的告别表演比帕蒂得多。塞维利亚是他第一回永久性的、正式的告别表演之地。到了要把他作为斗牛士的一生中要刺杀的最后一头公牛献给某个人时，他感动极了，这最后一头公牛他决定将它献给他的老朋友塞尼奥·富勒诺。他摘下帽子，黝黑、闪亮的秃头露在了外边，说道，"我小时候的朋友，我斗牛生涯早年的保护人，最著名的业余斗牛爱好者，富勒诺，我要把作为斗牛士的一生中要杀的最后一头公牛，献给您。"可是，他话音刚落，看到了一名作曲家的面孔、另一位老朋友。他沿着木板围栏走过去，到对着老朋友的时候他站住了，两眼湿润，抬起头来，说道，"啊，好朋友，我要把它，我作为斗牛士的一生中要刺杀的最后一头公牛，献给您，因为您是西班牙音乐天堂里的一大光荣。"但是，就在他转身走开时，他看见木板围栏不远处坐着老阿尔加贝诺，安达卢西亚最出色的公牛杀手之一。他转过脸来，停下脚步，说道，"我的老伙伴，您是我认识的最优秀的公牛杀手，刺杀公牛是手到心到，请您注意我的动作，看看是否对得起您的大名。我要把我斗牛生涯的最后一头公牛献给您。"他话音刚落立即令人钦佩地转过身，朝那头原地不动地盯着他的公牛走去，认真地打量了一番，接着对他的何塞利托兄弟说，"何塞，你来替我跟它斗。我讨厌它看人的那个样子。你来替我杀。"

他最出色的一次告别表演就是这一次，作为他斗牛生涯中刺杀的最后一头公牛，是他的何塞利托弟弟帮忙的。

他离开西班牙到南美去之前，我最后一次见到他是在巴伦西亚。他的样子就像老蝴蝶，一只非常老的蝴蝶。我所见的其他斗牛士，不管其年龄是小是大，如果跟他相比的话，他 43 岁了，倒更英俊，更好看，更潇洒。这不是青年人那种潇洒；那是一种经久不衰的东西。他那种并不是很上照的英俊。在照片上看起来从来都不漂亮。你看他像弹古钢琴那样灵巧斗一头孔查－西拉灰色的大公牛，这时候你心里明白，并注视着他，要是一头公牛真把他捅死了，而你又亲眼目睹，用不着再去看更多场表演，你就会更深刻地了解斗牛。何塞利托的死，在斗牛场上谁也不是平安无事就被证明了，他的死是由于他身体发胖。贝尔蒙特也会死，因为他只能责怪他自己，他专搞悲剧。你所见到的斗牛新手的死都是经济境况的牺牲品，而这几行里你最好的朋友都死于合乎逻辑并很好理解的职业病；不过，加利奥死在斗牛场上不是悲剧，也不是什么讽刺。由于其中不存在崇高；他从不承认死的观念。而且何塞利托死后，加利奥甚至没有到小教堂去看他；加利奥太害怕，对于他来说谈不上什么崇高；捅死加利奥会证明斗牛是错的——不是在道德上，而是在审美上。而且这件事趣味不高。加利奥对斗牛做了一些事情，同样，他也为一切赞扬他的人做了一些事情。可能他败坏了斗牛，不过没有格里塔一样的过分。毫无疑问，他是现代斗牛之祖，而贝尔蒙特是现代风格斗牛之父。他只不过是缺乏勇气，头脑有些简单，他不像卡冈乔那样毫无自尊。不过，他是个多么优秀的斗牛士，真的，多么有把握呀！他从木板围栏上翻过去绝不是非得如此，是危险过后的惊恐发作。加利奥，他在害怕的时候与公牛之间的距离依然比很多斗牛士获得悲剧的优势时还要近，他斗牛动作的出色与优美，能够与埃斯科里亚尔的保存的美丽的墨西哥古代羽毛非常精巧的工艺制品相媲美。你知道那是怎样的犯罪吗？如果你把鹰脖子上的羽毛扯乱了，如果再也不能恢复原样的话，那么，捅死加利奥，就是类似的罪过。

第十四章

斗牛士总是期望有这种公牛出现。但是，没准三四十头这种公牛里也就只有一头是这样的。斗牛士称它们是往返型公牛、双程型公牛，又称轨道型公牛，即 carile。而那些根本就没掌握怎样把公牛的缺点调教过来也不能掌控难斗的公牛的斗牛士，仅仅是防守而已，在斗普通公牛时。除非等到碰到向前直线进攻的公牛，他们才拿出出色的招式。这些斗牛士一直都没能学会斗牛，从未经历过斗牛训练的时期，不过是在斗牛时，公牛的进攻正合他们心意，并在其他省份出场过几次，又或是在马德里风光过一回，才变成了剑杀手。他们有特点，有招式，不过他们缺少 mtier。他们通常会因运用这门技艺不得法而被吓倒，因为有信心才能产生勇气。他们并不是天生胆怯，否则他们就成不了斗牛士了。他们胆怯的原因是处在没受过斗牛训练，或没经验、不熟悉的情况下，必须对着很难斗的公牛。而且在他们搏斗的十头公牛里，也许不了解该如何去斗的公牛以及没有一头是符合他们口味的公牛。因此，大部分时间，他们毫无经验，畏首畏尾，只守不攻，斗法令人看着不满，使人厌恶。你如果看到他们斗的是自己满意的公牛，你会觉得他们很杰出，很优秀，手法又高超，又勇敢。他们有时淡定地应对着公牛，几乎令人不敢相信，离公牛那么近。不过如果你每天都去看他们上场，一旦碰到稍有挑战性的公牛，那就不会表现出一次优秀的表演。你也就会回忆以前训练有素的斗牛士时代，看不起那些所谓的骗子和天才。

问题的所在是现代斗牛技术被弄得太绝对了。现今要靠近公牛，动作要更缓慢，斗牛士身体还不能移动，又根本不能防御，才能完成这一技术。想使这一技术完成，只能找一头差不多全部符合自己要求的公牛了。只有两种方法能正常完成：一种是只能等一头全部符合要求的公牛或按自己需求挑出的公牛来配合做完这一技术。另一种就是只有何塞利托和贝尔蒙特这种天才斗牛士才能斗好这种公牛。因为他们有技巧来控制、来驾驭，他们能运用自己极高的反应能力来防守，他们一有条件就会运用自己的技术。也许除三个人之外，现今的斗牛士都得等待他们理想的公牛，或是选一头完全符合自己心意的公牛，或是竭尽全力去拒绝很难斗的公牛。

潘普洛纳举行过一场由比利亚尔公牛参加的斗牛赛，我记得是在 1923 年。我看和它们之前的公牛都一样的迅速，凶狠，勇猛，绝不停止防守，也一直冲刺，是很适合斗牛的公牛。它们牛角都十分粗壮，并且体形硕大，但不笨重。但是斗牛士却并不满意比利亚尔培育出的这些优秀的牛。他们觉得每一个优点都有点太过了，即使品种是好的。之后有一个人为了使斗牛士都满意，开始改良牛的特性，买到了这种牛。我 1927 年看到了第一批改良后的公牛。这种牛身体稍小，牛角不再特别粗壮，并且保留了非常勇猛的特点，像比利亚尔牛的模样。一年之后牛角又缩小了一点，勇猛程度减弱，身体也小了些。去年时，这种牛牛角没变化，牛的勇猛消失了，又变小了一些。改良会制造缺陷，精确地说是制造弱点，让斗牛士喜欢接纳这种公牛牛种，期待和萨拉曼卡固定培育的公牛竞赛。这样一来，以前参赛的品质优良的公牛灭绝了，消失了。

你会看过很多很特别的斗牛，就在你观看斗牛已经有一段时期以后。如果对你来说，斗牛还是有点意义的话，那你早晚会被迫订立一个鲜明的斗牛看法和立场。一种是对于现代斗牛节表现的状态你已经默认了，这些斗牛士你都了解，他们的观点你也清楚。在生活中，每一次失败都能够找到合情合理的借口。另一种是你坚信有真正的公牛、纯粹的斗牛，并期待杰出的斗牛士学会怎样斗牛后，能更进一步，比如马西亚尔·拉兰达，也期待会产生一个能和贝尔蒙特一样破除正统规定的优秀斗牛士。你会替斗牛士考虑，让自己换位思考，如果斗牛士没有把公牛控制好，结果出事了，你也会很谅解他们，你也想等出现他们理想中的公牛。只要你这样做，跟那些以斗牛为生，又毁掉了斗牛的人一样，你就有罪了。因为你花钱帮助那些人毁掉斗牛，你的罪孽更重。你是否应该不进斗牛场呢？不过你又能怎样呢？不进斗牛场，相当于割掉鼻子，跟自己怄气。如果你感觉斗牛有趣味，你就有权利去看。你能够表达，能够抗议。尽管在斗牛场中有很多抗议，也是必需的，可这些都发挥不了什么作用，你也能跟别人说他们是多么愚蠢。还能做一件事，那就是对新事物得敏锐、辨清好坏，你的标准可不能因新事物的产生而产生混乱。即使是很差劲的斗牛表演，你也能够看下去，不过不能看了很烂的斗牛表演还说斗得很好。作为一名观众，你必须明白哪些是有好处和有意义的竞技，也就是实质性的，而不是花拳绣腿的，要有辨别能力。一旦斗牛士无法用花拳绣腿来面对公牛，那对于他的刺杀和技术，辨别能力你就必须具备。有时候一个斗牛士会比他的观众要强，可这保持不了多长时间。如果观众讨厌诚实，想要些诡计，那他们马上就可以看到玩起招式来的斗牛士。如果一名出色的真正的斗牛士上场了，他一直坚持坦诚，并且既不故作神秘，也不玩弄花招，那他登场后，肯定会有一群在观众席里为之竭尽全力欢呼的观众。万一这么说跟一个基督教的活动计划很像，那就请允许我再说一句，我确定要是礼貌有加的抗议毫无用处，那就把大小不同的面包、橘子、蔬菜、坐垫、鱼包括各种不同的小的死了的动物都扔出去。有时还纵火烧斗牛场，如果有必要把玻璃瓶也扔出去，只要不朝斗牛士的头上扔，所有这些都是有用的。西班牙斗牛的主要弊病之一并不是评论家的趋利寡义，虽然在《马德里日报》上这些评论家发表文章就能制造一个斗牛士，最少一个短暂的斗牛士能被制造出来。这并不是主要的，由于剑杀手给的钱是这些评论家赖以谋生的经济来源，所以他们的观点与剑杀手的观点相同。马德里的通讯中不能再发马德里的评论家们的观点了。在编辑外地记者的报道时，他们不可以扭曲事实，不能只夸赞斗牛士，只美化斗牛场上人的技术，因为同样也是斗牛场观众席上的核心观众阅读马德里斗牛文章，斗牛他们自己看过。但是在他们的全部解说中，剑杀手的观点影响了他们对斗牛士和公牛的全部评论，送红包的剑杀手决定了这些观点。负责送剑杀手的红包的人是斗牛场内看管剑的，那是一个里面装着更多钱或 100 或 200 比塞塔的钞票的信封，还附着一张名片。红包被看管剑的人送到马德里所有报纸的评论员手中，钱数的多少决定了评论员和报纸影响力的不同。最公正和最诚实的评论家也会拿红包，可剑杀手并不愿意他们在文章中只报好事不报坏事，也没盼着评论家将他的失败歪曲报道成胜利。想向他们表达尊敬是剑杀手送红包唯一所想。这个国家很讲究尊敬，你要牢记但是由于这些评论家的大部分生活收入是剑杀手送的钱，所以他们内心就把剑杀手的利益和观点记了下来。这一立场是理所应当的公正立场，并且还不难理解，因为拿命去拼的是剑杀手而并非看台上的观众。可要是观众对剑杀手是否履行斗牛标准、遵守斗牛规定毫无要求，也不制止作弊，并且看斗牛不给钱，那么不久，剑杀手就会随之消失了，职业斗牛也就会消失了。一定程度上对斗牛节能否成功举办起着决定性作用的是公牛。要是每一个出钱买票的观众，都希望看到能让比赛显得庄重的、体形硕大的好公牛。大都是成熟的是 4 到 5 岁的公牛，它们体能充沛。可以完成比赛的三阶段的并不都得是肥壮的公牛、牛角巨大或体格硕大的公牛。只要它成熟、健全即可，这样公牛饲养人就必须在农场上把公牛养到一定块头时才能卖出去，因为观众有这种要求。而对斗牛士来说，必须得学会与送来的任何公牛竞技。一些斗牛士由于技法欠缺造成跟这些牛较量失败而被淘汰，那么最终斗牛节会因此而更完善，即使那时的表演也许是拙劣的。公牛是斗牛节的要素，一般报酬最高的斗牛士绞尽脑汁想要摧毁的也是公牛，如果把公牛的牛角、块头改良得小一些，尽可能变小参赛公牛的年龄，只有那些排名靠前的斗牛士能提要求。那些没本事的学艺的人和斗牛士，只能挑明星斗牛士们剩下的体态硕大的公牛，剑杀手死的越来越多这就是因为这些原因。那些未学好技艺的人，还有那些刚刚学习的、能力一般的人，占了死在斗牛场上的人的很大一部分。由于他们试图拿明星斗牛士的手法去斗牛，并且观众也要求他们去这么做才造成了他们的死亡。不过，他们这么做是迫于无奈的，他们要是想靠斗牛生活的话。那些明星斗牛士们觉得太危险、决不会斗得漂亮而肯定会拒绝的，或是明星斗牛士们挑剩下的公牛，现在被强加给他们，让他们去斗。许多相当有潜力的斗牛新手被刺伤、杀死，也就是因为这个。不过，斗牛士学艺有适合的期限，学习的人如果运气好的话，那最后，还是会出现一些杰出的斗牛士的。要是一名年轻的斗牛士在培训过程中得到周全的保护，只用小公牛跟他竞技，从一两岁的公牛开始练习斗牛，可能他根本无法招架体型更大的公牛。这就像瞄准靶子开枪，冲同样瞄着你的敌人开枪或冲一头危险的野兽射击一样。但是，如果一名学习斗牛技术的人已经先和一两岁的小公牛训练过，学到手的是非常正统的斗法。之后他参加见习斗牛赛时，马德里斗牛场组织者没有对他进行保护，在经历这些比赛时应对被人挑剩下的，有些还存在缺陷、极度危险，体型硕大的公牛，经历各种磨难，因此，日益了解公牛，技术日趋纯熟。要是牛角还没把他的勇气、他的热情全顶跑的话，那他得到的将会是一名斗牛士所需的最好的调教。

比温尼达，又叫曼努埃尔·梅希亚斯，是一位老练的斗牛士。他用一两岁的小公牛训练他的三个儿子，把他们训练成了技术相当全面、纯熟的小斗牛士，虽然西班牙国内的儿童斗牛法规定不准他们上场表演，两个大孩子依然作为只斗小公牛的神童斗牛士而闻名于法国南部、南美和墨西哥城的斗牛场。马诺洛长子到16岁时就成了一名成熟的斗牛士，没有体会小牛斗牛士的各种困苦，直接被训练成了正式剑杀手，也跳过了儿童斗牛士只斗一两岁公牛的时期。这位父亲自以为只要儿子成为一名正式的剑杀手，就不会面对十分危险并且体型硕大的公牛了，可如果还当一名实习斗牛士，那就不得不面对了。他感觉变成一名正式剑杀手就能赚多一些钱，如果在与成熟的公牛比赛时，把他的勇气与激情耗尽了的话，那就不如活一天就尽全力多赚一天大钱的好。

第一年这孩子失败了。立即就从斗幼小的公牛变成了斗成熟的公牛，公牛攻击的速度的区别令他肩负了更多的负担，总之，只要进入他的生活是不断出现的死亡阴影，就会夺走他的孩子气和风格的美姿。他心里装着自己的职责，他有难题要解决，想在场上表演一场出色的斗牛表演，面对需要解决的难题的这种状态，人们马上就能觉察出来。但是，由于从4岁起他就开始受到训练了，他有严格训练出来的斗牛基本功，心中非常明白斗牛时应该怎么展示每一个规定动作。因此在第二年，他已经攻克了成熟公牛的难题。而且在马德里获得了三连胜。去其他省时，不管公牛体型如何，年龄多大，是什么品种，他都能应付，每到一地都能取胜。他知道如何调教公牛的缺点，如何掌控它们，并不会因看到公牛体形形大而胆怯，在对着最大的公牛时，许多种技术他也能完成。那些技术是那些堕落派的斗牛士斗体形、力量、年龄和牛角都达不到标准的公牛时才可能做完的技术，着实漂亮，或者说这种技术只有在他们遇到这种公牛才愿意试着去做。按规定刺杀公牛就是他没有试着做过的一件事，但完成全部其余动作时都表现得好。1930年时，他被作为救星到处宣传，可要评论他先检测一件事是必需的，那就是首次被牛角刺伤。所有剑杀手，在他们的斗牛生涯中都会被牛角刺伤，无论早晚，这是十分痛苦、十分接近于死亡、十分危险的伤害，而一名剑杀手要是还未遭受过一次重伤，那你对他所做的某个评论就不会是永久的。由于你不知道第一次重创会怎样影响他，不管他的勇气在当下能保持多少。可能一个人可以和公牛同样勇于面对所有危险。但是凭他的勇敢，这样一种危险他依然无法冷静面对。只要斗牛开始了，那么一个斗牛士一定要鼓足勇气才能把危险抛在一边，才能镇静下来，才能冷静地看着攻击的公牛，那他也就别希望能做一个成功的斗牛士了。观众都不想看勉强鼓起勇气进行的斗牛，因为看这种斗牛是很难受的。他们花钱要看的是非人的悲剧，而是公牛的悲剧。何塞利托被公牛顶伤了三次，却杀死了157头公牛，不过第四次他被公牛捅死了。贝尔蒙特在他任何一个赛季都会被捅伤几次，可使他的勇气受挫的伤痛却没有一次，他的反应能力丝毫不减，他的斗牛激情也从未受过削弱。我希望牛角永远不会捅伤小比温尼达。但是如果本书出版时他已经被公牛捅伤了，而且并未因此形成什么困难，那时才是合适的时机说何塞利托继承者这个问题。按我的看法，何塞利托的继承者我觉得不会是他。当然了，除刺杀以外的所有技术都是驾轻就熟的，并且他的风格是成熟的。但综合他的表演来说，我总觉得像坐在剧院观看一样。很多层面，他的技术是在摆弄花招，他的花招和以前看见过的相比更有观赏性，也更加巧妙，看着非常轻松愉悦。但是我非常担心，第一次严重创伤会把这种愉悦轻松吓跑，玩弄花招将会显得越发容易发觉。老比温尼达首次被牛角捅伤后，就跟帕尔玛同样泄气了。但是在训练斗牛士方面情况也许和培育公牛相同，他从父亲那里继承了风格，从母亲那里继承了勇气。现在就说他以后会丧失勇气是很不恰当的，不过上一次我看比温尼达斗牛的时候，这位被疯狂宣传的救星的笑容是牵强的。如果让我做一个判断，我只有说，我不以为这位救星最后可以取得胜利。

马诺洛·比温尼达1930年是当地的斗牛救星。但是到了1931年一位新的救星：多明戈·洛佩斯·奥尔特加又出现了。为了宣传，在巴塞罗那他登台亮相，花费很大，奥尔特加的事业就是从延续贝尔蒙特未完成的事业起步的，那儿的评论家写道：他把何塞利托和贝尔蒙特两人技术的精华合二为一，回首斗牛史，还从未曾出现过像奥尔特加那样可以如此高明地把艺术家、掌控者、杀手集于一体的，也未有这样的斗牛士。奥尔特加并没有像那些胡说八道的文章里说的那样令人难以忘怀。他在一个不到五百人的小镇出生，那个干旱地区处于托莱多和阿兰胡埃斯之间，名叫博罗克斯，他的绰号就是博罗克斯乡巴佬。32岁的他曾经在卡斯蒂利亚的村庄中，尤其在托莱多附近的村庄里斗了几年牛。1930年秋，在马德里一个二等斗牛场特图安让他大放异彩，斗牛场那个时候是由多明戈·冈萨雷斯，别名多明吉的前剑杀手建立、指导的。多明吉把他带去了巴塞罗那，在赛季结束后，把那里的斗牛场租了下来，在那里组织了一次斗牛赛，让人称墨西哥屠夫的一名墨西哥斗牛士与奥尔特加联袂登场演出。说到斗小公牛，他们俩战绩都非常好，一连三次在巴塞罗那的那座斗牛场引起轰动。由于在冬季时，多明吉费尽心机推行了宣传活动和新闻大肆宣扬，把奥尔特加的形象精心建立了起来，使他在1931年巴塞罗那斗牛赛季展开之时终于变成了一名正式剑杀手，革命爆发伊始我就到达了西班牙，还发现谈论他和政治就是当时咖啡馆的热门话题。他还没在马德里的斗牛场上出现过。但是他在外地捷报频频的短评却在那里的报纸上每晚刊登。多明吉为宣传奥尔特加花了不少钱，每晚晚报里的英雄人物都是奥尔特加。他在别的省份斗牛，其中离马德里最近的就数托莱多，可是我了解到在那儿非常内行的、看过他斗牛的业余斗牛爱好者对他的说法是好坏不一。不过大家都同意他的某些动作做得的确好看。但是那些最精通斗牛的业余斗牛爱好者却说，他的技术没办法让人诚服。5 月 30 日，刚刚在墨西哥完成一场宣传活动就来到马德里的锡尼·富兰克林与我结伴去阿兰胡埃斯看传说的这位斗牛场上的表演。他太不堪一击了，他被马尔西亚尔·拉兰达戏弄得就跟戏弄维森特·巴雷拉一样。奥尔特加在当天表现出他的不错的缓慢挥动红披风的技术和沉着，他把堵截公牛正常跑动路线的技术展示了出来，双手挥动穆莱塔，引得公牛猛然转身，非常有效地打击了它，他还用右手做了一个精彩的挥动红布的单手动作。他放低红披风，让公牛随着命令跑动。直到靠公牛真的很近的时候，他又做出一个很优美的侧身动作，接着站住，却并不是如之前宣传的一般要做高傲地刺杀准备，反而手法巧妙、动作利落地挥剑把公牛杀死了。除此之外，不会用左手、高傲和花架子，他只能算是愚昧、装腔作势。很明显，他把报纸上是如何宣传自己的都信以为真了。

除了动物园的猴子之外，从相貌上看，他的脸真能够算是长得最丑的了，他成熟、身材俊美，可惜带着像时尚演员那样的自鸣得意，还关节粗大。锡尼知道如果上场的是他，表演会更加出色的，所以在回家时，坐在汽车里他一路上光说奥尔特加的不好。我想对他做出不带有任何偏见的评价，因为我知道一场表演不足以对斗牛士进行判定，因此他的缺陷和他的优点我都谨记下来，并对他保持冷静认识。

晚报当天夜里比我们更早到了酒店，它又一次刊登有关奥尔特加又取得了一次极大的成功的报道。实际上，在最后一头牛上场时，场上的观众已经开始嘲笑他，并且嘘声一片了。不过在《马德里先驱报》上我们看到的是，他取得巨大成功之后割下了公牛的耳朵，拥护着他的观众把他放在肩膀上走出斗牛场。

在马德里，我又观看了一场他以正式剑杀手的身份的正式表演。他的情况和在阿兰胡埃斯时一模一样，只是他已经把快速刺杀公牛的窍门忘掉了。他在马德里并没有把报纸上宣传的高超的技艺展示出来，可还斗了两场，另外在开始时，他不停地给人他害怕的感觉。在潘普洛纳他的表演令人厌恶，糟糕透顶。他的表演 无是处，显得无知、粗俗、低级，但他斗一场能得到 23000 比塞塔的报酬。我在马德里收到胡安尼托·金塔纳写的信说到了奥尔特加，他是北方最有名的业余斗牛爱好者之一，他说他们都特别开心把他弄到潘普洛纳，还跟我说要请动奥尔特加，要多少钱他的经纪人才愿意。我说过的有关他在马德里及其附近地区令人失望的表演的事，只是暂时令他觉得沮丧而已，而他迫切地想看看奥尔特加的表演。可是我们就去看了一次，他就感觉非常失望，当我们去了三次之后，奥尔特加的名字胡安尼托几乎都不想听到了。夏天在我看他的几次表演里，他在场上的一切行为，还算可以的也只有一次了。那次表演在托莱多，斗的公牛是千挑万选的，牛不具攻击性，也都不大，因此他在场上的所有表演都得打些折扣。他表现还可以时，指的是说他非凡的沉稳，还有缺乏走动。双手挥动红披风是他最漂亮的技术，目的是截住公牛并逼它自己转身。但是，就因为他要这一招要得最在行，所以他对每头牛都这么干，无论是不是需要这样对待公牛，重复做了一次又一次，造成其余的项目公牛的体能不能再继续了。他朝公牛弯腰，右手挥动穆莱塔，动作非常好看。但是他没能把其他招式和这一技术相连接，并且现在他都不很会用左手做出自然而有效的动作。快速转身在公牛牛角之间是他十分娴熟的，但这事实上非常无聊。而且做那些俗套的动作他还总喜欢浪费时间，并依靠这些来代替斗牛时招式的危险。当斗牛士知道观众会接受他并足够无知时，他就会这么做。他有充足的体能、力量和勇气，我的朋友都对我说，在巴伦西亚他确实表演得十分优秀。还说如果他不那么骄傲，而且年龄再小一些，要是还能学会运用自己的左手，那他一定会是一名出色的剑杀手。他是可以像罗伯特·弗茨西蒙斯一样，不计任何年龄标准而依然这么做，可是他是算不上救星的。原本叙述他我是不想浪费这么多笔墨的，但是他在公关方面花费巨大，刊登了上千条专栏，并且有一些还是很有招式的。如果我本人不在西班牙，仅仅靠报纸上的报道来了解斗牛的情况，我想我没准真会把他看成一回事呢。一名继承了何塞利托优点的斗牛士，因试探他的勇气，第一次受到牛角伤害而变成了一个胆小鬼。另一位因染了性病而丢掉了他的遗产，第三位因别的斗牛职业病而死。在这两名新救世主里，比温尼达不行，奥尔特加也无法令我信服。但是我期望比温尼达运气好。他接受过良好的训练，是个不骄傲而可爱的孩子。而且他正处在困苦的时期。

老太太："你总是一边说他们的错误，一边又希望人家好运，我感觉你的批评对他们来说太严苛了。年轻人，你写了这么长的关于斗牛的事，说了这么多。但是你自己依然不是一个斗牛士，这是怎么回事呢？如果你认为自己对它了如指掌，还非常喜欢斗牛，那你为何不去做这个职业呢？"

"夫人，最简化的阶段我试过，但失败了。我身体太重，动作太笨，体形不好。并且我年龄太大，该灵活的部位都非常结实。在斗牛场里，很显然我就只能成为公牛的人体活靶子或目标了。"

老太太："今天你为什么还能活着？难道公牛不会痛扁你吗？"

"夫人，牛角尖都被磨钝了，或者是被包裹住了，否则我早就被攻击得肠飞肚烂了。"

老太太："原来你斗的是牛角被磨钝的公牛啊。我以为你挺厉害的呢！"

"夫人，斗牛是种夸张的说法。我只是被公牛掀翻了，而不是在斗公牛。"

老太太："那你以前斗过没裹牛角的公牛吗？它们没有把你伤得很重吗？"

"在斗牛场我曾斗过这种牛，即使没受伤，可由于我脚下绊蒜，动作笨拙，撞在牛鼻子上，就使劲抓住两只牛角，所以激情十足得就跟古画'万古磐石'里的人那样，紧紧抓着不松手，最后也受了很多伤。这使得观众们捧腹大笑。"

老太太："那公牛是如何对付你的呢？"

"如果它甩不掉我，我就趴在它脑袋上跑，任它一路颠簸，直到其他业余斗牛士把牛尾巴拽住。如果它力气够大，就能把我甩得很远。"

老太太："你的这些丰功伟绩有见证者吗？还是你这个作家胡乱说的？"

"很多人没准已经死了。但是目击者成千上万，由于他们不知节制地大笑，致使五脏六腑都笑伤了。"

老太太："你决定不干斗牛这个职业的原因是这些吗？"

"我认为我的身体不合适是我做这个决定的主要原因，事实上随着年龄变大，想要兴奋地进入斗牛场已经变得越来越难了，除非几杯苦艾酒下肚之后。而且我的朋友们也都好言相劝。虽然酒增大了我的勇气，但是也让我的动作显得很变形。"

老太太："如此一来，你似乎已经放弃进入斗牛场的打算了，甚至连一个业余斗牛士都不算咯？"

"夫人，随着年龄的增加，我认为我必须越来越多地专注于文学创作，但是没有什么决定是绝对的。别人告诉我说，出版商现在什么都会出版，甚至不会让你删作品，就因为有了威廉·福克纳先生的优秀作品。我期望着能写我在这片土地上年轻时度过的最棒的妓院时光，还有在那里认识的漂亮的朋友们。我会把这个题材保留到我老了时再写，那时我就能把它看清楚，因为年代久远。"

老太太："那位福克纳先生写那种地方写得很好吗？"

"夫人，相当精彩。福克纳先生写得非常棒。他在这方面写得最棒，如果和许多年来我读的作家相比。"

老太太："我想我有必要买一本他的作品。"

"夫人，你刚买到他的书，他的新书又会出版了。你看福克纳的书保证不会错的，他很高产。"

老太太："如果他的作品真有你说的那么好，那再多也不嫌多。"

"夫人，你说的正是我要说的话。"

第十五章

用来抵御公牛的威胁是斗牛中红披风的用处。后来，斗牛节正式稳定下来，红披风的用处就是用来在公牛出场时迫使它不停地奔跑，在长矛手掉下马的时候将公牛引开，将它引到剑杀手刺杀的位置，将公牛引到下一位对付它的进攻的长矛手面前，在任何一名斗牛士身处险境时将它引到短标枪手投放标枪的位置以及扰乱公牛的注意。斗牛的高潮与整体目标是最终用剑刺杀，也就是真相大白于人的时刻，原则上说，红披风是用来帮助准备真相大白于人那个时刻和迫使公牛奔跑的辅助手段。

在现代斗牛中，红披风的应用越来越危险，它已经越来越重要了，而原先的实在的时刻，或真相大白的时刻，即刺杀，倒成了捉摸不定的事。剑杀手们担负起将公牛从长矛手及其坐骑身边引开的责任，并在公牛袭击之后又担负起保护人与马的责任，他们轮番作业，将它引到场内并阻止公牛朝马与人进攻，接着将公牛放在假定要向下一位长矛手攻击的位置上，斗牛的这一幕叫作调离，即 quite。剑杀手们站在马与骑手的左面，一字儿排开，那个把公牛从顶翻的人与马旁引走的剑杀手在把它引出来做完 quite 动作之后，就返回队伍的后面站好。这个 quite 读作"击退"，在原先只是为了保护剑杀手而进行的，表演起来要尽全力做到英勇、优美和迅速。不过，现在它已经是件杀手分内之事了。他把公牛引到场里之后，移动方式任选，用红披风在公牛面前至少移动四次，但一般是取双手提红披风的方法。而且要根据自己的能力，移动时尽量靠近公牛，尽量显示其危险，尽量做得镇静。现在决定一名斗牛士报酬的高低、评判他，主要根据的不是看他刺杀公牛的能力，而是根据他缓慢、镇静、贴近地移动红披风的本领。经胡安·贝尔蒙特首创变得完美或者说是他发明的穆莱塔运用和红披风技艺对运用法的要求日益提高；对一名斗牛士运用红披风与穆莱塔技艺高超但刺杀有不足之处表现出谅解；以及对于每一个斗牛士都应在调离时运用红披风完成整套表演动作引公牛冲击的期望与要求，这些都是现代斗牛的重要的变化。

事实上，如今的调离手法几乎与过去的刺杀一样，成为体现实力的重要时刻了。危险情景稍有欺骗或弄虚作假就能看得如此地清楚，纯然是由人来选择与控制。而且可见一斑，危险是如此实在，所以我们可以说，在现代调离斗牛的过程中，斗牛士们比赛各自的实力，能以多么缓慢的移动，多么贴近的姿态，多么纯正的手法，公牛暴躁的庞大躯体从人身边擦过，只见斗牛士镇静地注视着，牛角险些，有时也真擦着他的大腿，而在此同时公牛的肩胛已碰到了他的胸口，可他并没有阻挡公牛的举动，也没有用任何手段来对付会随牛角而至的死亡，他只是缓慢地移动双臂，目测与公牛之间的距离；让牛角从腰间擦过；通过手腕的力量，掌握红披风的挥动，调遣公牛，遏止公牛的冲击速度；这些红披风运动手法比过去任何年代红披风技艺都极为激动人心，也都漂亮。斗牛士要寻找一头朝前直冲的公牛，要找一头牲畜能让他们做出这一系列动作也正是他的目的，使人与牛角之间距离能够靠得更近一些，近到互相碰撞；现代的红披风技法，极危险、极漂亮、又极有不把一切放在眼里，也只有这一特征，才使得斗牛流传甚广，并在历经了一切都在衰败而只有红披风的运用成了唯一表现这么一个真实的时刻之后日益发展起来。如今剑杀手们运用红披风斗牛的手段见所未见、闻所未闻。贝尔蒙特首创的做法已经被那些技艺高超的人运用了，红披风放得很低，贴近公牛的活动范围，只要您能够使出臂力，比贝尔蒙特做得更漂亮，如果有一头符合他意愿的公牛就比贝尔蒙特还要优秀。就红披风的使用来说，斗牛并未见其败落。有的只是持续不断和全面的提高，也并无所谓复兴之说。

各种使用红披风的方法，如 mariposa, farol, gaonera, 还有一些老招式，如 galleos, serpentinas, cambios de rodillas, 等等，我不准备像介绍双手提红披风那样作详细说明，要是没有亲眼见过的话，纸上写的使用红披风的手法，是不可能像照片那样让你一看就明白的。快速摄影术发展到了现在，要是能用照片加以研究的东西马上传达，却依然去用文字叙述，那就很蠢了。但是，全部红披风技艺的试金石就是双手提红披风。正是由于这种方式，不管是手法上的纯正，以及斗牛的危险，它的优美才表现得淋漓尽致。而斗牛表演，它的最大优点就在于运用起来能叫公牛在出击时完全从斗牛士身边掠过的招式，正是在斗牛士运用双手提红披风手法的时候，公牛才完全从他身边冲过。差不多其他全部使用红披风的手法，都是同一原则的不同表现形式罢了，否则便多多少少是弄虚作假的方式。这方面的一个例外即是马尔西亚·拉兰达发明的蝶式技法的调离，即 mariposa。照片上，这个技法可以看得明明白白是怎么个样子，看了让人觉得这不是红披风的主要特点，而是穆莱塔的精华。这个技法的妙处体现在可以比作蝴蝶翅膀的折叠的红披风飘离公牛的时候，红披风不是突然抽回，而是顺势移开，尤其在红布慢慢挥动的时候才看得出来，而在做这一动作时，人则从这一边退到那一边，不断变换位置。这一动作如果做得好，一样具有危险性，但红披风每一记回旋动作就与穆莱塔纳图拉尔式有异曲同工之妙。我看别的人都不行，只看到马尔西亚·拉兰达完成得很好。那些模仿的人，特别是巴伦西亚那位两腿紧张、长了个鹰鼻、肌肉硬邦邦的维森特·巴雷拉，他们做一个蝴蝶式姿势好像按了一下电钮，突然间红披风从公牛鼻子底下抽走了。他们有一个不慢慢地完成这一动作很充足的理由是如果这一动作做得缓慢些，就有死的危险。

一般是采用红披风展开法来完成最初的调离的。在这种状况下，红披风全部展开，这些招式可以完成得非常漂亮，而且可以有许多种不同的表现法。一端伸到公牛面前，公牛跟着展开的红披风被引开，然后斗牛士做出一个动作使公牛转身站定，而他自己则将红披风在肩上一扛，就走开了。人跪在地上也可以展开红披风，红披风在空中挥动起来就像一条蛇，所以有 serpentinas 式的说法，还有别的一些奇怪的表现法，拉斐尔·艾尔·加利奥把这些做得很好。但是，公牛跟着红披风飘动的那一端奔跑是全部展开红披风的表现法的原则，最终，为了叫公牛转身站定，手拿红披风另一端的斗牛士在红披风飘动的那一端做出一个动作。这一技法的好处是不像双手提红披风的方式那样让牛很快速的转身，所以公牛能够在最后一幕保持良好的体力发动攻击。

今天的剑杀手们独自跟公牛周旋时完成的红披风的招式，对公牛肯定是很有摧毁性的。如果斗牛的目的是叫公牛处于让斗牛士刺杀的最合适的状态，还是跟最初的时候一样，那么，剑杀手运用双手挥动红披风这一方式次数太多就无法使人谅解了。不过，随着斗牛的退步或者进步，现在刺杀并非全部目标，其不过是整场斗牛的三分之一，穆莱塔和红披风的操作要包括三分之二的重头戏，所以，斗牛士的类型已经产生了变化。要想碰上一名剑杀手既是一名运用红披风或穆莱塔的大师又是一名出色的杀手，那机会是千载难逢的。这就好像你要找一名既是一流的画家又是出色的拳击手一样，相当难得。要把红披风挥动到尽善尽美，要当一名运用红披风的能手，那是需要有美学意识的，但这样一来，对一名杰出的杀手只能造成障碍。优秀的杀手必须喜欢刺杀。他必须具备超常的能力与勇气，同时用两只手去完成两个明显不同的动作，这比同时用一只手来回摸肚子，另一只手拍脑门要难得多，他必须具有支配一切而纯朴的荣誉感，因为玩弄一下手法而不正面刺杀将公牛杀死的方法有很多；不过，斗牛士第一必须喜爱刺杀。大部分具有艺术性的斗牛士，上自奇奎洛，下至拉斐尔·艾尔·加利奥，对于要将公牛杀死差不多都觉得怪可惜的。他们是职业斗牛士，是能够娴熟、灵巧地运用红披风和穆莱塔的人，他们不是剑杀手。他们害怕刺杀，他们不喜欢刺杀，他们有九成的刺杀是完成得相当差的。斗牛术因他们带来的创新技艺而获益匪浅，而胡安·贝尔蒙特作为这些斗牛大师中的一个，也学会了刺杀，而且很不错。即使他从来不是一名优秀的杀手，不过他身上倒是有要把每一件事都做得非常完美的自豪感，并且有十足的天生杀手气质可以去发展，因此，他的刺杀终于还算过得去了，成了有把握的杀手，虽然他在很长时间里显得力不从心。可是，贝尔蒙特脸上总有一团杀气，而在他之后长大的别的任何一位讲究斗牛之美的人脸上看不出一点心狠的样子。而且，因为如果他们必须做到按应有的方式去刺杀公牛，他们就会被赶出斗牛这个圈子，因为他们做不到老老实实地刺杀，所以，公众开始希望、期待他们把穆莱塔和红披风的技艺作最大的发挥，斗牛的结构也因此发生了变化，而不去管公牛最终是否调动起来适合于刺杀。

"太太，斗牛写了这么多，你不感觉很无趣吗？"

老太太："不会，先生，你写的我一次只能看这么一点，我不能说这些都叫人感到乏味。"

"我知道。技术性的文字读起来是有点难。这就跟机械玩具的简单和看不懂的说明书一样。"

老太太："我不会说你的书就如此糟糕，先生。"

"这是你对我的鼓励。谢谢。但是，我就没法子叫你感到有兴趣吗？"

老太太："就是有时候会厌倦。兴趣是没减。"

"那就让你乐呵乐呵。"

老太太："你是让我乐。"

"太太，谢谢。但是我的意思是说谈话方面或者在文章上。"

老太太："呃，先生，既然咱们今天结束得早，干吗不给我讲个故事呢？"

"太太，你想听什么呢？"

老太太："先生，随便讲吧，只是死人我有一点听厌了。我不想再听死人的故事。"

"啊，死人也感到厌倦，太太。"

老太太："我可以说说我的愿望，它们总没有让我感到厌倦。你有没有写像福克纳先生的那一类故事？"

"太太，有几个，不过故事讲得不好你会不高兴的。"

老太太："那就别讲得太无趣嘛。"

"太太，我给你讲几个，看看我可不可以做到又不单调又简短。你想要先听我讲什么故事呢？"

老太太："你有没有那些命运很不幸的人的真实故事？"

"有几个。但是，通常跟所有讲非正常的故事一样，说来这些故事缺少戏剧性，因为讲非正常的故事结果都差不多一样，正常情况下会发生什么就难以预料了。"

老太太："不管怎样，讲一个吧。最近我在读命运很不好的人的故事，我觉得都很棒。"

好吧，这个故事不长。但是写得好的话这个故事会很悲伤，但我会很快地讲一遍这个故事，而不会设法写它。在巴黎，当时我在英美报业协会吃中饭，当时讲这个故事的人就坐在我的旁边。他是一个傻子，我的一个朋友，是个可怜的记者，跟他一起无聊话又很多，住了一家相对他的工资来说太奢侈的旅馆。他当时有工作，由于当时还没有出现后来证明他是多么穷的状况。吃午饭时他告诉我，因为旅馆隔壁房间的人吵了整整一夜，晚上一点儿也没有睡好。有人大约半夜两点钟敲他的房门，请求到他房间来。记者开了门，一个大约20岁的黑发年轻人，身穿一件新的晨衣和睡衣，一边走进房内一边哭。刚开始因为他哭得太凶听不懂他说的是什么，只是记者有一个印象，这年轻人遇见一件可怕的事好不容易才被他避免了。好像那天这个年轻人是乘联运火车和朋友一起到巴黎来的。那个朋友是他最近才认识的，比他年龄大一些，认识时间虽短，但他们已经是很好的朋友，并且他已接受了朋友到国外来做客的邀请。他没有钱，而他的朋友很有钱。但是他们之间的友谊在那一个晚上之前是很不错的。现在他钱没有了，他也不想游历欧洲。他在世上的一切都毁灭了，说到这里他又哭泣起来，而且说什么也不肯返回到那个房间去。这一点他很坚持。他真想先结束自己的性命。就在这个时候又有人敲门，那也是一个五官端正、很漂亮的美国青年，也穿一样昂贵、一样新的晨衣的朋友，走到房间。记者问他到底怎么了，他回答说没什么；他的朋友是太累了。这时候第一位朋友还是说他也不再回那个房间去，又开始哭起来。他说，他要死。他真的要去。但是经过他年龄大的朋友很通达的再三请求、保证之后，记者好心劝他们不要再吵，睡一会儿觉，又给他们一人喝了一杯白兰地加苏打水，他最终还是回去了。记者说，他搞不清楚他们究竟在争吵什么，但心里想一定是很可疑的事。不管怎样，他自己也睡了，然后隔壁听起来似乎在打架，把他聒噪醒了，有人在说："是那么一回事我当时也不知道。啊，我真的不知道是那么一回事！我不要！不要！"根据记者的描述，接着便是一声绝望的尖叫。他用手敲敲板壁，他听得见一位朋友在抽泣，但吵闹停了。他感觉就是晚上哭的那个人。

"要不要我去叫人？你们出什么事了？"记者问。"要帮什么忙吗？"

没有回答，除了那位朋友的抽泣声。接着另一位朋友说："请别多管闲事。"

记者听了很生气，要是他们再啰唆，他也要赶他们走，他想他要告诉服务台，把他们两个都赶出旅馆去。其实他只叫他们别吵，自己又睡去了。他依然睡不好，由于一位朋友抽泣了很长时间。但最终停了。第二天早晨他瞅见他们在和平咖啡馆外快活地交谈，看巴黎版的《纽约先驱报》，并吃早餐。一两天之后，他指给我看过两人同乘一辆敞篷出租车；从此以后我常常看见他们两人坐在二楼咖啡馆露台上。

老太太："故事没有了？没有我年轻时大家说的故事那种大结局？"

"啊，太太，省略了大结局你真会不开心吗？我已经多年不给故事加上大结局了。"

老太太："坦白说，我喜欢有个大结局，先生。"

"那好，太太，那我就说一个。我看到他们两个人最后一次是坐在二楼咖啡馆露台上，穿得与之前一样端正，一样挺括，不过其中年龄较小的死也不肯回自己房间去的那个，头发染成红褐色了。"

老太太："这个大结局很令人失望。"

"太太，加上一个太有力的大结局就失去了平衡，因为整个故事就很令人失望。需不需要我再讲一个故事？"

老太太："今天这一个就够了。谢谢了，先生。"

第十六章

从以前的书中你可以看到，原来的公牛能被长矛手刺三十次、四十次、五十次乃至七十次，但如今，能被刺到七次的公牛已经是让人佩服的牲畜了，那时的情况似乎不太一样，像我们上小学时的中学橄榄球队队员那样的人才是斗牛士。时光飞逝，现在在中学橄榄球队里，只有一些孩子在玩，已经没有优秀的运动员在玩球了。一样，要是你和年纪大些的人在咖啡馆里一起待着，你就会明白了现今技巧超群的斗牛士也已经没有了。如今的斗牛士都是些没有技术、没有素质、没有自尊的孩子，跟那些如今玩橄榄球的孩子一个样。橄榄球在中学的各种球队里已经沦为了一项软弱的运动，原来那些球技高超、成熟、老练的运动员和现在玩球的孩子们毫无相似之处。那时的运动员手肘上缝着粗帆布片，护肩里散发出一阵阵酸臭的汗味儿，把皮头盔抱在手里，厚毛头布的裤子上满是泥巴，穿着皮料底子的鞋，身穿紧身短上衣，在黄昏下，把他们的脚印留在人行道旁的泥土里面。那都是很久以前的事了。

当时的资料显示，确实有公牛挨过不少刺杀，当年总会出现些巨大的畜牲，不过那时的长矛跟现在不同。在最初的时候，长矛顶端只有一个非常小的包裹起来的三角尖铁，包得相当严实，只有那个短小的矛尖能刺进牛皮。面对公牛的骑马长矛手等待公牛的冲刺，接着把长矛朝公牛刺过去。斗牛士调转马头来到左侧，躲开了公牛的攻击，用长矛把公牛抵住，让它从身旁冲击过去。因为尖铁刺得很浅，长矛手的挑刺仅仅算是他向公牛打招呼罢了，并非想要看准时机刺杀和痛击公牛，现在的任何一头公牛，都能承受这种长矛的多次挑刺。

长矛手手里的长矛被多次改造过，演变成了插图里画的那个样子。由于其致命与否的决定性因素是长矛的造型，它还决定公牛在勇猛和体能都未过受损伤的情况下，能够向长矛冲刺的次数，因此长矛手和公牛饲养人之间一直对长矛的形状存在争论。

现今运用的长矛即便是简单的被挑刺到，其破坏力也相当大。因为长矛手等公牛来到马的面前时才能挑刺，又叫刺射，因此它的破坏力会更加大。当人把全身力气都用在长矛杆上，让长矛尖头扎进公牛肩胛骨间突起的位置或颈部肌肉时，公牛依然要用劲把给马顶飞。要是所有的长矛手都有很少几个人的那种高超的技术的话，在投射前就不必让公牛靠近马了。但是，由于长矛手这个职业的报酬少得可怜，最后也许还摔了个脑震荡，所以他们都不会运用正确姿势刺杀公牛。一名真正的长矛手做完这些事自己不会掉下马来，也不会弃马，不过他们却全得凭运气，也许跟公牛掀翻人和马要使出的那股力气一样地用力，也许长矛刺的正是地方，让公牛颈部肌肉疲劳。把马裹上了防护垫，反而让长矛手的任务危险性更高，难上加难。如果马没有使用防护垫，马会被牛顶飞起来，马肚子就会被牛直接刺到，或者有时它会由于用角刺伤了马而扬扬自得，这时长矛手就可以拿长矛把它挡在一边。如果马裹着防护垫，公牛就不断撞击马，它的角再刺其他地方就没有可能了，最后它会把马和人统统掀翻在地。即便给马包裹防护垫，但斗牛的另一个弊病最终还是会出现。斗牛场上马被公牛杀不死，但是提供马匹的人还是会接着把他们送回来。这些马嗅到公牛气味会变得惊恐不已，根本不能控制，它们对公牛十分恐惧。新的政府法规规定，长矛手可以拒绝接受这种马，还要给它们做记号，这样就能避免再被养马人送到斗牛场，或再用它们了。不过，由于长矛手报酬很少，要想打破这个规矩，只需塞小费，即 propina 就行了。长矛手的固定收入小费这一块儿少不了，只要他接受了小费，也就从提供马匹的人那里把按政府规定他有责任、有权利拒绝的马收了下来。要承担起斗牛中每一件可怕的事是收费代表着的责任。法律都明确规定了斗牛场上运用的马的体格、健壮程度、健康状况和体型大小，如果长矛手也受过良好的训练。而且使用符合规定的马，那除了是马在障碍赛中因违反骑士的心意而死掉，或是偶然状况，否则让马死掉是完全没有必要的。履行这些法规为了保护自己就是长矛手的事了，由于他们自己是最关心这些的，不过，和他所面临的危险相比的话，报酬实在太少了。所以，为了那些额外的收入，即使会面临更大危险、更大困难的马，他也愿意收下。每场斗牛赛提供马的人都要送过来准备好的 36 匹马。他的马无论结局怎样，他收入的都是一个固定钱数，他内心最关心的事是尽可能弄过来些便宜的马。而且在场上越少用他的马越好。

最后，事情是这么结束的：在斗牛当天的上午，或是在斗牛的前一天，长矛手到斗牛场牛栏里检测和挑选他们要用的马。一块铁牌挂在牛栏的石墙上，上面标着符合规定的马匹一定要达到的最低肩高。长矛手翻身上马，把大马鞍装在马背上，检查它对踢马刺和马嚼子有何反应；随后驾马转身，跑向石墙，后退，并用手把长矛顶在墙上，检查马的四肢是不是站得牢稳。接着他跳下马，就跟送马的人说："只为一千元钱就骑这匹糟糕的老马去送死我做不到。"

"那匹马怎么了？"提供马的人问，"半天了，你也没有找到一匹好马。"

"的确找不到！"长矛手说。

"那是一匹俊美的小马。它怎么了？"

"它不认真咬马嚼子。"长矛手说，"它太矮小了，还有它不会后退。"

"你看，它大小正合适，个头正好。"

"个头合适干什么？"

"个头正合适当然是骑啊。"

"我是骑不了的！"长矛手一边说一边转身就要走。

"比这匹还好的马你是不会找到了。"

"但愿是这样。"长矛手说。

"什么是你真正的理由啊？"

"马鼻疽病啊。"

"胡说八道。那只是些头皮屑而已，那不是马鼻疽病。"

"你应该给它喷些药，那玩意儿会杀死它的。"长矛手说。

"说到底你的理由究竟是什么啊？"

"我有三个孩子和老婆。我可不会为了这区区一千块钱而骑这匹马的。"

"果然识相！"提供马的人说。他俩开始压着声音说话，他交给了长矛手 15 个比塞塔。"行吧。"长矛手说，"给这匹马做个标记。"这样一来，在下午时你就能看到这匹小马被长矛手骑着。如果小马被挑破了肚皮，穿着红上衣的斗牛场勤务工也不会把它宰掉，看见他一路跑着把马牵进把马放进来的门里，给它包扎好，如此一来负责提供马的人又可以把马放进斗牛场。斗牛场勤务工已经获得收取小费的允诺了，或者已经拿到小费。只要马受伤后是被活着牵出斗牛场，而不被宽容而体面地宰掉，那么，他们就会这样处理每一匹马。

我知道几个很好的长矛手，他们公正、勇敢、诚实。但是日子都很不好过。那些我遇见过的提供马的人你也许能懂得，即使他们中间会有几个好人。要是你能够容忍他们，你一定也会容忍全部的斗牛场勤务工。我感觉身处斗牛圈中的人，只有他们才是斗牛场上仅有的既活跃又没危险的人，才会变得冷漠无情。我就碰到过几个勤杂工，特别是其中的父子两人，我们都想把他们枪毙了。要是我们有一个机会，你可以开枪打人，那就朝他俩开枪。在杀掉意大利政治家、政府官员、麻省法官、几个警察，还有我的几个年轻时的朋友之前，我保证我会先把那两个斗牛场勤务工瞄准，紧接着打光一梭子子弹。我不会写出详细的姓名来加以具体描写，我如果真的把他们办了，那这就成了事先预谋的行凶证据了。我见过一切卑鄙的劣行，他们的坏行径占大多数。要是你遇到的暴行没有根据，往往都是警察干的，我到过的所有国家的警察，尤其是我自己祖国的警察都这样。按照平常，这两名圣塞巴斯蒂安和潘普洛纳的穿红上衣的勤务工可以去当警察，尤其是特别行动队的警察。不过在斗牛场里他们却把自己的能力，表现得丝毫不剩。他们的腰带上插着一把宰掉受重伤的马的宽头尖刀。不过，据我了解，只要那匹马能走向牛栏、能站得住，他们就绝对不会把它杀死。因为他们是让它们能够重返斗牛场，而不会宰了马，不会让它们活活被制成动物标本，这不单单是它们能够挣钱的问题。直至接受到观众的压力之前我看到，他们都反对杀一匹再回到斗牛场或是没希望站起来的马。这仅仅是一种尽可能拖延时间不去做出仁慈行为的快感，和在享受行使他们权利的快感。大多数的斗牛场勤务工全是可怜巴巴的人，干着可怜巴巴的事，领着可怜巴巴的报酬，即使不该同情，也该赠予可怜。要是他们在怀着忐忑不安的心理下救下了一两匹本该宰掉的马，他们想高兴起来是很难的，而他们得到的报酬也是少到让人想死的地步。但是那两位我刚说到的人，他们营养很好、胖胖的。而且很骄傲的模样。有一次一个斗牛场里发生了暴乱，在西班牙北部，趁着观众起哄之际，我扔出去了我用过一个半比塞塔租来的皮坐垫，从那个小子的脑袋一侧刚刚擦过。因为我期待着整个斗牛场里发生的暴乱，所以进斗牛场时我总是会带一瓶西班牙雪利酒。我就在那些官员们不会注意到飞来的一只酒瓶时，把这空酒瓶扔向那俩人的其中一个。在同那些执法官员们交涉之后，人们已经不对法律能解决什么弊端抱有希望了，这时酒瓶子就是最有效的直接干预的手段。即使不能扔酒瓶子，能喝上几口也是好的。现今的斗牛，长矛手保护马的周全、抵住公牛而拿长矛刺杀的那一下能说是相当精彩的。按理说这样做是很对的。但是也许你经历了很长时间都从未见到长矛这么一刺的。如今长矛手能正确运用长矛是唯一能给他的期待，就是说把长矛尖扎进公牛颈后到两肩之间凸起的肌肉，即 morillo。另外，长矛手也应能阻止公牛靠近，抵住它，他不能靠转动或扭动长矛使更大的创伤出现在公牛身上，造成公牛流血过多而虚弱，借此降低剑杀手面对的危险。

说到长矛刺得很烂，指的是下面的情况，他采用右刺左挑的刺法，怎么都刺不到凸起的肉；或是长矛手刺出长矛之后没能把公牛阻挡住；或是挑开一个不小的口子。不久马的腹部就被牛角给捅到了，然后他把公牛身上扎着的长矛又刺、又绞、又推，事实上他是在不怀好意地弄伤公牛，可看上去似乎他在保护马。

如果长矛手付给他们的报酬非常可观，骑的是自己的马，那他们就可以把马保护得好好的，骑马斗牛就不是违反意愿的劣行，而会成为最精彩、最有技术含量的表演。以我的角度来说，要是真的要把马杀掉了，马还是越差越好。以长矛手的角度来说，一匹阔蹄老马比一匹体格强健的纯种马要好使得多，如果用现在的长矛使法来斗牛。想在斗牛场上用一匹好用的马就必须选一匹非常疲惫的马，或者选一匹老马。长矛手骑马从住处回到斗牛场，又从斗牛场到城中他的住处。马成为长矛手的代步工具，就是为了让马四肢疲惫。在其他省份，上午时，马会被斗牛场勤务工骑着做疲惫的准备。现在马的作用有两个，一个是带人，人骑着它承受公牛的冲击，同时举起长矛，抵住公牛，让它的颈部肌肉感到疲惫；另一个是作为公牛攻击的目标，把它的颈部肌肉用疲劳。长矛手的任务是把公牛弄得疲惫不堪，而并非刺伤公牛，削弱它的精力。公牛身上要是有长矛造成的创伤，那只是附带的小事，而并不是最终目的。要是把它看作目的，就需要被谴责。

达到这个目的尽量用最糟的马，也就是说，其他用场派不上这种马了，可若是它还听驾驭，四蹄矫健，那这糟糕的马将是最理想的。我曾在斗牛场之外看见过别人宰掉了体健身强的纯种马，那景象非常悲惨，任谁看到都心痛不已。斗牛场的马越差越好，因为它被作为马的死亡交易场所。

曾经我说过，如果长矛手骑着各自的马，整个场面就会截然不同。我不想看到一匹好马意外被杀，宁愿看着他们故意把十二匹糟糕的老马杀掉。老妇人她在哪里？她走了。最后，她被我们从本书中剔除了，你可能会说有些晚了。那些马呢？人们一说起斗牛就会谈到它们的。那些马的话题已经说得足够了吗？实际上，他们对可怜的马并不在意，而仅仅是喜欢斗牛。是否总得把基调拔高一些？为何不说一些格调更高的东西呢？

在写一篇标题为《额角太低》的阿尔德斯·赫胥黎先生的小品中，里面是这么说的："在某本这个作家所写的书中，海明威先生曾大胆地说到欧洲大画家的18世纪前的一幅画，极具表现力地只用一个短语（这里赫胥黎先生含有赞叹的意思）谈到曼特尼亚的'让人痛苦的钉子窟窿'，就在他所创作的基督像中，再无其他，仅仅是一个短语。接着作者为自己的鲁莽感到惊恐，就惭愧地、急忙地搪塞了过去（赶紧把那话题搪塞过去，就像一不小心说漏了嘴而提到抽水马桶的盖斯凯尔夫人一样），然后就聊起低俗的东西来。""在以前不是很远的某个时间，那些没受过教育和愚昧的人，希望别人把他们当成是有文化的和智慧的人。现今，智慧的和有文化的人倒是在隐瞒曾接受过教育的事实，拼命装傻……"渴望的方向已经发生了变化。你会如何对待这些呢？当然，那是赫胥黎先生获胜。对此你的解释又是什么呢？让我来说几句实话吧。当看到赫胥黎先生书中这个地方时，我找到他说过的那卷书，但他提到的那句话根本找不到。也许书上面有，但我既没兴趣，也无耐性去找它，找也白搭，因为书都已经出版了。那句话听上去与审阅草稿时应去掉的那些词句很像，我感觉这不单单是不想把文化外貌展示出来或装成具有文化外貌的问题。在创作一部小说时，作家应塑造的并非是一个人物而是鲜活的人。人物就是笨拙地模仿，要是生动的人能被作家们写出来，那即便杰出的人物不会出现在他的书中，可是他的书也许作为一个实体，一本小说和一个整体，仍然会传递下去。如果作家创作了一个批评18世纪前的音乐、现代绘画、文学、科学以及名画家的作品，那对此类主题的评论就应该出现在他的书中。要是作家让他们评说此类主题，而他们不评说此类主题，那他就是个骗子。他如果自己去批评这类主题，借此夸耀自己多么博学，那就属于卖弄。他要是把它放在并不是十分需要和缺它不可的位置，无论他能写出一个怎样精彩的词语或比喻，都会使自己的作品遭到损害，因为想达到自吹自擂才是他的目的。散文非内部装饰，而是一种建筑，要知道巴洛克风格早已完结。也许作家把自己心中所感写成小品文的销售不好。而作家如果硬要把心中所感的通过生硬思考出的人物表现出来，这种书，也许就不能称之为文学，反而变成了一本好的经济学书籍。小说中的人，必须是由作家已吸收和消化的经验，由他的知识，由他的头脑，由他的内心，由作者的全部身心所创造出来的，而并不是指用高超技巧虚构出来的人物。如果他还能有勇气严肃地全部把它们表现出来，那它们就会存在很长时间。对任何方面都应尽量懂一些是一个好的作家应该做的，当然，他绝对懂不了那么多。一个很伟大的作家的知识似乎是天生的。但事实上他不是这样，他不过是生下来就具备比别人接受知识接受得更快的能力，也不会特别的去使用这些知识，他不过有丢弃或接受那些现在已成为知识的天赋。我们拥有的也正是时间，所以得花许多时间学习它，不是所有的东西都能掌握得非常快的。每个人从生活里学到的、那仅有的新东西就显得十分珍贵，那也是他离开时唯一的遗产，因此得花费一生的时间去了解这些最最简单的东西。原创的每一部小说，都为以后的作家增加知识与学习做出了贡献。但是后继的作家也必须永远是自己原创的，如果想要积累某些经验的话，这样才能吸收变成他自己的东西。如果一名散文作家充分知道他写的内容，他也许会把他懂的东西省略掉。如果他写作非常真实的话，读者仍然可以强烈地感受到那些东西，就跟作家早已写出来了一样。一座移动着的冰山是由它那浮出水面的八分之一才显得高贵的。一个作家使用省略的办法，要是他不懂的话，那这只能在自己作品里留一些空缺了。要是因为一个作家迫切地想让人们知道他接受过正统教育，是有文化的，或是有良好教养的，而他自己却不尊重写作的庄严性，那么他不过是一个装腔作势的人罢了。还要牢记一点，一个板着脸的作家和一个严肃的作家是不能相提并论的。一个严肃的作家也许会是一只秃鹰或一只秃鹫，也可能是一只鹦鹉，但是一个板着脸的作家只能说是一只讨人厌的猫头鹰了。

第十七章

对初次观看斗牛的观众来说，斗牛节上，最吸引人的就是投掷短标枪。不熟悉斗牛的人，马被公牛捅着了他会感到震惊。而且不管这一幕对观众产生的是什么样的影响，他的目光可能会继续注视着那匹马，而没有注意斗牛士完成的调离动作；望着红披风的舞动也是真的会眼花缭乱的。穆莱塔的使用也让人捉摸不透，观众由于一切都是第一次看到，而弄不明白哪一个招式难做，所以他的眼睛不知道那一招与这一招有什么不一样。刺杀公牛可能会突然之间就完成，除非观众有一双训练有素的眼睛，否则他是没法子分解斗牛士完成的不同的动作。而且他只把穆莱塔当作新奇的东西看，所以也就看不出究竟是怎么一回事。除此之外，常常剑杀手杀掉公牛一点也没有诚意、没有气派，由于他是降低其重要程度进而竭力轻视刺杀，在这种状况下，观众就不知道好的刺杀公牛将引起的生动与激奋场面了。不过观众把斗牛士投掷短标枪看得是清清楚楚，他很简单就知道投掷短标枪的斗牛士的每一个动作，并且，如果斗牛土技术精良，观众差不多总是看得有滋有味。

观众看见的出场时一个人手里拿着的两根尖头带倒钩的细棍是短标枪；他第一个看到的人朝公牛走过去手里没拿红披风。这个人吸引了公牛的注意（我这里说的是短标枪最容易的投掷法），当公牛进攻时他朝它跑过去。就在人和公牛相遇，在公牛压低脑袋来捅人的时候，那人高举起双臂，并拢双腿，放在手中的标枪直接刺向放低了的牛脖子。

能被观众眼睛能看得明白的大概就是这一情形。

"为什么公牛不去捅人呢?"看了第一次斗牛，甚至看了很多回斗牛，会有人这么说的。回答是，在小于自己身长的距离内公牛没办法转身。所以，假设公牛攻击，只要人过了牛角，他就没事了。如果他选择一条跟公牛跑动路线形成角度的路线，判定与公牛相遇时双腿并拢的时候，这样，公牛脑袋便放低了，他将身体绕过牛角，然后刺进短标枪，这样他就能够躲避牛角了。这就叫作短以力制力投掷法，即标枪的 ponder—a—poder。斗牛士也能够从这样一个地方掷标枪，即公牛出击路线与他跑出的四分之一圆的弧线相交，用四分法投掷标枪，即 alcualteo，这是最一般的短标枪刺法。或者他也能够等待公牛进攻，站定不动，那是最好看的投掷方式。当公牛跑到人的面前出击，马上放低脑袋挑人之时，身体向左边一晃，人提起右脚，这样人身体偏离动作会把公牛诱惑到另一方向，此时右脚着地，人随即把身体往回一晃，刺入标枪。这叫作虚晃刺枪法，即 al cambio。当然，采用这个手法可以向左右任意虚晃。我上面说的是公牛向左偏。

还有另外一种虚晃法的变体，叫作躲闪法，即 al quiebro。采用这一手法人两脚站稳，不提脚，用上身的晃动给它一个错误的方向，瞒过公牛。但我从来没有见到过采用这一种手法。斗牛评论家们谈及躲闪法的短标枪投刺我见到过很多次。但是哪一支标枪是在人不提起右脚或左脚的情况下刺入的我却从来没有看到过。

无论投刺短标枪运用哪一种手法，这时在场上不同的位置上分别立着两个人，手里都有红披风。通常来说，一名剑杀手在场子中央站着，另一名可以是短标枪手，也可以是剑杀手，他在公牛的后方站着。这一安排为的是在人无论运用何种手法避过了公牛牛角并刺入标枪之后，在公牛调过身体要撵人之前就让公牛见到一块红披风。两个或三个手拿红披风的人每人在斗牛场上都有一个明确的位置，不管他们使用何种手法投刺短标枪。我上面说的手法，以力制力法、四分法，还有它们的变体，在使用这两种手法时，不管是公牛，还是人，都处在奔跑状态，而虚晃法及其变体则不一样，人是等着公牛出击，立定不动的，不过，无论使用哪一种手法，都是人尝试表现杰出表演的一般手法。这些手法一般是在剑杀手自己手握短标枪时做完的，说到投刺短标枪的成效如何，那还是由情况而定，不过斗牛士做完这一表演的时候动作果断、得心应手、优美、清晰，并且效果肯定会好，投刺的位置正确。在公牛后颈部，短标枪应该扎住颈肌高高隆起的部位，还要几把扎在一个地方上，不可扎在会影响剑的刺杀的部位，而且不可分开。正确投刺的短标枪应该只钩住牛皮，因为短标枪枪柄本身的重量使它们投刺以后倒挂在公牛颈部两侧。短标枪切不可投刺在被长矛手用长矛捅出的伤口上。要是刺得太深，短标枪枪柄就会在颈部直立，这样一来，让公牛配合使用穆莱塔技艺就不好表演了。原本钩在牛皮上的短标枪不会维持很久，只有一种尖刺的感觉，不过投刺不当会形成疼痛的伤口，使公牛难以捉摸，不好对付，变得烦躁。谈到斗牛，以使公牛感到疼痛为目的的招式是没有的。因为造成公牛感到疼痛是偶然出现的。斗牛士施展的一切招式，除了展示技艺高超的场面之外，其目的是要使公牛疲乏，使它放慢速度，为剑的刺杀做好准备。我感觉，在斗牛场上公牛受到的痛苦、疼痛，大多数都是在投刺短标枪时造成的，虽然有的是无谓的痛苦。但是，正是斗牛的这一幕，英国人和美国人看了最不感觉恶心。我觉得这是由于这一幕斗牛是最容易看懂、最容易明白的部分，如果斗牛从头到尾都跟投刺短标枪一样容易欣赏，容易看懂，容易明白，其危险之所在能被看得出，那么，对于斗牛的态度非西班牙社会就会很不一样。当年我阅读通俗杂志和美国报纸，感觉他们对待斗牛的态度已有了极大不同。这事实上是受了一些再现——或者说非常想再现——斗牛小说的影响。并且，后布鲁克林区一个警察的儿子成了一个技巧熟练、观众喜爱的斗牛士，就在人们的态度发生这种变化时。

除了我所描述的上面三种投刺短标枪手法之外，其他手法至少还有十种，这十种手法有一些早已被淘汰。例如，要投刺短标枪的人引逗公牛时一只手拿一把椅子，等公牛冲击时他坐在椅子上，接着又从椅子上立起来，表演一个假把式把公牛引向别的方向，然后刺入短标枪，接着又坐在椅子上。这种手法今天差不多不见使用了，也不用其他的投刺短标枪的方法了，这些全是某些斗牛士创造的，除他们本人之外，别人都不能做好，因此都被丢弃了。

对于已经找到了一个背靠木板围栏的地方的公牛，投刺短标枪不可使用半圆法或四分法跑动与公牛的攻击路线交叉并在交叉点投刺短标枪，由于人在错过牛角之后他的位置就会夹在木板围栏与公牛之间。处在这里的公牛必须使用斜刺法，即alses 来投刺。使用这种技法之时，因为公牛靠着木板围栏，所以，在通道上必须有一个人手拿红披风站着，去吸引公牛的注意力，等待投刺短标枪的人以一定的角度从公牛另一旁的木板围栏旁出发，尽量一秒不停地跑着跳过公牛头部，投刺短标枪。如果公牛从背后赶，它经常得跳出木板围栏。场子远处还有一个人等着公牛转身就把它引过去，他手拿红披风。但是，由于迫使斗牛士使用这一技法的公牛经常都是很会追人的公牛倒不会被引诱上当，因此，拿红披风的那个人经常是没有什么用处的。

对于不愿意出击的公牛，或者是一头近视的公牛，或者出击的时候专挑红披风后面的人的公牛，使用转体半周法即 media - vuelta 来投掷短标枪。要是使用这一手法投刺，短标枪手为了吸引公牛的注意，跑到紧靠公牛背后处，当公牛低下头来挑刺已经跑动起来的人，朝人转过身体时，短标枪就能投刺了。

因为这样做是违反斗牛原则的，所以这一手法不过是一种应急手法，即人必须从正面接近公牛，无论在针对公牛完成任何一种技法时。

有时候你还可以看到叫作二次投刺法的另一种投刺法，也就是两支短标枪都刺在公牛身上还在摆动、奔跑，此时，人便使用公牛的奔跑（这种奔跑与人刻意挑起的攻击完全不一样），利用四分之一圆或半圆的跑动路线把公牛截住，接着投刺两支短标枪。

剑杀手感觉面前的公牛是可以配合他完成高超技艺的，他通常就会亲手拿着短标枪。剑杀手亲自接短标枪，过去只有在观众要求之下才有的。如今，凡是花工夫练就了投刺短标枪的技法，并且体格强壮的剑杀手，全把投刺短标枪当作应该拥有的本领之一。一名剑杀手要是单独一人为最终刺杀而做好与公牛周旋的准备，那么在斗牛这第三幕表演的每一个技法上他就有可能将自己的风格与个性铭刻。他有时为了把公牛吸引过去，沿着曲曲折折的路线倒跑（徒步的人这样突然改变跑动方向是对于公牛的防御），看上去似乎是在耍公牛，实际上他把公牛诱惑到他有用的位置上，接着摆出挑动公牛的架势，轻轻地一步一步向公牛走去，然后，在公牛冲击的时候，或跑着迎上去，或等着公牛过来。对于一个短标枪手的要求除了应该在何处向公牛投刺短标枪之外，就只有一个，即使他的技巧可能比他的队长还要高明，那就是短标枪的投刺必须妥当而迅速，这样就可尽量以最好的状态，尽早地把公牛交给剑杀手即他的队长，来完成斗牛最后的一点。虽然很少有人从任何一侧投刺都能得心应手。但大部分的短标枪手都能从某一侧投刺短标枪。介于这种考虑，一名剑杀手会带上一名擅长左侧投刺的短标枪手和一名擅长右侧投刺的短标枪手。

曼努埃尔·加西亚·梅艾拉是我见过的最出色的短标枪手。何塞利托和墨西哥人鲁道夫·高纳我同视为现代技艺最杰出的短标枪手。有件事很奇特，任何一名墨西哥斗牛士，投刺短标枪手法都是超棒的。每一个赛季都有三至六名不知名的墨西哥见习斗牛士到西班牙来，就在前几年，不过他们与西班牙最出色的短标枪手一样高明者不论哪一个，或者甚至还要高明过他们。他们刺杀的功夫及技巧与刺杀公牛前的准备，都很不一样，他们让人无法接受的冒险动作也让人瞠目结舌，这些就是墨西哥式斗牛的特点与标志，即使在其他方面全是印第安人式的冷峻。

有史以来，技艺最好的斗牛士之一就有鲁道夫·高纳。这个斗牛士产生迪亚斯政权统治时期，革命高潮正在墨西哥掀起时，他那时候就只在西班牙斗牛，但斗牛中止了。他模仿贝尔蒙特和何塞利托，改变了他自己最初的风格，在1915年的比赛中差不多一样的条件下与他们两人竞争；1916年他在同样条件下与他们竞赛，从那以后，婚姻的不幸，再加上一次牛角创伤，他在西班牙的前途就此完了。他做斗牛士的表现一天不如一天，而贝尔蒙特和何塞利托的手法则不断增强。他比他们年龄大得多，因家庭经济拮据而丧失信心，新的技法，这些都使他承受不了了，所以他回到了墨西哥。他是墨西哥当今所有的文雅之士的榜样，在国内他的技艺高出其他所有的斗牛士。西班牙大部分最年轻的斗牛士都没见过贝尔蒙特和何塞利托，墨西哥人都看过高纳的表演，而他俩看到的只是模仿他们技法的人。在墨西哥，锡尼·弗兰克林的师父就是他，他的红披风技法被弗兰克林在西班牙第一次亮相时让当地西班牙人大惊失色、迷惑不解，而这技法就是受了高纳的影响，是高纳训练的。在又一个不存在内战的时期，墨西哥现今正出现大批的斗牛士，如果公牛把他们没有都捅死的话，那么他们是会变成技术纯熟的斗牛士的。斗牛术在战争时是不会有很大发展的，现在斗牛术在那里比西班牙繁荣得多，因为墨西哥处于和平时期。关键是西班牙公牛力量、体形与脾性不同，所以，来到西班牙的时候这种公牛并不被年轻的墨西哥人看好，常常在表演了最娴熟技巧之后，就被公牛捅伤、挑翻，并非因为技艺有什么不足，而仅仅由于他们要面对的公牛比他们国内的公牛更强壮、更难以判断、更容易被激怒。一个杰出的斗牛士没有一个例外，迟早都会被捅伤的，不过，要是斗牛士过于频繁、过于年轻、过早就被捅伤，那么，他就一定成不了公牛角下幸存的斗牛士。

在你对投刺一副短标枪作评价的时候，有一件值得注意的事，斗牛士的双臂抬得有多高，就在他把短标枪投出去的时候，由于他双臂抬得越高。他就能靠公牛越近。还须留意公牛出击时斗牛士切入的路线的四分之一圆的大小，越大就越安全，换句话说留意圆弧的大小。真正高明的投刺是斗牛士抬起双臂的时候，就把双腿并拢；要是运用的是所谓的"躲闪法"和"虚晃法"，你得注意他一条腿着地之前会让公牛逼得多近，并注意他等待的功夫有多深。从木板围栏边上向公牛投刺短标枪，效果的好坏还得视情况而定，是否将公牛骗过去全得靠从木板围栏后面甩过来吸引公牛注意的红披风决定。斗牛士朝公牛走过去时，他身边两旁不远处各有一名手拿红披风的人，如果是在斗牛场的中央表演的话。但是，在斗牛士投刺了短标枪之后公牛追赶时，上前去引开它就是他俩的任务。依靠木板围栏投放短标枪，可能就要呼啦啦地抖动红披风，在短标枪刺中之后，这样，在人处于尴尬境地之时，起保护作用。不过，每次投刺时红披风呼啦呼啦地作响，那就像是在对人家说，这只不过是个骗人的把戏罢了。

现在的剑杀手中投刺短标枪最拿手的有赫苏斯·索洛萨诺、何塞·冈萨雷斯（"墨西哥食肉狂"）、费尔明·埃斯比诺萨（"阿尔米里塔第二"）、埃尔维托·加尔西亚和马诺洛·梅希亚斯（"深受欢迎"）。弗里克斯·罗德里克斯、马西亚尔·拉兰达和安东尼奥·马尔克斯，他们都是投刺短标枪很有影响的人。马尔克斯在调遣、把握公牛方面有困难。而且在木板围栏边投刺短标枪时，他几乎总是骗公牛把牛角挑着木板围栏以使它不敢靠近木板围栏，在投掷时，他有一名手下隔着木板围栏呼啦啦抖动红披风招引公牛，好让他逃避公牛追击。弗里克斯·罗德里克斯是一名高明的短标枪手，但他大病初愈，要投刺得漂亮，体力还不够强健。体力强健了，他是个短标枪能手。拉兰达有时短标枪投刺很高明，但是他在投刺时在公牛面前跑的四分之一圆弧度太大。

胡里安·赛斯（"萨拉里第二"）、胡安·埃斯比诺萨（"阿尔米里塔"）和福斯托·巴拉赫斯都是短标枪能手，不过都在走下坡路了。也许本书出版时萨拉里早已不出场了。依格那西奥·桑切斯·梅赫斯是个很杰出的短标枪手，他也是以剑杀手之名退出斗牛场。但是他的风格不优美，很呆板。

年轻的墨西哥人中有那么五六个，他们的手法都跟这些剑杀手同样高超，不过出版这本书时，或许这些剑杀手已经躺倒了，或成名了，或不在人世了。

据我所知，在剑杀手手下当一名短标枪手的人，投刺技术最好的有华金·曼萨纳雷斯（"梅里亚"）、安东尼奥·杜亚尔特、拉斐尔·巴雷拉（"拉斐里利奥"）、马里亚诺·卡拉托、东尼奥·加尔西亚（"卜姆比塔第四"）、路易斯·苏亚雷斯（"马加里塔斯"），红披风使用得好的则有比汶尼达的贴心助手博尼法西奥·佩里亚（"博尼"）以及曼奴埃尔·阿基拉（"雷拉"）。恩里克·贝伦格特（"布朗克特"）是红披风技艺最好的助手。短标枪手尤其是艺高超的常常都是想做剑杀手的人，不过剑术尝试多次都没取得成功，只能在斗牛队里一些位置挣钱吃饭。他们往往更加熟悉公牛，并且更有个性和风度，不过比起他们所效力的剑杀手来，他们须小心翼翼，不可在场上喧宾夺主，因为他们处于听人使唤的地位，从斗牛队长那里将观众的注意力吸引到他的身上。在斗牛表演中真正发财的人只有剑杀手。这话也说得过去，因为冒最大的危险即死的是他，担负责任的也是他；不过，短标枪手报酬是250到300比塞塔，而优秀的长矛手却只有250比塞塔，剑杀手可有一万多比塞塔，那么，比较之下，优秀长矛手的报酬之低实在是太荒谬了。要是他们手艺不精，不管给他们多少报酬他们都嫌多，肯定会成为剑杀手的包袱。但是，实际情况是，与剑杀手相比，不管他们的技艺有多精，他们也只能是一个打短工的人罢了。技艺极精的长矛手与短标枪手非常吃香，要是他们各有五六个人的话，在一个赛季里他们要表演八十场之多，不过却有许多能干、优秀的连吃饭都难，因此他们便成立联合会，形成组织，所以剑杀手至少要给予他们一个起码的报酬；剑杀手根据他们上场定的价的不同可分为三类，工资的低与高还要看剑杀手级别的高低。不过，短标枪手多得是，仍然是上场的机会少，等的人多，所以剑杀手给多少钱都有短标枪手干，如果他很吝啬，只要他在纸条上写个数字，然后短标枪手签个字，到了给钱的时候强调纸上是多少就给多少。即使这个行当收入很低，但这些人一面整天在饥饿的边缘上过日子，一面心里还存着幻想，仍然不死心，认为他们能靠斗牛士的自豪感过日子，靠公牛糊口。

有时候你看见的短标枪手肤色黝黑、年纪轻轻、瘦瘦的、技术熟练、充满信心、勇敢，他们的队长剑杀手还不如他们更像个男子汉，使他们看来似乎他过着很不错的生活，享受着生活的乐趣，也许将他和他的情人都骗过了；有时候你见到的短标枪手粗鲁、愚昧无知，但勇敢、能干，只要两腿能挺得住，他们就像一名球员那样坚韧；有时候你见到的短标枪手是有儿女的可敬的父亲，他们对公牛很内行，身体虽然已经发胖，但是两腿还是跑得很快的。他们是小本经营的商人，做的生意即是公牛；有时候你看见的短标枪手看上去勇猛，不过年龄大。而且理智，但腿力不足，或者技术不高明，勉强度日，由于他们在斗牛场上有威信。而且有正确调遣公牛的技巧，所以他们是年轻剑杀手求之不得的人。

布朗克特是个非常严肃、可敬，很矮小的人，有一张几乎惨白的脸，一个鹰钩鼻。据我所知，他对斗牛知道的极深刻，他的一块红披风在调整一头公牛的不足方面好像真有魔力一样。他曾经是格拉内洛、利特里和何塞利托的心腹。这三个人全是被公牛捅死的；他的红披风在需要之时总是能转危为安、扭转局面，不过他的红披风在他们三个人被挑死那些日子里，任何作用也没有起到。布朗克特本人因心脏病而死，他出了斗牛场，还没有换下衣服去洗澡，就在旅馆房间里心脏病发作而死。

马加里塔斯可以说是当今斗牛场上的短标枪手中投刺短标枪技法最优美的了。要说红披风的使用，布朗克特那样的风格没人拥有。他只用一只手就能达到加利奥用双手挥动红披风的细腻手法的效果。但是，他体现出和一名助手符合的谦逊态度，做得美妙，也不喧宾夺主。我是在斗牛场上好像任何事也没有出现的时候观察着布朗克特在如何活动、在关心什么的时候，才理会到跟所有公牛斗的过程中没有被发现的细节所含着的深层次的意义。

来一段对话怎么样？说些什么呢？谈一点让赫胥黎先生开心的话题吗？谈一点能让这一本书买了也不冤枉的东西吗？谈一点绘画吗？好吧，这一章就要完结了，我们来一点对话是可以的。据说朱利厄斯·梅厄·格拉夫（德国批评家）来西班牙的时候，他是想瞅瞅贝拉斯克斯的绘画和戈雅的绘画的，为了发表评论，记住对于两人绘画的出乎意料高兴的心情。但是来了之后他更喜爱起艾尔·格列柯的画来。而且他非要光喜欢格列柯一人的画不可，因为除了喜欢格列柯的绘画这还不能叫他感到满足，因此，他写了一本书，贝拉斯克斯也好，论证戈雅也好，都是很不堪的画家，并且他拿来评价这些画家的尺度就是画家各自以耶稣被钉死在十字架上为题材的画作，而他的意图就是为了要赞扬格列柯。

这是一件多愚蠢的事，找到比这种事更加愚蠢的事来，那是相当困难的，由于三人中只有格列柯一人对耶稣被钉死在十字架上感兴趣，只有他一个人信仰耶稣。评价一个画家，你只有看他是如何画他憎恶的事物，或如何画他相信或关心的事物。所以，对于相信绘画本身的重要性，相信服饰的贝拉斯克斯，如果一个几乎是被钉死在十字架上、一丝不挂的人的画像（贝拉斯克斯肯定感觉，虽然他自己对十字架上的几乎一丝不挂的人毫无兴趣。但是这同一个姿势过去已经画得很不错了）来评价，那是不合理的。

司汤达和戈雅一见到神父的身影，就会在这两位忠诚的反教士势力的人心里激起一股创作热情。耶稣被钉死在十字架上的戈雅画的画可以当作如斗牛海报似的宣传画，是愤世嫉俗的浪漫主义木板油画。由于政府已经许可，下午五点钟在马德里的大刑场精心被挑选的六名耶稣将在十字架上被钉死。主持仪式的有以下远近闻名、有资格、众所周知的执行人，所有人都有一帮子助手，有拿锤子的，有扛十字架的，有拿铲子的，有钉钉子的，等等。

因为格列柯非常明显是笃信宗教的人，所以他喜欢画宗教题材的画。因为在当时他的无法相比的艺术并不局限于生动地描绘请他画画的贵族的面容，他还可以深入到精神领域，根据自己的愿望，从而无意识或有意识地按照他想象中不分男女的身材与面容，描绘使徒、耶稣和圣母、圣徒。

有一次我与一位姑娘在巴黎谈话。当时她在创作一部格列柯的传记体小说。我问她，"把他写成一个搞同性恋的人是你的目标吗？"

"不是，"她回答说。"我干吗那样写呢？"

"他的画你见过吗？"

"必需的。"

"比他画的更加古雅的例子你有没有在哪里见到过？你是否认为那些人都很怪，或者认为那纯粹是偶然的？圣塞巴斯蒂安就是我所知道的普遍地被描绘成那个样的唯一圣徒。格列柯把他们都描绘成那样。你去看那些画。我的话别全信。"

"我从来都没那样想过。"

"要是你在写他的传记，"我说，"好好想一想。"

"已经写完了，"她说。"现在已经太晚了。"

贝拉斯克斯相信绘画本身，相信有服装内容、有狗、有侏儒的绘画。而戈雅相信黑色与灰色，相信尘土，相信光，相信平原上的高地，相信马德里郊外，相信运动，相信自己的睾丸，相信画，相信蚀刻画，相信他自己所使用过的、闻过的、享用过的、喝过的、骑过的、遭受过的、吐出来的、睡过的、怀疑过的、观察过的、爱过的、恨过的、渴望过的、害怕过的、讨厌过的、钦佩过的、看到的、感觉的、触觉的、厌恶过的以及毁掉过的，但他却不相信服装。很自然，这一切没有一名画家能把它都画出来，不过这一切他尝试过。艾尔·格列柯相信托莱多这个城市，相信住在城里的一些人，相信城的位置与构筑，相信圣灵，相信圣徒的团结契合，相信绘画，相信死之后的生，相信生之后的死，相信蓝色、灰色、绿色和黄色，相信红色，相信搞同性恋的男人。要是他是一个搞同性恋的人，为了大家的利益他应该弥补背叛了一代人的王尔德的戏剧人物之懒懒散散、自高自大、道德败坏，弥补惠特曼诗中人物，弥补纪德小说中人物的谨小慎微、爱好表现、喋喋不休、干瘪的老处女的心理上的高傲自大以及一切装模作样的豪绅们的那种感伤的、剧烈的人性烦躁。

第十八章

运用穆莱塔的本领是最终决定斗牛士在这一行业中排名高低的条件，由于所有现代斗牛流程里最难操控的就是这个阶段，同时是一名剑杀手拥有最大限度表现他的本领的时刻。运用穆莱塔的时刻才是树立起名声来的时刻。如果是一头好的公牛，那么一名剑杀手获得报酬的多少，全靠他使用穆莱塔完成有想象力、有艺术力、令人激动和圆满的表演时的本领。在马德里，让一头勇猛的公牛以最佳状态进入斗牛最后阶段，但因为斗牛士不能利用公牛的勇猛和激情施展出精彩的动作，他的技术不够，那么斗牛士在职业上取得成功的希望就葬送了。现在理解不了的是，因为他们的表演可能会被公牛打乱，也许他们会得病，他们可能被牛角刺伤后就无法完全复原了，或者他们也许需要请假休息，斗牛士们并不是根据他们的真实表演进行分等级、分类，给予报酬。而他们的分等级、分类，给予报酬是由能在最有利的情况下展现出的水平来决定的。如果观众知道剑杀手能够使用穆莱塔表现出一连串的方式，并能从这些方式中感觉到显露的技术、悟性、勇猛，尤其是还有浓浓的感情、美感，那么，他们对胆怯、惹祸、平淡无奇的招式就可以原谅，因为早晚斗牛的一系列动作他们都会有期望看到。在使用这一连串动作的过程中，能让人着迷，能令人永恒，令人有沉醉的感觉。也就是，即使是短暂的着迷。但是却又好像灵魂离开躯体同样深刻。伴随斗牛士运用这一连串的动作，他全身心地投入其中，在斗牛场的人们情绪更激动了，也都被感化了，观众的情绪也被斗牛士利用公牛一步步调整得高涨起来。由于斗牛士自己也会因观众的反应而受到感染，这时的观众着迷和沉醉得越来越深。不过在这深入的着迷和沉醉之时，他们对死表现出某种形式的、激烈的、持续深入的、秩序井然的蔑视。等到斗牛完结，死亡就是这场表演的主角公牛唯一得到的，那种着迷和沉醉就跟一切激烈的感情同样，还会使你感到悲伤、空虚和失落。

一名斗牛士要想处于职业的巅峰时期，只要他用穆莱塔做出精妙的一连串招式。而且只要人们知道是条件有利，当然还有他可以做到这一点的话。不过，要是一名斗牛士在有利于自己的条件下，都不能做出精彩的一连串招式，他使用穆莱塔的本领与艺术技巧不足，即使他是熟知自己的技术的，也是公正、纯熟、勇猛的，那由始至终在斗牛场里他都只能算一个打短工的人，他取得的钱也只和付给打短工的人一样多。最令人无法相信的是，就凭一头牲畜、一个人、还有一块挂在一根棍子上的红布，就可以创造出一种纯粹古典之美，造成精神和情感上的剧烈波动。你如果想把这全部都看成无聊的东西，不愿意相信它是真的，那你去看一场不至于发生奇怪事情的斗牛，就可以说明你自己是对的。没有出现奇怪的事情的斗牛只要你想看就能看到，这种斗牛有不少，你都可以从中见到充分的证明。不过，你如果的确见到了真实的东西，那你就会懂得的。这种经历要不就是一辈子也碰不到，你也可能可以碰到。不过，你如果不看那么多场斗牛，那你就一定不能确定地说在斗牛场里你会见到使用穆莱塔的精华的一连串招式。但要是堪称精华的一连串招式真被你见到了，最后加上完美的一刺，那你就能明白了，并且你还将只记住眼前一幕，把很多很多的事情忘到九霄云外。从技术角度讲，穆莱塔的用处是校正公牛脑袋的高低位置，调教公牛总向某一侧冲刺的毛病，让公牛疲惫，然后让它在某一个地点站定，准备刺杀，让公牛在刺杀时有个目标可以冲击，保护人免遭公牛的攻击的。而不会在剑杀手朝公牛挥剑刺去时，牛把自己的身体当作攻击的目标。

从原则上来说，应该右手持剑，左手持穆莱塔，用右手没有用左手拿穆莱塔做完的动作这样做更有意义。因为如果双手或用右手来拿穆莱塔，会有比较大的目标挑逗公牛来攻，剑就会挑开它，在冲得距人身体比较远时可能它会再冲击一次，斗牛士预备下一个招式也就有更充裕的时间。

穆莱塔招式，是做起来最危险，看上去最精彩的招式，也是最厉害的，也叫纳图拉尔式。做这个招式时，人右手持剑，左手持穆莱塔自然垂放于身体左侧，面对公牛，此时从支撑的短棍上垂下来呈褶皱形状的红布。能够从照片中看出，人手里拿着撑有红布的短棍，一边用红布挑逗公牛，一边向公牛走去，在公牛攻击时人只需在公牛牛角前挥动左臂，并随着它的冲刺而转身。人的身体沿着公牛冲击方向的弧线，人双脚站定，牛角就处在人对面，此时在原地同公牛完成四分之一圈的转身，在公牛面前他手持红布缓慢地挥动手臂。要是公牛此刻停步不前，人还能再和它做一个四分之一圈的转动，再挑逗它一回，就像这样，反复地做。看着似乎人拿穆莱塔施展魔法拴住了公牛，我看到过把这个动作连续重复了六回的。公牛在冲击以后没准会停步不前的原因有两个，一个是因为剑杀手让公牛转身时迫使它跑出一个冲刺弧线，公牛猛烈地扭动着脊柱骨。一个是做完每一个动作后，人最终都会抖动红布，让拖在地上的红布的一端发出"啪啪"的声音。相反，如果在冲击以后公牛转身再次冲向人，而不停下脚步，这时人就能使用让牛从胸前擦过的办法，甩掉公牛，就是 Pasedepech。这个办法正好同纳图拉尔式反向。使用 Pasedepech 时，人没有在公牛面前缓慢挥动穆莱塔，公牛也没有从正面冲击，公牛是在转身以后向人的侧面或身后攻击的，人就使公牛从自己的胸前擦过，向前挥动红布，使公牛随着褶皱的挥动的红布冲刺向前。在做完一连串纳图拉尔式招式之后使用擦身而过的动作，或者人为了保护自己在公牛忽然转身冲向自己时而不得已这样做，而不是刻意而为的策略，令人最记忆深刻的就是这一招式了。一名真的斗牛士做完一系列纳图拉尔式的招式之后，以擦胸而过完结，这种能力代表着他是一名真正的斗牛士。

　　第一，先于公牛冲刺挥动穆莱塔，让公牛绕着穆莱塔转，手臂要伸直了挥动，胳膊肘别弯曲。而且身体顺着公牛冲击弧线的方向移动，但不能移动双脚的位置，这需要具备极佳的本领。第二，对于斗牛士来说在有很多危险性不大的其他手法可选的前提下，用一个真正的纳图拉尔式挑逗公牛需要勇气。左手拎着没挥动起来的穆莱塔顺势下垂，等待公牛冲刺，内心十分明白要是公牛没把不太吸引它的挥舞的东西当作目标的话，人就会被它当成目标了，必须用十分镇静的心态应对。在公牛没有在场的客厅里，面对一面镜子要想把这一招式不断地很好地做上四遍已经很了不得了，如果连做七遍就会觉得头晕。把这一招式做得有模有样是许多斗牛士都没能做到的。必须把身体姿势保持好，才能做好这一招式，不过这时公牛牛角距离人的腰部不远，仅仅需要抬高一到二英寸就可以刺到。而且必须使用手腕和手臂的运动让公牛一直绕着红布转，来引导它的冲刺，到了适合的时机，手腕再突然的一抖让公牛站住，这样不间断三遍、四遍甚至五遍，目前只有斗牛士兼艺术大师才有本事做到这样。

　　使用右手就可以表现纳图拉尔式，人以两脚为轴旋转，用剑挑开穆莱塔，让公牛随穆莱塔和一个人画出的半圈转动，而不是随着慢慢挥动的手臂与手腕转动。靠右手做完的很多招式好处都很明显。但是在使用招式的时候，手中的剑横穿红布，同一只手拿着红布的木杆和剑柄，这样一来穆莱塔会被剑挑得更大。此时，要是斗牛士想稍微远离公牛做完招式，他也可以做到，因为展开的红布更宽大。如需要的话，他能够稍微远离公牛来做完招式，可是贴近公牛他也能够做完招式，这就左手持穆莱塔的人说的话就没有一点儿必要了。

　　除了纳图拉尔式和擦胸而过之外，穆莱塔的主要技术还有一种 adados，就是双手一同握住红布和剑，剑横穿红布。依据穆莱塔掠过的是公牛的牛角还是从公牛的鼻子下面来进行分类，这个招式分成 por bajo 和 por alto。

　　使用穆莱塔完成的全部技法都是为了一个简明的目标，公牛没全部穿过人的半程法。想痛击一头主动攻击、体格强健的公牛，最佳方法就是运用一连串纳图拉尔式招式。这样还能逼它用左角去刺红布和人，就在让公牛转身并逼它疲于奔命的同时，借此把之后斗牛士上场刺杀时，要公牛冲刺的方向训练出来。一头公牛头还高高扬着，那是它颈部肌肉要是疲劳度还不够，那斗牛士高举穆莱塔，双手同时握住剑柄和穆莱塔，就在使公牛高扬着头从人身边冲刺红布擦身而过之后，使用 por alto 招式就能使其颈部肌肉疲劳，也会使牛低下牛头。如果斗牛士因公牛颈部肌肉太疲劳导致头低垂得厉害想调整牛头位置，以免刺杀之前它的头一直往下垂的话，运用同一招式他也能暂时让牛头再扬起来一点。por bajo 是用剧烈转动和挥动穆莱塔来做完的，有时则是轻甩其下半部和缓缓抽动红布，而应对难以固定于一处或者四蹄仍非常有力的公牛，则来回抖动红布要快速。斗牛士站在不想冲向人的公牛面前完成这一动作时，他的本领表现在他坚决不会往后退得很远，一直坚持站在公牛面前这一地点，就在此时，靠挥动穆莱塔来逼公牛猛然转身，操控它，把它稳在一个固定的地点，让它快速疲劳。公牛在一定距离之外用十足力气冲刺，就是公牛冲刺过人。这样，要是人正确地挥动穆莱塔，原地不动，公牛就会把人一下子过掉。如果一头公牛不想过掉人，那要不就是它上过斗牛场，对这一场景已经十分了解，所以它内心紧张，不想再次冲击了，要不就是它是一头胆怯的公牛。技术娴熟的剑杀手只需留心不要做得太过头，并靠近公牛使出几次挥动红布的招式，以免让公牛扭伤四肢。或猛地转身扭头，就能使它相信，如果它攻击是不会被伤到的，这方法能树立公牛的自信心，让胆怯的公牛变成一头看上去勇猛的公牛。就能让胆怯的公牛知道，穆莱塔伤不到它。斗牛士同样能够使用睿智、精细的招式，使丧失攻击能力的公牛重振雄风，帮助它从防御姿态再次转为攻击状态。因为唯一能使公牛重树自信，迫使公牛由守转攻并制伏它的方法就是要竭尽所能靠近公牛挥动红布，所以斗牛士必须冒不小的危险才能做到这些。就像贝尔蒙特所说的，只留给公牛一席之地，还有，斗牛士在距公牛这样近的距离里万一判断失误，挑逗公牛时免不了会被公牛刺到。而且不必为挥动红布做些预备时间。如果在这时他动作依然很漂亮，你就能知道，这分漂亮并不是摆造型，完全是天生就有的特性。如果在两只牛角从远处袭来时你可能有时间摆姿势，你把穆莱塔甩到公牛一边，然后再抽回它，或者可当牛角就近在眼前的时候，用挂着红布的短棍或剑尖去扎它一下让它转过来，借此让它体能被消耗。或者你只能为在公牛颈部的一角找个安全的地方而左右闪躲，为了振奋不愿冲击的公牛，但此时你就没空摆姿势了。拉斐尔·艾尔·加利奥发展并首创了一个大的斗牛流派，这个派别最终形成了一个基本流派，发展了十分漂亮的招式，而尽可能地把牛角从斗牛士肚子边擦过的技术丢掉了。艾尔·加利奥是一名十分敏锐、十分优秀的艺术家，以至于不能完全变成一名斗牛士。所以，他尽量、慢慢地不去参加斗牛过程中那些一定要和会造成死亡或者跟死亡打交道的阶段，无论是公牛的死亡还是导致人的死亡，尤其是会造成人的死亡的那种阶段。他运用这种方式制造出了一种与公牛相配套的套路，因采用这种套路他的动作代替并避免了他眼中的危险的古典斗牛风格，而显得新奇、优雅、真正有美感。从加利奥的创新中胡安·贝尔蒙特吸取了自己需要的营养，将其融会贯通成为自己全新的风格并把它与古典风格相结合。和贝尔蒙特一样，加利奥是个敢于创新的人，他在技巧上表现得更加漂亮。要是加利奥有贝尔蒙特的焦躁、凶残、冷酷的胆量，找出一名更优秀的斗牛士那就不可能了。以上所说有关二者合一的例子。他的兄弟何塞利托是你能碰见的表现得最近似的斗牛士了，对他来说有关斗牛的任何事都太简单，这是何塞利托的唯一缺点，所以他也很难做到因斗牛而充满激情。而很明显，比较之下贝尔蒙特会一直拥有激情地去斗牛是他较差的体质决定的，不单单让他对着时公牛激动，而且还让他的斗牛小组里的大部分和任何一个人赞扬他表演的人都激动了起来。因为何塞利托斗牛本领太大了，你总是不必为他担心。他本事太大，能力太强了，除非真正的危险出现，否则他是死不了的。所以欣赏他就像你小时候看达尼昂的故事一样。在斗牛场上就其本质上说，要是能使人的情绪受到最强烈的感染，是斗牛士使用穆莱塔做完一系列招式的过程中所引起的，同时他又把那种永恒的感觉传达了给观众。在斗牛场中他戏弄死亡，他完成了一件艺术品，把死亡一步一步向自己招来，你明白在牛角之间就是死亡，证据就是在沙地上你见到的用帆布盖着的马的尸体。他把自己永生不灭的这种感觉传递给别人，不过当你注意他时，这就是你对自己感觉了。等到这种感觉在你们相互间都有的时候，他就会用剑来证实如果你碰到的斗牛士感觉斗牛就跟何塞利托所感受的那样非常容易，那像贝尔蒙特一样把危险的感觉传达给别人他就做不到了。如果你见到公牛杀死了他，就像是诸神之死，倒也不是你被杀死的感觉。加利奥就会有截然不同的表现，他会表演给你一幅抓人眼球的景象。悲剧也不能取代这个场景，因为你看不到悲剧场景。那些模仿的人只会做样子，而他展示的那场景就是精彩。

加利奥的创新手法之一是死亡式穿越，也就是 pase de lamuerte。大部分斗牛士都是使用它作为差不多所有一整套连贯动作的第一招，他一连串的穆莱塔招式就以此法开头。看到公牛朝他走时，观众看到它会有非常深刻的印象，能抑制住自己紧张心情的斗牛士都应该掌握这一技术。剑杀手登场走向公牛，拿剑挑开穆莱塔，侧面站立，跟玩棒球的人面对投球者手持球棒类似，双手紧攥着放到齐腰高的位置，挑逗公牛。公牛如果不冲击，剑杀手就往前再走两三步，随后展开穆莱塔，双脚并拢站定。在公牛冲击的时候人就像死掉了一样原地站着不动，直到公牛靠近穆莱塔，他才慢慢提起红布，公牛常常就会从他身旁擦过仰头向天朝着穆莱塔，因此你只看到公牛按某种角度仰头朝天冲击，人笔直地纹丝不动地站着，因为冲力的惯性公牛会从人身旁冲出去很远。这种招式用着既安全又简单，因为这一招式有别于纳图拉尔式，没有用一小块红布诱敌，斗牛士无须让公牛把全部注意力都放在那上面。还由于它通常走的是公牛顺势冲过去的方向，公牛就像冲向一堆火一样从人身旁冲过，采用这一招式是一大块类似三角帆的红布展现在公牛面前的，公牛只能看到红布，看不到人。公牛的冲刺仅仅是被斗牛士利用了，它并未被操控。

加利奥也是一个拥有精彩招式的大师，有的招式用双手来做完，从一只手把穆莱塔换到另一只手上，有时把红布转到身后，有的招式在牛角之间做完，有时人会转身靠近公牛脖子，让公牛自己绕着走，有时人会跪着甩出红布，双手抓住红布按一种弧线挥舞，让公牛随之转个弯儿；有些招式刚开始看着好像是纳图拉尔式，可事实上随着人的旋转，红布把人包裹住了，公牛则会紧紧跟着一段在外飘动的红布。表演全部这些招式想要安全地表演这些招式，必须具备了掌握这些招式的十足的自信。而且深度掌握公牛的心理，这些招式观看起来才会很有看头，同时尽管这些动作都是被真正的斗牛所拒绝的。但是加利奥表演起来是非常自豪的。

现在的斗牛士奇奎洛对着公牛时运用红布的全部能力很有加利奥的风采。这些能力也被维森特·巴雷拉掌握了。但是他手法特别快，脚法僵硬紧张。虽然他的技术和风格已经进步很大了，人们还是觉察不到他身上有奇奎洛的技术，或者有巴利奥的纯正的美感。

这些杂耍一样的招式全都只适合用在一连串红布招式的第二阶段，用于展现剑杀手操控公牛的能力与创新之美，或者适合不想朝人冲刺的公牛。遇见一头知道怎么过人的公牛还是要在它跟前表演红布招式，无论完成得有多么创意十足、多么高效或多么漂亮，都已夺走了观众观看斗牛的重要部分。也就是人慢吞吞地擦过牛角旁，特别缓慢，特别靠近，就像擦过它身边一样，如此一来也就相当于一系列姿势潇洒的技术把一连串本来真真正正具有危险性的红布招式给替代了，即使这些用来装饰的一系列红布招式也很有用处。今天可以彻底地用穆莱塔操控公牛的斗牛士，不管公牛是胆怯的还是勇猛的，都能以韩奎阿德速度制伏它们，随后又一如既往地把所有危险而传统的招式频频展现出来，其中包括擦身而过式和作为正统斗牛基本方法的左手挥动红布的纳图拉尔式，同时还能非常精彩地在公牛牛角前表演出出漂亮、鲜活的本领，马西亚尔·拉兰达是仅有的一个了。在他才进入斗牛界时，他的技艺是有不足的，他拿着红披风曲曲折折地跑动，表演出来的纳图拉尔式是歪歪扭扭、非常僵硬的，非常不自然，姿势很假。现今在他持续地改进了技术后对穆莱塔应用得已经是很简单的了，因为他对公牛了如指掌，再加上他自己的聪明，所以无论斗牛场牛栏里是怎样的公牛，他都能够表演得恰如其分、吸引人的眼球，并且他的体格也变得更加强健了。起先他的特点是冷漠，现今这个冷漠的特点已经基本没了。他曾经受过三次重伤。但是他不仅没因受重伤而减少勇气，反倒从此增加了勇气，而在 1929、1930 还有 1931 年的三个赛季中他把一名优秀斗牛士的特质也真正展示出来了。

在人可以克服紧张心情，公牛不惹祸的前提下，安东尼奥·马尔克斯和奇奎洛这两人都能把纯正和完美精湛的一系列穆莱塔招式表演出来。马诺洛·比温尼达和弗里克斯·罗德里克斯都是运用穆莱塔的大师，都能将一头好对付的公牛的单纯和勇猛加以利用，都能够制伏一头顽固的公牛。不过，罗德里克斯的身体一向不好，在别的章节我已经介绍过比温尼达了，下一个真正的判断你想知道，就是在他第一次受重伤以后，看一下他反应的本事和控制紧张情绪到底是怎样的。维森特·巴雷拉，是在公牛完全过掉人的情况下把全部红布招式做完，并且用匪夷所思的技术很巧妙地操控公牛斗牛士，不过，他仍然在改进使用红布的技术，他要是可以坚持，将会变成一名令人敬爱的表演者。他有本领，有对斗牛的与生俱来的判断力和全面了解斗牛的本事，他反应能力超乎寻常，体格也很强健。成为一名优秀斗牛士的本领他都具备了。但是，他在很长一段时间里都流露出极其目中无人的情绪，后来他经常花钱买评论来修饰自己的不足，而想改正过来并正视自己的缺点就很不容易了。他最在行的就是一种模仿何塞利托的 ayudadoporbajo 的招式，那是面对面斗牛肘完成鲜活的招式，把穆莱塔和剑一同攥着，剑尖冲下，挥动红布和剑让公牛转动，朝上一抬红布和剑，招式灵敏但也有些可笑，就像人朝前伸出双手攥着一把合拢着的伞，搅拌着一大锅汤。别名卡冈乔的吉普赛人华金·罗德里格斯，从他的动作、惊恐心情和风格来看，加利奥的接班人就是他了。但是加利奥对斗牛原则的精到了解还有对公牛的了如指掌他都一定没能继承下来。卡冈乔体貌温和、庄严、潇洒而且沉稳。但是只要碰到一头不给他时间合拢好双腿挥动红布的公牛，他立即就会显得慌张失措起来，如果公牛通常的兴奋劲头显得有些怪异，这位吉普赛人就会远远伸出穆莱塔，尖头冲着公牛，一步都不敢跨近，变得特别惊恐。他是这样一种斗牛士：如果刚好遇到要斗一头会让他信心满满的公牛，他一定能让你享受一个拥有深刻的记忆下午的。不过，你也许会七次连着观看他的演出，可一次次他这样的表演会使你变得很讨厌斗牛。

他做一整套穆莱塔招式之时，找到一个甩掉公牛的好主意好像是没有办法的，每次挥动红布的结果总是没法让公牛冲得足够远，因此就无法迅速切入，等他转过身来之时，在最不需要公牛靠近身旁的时候他老是让公牛占据优势，因此很多次因这样蠢笨的行为他都被公牛弄伤。他和马尔克斯和奇奎洛一样，不强健，身体不好。但是，他这样一名报酬很高的斗牛表演者就因他身体状态广大观众是毫无理由原谅他的，由于他在身体状况很差时没有法律强迫必须上场斗牛。但是，在斗牛士的斗牛技术被谨慎判断时，必须考虑进去的因素之一就包含斗牛士的身体状况。观众买票是来看斗牛的，即使他自己没权利用这个作借口。希塔尼利奥在斗牛场上公正洒脱，勇猛积极。但是由于过于自信他自己那稍显稚嫩的技术，在观看他表演时你会认为他随时都会被公牛捅伤。

在1931年5月31日一个星期日的下午，我把有关希塔尼利奥·德·特里亚那的相关文字写完后，见到他在马德里被一头公牛弄死了。我曾在一年多之前看过他斗牛。在坐着出租车去斗牛场的路上我心里一直想，他是否改变了，有关他我写的那些文章得改动多少。在入场式上他一双修长的腿迈着漂亮、轻快的步子，他黝黝的脸上呈现着好过以前的气色。在走到围栏边更换红披风时，他朝见到的认识的人都点头微笑。他看上去皮肤黝黑，很健康。那一年里在我最后看他表演时，在一次汽车事故中他身受重伤，为了给他清洗血块，受伤之后运用了漂白剂，因此头发也褪色了。现在他的发色看起来又乌黑发亮了。他黝黑的肤色和乌黑发亮的头发因为身穿的一套银白色斗牛服而衬得更突出了。现在什么事他好像感觉都很满意。对于红披风，他的动作优雅而缓慢，他满怀信心——这是贝尔蒙特的特点——是完成这一连串动作的变成了一个屁股瘦削、皮肤黝黑、两腿修长的吉普赛人。他斗的第一场是下午的第三头公牛，他站在一边看投刺短标枪在他很顺利地完成红披风的表演之后，在他拿着穆莱塔和剑上场之前，他示意短标枪手让他把公牛再引得离围栏近一些。

"它有些朝左偏了，当心点。"管剑的人一边把剑和红布交给他，一边说着。

"我能制伏了它，让它随意偏。"希塔尼利奥从皮剑鞘里把剑抽出来。但是拔出的剑好像变得柔软了，然后他向公牛迈开两条长腿走去。他让公牛进行了一次攻击，之后用死亡穿越式，也就是 pasedelamuerte 式将公牛送出了很远。公牛非常快速地转过身，希塔尼利奥手持穆莱塔也转过身来，他拿起红布从自己左侧让公牛冲过，同时自己也两腿劈开，纵身一跳，此时他的大腿已经被公牛左角捅到了，双手仍然抓着红布，头冲下。公牛用角把他挑向木板围栏，挑飞。公牛第二次把他从地上挑飞摔向木板围栏，用角抵住他。他在地上躺倒了，躺倒在地的他被公牛用牛角从背部捅穿了。一切的事的发生连三秒都没有用到，在他被公牛挑飞的一瞬间马西亚尔·拉兰达就狂奔过去拿着红披风，别的几位斗牛士也全拿着红披风朝公牛挥动。马西亚尔跑到公牛脑袋边上朝公牛的脸拍打着，用膝盖去顶牛鼻子，想让它向外跑丢下人；同时公牛冲红披风跑去，马西亚尔也飞快地退向场内。希塔尼利奥挣扎着想站起身来，但是已经站不起来了。这时只见他的头已歪到了一侧，斗牛场勤务工抬着他冲医院跑去。希塔尼利奥被他们抬着赶到医务室的时候，在手术台上医生正给被第一头公牛刺伤的短标枪手医治。医生看他股动脉没被刺断，也没有大出血，就把短标枪手医治完后才去治疗他。他的大腿两个伤口上的四头肌和外展肌已经全都被刺破，大腿两侧都被牛角刺伤，并且背部的伤情是刺断了坐骨神经并将之连根拔起了。而且牛角已经把骨盆刺穿了，就跟一只鸟从湿草地中衔出了一条蚯蚓一样。

他父亲赶到时，希塔尼利奥说："爸爸，别哭。撞车的那次事故多悬啊。你还记得吗？别人都说我死定了，这一次也会没事的。"不久后他说，"让他们用酒给我润润嘴吧，我知道我不能喝酒。只润湿一点儿嘴巴。"

有人说要是去看斗牛时能看到的不只是人杀死公牛，还有牛伤到人，那就心甘情愿花钱去看。说这些话的人那时倒是该到斗牛场里，到医务室里，接着到医院里去。炎热的6月、7月和8月的上半个月希塔尼利奥全都熬过了，最后死于脊柱尾部伤口造成的脊膜炎。他死的时候体重仅剩63磅，但受伤的时候却有128磅。并且他的股动脉在夏天时发生了三次不同程度的破裂，插在大腿伤口的引流管造成了溃疡，咳嗽还造成了破裂，所以他的身体越来越差。巴伦西亚二世和弗里克斯·罗德里克斯在他住院的时候都几乎因同一种大腿创伤住了院。尽管他们的伤口都还没好利索，但也都在希塔尼利奥死之前出了院，而且都可以重新斗牛了。希塔尼利奥倒霉之处是他被公牛甩到木板围栏的底部，所以，他的身体被硬物抵住了，就在公牛牛角刺到他背部的时候，要是他倒在场内的沙地上，造成他致命的这一次牛角冲刺就不是刺穿他的骨盆，而是把他挑到空中。希塔尼利奥在炎热的天气里由于神经痛导致精神紊乱了，此时那些说甘愿花钱看公牛把斗牛士捅死的人，能够说是票价值了。他痛苦的叫喊声你在外面的大街上都可以听得到。让他活着似乎是一种罪过，要是在他还能控制自己，在他刚出斗牛场，还有勇气的时候就死亡了，那就不需要像如今这样，长期遭受持久的令人崩溃的痛苦而导致的肉体和精神上的耻辱与日俱增的折磨，那对他来说可能是件很好的事。我想，看着这个时候的一个人；听着他的呻吟，说不定能让你对那些公牛、那些马和其他牲畜更加温和。不过，要是一匹马，让头后的脊椎上的皮紧绷起来，只要使劲把它两耳往前一拐，朝脊椎骨中间轻轻插进一把尖刀就可以结束它的生命，使它一动不动地躺倒在地。公牛都是在情绪亢奋时受伤的，并且在斗牛士登场的十五分钟内就能杀死一头公牛，要是公牛这个时候受的伤和人在高兴时受的伤同样，那么公牛的伤也不会很痛。不过，一旦人在死亡好像变成了一个人可以送给某个人的最佳礼物的时期，并且被看作有不灭的灵魂，医生可以持续他的生命，那公牛和马似乎被看管得很好。但是人却要冒最大的险境。

别名阿尔米里塔·奇柯的费尔明·埃斯比诺萨和埃尔维托·加尔西亚两个墨西哥人全是完全有能力使用好穆莱塔的艺术家。最出色的斗牛士和埃尔维托·加尔西亚能一较长短。而且他的技术并不包含那些使大部分墨西哥人在斗牛场上的招式冷酷地丢去激情的印第安人特点。阿尔米里塔是冷峻的，这个印第安人棕色皮肤，矮小身材，长着两排不整齐的牙齿，还没下巴，他作为一名斗牛士，身短腿长，体格健壮，是一名真正操控穆莱塔的艺术家。

尼卡诺尔·比利亚尔塔如果碰到一头能让斗牛士双腿并拢并直着往前冲刺的公牛，他就会显得更兴奋、更热情，也能更靠近公牛施展招式。他弯着腰挺起肚子，运用巨大的手腕力量操控红布，使公牛一次次随着他转身，而且腰部蹭到了牛角。公牛从他身旁擦过并且他跟很近，有时公牛的肩胛都能碰到他，牛角蹭到他的肚皮，回到旅馆时你能在他的肚皮上发现一条条擦伤，那一点不也夸张。他肚皮上的擦伤我以前就看到过，不过当时因为他和擦身而过的公牛离得特别近，他的衬衣因被短标枪护着，并没沾到血迹，我想着没准那是短标枪的枪柄的擦伤；因为牛角距离特别近，我没想着离得太近去看。但是也许是牛角的扁平部位擦伤的。他的确是靠一身胆量做完了一系列伟大的招式。他僵硬丑陋的招式通过充满魔力和胆量的手腕令你谅解了，在他面对全部不给他机会并拢双腿的公牛时你能看到那种招式的模样。在马德里你可以见到比利亚尔塔一连串精彩的红布招式；任何剑杀手在马德里都比不上他引出的合作公牛多。就在他每次想引出一头顽强的公牛的时候你绝对能看到他像只螳螂似的蠢笨模样，但一定要记住，他的蠢笨模样是因为身材造成的，而并非由于胆怯所致的。要是一名身材自然匀称的斗牛士身上展现出蠢笨的模样标志着他的惊恐的话，因为身材的原因，他必须紧紧合拢双腿才能把漂亮的姿态展示出来，因此，在比利亚尔塔身上出现的那蠢笨模样只能说明他面临的是一头只能两腿劈开才能斗的公牛。不过，你如果能看到他在公牛冲刺之下如同风雨中的树那样弯着腰，看到他操控公牛绕着他一圈一圈地转动，看到他合拢双腿时的表演，看到他激动地跪在公牛面前，在稳住公牛以后，嘴巴差不多触得到牛角，那你就对他宽大得像床单的红布表示宽容，对他电线杆似的长腿表示宽容，会对上帝赐予他的那个长脖子表示宽容，由于他那一切奇特混合于一身的体型中暗含的自尊和胆量能比得上十二名斗牛士。尼诺，也就是卡耶塔诺·奥尔多内斯，能够两只手都把红布使用得相当漂亮，他的表演相当优秀，关于穆莱塔的一系列招式具备戏剧和艺术上的理念。但是，当他见到公牛牛角上挂着你的住院死亡和单据（住院是免不了的）时，死亡是可能的，住院也是难免的，他就变成了另外一个人，就在公牛肩胛骨之间也挂着五千比塞塔之后。他想要钞票。但是在他知道想要取得这些钞票就一定要付出些代价在牛角尖上时，他就不再想靠近牛角去拿了。勇气来的距离如此之短所，是因为仅仅从心脏到头部而已。但是只要丢掉了勇气，谁都不知道它会跑多远了；也许在和女人温存时丢掉了勇气，或是大出血时丢掉了勇气，不过，不管勇气跑哪里去，丢掉了勇气仍继续在斗牛界混着是一件很糟糕的事。一个女人有时会把你的勇气带走，而另一个女人有时也会把你的勇气还回来；有时你经历了再次受伤会再次重拾勇气，第一次受伤可能会把死亡的恐惧带来，而第二次受伤也可能会驱散对死亡的恐惧。斗牛士凭着他们防控危险的本事和对斗牛的认识一直进行着斗牛，并期望可以重拾勇气，大多数时候勇气再也回不来了，但说不好勇气有时也许能回来。

维克多利亚诺·罗杰·巴伦西亚二世和 恩里克·托雷斯两个人都不真正具备运用穆莱塔的能力，而正是因此他们在斗牛行业中顶多只能算是操控红披风的能手，因为他们被限制住了。别名福尔图纳的迭戈·马斯克里安和路易斯·富恩特斯·贝哈拉诺这两名非常勇敢的斗牛士，了解他们的职业特别深刻，并且随意找来一头公牛，他们都可以表演得不错，能制伏顽固的公牛。但是他们毫无特点，风格单一。福尔图纳的类型与贝哈拉诺比较，更表现得传统。但是贝哈拉诺的类型也不过是很烂的现代杂要。但是要说他们的本领、运气、欠缺技艺和勇气，这两人倒是很相似的。不管是斗顽固的公牛还是斗普通的公牛，他们俩都是很优秀的剑杀手。他们俩反而能在类型独特的斗牛士有心无力之处表现出不错的斗牛表演，还带着许多招式和看点，真实动情的一刻他们偶尔也能表现出来。在马丁·阿格洛、马诺洛·马丁内斯，还有别名苏里托的安东尼奥·德·拉·哈巴这三个最杰出的斗牛场杀手里，能够运用穆莱塔做出几个叫人看得过去的招式的只有马丁内斯了，不过要是他表演成功了，那完全是因为他的勇气和所冒的危险，而并非因为他有真正能使用红布的能力。

在斗牛场上，积极奋战的其余三十四名正式剑杀手里，屈指可数的也值得一提的是卡冈乔、希塔尼利奥·德·特里亚，还有梅里达，这三名纯正的吉普赛人里，我最喜欢梅里达。在我看来，他是继加利奥之后全部吉普赛斗牛士中最能引起人兴趣的一个。他既有其他人所没有的特立独行的特点，还有别的斗牛士的魅力，再加上他心不在焉的模样。在所有吉普赛人中，卡冈乔是最有本事的一个。希塔尼利奥·德·特里亚是最值得尊敬、最勇敢的斗牛士。去年夏天，几位从马拉加来的人跟我说，梅里达并非一个纯正的吉普赛人。要是果真如此的话，他作为一个假吉普赛人，比那些纯正的吉普赛人更加优秀。而马拉加的吉普赛人安德雷斯·梅里达，身材瘦长、面无表情，他是运用红披风和穆莱塔的天才，我只碰到过他这么一个斗牛士，可以在场上完全显得心不在焉，好像他正在想着远方的与斗牛毫无关系的事情。他也非常容易表现出完全的恐惧，无法用语言形容的恐惧。但是如果他对一头公牛有信心的话就能够展示出精彩的表演。

萨图里奥·托龙是一名杰出的短标枪手，十分勇猛。在我看来，他作为剑杀手时使用技巧的方式是最愚昧、最危险、最糟糕的。他干过短标枪手，拿起剑在1929年来当新斗牛士，硬是凭借勇气和运气取得了成功。而且很幸运地碰到一个不错的赛季。1930年他在前三次斗牛表演中已身受重伤。但是在潘普洛纳，马西亚尔·拉兰达宣布他晋升为正式剑杀手。如果他能够去掉自己风格上一些小城镇人的粗野动作，提高自己的品位，那他还是有可能学会斗牛的。但是1931年我经过关注他才明白，我只能希望他别被公牛杀掉了，他的情况是没得救了。

这些起初时在这个名单上的似乎有可能变成优秀剑杀手的人，最后都不同程度地变成悲剧和失败了。如果除去坏运气的话，这些人的失败有两个重要原因，一个是恐惧，另一个就是缺乏艺术性的本领，显然这仅靠勇气是没法得到的。可是他们都因没有什么能力最终也无法在斗牛界占据任何地位，不能称得上真正勇猛的有两名剑杀手，这两人就是别名苏里托的安东尼奥·德·拉·阿巴和别名卡尼赛里托的伯纳德·穆尼奥斯。另外一位真正勇敢的别名帕尔梅诺的胡里奥·力口西亚的斗牛士，虽然身材较矮影响了他，但是能力比苏里托和卡尼赛里托强一些，说不定他可以取得一些成就。

新涌现出的杰出剑杀手之中还包括何塞·阿奠洛斯，除了我在本书已另作评论的多明戈·奥尔特加之外，他的类型是独具特别弹性的，他似乎是用橡皮筋做成的一样从公牛处往外伸长，如果他那独一无二的弹性特征除去的话，他也只能是一个二流水平的斗牛士；墨西哥的人送外号"墨西哥的食肉动物"的印第安人何塞·冈萨雷斯，风格奇特勇猛，说勇敢倒是很勇敢，往往会出其不意。但是这样一名优秀的短标枪手，一名充满激情并且十分有本领、勇猛的表演者，他不会活很久，如果在与真正的公牛竞技时也像斗小公牛那样冒险的话，并且他这样激情十足的状态广大观众已习惯了，因此要是他不再这样冒险的话，他不能令人觉得新鲜了，几乎不用怀疑。那些新崛起的斗牛士中，赫苏斯·索洛萨诺是最有前途的了，你可以称他为丘乔，要是你不知道他的教名的昵称叫赫苏斯的话。他是墨西哥的一名非印第安人，一个杰出的斗牛士，本领高强、聪明、勇敢，他能娴熟地使用自己学会的各个方面技术，他只对一个差不多能够忽视的叫作 descabello 的技能不熟练，那就是从公牛后脖子的地方给它一剑。但是不管怎样，一个毫无个性的斗牛士他做定了。对这种个性的缺乏很难进行分析，可一直到现在，他在不直接对着公牛时，看上去总是都处于鬼鬼祟祟、有缺陷、弯着腰走路、惭愧的状态。斗牛士们说，因为斗牛士惧怕公牛，他自身的特点不再了，也就是说，无论他是温和、优雅、恐惧，还是高傲、目空一切都能把这些特征去掉。不过索洛萨诺似乎没什么特点可以丢掉。不过，要是一头他很有信心的公牛跟他竞技，他就可以很精彩地表演出他的一切技术。他向公牛慢慢地步步紧逼过去最精彩地投出一对短标枪，模仿高纳的特点。1931 年我观看的所有赛季中的斗牛，他的穆莱塔动作是最令人激动的，他的红披风技术也是最缓慢的、最高超的。在他精彩地展示技术同公牛表演之后，他斗牛的消极部分，就是只要远离公牛身边，他又马上面色铁青，模样十分冷酷，弯着腰。不过，没特点也好，有特点也罢，他是一个有伟大艺术性、勇猛和知识的很杰出的斗牛士。

　　另两名新秀剑杀手是大卫·利希亚加和何塞·梅希亚斯。墨西哥人大卫·利希亚加是一名年轻的斗牛士，有出色的穆莱塔技术，但运用起红披风来杂乱无章、毫无本领，短标枪技术也平庸得很，对于一个墨西哥人来说这非常奇怪。我这样判定利希亚加的时候并未看过我相信的而且也看过他斗牛的那些人写的报道。1931 年他在马德里只参加过两次斗牛赛：一次作为见习斗牛士，当天我正好去阿兰胡埃斯观看奥尔特加斗牛去了；另一次是在 10 月，那一次是他要被晋升为正式剑杀手，但我已经离开西班牙了。可是，在墨西哥城他深受欢迎，无论谁想将他弄个明白，也许都能在冬天的墨西哥看到他。何塞·梅希亚斯是马诺洛的弟弟，他别名佩普·比温尼达。与哥哥相比，他更容易激动，更有勇气，有特别可爱的特质，还有众多特殊的本领。但是，他欠缺马诺洛的安全操控公牛的知识和艺术才能，即使这些可以随着时间完善。

　　这个名单中省略了所有的天才，那些还未证明他自己有权被评价的人也不评价。斗牛界永远都会有新人出现。这本书出版之时也会出现更新的新人。在媒体的狂轰滥炸下，每一个赛季，因为在马德里有一头对他们很和善的公牛，靠着一个顺利的下午这些斗牛士就快速成长了；不过，和这些仅胜一场的斗牛士相比，昙花一现的斗牛士反而能看作是不朽纪念了。从今天开始的后五年内，他们的生活总没有着落。但是一件上咖啡馆才穿的外套总会被整理得非常洁净，他们还会给你说他们比贝尔蒙特更加优秀，说在马德里当年怎么登场。说不定这是真的。"那最后一次你斗牛表现怎么样？"你问道。"仅仅是有些不走运。我刺杀时运气有些差。"那时候的天才回答。你说："人总不能一直靠运气杀牛。那样太丢人了。"在自己的脑海中你看到那个天才，面色苍白，吓得要死，大汗淋漓，不敢走近公牛前，也不敢抬眼看一下牛角，红披风环绕着他，一对剑掉落于地，以一个角度怀着剑能刺中其要害的希望冲向公牛，犍牛准备着进入场内，许多坐垫抛进场内。"刺杀时可能有点倒霉。"那都是两年前的事了，除了饿得活不下去，还有因夜里在床上被梦惊醒，非常恐惧，冷汗满身之外，从此以后他就再也不愿意去斗牛了。因为他缺少训练，要是他鼓起勇气斗一下，公牛可能会杀了他。因为每个人都知道他是个胆小鬼，是个废物，所以他可能被迫要对付谁也不想斗的公牛。或者他又该说"刺杀时有点倒霉"了。

　　仍然有760多个没有成功的西班牙国内的斗牛士试图锻炼他们自己的技术；有胆量的人因为缺乏天赋而无法成功，技术高超的人因恐惧而无法成功。有时你会看到有胆量的人被杀死，如果你不走运的话。我1931年夏天见过一场5岁的公牛的很迅速很大的斗牛，还有三名学徒剑杀手。斗牛时间第二长的是别名阿尔卡拉雷诺二世的伊西多罗·托多，他37岁，身高刚过5英尺。他是一个矮胖、开朗的小个子，仅靠他斗牛的微薄收入，养着四个孩子、他寡居的妹妹和一个同居的女人。作为一名斗牛士，他全部拥有的就是非凡的勇气和矮小的个子。尽管他因矮小这个缺陷不能成为一名剑杀手，可是，他也因此在斗牛场上显得很吸引大家的好奇。别名费尼托·德巴利亚多利德的阿方索·戈梅斯斗牛的时间最长，他早已过35岁，曾经也很帅气，可碌碌无为。但是自尊心很强，聪明而勇猛。他在马德里干斗牛这行已经十年了，可丝毫未曾引起广大观众的注意，因此也未能从见习斗牛士升为正式剑杀手。然后十足的胆小鬼米格尔·卡西埃尔斯是斗牛时间第三长的斗牛士。但这是一个非常不好听的故事，现今我认为，要是不需要在这里写下就不该妄加评判，仅仅需要记住阿尔卡拉雷诺二世的非常难看的死法。后来我跟我儿子说了有关他的死的事，这是我犯的一个很大的错误。我从斗牛场回到家里他看到我就向我问关于斗牛的事，让我说说都发生了什么。我把所有看到的都告诉他了，真蠢。接着问我他被杀死是不是因为他太矮小了，别的他什么都没说。他自己也还小。我说他很矮小是的，可还由于他对使用穆莱塔不熟练。他只是受了伤，我没说他被杀死了。即使也说不上很多，不过这一点头脑我还是有的。然后有人走进房间，锡尼·富兰克林走进来用西班牙语说："他死了。"

　　"你说他没死。"孩子说。

　　"我也不知道。"

　　"我不好受，他死了！"孩子说。

　　第二天他说："我老是会去想这个人，他被杀死是因为很矮小。"

　　"老想着那事多无聊。"我说，这辈子那是我第一次希望能把已说过的话收回，"别想它了。"

　　"如果你没告诉我这件事就好了，因为我每次闭上眼睛都能看到，我不是故意去想它的。"

　　"多想想'小不点'！"我说。那是一匹怀俄明的马"小不点"。有一段时间因为此我们都很注意不谈到死亡。那时我眼睛不舒服不方便看书，我妻子就捧着迄今为止最血腥的一本达希尔·哈米特写的《罪责难逃》大声地读给我听。当哈米特先生想让一群角色或一个角色死之时，我的妻子就使用"哇呜哇呜"来取代宰掉、爆头、鲜血四溅、刺杀等关于死的词。不久之后，孩子听到"哇呜哇呜"十分喜欢，感觉很有趣，他说："现在我已经不去想他了。你知道那人被哇呜哇呜了是因为他太矮小吗？"我就知道没事了。

　　有四名斗牛士1932年被晋升为剑杀手，需要提一下，其中两位前景不错。一位可能会被看作天才的可以忽略他，一位被看作奇珍。两位前景不错的人，一位叫路易斯·戈梅斯，绰号"大学生"，另一位叫胡安尼托·马丁·卡洛，绰号"小孩子"。"大学生"路易斯·戈梅斯是一个敏锐的、棕色皮肤的、帅气的、体型很棒的年轻的医科学生，能够被看作标准的年轻剑杀手类型的模范。他运用红披风和穆莱塔展现出精彩、高超、标准的现代风格，他的刺杀动作迅速、技术娴熟。他在其他省份参加过三个赛季的夏天斗牛，冬天就回到马德里继续学医，他在去年秋天作为见习斗牛士在马德里第一次登场就获得了空前的胜利。1932 年 3 月，他在圣约瑟城的斗牛中被晋升为正式的巴伦西亚剑杀手。用我非常相信的斗牛爱好者的话说，他表现出色，十分有前途，可在运用穆莱塔的时候，他偶尔展示红布招式的勇气和期望就把他的优势减弱了，他自己完全没注意到这些，而仅仅靠着他的运气和反应能力才能脱险。表面上看好像是他操控着公牛，而事实上是好运气不止一次救了他。可是谈到聪慧、勇猛和不错的风格，要是他第一次以正式剑杀手身份登场时运气不错的话，他作为剑杀手确实是真正的希望。"小孩子"当时 20 岁，他在 12 岁时就作为神童开始斗小公牛了。他风格优雅，非常高贵、可靠、聪慧，还有本领。他面容秀美，就像年轻女孩一样，可是登上斗牛场他就变得盛气凌人，态度严肃，除了他那张女孩的面容之外并没有女孩的柔弱，肯定也不会显得软弱。尽管他聪明、有精彩的技术，但他还有冷酷、没有激情的缺点。他斗牛时间已经很长了，所以他好像具备了达到事业终点的剑杀手的那种谨慎和自我保护的办法，也不会跟小孩子一样，在任何情况下都想要去冒险。可他具备高超的艺术本领和聪慧，他的斗牛职业是十分值得去关注的。

《A. B. C.》马德里保皇派日报的斗牛评论家里相当有号召力的葛利高里奥·科洛查诺，因何塞利托的妻子的哥哥伊格纳西奥·桑切斯·梅希亚斯的影响的他的儿子阿尔弗雷多·科洛查诺，并依据他父亲的要求被训练成了一名剑杀手。但是，就在梅希亚斯斗牛致死的那个赛季，他父亲曾经写过十分尖酸恶毒的文章去批判斗牛。阿尔弗雷多这个年轻人身体瘦弱、态度轻蔑并且傲慢自大、皮肤黝黑，一张脸有些西班牙国王阿方索十三世小时候的模样，还非常像波旁王族。他曾在瑞士上学，在他的父亲、那些讨好他父亲的人还有桑切斯·梅希亚斯的帮助下，他同萨拉曼卡和马德里公牛饲养场培养的用来检测的许多公牛和小公牛进行过剑杀手训练。大概有三年他做职业斗牛士，在最后一年变成了正式斗牛新手，最初跟比温尼达的孩子们一起进行儿童斗牛表演。由于他父亲的地位，在马德里人们看见他上场时显出了很强烈的恶心。每一个敌人都是他父亲经常写的精妙的嘲讽文章所产生的，还有些人由于厌恶他是个中产阶级保皇派的儿子，觉得他把那些需要面包谋生的孩子在斗牛场上获得面包谋生的机会抢走了，他感觉到了人们的愤恨。同时因人们恶心情绪提高了人们的好奇心和他的知名度，他作为斗牛新手在马德里的三次上场，都表现出了一个男子汉的高傲和自大，并且他也从中得利了。他熟练运用穆莱塔，同公牛竞技时能够观察到位，特别聪敏，这些表现证明他是一个杰出的短标枪手。但是他表演红披风就差很远了。而且甚至都没做出看得过去的刺杀，根本无法刺杀得当。在卡斯特利翁他于 1932 年成为了一名正式剑杀手，并表演了当年的首次斗牛。我的朋友对我说，自从我看他表演之后，他仅仅校正了自己双手持红披风的难看姿势，采用的办法是用红披风做出许多奇怪的招式来替换那无可取代的验证斗牛士冷静情绪和艺术才能的标准，其他毫无改变。他作为一个稀罕的人物，对他的斗牛生涯人们将会非常关注。但是我感觉，只要他在他父亲的骄傲的新鲜劲完全耗光之后，观众很快就会对他兴趣全无，除非他能掌握好刺杀本领。

维多里亚诺作为一名年轻的斗牛新手，1931年9月他迫不及待地想在马德里制造一个伟大的下午，一个奇迹。公牛是精心挑选出来的体格不大的公牛，他也是在马德里附近地区找来的，这样一来就能够大肆渲染胜利，也能把事故的可能性降到最低，由于来观看斗牛的马德里的那些斗牛评论家是靠花钱请来的。随后在赛季尾声的关键时刻正好让他第二次作为正式剑杀手上场去马德里表演，他太不成熟了，没有扎实的职业基础，并且他还需更多的磨练和经历，然后才有可能对付成熟的公牛，这一切表现证明他的晋升太急切了。他的本赛季的几个斗牛合同全部是他在马德里去年失利之前整好的。但是，即使他杰出的本领天赋全都看在眼里，不过，他好像是为了让人们迅速忘掉他才仓促成为正式剑杀手，而实际上，人们已经忘掉的其他所有在他之前的天才，而使其被遗忘的过程加快。尽管责任不在表演者自身而是在发现他们的人身上，跟平常一样，可我依然希望他在作为剑杀手进行斗牛的同时，希望奇迹般地掌握斗牛技术，还有我之前的判断是错误的。但是即便剑杀手已经掌握了技术，观众也不会轻易原谅他了，而等到他足够成熟能令观众满意的时候，观众已经不愿意来看他了，因为他的做法已经在很大程度上愚弄了广大观众。持红披风的不好看的姿势，使用的方法是用红披风做出很多看不懂的招式来替换那取代不了的验证斗牛士艺术才能的标准和冷静情绪。他作为一个稀罕的人物，人们将会很关注他的斗牛生涯。但是我感觉，只要他在他父亲的骄傲的新鲜劲完全耗光之后，观众很快就会对他兴趣全无，除非他能掌握好刺杀本领。

第十九章

用穆莱塔与剑杀公牛的正确方法只有两种，如果公牛不规规矩矩地紧跟红布人因为这两种方式都是刻意要造成避免不了的被牛角捅伤的这个时刻，直至你所看到被杀死的公牛中有90%是用对真正杀牛方法的滑稽模仿形式杀死的，因为剑杀手常常会在斗牛的这最精彩的一幕玩弄一些花招。这种情况之所以产生的一个原因是，一位表演穆莱塔与红披风的大师，同时很难又是一位公牛杀手。一位高超的公牛杀手一定要热爱杀牛；除非他意识到这件事的严重性，并且感到做好这件事本身就是一种报偿和奖励，除非他感到这是他能做的最合适的工作，否则真正杀牛时必须具备的自我克制他就做不到。真正高超的杀手，必须是一个更加单纯的人。换句话说，他必须具有远远超过普通斗牛士的光荣感、荣誉感。除此之外，他不仅仅把杀牛看作是手腕、眼睛的技巧以及比其他人灵活的左手功夫，必须以此为乐，这是他作为一个单纯的人自然会有的那种自豪感的最简单形式，对于刺杀的那一刻，不仅仅如此而已，他还必须有精神上的享受。杀得干脆利落，这是一部分人的最大享受之一，杀的方式又能给你一种美的享受和自豪感。另一部分不以杀为乐事的人常常擅长用语言表达。很少的关于真正体会杀乐趣的叙述。却提供给了我们的大部分优秀作家。杀的乐趣有出于自豪感的乐趣，例如费力地追捕猎物；也有纯然从美感而来的，例如飞鸟射击，在此种情况下，正是由于举枪射击的一瞬间格外地显得重要，人们的心跳才加速；除了上述的，在执行死的时候产生的对于死的反抗感是杀的最大乐趣之一。一旦关于死的规定你接受了，勿杀人便是很自然、很容易地遵守的一诫。不过，当一个人仍处在跟死相对抗的状态下，让自己具有一种庄严的能力他会很高兴，即赐予死。以杀为乐的人身上最深的感情之一便是这些。这些事情是骄傲地完成的，而骄傲当然是异教的美德，是基督教的罪恶。不过，正是有了骄傲才有斗牛，才有出色的剑杀手，也才有真正杀的乐趣。

当然，除非他具备完成这一幕表演所需的各方面身体素质：眼光敏锐、手腕有力、胆大，还有操作穆莱塔的灵活的左手，否则这些必不可少的精神品质还是不能使一个人成为高明的杀手。他在这些方面的素质一定要极其杰出，不然他的自豪与真诚只会将他送到医院里边去。今天，西班牙一位真正高明的公牛杀手也没有。有些剑杀手在过去本来是可以成为很出色的杀手的，他们在斗牛生涯之初，尽自己的能力刺杀公牛。但是，他们由于缺少运用红披风与穆莱塔方面的能力，早就不再吸引观众了，所以也没有什么斗牛合同，缺乏提高刺剑技艺的机会，甚至连继续练习的机会也没有；有些剑杀手刚开始斗牛生涯，刺杀仍然很好。但是尚未被时光所证实或考验。但是，日复一日在斗牛场上都刺杀得很好，很轻松，而且很自豪，这样的杰出剑杀手则没有。几位重要的剑杀手已经掌握了运用自如和让看的人难以捉摸的杀牛方式，结果却使本来应该是斗牛情绪极度激动之时失去了一切感情，只给人们留下了遗憾；有些成功的剑杀手要是想杀牛，运气又不错，是能够杀得很漂亮的。尽管没有独特的风格。但是他们往往不愿这么做，因为他们没有去拉住观众的必要。所谓感情，间或由短标枪来传达，现在是由红布来赋予的，而最肯定的是在使用穆莱塔时表现的。而尽快将公牛刺杀而不破坏先前已造成的效果，是你能期望的最好的剑刺。我看，我自觉地看到有一头公牛被杀得很漂亮是在看了斗牛士以不同程度的技巧刺杀五十多头牛之后才有的。当时的斗牛是很有意思的，比我已经看到过的其他竞技强多了，对于当时的斗牛我并没有怨言；不过我总感觉斗牛到了剑的刺杀之时，已经没有什么特别有趣的了，已经过去。但话又说回来，要是我对杀牛什么也不知道，我也还会感觉斗牛到了刺杀之时确实已经没有什么有趣了，那些将斗牛中的杀牛写得或说得那样有趣的人不过是骗子而已。我心里明白，公牛必须被杀掉，这才叫作斗牛，我也很高兴，公牛是用剑杀死的，因为用剑来杀是一件非常少见的事。所以我自己的立场观点十分简单。但是我一点儿也不觉得激动，因为那公牛被杀死的方式像一个花招。不管怎样，斗牛是我花两块钱能买到的最有意思的东西了。这就是斗牛，我心里想，结尾不是很有趣，但也许那是斗牛的一个组成部分，而我还不理解。不过，我记得破天荒我第一次看的那场斗牛，没等我看出发生了什么事，甚至还没等我看清，只见在那个新鲜地方，一片乱哄哄的，挤满了人，记得在这闹哄哄的紧张气氛中，当斗牛士将剑刺入公牛的时候，我经历了极激动的时刻。穿白上衣的卖啤酒的人在你面前穿过，望着底下的场子，眼前晃动着两根钢索，只见公牛肩上是一摊血，跑动的时候短标枪噼啪作响，脊背中部有一道沙土，公牛头顶是看上去像坚硬的木头的角，比你弯起的胳臂还粗。但是我心里还是不知道究竟发生了什么事。但是等到杀第二头牛之时我认真观察，我发现那是个花招，那种激动情绪消失了。在那以后我见过五十头公牛被杀死之后，第二次心情激动。但是，到了那个时候刺杀公牛是怎么一回事我已经知道了。而且我知道看到剑刺得合乎规矩还是第一次。

如果是通常的刺杀，你第一次看到公牛被杀死的时候，大致的情况是这样的：公牛面向斗牛士，四蹄挺立，斗牛士则左手拿着穆莱塔，右手握着利剑，在大约五码之外合并双腿站定。斗牛士把左手的红布挥动起来，看看公牛的目光是不是跟着红布，接着他转身侧面对着公牛，放下红布，与剑握在一起，左手用力一拧，把红布收拢，紧紧贴着穆莱塔的木棒，眼睛顺着剑瞄准公牛，把剑在收拢的穆莱塔上竖起来，剑身、斗牛士的脑袋和左肩对准公牛，而这个时候把穆莱塔放低，抓在左手上。此时你看见斗牛士朝公牛走过去，神经绷紧，紧接着你见到的就是他已经过了公牛，要么手中的剑滚动着飞向空中，要么是你看到剑柄与一截剑身，或者红绒布包着的剑柄在颈部肌肉上露出，或者在公牛两肩之间露出，只见人们或是赞扬或是高呼表示，指责斗牛士，那要看剑刺入的部位以及斗牛士剑刺得好坏了。

刺杀的技术性问题是这样的：如果按规矩刺入肩胛之间上部，剑身的长度是够不到公牛的心脏的。剑从肋骨上端的脊椎骨穿过，如果刺杀动作迅速，剑就切断主动脉。这样，一记娴熟的剑刺就算完成了。而并不是将剑捅入心脏，公牛就可以算杀得好的了。斗牛士想做到这一点，他必须要有好运气不可，剑刺入时剑头绝不可碰着肋骨，也不可碰着脊椎。如果公牛把脑袋竖起，谁也没法把剑刺入两肩之间，哪怕走向公牛从它脑袋上方伸过手去。人要做到把剑从规定的部位刺入将公牛杀死，他必须使公牛放低脑袋，把这个部位暴露。公牛的脑袋一抬起来，剑身的长度就无法从脑袋够着两肩。那个部位即使暴露之后，如果人要将剑刺入必须在公牛低下的脑袋与颈部的上方俯身向前。要是人没有被摔向空中，在随剑的刺入公牛把脑袋抬起之时，那么以下两种情况之一是一定会发生的。一是人必定会从公牛身旁闪过，这是因为公牛被人左手拿着的穆莱塔所控制，冲离了人的身旁，而人俯身从公牛脑袋上方将剑刺入然后又从公牛身体一侧退出的时候，他在身体的左前方把穆莱塔放得很低；一是斗牛士用右手将剑刺入公牛时，由于他左臂上的穆莱塔的控制，公牛必定会从人身边冲过去。采用公牛与人同时运动的办法，能够很巧妙地把剑的刺杀完成。

这两条正确刺杀公牛的技术原则就是：一是人必须叫公牛定位，前蹄并排站在一条线上，后蹄站稳，脑袋既不太高也不太低。而且他必须先试探一下公牛，把红布举起来，又放下去，看看公牛的目光是否跟着红布，接着，他左手拿穆莱塔，在身前一划，如果公牛目光跟着穆莱塔，它便会从人的右侧过去，然后他便朝公牛逼近，随着公牛朝着要把它从人身边引开的红布俯下脑袋，伸手插进剑去，并从公牛腹侧退出身来；一是公牛必须朝人走来，又从人身旁过去，即公牛受穆莱塔移动的挑逗、吸引、控制，跑过来冲离了人身旁，于此同时，剑刺入了公牛两肩之间。

要是人等着公牛冲过来，这就叫作迎击式（recibiendo）刺杀。要是人朝着牛攻击，这就叫作两腿飞跑，即进击式（volapie）刺杀。做好进攻准备，左手抓着穆莱塔，红布下垂紧贴着，左肩朝向公牛，利剑横胸而指，这就叫作侧身式刺杀。使用这一手法时，人距离公牛越近，他要偏出身来躲开公牛的可能性也就越小，尤其是在人进攻时公牛不受红布的调遣。横胸式的动作是，把横在胸前抓住穆莱塔的左臂伸出去，挥向右侧，从而摆脱公牛。否则毫无疑义他会被公牛挑起来，只要人没有使出这一横胸招式。横胸式要完成必须有手腕的功夫，把穆莱塔贴紧的褶子打开，并挥向一侧，同时胳膊还有一个简单的运动，从一侧向外摆去。人若不挥动穆莱塔将公牛送出老远，公牛的角肯定会捅着人。斗牛士们都说，右手刺剑，左手操纵穆莱塔，调动公牛，不过与其说公牛是被右手杀的，不如说是使用左手杀的更贴近。有穆莱塔的正确引导，如果人跟着剑向前俯身，有时候公牛仿佛从人手上把剑抽走似的，要是剑的头不碰上骨头，将剑插入是用不了多大的力的。有时候如果剑碰到了骨头，那情况就好像把剑顶在橡皮包的水泥墙上一样。

在早年，由剑杀手来挑衅公牛，杀公牛采用的是迎击式，等着它最终出击，至于那些不肯出击，脚头沉重的公牛，就用稳定在一个长杆上的新月形刀子，将它后腿的肌腱弄断，就在它动弹不得的时候，接着用匕首插入颈椎骨当中。进击式是十八世纪末叶华金·罗德里格斯发明的，这种使人不爽的做法也就不需要再用了。

如果使用迎击式杀牛，那就是人前曲一条腿并朝公牛挥动穆莱塔，用这种方式刺激公牛出击，然后两腿稍稍分开，站立不动，让公牛朝前，一直到随着剑的插入，公牛与人的身影合二为一；然后，双方遭遇而形成的震惊让这个身影又分成两个，这个时候即为利剑将公牛与人连接起来的一瞬间，剑好像往里面一英寸一英寸地溜：这一刺杀法绝对是你在斗牛时看到的最漂亮的情景之一，也是最傲慢的处死方式。可能你永远也见不到这情景，由于进击式刺杀即使做得正确也很危险，不过比起迎击式刺杀危险性小得多，正由于这样，现在斗牛士斗牛场上只有在很难得的场合去攻击公牛。我曾见过1500多头公牛被刺杀，但是做得好的也不过见到四次而已。你会见到斗牛士想通过这个手法，不过，除非他不是到末了往旁边一跳，耍个花招，而真正等到与公牛遭遇，并且采用手臂加手腕的运动去甩掉公牛，否则，就算不上迎击公牛。尼诺在马德里用过一回，佯装过几回，路易斯·弗雷格用过，马艾拉也用过这个手法。到了斗牛将结束的时候差不多不会有公牛体力依然很好，让斗牛士去攻击，而那时候还可以攻击公牛的斗牛士就更加少见了。这种刺杀手法之所以被渐渐淘汰的一个原因就是，如果公牛冲到斗牛士前面时丢下红布不理会，牛角就会对人的胸部造成创伤。斗牛时使用红披风，第一个挑伤或创伤往往在大腿或小腿的下部。要是公牛用牛角将人顶起来，第二个创伤的部位就要完全靠运气了。用进击式或者使用穆莱塔去杀公牛，创伤的部位差不多总是在右大腿，由于那正好是公牛脑袋往下伸时牛角碰得到的部位。但是在人还没有避过公牛之前公牛抬起头，甚至会挑着人的脖子，或者已经避过了牛角的斗牛士也可能会被牛角挑着胳膊。不过用迎击式杀牛如果有一点儿错误，胸口就会被牛角劈中，所以你几乎看不到有斗牛士试着用这个手法，除非有人做完了很出色的穆莱塔动作，并且碰上一头很好的公牛，所以到最终他想造成超常紧张的一个高潮场面，如此他会使用迎击式来杀牛，并且往往他用穆莱塔已经把公牛的体能消耗掉了，要是不是这样，原因就是正确迎击公牛的斗牛士缺乏经验，以斗牛士被捅伤告终，或者穆莱塔系列动作最后也就草草收尾。

杀牛的很好的办法是进击式要是使用得当，即贴近、及时、缓慢。我看见过一个人被牛角刺中，挑起来打转；见过人被甩出去老高，连同穆莱塔和剑，然后又跌在地上，见过公牛甩起脑袋把人抬得高高的；见过斗牛士胸口被挑伤，听到肋骨被顶断的声音确实很可怕；见过人原来没有被抛起来，依然挂在牛角上，在第二次被抛到高处，然后另一只牛角又把他，接着摔在地上，牙齿也被打掉了，双手捂住胸部的大口子被抬出去，因为伤口太大，根本没法治，用力站起来斗牛服都没来得及脱下，不到一个钟头就在医务室里死了。被甩到空中的时候我看到过那个人的脸，他是依希多罗·托多，他被挂在牛角上之时、还有后来，始终都是有感觉的，到了医务室没有死之前还说话，即使说话也听不清楚，嘴里含着血，因此斗牛士在知道用迎击式杀牛牛角会捅进胸腔的情况下对于这个方法的看法我是了解的。

依据历史学家们的看法，在西班牙美国革命期间，在 1771 年至 1779 年这个时期里，当剑杀手的佩德罗·罗梅罗用迎击式杀了 5600 头公牛，他是躺在自己床上死的，活到 95 岁。要是历史学家的话真实，那我们活着的年代当真是个颓废的年代了，见到剑杀手哪怕只是尝试迎击一头公牛就是一件不得了的事，然而，我们不知道，要是罗梅罗使用穆莱塔和红披风像胡安·贝尔蒙特一样接近公牛去做完斗牛动作，那么他一生中可以迎击多少头公牛。我们也无法说，在这 5000 头公牛之中，有多少头他是迎击失败的，即往身旁一跳，将剑击入公牛脖子里，有多少头他是迎击成功的，静静等待，把利剑插进高高耸起的两肩之间。对一切已故的斗牛士，历史学家的评价都很高。在以前的年代里关于斗牛士的任何传记里，说广大观众曾对他们很不满或者他们有过倒霉的日子，那好像是不会有的。可能，在 1873 年之前，对斗牛士们不满的观众们从来都不会有，由于那个年代的前面由同时代人写的斗牛专著我还没有时间去看，不过，自打那个时候，斗牛老是被那些同时代编年史作家们当作是处在颓废期的。在拉加蒂霍与弗拉斯奎罗的时代，即你现在常听说的一切的黄金时代中的黄金时代，普遍地有一个看法，那就是情况非常烂：公牛不是体形大、胆子小，就是年龄和个头儿小了许多。弗拉斯奎罗可以算得上是一名公牛杀手。但是拉加蒂霍却算不上，他在马德里最后一场斗牛时被人群赶出场去；不过前者对手下的斗牛队员们很小气，没法跟他相处。黄金时代的英雄还有格里塔，美西战争之前、战争期间及战争之后的年代正是他所处的时期，但你会发现，在编年史里写到的时候，那时的公牛又是年龄很小，体形很小；弗拉斯奎罗与拉加蒂霍时代已经不再看到具有大无畏精神的大型公牛了。书里面写道，格里塔是不可能与拉加蒂霍相提并论，如果把他们两人作比较，那是亵渎神圣，这种骗人的手法使那些只记着弗拉斯奎罗的好处的人，在坟墓里也会辗转反侧，非常不安；埃尔·埃斯巴特罗没有什么优势，他的死已经说明了一切；最后，人人都松了一口气，格里塔也退出了斗牛场；尽管了不起的格里塔退出之后，斗牛场上也就非常萧条了，格里塔的表演大家也都已经看够了。非常奇怪，年龄都小了，公牛体形也都变小了，要不然就是大公牛，也都是胆小。马萨蒂尼现在还杀公牛，不错，不过，他使用红披风的时候，总是改不了自己的习惯，而穆莱塔则用不好。而且他不用迎击式杀牛。有幸的是他也从斗牛场退出了，而堂路易斯·马萨蒂尼一走，公牛年龄也小了，体形也小了，即使有几头胆子小、体形大的公牛，拉大车能够用得上，进斗牛场却不行，所以，随着最高明的大师格里塔的仙逝而消失，伴随剑术大师的消失，新人如马查基托、拉斐尔·埃尔·加利奥和里卡多·博比塔统治了斗牛场，他们各个都是假冒的剑术大师。加利奥是个荒唐、愚蠢的吉普赛人；马查基托勇而无知，只不过幸运救了他的命。而且与拉加蒂霍和萨尔瓦多·桑切斯时代体形大而勇猛的公牛相比，他们的公牛体形要小得多、年龄也小得多；博比塔能用红披风操纵公牛，而且面带愉快的笑容，但是杀牛的时候他没法与马萨蒂尼相比。弗拉斯奎罗即萨尔瓦多·桑切斯，现在人们总是并非侮辱地、亲切地叫他黑人，人人都喜爱他，因为他待人都很和善。安东尼奥·富恩特斯仍然动作优美，是一名手法漂亮的短标枪手，刺杀公牛也很气派。就因为这个缘故，他才出场表演。维森特砷白·斯托在斗牛场上诚实而勇敢。但是刺杀公牛的时候他有一点儿心悸，逼近公牛之前也是吓得难受。如今的公牛个头小多了，年龄也小多了，与当初是没法相比，由于这样的公牛，表演动作谁来都会很好看。而原来都是些完美无缺的大师，如弗拉斯奎罗、英勇的埃斯帕特罗、大师的大师格里塔、拉加蒂霍以及堂路易斯·马萨蒂尼，他代表了剑术的顶峰。我顺便还想提一提，创办马德里斗牛场的堂因达莱西奥·莫斯克拉，他关心的只是公牛的个头，而并非场上举办的斗牛，据数字显示，马德里参赛公牛有史以来最大的公牛的体型一直是在那个年代。

安东尼奥·蒙特斯大约在这个时候在墨西哥斗死了，于是人们马上明白，那个时代的真正斗牛士只有他。蒙特斯技艺高超，态度严肃，始终让观众有看头。他是被一头脖子特长、个头不大、两胁凹陷的墨西哥公牛捅死的。剑刺出去之后公牛是把头抬起来，并没有追穆莱塔，而蒙特斯想从牛角当中脱身，转过身去，这时候公牛将他顶起来，挂在角上，并用右角挑着他两片屁股的中间，好像他就坐在凳子上似的（牛角已经整个儿捅在他身上了）。公牛就这样顶着他走了 4 米远，因为剑刺在身才倒在地上。在出事四天以后蒙特斯就死了。

一个名为帕索斯·拉戈斯，意即远跳的何塞利托出道了，当时，所有崇拜维森特·帕斯托、富恩特斯、马查基托以及博比塔的人都对他进行攻击，而因为博比塔等很走运地都已退出了斗牛场，所以立即就变得无人能敌。格里塔说过，没有人能够离公牛这么近的，如果你想看上一眼贝尔蒙特，那就得快去，因为他的日子长不了。他发现他一步步离公牛越来越近的时候，与他即格里塔杀死的庞然大物相比，这些公牛真是小巫见大巫了。报纸上都承认何塞利托是很杰出的，但也指出，他杀牛的时候剑举得那么高，有些人说他的剑是从帽子里抽出来的，有些人则说他只不过是把剑当作他的鼻子的延长；还说他只会往一侧，即右侧投放短标枪，他老是不改。但是下面这些事的确是真的：1920 年 5 月 15 日，在马德里他表演斗牛的最后一天，在他正与第二头公牛较量的时候也是割了第一头公牛的耳朵以后，人们开始朝他扔坐垫、喊叫、吹口哨，他的脸部被一个坐垫击中了，人群中还叫着"Que se vaya! Oue se vaya!"（"别再回来，叫他滚蛋！"）。5 月 16 日，在塔拉韦腊他被公牛捅死。他的下腹部被牛角刺中，肠子也挑出来了（医生们还在替他治伤，他已经因牛角创伤的力造成的外伤震荡而死，他两只手都没法将肠子塞回去，他死后躺在手术台上，脸部表情非常地安详、平静，他的姐夫拿手绢遮住他的双眼，并替他照了相。一群号哭的吉普赛人拥在手术室外面，并且人越来越多。加利奥则充满了同情之心，在外面徘徊，不敢去看自己的兄弟辞世。阿拉门德罗短标枪手则说，"我告诉你，我们谁也不能太平无事，谁也不能，要是它们能叫这个人死！"），所以他马上在报纸上变成——并且现在依然是——最优秀的空前绝后的斗牛士。依据他在世时攻击他的那些人的看法，他比拉加蒂霍、格里塔、弗拉斯奎罗还要伟大。贝尔蒙特比何塞还要出名，在他从斗牛场退出时，后来马艾拉死后又重新回到斗牛场，此时他利用先前的名望人们发现他拼命赚钱（那一年他的公牛确实是挑选过的），又过了一年，我发誓那一年他什么公牛都斗，斗得最出色，从头至尾一路得意，包括刺杀公牛，而刺杀在以前他是从来没有真正掌握过的，对公牛大小也不做规定，所以整个赛季都在报上受到抨击。就在受了一次差不多是致命的创伤之后他又一次退出了斗牛场，当代的所有评价都一致认为他是最优秀地活着的斗牛士。这样，要了解佩德罗·罗梅罗是怎样一个斗牛士，只有在阅读了那个时代关于他斗牛前前后后的评价之后才能做出真实的评价。但是你已经了解了，而我相当怀疑这样的文字，还有不知可不可以找得到那些往来的书信。

从我阅读的所有同时代的评价及各种资料来看，马德里斗牛的真正黄金时代和选用最大的公牛参赛的时代，是弗拉斯奎罗和拉加蒂霍的时代，他们是到贝尔蒙特和何塞利托为止的 60 年当中最优秀斗牛士。不过起用年龄与体型较小的公牛（我查阅过公牛体重及其照片）应归功于格里塔的时代，虽然他并非斗牛的黄金时代，不过在他 12 年的斗牛生涯里，只有一八九四年是真正的作为斗牛士的一年。到了博比塔、帕斯托、加利奥和马查基托的年代，体形很大的公牛又重新进场，而在贝尔蒙特和何塞利托的黄金时代，虽然他们许多次斗过体型最大的公牛，但公牛个头是明显得小了。现在，那些挑选的没有势力去左右或干预公牛的斗牛士，他们的公牛就是年龄小、体型小的。安达卢西亚公牛饲养人送到巴伦西亚七月集市的公牛通常都是个头儿最大，样子最漂亮的，而毕尔巴鄂培育的公牛，不管屠牛斗牛士的愿望如何，个头总是大而又大。我在巴伦西亚观看过马西亚尔·拉兰达和贝尔蒙特上场斗那个在斗牛场历史上最大的公牛，并且获得了胜利。

斗牛历史的这一开头一总结就对迎击式刺牛的丢失抱憾。总的来说，这一手法的丢失是因为没人练，也没人教，因为这一手法难度大，非得练习、领会、掌握不可，因为观众没有这个要求，所以不可临上场凑合一下，太危险。假如加以训练的话，要是公牛进入斗牛的最后阶段是以适合于刺杀的状态的话，这种手法是容易完成的。不过，如果任何一种规定动作可以被其他在观众眼里是没有高低的斗牛士所模仿，并且很少有死的可能即使实际操作出了差错，那么，除非观众要求斗牛士表演这一动作，这种规定动作必定会在斗牛中消失。

进击式刺牛法要求公牛四蹄稳重，它的两个前蹄都必须并排站定在一条线上，而且要完成得正确。如果一蹄在后、一蹄在前，一个肩胛骨顶端就会朝前移，两个肩胛骨之间的利剑一定要穿过的空隙就会合拢。这个空隙颇像两个相向而放的手掌，两个手腕稍稍分开，指尖与指尖相合。公牛一个肩胛骨顶端也会朝前移，如果它一条腿向前迈，就跟你把一个手腕朝另一个手腕上靠，空隙就消失一样。如果公牛两脚没有并排站定在一条线上，那个空隙就完全封死。但是如果两脚朝外挪而相距很远，因肩胛骨靠近这两者之间的空隙就会缩小了。剑的尖端要进入公牛的体腔，必须从这一空隙穿过，并且剑只有在不碰着脊柱或肋骨的状况下，才能更加深入。为了让剑更有可能进入公牛体腔，剑头朝下弯曲，朝着主动脉方向往下深入。如果人从正面进入，左肩向前，刺杀公牛，那么，他就必然会进入公牛牛角可及的范围之内，要是他从两块肩胛骨之间插入利剑；实际上，就在他将剑刺入公牛的那一刻，他必须在牛角上方俯身向前。如果斗牛士抓着几乎拖到地面的穆莱塔，左手横在胸前，然而直到他人从公牛一侧脱离，并且已过了牛角，他依然没能把公牛的脑袋放低，那牛角就会把他捅着。斗牛士每次都会遇上这一极大的危险，按照斗牛规则去杀牛的话，而为了避免这样一个有极大危险的时刻斗牛士要想在自己不暴露的情况下杀牛，这样，公牛自己就会动起来，要是他看到人要逼近，而斗牛士是右肩向前，而不是左肩向前，在不跑近公牛牛角所及范围的情况下，穿过公牛攻击的路线，把剑刺入公牛。我刚才叙述的是最明显不过的糟糕的屠牛办法。剑越是刺向颈部一侧的下方，越是刺向公牛颈部的远点，斗牛士越有把握把公牛杀死，越不可能暴露自己的身体，由于这样一来剑就会刺入肺部，刺入胸腔，或者切断颈动脉或颈部其他动脉，或者切断颈静脉或别的血管，这些部位人没有暴露自身的丝毫危险，而剑头都能刺着。

正因为这个原因，评判刺杀的优劣须看斗牛士接近公牛、举剑刺杀的方式以及剑刺入的部位，而并非依据马上产生的效果。举起剑只一下就将公牛刺死并不值得被夸赞，除非斗牛士在逼近公牛时在公牛牛角上方俯身向前，并且是在公牛牛角所及的范围之内，而这一剑是从两块肩胛骨之间插入。

我有好多回在法国南部看到过，偶尔也在西班牙很少举办斗牛的省份看到过，斗牛士屠牛受到观众的热烈鼓掌，他用剑一下就把公牛杀死。但是他的刺杀只不过是没有风险的暗中刺杀；因为斗牛士只不过是偷偷地把剑插入公牛没有任何保护的、易受攻击的部位，而从来没有进入公牛牛角所及的范围。因为公牛能够保护那个部位，只有在人按斗牛规则贴近公牛，自己身体处于公牛牛角所及范围之内的时候，公牛的那个部位才无法保护，变成容易受剑刺杀的部位，所以才要求斗牛士将剑插入在公牛两肩胛之间的高处。把剑刺入公牛没办法防御的肋部和颈部，就是暗中刺杀。要避免极大危险还得有专门的本领，并且把剑刺入高处的两肩胛之间要求斗牛士冒更大的危险。所以要是斗牛士使用这一本领，那么，他就称得上是一名优秀的杀手，只要他把把剑刺得恰到好处，尽可能地稳当，自己身体虽然暴露，但又借助左手的技巧加以保护。要是他使用自己的本领不过是为了掩饰他的刺杀动作，做到把剑往准确的位置多进入一点儿，把公牛杀死在不进入公牛牛角所及范围的情况下，那么，他就是一名处理公牛的能手，不过，不管他处置公牛有多稳、有多快，他依然是一名公牛杀手。

真正杰出的公牛杀手是能够先抬起左脚，慢慢地在近距离之内冲向公牛的人。真正杰出的公牛杀手并非光凭一点儿勇气，在近距离内径直朝公牛冲击，在两肩胛骨之间的高处，设法把剑刺入的人。而且因为他左手运作自如，因此他冲向公牛、左肩在前的时候，公牛的脑袋被他放低。而且在他往公牛牛角上方推入利剑、俯身向前的过程中，使公牛脑袋一直保持一样的位置，接着随着剑的刺入，他就沿着公牛的一边脱出身来。高明的公牛杀手一定可以既潇洒又稳妥地做完这一招式，而要是他左肩向前，冲向公牛的时候，他的剑顶着了肋骨，没法再推进，或擦着了脊椎的边上，或者如果碰着了椎骨，剑偏了方向，最后只推进了三分之一的深度，那么，他这一剑跟顺利插入、杀死了公牛是一样地不得了的，由于他依然是冒了险的，不过是这一剑碰了壁，不凑巧罢了。

因为插进剑长的三分之一多一点，如果刺得准，一头体形不很大的公牛也能被杀死。半把剑扎入公牛，假如剑刺入位置高，方向对头的话，任何一头公牛身上的主动脉都能被割到。所以，许多斗牛士只是推入半把剑，而并不将身体顶着手上的剑一路推进，因为他知道半把剑也能解决问题的，假如刺的部位对头，并且他们心中相当明白，要是他们不把暴露在外的一英尺半扎进去，自身危险也小得多。是拉加蒂霍创造了刺入半把剑的高超技法，因为刺杀公牛那一刻的妙处就在人与公牛融为一体的那一瞬间。只见那剑一路推进，人俯身顶着它，死神把人与公牛两个形体结合在一起，融入了这场较量的激情、美感和艺术的高潮，所以这是一种使刺杀公牛丧失激动人心的色彩的手法。那一刹那再手法高明地把半把利剑刺入公牛的招式绝不会出现。

当今剑杀手中刺剑手法最高明的一个是马西亚尔·拉兰达。手把利剑举至齐眉处，倒退一至数步，顺着剑身瞄准公牛，然后剑头上翘，起步向前，他把剑刺入公牛身体里面，灵活地避开了公牛牛角的攻击，接着松开手，不见有丝毫的炫耀或者激动，剑几乎总是刺得恰到好处。他也可以刺杀得很漂亮。我就看见他把进击式屠牛法做得非常完美。但在斗牛的其他部分他就是凭良心行事，凭着自己的本领迅速把公牛从自己面前处置掉，这样，关于他善于运用红披风、投放短标枪和穆莱塔的美好记忆不至于遭到损害，并且让花钱来看斗牛的人不白花了钱。就如我所说的，他使用一般方法杀牛时，那只是杀牛的拙劣模仿罢了。在大量阅读了拉兰达同时代人的评论文章之后，我感觉马西亚尔·拉兰达的情况（这里指的是他当今持续的优势，而不是指他早年的尝试）、他那杀牛的方式以及他的斗牛哲学，跟高手拉加蒂霍中期很像，当然拉兰达没办法与那个科尔多瓦人的潇洒、自然和优美相提并论；不过要说斗牛场上的优势，当今的拉兰达没人可以超过。我相信从今天起往后的十年里，1929、1930、1931 再被人们谈起，会被看作是马西亚尔·拉兰达的黄金时期。富有盛名的斗牛士都会引来许多的敌人，马西亚尔今天也是这样。但是不可置疑是一切现在斗牛场的霸主。

杀牛的方法维森特·巴雷拉比拉兰达糟糕，不过他有不一样的刺杀方式。他是靠机敏的一刺，把剑在牛脖子上任何一处刺进一截，这样就没有违反剑杀手至少得靠近公牛一次的规则，这样在已靠近公牛一次的情况下，可以用后颈刺杀法将公牛杀死，并不是用娴熟的手法将半把剑刺入正确的部位。后颈刺杀法高手现今仍活在世上的就只有他了。说起后颈刺杀法，即指把剑头朝颈椎骨中间一推，割断脊髓。一般这一手法被看作是仁慈的一击，用于一头已经奄奄一息，眼睛已经看不清斗牛士手中的穆莱塔，垂死的公牛，如此一来，致命地给它一剑，斗牛士再一次处身于公牛两角之间将它杀死也就没有必要了。巴雷拉盘算着用后颈刺杀法将那活生生的公牛杀死。他凭着自己的脚下功夫，用穆莱塔骗过公牛，放低它的牛鼻子，暴露出公牛后脑勺脊椎骨之间的那个部位，同时，他从身后慢慢地提起剑来，高高地举在头顶，小心谨慎地不让公牛看见头顶的剑，然后，凭着手腕的力握紧剑头朝下的剑，像杂技演员那样把剑从上往下准确地一刺，割断公牛的脊髓，突然间就结果了公牛的命，仿佛一按电钮灯就立即熄了一样。巴雷拉的屠牛法，虽然没有违反斗牛规则，但是否定了斗牛的全部精神与传统。后颈刺杀法是用突然袭击的方式，实现致命的一刺，目的是叫已经丧失自卫能力的公牛免受痛苦；在拿剑刺杀公牛时本应该向活生生的公牛暴露自己的，可是巴雷拉却用上述这一后颈刺杀法去暗中刺杀这些活生生的公牛。这一手法他已经运用得炉火纯青了，而广大的观众凭经验也知道，在杀牛时要迫使他暴露一丝头发也是万万不能的，以至于人们对于他滥用后颈刺杀法杀牛也开始采取宽容态度，甚至有时候还拍手称赞，巴雷拉把根据法律和斗牛规则对每一位剑杀手所要求的第一次向公牛靠近，只用来试试自己剑刺运气的好坏，一点儿也不把自己暴露给公牛。不管这一剑的效果如何，他态度镇定自若，欺骗手法高明。而且因为他有迫使一头活生生的公牛仿佛奄奄一息似地放低脑袋的技能，面对公牛他脚步稳健，所以显得胸有成竹。就是因为这样，在刺杀时人们对他使用的欺骗手法拍手叫好，从这里也可以看见斗牛场内观众心态之卑劣了。

除去卡冈乔之外。他们两人，对于刺杀时须遵守的规则马诺洛·比汶尼达在第一批剑杀手中杀牛是最糟的一个，从不装假，并且经常是从斜刺里跑动扎进的，刺杀公牛，如果与短标枪手投放短标枪相比，其实他们用剑刺杀时反而少了一些让公牛挑刺的危险。我从未见过像比汶尼达那样地杀过一头公牛，就在1931年的二十四回中有两回才算见过他杀得还算可以。在刺杀公牛时他那个害怕的样子，让人见了着实难受。那个卡冈乔，在他必须要杀牛时表现的害怕，就不只是叫人看了难受的问题了。那可不是这孩子在冒必要的险试图去杀牛想要掌握正确的杀牛方法，因此见了牛角就吓得要死的害怕；也不是19岁的孩子不懂如何正确刺杀而又面对大公牛被吓坏时表现出的浑身出汗、口干舌燥的害怕；那是吉卜赛人那种冷峻的欺诈，是斗牛场上最大的骗子，欺骗了所有的观众，最令人气愤最无耻、就着幌子来捞钱的人看着使人害怕。卡冈乔倒有身高，凭这一点杀牛就顺利得多。他是能够刺杀得很好的人。只要他愿意，随便什么时候，他都能杀得够漂亮，够有水平而且很有气派。不过，只要卡冈乔感觉牛角会在他身上造成创伤时，那他是绝对不会冒险去干的。即使是斗牛高手刺杀公牛也一样是有危险的，所以，卡冈乔手握利剑，除非他已经十分有把握，知道公牛天真而无攻击性，会紧紧追逐红布，仿佛牛鼻子粘在红布上，否则他绝不会移动身体进入公牛牛角可及的范围之内。要是卡冈乔心里有了底，把情况摸清了，知道公牛不会给自己造成危险，那他就会杀得有风度、有气派。而且一定保险。如果他感觉会有一点点危险，他就不可能将身体接近牛角。他的极其胆小让人很明了地觉得斗牛被最嫌弃的否定了。因为尼诺是惊慌得连红披风的动作也做不好，他是因为害怕而完全丧失了自信，所以这种胆小比尼诺的惊恐万状还要坏。而卡冈乔不去冒险。他自己必须完完全全放心，知道没有危险存在，否则他会在离公牛两码远的地方哗啦啦地舞动红披风，摇晃穆莱塔的尖头，利剑溜边一刺，将公牛暗中刺死。他要是心中有底时，他所做的每一个动作，都能说是富含艺术性的斗牛早已登峰造极的模式与典范。不过，他只有确信与公牛较量的人没有危险的时候才肯表演，即使机遇对人有利但他仍觉得不够。碰上对于勇气十足、技能平平的剑杀手也不怎么危险、甚至也不凶狠的公牛，这种事他也会做出来。说到勇气，他还比不上一只虱子，因为他有认识，他有技巧，他有惊人的身体素质，因此，要是他绝不接近公牛轻易做出行动，那么与在人来人往的马路上穿行的人比起来，在斗牛场上他反倒安全得多了。钻在衣服线缝里的一只虱子还是在冒险。也许到头来最终像虱子被消灭一样被消灭了，事情好像你是处于战争状态，要么你用拇指甲去追歼一只虱子。但是你不可能做到把卡冈乔像虱子一样消灭掉。要是有一个委员会来看管斗牛士，能够停止剑杀手参加的权利，情况就像作假的拳击手他们的政治靠山不牢靠偶尔也有执照被吊销了的，那么，在另一种情况下，如果他慑于委员会的威力，他会成为一名杰出的斗牛士，或者卡冈乔就有可能会从斗牛场上被清除掉。

1931 年整整一年中在潘普洛纳的最后一天，马诺洛·比汶尼达表演过一次真正杰出的斗牛。当时，他与其说是惧怕公牛，倒不如说是惧怕观众，惧怕广大观众对他之前的胆小的表现余怒未消。他曾在那次斗牛开赛之前请求省长派兵保护他，而省长回答说，要是进入斗牛场，他表演得好，军队的保护他就用不着。在潘普洛纳的那些日子，他每天夜里都会接到长途电话，电话里说的是安达卢西亚的暴动农民把父亲牧场里的树都砍了；砍伐树木后就烧了木炭，家里养的牲口都被赶走了，鸡呀、猪呀都被宰了；可是，这牧场在安达卢西亚暴乱中，被暴乱者的全面破坏农业的计划一点点吞噬了。但是买牧场的钱还未付清，他斗牛就是要挣钱去付牧场的款子的，而他一个 19 岁的少年，心里非常焦虑，尤其是每天夜里在电话里听着这世界遭破坏的消息。但是，附近乡下来的农民们，还有潘普洛纳的孩子们，花了自己积攒的钱来看斗牛，而因为剑杀手的胆怯却没有偿还心愿，他们见了剑杀手在场上缺乏对斗牛招式的兴趣以及心神不定的样子，经济上的原因他们是不可能去找的，所以他们都向着马诺洛那样猛烈地起哄闹事并让他害怕成那个样子，最后因为害怕被暴民要了命去，他在那个集市的最后一天让观众享受了极为精彩的下午。

要是暂停斗牛士而从事这项有利可图的经营活动的惩罚规定出现的话，卡冈乔说不定还会多几回杰出的斗牛表演。他不积极的理由是，观众没有危险，而他是顶着危险的；但是一个是要花钱的，而另一个是视情况的不一付给报酬的，所以卡冈乔不肯去冒险的时候是观众提抗议的时候。确实，牛角把他捅伤过，不过，次次都是由于出现的意外情况，例如他贴近一头他感觉安全的公牛去做完红披风动作时，吹来一阵风，红披风被掀了起来，使他的身体暴露了。有一件事他是抹不掉的，那就是他从医院回来以后，他就是不肯走近一头他认为绝不会伤人的公牛，因为谁也不能保证红披风不会绊住两条腿，也不能保证他不会踩着红披风，不能担保他完成红披风动作时就不会刮来一阵风，甚至说不好公牛不会撒野。如果给公牛捅了我会觉得高兴的，那么就只有他这一个斗牛士；由于他出医院之后比进医院前表现要差得多，所以把他捅了也不是个解决办法。但是他还在搜刮观众的钱，斗牛合同源源不断，因为大家都知道，如果他愿意，他是能够做出精彩、完满的系列动作的，那是技艺精湛的范例，并以优美的刺杀作结。

尼卡诺·比利亚尔塔是当今最优秀的公牛杀手。他起先是利用自己的身高，玩弄刺杀花招，一面在公牛上方俯身向前，一面用巨大的穆莱塔蒙住公牛的双眼，而现在他的技艺已经完美无缺、炉火纯青、得心应手，因此他绝非仅仅玩弄花样，而至少是由于在马德里学会了利用左手手腕的魔力名副其实地刺杀公牛，所以，差不多他刺杀的时候每一头他对着的公牛都非常贴近，杀得毫无缺点，杀得激动人心，杀得胸有成竹，杀得安全保险。比利亚尔塔是我本章开始时就说过的一个典型的思想单纯的人。在谈吐方面，在智力上他还比不上你12岁的小妹妹聪慧，哪怕她是一个愚钝的孩子。他有一种近乎疯狂的勇气，那疯狂是冷静的有所莫及的。除此之外，他还有一种荣誉感。而且认为自己非常了不起，那是你可以指望的。就我个人喜好来说，我不喜欢他，你虽然不把他自负的狂妄放在心上但是他依然是一个和善的人。不过，在马德里，一拿起穆莱塔和剑，他就是现今西班牙最稳妥、最勇敢、最富有激情和技术最稳定的公牛杀手。

我看斗牛的时候，斗牛场上最优秀的剑客有路易斯·弗雷格，还有安东尼奥·德·拉-阿巴，别号苏里托；马诺洛·马丁内斯；马丁·阿格罗，以及曼努埃尔·巴雷，别号巴雷利托。也许巴雷利托是我这一代人的最优秀的公牛杀手，他中等身材，思想单纯，为人真诚，是一名技术稳定的高明公牛杀手。他在与公牛的较量中吃过不少的苦，跟那些只有中等身材的公牛杀手同样。1922年在塞维利亚4月集市上，由于前一年牛角创伤还没有好完全，用他的老方法杀牛他是做不到了，所以表演很差，集市期间从开始到结束人群都骂声不断，在起哄。他转身背朝公牛就在他将剑刺入公牛之后，在背后公牛把他顶了一下，他被捅成了重伤，伤口位置接近直肠，顶穿了肠子。这个创伤与送了安东尼奥·蒙特斯的命的那个伤属同一类型，也与锡尼·弗兰克1930年春愈合的那个伤口差不多一个样。巴雷利托活到了5月13日，而他是4月下旬受的伤。他们顺着斗牛场边的通道把他抬到医务室里的时候，一分钟以前还在向他起哄的人群，都说个没完，窃窃私语，人们总是在斗牛士严重被顶伤之后这样。此时巴雷利托把头抬起来，对人们说，"现在你们看到了。现在你们得到了你们想要的。现在我得到了。现在你们看到了。现在我得到了。现在我得到了。现在我得到了。我得到了。现在你们看到了。现在我得到了。"他被捅伤了。但是，这个牛角创伤过了差不多四个星期才了结了他的生命。

苏里托的他父亲是最后一名，也是其中一位最高明的老资格长矛手，所以他是一名长矛手的儿子。他脸色黝黑，长得很瘦，来自科尔多瓦。他静下来时脸色很忧郁。他有强烈的荣誉感，神情严肃。他的刺杀动作缓慢、优美，具有传统风格，他的荣誉感不允许他乘机玩弄花招或在进入公牛牛角可及范围时偏离直线，或利用自己的优势。他便是，1923年和1924年有四名见习斗牛士在他们这个级别中成了轰动一时的人物的其中一个。其他三人成了剑杀手的时候，他自己到赛季临结束的时候也成了一名剑杀手。尽管他的学艺期还没有满。他们三个虽然本身都不能算已经成熟，但是都比他要成熟一些。所谓学艺期，按理说要等到精进了招式之后才能算期满。

一本正经的学艺期满的四个人中没有一个。曼努埃尔·巴依斯，是四个人中最轰动的，艺名利特里。他反应能力特强，非常英勇，然而他斗牛时却显得无知，勇而无生气。他两条弓形腿，脸色黝黑，是个黑头发的小男孩。他有视觉神经抽搐的毛病，注视着公牛向他走过来时，两眼眨个不停。他的脸蛋像兔子那样。但就在一年时间里，他的反应能力、勇气和运气取代了知识。曾经他被挑起过无数回，但公牛硬是没法使上劲，他常常是紧紧贴着牛角，除了一回严重捅伤，其他很多次都是运气给了他很大的帮助。我们都说他是公牛面前的一堆肉，即 Cedetor，在接受命名成为正式的剑杀手之后他跟以前也没有什么区别，由于他技术上的缺陷，他肯定会被公牛捅死，因此，在被公牛捅死之前，钱挣得越多越好。即使他有勇气，不过由于很紧张，因此勇气也不能维持多久。1926 年 2 月初，在马拉加，他在这一年的头场斗牛中遭受了一个致命的创伤。那是他当了满满一个赛季的剑杀手以后。假如不是他的腿也截得迟了一步没能救下他的命，假如伤口没有感染机体坏疽，他说不定也不会死于这一创伤。斗牛士们说，"如果我非得捅伤，一定要在马德里。"要是他们是巴伦西亚人，那就说是在巴伦西亚，因为大部分的牛角创伤也只有在这两处发生，所以那里才有两名最高明的外科手术专家，因此只有在马德里和巴伦西亚两地才有极严肃的斗牛。一个外科手术专家从一地赶到另一地根本来不及去治疗外科创伤的最重要的一环，即把创口打开并清洗，以避免由于牛角创伤的多重性特点造成伤口感染。曾经我见到过大腿处的一处创伤，口子比不上一个银圆大，可是打开来一看，伤口里面竟然有五个不同的创伤。有时候这是因为牛角尖部开裂所造成的，大部分是因为人被牛角挑起来转了几圈所造成的。任何这种内部创伤一定要打开，进行清洗，同时，为方便让伤口在短时间里愈合，所有肌肉必要的地方都必须切开。而且也要尽可能地使肌肉可动性的丧失最小。斗牛场外科医生有两个目的：一是尽早让斗牛士返回斗牛场，以便他继续履行斗牛合同；二是救人。牛角创伤专家收取高额费用的本钱，正是迅速让斗牛士返回斗牛场的本领。这是相当特别的外科，不过这种外科的最简便的形式（指的是处理一般的创伤时，即常常出现于膝盖与踝关节之间的伤口，或出现于腹股沟与膝盖之间，因为那部位是公牛放低的牛角捅的时候挑刺的）如果划破的话，立即结扎大腿动脉，接着找出（通常用探针或者用手指）、打开并清洗会有的所有不同的划伤的牛角伤口，同时，给病人注射生理盐水补液，注射樟脑溶液作为强心剂，等等。无论说什么，在马拉加，利特里的腿感染了。给他麻醉之时医生说只是清洗一下伤口，最后却用了截肢手术。等到他醒过来，他不想活，发现那条腿没有了，感到很绝望。我真愿他没有截肢就死去，我很喜欢他，因为一旦他的运气跑光了，他是肯定要被公牛捅死的，在他接受正式剑杀手的命名的时候，不管怎么说他是注定要死的。

苏里托从来没碰上过好运气。他学艺期还没有满，因此他的那一套穆莱塔和红披风本领非常有限。而他的剑术的高明与剑法的正宗，与利特里一个赛季中令人毛骨悚然的一系列表演和尼诺以前的精彩赛季相比则黯然失色。至于他的穆莱塔技艺主要就是公牛从穆莱塔下面冲过的招式和一学就会的转体引诱式。利特里死后，苏里托两个赛季有杰出的表演，不过，还没等他真正有机会成为斗牛场上的风靡人物，因为他没有再进一步提高红披风和穆莱塔的运用水平，他的技法已经过时。由于他左肩在前，进入公牛时位置太高，很难放低穆莱塔以完全摆脱公牛。而且始终把剑对准两块肩胛骨之间空隙的顶部，所以，他吃了公牛不少的苦头，几乎每次他刺杀的时候公牛都顶撞他的胸口，将他掀倒在地，特别是牛角的扁平部位猛烈顶撞他的胸口。后来他因为嘴唇上受伤的地方又长出一个东西，和有内伤，因此一个赛季他都差一点错过了。1927 年，他在身体很不好的情况下参赛，那情景叫人看着实在是不忍心。他心里知道，一个赛季错过可能会叫一名斗牛士遭淘汰，如此一来，他一年仅仅就两三场斗牛了，要糊口也不会够了，所以整个赛季里苏里托都在参赛；他原本古铜色的脸，现在就像日晒雨淋的帆布，已变得苍白。他总是喘着粗气，叫人看见真心寒。不过他还是跟往常一样贴近公牛，跟平常一样直线进攻，还是同样地不走运，还是采用同样的传统技法。公牛用牛角扁平部分顶撞他一下，或者将他掀翻在地，这样的顶撞会造成内出血，所以斗牛士都说这跟创伤一样伤人。在这样的情况下，他会因身体虚弱而晕倒，被抬到医务室让他恢复知觉，然后像一个大病初愈的病人，又出来去杀另一头公牛。因为他的杀牛的招式的缘故，他斗二十一次，其中有十二次昏厥过去，但杀了全部四十二头公牛。但他几乎每杀一回就被公牛掀翻一回。但是，这样还是不够的，因为他的穆莱塔和红披风招式向来就不漂亮，到了他所处的情况，就连像样也说不上，而广大群众不是要来看他昏过去的。在圣塞巴斯蒂安报上曾经有过一篇编辑部的文章，把这种情况数落了一番。他曾经很得心应手的地方是圣塞巴斯蒂安，后来没再跟他续约，因为有身份的人和外国人见他昏厥都感到很难受。因此，他虽然在那个赛季表现出了很大的勇气。而且我从来没见过这样的令人痛苦的表现，不过，那并没有给他带来益处。他在那一赛季结束后结了婚。他们纷纷说她要跟他结婚就在他死之前。结了婚他身体倒长得胖多了，好起来了。他爱他的妻子，只参赛十四场，斗牛时也不再笔直地朝公牛进攻了。第二年他在南美和西班牙只斗了七次。跟以前一样这一年他又笔直地朝公牛攻击。但是他在西班牙整整一年才签两个合同，这样连养家都不够了。他只知道一种杀牛方式，那就是要杀得非常圆满，虽然那一年他的昏厥是很不好看的。如果杀牛的时候牛鼻子或牛角撞了他一下，并且他被撞得什么也不知道了，那也是他不走运。一旦醒过来了，他一定是又回去接着斗的。这个样子观众都不要看到。很快，又重新出现了从前的情况。我也不想见到这样子。但是我也还真佩服呢。由于稍不走运苏里托在一个赛季里就彻底完蛋了，太要面子比太具有别的什么优秀品质会叫一个人垮得更快。

他的父亲老苏里托，抚养儿子长大成人，当一个剑杀手，教给他技艺，教给他传统的斗法，教他知廉耻，而那孩子尽管为人正直，又技术高超，还是没有成功。他又教另外一个儿子当长矛手，并且那儿子勇气十足，手法高明，是一个杰出的骑手，原本是能够变成西班牙最优秀的长矛手的，但不够格的只是有一个条件，他没法有效地去打击公牛，因为身体太轻。不论他多么用劲地拿长矛去刺公牛，公牛怎么都刺不出血来。因此，他只能斗小牛或有残疾的公牛，每斗一头牛只给 50 至 100 个比塞塔的报酬，虽然有任何一名在世的长矛手那样的本领与斗法也不行，而如果他体重再增重 50 磅的话，他就能够把他老爸的优秀传统继承下来了。另外还有一个儿子，可我没见过，也是一个长矛手。但是他们对我说，他身体也太轻。这一家人他们可不走运。

第三名公牛杀手是个来自毕尔巴鄂的小伙子，他叫马丁·阿格罗，看他的样子一点不像一个斗牛士，倒更像一名健美、身材高大强壮的职业棒球运动员，像一个游击手、三垒手。他相貌如德裔美国人，那张脸嘴唇丰满，就跟尼克·阿尔特洛克一个模样。虽然他红披风技巧还不错，有时候很出色，懂斗牛并不无知，但不是运用红披风或穆莱塔的高手。虽然使用穆莱塔没有艺术想象力，不过他那种穆莱塔技巧还可以。人们都感觉他表演红披风时是一个贴近、又有才能的表演者，在穆莱塔表演时则是一个虽乏味但合格的表演者。拿起剑来，他是一个利索而稳妥的杀手。从照片上看他的剑刺总是很完美，因为照片看不出时间，不过你近距离地观看他刺杀之时，他走进公牛牛角所到的范围快得像闪电一样，虽然他剑的动作极为漂亮，杀得比苏里托更加保险，苏里托的一刺就抵得上阿格罗许多回那么耐看，不过，由于苏里托进入公牛牛角所及范围非常直接，非常缓慢，而且十回有九回能把剑一下子刺得只露剑柄。而且刺的时间完全表明，绝没有让公牛感到意外。苏里托刺杀像赐福祈祷时的牧师，而阿格罗刺杀像屠夫。

阿格罗是 1925 年、1926 年和 1927 年的主要剑杀手之一，他非常利索，非常有胆量。1926 年和 19267 年这两年里差不多斗了五十二场和五十五场，而差不多从没有被公牛甩出去过。有两次在 1928 年被严重捅伤，第二次捅伤是因为第一次捅伤以后还没有把状态恢复就斗牛的缘故，但这两次受伤，使他原来很好的体格和身体一下子坏了。有一条腿上的一根神经损伤很厉害，于 1931 年做了切除手术，那次损伤最后造成萎缩，神经的萎缩又接着造成右脚脚趾坏疽。最后一次我听说他的事情是，人们都认为他已经没法再斗牛了，由于脚趾切除的原因。他退出斗牛场后由两个弟弟接替，同样的运动员的体魄，同样的相貌，都是见习斗牛士。而且，看得出有一样的用剑功夫。

别号福尔图纳也是属屠夫型的刺杀公牛的高手毕尔巴鄂的迭戈·马斯奎兰。福尔图纳粗大的手腕，强壮的体格，样子很神气，一头鬈曲的头发，娶了个有钱的妻子，已有了足够自己花的钱为限来定斗牛的场数。他像公牛一样勇敢，不过才智少了点。在斗牛士中要数他的运气最好了。他只会跟公牛用一个法子斗，他应付公牛只当它们都很固执，也不管公牛需用什么样的系列动作，只管用穆莱塔朝公牛劈去，叫公牛突然转身定位。要是那公牛正好是一头固执的，这一来效果相当好，不过遇上需要做整套一连串动作的，就不行了。有一次他诱惑公牛，看见它两条前腿在一条线上站着，他手提利剑侧身一站，收拢穆莱塔，对朋友们回头说，"看这个办法能不能杀死它！"说完就直接冲向公牛，刺得恰到好处而有力。要是他运气不好，他就会满头大汗，鬈发就会更加地卷曲了。要是他运气确实好，利剑甚至会割断脊髓，公牛倒在地上，仿佛是遭了雷击。此时，他就会跟观众打着手势说明公牛不肯配合。这可不是他本人的过失，他会提请观众做证。第二天，在露天座位二区的固定位子上他坐着（很少有几位照例要坐在自己固定位子上看斗牛的斗牛士，他算是一个），见到一头真正固执的公牛出场，其他斗牛士要应对的时候，他会对我们大家说，"这头牛不错。他应该跟这头牛做些动作。这头牛不难对付。"但是福尔图纳真是非常勇猛的，蠢而勇。对于斗牛他是一定不会紧张的。我听到过他对一个长矛手说，"喂，喂，我这儿闲得慌。抓紧一点。都快把人阃死了，快一点。"他显得与众不同，就像是从另一个时代过来的人，假如与别的经不起考验的大师相比的话。不过，你与他在一块儿，坐上一整个赛季，他会叫你比他自己在场上所感觉的还要闷。

巴伦西亚城花园区的马诺洛·马丁内斯，圆眼睛，变形的脸，浅浅的笑，瘦小的个子，看上去像你小时候在弹子房里认识的最难对付的人当中的一个，也好像是运动在跑道上的人。因为他在马德里从未遇上过好运，法国一份很好的出版物《斗牛报》的编辑也把他说得一无是处，因为他头脑很清楚，不肯去冒险。那是他在法国南部斗牛，在那个地方斗牛士的剑不管是如何插到公牛身上的，不管是用什么样的花招插进去的，只要那剑刺进了公牛体内，都会受到观众的普遍欢呼，所以许多评论家都否认他是一个高明的公牛杀手。跟福尔图纳一样，马丁内斯很勇敢，但他从不感觉闷得慌。他不像比利亚尔塔那样自高自大，他喜欢刺杀；要是效果不错，他会很兴奋，为他自己而兴奋，看上去似乎为你而兴奋。公牛把他狠狠地捅过，我见过有一年在巴伦西亚他给公牛捅了一个很严重的牛角创伤。他的穆莱塔与红披风功夫并不到家，不过要是公牛直接出击而且速度快，马丁内斯是竭尽所能接近公牛的。那一天，他碰着一头习惯性地朝右侧捅人的公牛，他并未留意表面上看的这个毛病。就在他做红披风的动作时公牛撞了他一下，接下来没给公牛转身的余地，马丁内斯又从同一侧经过公牛，公牛把他摔出去，用角挑了他。牛角划过他的皮肤，没有钩住，只是裤子被撕破了，所以他没有受伤。但是他摔下来的时候被摔晕了，因为碰着了脑袋。第二轮做红披风动作时公牛被他一直诱到了斗牛场的中心，只有他一个人，他紧贴着又从右侧公牛甩开红披风。自然不用说，他被公牛挑着了。公牛因为以前用牛角挑过人，因此它的向右偏的习惯就更加厉害了，这一次牛角捅着了，所以马丁内斯被牛角抛出去，挑到空中，摔到地上动弹不得，等到别的斗牛士赶到场子中心把公牛引开，公牛已经第二次用牛角挑着他了。就在他站起来的时候，马诺洛看见鲜血从腹股沟涌出来，他知道挑断了股动脉，要抑制大量出血，就用双手捂着，向医务室跑去。他清楚，对他来说双手手指缝里喷出的鲜血是性命攸关的事，他等不到别人来抬他了。他们要抓住他，但他不让。马丁内斯朝从过道上飞奔过来的塞拉大夫喊道，"我被捅了一个大窟窿，帕科先生！"两人一起到了医务室，塞拉大夫用大拇指压住主动脉。牛角几乎把他的大腿给弄穿了。他身体非常虚弱，元气大伤，失血太多，谁都说他活不成了。而且有一次他们宣布他已经死亡，因为他身上已经没有脉搏。谁都觉得他即使活下来也无法再斗牛了，他肌肉损坏太严重了。但是，因为帕科·塞拉大夫医术高明，他体格好，所以，他7月31日受伤，10月18日已经把体力恢复在墨西哥斗牛了。马丁内斯很少在杀牛的时候受伤，即使受过多次伤势严重的牛角创伤；那些伤通常是由于他红披风与穆莱塔基本功还没有到家之故，由于在让公牛经过人的时候他要将两只脚完全并拢的缘故，也有是在他要贴近公牛而公牛又不让他靠近的时候造成的；但是，牛角创伤叫他好像反而增加了勇气。除了在巴伦西亚之外，我从来没有看见过他真正出色的表演，他是一个地方上的斗牛士。不过在1927年的一个集市，那个时候主要是以马西亚尔·拉兰达和胡安·贝尔蒙特为中心的，而马丁内斯连个斗牛合同甚至都没有，后来马西亚尔和贝尔蒙特都受伤，他替他上场，斗了三场，表现很优秀。穆莱塔和红披风动作全都做得离公牛很近，危险性也非常大。而且都是冒着危险上的，你根本就不会相信公牛不会将他捅死。接着到了刺杀公牛时，他神情傲然，紧靠公牛侧身而立，稍稍踮起脚尖往后一仰，然后稳稳站定，吃力在右脚上，左膝微曲，然后将剑刺入公牛，将牛杀死，那刺杀是所有斗牛士都超越不了的。他1931年在马德里被很厉害地捅伤，在巴伦西亚参赛时还没有恢复。这下他可完蛋了，斗牛评论家们都这样说，不过他证明了他们一开始就是错的，他生存下来了。所以我感觉，只要他肌肉与神经可以听从他意志的指挥，他跟过去又会是一样，直到他被公牛顶死为止。没有本领制伏一头执拗的公牛，又功夫不到家，死是免不了的，哪怕他有大无畏的精神。他的勇差不多是幽默型的。福尔图纳的勇是愚蠢的勇，马丁内斯的勇是装腔作势的勇，比利亚尔塔的勇是自高自大的勇，而苏里托的勇是神秘的勇。

路易斯·弗雷格谈不上有什么技艺，除了剑之外，他的那种勇，是我所了解的最怪异的勇。这种勇就像大海那样，是无法摧毁的。但是他的勇不包含盐分，即使有也是他自个儿血液里的盐，不过人的血液虽然也有盐的性质，然而尝一下是甜的，会令人恶心。我记得有四回大家都说路易斯·弗雷格他不行了，如果那时候他果真死了，我今天写起他的性格来，会更加大胆一点。他现在身体已变得粗壮了，是一个墨西哥印第安人。他鼻子略带钩状，眼角上斜，一口好牙，乌黑的头发，说话轻声轻气，手段也不凶狠，是剑杀手之中唯一的一名头上依然留一根辫子的人。自从1910年约翰逊在内华达州的杰佛里斯与里诺城那场拳击赛过后那一年以来，在墨西哥他一直是一名正式的剑杀手，并且在西班牙一直是一名正式的剑杀手，自从他成为一个正式的剑杀手里的二十一个年头里，哪一个斗牛士都没有像他一样受到过公牛如此凶狠的攻击。公牛在他身上留下了七十二处严重的牛角创伤。当时大家都认为他必死无疑，因为为了治疗创伤他曾分别有五次浑身都涂满了油。他的两条腿就像栎树老枝，扭曲和长了木瘤一样，到处是伤疤。肚子和胸口上也全是伤疤，那些伤原本早该要了他的命。大部分这种伤都是由于他不会用红披风和穆莱塔调动公牛又双脚不灵活而造成的。不过他杀起牛来缓慢、稳当、直截了当，是一名屠牛高手。他很少在杀牛的时候受伤（与别的情况的被牛角捅伤相比较来说很少），那很少的几次受伤，不是由于他杀牛的技巧有什么不足之处，而是由于他把剑刺入公牛之后，从两只牛角之间和公牛一侧脱身时双脚的速度还不够快。他躺在医院里花光了所有积蓄的日子，以及那些可怕的牛角创伤，并没有给他的勇气带来一点儿影响。不过他的勇是一种奇特的勇。这种勇没有什么感染力，它激发不了你。你看到了这勇，知道这个人勇敢，你佩服这勇，不过不知怎么的，好像是放在嘴里的盐和灰的滋味，或者说这勇气是一种果子酱，并不是一种葡萄酒。要是品质有气味，那么勇气的气味我觉得是一条冰冻的大道的气味，是大风撕裂浪尖时的大海的气味，是烟熏皮革的气味，然而路易斯·弗雷格的勇气却没有那种气味。他的勇气是滞重的、凝结的，它底下有薄薄一层湿漉漉的、难闻的东西；那是一个很奇怪的故事，等到他过世，我给你说说他的故事。

上一次在巴塞罗那，他被捅了一个很大的口子，伤口全是脓。他昏迷了，就要死了，大家都感觉他不行了。他却说，"我看得很清楚。我看到死了。啊！啊！是很难看的样子。"他现在已经不行了，在做最后一系列告别表演。他清晰地看到了死神。但是死神没有来找他。死神从没把他带走，虽然说他要死了已经有二十年了。

上面就是五名公牛杀手的情况介绍。要是将杰出的公牛杀手的情况综合研究一下，我们可以说，一名高明的公牛杀手须有勇气、气节、优秀的作风、强健的体格、很好的运气和了不起的左手。接着，他还得有许多的斗牛合同和关系密切的报界。关于剑刺的效果、位置以及各种表演一样的刺杀方式，在书本后面术语解释汇编里有具体说明。

如果说西班牙人有一个共同的性格特点，那就是常识；如果他们还有另一个共同的性格特点，那就是自豪；要是还有第三个，那就是不符合实际。因为他们有常识，所以他们对于死很感兴趣，活在世上也不忌讳死的说法，也不老巴望着这世上并没有所谓的死，弄得结果死到临头才发觉死是有的。因为他们有自豪感，所以他们不反对杀牛，反觉得这礼物他们是应该奉献出来的。他们这样知道事理，就好比卡斯蒂利亚的高山与平原的干燥和坚硬，而离开卡斯蒂利亚越远，这干燥和坚硬的情形就越模糊。最理想的情况是，这十足的不切实际与明白事理相结合。在沿海一带，它成了没有规矩和地中海型的气质；在北方，在纳瓦拉和阿拉贡，勇武精神的传统极为久远，那种气质成了浪漫；在南方，它别具一格；至于大西洋沿岸一带，就跟一切沿岸的冰冷的大海国家同样，生活很实在，人们去明白事理便也没有时间了。在大西洋冰冷的海域里对于那些捕鱼的人来说，死是时常会出现的，是随时有可能降临的，死被视为工伤事故，一定加以防范；所以，那里的死对他们也没有什么魅力，人们并不老想着死的问题。

一个国家要喜爱斗牛，一定要有两个条件。一个是那里的人必须对死感兴趣，二是那里必须饲养公牛。法国人和英国人为生活而活着。英国人为今世而活着，因此死是不想、不考虑、不提起、不追求、不冒险的，除非是为了国家的利益之故，除非是为好玩，除非是为了令人满意的奖励。否则死即被视为不愉快的话题，忌讳说死，充其量也只能做道德说教的题目，但绝不作为考察的课题。他们说，绝不要讨论伤亡事故，而我曾听他们把伤亡说得很好听的。法国人对死者极为崇敬，可是日常的物质上的享受、家庭、安全、地位与金钱，却是最重要的东西。法国人杀是为了一只罐子，这个罐子还是一只很漂亮的罐子，天下最好的罐子，很值得拿命去换。然而英国人要杀是为了好玩。要是杀既不是为了罐子，又不是为了好玩，那么对于法国人和英国人来说，这种杀便好像太残忍了。跟一切普通的说法一样，事情并不是像我叙述的那样简单，不过我这里是试图说明一个原则，不列举例外的情形。

在西班牙那个国家，卡泰罗尼亚以及加利西亚的大部分地区，斗牛是无法容忍的事。那些省份他们是不提倡养公牛的。卡泰罗尼亚是在西班牙，但那里的人却不是西班牙人，虽然斗牛在巴塞罗那很盛行。但是，那里的斗牛是走了样的，因为去看斗牛的观众好像是去杂技场看热闹一样，他们跟法国南部的尼姆、贝济埃、阿尔等地的观众几乎一样，一窍不通。加利西亚靠海边，并且是个贫困地区，人们移居国外，或出海，死并不是追求和思索的神秘之事，而是须加以防范的天天遇到的危险，而那里的人们讲究实际、刁滑，往往蠢笨，往往贪得无厌，他们最喜欢的娱乐即为合唱。卡泰罗尼亚人有丰富的土地，而且大部分地区是富饶的；他们有的是精明的商人，有的是灵活的推销员，有的是勤劳的农民；他们全是西班牙的以获得利益为目的的人。国土越富饶，里面的农民就越单纯。但是他们把简单的语言和思想单纯的农民与很狡猾的经商阶级结合在一起。对于这些人来说，生活太实在了，与加利西亚的情形一样，对于死就没有必要带上那么多的感情，也没有必要想得那么明白。

卡斯蒂利亚的农民，一点儿没有加利西亚人或卡泰罗尼亚人那种老是带有刁滑成分的朴实。与任何农牧地区一样，他们生活的地方，气候严酷。但是那个地区是对人身体很有利的地区；他们有喝有吃，有儿女妻子，但是即使这些都有，不过日子并不舒坦，也没有什么本钱，拥有这些东西并非目的；生命是比死更为重要的东西，而这些只不过是生命的一部分而已。有英格兰人血统的某个人曾写道："生命的目标并非是坟墓，生命乃现实；生命亦认真。"那现实和认真有什么结果呢？那他们把他埋葬在何处？卡斯蒂利亚人很实在，所以，他们培育不出来会写下这样的诗句的诗人。他们明白死是逃脱不了的现实，这是唯一有把握的事，这是超越一切现代舒适条件之外的；这是任何人都会明白的唯一的一件事，有了它，每一个美国家庭都要有浴盆的要求你就不会有，你有了浴盆后什么收音机也就不会再要了。如果他们有信仰，那就是认为生命比死要短暂得多的信仰，关于死，他们考虑得很多。有了这种感情以后，对于死的关注他们就很理智，所以，要是他们花稍微一点钱，买一张门票，就能够在午后看到不肯接受死，看到愿意去死，看到死，看到避免了死的情景，那么他们就花钱到斗牛场去，哪怕出于我在本书里想要说出的某些理由，他们常常对于斗牛的技艺就得失望，在情感上受骗，还是要不间断地朝斗牛场走去。

大多数有名的斗牛士都来自安达卢西亚，由于气候温暖，又有摩尔人的血统，那里的人具有卡斯蒂利亚所没有的风度与懒散，虽然他们的摩尔人血统中混有将摩尔人赶走、然后占领那块美丽土地的卡斯蒂利亚人的血统。而且那个地方饲养了最优良的公牛。那些真正伟大的斗牛士当中，弗拉斯奎罗和卡耶塔诺·桑斯都来自马德里一带（但是弗拉斯奎罗出生在南面），还有马西亚尔·拉兰达，他是当今最有名气的，以及维森特·帕斯托，他是小有名气的斗牛士。因为土地纠纷，一等的剑杀手愈加少见了，安达卢西亚举办的斗牛比赛也一直在减少。在1931年的前十名剑杀手当中，来自安达卢西亚的只有三名，即两个比汶尼达和卡冈乔。虽然马诺洛·比汶尼达出身于安达卢西亚家庭，不过他是在南美出生、长大的。他的兄弟也不是在国内长大的，虽然出生在西班牙。尼诺和奇奎洛代表了龙达和塞维利亚，他们两人都没有了，而塞维利亚的希塔尼利奥被公牛弄死了。

多明戈·奥尔特加和马西亚尔·拉兰达跟安东尼奥·马尔克斯（他还会再参赛的）一样，都来自马德里附近的地方。巴雷拉与马诺洛·马丁内斯和恩里克·托雷斯，都来自巴伦西亚，比利亚尔塔来自萨拉戈萨。阿米里塔·奇柯、索罗桑诺和埃尔维托·加尔西亚都是墨西哥人，或者来自马德里一带，来自北方，或者来自巴伦西亚。弗里克斯·罗德里克斯生在桑坦德，长在巴伦西亚。自从贝尔蒙特最终退出斗牛场，何塞利托和马艾拉的去世，在现代斗牛中安达卢西亚的一统天下的局面也早已没有了。从对斗牛本身的极大热情和斗牛士的产生两方面来说，现在西班牙斗牛的中心就是马德里，以及巴伦西亚。其次是马德里周围地区。就勇武与技术素质而言，造诣最深的年轻斗牛士则出现在墨西哥，而如今最高明、造诣最深的斗牛士毋庸置疑是马西亚尔·拉兰达。在以前，科尔多瓦以及塞维利亚曾一度是斗牛的中心，如今在马德里斗牛无疑已经日渐兴盛，而在塞维利亚斗牛无疑已经失去了势头，1931 年尽管财政状况很不好，那时值极大政治动乱年代，又只有一些平常的节目。但是整个春季以及初夏时节每周仍有两三场斗牛，并且场场爆满。

从人们在共和国体制下对于斗牛所表现出的热情来看，依据我的观察，即使目前共和国的拥有欧洲思想方法的政治家们非常希望把斗牛废除，由于废除了斗牛，他们在外国使馆与宫廷，在欧洲联盟，也不会觉得与众不同而在理智上感到窘迫就在与他们的欧洲同事们会见时，不过斗牛依然会在马德里继续流行。现在，有几家政府出资的报纸都在展开一场猛烈反对斗牛的运动，不过，由于有这么多的人都依靠斗牛相关的各个行业生活，如公牛的装运、饲养、放牧斗、屠宰、牛赛，所以我感觉，尽管那些报纸感觉自己很强大，政府也无法将斗牛废除。

有关作为斗牛用放牧之用的所有土地、公牛的饲养潜在的与实际的利用问题，一个详尽的报告正在起草。在安达卢西亚的土地调整措施一定会执行，一些最大的牧场绝对要被改为农田，不过，因为西班牙许多牧业用地并不适宜于耕作，它是一个农牧业并存的国家。而且饲养的牲畜都是要屠宰的，都是要出售的，绝不至于浪费，无论是在屠宰场杀还是在斗牛场杀，所以，南方许多今天用来饲养斗牛用公牛的牧业用地，一定将持续保留下来。在一个要让农业工人就业却在 1931 年严禁运用所有播种机和收割机械的国家里，对于开辟新的耕地计划政府是不会急于实行的。萨拉曼卡和科尔梅纳尔周围地区饲养公牛的牧业用地的开发，那是没有问题的。我预计一些大的牧场将会被改为耕地，安达卢西亚的公牛饲养用地面积也会有部分减少，不过我认为，斗牛业不会发生巨大的变化，尤其在现在的政府统治下，即使现在的政府许多成员毫无疑问将为达到这个目的而竭尽全力，并会以废除斗牛为荣，而最迅速的，要达到这一目的办法就是在公牛身上卜手，因为就像杂技演员，赛马骑手，甚至作家，都有天赋才能，斗牛士即使没有得到支持也会成长，而没有一个斗牛士是代替不了的；不过，就像赛马用的马一样，斗牛用公牛是几代人精心培育的产物，就在你把那种公牛送往屠宰场之时，那种公牛也就灭绝了。

第二十章

要是我可以把这本书的内容写得非常充实的话，其中需要包括一切东西。普拉多艺术馆就像美国一个大学里高大的宿舍，从表面上来看，夏天在马德里清新的早晨，洒水器很早就把草地洒上了水，远眺着加拉邦彻的只覆盖着土的白色山丘看起来很不错。在 8 月坐火车旅行的那些日子，当时面对阳光的那侧的全部窗帘放下了，风把窗帘吹了起来，风吹过结实的泥土打谷场，麦壳纷纷飞起来打在汽车上，还有石头和麦香做的风车，各种景色在你离开阿尔萨苏亚碧绿的乡间后会浮现在脑海中。穿过平原能够看见远处的布尔戈斯，然后还能进屋品尝干酪，那时有一个男孩在火车上让人们品尝他提着的装在编织物里的一瓶瓶葡萄酒，这个首次到马德里去的男孩高高兴兴地倒着酒，包括那两个宪警队员在内，人们都喝醉了。因为我把车票弄丢了，那位宪警像押着犯人似地把我们带出去，他们随即带着我们出了小门，不过送我们进出租车时他给我们敬了一个礼。哈德莉还需要写。她用块手绢把一个又干又硬的、牛毛都掉光的公牛牛耳包起来，割掉牛耳的那个人他原先可是个浪荡公子。但是现在也变成了秃头，头顶仅剩几缕长长的头发趴着。

书中还要写清楚你在那时走出群山，走进巴伦西亚，沿途的各种风景，那时已经到了黄昏之时，坐在火车上你手里帮一位女士拿着一只雄鸡，他要把它送给她的姐姐。还得写马德里大街上午夜后的喧闹和六月集市里的彻夜喧嚣，还有周日一路从斗牛场走回家，或是坐出租车和拉斐尔一起回家；还得写写阿尔西拉斯的那个木材搭建的斗牛场，死马就被他们拖出去遗弃在荒野中，你行走时也不得不踩着死马过去。Malo, Que tal, Malo, Hombre.……或者与罗伯托一道，或者肩膀抬得很高，一直都是非常绅士、谦谦君子的好朋友堂·埃内斯托和堂·罗伯托。还有拉斐尔在赞成共和变成一件自豪的事情以前曾经居住的房子，里面挂着大油罐，一直存有美味佳肴和礼品，还有希塔尼利奥杀死的公牛牛头。

应当把烧焦的火药味，树木绿叶之间出现的鞭炮的噼啪声、烟和闪光记在脑海，还有太阳下刚被冲刷过的马路，还得细品很凉很凉的杏仁茶，一群鹳或站立在巴柯·德·阿维拉的房顶上，或在天上盘旋。西瓜、啤酒壶表面的一粒粒冷凝的水滴。还有红土壤的斗牛场。夜幕降临，人们跳着舞合着笛子与鼓声的节拍，灯火穿过林木绿叶和叶丛中的加里波第的画像。如果真把本书写得一丝不漏，其中那些毫无成果的剑杀手在沿着通向帕尔多大道的流动的曼萨纳雷斯河中跟那些便宜的妓女一起游泳也需要写进去。还包括拉加蒂托勉强的原本是发自肺腑的笑容。选择在小溪旁的草地里打球，在那里看很绅士的侯爵牵着斗拳狗从汽车里出来。在清凉的夜晚，灯光穿透绿叶丛，露水覆盖了尘土。在那里我们吃自己做的肉菜饭，我们天黑时伴随从身旁快速驶过的汽车走着回家。博比利亚的苹果汁，在路边的松林与黑莓间急速拐弯，在从坎普斯特拉的圣地亚哥去庞特维德拉的马路上。他们之中最无耻的卖伪劣品的小贩要数阿尔加贝诺。在金塔纳家的房里，神甫曾和马艾拉换装玩儿，那年大家都没少喝酒，可没有一个乱来的。一定是有这么一年，但是仅仅这些还相距很远。

把一切事全部再现：晚上在塔姆卜拉河的桥上立着，把蚱蜢丢到河里喂鲑鳟鱼。勇敢、愚笨、外斜视的佩德罗·蒙特斯不在家里换上斗牛服，因为自从他的兄弟马里亚诺在特图安被公牛杀死后，他答应过妈妈再也不斗牛了。弗里克斯·梅里诺到老阿奎拉斗牛场时黝黑的脸显得特别庄重。还有利特里，他见到公牛朝他冲击时，紧张得两眼就像只小兔子一样一直眨，他非常勇猛，可弓形腿弯得很大。三个人都死于斗牛。而且对附近宫殿下面的街道上太阳无法照住那里的啤酒店，利特里和他爸爸坐在一起只字不提，那里现在已经成为一间雪铁龙汽车销售大厅了。对人们抬着已经死了的佩德罗·力口雷尼奥穿过一条条街道，举着火把，最后把他的赤裸身体，抬进教堂放在祭坛上的事也只字不提。对别名阿尔迪诺的弗朗西斯科·戈梅斯本书中也只字未提，他原来在俄亥俄州一家钢铁厂做活，然后在老家做了一名剑杀手，除弗雷格以外，谁都没有他的伤疤多，他现在伤痕累累，他的眼睛错位了，导致流下来一滴眼泪时会流到鼻子上。还有加维拉受的伤他和埃尔·埃斯帕特罗一样，和公牛一起死掉了。书中也没有提萨拉戈萨，也没涉及古典的红色奢华剧院里举办的霍塔舞大赛和一对对美妙的男女舞伴，夜里立在桥上望着埃布罗河和次日的跳伞者，还有拉菲尔的雪茄。也没写诺瓦拉。也没描写他们在巴塞罗那把纳伊德苏克雷干掉了。也没写那个烂城市莱昂。也没提到里克纳和马德里之间的那条尘土比轮毂还厚的马路。也没写阿拉贡的气温即使是树荫下还是会达到华氏120度，并且汽车在既没积水垢又没毛病的情况下，在平地上只开15英里，散热器里的水就都煮光了；也没写肌肉撕裂时躺在帕伦西亚街道上朝阳的那边的旅馆里，那酷热的天气，你没去过那里根本体会不到什么叫热。要是想把本书写得更有内容的话，那也得把阿尔弗雷多·戴维和马艾拉在库兹咖啡馆里打架的集市最后一夜写进来。并且得还有擦皮鞋的人。我的天，你可做不到把全部擦皮鞋的人都写完。也写不完往来穿梭的好姑娘们。现在的潘普洛纳变化了。他们今天已经在所有平地上建起了崭新的公寓房，甚至一直盖到了高原边缘。所以今天群山你已经看不到了。他们把广场破坏了，把古老的加雅雷大楼拆了，铺了一条直接到达斗牛场的宽广大路，而在以前，喝多了的奇奎洛的叔叔会一直坐在楼上的餐厅里面，看着在广场上跳舞的人们。奇奎洛单独一人待在房间里，他斗牛队的那些队员们或在城里转着或坐在小餐馆里。我把这些曾经编成了一个故事，《缺乏热情》是它的名字，虽然写它时他们正冲火车丢死猫，火车车轮随后发出了"咔嚓咔嚓"的声音，而奇奎洛独自坐在车厢内。但是写得并不是非常好。单独一人应付得了。那也相当公平了。

书里如果写到西班牙，那个身高8英尺6英寸的高瘦的小伙子那就该提到，在跟他们进城以前他是做补牙广告的。那天晚上还在进行着牲口集市，那些妓女不情愿和那个矮子发生关系，他没什么身材缺陷，不过是两条腿只有6英寸长，他说："和其他男人一样也是男子汉。"妓女说："但是麻烦的是你不是男子汉。"你都不敢相信自己的眼睛，西班牙的跛子和矮子特别多，一个个都在集市里转悠。

我们在西班牙时一吃完早饭就会到奥伊斯的伊拉蒂河去游泳。清澈的河水水温先是凉，接着是透心的凉，最后是冷，随着你向下深入水中不断变化着，除了这些，河岸边的林木投下片片阴凉，毒辣的太阳下，微风拂过之处把山脚坡地和河对岸上成熟的麦子的香气吹来过来。坐落于河谷远端的一座古堡，那里的两块大石头之间流着河水；我们脱光了先躺在矮草地上晒太阳，然后又在树荫下躺着。我们自备了酒，因为奥伊斯的葡萄酒不太好，并且那儿的火腿也不好，所以我们第二次来时就从金塔纳家自备了午饭。西班牙最棒的斗牛爱好者，最忠诚的朋友是金塔纳，有个很棒的常常住满客房的旅馆。Que tal, hombre, Quetal, Juanit, 如果这就是西班牙，那为何不写写从机枪训练学校拉出来的他们走过白色黏土操场，远远望去他们十分渺小，为何不写写头顶树荫的骑着马的士兵从另一条溪流的浅处蹚水而过。从金塔纳家窗口还可以看见那片群山。或者空荡荡的街道就在周日一大早起来时，随后的枪声和远处传来喊声。要是你骑着马，并且你有不错的记忆力，你还能骑着马进入伊拉蒂河沿岸的茂林深处，那儿的树林就跟小孩子童话书里画出来的似的。要是你在这里待上很长时间，也四处逛了，那就能多次遇到这种事情。他们把这些树木砍倒。他们还捕鱼，他们把圆木扔进河里让它顺流而下，在加里西亚他们或用药物或用炸药捕鱼，效果都差不多。所以总结起来，这里和家乡很像，这里的高处草原上产黄荆豆，并且降雨不多是仅有的区别。海上的云透过群山飘过来，这里的小麦没有种在平原上，而是种在高低错落的山坡上，上面被一条条小路分隔开。但是当刮起南风时，纳瓦拉附近就是一片金灿灿的小麦了。小路和麦地两边种着树，还有许许多多的村庄散落在那里，偶然响起钟声，那儿广场上站着很多马匹，村中还有回力球球场，弥漫着羊粪味。要是你写蜡烛的黄色火焰；守卫圣主的士兵黄色漆皮武装带和才涂油的钢刺刀上映衬着阳光；还要写仍是在这个城市，罗耀拉的两条腿都被炸伤了，这令他陷入了思考，那年遭人背叛的人中最勇敢的一个跳下了阳台，头冲下摔在院子中石铺的路上，因为他已经发誓，他们不会杀掉他（他的妈妈曾竭力劝他承诺别自杀，因为她最担心的是他的灵魂，可当他们押着他边祈祷边走时，被绑住双手的他却干净麻利地跳了下去）。或是写那些两人一队的士兵到德瓦山的矮栎树中搜救落入陷阱的人（从圆屋咖啡馆出发的路程特别远），在一间透风的屋子里被带着教会的慰问执行国家命令而绞死，曾经被宣告无罪并看押直到布尔戈斯军区司令把法院的判罚撤掉。要是我能够写他，写一个主教。写托龙和坎迪多·梯巴斯，写天空飞速飘移的云把谨慎地踏着舞步的小矮马和麦田笼罩进来，还有皮革制品的感觉，有橄榄油味的鞋扭成麻花状的大蒜、土罐子，扛在肩头带着的马鞍袋、酒囊，天然枝条做的干草耙子（耙子就是树枝），用绳子扎成的鞋底。漫长酷暑的群山和寒冷夜晚，树和树荫始终存在，如果是这样，那瓦尔王国那个时代的感觉你就能找到一些了。但是书中这些不会出现。理应还包括奥伦斯、阿斯托加、路戈、索里亚、加拉塔尤德和塔拉戈纳。翠绿田野，众多高岭上的板栗树和河流，白色的干泥土山，红色的尘土，还有干枯河道边的小阴凉。在海边悬崖上那座古城的棕榈树下凉爽地散着步，感觉受微风习习的夜晚。夜晚有蚊子捣乱，但是早晨有白沙和清水。还有铁路，布满鹅卵石的海岸，高高的纸莎草。还有在肃穆的黄昏中坐在米洛家。葡萄林一望无际，被篱笆和小道截开。在一间昏暗的屋子中，一只只陶罐紧紧地堆放，里面盛着不同年份酿制的葡萄酒，足有 12 英尺高。房顶上有一座塔楼，晚上爬上去远眺村庄、群山和葡萄林，并倾听着，能感觉到这夜是多么的安静。有个农妇在一座粮仓前面手抓着一只已被割断喉咙的鸭子，鸭子看上去非常无辜。她轻轻地抚摸着鸭子，一个小姑娘端着个杯子在她身边接鸭血，用来做肉汤，她们放下它后（杯子里装满了血），明白自己已经死了，它还摇摇晃晃地跑了两次。接着我们把它的肚子填满并把它烤熟吃掉了。另外还有很多其他菜，前年的，四年前，当年的那个重要年份的和我忘记是什么年份的葡萄酒。我们边喝酒边吃着菜，大家都说法语。但我们反而更精通西班牙语。Montroig，发音为蒙特罗伊奇，是西班牙的众多城市之一，也有雨中的圣地亚哥大街，那个靠发条工作的捕蝇器的几只长臂一圈圈地转着。你经过山区的林地回家时，可以在山间的平地看见这座城镇。全部的马车在通向格劳的铺着光滑石板的路上都堆得特高，能够闻到新锯木板的香气，轮子向前滚动着，它们都要赶去达诺雅用木材赶紧搭建一个临时斗牛场。斗牛大师巴伦西亚，排第二的奇基托，fino muy fino, pero frio。他没法再表现得傲慢自大了，因为他动眼部手术时针缝错了，导致眼皮外翻。还有那个男孩，切入公牛牛角攻击范围时他刺杀失误，第二次还是没刺中。要是你晚上清醒着去看夜间斗牛，你会感觉到那是很好玩的。

阿格罗和他所有的家人都在饭厅吃饭。他们这家人年龄不同，可都长得一样。他不像是个剑杀手，反而更像是个棒球游击手，或橄榄球四分卫。卡冈乔在自己房里用手抓饭吃，因为他不会用叉子，他学不会用叉子，因此他有钱后根本不去外面人多的地方吃饭。马德里的那位搞笑的斗牛士曾被罗达利托揍了两次，他用刀刺进罗达利托的肚子是因为他觉得自己又要挨揍了。奥尔特加和最漂亮的埃斯帕那小姐订婚了，说话最机智的是谁呢？我读过的最机智的要数《北方杂志》的德佩尔迪西奥斯了。进入锡尼的房里的人，有跟他借钱的，有索要一件旧衬衣的，有要一身衣服的，有请求他在斗牛期间给些活干的。所有斗牛士去一些地方吃饭的时候都有正统的礼节，都比较倒霉，都会被人们认出来。剑插在刻着花的皮剑套里。红披风都叠得很平整。穆莱塔叠好堆着。东西全在大衣橱里放着。衣架上挂着用布裹起来保护好金饰的斗牛服，最下面的抽屉里放着穆莱塔木棍。墨西迪斯端着杯子走过来。我的瓦瓶里装着威士忌。她说他一个小时前刚刚出去，他一整夜都在发烧。接着，他进来了。你感觉怎么样？非常好。医生，您说我怎么样了呢？她说你发烧了。但我现在感觉挺不错的。为什么不在这儿吃？他会做一些菜，再做一盘沙拉。墨西迪斯，喂，墨西迪斯。他们说在那儿你能听到些新闻，比如谁欠谁钱，谁从谁身上骗走了什么，你还能去城里逛逛，并去咖啡馆里坐坐，谁跟谁生了孩子，谁在谁之前和之后和谁结婚了，为什么他跟他说他能亲亲他的什么人，还有医生说了些什么，这得用多长时间。直到斗牛那天公牛才送到，它肯定腿脚发软了，公牛耽搁了谁那么高兴，刚刚使两招，"嘭"，斗牛就没了，他说，接着雨就下起来了，他获得的就是延迟一个星期斗牛。谁不想和谁斗，什么时间？为什么，是她吗？必须是她了，你不会不知道就是她吧？一定是她，没别的可能，就是这样，她把活生生的他们狼吞虎咽地都吞了，全部这些有价值的新闻你在咖啡馆里都能听到。他们每个人在咖啡馆里都很勇敢。那些在咖啡馆里的男儿们从来没说错过。在咖啡馆里堆的都是碗碟，喝了多少酒在摆着过季虾仁的大理石桌面上就用铅笔记个数，大家都感觉很适合，因为所有成功都不可能那么稳妥，咖啡馆到了晚上八点要是有人能付款，那就是所有人的成功了。

对于一个你很爱的国家还能表达什么呢？拉斐尔说他再也不想回到潘普洛纳了，有些事改变得太多了。我感觉《自由报》变得跟《时报》越来越像了。在《自由报》上你已经不能再随意刊登启事并知道小偷会看到你这个启事了，因为共和光荣。潘普洛纳一定是发生改变了。但是对这些我们也不是毫无察觉的。我感觉要是你和平时一样喝上一杯，这味道跟原来也没什么不一样。我明白有些事变化了。但是我不在意。对我来说爱变就全变吧。我们大家在还没等到变完的时候早就都死了，如果我们都死了后，北方的夏天仍会下雨，不再有洪水了，老鹰依然要在圣地亚哥大教堂上住着。从前在背着光的沙石路上我们训练红披风的庄园里，喷泉会不会喷水都不重要了。到了夜晚时，我们骑着马从托莱多赶回家再也不可能了，和封达多一起把身上的尘土冲洗掉，在7月马德里的那年夜晚曾经发生事情的那个星期再也没有了。所有这些我们大家都目送着消失了，我们依然会再次目送全部这些消失。要坚持，做完你的工作，去看、去听、去学习、去了解才是关键的事。某些东西你懂时立即写下来，而不是在懂了太久太久以后，更不是在懂了之前。你可以做到要是使那些想拯救世界的人充分看清这个世界，并全面了解它。那只要写的是真实的，无论你写下哪些部分，它就可以代表一切。需要做的是学着把它记录下来，并工作。不！对一本书来说还是太少，一些东西还是要提到，一些现实的东西要提到。